Huntley Fitzpatrick
Mein Leben nebenan

DIE AUTORIN

Huntley Fitzpatrick wuchs in einem kleinen Küstenort in Connecticut auf, der die
Vorlage für den Ort Stony Bay in ihrem
Bestseller Mein Sommer nebenan und
dessen Fortsetzung Mein Leben nebenan
lieferte. Schon als Kind wollte sie Schrift-
stellerin werden. Nach dem Universitäts-
abschluss arbeitete Huntley Fitzpatrick
unter anderem als Lektorin in einem großen Verlag. Heute lebt die sechsfache Mutter in Massachusetts und widmet ihre gesamte Zeit dem Schreiben.

*Von Huntley Fitzpatrick sind bei
cbj erschienen:*

Mein Sommer nebenan (40263)
Es duftet nach Sommer (40277)

Mehr über cbj auf Instagram unter
@hey_reader

Huntley Fitzpatrick

Mein Leben nebenan

Aus dem Amerikanischen
von Anja Galić

 Dieses Buch ist auch als E-Book erhältlich.

FSC
www.fsc.org

MIX
Papier aus verantwor-
tungsvollen Quellen
FSC® C014496

Verlagsgruppe Random House FSC® N001967

1. Auflage 2018
Erstmals als cbt Taschenbuch August 2018
© 2015 Huntley Fitzpatrick
Die Originalausgabe erschien 2015 unter dem
Titel »The Boy Most Likely To« bei Dial Books,
einem Imprint der Penguin Young Readers Group
in der Verlagsgruppe Penguin Random House LLC
© 2016 für die deutschsprachige Ausgabe
cbj Kinder- und Jugendbuchverlag
in der Verlagsgruppe Random House GmbH,
Neumarkter Str. 28, 81673 München
Alle deutschsprachigen Rechte vorbehalten
Übersetzung: Anja Galić
Umschlaggestaltung: Kathrin Schüler, Berlin
unter Verwendung der Fotos von
© Gettyimages (wundervisuals);
© Shutterstock (watin)
MP · Herstellung: LW
Satz: KompetenzCenter, Mönchengladbach
Druck: GGP Media GmbH, Pößneck
ISBN 978-3-570-31203-2
Printed in Germany

www.cbj-verlag.de

Für meine Mutter, die wusste, wie man liebt.
Und eine Schwäche für Unruhestifter
mit einem Herzen aus Gold hatte.

Für meinen Vater, der starke Frauen
immer geliebt und bewundert hat.

Und für Georgia Funsten und Patricia Young,
die klügsten und stärksten Frauen, die ich kenne.

Erstes Kapitel

Ich bin hier, weil der *Nowhere Man* mich einbestellt hat.

Er sitzt an seinem Schreibtisch und dreht mir halb den Rücken zu, als ich in sein Arbeitszimmer trete.

»Ähm, Pa?«

Er hält eine Hand hoch und fährt damit fort, etwas auf einen blau linierten Block zu notieren.

Das übliche Spiel.

Ich schaue mich im Raum um: der Kaminsims, der Teppich, die Bücherregale, das Fenster; versuche eine Stelle zu finden, wo ich entspannt den Blick ruhen lassen kann.

Keine Chance.

Ma ist in alles vernarrt, was *niedlich* ist – Teddys in Latzhosen, Kissen mit Kalendersprüchen und diverser anderer Schrott, den sie online bestellt. Das Zeug ist überall im Haus. Nur hier nicht, in diesem von Jalousien abgedunkelten grauen Raum, der wie die Szenerie eines John-Grisham-Romans wirkt. Die Augusthitze, die draußen herrscht, hat hier drin nichts verloren. Ich starre auf Pas Nacken, rutsche tiefer in das granitharte graue Sofa, reibe mir die Augen, überkreuze die Knöchel.

Auf seinem Schreibtisch stehen drei Fotos von meiner Zwillingsschwester Nan in unterschiedlichen Lebensphasen – mit roten Kringellöckchen, mit lückenhaftem Milchzahngebiss, dann mit Zahnspange. Der Blick immer besorgt. An der Wand hängen zwei weitere Fotos von ihr – mit geglätteten Haaren und teurem weißen Lächeln –, daneben ein gerahmter Zeitungsartikel, der sie nach einer Rede zeigt, die sie diesen Sommer am Vierten Juli bei der Parade von Stony Bay gehalten hat.

Von mir gibt es keine Fotos.

Hat es je welche gegeben? Ich kann mich nicht erinnern. War bei diesen Vater-Sohn-Gesprächen in seinem Arbeitszimmer früher immer zugedröhnt.

Ich räuspere mich.

Knacke mit den Fingerknöcheln.

»Pa? Du wolltest mich sprechen?«

Er fährt zusammen. »Timothy?«

»Jep.«

Er schwenkt mit seinem Schreibtischsessel herum und sieht mich an. Seine Augen sind grau, genau wie die von Nan und mir. Passend zu seinen Haaren. Passend zu seinem Arbeitszimmer.

»Also«, sagt er.

Ich warte. Versuche die Flasche Macallan-Whisky auf dem – wie nennt man dieses Teil noch gleich … Sideboard? – auszublenden. Wenn er um sechs von der Arbeit nach Hause kommt, bringt Ma ihm mit derselben Zuverlässigkeit, mit der diese gruseligen Figürchen beim ersten Glockenschlag aus ihren winzigen Kuckucksuhrtüren herauskommen, exakt zehn Minuten später einen kleinen silbernen Eiskübel, damit Pa sich das erste seiner beiden Gläser Scotch genehmigen kann, die er jeden Abend trinkt.

Heute muss ein besonderer Tag sein. Obwohl es erst drei Uhr ist, steht der Eiskübel schon bereit und sondert genau wie ich kühlen Schweiß ab. Selbst als ich noch ein kleiner Junge war, wusste ich, dass er den zweiten Drink nur zur Hälfte austrinken würde. Während er sich vor dem Abendessen die Hände wusch, konnte ich also den Rest des mit Eiswasser vermischten Scotchs hinunterschlürfen, ohne dass er etwas davon mitbekam. Ich weiß nicht mehr genau, wann ich damit anfing, aber es war definitiv einige Zeit, bevor ich die ersten Schamhaare kriegte.

»Ma sagte, du wolltest etwas mit mir besprechen.«

Er wischt einen unsichtbaren Fussel von seinem Knie, als wäre er mit den Gedanken schon wieder woanders. »Hat sie gesagt, warum?«

Ich räuspere mich noch einmal. »Weil ich heute ausziehe?« Am liebsten wäre ich schon vor zehn Minuten weg gewesen.

Sein Blick kehrt zu mir zurück. »Denkst du, das ist die richtige Entscheidung?«

Typisch *Nowhere Man*. Es war wohl kaum meine Entscheidung, auszuziehen. Tatsächlich hat er mir die Pistole auf die Brust gesetzt. Die einzige *richtige Entscheidung*, die ich in letzter Zeit getroffen habe, war die, mit dem Trinken aufzuhören.

Aber Pa steht auf solche Wendemanöver. Es spielt keine Rolle, dass er mich praktisch vor die Tür gesetzt hat, irgendwie schafft er es immer wieder, den Spieß umzudrehen und mir das Gefühl zu geben, der letzte Dreck zu sein.

»Ich habe dir eine Frage gestellt, Tim.«

»Ja, sicher. Es ist eine gute Idee.«

Pa legt die Fingerspitzen aneinander und stützt das Kinn darauf, das wie meines eine kleine Kerbe in der Mitte hat. »Wie lange ist es noch mal her, seit du von der Schule geflogen bist?«

»Ähm. Acht Monate.« Anfang Dezember. Ich hatte noch nicht mal den Koffer nach meiner Rückkehr aus den Thanksgiving-Ferien ausgepackt.

»Wie viele Jobs hattest du seitdem?«

Vielleicht kann er sich nicht mehr genau erinnern. »Drei«, schummle ich.

»Sieben«, korrigiert Pa mich.

Shit.

»Und bei wie vielen bist du gefeuert worden?«

»Ich hab immer noch den Job bei …«

Er dreht sich in seinem Schreibtischsessel zur Seite und schaut stirnrunzelnd auf sein Handy. »Wie viele?«

»Den Job im Wahlkampfbüro der Senatorin habe *ich* gekündigt, also eigentlich nur fünf.«

Pa schwenkt wieder zurück, lässt das Handy sinken und mustert mich über den Rand seiner Lesebrille. »Ich bin mir durchaus der Tatsache bewusst, dass du diesen Job hingeworfen hast. Du benutzt das Wort *nur* wie etwas, auf das man stolz sein könnte. Seit Februar hast du fünf von sieben Jobs verloren. Bist insgesamt von drei Schulen geworfen worden … Wusstest du, dass ich in meinem ganzen Leben noch nie einen Job verloren habe? Nie eine einzige schlechte Beurteilung bekommen habe? Keine schlechtere Note als ein B? Genau wie deine Schwester.«

Na klar. Die perfekte Nano. »Meine Noten sind immer gut gewesen«, sage ich. Mein Blick verirrt sich erneut zur Whiskyflasche. Ich muss meine Hände mit irgendwas beschäftigen. Einen Joint drehen wäre jetzt gut.

»Vollkommen richtig.« Pa steht abrupt auf, wirft seine Brille auf den Schreibtisch und fährt sich durch die kurzen Haare, bevor er Eis in sein Glas gibt und sich zweifingerbreit Whisky eingießt.

Ein leicht nach Moschus und Torf duftender Hauch steigt mir in die Nase. Oh Mann, riecht das gut.

»Du bist nicht dumm, Tim. Aber du verhältst dich definitiv so.«

Den ganzen Sommer über hat er kaum ein Wort mit mir geredet und ausgerechnet *jetzt* will er mir einen Scheißvortrag halten? Ich zwinge mich, den Blick von der karamellfarbenen Flüssigkeit in seinem Glas loszureißen und wieder ihn anzusehen.

»Pa. Dad. Ich weiß, dass ich nicht der Sohn bin, den du dir ... gewünscht hast –«

»Willst du einen Drink?«

Er greift nach einem zweiten Glas, schenkt mit einer für ihn untypischen Achtlosigkeit Whisky ein, stellt es auf den Untersetzer mit dem Wappen der Columbia University, der auf dem kleinen Tischchen neben der Couch liegt, und schiebt es mir zu. Dann hebt er sein eigenes Glas an die Lippen, trinkt es fast in einem Zug aus und stellt es anschließend bedächtig auf seinen Untersetzer zurück.

Okay, das ist echt krank.

»Ähm, hör zu.« Meine Kehle ist so trocken, dass meine Stimme seltsam klingt – zuerst heiser, dann viel zu hoch. »Ich habe seit Ende Juni keinen Tropfen mehr angerührt. Das sind jetzt, ähm, neunundfünfzig Tage, nicht dass außer mir irgendjemand mitzählen würde. Ich gebe mein Bestes. Und ich –«

Pa mustert prüfend das Aquarium, das an der Wand steht.

Ich langweile ihn.

»Und ich werde weiter mein Bestes geben und ...« Ich verstumme.

Es ist ziemlich lange still. Ich habe keine Ahnung, was er denkt. Ich weiß nur, dass mein bester Freund auf dem Weg hierher ist und dass mein Jetta, der in der Einfahrt steht, mir mehr und mehr wie ein Fluchtwagen vorkommt.

»Vier Monate«, sagt Pa schließlich so tonlos, als würde er die Worte von einem Zettel ablesen. Was gar nicht so abwegig ist, da er den Blick vor sich auf seinen Schreibtisch geheftet hat.

»Ähm ... ja?«

»Ich gebe dir vier Monate, um dein Leben in Ordnung zu bringen. Im Dezember wirst du achtzehn. Ein Mann also. Wenn du dich danach nicht auch wie einer verhältst, werde ich dir sämtliche finanziellen Mittel streichen. Ich werde weder deine Krankenkasse noch deine Kfz-Versicherung weiter bezahlen und den Collegefonds deiner Schwester übertragen.«

Nicht dass ich je auf Rosen gebettet gewesen wäre, aber damit würde mir auch noch das letzte bisschen Boden, das er mir zugestanden hatte, unter den Füßen weggezogen, und eine ziemlich harte Arschlandung wäre die Folge.

Bis Dezember ein Mann werden. Als würde so etwas einfach so – zack! – passieren. Als gäbe es ein Verfallsdatum für ... keine Ahnung ... das, was ich jetzt bin.

»Aber –«, beginne ich.

Er wirft einen Blick auf seine Seiko und drückt einen kleinen Knopf, vielleicht startet er den Countdown. »Heute ist der vierundzwanzigste August. Du hast also bis Weihnachten Zeit.«

»Aber –«

Er hebt eine Hand, schneidet mir ungeduldig das Wort ab. Keine Diskussion.

Ich habe keine Ahnung, was ich sagen soll, aber das spielt keine Rolle, die Unterhaltung ist sowieso beendet.

Wir sind hier fertig.

Ich hieve mich aus der Couch und gehe wie ferngesteuert auf die Tür zu.

Kann gar nicht schnell genug diesen Raum verlassen.

Und das ist ihm wohl nur recht.

Danke, Pa. Für dich auch alles Gute.

Zweites Kapitel

Es ist dir also wirklich ernst damit?«

Ich packe gerade meine letzten Klamotten in einen Karton, als Ma, wie immer ohne anzuklopfen, in mein Zimmer kommt. Verdammt gefährlich, wenn man einen dauergeilen siebzehnjährigen Sohn hat. Sie bleibt in der Tür stehen, mit ihrer rosa Bluse und dem Jeansrock, der mit … *Krebsen?* … bestickt ist.

»Ich tue nur, was man mir gesagt hat, Ma.« Ich quetsche noch ein Paar Flipflops in den bereits vollgestopften Karton. »Pas Wünsche sind mir Befehl.«

Sie tritt einen Schritt zurück, als hätte ich sie geohrfeigt. Liegt wahrscheinlich an meinem Ton. Ich bin jetzt seit fast zwei Monaten trocken, aber immer noch süchtig danach, mich wie ein Arschloch zu benehmen. Ha.

»Du hattest so viele Privilegien, die ich nie hatte, Timothy …«

Jetzt geht das wieder los.

»… Privatschule, Schwimmunterricht, Tennis-Camp …«

Jep, ich bin ein alkoholsüchtiger Highschool-Abbrecher, aber hey, schaut euch meine fantastische Rückhand an!

Sie schüttelt so heftig einen blauen Blazer aus, dass es ein schnalzendes Geräusch macht. »Und was wirst du jetzt tun? Weiter in diesem Baumarkt arbeiten und zu diesen Meetings gehen?«

Das Wort *Baumarkt* klingt aus ihrem Mund wie *Pornoschuppen* und *zu diesen Meetings gehen* wie *diese Sexvideos drehen.*

»Es ist ein guter Job. Und ich brauche diese Meetings.«

Ma streicht den Stapel mit meinen zusammengefalteten Klamotten glatt. Auf ihren sommersprossigen Händen treten blaue Adern hervor. »Ich verstehe nicht, wie irgendwelche fremden Leute dir besser helfen können als deine eigene Familie.«

Ich öffne den Mund, um zu sagen: *Ich weiß, dass du es nicht verstehst. Deshalb bin ich auf fremde Leute angewiesen.* Oder: *Onkel Sean hätte diese fremden Leute gut gebrauchen können.* Aber darüber spricht man in unserer Familie nicht.

Ich stopfe noch ein Paar wahrscheinlich zu klein gewordene Segelschuhe in den Karton, bevor ich zu ihr rübergehe und sie in den Arm nehme.

Sie tätschelt kurz meinen Rücken und löst sich dann wieder von mir.

»Kopf hoch, Ma. Nan wird definitiv an der *Columbia* angenommen werden. Nur eines von deinen Kindern ist ein beschissener Versager.«

»Achte auf deine Ausdrucksweise, Tim.«

»Tut mir leid. Ein dämlicher Wichser, der nichts auf die Reihe kriegt.«

»Tim!«

Ja, schon gut. Was soll's.

Meine Zimmertür fliegt auf – *wieder* ohne dass vorher angeklopft wird.

»Da ist ein Mädchen für dich am Telefon, Tim. Sie klingt, als hätte sie eine Kehlkopfentzündung«, sagt Nan und runzelt die Stirn, als ihr Blick auf meine gepackten Sachen fällt. »Gott, so wird doch alles total knittrig.«

»Stört mich ni–« Weiter komme ich nicht, denn da hat sie den Karton schon auf meinem Bett ausgeleert.

»Wo ist dein Koffer?« Sie fängt an, meine Sachen in kleine

Stapel aufzuteilen. »Der blau karierte mit deinem Mono-gramm?«

»Keine Ahnung.«

»Ich gehe im Keller nachschauen«, ergreift Ma erleichtert die Gelegenheit, das Zimmer zu verlassen. »Was ist mit die-sem Mädchen, Timothy? Soll ich dir das Telefon bringen?«

Ich wüsste nicht, welchem Mädchen ich irgendetwas zu sagen hätte. Außer Alice Garrett. Die mich definitiv nicht an-rufen würde.

»Sag ihr, ich bin nicht da.«

Nie wieder.

Nan faltet hektisch Kleidungsstücke zusammen und sortiert meine Hemden nach Farbe und Material. Ich halte ihre Hände fest. »Hey. Lass es. Das ist nicht wichtig.«

Sie schaut auf. Shit, sie weint.

Wir Masons sind nah am Wasser gebaut. Muss irgendeiner dieser irischen Flüche sein. Ich schlinge ihr einen Arm um den Nacken und klopfe ihr auf den Rücken. Sie fängt an zu husten und muss kurz lachen.

»Du kannst mich jederzeit besuchen kommen, Nano. Wann immer du das Gefühl hast … es hier nicht mehr auszuhalten … oder so.«

»Das wird aber nicht dasselbe sein«, sagt Nan und wischt sich mit dem Saum meines Hemds über die Nase.

Sie hat recht. Es wird nicht dasselbe sein. Nie wieder die ganze Nacht alte Steve-McQueen-Filme schauen, weil ich ihn cool finde und Nan ihn sexy. Keine Lakritzstangen und Scho-koriegel mehr, die wie durch Zauberhand in meinem Zimmer auftauchen, weil Nan weiß, dass regelmäßige Zuckerzufuhr das einzige sichere Heilmittel gegen Drogenabhängigkeit ist.

»Sieh es von der positiven Seite. Du musst nie mehr meinen lahmen Arsch decken, wenn ich die ganze Nacht weg bin, musst nie mehr irgendwelche Ausreden aus dem Ärmel schütteln, wenn ich mal wieder irgendwo nicht aufgetaucht bin, und du musst dich nie wieder von mir um Kohle anschnorren lassen.«

Sie tupft sich mit meinem Hemd die Augen ab. Ich ziehe es aus und gebe es ihr. »Behalte es, dann hast du etwas, das dich an mich erinnert.«

Sie fängt tatsächlich an, es zusammenzufalten, und starrt anschließend tieftraurig auf das ordentliche kleine Quadrat. »Manchmal kommt es mir so vor, als würde ich jeden vermissen, den ich je gekannt habe. Ich vermisse sogar Daniel. Ich vermisse Samantha.«

»Daniel war ein aufgeblasenes Arschloch und ein mieser Freund. Samantha, deine eigentlich beste Freundin, ist nur zehn Straßen und zehn Minuten – oder eine Handy-Nachricht – weit entfernt.«

Sie hockt sich auf den Boden, zieht ihre knochigen Knie an die Brust und legt ihre Stirn darauf, sodass ihre Haare ihr vom Weinen gerötetes Gesicht verdecken. Nan und ich sind beide rothaarig, aber sie hat die ganzen Sommersprossen abbekommen und ist von Kopf bis Fuß damit übersät, während ich sie nur auf der Nase habe. Sie schaut mit kläglichem, bebendem Gesicht zu mir auf. Ich hasse dieses Gesicht. Damit kriegt sie mich immer klein.

»Du wirst schon klarkommen, Nan.« Ich tippe mir an die Schläfe. »Du bist genauso intelligent wie ich. Und viel weniger verkorkst. Jedenfalls soweit die meisten Leute wissen.«

Nan zuckt zurück. Wir fechten ein stummes Blickduell aus, während die Anspielung zwischen uns in der Luft hängt. Schließlich schaut sie weg und macht sich daran, mit akribischer Sorgfalt ein T-Shirt zusammenzufalten, als gäbe es nichts Wichtigeres auf der Welt.

»Wie auch immer«, murmelt sie und geht nicht weiter darauf ein.

Ich taste über die Tagesdecke auf meinem Bett, finde meine Zigaretten, zünde mir eine an und nehme einen tiefen Zug. Ich weiß, dass es Gift für mich ist, aber *Gott*, wie schafft es bloß irgendjemand, ohne zu rauchen, den Tag zu überstehen? Ich lege die brennende Kippe im Aschenbecher ab und klopfe meiner Schwester erneut auf den Rücken, sanfter diesmal.

»Komm schon. Mach dich nicht verrückt. Du weißt doch, wie Pa ist. Für ihn zählt nur, dass unterm Strich ein positives Ergebnis rauskommt. Job – Häkchen. Highschool-Abschluss – Häkchen. College – Häkchen. Hauptsache, der Schein wird gewahrt.«

Ich weiß nicht, ob es meiner Schwester hilft, aber während ich rede, kühlt sich der in meinem Magen zuckende Feuerball ab und löst sich auf. Anderen etwas vorspielen. Darin bin ich ziemlich gut.

Ma steckt den Kopf ins Zimmer. »Der junge Garrett ist hier. Du liebe Güte, Tim. Zieh dir was über.« Sie wühlt in einer Kommodenschublade und wirft mir ein Sommercamp-T-Shirt zu, von dem ich dachte, ich hätte es schon vor Jahren aussortiert. Nan springt auf, wischt sich die Tränen weg, zupft an ihrem eigenen Shirt herum und wischt sich die Hände an ihren Shorts ab. Sie hat unzählige nervöse Ticks – Nägel kauen, Haarsträhnen drehen, Kugelschreiberminen rein- und rausdrücken. Ich habe schon immer zu denen gehört, die mit einem gefälschten Ausweis, einem entspannten Gesichtsausdruck und einem Lächeln durchkommen. Meine Schwester schafft es, selbst dann schuldbewusst auszusehen, wenn sie betet. Auf der Treppe werden Schritte laut, kurz darauf klopft es an der Tür – endlich mal jemand, der anklopft! –, und Jase kommt herein und schiebt sich die feuchten Haare aus der Stirn.

»Scheiße, Mann. Wir haben noch nicht mal angefangen, die Sachen in den Wagen zu packen, und du bist schon am Schwitzen?«

»Bin hierhergerannt.« Er stützt die Hände auf den Knien ab und schaut zu meiner Schwester. »Hey, Nan.«

Nan, die ihm den Rücken zuwendet, nickt ihm kurz zu. Als sie sich umdreht, um sorgfältig zu Bällen ineinandergestülpte Socken in meinen Karton fallen zu lassen, betrachtet sie ihn verstohlen. Jase ist die Art von Typ, den Mädchen immer zweimal anschauen.

»Du bist hergerannt? Von dir sind es ungefähr fünf Meilen bis hier! Bist du verrückt?«

»Drei Meilen, und nein, ich bin nicht verrückt.« Jase lehnt sich an die Wand und fängt an, seine Beine zu dehnen. »Bin total außer Form, nachdem ich den ganzen Sommer im Laden rumgehockt habe. Nicht mal die drei Wochen Trainingslager haben was gebracht.«

»Du machst trotzdem einen ziemlich fitten Eindruck«, sagt Nan, das Gesicht hinter ihren Haaren versteckt, dann sieht sie mich an, murmelt: »Wehe du haust ab, ohne dich zu verabschieden, Tim«, und verlässt fluchtartig das Zimmer.

Jase, der offensichtlich nichts von dem kleinen Hormonschub meiner Schwester mitbekommen hat, sieht sich im Raum um. »Bist du fertig?«

»Ähm … glaube schon.« Ich sehe mich ebenfalls um, überlege, ob ich irgendwas vergessen habe, aber das Einzige, was mir noch einfällt, ist mein Muschelaschenbecher. »Jedenfalls, was meine Klamotten angeht. Ich bin eine absolute Niete im Packen.«

»Zahnbürste?«, hakt Jase gutmütig grinsend nach. »Rasierer? Irgendwelche Bücher? Sportausrüstung?«

»Glaub nicht, dass ich meinen Lacross-Schläger noch

mal brauche.« Ich klopfe die nächste Zigarette aus dem Päckchen.

»Fahrrad? Skateboard? Schwimmsachen?« Jase schaut zu mir rüber, ein Lächeln, das im Schein meines Feuerzeugs aufblitzt.

Ma kommt so schnell ins Zimmer zurückgestürmt, dass die Tür gegen die Wand knallt. In der einen Hand hat sie einen Regenschirm und einen riesigen gelben Regenmantel, in der anderen ein Bügeleisen. »Das hier willst du bestimmt auch mitnehmen. Soll ich dir vielleicht noch deine Decken einpacken? Was ist eigentlich mit dem netten Jungen passiert, bei dem du einziehen wolltest?«

»Hat nicht geklappt.« Soll heißen: Der nette Junge – mein AA-Kumpel Connell – hatte einen Rückfall und ist wieder auf Alkohol und Crack. Er war so dicht, als er mich anrief und irgendwelche fadenscheinigen Entschuldigungen von sich gab, dass er kaum einen vollständigen Satz herausgebracht hat. Das Apartment über der Garage der Garretts ist also die beste Option, die ich habe.

»Gibt es in diesem … diesem *Loch* überhaupt eine Heizung?«

»Großer Gott, Ma. Du weißt doch gar nicht, wie es dort aussieht, verdammt noch …«

»Die Heizung funktioniert sogar ziemlich gut«, sagt Jase, ohne auch nur im Mindesten gekränkt zu wirken. »Mein Bruder hat dort gewohnt, und Joel hat es gern komfortabel.«

»Oh, verstehe. Dann werde ich euch beide mal … weitermachen lassen.« Sie fährt sich durch die Haare und entblößt dabei kurz den grauen Ansatz ihrer roten Haare. »Und vergiss nicht, die hübschen Grußkarten einzupacken, die Tante Nancy dir geschickt hat, für den Fall, dass du dich schriftlich bei jemandem bedanken musst.«

»Würde mir im Traum nicht einfallen, Ma. Ähm, sie zu vergessen, meine ich.«

Jase senkt grinsend den Kopf, dann hebt er sich den Karton auf die Schulter.

»Was ist mit den Kissen?«, fragt Ma ihn. »Die kannst du dir doch bestimmt noch unter den anderen Arm klemmen, so ein strammer junger Mann, wie du einer bist, nicht wahr?«

Jesus Christus.

Er hebt gehorsam einen Ellbogen an und sie stopft ihm zwei Kissen unter die Achsel.

Ich schaue mich ein letztes Mal im Zimmer um. An der Pinnwand über meinem Schreibtisch hängt ein Zettel mit einer Liste, über der in roter Schrift *DER KERL, DER HÖCHST-WAHRSCHEINLICH...* steht – in Anlehnung an die Rubrik in den Schuljahrbüchern, in der Vermutungen darüber angestellt werden, was aus den Schülern des Abschlussjahrgangs einmal werden wird. An einem der wenigen Tage im letzten Herbst, an den ich mich noch deutlich erinnern kann, war ich mit ein paar Leuten aus meiner (Versager-)Clique draußen beim Bootshaus, wo die Schule die Kajaks lagert (und die Kiffer ihr Gras). Irgendwann fingen wir damit an, unsere eigenen Listen zu erstellen, quasi als Gegenentwurf zu den bescheuerten klassischen Jahrbucheinträgen: *Der Kerl, der höchstwahrscheinlich mit fünfundzwanzig Millionär sein wird. Das Mädchen, das höchstwahrscheinlich eine eigene Reality-Show haben wird. Der Kerl, der höchstwahrscheinlich einen Profiliga-Vertrag bekommen wird.* Keine Ahnung, warum ich den Zettel aufgehoben habe.

Ich nehme ihn von der Wand, falte ihn sorgfältig zusammen und stecke ihn in meine Hosentasche.

Sobald Jase, der im Flur auf mich gewartet hat, die knarrende Eingangstür geöffnet hat und auf dem Weg zum Wagen ist, kommt Nan um die Ecke.

»Tim«, flüstert sie und legt mir eine kühle Hand auf den Arm. »Lös dich nicht einfach in Luft auf.« Als würde ich wie der Nebel, der vom Fluss aufsteigt, verdunsten, wenn ich von zu Hause fortgehe.

Vielleicht werde ich das ja.

Als wir in die Einfahrt der Garretts biegen, bin ich gerade dabei, den Zigarettenanzünder zu drücken, um mir die vierte Kippe in Folge anzustecken, während die dritte noch zwischen meinen Fingern klemmt. Könnte ich sie alle auf einmal rauchen, hätte ich es sofort getan.

»Du solltest dir die Dinger echt abgewöhnen«, sagt Jase. Er schaut dabei aus dem Fenster und erspart mir einen vorwurfsvollen Blick.

Ich will die bis zum Filter runtergerauchte Kippe schon nach draußen schmeißen, kann mich aber im letzten Moment noch zurückhalten.

Keine wirklich gute Idee, sie neben Patsys Bobby Car und Georges hellblaues Minifahrrad mit Stützrädern zu werfen. Außerdem glaubt George, ich hätte damit aufgehört.

»Hab's versucht«, antworte ich. »Geht nicht. Außerdem habe ich schon das Trinken, die Drogen und den Sex aufgegeben. Nicht, dass ich zu perfekt werde, wenn ich nicht wenigstens noch ein paar Laster hab.«

Jase schnaubt leise und öffnet die Beifahrertür. »Sex? Ich glaub nicht, dass du *damit* aufhören musst.«

»Mit dem Sex, den ich hatte, leider doch. Ich hab mit jeder rumgemacht, die mich rangelassen hat.«

Jetzt ist Jase derjenige, der ein verlegenes Gesicht zieht.

»Bist du echt auch nach Sex süchtig gewesen?«, fragt er, mit einem Bein schon draußen, mit dem anderen noch im Wagen, und stupst mit der Spitze seines Converse einen Stapel alter Zeitungen an, der im Fußraum liegt.

»Nicht im Sinne von, dass ich ohne nicht leben konnte. Vom Alkohol und den Drogen abgesehen, war es einfach … eine weitere Möglichkeit, mich abzulenken. Mich zu betäuben.«

Er nickt, als hätte er es verstanden, aber ich bin mir ziemlich sicher, dass das nicht der Fall ist. »Ich hab mich auf Partys volllaufen lassen und dann mit Mädchen rumgemacht, die ich gar nicht mochte oder noch nicht mal kannte. So richtig Spaß gemacht hat das eigentlich nie.«

»Vielleicht ändert sich das, wenn du es irgendwann mal nüchtern versuchst und mit jemandem, für den du wirklich was empfindest«, erwidert Jase und steigt jetzt richtig aus.

»Tja.« Ich zünde mir eine letzte Zigarette an. »Das kann noch dauern.«

Drittes Kapitel

Da ist eine Eule in unserem Tiefkühlfach«, stoße ich zwischen zusammengebissenen Zähnen hervor. »Kann mir das vielleicht irgendeiner von euch erklären?«

Meine drei kleineren Brüder schauen mich mit ausdruckslosen Gesichtern an. Meine jüngere Schwester tippt, ohne aufzuschauen, weiter auf ihrem Handy herum.

Ich stelle die Frage noch einmal.

»Harry hat sie da reingemacht«, sagt Duff.

»Duff hat gesagt, dass ich sie da reinmachen soll«, sagt Harry.

George, mein jüngster Bruder, reckt den Hals. »Was für eine Eule? Ist sie tot? Ist sie so weiß wie Hedwig?«

Ich stupse die steinharte Eule an, die in einem Gefrierbeutel steckt. »Sehr tot. Und nein, sie ist nicht weiß. Außerdem hat jemand die letzten Eiswaffeln gegessen und schon wieder die leere Packung dringelassen.«

Sie zucken alle mit den Achseln, als wäre das ein genauso unlösbares Mysterium wie die Eule.

»Okay, versuchen wir es noch mal. *Warum* ist die Eule im Tiefkühlfach?«

»Harry will sie nach den Ferien am Mitbring-Tag in die Schule mitnehmen«, sagt Duff.

»Sanjay Sapati hat letztes Jahr einen Seehundschädel dabeigehabt. Aber meine Eule ist viel cooler. Die Augäpfel sind zwar schon ein bisschen verwest, aber man kann sie immer noch ganz gut erkennen.« Harry rührt stirnrunzelnd in seinem Haferbrei, den es heute zum Mittagessen gibt. Ich habe versucht, es als was Besonderes zu verkaufen, zum Mittagessen zu frühstücken, aber das hat ihn offensichtlich nicht überzeugt. Harry dreht den Löffel um und schüttelt ihn ein paarmal, aber der Haferbreiklumpen bleibt mit der gleichen Hartnäckigkeit daran kleben, die mein Bruder an den Tag legt, als er mir jetzt vorwurfsvoll den Löffel hinhält.

»Es wird gegessen, was auf den Tisch kommt«, sage ich.

»Aber das ist ekelhaft, Alice.«

»Du hast gehört, was ich gesagt habe«, entgegne ich und muss mich ziemlich zusammenreißen, um nicht die Geduld zu verlieren. Das ist alles nur vorübergehend. Nur bis es Dad ein bisschen besser geht und Mom nicht mehr an drei Orten gleichzeitig sein muss. »Haferbrei ist gesund«, füge ich hinzu, muss meinem siebenjährigen Bruder allerdings recht geben. Der Gang zum Supermarkt ist längst überfällig. Im Kühlschrank sind nur noch Eier, Apfelmus und Ketchup, der Vorratsschrank ist bis auf Joels Proteinpulver leer, und das Einzige, was die Gefriertruhe noch hergibt, ist ... eine tote Eule.

»Tut mir leid, Jungs, aber die Eule muss hier raus.« Ich versuche, Moms vernünftigen Tonfall nachzuahmen. »Davon wird die Eiscreme schlecht.«

»Können wir nicht lieber Eis essen statt das Zeug hier?« Harry rammt seinen Löffel in den Haferbrei, wo er so solide stehen bleibt wie ein Grabstein auf einem grauen Hügel.

Ich versuche ihnen den Brei schmackhaft zu machen, indem ich ihnen sage, dass es genau der gleiche ist, den die drei Bären in *Goldlöckchen* gegessen haben, aber

George und Harry kaufen mir die Geschichte nicht so ganz ab. Duff ist mit elf sowieso schon zu alt dafür, und Andy rümpft die Nase und sagt: »Ich esse später was. Bin jetzt sowieso viel zu nervös dazu.«

»Wegen Kyle Comstock nervös zu sein, ist echt bescheuert«, sagt Duff. »Der Typ ist das totale Pupsgesicht.«

»Puuuuups«, ruft Patsy von in ihrem Hochstuhl aus, die mit ihren achtzehn Monaten gern alles nachplappert.

»Du hast doch von nichts eine Ahnung«, sagt Andy und rauscht aus der Küche – garantiert um das weiß der Teufel wievielte Outfit für die Segelcamp-Preisverleihung anzuprobieren. Die erst in sechs Stunden stattfindet.

»Wen interessiert schon, was sie anhat? Ist doch bloß ein dämlicher Segelpreis«, murrt Duff. »Von dem Zeug muss ich spucken, Alice. Das ist wie dieser Haferschleim, den Oliver Twist essen musste.«

»*Er* wollte sogar einen Nachschlag«, kontere ich.

»Weil er am *Verhungern* war«, kontert Duff.

»Okay, hört endlich auf, so rumzunörgeln, und esst das verdammte Zeug.«

Georges Augen werden groß. »Mommy sagt das Wort *nie*. Daddy hat nämlich gesagt, dass man das nicht sagen soll.«

»Tja, Mommy und Daddy sind aber nicht hier, oder?«

George schaut traurig auf seinen Haferbrei hinunter und stochert darin herum, als könnte er Mom und Dad dort finden.

»Tut mir leid, Georgie«, sage ich schuldbewusst. »Hey, was haltet ihr von Rührei, Jungs?«

»Nein!«, rufen alle drei hastig im Chor. Das letzte Rührei, das ich ihnen gemacht habe, scheint ihnen nicht in guter Erinnerung geblieben zu sein. Seit Mom so viel Zeit in

Sprechzimmern von Ärzten verbringt – weil sie selbst einen Termin zur Schwangerschaftskontrolle hat oder weil es etwas zu Dads weiterem Therapieverlauf zu besprechen gibt –, haben sie die ganze Bandbreite meiner beschränkten kulinarischen Talente über sich ergehen lassen müssen.

»Ich werfe die Eule weg, wenn du uns Geld gibst, damit wir in der Stadt frühstücken können«, sagt Duff.

»Alice!«, sagt Andy verzweifelt. »Ich hab gleich gewusst, dass es nicht passt.« Sie steht in dem Sommerkleid, das ich ihr geliehen habe, in der Tür und zupft frustriert am Ausschnitt herum. »Wann gehöre ich endlich nicht mehr in den Winzig-kleine-Möpse-Klub? Du bist dort schon mit zwölf ausgetreten.« Ihre Stimme klingt vorwurfsvoll, so als hätte ich mir den letzten verfügbaren größeren Busen in der Familie unter den Nagel gerissen.

»Möpse-Klub?« Duff fängt an zu lachen. »Und wer hat den gegründet? Ich wette, Joel. Und Tim.«

»Du bist echt so was von unreif, dass es *mich* jünger macht, wenn ich dir bloß zuhöre«, fährt Andy ihn an. »Was soll ich denn jetzt machen, Alice? Ich liebe dieses Kleid. Ich träume schon seit einer Ewigkeit davon, es anzuziehen, aber bis jetzt hast du es mir nie leihen wollen. Ich sterbe, wenn ich es nicht tragen kann.« Sie schaut sich mit wildem Blick in der Küche um. »Soll ich mir vielleicht irgendwas in den Ausschnitt stopfen? Aber was?«

»Brotkrumen?«, prustet Duff. »Haferflocken? Eulenfedern?«

Ich zeige mit dem Haferbreilöffel auf sie. »Niemals ausstopfen, verstanden? Steh zu dem, was du hast.«

»Ich will dieses Kleid anziehen.« Andy schaut mich finster an. »Es ist perfekt. Außer dass es mir oben herum nicht passt. Hast du nicht noch irgendwas anderes? Etwas, in dem ich nicht flach wie ein Brett aussehe?«

»Hast du schon mal Samantha gefragt?« Ich werfe Duff, der gerade dabei ist, sich mehrere Küchenschwämmchen unter sein T-Shirt zu stopfen, einen warnenden Blick zu. Harry, der zwar nicht versteht, worum genau es hier geht – das hoffe ich jedenfalls –, aber einfach Spaß daran hat, Andy zu ärgern, schnappt sich ein paar Windeln von Patsy und macht es Duff nach. Samantha, die Freundin meines Bruders, ist mit sehr viel mehr Geduld gesegnet als ich. Vielleicht weil sie nur eine Schwester hat, mit der sie klarkommen muss, die noch dazu älter ist.

»Sie bringt mit ihrer Mom ihre Schwester ins College und ist wahrscheinlich erst heute Abend wieder da. Alice! Was soll ich denn jetzt machen?«

Allein schon bei der bloßen Erwähnung von Grace Reed – Sams Mutter, die so etwas wie die Erzfeindin unserer Familie ist – spannen sich meine Kiefermuskeln an. Oder liegt es vielleicht an der Eule, die immer noch in unserem Gefrierfach liegt? *Gott. Hol mich hier raus.*

»Ich sterbe vor Hunger«, stöhnt Harry. »Bis heute Abend bin ich bestimmt verhungert.«

»Es dauert drei Wochen, bis man verhungert«, klärt George ihn auf, dessen schulmeisterliche Aura von einem Kakao-Schnurrbart unterstrichen wird.

»Aaaahhh! Niemand hier interessiert sich für das, was ich durchmache!« Andy stürmt davon.

»Das sind die Hormone«, raunt Duff Harry zu. Seit er diesen Satz einmal von Mom gehört hat, halten meine kleinen Brüder *Hormone* für eine ansteckende Krankheit.

Mein Handy vibriert auf der zugemüllten Küchentheke. Brad schon wieder. Statt dranzugehen, fange ich an, Küchenschränke aufzureißen. »Okay, Leute. Wir haben nichts mehr im Haus, kapiert? Wir können erst einkaufen gehen, wenn unser wöchentlicher Scheck vom Laden da ist, davon abgesehen hat sowieso niemand Zeit, einkaufen zu gehen. Ihr könnt es euch aussuchen – entweder Haferbrei oder leere Bäuche. Es sei denn, ihr wollt Toast mit Erdnussbutter.«

»Nicht schon wieder.« Duff rutscht vom Stuhl und trottet aus der Küche.

»Igitt.« Harry steht auf und stößt dabei versehentlich sein Glas Orangensaft um, schlurft Duff aber hinterher, ohne die Sauerei aufzuwischen.

Wie hält Mom das nur aus? Ich schließe die Augen, massiere mir erschöpft den Nacken und blende die tückische kleine Stimme aus, die fragt: *Warum* hält Mom das nur aus?

George versucht tapfer seinen Haferbrei weiter zu essen und pult eine Haferflocke nach der anderen aus der zähen Masse.

»Lass gut sein, G. Du magst Erdnussbutter doch immer noch, oder?«

George seufzt tief, als wäre er mit seinen vier Jahren der Welt schon überdrüssig, stützt seine sommersprossige Wange in die Hand und sieht mich mit einem Blick an, der mich an den von Jase erinnert. »Man kann aus Erdnussbutter Diamanten machen. Hab ich gelesen gehabt.«

»Einfach nur *hab ich gelesen*«, korrigiere ich ihn seufzend und schütte noch ein paar Rosinen auf das Tischchen von Patsys Hochstuhl.

»Bah«, sagt sie, hebt jede Rosine einzeln auf und wirft sie mit spitzen Fingern auf den Boden.

»Meinst du, wir können aus dieser Erdnussbutter Diamanten machen?«, fragt George hoffnungsvoll, als ich das Glas aufschraube.

»Ich wünschte, wir könnten es, Georgie«, sage ich und schaue genau in dem Moment zu dem leeren Küchenschrank neben dem Fenster rüber, in dem ein dunkelblauer Jetta in die Einfahrt biegt. Ein hochgewachsener Typ steigt aus, dessen kastanienroter Haarschopf in der Sonne wie ein brennendes Streichholz aufleuchtet.

Großartig. Genau das, was unserem hochentzündlichen Familienmix noch gefehlt hat. Tim Mason. Das menschliche Äquivalent zu Sprengstoff.

✳ ✳ ✳

Nachdem wir die knarrenden Garagenstufen hochgestiegen sind, holt Jase einen Schlüssel aus der Hosentasche, schließt die Tür auf und knipst das Licht an. Ich schiebe mich an ihm vorbei und lasse den Karton auf den Boden fallen. Die Decke in Joels altem Apartment ist ziemlich niedrig, die Einrichtung besteht aus alten, zu Bücherregalen umfunktionierten Obstkisten, einer hässlichen Couch, einem kleinen Kühlschrank, einer Mikrowelle, einem Sitzsack aus Jeansstoff und einer gigantischen Hantelbank mit tonnenweise Gewichten. Von den mit Bikinischönheiten zugepflasterten Wänden springen einem von allen Seiten Brüste entgegen.

»In dieses totale Klischee von einer Jungsbude hat Joel die ganzen Au-pair-Mädchen abgeschleppt? Da hätte ich ihm aber etwas mehr Stil zugetraut.«

Jase zieht eine Grimasse. »Willkommen im Land der nackten Hintern. Schätze, die Kindermädchen hat es nicht weiter gestört, weil es wahrscheinlich genau dem Bild entspricht, das sie von *amerikanischen Jungs* haben. Soll ich dir dabei helfen, sie abzureißen?«

»Nicht nötig. Statt Schäfchen zähle ich einfach Möpse, falls ich mal wieder nicht schlafen kann.«

Jase macht einen kleinen Rundgang durchs Apartment, leert mit angewidertem Gesicht einen Abfalleimer und fragt dann: »Meinst du, du kommst klar hier?«

»Auf jeden Fall.« Ich ziehe den Zettel von meiner Pinnwand aus der Hosentasche und hefte ihn an ein Boxenluder in einem freizügig geschnittenen pinken Badeanzug, das die Kühlschranktür ziert.

Jase überfliegt die Liste und schüttelt den Kopf. »Hör zu, Mase … du weißt, du kannst jederzeit zu uns rüberkommen.«

»Keine Sorge, Garrett. Ich war im Internat. Ist nicht so, als ob ich im Dunkeln Angst hätte.«

»Idiot«, sagt er grinsend und zeigt in Richtung Badezimmer. »Die Spülung spinnt manchmal. Wenn es gar nicht mehr geht, gib Bescheid, dann kümmere ich mich darum. Und noch mal – du bist immer bei uns willkommen. Ansonsten kannst du mir auch gern Gesellschaft leisten, wenn ich frühmorgens Zeitungen ausfahre. Ich muss jetzt los, Samantha abholen. Sie ist doch nicht nach Vermont gefahren. Hast du Lust, mitzukommen?«

»Mit den perfekten Highschool-Sweethearts? Nein danke. Ich bleibe lieber hier und versuche, die Spülung endgültig zu schrotten. Wenn ich es geschafft habe, gebe ich dir Bescheid.«

Er zeigt mir grinsend den Finger und geht.

Zeit, meinen Hintern zu einem Meeting zu bewegen. Besser das, als hier allein mit einem Haufen silikonsüchtiger Bikinimodels und meinen trüben Gedanken herumzuhocken.

Viertes Kapitel

Als ich nach dem Meeting – das die Anspannung nur teilweise gelindert hat – über den wuchernden Rasen der Garretts gehe, sehe ich als Erstes Jase' ältere Schwester Alice, die sich im Vorgarten sonnt.

In einem Bikini.

Sündiges Scharlachrot.

Im Nacken gelöste Träger.

Olivfarbene Haut.

Feuerrot lackierte Zehennägel.

Gibt es irgendetwas auf dieser Erde, das meine Laune mehr heben könnte als der Anblick von Alice Garrett in einem Bikini?

Von Alice Garrett *ohne* Bikini mal abgesehen. (Was mir noch nie vergönnt war – aber ich habe eine blühende Fantasie.)

Sie sitzt mit geschlossenen Augen auf einem kleinen blaugrün gestreiften Campingstuhl, der Kopf ruht schwer auf ihrer Schulter, und ihre langen Haare, deren Farbe ständig wechselt (zurzeit braun mit blonden Strähnen), wellen sich in der spätsommerlichen Hitze. Weil ich ein skrupelloser Mistkerl bin, lasse ich mich neben sie ins Gras fallen und betrachte sie ungeniert.

Oh, Alice.

Ein paar Sekunden später öffnet sie blinzelnd die Augen, schirmt sie mit der Hand gegen die Sonne ab und sieht mich an.

»Genau jetzt«, sage ich, »wäre der perfekte Zeitpunkt, um unschöne Bikinistreifen zu vermeiden. Falls du dabei meine Hilfe brauchst – ich stehe jederzeit zu Diensten.«

»Genau jetzt«, sagt sie mit dem Lächeln einer Serienmörderin, »wäre der perfekte Zeitpunkt, dämliche Kommentare zu vermeiden.«

»Ach, Alice, eines Tages wird dir klar werden, dass ich von Anfang an der Richtige für dich war, und du wirst dich selbst dafür verfluchen, so viel kostbare Zeit vergeudet zu haben. Aber ich verspreche dir, dass ich dann da sein und dich darüber hinwegtrösten werde.«

»Tim, ich würde dich bei lebendigem Leib verschlingen und dann wieder ausspucken.« Sie beugt sich vor, bindet die Bikiniträger im Nacken und lehnt sich wieder zurück. *Gott.* Ich kann kaum noch atmen.

Aber ich kann reden. Das kann ich immer.

»Dazu könnten wir später kommen, Alice. Wie wäre es für den Anfang mit ein bisschen sanftem Knabbern?«

Alice schließt die Augen, öffnet sie wieder und wirft mir einen nicht zu deutenden Blick zu.

»Warum hast du keine Angst vor mir?«, fragt sie.

»Oh, du jagst mir sogar eine Heidenangst ein«, versichere ich ihr. »Aber das stört mich nicht im Geringsten.«

Sie setzt zu einer Antwort an, doch genau in dem Moment kommt der Familien-Minivan die Einfahrt hochgerollt. Er sieht noch zerschrammter aus als sonst. Am rechten Kotflügel blättert der Lack ab, über die hintere Schiebetür verläuft eine wie mit einem Schlüssel gezogene Kratzspur, die mit Rostschutzmittel überpinselt wurde. Bei je einem Vorder- und Hinterreifen fehlen die Radkappen. Als Alice aufstehen will, lege ich ihr eine Hand auf die glatte gebräunte Schulter und drücke sie sanft in den Sitz zurück.

»Ich geh schon.«

Sie schaut einen Moment unschlüssig zu mir auf und zuckt dann mit den Achseln. »Danke.«

Mrs Garrett, die so eine Art hellblauen Strandkaftan trägt und ziemlich fertig aussieht, steigt aus dem Wagen.

»Alles okay?«, frage ich, was in Anbetracht des ohrenbetäubenden Kreischens, das mir entgegenschlägt, als ich die hintere Schiebetür aufmache, eher ironisch gemeint ist. Patsy, George und Harry sitzen mit roten Gesichtern schweißgebadet auf der Rückbank. Patsy, deren Mund zu einem riesigen O geformt ist, schreit wie am Spieß, George hat ebenfalls Tränen in den Augen, und Harry sieht aus, als wäre er stinksauer.

»Ich bin kein Baby mehr«, erklärt er mir finster.

»Ist mir klar, Mann«, versichere ich ihm, obwohl er eine Badehose mit kleinen roten Feuerwehrhelmen anhat.

»*Sie*«, er deutet mit seinem sandigen Zeigefinger anklagend auf seine Mutter, »hat uns gezwungen, vom Strand nach Hause zu fahren.«

»Du weißt genau, dass Patsy ihren Mittagsschlaf machen muss, Harry. Wenn du willst, kannst du ein bisschen im Pool schwimmen, und vielleicht können wir nach Andys Preisverleihung im Castle's noch ein Eis essen gehen.«

»Im Pool schwimmen ist total lahm«, stöhnt Harry. »Wieso konnten wir nicht wenigstens noch auf den Eiswagen warten, Mommy. Da gibt's Spiderman Bomb Pops.« Er stapft auf seinen dünnen Beinen wütend die Verandatreppe hoch, die schmalen Schultern nach vorn gebeugt, als laste die Ungerechtigkeit der ganzen Welt auf ihnen.

»Oh-oh«, sage ich, als die Fliegengittertür hinter ihm zuschlägt. »Sieht mir nach schwerer Kindesmisshandlung aus.«

Mrs Garrett lacht. »Ich bin die fieseste Mom, die man sich nur vorstellen kann. Das weiß ich aus zuverlässiger Quelle.«

Sie wirft George einen verstohlenen Blick zu, bevor sie sich so dicht zu mir beugt, dass mir der Duft ihrer Kokos-Sonnen-milch in die Nase steigt. Mein erster Gedanke ist, dass sie prü-fen will, ob ich eine Alkoholfahne habe – der einzige Grund, warum Erwachsene mir sonst so nahe kommen –, aber statt-dessen flüstert sie: »Kein Wort über Asteroiden.«

Nicht gerade das Thema, mit dem ich üblicherweise eine Unterhaltung beginne, sie kann also ganz unbesorgt sein.

Aber George umklammert mit bebenden Schultern eine Ausgabe der *Newsweek*, Patsy ist immer noch ein schluchzen-des Häufchen Elend, und Mrs Garrett schaut zwischen den beiden hin und her, als versuche sie zu entscheiden, um wen sie sich als Erstes kümmern soll.

»Ich übernehme den kleinen Schreihals hier«, sage ich, wo-rauf sie mich dankbar anlächelt und Patsys Kindersitz aus der Halterung löst. Umso besser, ich habe nämlich keine Ahnung von diesen Dingern.

Sobald sie mich sieht, schaut Patsy zu mir hoch, hört ein-fach so zu schreien auf und streckt mir beide Arme entgegen.

»Ti«, sagt sie und bekommt einen Schluckauf. *Hicks.* »Ti!«

Ich verstehe zwar nicht, warum, aber dieses Kind ist ver-rückt nach mir. Als ich mich zu ihr hinunterbeuge und sie auf den Arm nehme, legt sie ihre verschwitzten kleinen Hände auf meine Wangen und tätschelt sie liebevoll, ohne sich an den Stoppeln zu stören.

»Ti! Ti!«, kräht sie und strahlt mich mit ihren spitzen klei-nen Milchzähnen wie ein Babyvampir an.

Mrs Garrett hebt George aus dem Wagen und setzt ihn sich auf die Hüfte. Er kuschelt den Kopf an ihren Hals, immer noch die Zeitschrift zwischen den klebrig-feuchten Fingern.

»Du wirst einmal ein guter Vater, Tim«, sagt sie lächelnd. »Irgendwann in ferner Zukunft.«

Als ich das tröstende Gewicht ihrer Hand auf meinem Rücken spüre, bin ich plötzlich so verlegen, dass mir keine bessere Antwort einfällt als: »Na klar. Einem Mädchen einen Braten in die Röhre zu schieben hat auf meiner langen Liste von Straftaten und sonstigen moralischen Vergehen gerade noch gefehlt.«

Kaum habe ich die Worte ausgesprochen, wird mir klar, was für ein Vollidiot ich bin. Mrs Garrett sieht immer noch verdammt jung aus, obwohl ihr ältestes Kind schon zweiundzwanzig ist. Möglicherweise hat sie selbst mal einen Braten in die Röhre geschoben bekommen und musste heiraten.

Außerdem – *einen Braten in die Röhren schieben*? Nicht unbedingt die Ausdrucksweise, die man Eltern gegenüber anwenden sollte.

»Immer gut, einen Plan zu haben«, erwidert sie unbeeindruckt.

Sie trägt George ins Haus und lässt mich mit Patsy zurück, die ihre tränennasse weiche Wange an meine schmiegt. Alice, die immer noch die Augen geschlossen hat, ist offensichtlich von allem, was um sie herum vor sich geht, ganz weit entfernt und nur noch physisch anwesend.

»Ti.« Patsy lehnt sich nach hinten und drückt mir einen triefenden Kuss auf die Schulter, dann fängt sie an, auf Brusthöhe an meinem Hemd zu zerren, und wirft mir unter feuchten Wimpern einen fragenden Blick zu.

»Sorry, Kleines, was das angeht, kann ich dir leider nicht behilflich sein.«

Ich versuche, nicht zu Alice hinüberzuschauen, die wieder die Träger ihres Oberteils im Nacken gelöst hat. Als sie sich gähnend streckt, rutscht es ein Stück nach unten. Keine Bikinistreifen. Ich schließe einen Moment die Augen.

Patsy greift nach meinem Ohr, als wäre es ein akzeptabler

Ersatz für die Brust. Vielleicht ist es das ja. Was weiß ich schon von Babys? Oder Kleinkindern oder was auch immer man mit anderthalb Jahren ist. Vielleicht geht es nur darum, sich an irgendetwas festzuhalten, ganz egal, woran. Wer könnte das besser verstehen als ich.

Fünftes Kapitel

Alice?«

»Dad?«

»Hab dich an deinen Alligators erkannt«, sagt er.

»Crocs, Dad.«

»Sag ich doch. Komm rein.«

Ich schiebe den steifen Krankenhausvorhang zur Seite. Obwohl mittlerweile schon fast ein Monat seit dem Autounfall vergangen ist, fällt es mir immer noch schwer, das »Alles wird gut«-Krankenschwesterngesicht aufzusetzen, von dem ich dachte, ich würde es bei meinem eigenen Vater nie brauchen.

Aber er sieht sehr viel besser aus. Weniger Schläuche, mehr Farbe im Gesicht, die Schwellungen abgeklungen. Aber Dad in einem Krankenhausbett zu sehen, sorgt nach wie vor dafür, dass mein Magen sich zusammenzieht und mir das Atmen schwerfällt. Bevor das alles passiert ist, habe ich ihn so gut wie nie untätig gesehen, er ist ständig in Bewegung gewesen. Das Einzige, was sich jetzt bewegt, ist eine Hand, die über Moms Haare streichelt. Sie liegt fest an ihn geschmiegt in dem schmalen Bett und schläft.

»*Schsch ...*«, sagt Dad. »Sie ist fix und fertig.«

Natürlich ist sie das. Einen Arm hat sie unter seinen Nacken geschoben, den anderen um seine Taille geschlungen.

»Du bestimmt auch, hm?« Seine Stimme klingt immer noch leicht schleppend, aber sanft. Es ist dieselbe beruhigende Stimme, die mich in meiner Kindheit über Albträume, ungerechte Lehrer und Sophie McCade hinweggetröstet hat, die in der Achten das Gerücht verbreitete, ich hätte mir in den Sommerferien die Brüste vergrößern lassen.

»Das Gleiche könnte ich dich fragen, Dad.«

Er schnaubt leise. »Ich liege den ganzen Tag nur auf der faulen Haut.«

»Du hast eine Beckenfraktur. Von dem durch die Embolie hervorgerufenen Lungenschaden ganz zu schweigen. Es ist nicht unbedingt so, als würdest du hier faulenzen und dich mit Schokotrüffeln vollstopfen.«

Er wirft mir einen Blick zu, streicht vorsichtig Moms Haare zur Seite, damit er mich besser sehen kann. »Hab ich schon mal was von gehört, aber nie gegessen.«

»Ich auch nicht. Aber sie sollen ziemlich gut sein. Besonders die aus Belgien. Wenn ich es schaffe, welche aufzutreiben, probierst du sie dann?«

»Nur wenn du das auch machst. Wir könnten wetten, wer mehr schafft. Ist bestimmt einfacher, als in einer Stunde fünfzig hart gekochte Eier zu essen, so wie Paul Newman in ...«

»Oh Gott. Sag jetzt nicht *Der Unbeugsame*. Was ist bloß an diesem Streifen dran, dass jedes männliche Wesen, das ich kenne, total besessen davon ist?«

»Wie der Titel schon sagt, hofft eben jeder von uns, dass er es allen Widrigkeiten zum Trotz schafft, Alice. Wir wollen alle gern glauben, dass wir ein gutes Blatt auf der Hand haben.« Er zieht sein Kissen etwas höher.

»Hab schon verstanden.« Ich greife nach der abgenutzten Schachtel mit den Spielkarten, die sich den Nachttisch mit einem wilden Sammelsurium verschiedenster Gegenstände teilt – eine rosafarbene Wasserkaraffe aus Plastik, eine Nierenschale fürs Zähneputzen, leere kleine Tablettenbecher, eine Rolle medizinisches Pflaster zum Festkleben der Infusionsschläuche, selbst gebastelte windschiefe Stifthalter und Kaffeebecher aus Ton, ein Stapel Science-Fiction-Romane, ein Foto von ihm und Mom aus der Highschool – sie mit wilden langen Locken, er mit Lederjacke.

»Ich weiß nicht, ob ich es übers Herz bringe, deine Glückssträhne zu unterbrechen«, sagt er mit diesem Grinsen, bei dem sich zuerst die Lachfältchen um seine Augen vertiefen, bevor es sich schließlich auf seinem ganzen Gesicht ausbreitet. »Wobei – gegen jemanden zu gewinnen, der unter dem Einfluss von Schmerzmitteln steht, ist nicht sonderlich schwer.«

»Ich habe sechs von sieben Spielen gewonnen, Dad. Liegt das jetzt wirklich nur an deinen Tabletten oder vielleicht doch an meiner außergewöhnlichen Begabung?«, gebe ich lächelnd zurück.

»Tja, ich nehme keine mehr, das wird sich also noch zeigen.« Er verlagert das Gewicht etwas zur Seite und wird schneeweiß im Gesicht. Sein Blick heftet sich an die Decke, seine Lippen bewegen sich, zählen stumm den Schmerz weg, während sich sein Brustkorb hastig hebt und senkt.

»Einatmen, eins, zwei, ausatmen«, murmle ich. Wehen-Atmung. Jeder in unserer Familie ist damit vertraut.

»Das sollte ich mittlerweile weiß Gott perfekt beherrschen.« Dads Stimme klingt gepresst.

»Tust du aber nicht«, sagt Mom, die mittlerweile aufgewacht ist. Ich versuche zu lächeln, was mir nicht so recht gelingen will, also konzentriere ich mich darauf, die Karten zu mischen. »Soll ich die Schwester rufen?«, frage ich, nachdem ich sie ein drittes Mal gemischt habe.

Er bedeutet mir, ihm die Karten zu geben, und fängt an, sie wie ein alter Kartentrickkünstler mit einer Hand zu mischen.

»Nur wenn sie mir Schokotrüffel bringt«, sagt er und wird dann plötzlich ernst. »Die werfen mich hier sowieso bald raus. Nicht genügend Betten, ich bin schon viel zu lange hier, bin längst wieder völlig hergestellt. Keine Ahnung, was die neueste Erklärung ist.«

»Und dann …?«

»Nach Hause«, sagt er seufzend. »Oder in eine Reha-Einrichtung. Sie haben die Entscheidung uns überlassen.« Er blickt auf Mom hinunter, lächelt, dasselbe Lächeln wie auf dem Highschool-Foto, und schiebt das Etikett, das hinten aus ihrem Kleid herausschaut, in den Kragen zurück. Sie kuschelt sich noch ein bisschen enger an ihn.

»Die Kosten für die Reha sind in dem Pakt, den wir mit dem Teufel abgeschlossen haben, mit inbegriffen«, sage ich. Unser Teufel ist vielleicht eine große blonde, konservative Senatorin, aber Pakt bleibt Pakt.

»Das ist nicht unbedingt die richtige Sichtweise, Alice.« Er schüttelt den Kopf und zuckt dann zusammen.

Ganz egal, wie oft er beteuert, dass er über den Berg ist, er hat immer noch Schmerzen. Von seiner Sommerbräune ist kaum noch etwas übrig, seine Gesichtszüge sind schärfer geworden, seine Schultern ständig hochgezogen. Er sieht mindestens vier Jahre älter aus als vor vier Wochen, und das ist ganz allein die Schuld dieser Frau. Es spielt keine Rolle, wie oft sie Samantha mit Salaten und Aufläufen aus dem Feinkostladen zu uns rüberschickt, ich kann es nicht vergessen.

»Grace Reed ist für das alles verantwortlich, Dad. Sie hat unser Leben ruiniert. Sie –«

»Schau mich an«, sagt er. Also sehe ich ihn an und versuche nicht vor dem Anblick seines an einer Stelle kahl rasierten Schädels zurückzuzucken, wo ein Loch gebohrt wurde, um den durch die Kopfverletzung verursachten Druck zu mildern. Duff, Harry und George nennen es nur *Dads schrägen Haarschnitt.*

»Wir haben vielleicht etwas zu kämpfen, okay. Aber davon, dass unser Leben ruiniert ist, kann keine Rede sein. Die Krankenhausrechnungen, schön und gut. Aber jetzt auch noch die Reha? Das wären Almosen.«

»Kein Almosen, Dad. Gerechtigkeit.«

»Du weißt so gut wie ich, dass es an der Zeit ist, weiterzumachen, Alice. Die Zähne zusammenzubeißen und nach Hause zurückzukehren. Wo ich gebraucht werde.«

Ich will, dass er nach Hause zurückkommt. Ich will, dass alles wieder so wird, wie es war. Dass er im Wohnzimmer auf dem Sofa liegt, wenn ich spätabends von einem Date oder was auch immer nach Hause komme, und *History Channel* oder *National-Geographic*-Dokus schaut, an der Schulter ein eingeschlafenes Baby – zuerst Duff, dann Harry, dann George, dann Patsy –, die Fernbedienung in einer Hand, fast weggedöst, aber noch wach genug, um sich ein Stück aufzurichten und zu sagen: »Wusstest du, dass Lindberghs Flugzeug, mit dem er nach Paris geflogen ist, nur mit Stoff verkleidet war? Unglaublich, wozu Menschen in der Lage sind.« Aber in meiner Ausbildung zur Krankenschwester habe ich mittlerweile schon genug gelernt, um das medizinische Fachchinesisch auf seinem Krankenblatt zu verstehen. Egal wie unglaublich es ist, wozu Menschen in der Lage sind, ein Körper hat seine Grenzen.

»Es wäre noch zu früh, und das weißt du auch«, sage ich. Ein Muskel in Dads Kiefer zuckt.

Wie stark sind seine Schmerzen wirklich? Er hätte die Tabletten nicht absetzen sollen.

Ich reibe mir über den Nacken und setze ein Pokerface auf.

Allein die Dinge, die Mom und ich heute unter uns aufgeteilt haben. Ich habe mich ums Frühstück gekümmert, während sie mit Morgenübelkeit gekämpft und telefonisch den obligatorischen Arzttermin zum Schulbeginn für alle vereinbart hat. Dann habe ich Duff zum Augenarzt gefahren und sie hat Andy zum Kieferorthopäden begleitet und war danach mit den Kleinen am Strand. Anschließend sind wir alle zur Segelclub-Preisverleihung gegangen, wo Mom Andy auf der Toilette trösten musste, weil Jade Whelan irgendetwas Blödes zu ihr gesagt hatte. Um sie aufzumuntern, ist sie mit ihr ein Eis essen gegangen, und ich bin mit den Kids auf eine Runde Hotdogs ins Castle's gefahren. Danach hat Mom mit der ganzen Truppe Jase vom Training abgeholt, alle zu Hause abgesetzt, ist zu Dad ins Krankenhaus und – hier eingeschlafen. Ich bin zu Hause geblieben, bis alle außer Andy im Bett waren, dann habe ich mich ebenfalls auf den Weg hierhergemacht und noch einen kurzen Stopp bei Starbucks eingelegt, um mir einen großen Kaffee zu holen. Und ich bin nur Moms Stunt-Double. Ich bin nicht Dad.

»Sobald du wieder zu Hause wärst, würdest du ständig George und Patsy auf dem Arm herumtragen. Du würdest Harry und Duff zum Fußball fahren. Andy von Schulpartys abholen. Jase im Laden unter die Arme greifen. Du hättest keine ruhige Minute, Dad. Das schaffst du noch nicht. Du würdest einen Rückfall erleiden und das würde alles nur noch schlimmer machen. Für uns alle.«

Er reibt sich seufzend die Stirn. »Eigentlich sollte *ich* derjenige sein, der seine sauer verdiente Lebenserfahrung an *dich* weitergibt.«

Mom rührt sich im Schlaf, zieht ihren Arm unter ihm hervor und legt ihn auf ihren Bauch.

Stimmt. Das neue Baby. Das vergesse ich immer mal wieder.

Dad legt seine gesunde Hand auf ihre. *Er* vergisst es nie.

✳ ✳ ✳

Ich verschränke die Arme auf dem Fenstersims und lege das Kinn darauf. Die Nacht ist beinahe wolkenlos und vom Zirpen der ... keine Ahnung ... *Grillen? ... Heuschrecken? ...* erfüllt, die im Rasen der Garretts hocken, der dringend mal wieder gemäht werden müsste. Wenn man sich anstrengt, kann man sogar den Fluss hören.

Als meine Augen sich an die Dunkelheit gewöhnt haben, sehe ich sie.

Alice lehnt an der Motorhaube des VW-Käfers und schaut in den Himmel. Nicht zu mir. Vollmond, ein paar Wolken, Sterne. Sie hebt sich als dunkle Silhouette von dem hellen Wagen ab, kurvig, einen Fuß auf der Stoßstange, das Mondlicht bringt ein Knie zum Schimmern.

Jesus.

Ein *Knie*.

Oh, Alice.

Sechstes Kapitel

Am nächsten Morgen springe ich so schnell aus dem Bett, dass es sich anfühlt, als würde mein Gehirn gegen die Innenseite meines Schädels schwappen. *Wo bin ich?* Das vertraute Gefühl – das Brennen, die Benommenheit – bringt meine Schläfen zum Pochen.

Ich habe mich gestern Abend volllaufen lassen.

Habe ich?

Warum sollte ich sonst so verdammt orientierungslos sein?

Mein Blick fällt auf die zwölf halb nackten Kalendergirls in absurden Posen, die mich von den Wänden herab anstarren, und da weiß ich wieder, wo ich bin. Ich reibe mir über die schweißnasse Stirn, falle auf die höllisch harte Couch zurück, auf der ich mich zu lange mit der Xbox vergnügt habe, bevor ich irgendwann eingeschlafen bin, und lausche der Leere.

Mir ist nie klar gewesen, wie unglaublich *leise* es ist, wenn man ganz allein in einem Gebäude ist.

Schließlich stehe ich wieder auf und fange an wie im Wahn, ein Poster nach dem anderen abzureißen, bis die Wände nackt sind und mein Atem stoßweise geht.

Laufen – ist das nicht das, was Jase macht, wenn er den Kopf freikriegen will? Ich krame in meinem Karton nach einer Jogginghose, finde aber nur eine spießige graue Stoffhose. Wer hat die denn eingepackt? Meine Turnschuhe sind ebenfalls verschollen. Am Ende begnüge ich mich mit ausgeblichenen

Badeshorts und mache mich auf den Weg zum Strand. Irgendwo habe ich mal gelesen, dass die Navy Seals so ihre Trainingsläufe absolvieren, und zwar barfuß. Auf Sand zu laufen ist tausendmal anstrengender und bringt eine unglaubliche Kondition.

Ich will bis zum Pier joggen. Das müsste ungefähr eine Meile sein. Eine gute Strecke für den Anfang, oder?

Theoretisch schon – wenn eine Meile nicht so verflucht lang wäre. Ich scheine dem Pier keinen Zentimeter näher zu kommen, als wäre er eine verdammte Fata Morgana. Keuchend ringe ich nach Luft und würde am liebsten im Sand zusammenbrechen.

Ich bin siebzehn Jahre alt, Himmelherrgott noch mal. In der Blüte meines Lebens. Auf der Höhe meiner physischen Leistungsfähigkeit. Das goldene Zeitalter, auf das ich eines Tages zurückblicken werde, wenn ich selbst Kinder habe und sie mit meinen Geschichten langweile. Aber ich laufe nicht so schnell wie der Wind. Ich laufe noch nicht mal so schnell wie eine lasche Brise. Patsy könnte schneller laufen, ohne anschließend eine Sauerstoffmaske zu brauchen. Ich sinke auf die Knie und lasse mich zur Seite fallen, dann rolle ich mich auf den Rücken, schirme die Augen vor der frühen Morgensonne ab und ziehe so gierig Luft in die Lungen, als wäre sie nikotingefiltert.

Sollte das Rauchen drangeben.

»Brauchst du eine Mund-zu-Mund-Beatmung?«, fragt eine weibliche Stimme.

Shit, mir war nicht klar, dass außer mir noch jemand am Strand ist, am allerwenigsten … Alice. Wie lange hat sie mich schon beobachtet? Ich nehme die Hand von den Augen.

Ah, ein anderer Bikini. Danke, Jesus. Wenn ich vor Scham sterben werde, dann wenigstens glücklich. Der, den sie heute anhat, ist so eine Art Bond-Girl-Modell – dunkelgrün mit einem lindgrünen Reißverschluss am Oberteil und einem schmalen Gürtel am Höschen, der ihre kurvigen Hüften betont. Meine Finger fangen wie von selbst an zu zucken. Ich stecke die Hände in die Taschen meiner Shorts und balle sie zu Fäusten. »Unbedingt«, keuche ich. »Eine Mund-zu-Mund-Beatmung wäre jetzt genau das, was ich brauche.«

»Du kannst noch reden, ich schätze also mal, dass du es überleben wirst.«

Ich fahre mir mit der Zunge über die trockenen Lippen. »Glaub nicht, dass ich für den Triathlon schon so weit bin, Alice.«

Plötzlich tut sie etwas, womit ich nicht gerechnet habe. Sie legt sich neben mich in den Sand, stützt sich auf den Ellbogen, und wie aus dem Nichts huscht ein Lächeln über ihre Lippen, die genauso sinnlich sind wie der Rest von ihr.

»Wenigstens hast du deine Joggingschuhe angezogen und mit dem Training begonnen. Das ist schon mal ein erster Schritt.« Ihr Blick wandert zu meinen Füßen. »Oh. Hast du nicht. Wer joggt denn bitte barfuß?« Sie stupst kurz ihre Zehen gegen meine, dann schaut sie vor sich in den Sand und zieht mit dem Zeigefinger eine verschnörkelte Linie zwischen uns.

»Was spricht dagegen?«

»Schlechtere Bodenhaftung, Süßer«, sagt Alice.

»Die Navy Seals laufen barfuß. Hab ich jedenfalls gehört.«

Zu meiner Überraschung macht sie sich nicht darüber lustig, sondern lächelt wieder, aber man muss den Blick auf ihre Lippen konzentrieren, um es zu sehen, was ich also wohl gerade tue.

»Vielleicht solltest du mit dem Navy-Seals-Training warten, bis du ein bisschen mehr … Stehvermögen entwickelt hast«, sagt sie.

Es gibt so viele verschiedene Möglichkeiten, wie ich *darauf* antworten könnte.

Als sie sich leicht zu mir beugt, erhasche ich einen Hauch ihres Dufts; sie riecht genau so, wie ich mir immer vorgestellt habe, dass es auf Hawaii riecht, grün und süß, nach Erde, Sonne und Meer, rauchig warm. Ihre grünen, golden gesprenkelten Augen …

»Du hast nur ein Grübchen«, sagt sie.

»Ist das ein Nachteil? Ich hatte mal zwei, aber das andere ist mir nach einer besonders harten Nacht abhandengekommen.«

Sie gibt mir einen Stoß gegen die Schulter. »Du musst echt über alles Witze reißen, oder?«

»Weil fast alles ziemlich witzig ist.« Ich versuche mich aufzusetzen, sinke aber sofort wieder stöhnend zurück. »Man muss es nur aus der richtigen Perspektive betrachten.«

»Und woher weiß man, dass man es aus der richtigen Perspektive betrachtet?« Alice hat den Kopf gesenkt und malt immer noch Muster in den Sand. Ihr Finger ist nur wenige Zentimeter von meinem Bauch entfernt, ihre Knöchel könnten jeden Moment meine Haut berühren. Kein Laut dringt durch die ruhige Morgenluft – noch nicht einmal die Wellen machen ein Geräusch.

»Wenn es witzig ist«, antworte ich immer noch außer Atem, »betrachtet man es aus der richtigen Perspektive.«

»Yo, Aleeece!«

Ich schaue auf und sehe diesen Volltrottel Brad, ihren Freund, auf uns zumarschieren, ein riesiger Kerl mit breiten, muskelbepackten Schultern, die einen langen Schatten auf uns werfen, als er neben uns stehen bleibt.

»Brad.« Sie springt auf und wischt sich den Sand ab. Er gibt ihr einen Klaps auf den Hintern und wirft mir einen *Mein Territorium*-Blick zu.

Arschloch.

»Du bist spät dran. Brad, Tim. Tim, Brad.«

»Yo, Tim.« Brad – ein Mann weniger und anscheinend grundsätzlich nur einsilbiger Worte. Einer von diesen Typen, die wie ein Footballspieler gebaut sind, aber das Gesicht eines kleinen Jungen mit roten Wangen und blitzenden Augen haben. Um diese Tatsache zu kompensieren, hat er sich wahrscheinlich seinen struppigen, lichten Bart wachsen lassen.

»Okay, Ally-Pally«, sagt er zu Alice.

Ally-Pally?

»Kann's losgehen?«

»Von mir aus kann es schon seit einer ganzen Weile losgehen. Du bist derjenige, der zu spät ist«, sagt Alice scharf.

Braves Mädchen.

Sie dreht sich zu mir um und streicht sich die Haare aus dem Gesicht. »Ich trainiere für den 5000-Meter-Lauf – Brad stoppt meine Zeit.«

»Du läufst? Wieso weiß ich davon nichts?«

Sie öffnet den Mund, als wollte sie so etwas sagen wie *Warum in aller Welt solltest du irgendetwas über mich wissen*, aber dann schaut sie an sich hinunter und schnallt den Gürtel ihres Bikinihöschens enger. Was meine Aufmerksamkeit auf ihren Bauch zurücklenkt, das Nabelpiercing und …

Ich rolle mich auf den Bauch.

Brad steht mit verschränkten Armen und vorgeschobenem Kinn über mir und räuspert sich. *Schon kapiert, Höhlenmensch.*

»Nur zu, Leute«, sage ich. »Lasst euch von mir nicht aufhalten.«

Alice wirft Brad einen undurchschaubaren Blick zu, geht in die Hocke und beugt sich so dicht über mich, dass ich ihren Atem auf meinem Gesicht spüre, brennend und süß wie ein

Pfefferminzbonbon. »Zieh das nächste Mal Laufschuhe an,
Tim.«

***

Nach meinem ersten Sprint stemme ich keuchend die
Hände auf die Knie. Schweiß läuft mir in die Augen, ich
wische ihn weg und streiche mir die aus meinem Pferdeschwanz entwischten Haare hinter die Ohren.

Brad schraubt die Wasserflasche auf und reicht sie mir,
dann beugt er sich zu mir herunter und sieht mich blinzelnd
an. »Willst du mir vielleicht erzählen, was das vorhin sollte?«
Er zeigt mit dem Daumen den Strand hinunter, wo Tim immer noch im Sand liegt, die Stirn auf seinen verschränkten
Unterarmen.

»Was? Das mit Tim? Er ist mit Jase befreundet. Wir haben
uns unterhalten.«

Er reibt sich das Kinn. »Ich weiß nicht, Ally. Ist das wirklich
alles gewesen?«

Ich trinke einen Schluck Wasser, gieße mir anschließend
etwas in die hohle Hand und wische mir damit übers Gesicht.

Tim ist mittlerweile aufgestanden. Er schaut in unsere
Richtung und läuft dann in die entgegengesetzte los.
Macht keine einzige Dehnübung vorher, schlägt nicht erst
einmal ein gemäßigteres Tempo an, sondern verfällt sofort
in einen schnellen Sprint. Oh Mann.

»Ally?«

»Klar ist das alles gewesen.«

Siebtes Kapitel

Walmart ist in der Garrett-Familie ein beliebter Ort für Nervenzusammenbrüche. Harry verliert regelmäßig im Spielzeuggang die Nerven, George ist extrem empfindlich, was unsere Eiscreme-Auswahl angeht, Patsy wird quengelig und fängt zu schreien an. Aber dieses Mal bin ich diejenige, die ausflippt.

»Jetzt werd doch nicht gleich so hysterisch«, sagt Joel und hebt auf diese übertrieben beschwichtigende Art die Hände, die mich jedes Mal auf die Palme bringt.

Ich wedle mit der Einkaufsliste vor seiner Nase herum. »Da steht: zwei schmale rote Ringhefter. Schmal. Rot. Eine ganz simple Aufgabe. Die hier sind breit und blau.«

»Na und?« Joel kratzt sich im Nacken und zwinkert einem Mädchen zu, das ihn anlächelt, während es mehrere Großpackungen Glitzerkleber in ihren Einkaufswagen lädt.

»*Also,* wenn auf der Liste mit den Schulsachen rot steht, besorgen wir welche in Rot. Dafür sind Listen da. Damit man alles richtig macht.«

»Al, ich glaube nicht, dass es dir hier um Schulsachen geht. Du jagst Patsy Angst ein. Du jagst *mir* Angst ein.«

»Umso besser«, fauche ich.

Patsy schaut mich finster vom Kindersitz des Einkaufswagens an und zeigt auf mich. »Böse.«

»Dich hab ich nicht gemeint, Süße. Sondern *dich*, Joel.

Vielleicht merkst du dann ja endlich mal, was eigentlich los ist. So selten, wie du da bist, bekommst du doch gar nicht wirklich mit, wie zu Hause immer alles weiter den Bach runtergeht ...«

»*Darum* geht es.« Mein Bruder lehnt sich an ein Regal mit Küchenrollen und verschränkt die Arme. »Dass ich nicht rund um die Uhr zur Verfügung stehe. Im Gegensatz zu dir.«

»Nein, überhaupt nicht«, antworte ich. »Was interessiert es mich, dass du mit deiner Freundin zusammenziehst und deine Ausbildung an der Polizeiakademie anfängst, auch wenn niemand weiß, wie alles weitergeht? Na und. Was soll's.«

Joel greift sich seufzend eine Handvoll Schokoladenkekse von einem Probier-Tablett. »Al, ich bin zweiundzwanzig. Hab den Collegeabschluss in der Tasche. Ich muss nach vorn schauen. Gisele und ich sind jetzt schon eine ganze Weile zusammen, und ich würde gern rausfinden, wo die Reise mit uns hingeht. Ich will nicht für den Rest meines Lebens über unserer Garage wohnen. Das führt auf Dauer zu nichts.«

»Seit wann bist du denn bitte so ehrgeizig?« Ich trete einen Schritt von Patsy weg, die immer noch ziemlich finster schaut und am Träger meines Tops zerrt.

»Seit ich meinen zweiundzwanzigsten Geburtstag bei Dad im *Krankenhaus* verbracht habe. Ich liebe unsere Familie, Al. Ich würde alles für sie tun, dich eingeschlossen. Aber ich kann deswegen nicht stehen bleiben und mein ganzes Leben auf Eis legen.«

Von stehen bleiben kann keine Rede sein – wie Joel wissen sollte. Das Tempo unseres Alltags hat sich auf Lichtgeschwindigkeit erhöht. Bevor das alles passiert ist, war der Sommer für mich – abgesehen von ein paar Kursen, ein paar Stunden im Reha-Zentrum des Krankenhauses und hier und da im Laden aushelfen – wie immer einfach meine Lieblingsjahreszeit, in der ich so viel Zeit wie möglich am Strand und mit Brad verbringen wollte. Sand und Salzwasser und Eiswaffeln.

Mittlerweile sind die Ferien fast zu Ende und danach wird sich das Alltagskarussell noch schneller drehen. Dad wird für wer weiß wie lange ausfallen, Mom ist schwanger, Jase hat einen straffen Football-Trainingsplan, Andy und Duff haben regelmäßig Orchesterprobe, George und Patsy müssen versorgt werden, und mein eigenes Leben ist ...

Tief durchatmen. Ich lasse die Schultern sinken, die ich praktisch bis zu den Ohrläppchen hochgezogen habe.

Joel wirft eine 500er-Packung BiFi in den Wagen. Ich hole sie wieder raus und stelle sie ins Regal zurück. »Hast du überhaupt eine Ahnung, was in den Dingern drin ist?«

»Geht es darum, dass du Gisele nicht magst?«

»Ich mag Gisele«, sage ich.

Ich kann Gisele nicht ausstehen.

Als sie das letzte Mal bei uns war, hat Joel ihr Fahrrad aufgepumpt, während sie bloß danebenstand, mit den Händen wedelte und in ihrem blau-weiß gestreiften Kleid und dem roten Tuch wie eine verdammte Pariserin aussah. Was ich natürlich nie laut aussprechen würde. Er zieht mit ihr zusammen. Die Sache wird wahrscheinlich sowieso bald gegessen sein.

»*Klar* magst du sie. Davon abgesehen ist Brad auch nicht gerade ein Hauptgewinn.« Joel gibt Patsy einen Schokoladenkeks, die ihn nur zur Hälfte isst und sich den Rest übers ganze Gesicht und in die Haare schmiert und ihre schokoladenverklebten Finger am Ende an ihrem rosa T-Shirt abwischt.

»Brads Zeit ist bald abgelaufen«, murmle ich, während ich noch einmal die Liste mit den Schulsachen durchgehe und in Gedanken Häkchen mache. Harry braucht noch Buntstifte und eine Packung »Qualitäts«-Radiergummis, was immer das sein soll. Die Materialien für Duffs Sonnensystem-Projekt müssen noch warten, ansonsten hat er alles. Andy kann sich ihre Schulsachen selbst kaufen, sie ist vierzehn, Herrgott noch mal. »Zu pflegeintensiv. Kann meine Zeit nicht mit so was verplempern.« Wie zur Bestätigung vibriert mein Handy mit dem x-ten Selfie von Brad im Fitnessstudio.

»Alice …« Joel hält kurz inne, um dem nächsten Mädchen hinterherzuschauen (Gisele, du bist so was von erledigt!). »Das ist genau das, was ich meine. Du *solltest* deine Zeit mit ihm verplempern.« Er schnipst gegen die Einkaufsliste. »Nicht damit.«

»Die Kleine ist doch noch viel zu jung für Schokolade«, sagt eine mürrisch dreinblickende Frau, die ihr eigenes Kind in einem dieser komischen Stofftücher vor sich herträgt.

»Hat Sie vielleicht irgendjemand nach Ihrer Meinung gefragt?«, fahre ich sie an. Sie zieht empört die Brauen hoch, worauf Joel ihr sein charmantestes Lächeln schenkt und mich am Ellbogen weiterzieht.

»Danke für den Tipp«, sagt er über die Schulter. »Man lernt wirklich nie aus.«

Sie streicht ihre Bluse glatt und lächelt tatsächlich zurück.

Also echt.

Brad sitzt auf unserer Verandatreppe, als wir nach Hause kommen, und tippt gerade stirnrunzelnd eine Nachricht in sein Handy – wahrscheinlich an mich. »Allykins!« Er steht auf und drückt mich zur Begrüßung an sich.

Joel sieht mich an, zieht grinsend eine Braue hoch, murmelt: »Ich fahr dann mal zu Dad«, und geht.

Ohne auch nur eine Einkaufstüte ins Haus zu tragen.

In der Küche schaufelt Jase, der in seinem verschwitzten, mit Grasflecken übersäten Trikot offensichtlich gerade vom Training kommt, eine riesige Portion Hühnchen mit Vollkornreis in sich hinein. Tim hockt auf unserer Arbeitsplatte, als würde er dorthin gehören, und verschlingt irgendein mit Käse überbackenes Zeug, das noch so heiß ist, dass es dampft. Duff, Harry und George essen Blaubeerkuchen mit zerlaufenem Vanilleeis. Überall steht dreckiges Geschirr herum. Es riecht nach Jungs und Füßen.

Und ... schon wieder Tim.

Er trägt immer noch die Badeshorts von heute Morgen, dazu ein Baseball-Shirt, das selbst an seinem schmalen Körper ein bisschen zu eng sitzt, und scheint sich wie zu Hause zu fühlen. Sein eines Grübchen vertieft sich, als er mir ein schiefes Grinsen zuwirft.

Dieser Typ ist das reinste Chaos, von innen wie von außen, wahrscheinlich hat er noch nicht mal geduscht. Und das Rasieren hat er – dem kleinen Schnitt an seinem Kinn nach zu urteilen – auch noch nicht wirklich drauf. Noch jemand, der eine Mutter braucht, ein Kindermädchen, eine Managerin ...

Ich setze Patsy ab, schnappe mir ihre rosafarbene Lillifee-Schnabeltasse, gieße kalte Milch hinein, schraube den Deckel drauf und schiebe sie ihm zu. »Bilde dir bloß nicht ein, dass ich dich ins Krankenhaus fahre, wenn du dir Verbrennungen zweiten Grades auf der Zunge holst.«

Tim schiebt sich trotzig den nächsten Bissen dampfenden

Käse in den Mund. Und noch einen. Dann nimmt er die Schnabeltasse, prostet mir damit zu, führt sie langsam an den Mund und trinkt sie in einem Zug aus. Dabei schaut er mich die ganze Zeit mit ernstem Blick an.

»Blaubeerkuchen«, sagt Brad glücklich. »Ich liebe Blaubeerkuchen.« Er zieht einen Stuhl unter dem Tisch hervor, dreht ihn um, setzt sich rittlings darauf und sagt: »Schneid mir ein *extra* großes Stück ab, Allosaurus.«

George neigt stirnrunzelnd den Kopf zur Seite. »Der Allosaurus war der größte Dinosaurier von allen. Er hat Stegosaurusse gefressen. Alice ist nicht besonders groß. Außerdem ist sie Vegetarierin.«

Brad kann sich sein verdammtes Stück Kuchen selbst abschneiden.

»Schneid dir dein verdammtes Stück Kuchen selbst ab«, murmelt Tim zwischen zwei Bissen von seinem glühenden Käse.

»Hey, Alice, Joel ist doch definitiv raus aus der Garage, oder?« Jase schenkt sich schwungvoll ein großes Glas Milch ein, trinkt die Hälfte, gießt noch mal nach. Bei diesem Tempo wird von dem Großeinkauf, den wir endlich gemacht haben, morgen nichts mehr übrig sein.

»Gott sei Dank ja«, sage ich.

»Cool«, erwidert er. »Ich hab Tim nämlich gesagt, dass er das Apartment haben kann. Er ist gestern Abend eingezogen.«

Tim zwinkert mir gut gelaunt zu. »Jetzt gibt es kein Entkommen mehr vor mir.«

»Puh, Alice. Du bist ganz schön rot im Gesicht«, stellt George einen Augenblick später fest.

»Al–«, beginnt Jase und verstummt.

Tim sieht mich an, stößt sich von der Arbeitstheke ab und

hebt die Hände. »Hey, immer mit der Ruhe. Was ... was zur
Hölle hab ich denn jetzt schon wieder ...?«

Ich hebe ebenfalls die Hände. »Sag jetzt besser nichts ...
Die restlichen Einkäufe sind im Käfer. Kümmert euch selbst
drum.« Dann ziehe ich Brad praktisch an den Haaren nach
draußen.

✳✳✳

»Ich hab es mal wieder vermasselt, oder?«, sage ich zu Jase, als
hinter Alice und ihrem Neandertaler die Fliegengittertür zuschlägt.

Jase reibt sich übers Gesicht. »Ich kläre das mit ihr.«

»Hatte sie vielleicht vor, selbst dort einzuziehen – mit *ihm*?
Ich liebe Blaubeerkuchen – wie alt ist der Typ? Fünf?«

»Alice hat nie irgendetwas in diese Richtung zu mir gesagt,
Tim.« Jase spießt ein Stück Hühnchen auf und lässt die Gabel
dann wieder sinken.

»Kuchen ist aber wirklich gut«, sinniert George. »Außer
vielleicht der aus dem Lied, wo vierundzwanzig Amseln im
Teig mitgebacken werden, die zu singen anfangen, als der
Kuchen aufgemacht wird.« Er trällert mit seinem dünnen
Stimmchen die erste Strophe des Kinderlieds *Sing A Song Of
Sixpence*, was mich aus irgendeinem Grund total fertigmacht.
»Das klingt nicht lecker.«

»Wie sollen die denn noch singen können, wenn sie im
Kuchen mitgebacken worden sind«, sagt Harry den Mund
voller Kuchen. »Danach sind die doch alle tot.«

George schaut Jase und mich mit großen Augen an. »Wirklich?«, fragt er. »*Tot?*«

»Nein!«, sagt Jase hastig. »Die können gar nicht tot sein,
weil ...« Er zögert eine Sekunde zu lange und Georges Unterlippe fängt an zu zittern.

»Weil das kein Kuchen zum Essen ist«, springe ich ein, »sondern ein *Scherz*-Kuchen, mit dem man den König zum Lachen bringt, weil er so gestresst davon ist ...«

»... sein Geld zu zählen«, beendet Jase den Satz und nickt bekräftigend. »Ist doch so, oder, G? In der dritten Strophe heißt es, dass der König in seiner Schatzkammer sitzt und sein Geld zählt, erinnerst du dich?«

Ein wissendes Leuchten huscht über Georges Gesicht. »Er kriegt schlechte Laune davon, genau wie Daddy bei der Arbeit, und deswegen machen sie ihm einen ... einen ...«

»Einen Scherzkuchen«, sage ich, »um ihn damit ...«

»Zum Lachen zu bringen. Genau wie Mommy es immer macht.« George nickt, als wäre ihm die ganze Sache jetzt vollkommen klar.

»Und wo kriegen sie die Amseln her?«, fragt Harry. »Ich meine, wer hat schon *vierundzwanzig* Amseln bei sich zu Hause rumfliegen?«

»Ach, die leben wahrscheinlich irgendwo im Schlosspark in einem riesigen Käfig und sind gezähmt«, entgegnet Duff mit perfekt gespielter Beiläufigkeit. »Schätze, der König, ähm, steht total auf Vögel.«

Die Geschichte fängt langsam an, uns zu entgleiten, aber Georges inneres Gleichgewicht scheint wieder hergestellt zu sein. »Wir könnten in meinem Buch *Alle Vögel dieser Welt* nachgucken, ob man Amseln zähmen kann.« Er rutscht vom Küchenstuhl und marschiert von Harry gefolgt aus der Küche.

»Gut gemacht, Duffy«, sagt Jase. »Danke fürs Mitdenken.«

»Na ja, ich hab's versucht.« Duff kratzt die letzten Kuchenkrümel auf seinem Teller zusammen. »*Der König steht auf Vögel* ist echt ziemlich lahm, aber mir ist leider nichts Besseres eingefallen. Manchmal ist es einfach total schwer, vorherzusagen, was George Angst macht.«

»Von Vögeln, die in Kuchen mitgebacken werden, würde sogar *ich* Albträume bekommen.« Ich schüttle mich.

Davon oder von diesem hirnamputierten Brad und dem, was Alice vielleicht genau in dieser Minute mit ihm anstellt.

∗ ∗ ∗

»Muss das sein?«

Brad wiegt gut über hundert Kilo und ist fast ein Meter neunzig groß, aber er verhält sich wie meine kleinen Brüder, wenn es darum geht, neue Schuhe zu kaufen. »Jep«, sage ich.

Stockend lenkt er den Wagen durch den Verkehr – er fährt wie in einem seiner Videospiele, gibt urplötzlich Gas und drosselt das Tempo dann wieder bis weit unterhalb der Geschwindigkeitsbegrenzung. Ich starre aus dem Fenster, ohne die an mir vorbeiziehenden Ahornbäume zu sehen, mit denen die Straße gesäumt ist. Stattdessen stelle ich mir vor, was *ich* aus dem Apartment über der Garage gemacht hätte.

Joels grauenhafte Möbel auf den Dachboden verbannt, dafür das Messingbett meiner Großtante Alice, das dort oben steht, runtergeholt. Dazu ihren großen Kleiderschrank, in dem Jase und ich früher immer versucht haben, Narnia zu finden. Die schmuddelig weißen Wände im Farbton *Oktoberhimmel* überstrichen, einem satten Orange, das wir letzte Woche in den Laden bekommen haben und das so gar nichts mit dem *Brautrosa* in dem Zimmer zu tun hat, das Andy und ich uns teilen. Über das Bett einen Baldachin aus Tüll, den ich letzten Monat in einer Zeitschrift entdeckt habe, sodass man darin wie in seinem eigenen Kokon liegt. Bettwäsche aus feinster Makobaumwolle, die so weich ist, dass man sie kaum spürt. Lautsprecher für meinen iPod und eine Leseecke voller Bücher, die nichts mit der Schule zu tun haben, dazu große, gemütliche Sitzkissen und –

»Komm schon, Ally-Pally. Lass uns zu *Pizza Palace* fahren und danach kannst du mir bei ein paar Runden *Slimin' Sumos* den Hintern aufreißen.« Brad stupst mich mit dem Ellbogen in die Seite und schenkt mir sein schönstes Lächeln.

»Ich hab keine Lust, miese Pizza zu essen und Videospiele zu spielen, Brad.«

Jetzt klinge ich selbst wie ein quengeliges Kleinkind. Ich bohre die Fingernägel in meine Handfläche und stemme die Füße gegen das Armaturenbrett. *Lass es gut sein. Es ist bloß ein Apartment.* Bloß ein Ort, der nur mir gehört hätte, zum ersten Mal in meinem Leben und für eine Weile zum letzten Mal – vorausgesetzt, dass ich im Frühjahr immer noch an die *Nightingale Nursing School* wechseln kann, vorausgesetzt, dass zu Hause alles glattläuft, vorausgesetzt, dass ich ein Zimmer im Studentenwohnheim bekomme und –

Tief Luft holen. Und noch mal.

Brad legt mir eine Hand in den Nacken. »Krass, wie verspannt du bist, Allo. Und du atmest schon wieder so komisch. Kannst du nicht damit aufhören? Davon wird mir echt anders. Hey, wie wär's, wenn wir einfach zu mir fahren? Ich schicke Wally los, er soll uns eine anständige Pizza besorgen. Am besten bei *Ilario*, das würde uns mindestens eine halbe Stunde allein verschaffen. Ich könnte dich ein bisschen … entspannen.« Jetzt knetet er meine Schulter und grinst mich dabei unbekümmert und hoffnungsvoll an. Für Brad scheint immer die Sonne. Er ist wie diese Easy-Listening-Musik, die beim Zahnarzt gespielt wird.

»Sehe ich da etwa ein Lächeln, Als? Komm schon. Lass uns nach Hause fahren. Wenn du willst, schmeiß ich Wally für den Rest des Abends raus. Klar ist es mit dem Apartment blöd gelaufen – wäre cool gewesen –, aber es ist ja nicht so, als hätte ich nicht auch ein Zuhause, wo wir abhängen können.«

Brads Zuhause ist ein dreistöckiges Haus in White Bay. Seine Eltern wohnen in den ersten beiden Stockwerken, Brad und Wally im Keller, seine Großmutter, von der ich mir ziemlich sicher bin, dass sie von mir nur als *das kleine Flittchen* spricht, unterm Dach.

Er legt eine Hand auf mein Knie und drückt es, während er hupend ein Wohnmobil überholt.

Ich seufze.

»Ist das ein Ja? Komm schon, Aliwishious. Wir könnten zusammen unter die Dusche. Mein Dad hat den Heißwassertank repariert.«

»Lass uns zu den *Batting Cages* fahren. Ich hab das dringende Bedürfnis, auf etwas einzuschlagen.«

»Von mir aus. Was immer dich glücklich macht.«

Brad ist der ausgeglichenste Mensch, den ich kenne. Was gut ist, wenn man selbst psychisch gerade etwas Schräglage hat. Er singt irgendetwas im Radio mit – eine Werbung für Flussrundfahrten. Ausgeglichen bedeutet, sicher auf Deck zu stehen. Auch wenn die Planken auf diesem Deck ein bisschen mehr Feinschliff gebrauchen könnten.

Das Apartment über der Garage werde ich trotzdem nicht kampflos aufgeben.

Achtes Kapitel

Hast du gerade tatsächlich angeklopft, Schwesterherz?« Nan steht mit einem Stapel Bettwäsche und Handtüchern vor meiner Tür, als ich aufmache. Ihrer ausgestreckten Hand nach zu urteilen, ist sie gerade im Begriff gewesen, noch einmal zu klopfen.

Stattdessen zwickt sie mir in die Nase. »Ich klopfe immer an, weil *ich* nämlich die Privatsphäre anderer Menschen respektiere, im Gegensatz zu dir, der mein Tagebuch gelesen hat.«

Ich ziehe die Tür ein Stück weiter auf. »Na los, komm schon rein und bring meine Handtücher ins Trockene, bei dem Regen werden sie ja ganz nass – vorausgesetzt, die sind überhaupt für mich und du willst nicht bloß deine Dreckwäsche hier abladen. Und was die Sache mit dem Tagebuch angeht – das ist jetzt vier Jahre her. Ich konnte nicht schlafen und da hab ich ein bisschen darin herumgeblättert. Hatte ungefähr dieselbe Wirkung, wie wenn ich eine Schlaftablette genommen hätte. *Liebes Tagebuch, ich –*«, beginne ich zu säuseln und halte dann betreten inne. Ich verhalte mich mal wieder wie das letzte Arschloch.

In Wahrheit hat mir dieses verdammte Tagebuch das Herz gebrochen. Es war voll mit Briefen, die Nan an Gott geschrieben hat. Die Idee dazu hatte sie aus einem Buch von Judy Blume, das sie heiß und innig geliebt hat. Das weiß ich deshalb, weil ich mit zehn selbst mal ein paar Kapitel davon gelesen habe, nachdem mir irgendjemand erzählt hatte, es würde darin um Titten gehen. Das stimmte sogar, aber nicht so, wie ich es mir erhofft hatte. Jedenfalls waren Nans Tagebucheinträge einfach nur unglaublich traurig – sie bat Gott darin um Dinge, als wäre er der Weihnachtsmann: Eltern, die immer stolz auf einen sind, einen Bruder, der nicht ständig Scheiße baut, und dass Mark Winthrop sich unsterblich in sie verliebt. Amen.

Nan legt die Wäsche auf dem Sitzsack ab, zieht ihre Jacke aus und schaut sich stirnrunzelnd um. »Bist du plötzlich unter die Sportfanatiker gegangen? Was sollen die ganzen Gewichte und Hanteln? Wo hast du das ganze Zeug überhaupt her?«

»Bin im Fitnessstudio eingebrochen. Kann dir doch egal sein. Erzähl mir lieber, warum du hier bist.«

»Mom wollte, dass ich dir die Sachen vorbeibringe und –« Sie verstummt.

»Und ein bisschen herumschnüffelst? Dich davon überzeugst, dass ich wie immer nichts auf die Reihe kriege?«

»Und?«, gibt sie scharf zurück. »Steckst du schon wieder in Schwierigkeiten?«

»Was? Nein. Jedenfalls nicht mehr als sonst. Warum?«

»Da ruft ständig so ein Mädchen an und will dich sprechen. Schuldest du jemandem Geld? Ich … ich weiß, was Dad zu dir gesagt hat. Wenn du Geld brauchst, kann ich …«

»Ich komme klar, Nano. Ich schulde niemandem etwas, von einer Lkw-Ladung Entschuldigungen mal abgesehen. Also hör auf, dich so zu stressen. Ist nicht gut für deinen Notendurchschnitt.«

Ihr schießt das Blut in die Wangen. »Ich … ich hab damit angefangen, meine Collegebewerbungen zu schreiben. Wenn ich am vorgezogenen Zulassungsverfahren teilnehme, bekomme ich hoffentlich schneller eine Zusage und muss mich nicht das ganze Jahr verrückt machen. Außerdem ...«

»Nano ...«

»Für dich ist das noch nie ein Problem gewesen, Tim, aber ich bin nicht so ein Überflieger wie du. Mir ist es schon immer schwergefallen, mich zu konzentrieren, und ...« Ihre Stimme bricht. Sie blinzelt ein paarmal hastig und sieht mich flehend an.

Ich schüttle energisch den Kopf. »Vergiss es.«

Sie ringt kurz mit sich, dann setzt sie ein neutrales Gesicht auf und murmelt: »Okay, Schluss damit. Tja ... ähm ... wo schläfst du eigentlich?«

Ich zeige auf die Schlafzimmertür. »Nur zu, tu dir keinen Zwang an. Die betrunkenen nackten Mädchen sind gerade alle unter der Dusche.«

»Idiot. Ich dachte, ich könnte dir vielleicht das Bett beziehen, weil du selbst wahrscheinlich keinen Schimmer davon hast. Du kannst mir gern dabei zuschauen und –«

»Was? Und danach fragst du mich noch einmal ab, um zu überprüfen, ob ich es beim nächsten Mal auch wirklich allein hinbekomme? Sorry, aber ich gehe lieber unter die Dusche.«

»Na schön«, sagt sie. »Aber pass auf die nackten Mädchen auf. Nass sollen sie ziemlich glitschig und nur schwer zu fassen sein.«

Ich muss lachen. Es gibt niemanden, der mir so auf die Nerven gehen kann wie sie. Dafür führe ich mich ihr gegenüber die meiste Zeit wie ein Arschloch auf und sie liebt mich trotzdem. Sie ist die Spießige, ich der Durchgeknallte, und ich wünschte, es gäbe so was wie die AA für Perfektionisten, weil ich sie dann nämlich auf der Stelle dorthin schleppen würde.

Sie lächelt, weil sie es geschafft hat, mich zum Lachen zu

bringen. Weil sie sich immer noch wünscht, was sie damals in dieses gottverdammte Tagebuch geschrieben hat: »Lieber Gott, mach, dass ich so witzig bin wie Tim. Dann wäre ich vielleicht beliebter und dann würde sich vielleicht auch Mark Winthrop ...«

In sie verlieben.

»Nano ... diese Sache mit der Schule ...« Ich schlucke. »Ich kann dir da nicht mehr helfen, verstehst du?«

Sie nickt und starrt angestrengt auf den Sitzsack. »Ähm, Tim, noch mal wegen dem Geld fürs College – Dad meinte, dass ich wahrscheinlich deinen Anteil für die *Columbia* kriege, weil du ...« Sie zögert, und ich kann förmlich hören, wie sie in ihrem Kopf nach einer geeigneten Formulierung kramt. *Weil du ...*

... der Kerl bist, der höchstwahrscheinlich scheitern wird.

✳ ✳ ✳

Schon wieder dieser Wagen. Er zieht langsam an der Straßenlaterne vor dem Haus der Schmidts vorbei, in deren Licht sein regennasses Dach silbern glänzt. Als er das Ende unserer Straße erreicht hat, bleibt er einen Moment lang stehen, genau wie schon die letzten drei Male, seit Brad mich vorhin nach Hause gebracht hat. Dann wird der Blinker für das Wendemanöver gesetzt, obwohl unsere Straße völlig verlassen ist. Ich gehe die Verandastufen hinunter und verschränke die Arme, um mich gegen die nasskalte, brackig riechende Brise zu wappnen, die vom Fluss herüberweht.

Mein Blick wandert kurz zu den Fenstern des Garagenapartments hinauf, genau in dem Moment, als Tims hochgewachsene Gestalt daran vorbeiläuft, gefolgt von einem Mädchen mit Pferdeschwanz, das hektisch gestikuliert.

Als ich wieder zur Straße zurückschaue, biegt der Wagen

gerade umständlich in unsere Einfahrt und stellt sich hinter meinen Käfer und Tims Jetta.

Eine Sekunde später gehen die Scheinwerfer aus.

Okay, das reicht. Wer verdammt noch mal schleicht hier im Dunkeln dreimal unsere Straße rauf und runter und parkt dann einfach in unserer Einfahrt?

Dealer?

Vielleicht hat unser neuer Mieter ja auch gleich seine zwielichtige Vergangenheit mit hierhergebracht.

Oder sich eine Nutte bestellt.

Ich gehe auf den Wagen zu.

Klopfe energisch an die getönte Scheibe.

Leider wird mir erst in dem Moment bewusst, dass das eher keine so gute Idee ist.

Bis auf Harrys ziemlich echt aussehendes Laserschwert, das neben mir im Gras liegt, habe ich nichts, womit ich mich verteidigen könnte.

Die Scheinwerfer gehen wieder an, dann fährt langsam die Scheibe herunter, und ich schaue in die großen blauen Augen eines Mädchens mit dichten Wimpern und langen braunen Haaren, das ungefähr in meinem Alter oder etwas jünger ist.

»Suchst du jemand Bestimmten?«

Beim Klang meiner Stimme zuckt sie zurück und umklammert das Lenkrad noch ein bisschen fester. Der pinke Lack auf ihren Nägeln ist schon ziemlich abgeplatzt.

»Ja. Nein. Ich meine … ich …«, stammelt sie. »Ich …«

»Hast du dich verfahren?«

Sie lacht nervös auf. »So könnte man es nennen. Aber keine Sorge, ich finde schon zurück. Tut mir leid für die Störung.« Dann fährt sie das Fenster wieder hoch und rollt genauso langsam wieder davon, wie sie gekommen ist.

Neuntes Kapitel

Lass mich rein, wir müssen reden«, sage ich, noch bevor die Tür ganz geöffnet ist.

Tim weicht einen Schritt zurück und späht vorsichtig an mir vorbei, als würde er mit einem Lynchmob rechnen.

»Das ist der furchteinflößendste Satz im ganzen Universum.« Er trägt eine ausgeleierte gestreifte Pyjamahose, hält in der einen Hand eine Zahnbürste, in der anderen eine Tube Zahnpasta.

»Jetzt mach schon. Lass mich rein«, wiederhole ich etwas lauter.

»Bin ganz allein, bin ganz allein, ich lass dich nicht ins Haus herein. Du siehst aus wie der böse Wolf aus *Die drei kleinen Schweinchen*.« Sein Blick bleibt an meinem vom Regen feuchten Shirt hängen. »Und deine – ähm – Brust hebt und senkt sich ziemlich schnell. Bist du das, die so keucht?«

»Ich warne dich, Tim.« Ich bin nicht hier, um mir seine anzüglichen Sprüche anzuhören.

Er hebt die Hände mit der Zahnpasta und der Zahnbürste und tritt zur Seite. Ich schiebe mich an ihm vorbei ins Wohnzimmer. *Mein* Wohnzimmer. In dem er bereits überall seine Duftmarken hinterlassen hat. Offene Müslipackung, leere Orangensaftflasche, achtlos hingeworfenes abgewetztes Lederportemonnaie und eine Handvoll zerknüllter

Dollarscheine auf der Theke. Schmutziges Geschirr in der Spüle. Socken und ein Sweatshirt in einer Ecke. Noch mehr Klamotten auf der Couch. Ein MP3-Player mit verheddertem Ladekabel und eine Xbox neben dem Fernseher.

Eine lavendelfarbene Regenjacke auf dem Sitzsack.

»Okay, lass uns keine Zeit verschwenden. Wo ist das Mädchen?«

Tim sieht mich verdutzt an. So begriffsstutzig kenne ich ihn sonst nur, wenn er betrunken ist. »Ähm ... welches Mädchen?«

»Gibt es gleich mehrere? Hör zu, so läuft das nicht. Ich brauche dieses Apartment für mich. Tut mir wirklich leid, falls du vorhattest, dir hier so eine Art Liebesnest für deine One-Night-Stands einzurichten, aber Jase hatte kein Recht, es dir einfach so zu vermieten, und es ist mir egal, welchen Preis ihr dafür vereinbart habt.«

Tim wirft Zahnbürste und Zahnpasta auf die Theke, greift nach einer Packung Marlboro, zückt ein Feuerzeug, schüttelt eine Zigarette heraus und zündet sie an – alles innerhalb von ungefähr zwei Sekunden.

Ich sehe ihn finster an. Jetzt wagt er es auch noch, in *meinem* Apartment zu rauchen.

»Entschuldige – wo bleiben meine Manieren? Auch eine?«, fragt er mit der Kippe im Mundwinkel.

Die Badezimmertür geht auf und heraus kommt ...

Tims Zwillingsschwester Nan, bei der ich immer an eine Katze auf einem heißen Blechdach denken muss.

»Okay«, sagt sie und wickelt sich eine Haarsträhne um den Finger, während sie mit der anderen Hand das Licht im Bad ausmacht. »Ich werde Mom glaubhaft versichern, dass ich meine Pflicht erfüllt habe. Wobei, wenn es nach ihr ginge, müsste ich dich jetzt wahrscheinlich auch noch eigenhändig ins Bett bringen. Apropos, ich hab vergessen, dir deinen Teddy mitzubringen, aber ich kann ...« Sie verstummt abrupt, als sie mich sieht. »Oh – hi, Alice.«

»Hey, Nan.« Ich werfe ihr ein kleines, aber aufrichtig gemeintes Lächeln zu, das sie zögernd erwidert. Dieses Mädchen ist wie eines von Jase' Tieren, die von ihren Vorbesitzern schlecht behandelt wurden.

»Ich glaube, das mit dem Ins-Bett-Bringen können wir überspringen«, sagt Tim zu ihr. »Es war ... ähm ... nett, mir Bettwäsche und Handtücher vorbeizubringen. Sag Ma Danke. Natürlich nur, wenn Pa gerade nicht in der Nähe ist. Der geht wahrscheinlich sowieso davon aus, dass ich irgendwo in der Gosse unter einer Zeitung schlafe.«

Nan zupft so brutal mit den Zähnen an der Nagelhaut ihres kleinen Fingers herum, dass meine eigene aus Mitgefühl fast anfängt zu bluten. Dann mustert sie mich mit einer steilen Falte zwischen den Brauen, die genau wie die von Tim geformt sind, greift nach ihrer Regenjacke und lässt, ohne sich von der Stelle zu rühren, den Blick zwischen uns hin- und herwandern, bis Tim ihr schließlich eine Hand auf den Rücken legt und sie Richtung Tür schiebt.

»Deine gute Tat ist vollbracht, kleiner Moralapostel. Jetzt solltest du dich lieber vom Acker machen. Alice will bestimmt nicht, dass es bei dem Mord, der hier gleich stattfinden wird, irgendwelche Zeugen gibt.«

Als die Tür hinter ihr ins Schloss gefallen ist, schaut er mich an und macht eine Geste, die vermutlich so viel heißen soll, wie: *Worauf wartest du? Bring es endlich hinter dich.* Aber bevor ich auch nur den Mund aufmachen kann, sagt er: »Du willst, dass ich Leine ziehe, hab ich das richtig verstanden, Alice? Scheint so eine Art Virus zu sein, von dem plötzlich alle befallen sind. Schulleitungen, Arbeitgeber, meine Eltern – soll ich eine Liste machen? Die können wir dann an den Kühlschrank hängen.«

Keine Sonnyboy-Attitüde mehr. Stattdessen ist er so hart und sarkastisch, dass ich mich fühle, als hätte er mir einen heftigen Stoß vor die Brust versetzt. Das letzte Mal, als ich ihn so erlebt habe, hatte er gerade mit dem Trinken aufgehört. Sein Blick wandert von meinem Gesicht zu meinen geballten Fäusten und wieder zu meinem Gesicht zurück.

Er schüttelt seufzend den Kopf. »Scheiße, Alice, tut mir leid. Ich wollte eigentlich bei meinem Freund Connell unterkommen, aber der ist rückfällig geworden, womit sich die Sache erledigt hatte. Jase meinte … Ich wusste nicht, dass du hier einziehen wolltest. Hätte ich auch mal von selbst draufkommen können. Aber keine Sorge, ich bin verdammt schnell, wenn es ums Packen geht.« Er lächelt mich an, so wie einer meiner kleinen Brüder mich anlächeln würde, nachdem er sich das Knie aufgeschrammt hat. *Siehst du, mir geht's schon wieder gut. Tut überhaupt nicht mehr weh.*

Mit übertriebener Geschäftigkeit macht er sich daran, die zerknüllten Geldscheine auf der Küchentheke einzusammeln und sie in sein Portemonnaie zu schieben.

»Und wo gehst du jetzt hin? Zurück nach Hause?«

»Nicht dein Problem, Alice.«

Ich betrachte prüfend sein gesenktes Gesicht, aber es gibt nichts über seine Gefühle preis. Als er fertig ist, versucht er das Portemonnaie in seine Gesäßtasche zu schieben, bis ihm offensichtlich auffällt, dass seine Pyjamahose keine hat.

»Warte mal. Warum genau bist du hier, Tim?«

Er geht achselzuckend an mir vorbei, hebt einen leeren Karton vom Boden auf und wirft das Portemonnaie hinein, dann das Sweatshirt und die Socken. Geht wie selbstverständlich davon aus, dass ich ihn hier und jetzt vor die Tür setze, obwohl es schon spät ist und draußen regnet und stürmt.

Nicht einmal ich bin so hartherzig.

Und dann, als hätte mir jemand wie aus dem Nichts eine Ohrfeige verpasst, kapiere ich plötzlich, was er vorhin gesagt hat.

Seine Mom und sein Dad stehen ebenfalls auf dieser Zieh-Leine-Liste. Seine eigenen Eltern haben ihn rausgeworfen.

Als Tim mich ansieht, wird er auf einmal rot und schlingt die Arme um den Oberkörper. »Was?«

»Warum...« Ich weiß nicht, wie ich den Satz beenden soll. Ich habe noch nicht einmal den Hauch einer Vorstellung. »Egal. Ich mach jetzt erst mal einen Tee, und dann erzählst du mir, was passiert ist.«

»Vielleicht gibt es ja noch ein paar andere Optionen statt Tee, die mir besser gefallen würden? Eine Tracht Prügel? Wasserfolter? Ich kann schon mal die Dusche anmachen.«

Zu meiner Überraschung gibt es in diesem Haushalt tatsächlich Tee. Aber natürlich keinen Wasserkocher. Ich fülle Wasser in einen Topf, setze es auf und hoffe, dass ich jetzt auch noch zwei Tassen finde. Na bitte, wer sagt's denn, hässliche schwarz-gelbe Becher mit einem Fitnessstudio-Logo. Joel hat wirklich Klasse. Als ich mich zum Kühlschrank wende, um zu schauen, ob vielleicht sogar Milch im Haus ist, fällt mein Blick auf eine Liste, die an der Tür hängt. Sie ist ziemlich lang und wurde mit lauter verschiedenen Stiften geschrieben, als hätte eine Gruppe von Jungs sie gemeinsam aufgesetzt.

Tim Mason: Der Kerl, der höchstwahrscheinlich ...

... irgendwann eine Lebertransplantation brauchen wird
... immer mit verbundenen Augen die Hausbar finden wird
... früher oder später seinen Wagen gegen eine Wand setzen wird

»Verrat mir, wo ich den Zucker finde«, sage ich zu ihm, nachdem ich die Liste zu Ende gelesen habe. »Und dann will ich die ganze Geschichte hören.«

»Für den Zucker sehe ich schwarz«, sagt er, »aber mir ist klar, dass Widerstand zwecklos ist. Wobei ... so viel zu erzählen gibt es da gar nicht. Schätze, meine Eltern ... mein Pa ... Dass ich den Job im Büro der Senatorin hingeworfen hab, hat das Fass wohl zum Überlaufen gebracht. Zumal Grace Reed eine Freundin der Familie ist, was die ganze Sache noch etwas heikler macht, und jetzt hat er endgültig die Schnauze voll von mir. Mir wurde unmissverständlich klargemacht, dass ich zu Hause nicht mehr erwünscht bin – beim sonntäglichen Abendessen brauche ich mich ebenfalls nicht mehr blicken zu lassen. Das ist immerhin ein positiver Aspekt. Und ich habe vier Monate, um das Ruder noch einmal rumzureißen, ansonsten verliere ich meinen Collegefonds, und mein Name wird wahrscheinlich aus der Familienbibel gestrichen. Ende der Geschichte.«

Mir ist schlecht. »Das kann er doch nicht wirklich ernst gemeint haben – ich meine ... er ist dein Dad.«

Tim schaut auf seine Finger hinunter und sieht aus, als wäre er überrascht, dass keine Zigarette mehr zwischen ihnen klemmt. »Pa meint es immer ernst.« Seine Stimme wird tiefer. »*Zeit, ein Mann zu werden, Timothy.* Vielleicht hätte ich das Kleingedruckte lesen sollen, bevor ich Gracie abserviere und mich damit praktisch selbst vor die Tür setze. Aber hey, immerhin hat er mir nicht das Auto weggenommen oder das Taschengeld gestrichen.« Er lächelt angespannt. »Wobei ich zu seiner Verteidigung sagen muss, dass er mir zum Abschied noch einen Scotch angeboten hat.«

Ich stoße fassungslos die Luft aus, und er wird von Neuem rot und fährt sich mit den Händen durch die Haare, sodass sie danach in alle Richtungen abstehen. Ich drehe mich wieder zum Küchenschrank um und suche vergeblich nach Zucker. »Du hattest recht. Zucker ist leider aus.«

Er nickt. »Und wenn ich dir jetzt sagen würde, dass du süß genug bist?«

»Aus dem Weg, wenn du nicht willst, dass ich dich damit verbrühe.« Ich gieße kochendes Wasser in die beiden Tassen und deute dann mit dem Kopf Richtung Couch. »Setz dich und erzähl weiter.«

»So heiß ich diese peitschenschwingende Domina-Nummer auch finde, Alice, aber es gibt wirklich nicht mehr dazu zu sagen. Wahrscheinlich ist es sowieso nur vorübergehend. Wenn es Pa schon peinlich ist, dass ich für Senatorin Grace nicht mehr den Laufburschen mache, kannst du dir wahrscheinlich vorstellen, wie er es fände, wenn ich mit einer Blechschale auf den Stufen seiner Bank hocken und betteln würde.« Tim lässt sich trotzdem auf die Couch fallen. »Können wir vielleicht über irgendwas anderes reden? Zum Beispiel über dich? Deine riesige Bikinisammlung? Deine nahtlose Bräune? Mir ist nämlich aufgefallen, dass du keine Bikinistreifen hast. Aber vielleicht hab ich mich auch geirrt und sollte lieber noch einmal genauer nachschauen?«

Ich gehe mit den beiden Tassen zu ihm rüber und stelle eine davon vor ihn hin.

»Okay, hör zu. Von mir aus kannst du bleiben. Warte ich eben noch ein bisschen. Jase hat ja nicht gewusst, dass ich das Apartment für mich haben wollte. Was sind schon vier Monate. Du kannst so lange hier wohnen und dann ...« Ich verstumme.

Dann was?

Der Ausdruck in seinen grauen Augen ist aufgewühlt, als er mich einen Moment lang schweigend ansieht. Schließlich schüttelt er seufzend den Kopf. »Ich finde schon was anderes. Die Wohnung hier gehört dir. Du hast sie dir verdient.«

Als wäre ein Zuhause etwas, das man sich verdienen muss, wenn man siebzehn ist.

Er ist vielleicht kein Kind mehr, aber es gibt auch keinen bestimmten Stichtag, ab dem man automatisch zum Mann wird. Egal, wie entschlossen er das Kinn nach vorn reckt. Ich kenne dieses Gesicht. Es sagt: *Ich werde mich schon irgendwie durchboxen, kein Problem, ich schaffe das. Geht weiter, Leute, hier gibt's nichts zu sehen.* Ich kenne dieses Gesicht so gut wie mein eigenes. Ich habe es selbst schon oft genug aufgesetzt. Meine Gedanken wandern zu der Liste am Kühlschrank zurück, zu den letzten Punkten, die darauf stehen.

Tim Mason: Der Kerl, der höchstwahrscheinlich ...

... seinen eigenen Namen vergessen wird, bevor wir es tun

... für ein eiskaltes Bier das heißeste Mädchen der Welt stehen lassen würde

... bei unserem fünften Jahrgangstreffen schon unter der Erde liegt

Geh den Weg nicht, Tim. Wirf dein Leben nicht so sinnlos weg. Laut sage ich: »Ich meine es ernst. Bleib.«

Stille.

»Ich möchte, dass du bleibst«, formuliere ich den Satz um und spüre, wie meine Wangen heiß werden. Er verlagert das Gewicht auf der Couch, und ich bin mir überdeutlich seiner Nähe bewusst, seines Dufts nach Seife und Shampoo, der Hitze, die er verströmt, seiner Lebendigkeit.

»Bitte bleib.«

Etwas verändert sich, während die beiden Worte zwischen uns in der Luft schweben. Tims Schultern straffen sich. Dann sitzt er vollkommen still da, aber nicht erstarrt, sondern eher ... wachsam.

»Wirklich?«, sagt er leise. »Okay, dann ... dann bleibe ich. Ich meine, wenn du mich schon so ... nett darum bittest.«

»Aber es wird ein paar Regeln geben, an die du dich halten musst.«

»Sicher, Regeln gibt es immer«, sagt er sofort. »Je klarer sie formuliert sind, umso besser.«

So wie die Liste, die am Kühlschrank hängt? Aber ich spreche es nicht laut aus.

»Nicht dass ich mich zwangsläufig immer daran halte, aber –«

»Ab sofort wird hier drin nicht mehr geraucht«, sage ich. »Es wäre kein Zufluchtsort mehr, wenn du irgendwann mit einer brennenden Kippe einschläfst und alles niederbrennst, und ich will nicht, dass es wie in einer Altmännerkneipe stinkt, wenn ich dann mal selbst hier einziehe.«

Er steht auf, geht zur Spüle, wirft die Marlboro-Packung in den Abfalleimer, der darunter steht, knotet den Müllbeutel zu und stellt ihn neben die Tür. Dann lässt er sich wieder neben mich auf die Couch fallen und verschränkt die Hände hinter dem Kopf.

»Sorry noch mal wegen vorhin. Bin eigentlich gerade dabei, es mir abzugewöhnen. Neulich hab ich sogar eine ganze Stange weggeworfen, aber ... diese Packung war ein Impulskauf. Ein übermächtiger innerer Drang. Ich versuche es in den Griff zu kriegen, weil ... na ja, wir wissen ja, zu was dieser innere Drang mich schon alles getrieben hat.«

Sein Blick gleitet über mein Gesicht, bleibt an meinen Lippen hängen, wandert noch etwas tiefer und kehrt zu meinen Augen zurück.

Draußen rauscht der Wind um die Häuser und drückt den Regen gegen die Fenster. Es ist ziemlich warm hier drin. Ein bisschen zu warm.

Ich stelle zwar Regeln auf, aber Tim ist nicht einer meiner Brüder.

Wieder streift sein Blick meine Lippen. Ich höre ein Geräusch, das klingt, als würde jemand scharf die Luft einziehen. Bin ich das gewesen oder er?

Ich springe von der Couch auf. »Okay, ähm, ich muss dann mal wieder rüber.«

»Ich begleite dich.« Tim steht schnell auf, greift sich den Müllbeutel und öffnet mir die Tür. »Um die Uhrzeit kann man nie wissen, wer sich dort draußen so alles rumtreibt. Außerdem meine ich unter dem Holzschuppen einen Waschbären von der Größe eines Pumas gesehen zu haben.«

Unsere Mülltonnen stehen in einem kleinen Holzverschlag neben der Garage. Als wir dort angekommen sind, beugt Tim sich vor, um den Beutel hineinzuwerfen. »Erzähl Jase bitte nichts von ... von der ganzen Sache mit meinen Eltern, okay?« Seine Stimme klingt gedämpft. »Ein Mann hat seinen Stolz.«

Ich gehe rückwärts die Einfahrt hoch und ringe mir ein kleines Lachen ab. »Natürlich nicht. Meine Lippen sind versiegelt.«

»Gut zu wissen. Wobei ... versiegle deine Lippen nicht zu fest, ich meine, wäre doch schade, falls du mich jetzt zum Abschied gern küssen würdest ...« Er hat mich mittlerweile eingeholt und hebt lächelnd die Hände, als er meinen warnenden Blick sieht. »Okay, okay. War ein Versuch wert.«

Ich schüttle lachend den Kopf und schirme dann die Augen ab, als hinter Tim plötzlich ein Scheinwerferpaar aufgeblendet wird und ein Wagen langsam aus unserer Einfahrt setzt.

Zehntes Kapitel

Ich kann nicht mehr!«, ruft Andy, die am Zaun zum Nachbargrundstück einen Handstand macht.

»Nicht aufgeben«, keucht Samantha, die in derselben Position neben ihr am Zaun lehnt und leicht außer Atem zu sein scheint. »Es gibt nichts Besseres, um dich in Form zu bringen, vertrau mir. Wenn du den Handstand draufhast, ist der Rest praktisch ein Kinderspiel – hab ich recht, Alice?«

»Er ist das A und O beim Turnen«, rufe ich. Andy und ich teilen uns ein Zimmer, ein Bad und die Hälfte meiner Klamotten. Ich liebe meine Schwester. Aber ich danke Gott, dass Sam sie für die Aufnahmeprüfung ins Turn-Team trainiert.

Jase schraubt an seinem Mustang herum. Mom hält Duff und Harry in Schach, die gerade den Familien-Van waschen, sich dabei aber immer wieder gegenseitig mit dem Wasserschlauch nass spritzen und mit dem Schwamm bewerfen. Ein paar Meter weiter malt George mit Kreide etwas auf die asphaltierte Einfahrt, dann tritt er ein paar Schritte zurück und springt immer und immer wieder mitten in seine Zeichnung hinein. Patsy winkt mir gebieterisch vom Planschbecken aus zu. »Ajiss! Mir kommen, Ajiss!«

Unsere Einfahrt und der Rasen sind wie üblich komplett überbevölkert. Perfekt. Es ist einfacher, wenn sie alle auf einem Haufen sind.

Brad hat seinen Wagen vorsichtig neben dem Mustang abgestellt und schaut sich besorgt um. Unsere Einfahrt ist für ihn der blanke Horror. Ich glaube, er hat jedes Mal Panik, er könnte aus Versehen eines meiner Geschwister überfahren. Vielleicht hat er auch nur Angst, Patsys Bobby Car könnte seinen geliebten Taurus zerkratzen. Nachdem ich eingestiegen bin, gibt er mir einen feuchten Kuss auf die Wange und drückt kurz meinen Oberschenkel.

Als ich aus dem geöffneten Beifahrerfenster schaue, sehe ich, wie Harry gerade den Wasserschlauch in unsere Richtung schwenkt, aber Mom, die es ebenfalls mitbekommen hat, bückt sich sofort und macht einen Knick in den Schlauch. »Man spritzt keine anderen Leute nass, es sei denn, sie wollen es, Harry. George, mein Schatz, ich glaube, das funktioniert nur, wenn Mary Poppins dabei ist.«

George springt erneut mitten in sein Kreidebild. Ich vermute mal, es soll eine Palme und eine Schildkröte darstellen. »Dann schreib ihr eine SMS, Mommy.«

»Mary Poppins hält nichts von Handys.«

»Und, wie sieht's aus, Ally. Hast du Lust, mit zu mir zu kommen? Wir hängen ein bisschen mit Wally ab, zocken ein paar Runden und du machst uns Käse-Makkaroni. Ich hab die neuste Version von *Annihilation 7: Grizzlies' Revenge* besorgt. Wally kann sich schon mal warm anziehen, den werde ich so was von plattmachen.«

Ich drehe mich zu ihm und schaue ihn einen Moment schweigend an. »Hör zu, Brad. Ich hab nachgedacht…«

Jase schaut kurz zu mir rüber und zieht die Augenbrauen hoch. Es ist nicht das erste Mal, dass er Zeuge davon wird, wie die Dominosteine fallen.

»Mommy!«, schreit Harry. »Patsy hat mich gebissen!«

»Sie ist über mein Inselbild getrampelt und jetzt ist es

kaputt!«, George zeigt anklagend auf Patsy, die mit auf dem Kopf zusammengebundenem Zöpfchen und gefletschten Milchzähnen hinter Harry herjagt.

Mom hebt Patsy schwungvoll hoch, die sofort anfängt, sich in ihren Armen zu winden. »Tiger, Mommy!«, sagt sie und wirft den Kopf in Harrys Richtung. »Grrrrrr.«

»Sei ein lieber Tiger«, sagt Mom zu ihr, und an George gewandt: »Also ich finde, dass die Wellen jetzt sogar noch echter aussehen, Schatz. Das ist toll. Geh ein paar Schritte zurück und schau's dir noch mal an.«

Patsy versucht immer noch, sich aus Moms Armen zu befreien, um sich wieder auf Harry zu stürzen. »Beizhen«, lispelt sie unheilschwanger.

»Mom!«

»So ein lieber, müder Tiger.« Mom streichelt Patsy über den Rücken. »Ein Tiger, der mit seinen Dschungelfreunden kuscheln will. Harry, du bist der Elefant. Der Schlauch ist dein Rüssel. Auf dem Heckfenster ist noch ein Fleck, den du übersehen hast.«

Brad schüttelt lächelnd den Kopf. »Deine Mom ist echt unglaublich.«

Typisch, dass er plötzlich solche Sachen sagen muss, was es nur noch schwerer macht. Im nächsten Moment biegt Tims Wagen um die Ecke. Langsam rollt er ein Stück die Einfahrt hoch und parkt ein paar Meter hinter Jase' Mustang, als wolle er es vermeiden, sich genau auf Georges Zeichnungen zu stellen. Sam winkt ihn zu sich, aber er ruft hektisch: »Bin spät dran! War laufen. Muss duschen und dann sofort zu einem Meeting.«

Als er am Taurus vorbeikommt, bleibt er kurz stehen. »Hey, Alice.«

»Womit bist du diesmal gelaufen?«, frage ich.

»Zehen«, antwortet er grinsend und stemmt einen seiner großen Füße in den Fensterrahmen. Seitlich an seinem großen Zeh sehe ich eine blutige Schramme. »Bin auf eine Muschel getreten. Aber diesmal hab ich es bis zum Pier geschafft. Ziemlich Navy-Seal-mäßig, oder? Ich bin so voller Testosteron, dass ich einfach durch den Schmerz hindurch gelaufen bin.«

Um nicht laut loszulachen, sehe ich woanders hin, und mein Blick landet bei Samantha, die gerade ihren Handstand beendet hat und mit einem kaum merklichen Lächeln auf den Lippen zu uns rüberschaut. Jase, der sich mit seinen öligen Fingern über die Nase gewischt haben muss, betrachtet stirnrunzelnd die Frontscheibenwischer.

»Mach die Wunde sauber«, sage ich zu Tim. »Und kleb ein Pflaster drüber, damit sie sauber bleibt. Zehen können sich schnell entzünden. In dem feucht-warmen Klima, das in Schuhen herrscht, feiern Bakterien die reinsten Orgien.«

»Ich liebe es, wenn du solche schmutzigen Sachen sagst«, raunt Tim und sagt dann, als würde er ihn jetzt erst bemerken: »Oh, hi, Brad.«

»Yo, Alter«, brummt Brad. »Wenn's dir nichts ausmacht, würde ich mich gern weiter mit meiner Freundin unterhalten.«

Tim geht ein paar Schritte zurück und hebt beschwichtigend die Hände. Dieselbe Geste wie neulich Abend, als wir in der Einfahrt im Regen standen. Eine seltsam kribbelnde Unruhe steigt in mir auf.

Als er die Stufen zum Garagenapartment hochgeht, kommt Andy auf ihn zugelaufen und ruft: »Tim! Du bist doch ein Mann, oder?«

»Zumindest war ich noch einer, als ich das letzte Mal nachgeschaut hab.«

»Kann ich dich etwas fragen, was ich meine Brüder nicht fragen kann?«

»Nein«, ruft Jase.

»Ähm – Andy – sorry, aber ich muss wirklich ganz dringend zu einem Meeting«, entschuldigt sich Tim und wirft Jase einen Blick zu, bevor die Tür des Apartments hinter ihm zufällt.

»Wo waren wir stehen geblieben, Ally-Baba?«

Beiß in den sauren Apfel.

»Hör zu, Brad …«, versuche ich es noch einmal.

Er sieht mich erwartungsvoll an, während er mit vollen Wangen einen der Proteinriegel kaut, die er in seinem Handschuhfach hortet. Harry und George haben angefangen, mit dem Wasser aus dem Schlauch Limbo zu tanzen, Mom wirft einen prüfenden Blick in Patsys Schwimmwindel; Jase, der sich den Kopf an der Kühlerhaube gestoßen hat, wird von Samantha, die zu ihm gelaufen ist, getröstet, und Andy macht einen Handstandüberschlag rückwärts, ohne sich vorher genügend gedehnt zu haben.

Inmitten dieses vertrauten bunten Chaos klingt meine kühle Stimme völlig fehl am Platz.

Kalt, um genau zu sein.

»Deine Familie ist ein echter Krawallhaufen«, sagt Brad. »Total durchgeknallt, aber … na ja, du weißt schon …« Er verstummt.

Mir hat schon mehr als ein Freund gesagt, dass er nicht nur mich, sondern auch meine Familie verlieren würde, wenn ich mich von ihm trenne, was die ganze Sache noch härter machen würde.

Aber ich darf jetzt nicht kneifen. Es nützt niemandem etwas, es noch länger hinauszuzögern.

Brad beißt vom nächsten Riegel ab und fragt kauend: »Was ist los, Ally?«

Ich stähle mich innerlich, zwinge mich, hart und unnachgiebig zu sein. »Die Sache ist die, Brad …

Jase flucht unterdrückt. »Sam, kannst du mal kurz die Motorhaube aufhalten? Die Stange rutscht ständig weg.«

»Okay, Leute, ab ins Haus mit euch«, ruft Mom. »Duff, Harry, George – es gibt erst Abendbrot, wenn ihr euch gewaschen habt. Das gilt auch für dich, Andy.« Alle außer George, der weiter durch die Pfützen springt, laufen nach drinnen. Jase schraubt nach wie vor an seinem Wagen herum.

»Ich fürchte, wir haben das Ende der Straße erreicht«, sage ich hastig. »Wir sind so weit gekommen, wie wir konnten.«

Brad sieht mich ratlos an. »Wir stehen in einer Einfahrt.«

»Ich meine uns. Als Paar … Es funktioniert nicht mehr.«

»Was?«, sagt Brad stirnrunzelnd. »Was meinst du damit?«

»Kannst du bitte weiter die Haube festhalten und mir die Zange geben, die da drüben liegt?«, sagt Jase zu Sam.

»Wir wussten von Anfang an, dass das mit uns nur vorübergehend ist.« Keine Ahnung, wie oft ich diese Worte schon benutzt habe. Ich bin ein verdammtes Miststück.

»Wussten wir?«, fragt Brad schwach. »Aber warum? Was hat dir gefehlt, Ally-Baby? Wir haben zusammen abgehangen, rumgemacht, trainiert. Die ganzen coolen Sachen. Ich kapier's nicht.«

Seine braunen Augen blicken flehend. Jase fuhrwerkt fluchend unter der Motorhaube herum. Samantha scheint sich brennend dafür zu interessieren, was er tut.

»Wir haben nie *geredet*, Brad. Wir haben nie –« *gelacht.* Tränen laufen ihm die Wangen hinunter. Oh Gott.

»Geredet?«, wiederholt er verwirrt. »Worüber denn?«

Okay, so kommen wir nicht weiter. Ich lege eine Hand auf sein Knie und drücke es. »Du bist ein guter Kerl.«

»Oh nein«, sagt er, und seine Stimme wird plötzlich laut. »Tu das nicht. Zieh nicht diese *Du bist ein guter Kerl*-Nummer mit mir ab. Das hab ich nicht verdient. Ich bin ein großartiger Kerl. Ich hab zu dir gehalten. Ich bin für dich da gewesen.«

Das stimmt. Er hat alles klaglos hingenommen – meine chaotischen Arbeitszeiten, das viele Lernen, meinen Einsatz für die Familie zu Hause. Andererseits habe ich seinen nervtötenden Bruder ertragen, seine CrossFit-Besessenheit, seine niederträchtige Großmutter und die bescheuerten Kosenamen, die er mir ständig gegeben hat.

»Ich weiß, Brad. Deswegen fällt es mir auch so schwer.« Meine Stimme ist sanft, aber es ändert nichts. Seine breiten Schultern beginnen zu beben und er fängt ungehemmt zu schluchzen an. Mein Blick wandert kurz zum Garagenapartment hinüber. »Brad«, sage ich hilflos. Warum habe ich nicht gemerkt, wie tief seine Gefühle sind?

Er hat das Gesicht in den Händen vergraben, aber als ich ihm über die Schulter streichen will, schüttelt er meine Hand ab. »Steig einfach aus. Verschwinde, Alice.«

»Brad … meine Gefühle für dich …«

»Du hast keine Gefühle«, sagt er. »Du weißt noch nicht mal, was das ist. Und jetzt raus aus meinem Wagen.«

Ich bin kaum ausgestiegen, als er die Tür zuzieht und ganz gegen seine Natur mit quietschenden Reifen aus der Einfahrt setzt und auf die Straße biegt.

Ich starre ihm hinterher und kaue auf meinem Daumennagel herum, was ich schon seit Jahren nicht mehr gemacht habe. Jase wirft die Kühlerhaube zu und wischt seine schmierigen Hände an einem alten Lappen ab. Nachdem sich das Röhren von Brads Taurus entfernt hat, erscheint mir die darauffolgende Stille besonders laut.

»Das scheint eher nicht so gut gelaufen zu sein«, sagt Jase. »Hast du nicht langsam mal die Nase voll davon, Al?«

»Möchtest du darüber reden?«, fragt Samantha fast im selben Moment.

Ich schüttle den Kopf. Mir ist wirklich nicht klar gewesen, dass er so für mich empfindet. Wo sind die Zeichen dafür gewesen? »Ich wollte nicht ...« Mein Blick bleibt an einem silbernen Wagen hängen, der auf der gegenüberliegenden Straßenseite steht. Ist das etwa derselbe wie neulich?

»Was er gesagt hat, stimmt nicht«, höre ich Jase sagen. »Dass du keine Gefühle hast, meine ich. Er war einfach sauer. Typen werden zu Scheißkerlen, wenn ihr Stolz verletzt wird.«

»Das ist meine Schuld«, sage ich zerstreut, weil meine Aufmerksamkeit immer noch bei dem Wagen ist. »Er hat sich davor nie wie ein Scheißkerl benommen.«

»Willst du, dass ich ihn mir vorknöpfe?«, fragt er. »Er ist ein ziemlicher Schrank, aber ich könnte mir Verstärkung besorgen. George würde bestimmt mitmachen, wenn er dafür eine coole Uniform bekommt.«

»Tim wäre mit Sicherheit auch sofort dabei«, fügt Samantha hinzu.

Die Stalkerin setzt aus der Parklücke und rauscht mit Vollgas davon, genau wie Brad vorhin. Wer ist dieses Mädchen? Eine von Joels Verflossenen? Tims Dealerin? Was oder wer auch immer sie ist. Ich hab genügend eigene Probleme.

Als ich mich umdrehe, kommt Tim gerade pfeifend die

Garagentreppe herunter und zählt die Dollarscheine in seinem Portemonnaie. »Okay, Leute, gegen sieben bin ich wieder da. Soll ich ...?«

Die Anspannung, die in der Luft liegt, ist praktisch mit Händen zu greifen. Er schaut zwischen uns hin und her. »Alice? Sam? Was hab ich jetzt schon wieder gemacht?«

Als alle weg sind, lasse ich mich neben George auf die Verandatreppe fallen. Er schaut mit großen Augen zu mir auf. »Er hat geweint.«

Seufzend ziehe ich ihn auf meinen Schoß und lege das Kinn auf seinen Kopf. Seine fluffigen Haare kitzeln mich an der Nase, als ich seinen Duft einatme – Kreide, Gras und Schlauchwasser. »Ich weiß.«

»Ich habe noch nie jemanden, der so groß ist, so weinen sehen. Weißt du, wie der feige Löwe aus *Der Zauberer von Oz*. Der weint genauso.«

Der Vergleich ist nicht ganz falsch.

Dann bin ich wohl der Blechmann ohne Herz.

Elftes Kapitel

Das heutige Meeting findet im Krankenhaus statt, demselben, in dem Mr Garrett liegt. Ich bin spät dran, und Dominic wirft mir einen strengen Blick zu, als ich mich auf den Stuhl neben ihn setze.

»Ging leider nicht früher«, murmle ich.

»Dann sorg dafür, dass es beim nächsten Mal geht«, murmelt er zurück.

Dominic ist mein AA-Mentor, was bedeutet, dass er ein Auge auf mich hat und mir, wenn es sein muss, kräftig in den Hintern tritt. Es war Mr Garrett, der mir geraten hat, zu den Anonymen Alkoholikern zu gehen, und der mich anfangs auch zu den Meetings begleitet hat. Wenn er keine Zeit hatte, bin ich zwar trotzdem hin, habe mich aber immer in die Nähe der Tür gesetzt – oder gestellt – und bin von Mal zu Mal früher gegangen. Nachdem ich das vier- oder fünfmal gemacht hatte, kam eines Tages Dominic rein, zog mich am T-Shirt zu den vorderen Sitzreihen, drückte mich auf einen Stuhl und setzte sich neben mich. Er ist ein paar Jahre älter als ich, groß und dünn, aber durchtrainiert, mit breiten Schultern und riesigen Händen, braun gebrannt, dunkler Dreitagebart. Die Tür war so weit weg, dass ich nicht unauffällig abhauen konnte. Als ich zehn Minuten vor Schluss aufstehen wollte, blockierte Dominic mir mit dem Fuß den Weg. »Wir sind hier nicht im Kindergarten, also was soll das?«, zischte ich.

»Erklär ich dir später«, zischte er zurück. Kaum war das Meeting vorbei, sprang ich auf. »Mir war nicht klar, dass es bei diesen Treffen Pflicht ist, sich hinzusetzen. Willst du jetzt vielleicht auch noch meinen Ausweis sehen? Du bist echt ein Arschloch.«

Er musterte mich ungerührt. »Nein, will ich nicht. Und ja, ich bin ein Arschloch. Wenn du hierherkommst, dann bleibst du gefälligst bis zum Schluss, du kleiner Scheißer.«

Mit Dom legt man sich besser nicht an.

Mit der Zeit habe ich noch mehr über ihn herausgefunden. Dass er zweiundzwanzig ist. Und dass er sofort nach der Highschool geheiratet hat, weil er seine Freundin am Abend des Abschlussballs geschwängert hatte. »Im Auto, auf dem Weg dorthin«, betonte er immer. »Ich hatte es noch nicht mal auf die Reihe gekriegt, ihr ein Ansteckträußchen zu besorgen.« Dass seine Frau ihn nach einem Jahr verlassen und das Baby mitgenommen hat. Dass er die darauffolgenden sechs Monate im Vollrausch verbracht hat und sich immer noch nicht daran erinnern kann, ob er überhaupt noch irgendwann zur Arbeit gegangen ist oder gar nicht mehr. Dass er mittlerweile seit drei Jahren trocken ist.

Als das Meeting zu Ende ist, halten wir uns noch einen kurzen Moment an den Händen. Es geht hier also tatsächlich ein bisschen so zu wie im Kindergarten. Vor ein paar Monaten wäre ich wahrscheinlich lieber gestorben. Ich meine, mal ehrlich, aus dem Alter, in dem man an der Hand seiner Mom über die Straße geht, sind wir alle schon ziemlich lange raus. Aber zwischenzeitlich mag ich es sogar irgendwie, hier zwischen dem toughen Dominic und dem sanften Jake zu sitzen, den ich früher nur als Coach Somers kannte – damals, als er noch mein Sportlehrer auf der Hodges war. Ich werfe ihm einen Blick von der Seite zu, den er lächelnd erwidert. Das hätte es damals nicht gegeben. Dass er mich anlächelt, meine ich. Kein Scheiß. Zu der Zeit hat er mir jedes Mal fünfzig Liegestütz aufgebrummt, wenn ihm meine lausige Einstellung mal wieder gegen den Strich ging. Und ich habe ihn für einen verbitterten Spießer gehalten, der keine Ahnung von Jugendlichen hat. Dabei ist er selbst höchstens Ende zwanzig.

Als ich jetzt nach draußen gehe, um mit Dominic noch einen Kaffee zu trinken, winkt Jake mir zum Abschied zu. Fühlt sich gut an.

Dom und ich sitzen im *Cuppa Joe and Piece-a Pie* – grauenhafter Kaffee, unfassbar leckerer Kuchen – und unterhalten uns gerade darüber, ob er sich einen schon ziemlich abgewrackten Truck kaufen soll oder nicht, als er plötzlich über meine Schulter späht und mich dann mit hochgezogenen Brauen angrinst. »Da hinten hockt ein Typ, der mit einem von uns beiden ein ziemliches Problem zu haben scheint. Ich wette, der meint dich. Wenn Blicke töten könnten, wäre von dir jetzt nämlich nicht mehr übrig als ein Häufchen rauchende Asche.«

»Ich halte dagegen. Typen haben in der Regel kein Problem mit mir, die Einzigen, mit denen ich es mir gern verscherze, sind Mädchen. Wo sitzt der Kerl?«

»Stimmt ja. Hätte fast vergessen, was für ein großer Frauenheld du bist. Dritter Tisch von links. Hm ... Jetzt streckt er den Mittelfinger in unsere Richtung, und ich bin mir ehrlich gesagt ziemlich sicher, dass die Botschaft an dich geht. Du sitzt genau in der Schusslinie. Wenn er eine Knarre hätte ...«

»Kein Mann kann mich so sehr hassen – außer mein Pa vielleicht.« Ich lasse wie beiläufig den Blick durch den Raum schweifen, um mir den Typen anzuschauen.

Okay, er sieht tatsächlich aus, als würde er mich am liebsten umbringen. Es ist Brad.

»Ich weiß zwar nicht, was los ist, aber warum gehst du nicht einfach rüber und klärst die Sache?«, fragt Dominic. »Er lässt bestimmt mit sich reden. Und wenn nicht, halb so wild. Der Kerl wiegt nur ungefähr vierzig Kilo mehr als du. Vielleicht zeigt er Gnade, und du endest nicht gleich im Leichenschauhaus, sondern bloß auf der Intensivstation.«

»Scheint ja richtig Spaß zu machen, dir verschiedene Arten vorzustellen, wie ich ins Gras beiße, Dom. Du bist mir wirklich eine große Stütze.«

»Was hast du verbrochen? Mit seiner Freundin geschlafen?«

»Was? Nein!«, rufe ich. »Nein«, wiederhole ich leiser.

»Wirst du etwa rot?«, fragt Dominic amüsiert.

»Quatsch. Erzähl mir lieber noch mehr über diesen Truck – wie lässt er sich denn so ... ähm ... lenken?«

Dominic senkt den Kopf, um sein Lächeln zu verbergen. »Als ob du dich *dafür* interessierst.« Er trinkt einen Schluck von seinem Kaffee. »Sag mal, was ist eigentlich aus der Idee geworden, dass du den Highschool-Abschluss nachholst?«

In Connecticut kann man sich nur dann für die Zulassung zur externen Abschlussprüfung bewerben, wenn man mindestens neunzehn ist oder eine Bescheinigung vorweisen kann, dass man die Schule freiwillig abgebrochen hat. »Freiwillig« war mein Abgang von der Ellery Prep aber blöderweise eben gerade nicht.

Ich tauche den Daumen in die auf den Teller getropfte Kirschfüllung meines Kuchens und lecke ihn ab. »Hab mich darum gekümmert. Ich bin nur nicht ganz sicher, ob ich dabei korrekt vorgegangen bin ... zumindest wenn man das Zwölf-Schritte-Programm der AA als Maßstab nimmt.«

»Du hast doch nicht etwa irgendwelche Unterlagen gefälscht, Tim? Falls doch, dann ...«

»Nein! Natürlich nicht. Ich, ähm, hab bloß mit etwas nachgeholfen, das bis jetzt immer funktioniert hat. In Bezug auf die Schulsekretärin.«

Dominic zieht eine Braue hoch. »Und das wäre?«

»Mein Charme.«

»Im Klartext – du hast sie an der Nase herumgeführt. Sie hätte sich vielleicht vorher mal mit dem Strahlemann da drüben unterhalten sollen.«

Tatsächlich. Brad starrt mich immer noch so finster an, als hätte ich ihm seinen Lieblingsschnuller geklaut.

»Ms Iszkiewicz hat ...«, ich rutsche in meinem Stuhl ein Stück tiefer, »... schon immer eine Schwäche für mich gehabt. Sie meinte, sie würde eine Bescheinigung für mich aufsetzen und den Schulleiter dazu bringen, sie zu unterschreiben. Dobson hat sich noch nie für den Scheiß interessiert, den er unterschreibt, außer für die Empfangsquittungen von Spendenschecks.«

»Tim«, sagt Dominic. »Ernsthaft jetzt?«

»Bin ich zu weit gegangen?«

Dom nimmt noch einen Schluck von seinem Kaffee. »Sag du's mir.«

»Aber wie soll ich, ohne zu lügen, das kriegen, was ich brauche?«

»Hast du dir gerade selbst zugehört?« Er lehnt sich in seinen Stuhl zurück und sieht mich ruhig an.

»Fuck.«

»Ich weiß«, sagt Dom. »Aber Teil dieser ganzen Geschichte, die wir hier betreiben, ist nun mal, kein manipulatives Arschloch mehr zu sein, schon vergessen?«

Brad scheint es mittlerweile aufgegeben zu haben, mich mit

Blicken töten zu wollen. Als er auf dem Weg nach draußen an unserem Tisch vorbeikommt, stößt er mit seinem mächtigen Oberschenkel wie aus Versehen gegen meine Stuhllehne.

Was, das war schon alles? Was zur Hölle findet Alice bloß an dieser Witzfigur?

Zwölftes Kapitel

Alice steht vor meiner Tür und versteckt die Hände hinter ihrem Rücken. Sie trägt einen grünen Krankenhauskittel, hat dunkle Schatten unter den Augen, riecht nach Desinfektionsspray ... und trotzdem treibt sie meinen Puls in die Höhe.

»Ich hab was für dich«, sagt sie und schiebt sich an mir vorbei.

»Hat es was mit Sex zu tun? Kommen darin du und ich und ein Fläschchen Massageöl vor?«

Sie schnaubt. »Träum weiter, Kleiner.«

»Worauf du wetten kannst. Aber wir könnten meine Träume auch wahr werden lassen.«

»Hier.« Sie holt ein in hellblaues Geschenkpapier eingewickeltes Paket hinter ihrem Rücken hervor, reicht es mir und zieht so schnell die Hand weg, dass ich es beinahe fallen lasse.

»Du hast ein Einweihungsgeschenk für mich?«

»Mach schon auf.« Sie geht zur Spüle, in der sich zwei Tage altes Geschirr stapelt. Das meiste davon ist mit getrocknetem Müsli verkrustet.

Ich reiße das Geschenkpapier herunter – es ist ein Schuhkarton mit Nike-Logo drauf.

»Sneaker. Heißt das, dass wir miteinander gehen, wenn ich die trage?«

»Das heißt, dass du – wenn du sie zum Laufen anziehst – nicht in einem Gips endest.«

Ich hole die Schuhe heraus und schaue sie mir an. Sehen aus, als müssten sie mir perfekt passen.

»Woher weißt du, welche Schuhgröße ich hab?« Ich werfe einen Blick auf die Sohle. Jep, siebenundvierzigeinhalb.

»Du hast deine fiesen Quadratlatschen oft genug bei uns am Pool liegen lassen. Deine Füße sind eine genetische Fehlbildung.«

»Weißt du, was man über Typen mit großen Füßen sagt?«

»Dass ihre riesigen Socken umso erbärmlicher stinken? Gib's auf, Tim. Ich dachte bloß, wenn du auch nur im Entferntesten ein Interesse daran hast, gesünder zu leben, wäre es gut, wenn du dafür die richtige Ausstattung hättest.«

»Glaub mir, Alice. Ich habe für alles die richtige Ausstattung.«

Sie muss lachen. »Du bist wie so ein riesiger Welpe, der nicht davon abzuhalten ist, alles und jeden zu bespringen.«

Mein Lächeln verschwindet, als sie die Hände in die Hüften stemmt und sich umschaut. »Du bist ein noch schlimmerer Chaot als Brad. Reife Leistung.«

Das bedeutet, dass sie schon mal im Zimmer von diesem Lahmarsch Brad war – unerwarteter Doppelschlag in den Magen … obwohl … oh Mann … *natürlich*. Sie ist schließlich neunzehn.

Alice ist immer noch damit beschäftigt, das Apartment zu inspizieren, das bei Tageslicht betrachtet leider kein besonders gutes Bild abgibt. Als sie das letzte Mal hier war, war es draußen schon fast dunkel. Außer dem Berg Geschirr in der Spüle liegen noch ein Haufen Boxershorts in einer Ecke und die Jogginghose, in der ich letzte Nacht geschlafen habe, auf der Couch.

»Hey. Ähm …« Ich nicke in Richtung der Müsli-Schachtel, die auf der Theke steht, um ihren Blick vom hochgeklappten

Toilettensitz im Badezimmer und den nassen Handtüchern auf dem Boden abzulenken. »Ich würde dir ja wirklich gern ein Schälchen Müsli anbieten, hab aber leider nur einen einzigen Löffel, und ich weiß doch, wie dominamäßig streng du in Bezug auf Keime bist.«

»Ich bin *sachkundig*, was das Thema Keimübertragung angeht. Orangensaft direkt aus dem Karton zu trinken ist übrigens auch nicht besonders hygienisch. Warum macht ihr Typen das?«

»Weil wir keine Lust haben, lange Zeit zu verplempern, wenn wir etwas haben wollen. Wenn wir Durst haben, wollen wir etwas trinken – und zwar gleich. Nicht erst noch ein sauberes Glas suchen oder ein schmutziges spülen. Wir sind eben zielorientiert. Wir wollen, was wir wollen, und das sofort ... Oder vielleicht bin auch nur ich so.«

»Okay, Tim, es reicht. Ich will, dass du aufhörst, so einen Scheiß zu reden, und zwar jetzt gleich.« Ihr Gesicht ist so ausdruckslos wie ihre Stimme. Aber natürlich höre ich nicht auf.

»Kennst du diesen alten Song von Carly Simon? *Antici-pa-a-tion is keeping me wai-ting*. Den kann nur eine Frau geschrieben haben. Typen hassen es, warten zu müssen. Deshalb hören wir lieber Songs wie *Satisfaction*. Deshalb packen wir nie Geschenke ein. Mir ist aufgefallen, dass du meines eingepackt hast.«

»Ich dachte, ihr seid einfach zu geizig, um Geld für Geschenkpapier auszugeben. Oder wisst nicht, wo man welches kaufen kann.«

»Auch. Aber mal im Ernst, wenn man jemandem ein Geschenk besorgt, von dem man denkt, dass derjenige sich darüber freut, warum soll man es dann unter Papier verstecken und ihm auch noch die Arbeit zumuten, es auszupacken? Das ist doch total umständlich.«

Alice schiebt lachend meine Jogginghose zur Seite und lässt sich auf die Couch fallen. »Das ist nicht umständlich, sondern zeigt … dass man sich Gedanken gemacht hat.« Sie dreht ihre Haare im Nacken zu einem Knoten und enthüllt ihren schlanken Hals.

»Das *Geschenk* zeigt, dass man sich Gedanken gemacht hat. Das Geschenkpapier zeigt, dass einem Umweltschutz und Müllvermeidung nicht besonders wichtig sind. Dasselbe gilt für Leute, die alleine duschen. Eine völlig unnötige Verschwendung wertvoller Ressourcen.«

»Ob wir wohl jemals eine Unterhaltung führen werden, in der du nicht versuchst, mich anzumachen, Tim Mason?«

»Ich fürchte nicht. Wir wollen, was wir wollen, okay? Zielorientiert, Babe.«

»Oh Gott. Nenn mich nie wieder *Babe*, verstanden?«

»Ist dir *Allykins* lieber? *Allynator? Allykonda?*«

»Tim. Nicht.« In ihrer Stimme liegt ein seltsamer Unterton. Okay, keine Scherze über ihren Freund. Herrgott, warum hängt sie bloß so an diesem Typen?

Sie kramt in ihrer Tasche. »Ich hab sogar noch ein Geschenk für dich. Keine Sorge, das hier hab ich nicht eingepackt.« Sie wedelt etwas verlegen mit einer medizinisch aussehenden, schmalen Packung vor mir herum.

»Nikotinpflaster, Alice? Ist das dein Ernst?«

»Ich hab dir gesagt, dass du hier nicht rauchen kannst.«

»Und ich hab dir gesagt, ich versuche, damit aufzuhören.«

»Ich weiß.« Sie winkt mich zu sich und öffnet die Packung. Als ich mich neben sie gesetzt habe, schiebt sie den aufgekrempelten Ärmel meines Hemds höher, und ich spüre ihre kühlen Finger auf meiner Haut. »Du musst sie an eine unbehaarte Stelle kleben. Nicht dass du so viele Haare am Körper hättest. Höchstens vielleicht auf der Brust.« Ihre Finger halten kurz inne. »Kleb es auf die Schulter oder den Rücken. Oder auf die Rippen. Du solltest immer eine andere Stelle nehmen, weil das Nikotin sonst die Haut zu sehr reizt.«

Die Art und Weise, wie sie meinen Oberarm anfasst, ist durch und durch professionell, schließlich ist sie eine angehende Krankenschwester, und trotzdem reagiere ich darauf, als würde sie den Reißverschluss meiner Jeans aufziehen.

Ich rücke ein Stück von ihr ab, kratze mich im Nacken, obwohl es mich dort gar nicht juckt, und merke, dass mir etwas schwindlig wird.

Sie zieht meinen Arm an ihren Bauch, hält ihn fest und klebt das Pflaster drauf. »Es muss einmal am Tag gewechselt werden. Immer an verschiedenen Stellen tragen, nicht vergessen, okay? Ungefähr sechs bis acht Wochen lang.«

»Hast du schon mal ein heimliches Laster gehabt, Alice? Du klingst, als wüsstest du, wovon du redest.«

»Ich lese Packungsbeilagen. Noch etwas, womit ihr Typen nichts anfangen könnt.« Sie tätschelt meinen Arm, zieht den Ärmel wieder runter und zögert einen Moment, bevor sie mich anschaut. »Was du da machst, ist wirklich ein krasses Programm, Tim. Kein Alkohol mehr, keine Drogen. Dass du auf dich selbst gestellt bist. Jetzt hörst du auch noch mit dem Rauchen auf. Ich bewundere dich dafür.«

Ich starre sie verblüfft an. »Im Ernst jetzt?«

»Natürlich. Ich bin neunzehn und wohne immer noch zu Hause. Du hast keinen einfachen Weg vor dir.« Sie tippt auf die Stelle, wo unter meinem Ärmel das Pflaster klebt. »Aber du musst es dir nicht noch unnötig schwer machen. Nicht, wenn es auch einfacher geht.«

Meine Kehle wird eng. Alice ist vermutlich die absolut Allerletzte gewesen, von der ich erwartet hätte, dass sie mir in irgendeiner Weise hilft. Ich muss schlucken. Ihre grünbraunen Augen sind ernst. Ich hebe meine Hand zu ihrer Wange, lasse sie aber fallen, ohne sie zu berühren, stehe auf, schiebe die Hand stattdessen in meine Hosentasche und klimpere mit den Münzen darin.

Alice mustert mich einen Moment lang, wie eine Lehrerin, die streng über den Rand ihrer Brille schaut, dann wendet sie den Blick ab, wischt sich die Hände an ihrem grünen Kittel ab und steht ebenfalls auf. »Was findest du eigentlich an diesem Müsli? Außer Pizza und diesem Zeug hab ich dich fast noch nie etwas anderes essen sehen.«

»Ich mag Müsli eben.«

»Du *lebst* von Müsli. Das ist mehr als nur mögen. Du bist davon besessen.«

»Jetzt übertreibst du.« Um meine gefährlich ruhelosen Hände zu beschäftigen, schütte ich mir etwas von dem Nuss-mix in eine Schale, hole Milch aus dem Kühlschrank und schnuppere daran.

»Das ist ungesund.«

Sie klingt aggressiv. Aber warum? Hab ich vielleicht irgend-etwas verpasst?

»So ein Gefühlsausbruch nur wegen eines Müslis? Kann dir doch egal sein, was ich esse.«

»Du bist dünn und blass, Tim. Du siehst aus, als würdest du nicht schlafen. Es gibt Leute, die sich Sorgen um dich machen.« Sie schwingt sich ihre riesige abgewetzte Tasche über die Schulter. »Egal. Ich muss dann mal wieder. Mom wartet bestimmt schon darauf, dass ich sie mit den Kleinen ablöse.«

Ohne lange nachzudenken, schiebe ich mich zwischen sie und die Tür. »Okay, Alice. Ich gebe zu, dass ich schon immer ein Talent dafür hatte, anderen Leuten Sorgen zu machen. Aber meine Familie hat mich mittlerweile mehr oder weniger aufgegeben. Du bist diejenige, die zur Rettung meiner Fußknöchel oder was auch immer hergekommen ist. Also wovon sprechen wir hier? Von *Leuten*, die sich Sorgen um mich machen, oder davon, dass ... *du* dir Sorgen machst?« Die Worte schweben zwischen uns in der Luft. Wieder einmal fällt mir auf, wie klein und schmal – mal abgesehen von ihren Wahnsinnskurven – Alice eigentlich ist. Sie reicht mir kaum bis zur Schulter, ist vielleicht höchstens ein Meter fünfundsechzig.

Sie zerrt den Henkel ihrer Tasche höher und senkt errötend den Blick.

»Also?«, hake ich nach. Wenn ich mich schon so weit aus dem Fenster gelehnt habe, kann ich es jetzt auch bis zum Ende durchziehen.

Sie schaut mich an, hebt die Hand und zählt einen Punkt nach dem anderen an ihren Fingern ab. »Du bist der beste Freund meines kleinen Bruders. Auch wenn ich manchmal keine Ahnung habe, wie oder warum er es mit dir aushält. Du bist noch minderjährig. Du bist eine Gefahr für dich selbst, um nicht zu sagen eine wandelnde Katastrophe. Du ...« Sie schließt kurz seufzend die Augen. »Hör zu. Ich hab morgen einen langen Tag. Zuerst Schule, danach Krankenhaus. Aber vielleicht könnten wir ...«, sie senkt die Stimme, als wollte sie selbst nicht wahrhaben, was sie sagt, »... uns abends einfach mal zum Essen treffen? Als so eine Art ... Probe-Date?«

Ich fühle mich wie nach einem Stromschlag.

Ein Date.

Mit Alice Garrett?

Moment mal.

Ein *Probe*-Date?

»Was würden wir denn ausprobieren?«

Ihre Mundwinkel zucken, aber ihr Blick bleibt ernst. »*Das* jedenfalls nicht. Ich halte nichts von Affären.«

»Daran hab ich auch nicht eine Sekunde lang gedacht.«

Sie versetzt mir einen kleinen Schlag gegen die Schulter. »Natürlich nicht.«

»Okay. Aber höchstens für eine Nanosekunde. Dann ist mir wieder eingefallen, wie sehr ich dich respektiere und dass ich nie –«

Alice legt zwei Finger an meine Lippen. »Tim. Du sagst jetzt besser nichts mehr.«

Ich klappe den Mund zu.

»Wir probieren bloß, zusammen *zu Abend zu essen*.«

»Moment mal …«, mir ist plötzlich wieder ihr einhundertzwanzig Kilo schwerer Freund eingefallen. »Ist das etwa eine Falle? Damit der gute alte Brad endlich einen Grund hat, mich zu Brei zu hauen?«

Sie schüttelt hastig den Kopf, zieht die Hand zurück und vergräbt sie in ihrer Kitteltasche. Als ihr erneut der Henkel ihrer Tasche herunterrutscht, strecke ich unwillkürlich die Hand aus, um ihn wieder hochzuschieben, zwinge mich aber dazu, sie wieder sinken zu lassen.

»Das hat nichts mit Brad zu tun. Es wäre ihm sowieso egal«, sagt Alice schließlich zögernd.

»Dann ist er ein noch größerer Vollidiot, als ich dachte.«

Sie sieht mich an, wendet den Blick jedoch gleich wieder ab. »Es ist aber nicht so, wie du denkst.«

Nein? Okay. Dann geht es also nur um …

Ein Abendessen.

»Wir treffen uns morgen um halb sieben bei *Garys Grill* in Barnet.«

Barnet liegt drei Orte weiter. Offensichtlich will Alice nicht in unmittelbarer Nachbarschaft mit ihrem minderjährigen, ex-alkoholsüchtigen Probe-Date gesehen werden.

Ich sage ihr, dass ich dort sein werde. Sie schenkt mir eine abgeschwächte Version ihres sinnlichen, schiefen Lächelns, beugt sich zu mir, und als ihre Lippen meine Wange streifen, bin ich für einen Moment wieder in Hulahula-Land.

Oh, Alice.

»Bis morgen.«

Ich bringe nicht mehr als ein Nicken zustande, worauf sich die zurückhaltende Alice wieder in die befehlsgewohnte Amazone verwandelt und warnend den Finger hebt. »Wehe, du kommst zu spät. Ich hasse es, wenn ein Typ mich warten lässt. Als hätte ich nichts Besseres zu tun. Als wäre es ein Zeichen von Lässigkeit und Zeit bloß relativ, während ich allein an einem Tisch hocke und mich vom Kellner bemitleiden lassen muss.«

»Sollen wir einen Uhrenvergleich machen?«

»Enttäusch mich einfach nicht, okay?«

Dreizehntes Kapitel

Vor der Hodges – meiner ersten Schule von insgesamt drei – zu stehen und zu warten, fühlt sich extrem merkwürdig an. Klar bin ich zwischenzeitlich noch ein paarmal wegen irgendwelcher Preisverleihungen von Nan hier gewesen, trotzdem fängt mein Nacken an zu jucken, als würde ich wieder in meiner alten grauen Schuluniform mit dem steifen weißen Hemd stecken.

Ich bin hier, weil ich Samanthas Rat brauche, also habe ich angeboten, sie heute nach der Schule abzuholen und nach Hause zu begleiten – in die schicke neue Eigentumswohnung am anderen Ende der Stadt, die ihre Mom, die gute alte Gracie, vor einer Woche mit ihr bezogen hat, um ihre Tochter von Jase und den Garretts fernzuhalten. Nach dem Motto, aus den Augen, aus dem Sinn. Hat nicht wirklich funktioniert, ihr brillanter Plan.

Einen Moment später kommt sie durch die protzigen Eichentüren, läuft die von zwei Steinlöwen flankierte Treppe hinunter, sieht mich, winkt und bleibt kurz bei einer Gruppe von Mädchen stehen, die sich gerade ausgelassen über irgendetwas unterhalten und mit ihren langen glatten Haaren und ihrem adretten Privatschülerinnen-Look das perfekte Coverfoto für eine Hodges-Werbebroschüre abgeben würden.

Sam ist anders, passt aber trotzdem in das Bild.

Plötzlich entdecke ich meine Schwester, die mit gesenktem

Kopf die Stufen hinuntergeht und in ihrer Tasche wühlt, als würde sich darin die Bundeslade verstecken. Sie wirkt so abgelenkt, dass ich mir sicher bin, dass sie gleich in eines der Mädchen hineinläuft, stattdessen steuert sie in einem großen Bogen vorsichtig um sie herum. Okay. Sie hat sie sehr wohl gesehen, will aber nicht, dass man *sie* sieht.

Sam tut es trotzdem. Sie hebt grüßend eine Hand, doch Nan geht an ihr vorbei und kramt weiter in ihrer Tasche, als hinge ihr Leben davon ab.

Von hier wirkt Nan seltsam klein, obwohl sie das mit ihren eins fünfundsiebzig gar nicht ist.

Ich hole mein Handy raus und schreibe ihr eine Nachricht. **Geht's dir gut?**

Als sie ihr Telefon aus der Tasche zieht und einen Blick darauf wirft, rechne ich damit, dass sie sich umschaut und mich ein Stück entfernt am Magnolienbaum lehnen sieht, tut sie aber nicht.

Stattdessen tippt sie: **Warum sollte es mir nicht gut gehen?**

Ich kaue nachdenklich auf meiner Unterlippe. Soll ich ihr sagen, dass ich hier bin? Vielleicht würde es sie verletzen, wenn sie mitbekommt, wie ich Sam abhole, auch wenn sie natürlich weiß, dass wir immer noch befreundet sind. Aber ...

Ich entscheide mich für: **Wollte nur mal nachfragen.**

Nan: **Sieht dir gar nicht ähnlich.**

Mittlerweile ist sie stehen geblieben und schaut auf ihr Handy, als hätte sie eine so aufregende Nachricht bekommen, dass ihre ganze Aufmerksamkeit davon beherrscht wird. Damit auch ja niemand merkt, dass alles nur Fassade ist.

Ich: **Versuche bloß, mein Leben umzukrempeln und ein besserer Mensch zu sein. Okay ... wenn du mich brauchst, weißt du, wo du mich findest, oder?**

Nan: Wer sind Sie und was haben Sie mit meinem Bruder gemacht?

Ich: Ha.

Nan: Hey, ich muss Schluss machen. Hab noch was zu erledigen.

Klar, wir sind ja alle so beschäftigt. Ach, Nan.

Während ich noch darüber nachdenke, ob ich mich nicht doch bemerkbar machen soll, kommt Sam auf mich zu: Sie hält den Kopf schräg und drückt an ihrem Ohr herum. »Hab meine Stöpsel vergessen und Wasser reingekriegt. Nächste Woche findet das Testtraining für die Aufnahme ins Schwimmteam statt, und wenn ich es nicht bald schaffe, meine Zeit zu verbessern, drehe ich noch durch. Okay, du willst also tatsächlich meinen Rat, Tim? Steht es wirklich so schlimm?«

Ihr Tonfall ist unbekümmert, aber nicht der Blick, mit dem sie mich anschaut.

»Ha, ha. Ich hab dich bloß um deine Meinung gebeten.«

»Tim, ich kenne dich, seit wir fünf waren. Würde es um Geld gehen oder darum, dir den Rücken zu decken – klar. Aber das?«

»Tja, ich nehme, was immer du im Angebot hast.«

Ich greife nach ihrer Tasche und hänge sie mir um, danach drehe ich mich noch einmal nach Nan um, aber sie ist irgendwo in dem Strom der Mädchen untergegangen.

»Wir müssen da links lang«, sagt Sam, als wir losgegangen sind. Sie zeigt auf die Straße, die den Hügel hinaufführt – dem höchsten Punkt der Stadt, auf dem das Nobelviertel von Stony Bay thront. »Dann hast du also ein echtes Date?«

»Na ja, sagen wir, es geht um etwas ... das ich nicht vermasseln will. Ich brauche also deinen ganzen Erfahrungsschatz als Mädchen. Fangen wir vielleicht mit der Frage an, was zur Hölle ich anziehen soll?«

Samantha grinst.

»Sag jetzt nichts«, stöhne ich. »Ich weiß selbst, wie erbärmlich das klingt.«

»Als Erstes musst du den Geruchstest bestehen«, sagt sie und fängt an wie ein durchgeknallter Bluthund an mir herumzuschnüffeln. »Sorry. Dieses T-Shirt ist schon mal durchgefallen. Außerdem ...«, sie gibt mir einen Klaps auf die Schulter. »Wenn sie, wie du angedeutet hast, älter ist als du, solltest du auf keinen Fall ein Sweatshirt mit Uniwappen oder so was in der Art tragen und ihr damit praktisch unter die Nase reiben, dass sie ein Cougar ist.«

»Sie ist kein Cougar. Großer Gott.«

Alice und ich sind gerade mal etwas über ein Jahr auseinander. Das ist quasi gar nichts.

Samantha betrachtet mich kurz und wird dann sachlich. »Dusch dich vorher, geh mit ihr irgendwohin, wo es nett und entspannt ist, hör zu, wenn sie redet, stell ihr Fragen, aber nur, wenn dich die Antwort wirklich interessiert, versuche sie nicht ständig mit Geschichten über deinen letzten Vollrausch zu unterbrechen.«

»Glaub mir, die Gefahr besteht nicht.«

Außerdem ist Alice bei meinem letzten Vollrausch live dabei gewesen. Nachdem ich mich auf ihrem T-Shirt übergeben hatte, zog sie es ungerührt aus und entblößte einen schwarzen Spitzen-BH mit einer winzigen roten Schleife zwischen den Körbchen ... an mehr kann ich mich nicht erinnern. Es ist das einzige Detail dieser Nacht, das mir immer noch deutlich vor Augen steht.

»Du wärst überrascht, wie viele Typen mit so was angeben.«

Samanthas Schritte werden langsamer, als wir auf dem Hügel angekommen sind und in eine Straße biegen, die von hohen, schmiedeeisernen Zäunen gesäumt ist, an denen in regelmäßigen Abständen Schilder angebracht sind, auf denen Warnungen wie PRIVATGELÄNDE, ZUTRITT VERBOTEN stehen. Wer hier nicht dazugehört, muss leider draußen bleiben. »Da wären wir«, seufzt sie. »Home sweet home. Falls du mal spontan vorbeikommen willst – der Eingangscode ist 1776.«

»Ich hätte dir was zur Einweihung mitbringen sollen. Irgendwas, das Herz und Seele wärmt. Ein selbst gekochtes Schmorgericht oder so was.«

»Glaub mir, es gibt nichts, was diesem Ort Wärme einhauchen könnte. Im Vergleich dazu wirkt unser altes Haus geradezu fröhlich. Wir wohnen direkt neben dem Country Club.« Sie zeigt auf ein niedriges Gebäude im Stil eines Schweizer Chalets, das von einem Golfplatz umgeben ist, auf dem pastellfarben gekleidete Gestalten auf kleine weiße Bälle eindreschen. Die ganze Anlage sieht wie ein Rentnerdorf aus.

»Wow«, sage ich. Etwas anderes fällt mir nicht ein.

»Ich weiß.« Samantha schüttelt den Kopf. »Ich habe noch nicht einmal Jase gezeigt, wie ich jetzt wohne. Ich meine, hast du dir mal die Straßennamen angeschaut? *General Dwight D. Eisenhower Drive, Lady of the Lake Pane, Pettipaug Peak?* Ein ehemaliger Präsident, eine mythische Gestalt und ein Gipfel, von dem noch kein Mensch irgendwas gehört hat! Und dieser Einheitslook der Häuser. Wahrscheinlich würde man es noch nicht einmal merken, wenn einer aus Versehen in das falsche geht und einfach das Leben von jemand anderem führt.« Sie zeigt auf eine Reihe identisch aussehender Häuser.

»Um wie viel Uhr treten all die attraktiven Ehemänner mit ihren gleich aussehenden Aktentaschen aus der Tür?«

»Nachdem sie sich von ihren blonden Ehefrauen verabschiedet haben, die sich noch in derselben Sekunde, in der die Tür ins Schloss fällt, ihre erste Tagesration Valium einwerfen?

Keine Ahnung. Wir sind erst seit einer Woche hier. Aber ich finde es für dich raus. Da drüben wohnen wir. In der Wolverine Wood Road.«

»Da?« Ich schaue blinzelnd in die Richtung, in die sie deutet. Von der naturbelassenen Wildnis, die der Straßenname verspricht, ist auf dem komplett baumlosen Areal mit einem künstlich wirkenden See nichts zu erkennen.

»Jep. Wir sind da.« Sie zeigt an einer dichten Hecke vorbei. »Mein neues Heim. Neben der Statue eines unbekannten Soldaten aus dem Revolutionskrieg.«

»Muss ich einen Kranz niederlegen?«, frage ich, als wir an der unheimlich lächelnden Statue vorbeigehen. »Oder salutieren?«

Sie seufzt. »Warum konnten wir nicht dort bleiben, wo wir waren?«

Die Frage ist rhetorisch. Sie kennt die Antwort darauf selbst. »Kopf hoch, Sammy-Baby, nächstes Jahr geht's aufs College.«

Sams Mom ist auf der Veranda dabei, orangefarbene Blumen in große Steinkübel zu pflanzen. Sie richtet sich auf den Knien auf, als wir um die Ecke kommen, sieht, dass wir es sind, fängt bei meinem Anblick an zu strahlen, winkt uns zu und lässt sich wieder auf die Fersen zurücksinken. Aus Gründen, die nur sie und Gott kennen, ist Grace Reed weiterhin fest davon überzeugt, dass Jase der Kriminelle ist und ich der liebe, brave Junge.

Als wir vor der Haustür stehen, sagt Samantha: »Das Wichtigste hab ich vorhin vergessen. Sei bei eurem Date einfach so, wie du bist. Du weißt schon, klug und witzig und süß.«

»Fürchte, da verwechselst du mich mit jemandem.«

»Ganz sicher nicht.« Sie löst ihren Zopf und lässt die Finger durch ihre Haare gleiten. »Wenn sie sich mit dir verabredet hat, denkt sie wahrscheinlich genauso. Kenne ich sie?«

»Nicht wirklich.«

»Komm schon, Tim.«

»Nein, im Ernst. Eigentlich ist es auch gar kein richtiges Date, einfach nur so ein …« Ich habe keine Ahnung, was es ist. »… Ding.«

Okay, sie glaubt mir kein Wort. Steht ihr deutlich übers ganze Gesicht geschrieben.

Lächelnd nimmt sie mir ihre Tasche ab und legt ihre Hand auf meine Schulter. »Noch was: Sprüh dich nicht mit diesem *Axe* ein, von dem ahnungslose Typen denken, es wäre sexy. Es stinkt nach Verzweiflung.«

»Ist notiert.«

»Und vor allem: Lass dir nicht das Herz von ihr brechen, okay?«

»Tja, Sammy-Sam. Ich fürchte, dagegen werde ich nichts tun können.«

* * *

Ich will auf der Fußstütze mitfahren!«, ruft George.

»Du kannst nicht auf der Fußstütze von dem Rollstuhl mitfahren, Kumpel, sonst verlier ich meinen Job«, sagt Brad, als er Dad mit sicherem und geübtem Griff aus dem Krankenhauszimmer schiebt. Dad wird in die Reha-Abteilung verlegt und wir helfen ihm beim Umziehen. Joel trägt die Reisetasche mit den Klamotten von zu Hause, die wir Dad mitgebracht haben, damit er sich wieder wie ein halbwegs normaler Mensch fühlt, Mom einen Karton mit seinen Büchern, Andy die vorsichtig von der Wand abgelösten, selbst gemalten Kunstwerke der Kleinen, Duff die Xbox mitsamt Zubehör, Harry die Quartetts, das Mikado, die Dominosteine und die ganzen anderen alten Spiele, die wir wiederentdeckt haben, um Dad die Zeit zu vertreiben.

Ich habe die ganzen medizinischen Unterlagen mitgenommen, von denen meine Eltern größtenteils keine Ahnung haben.

Dass von allen Pflegehelfern des Krankenhauses ausgerechnet Brad für die Verlegung geschickt wurde, nennt man wahrscheinlich Ironie des Schicksals. Er ignoriert mich. Ich ignoriere ihn. Immerhin verhält er sich den Kleinen gegenüber anständig, obwohl George ihn immer wieder besorgt von der Seite mustert, als würde er damit rechnen, dass jeden Moment wieder Tränen fließen könnten.

Ich werfe einen Blick auf meine Uhr – genügend Zeit, um nach Hause zu fahren und mich für das Date mit Tim fertig zu machen, solange die ganze Sache hier schnell geht.

Zweieinhalb Stunden später – doppelt so lange, als der Umzug hätte dauern sollen – ist Dad in seinem Zimmer und alles mehr oder weniger an seinen Platz geräumt.

Mom bringt die Kinder nach Hause, Joel macht sich auf den Weg in die Polizeiakademie, ich trödle. Hänge die Bilder auf, staple die Spiele in einer Ecke, versuche den kargen Raum ein bisschen häuslich einzurichten. Dad hat, kaum dass alle weg waren, die Augen zugemacht, »Nur ganz kurz« gemurmelt und ist sofort eingeschlafen.

Ich setze mich zu ihm ans Bett. Am liebsten würde ich mich neben ihn legen und meinen Kopf an seine Schulter kuscheln. Gestern habe ich bis spätabends gelernt und George hatte einen Albtraum und ist schreiend aufgewacht. Es ging darin um einen Supervulkan unter dem Yellowstone-Park. Nachdem ich ihn davon überzeugt hatte, dass das absolut nichts ist, worüber er sich Sorgen machen muss, und er endlich auf meinem Schoß eingeschlafen war, habe ich ihn in sein Bett zurückgetragen und den Yellowstone-Park gegoogelt.

Es gibt dort tatsächlich einen unterirdischen Vulkan.

Während ich das Gesicht meines Vaters betrachte, die Sorgenfalten geglättet, ein kleines Lächeln um die Mundwinkel, die kräftigen Hände, die sich braun von dem weißen Laken abheben, habe ich plötzlich das Gefühl, keine Luft mehr zu bekommen. Vor meinen Augen tanzen schwarze Punkte.

Tief einatmen und langsam wieder ausatmen.

Nachdem ich das ein paarmal gemacht habe, lösen die Punkte sich auf und verschwinden.

Weiter zum nächsten Programmpunkt, was bleibt mir sonst übrig?

Ich habe mir für heute Abend sicherheitshalber Klamotten zum Wechseln von zu Hause mitgebracht. Nicht dass ich vorhätte, mich besonders hübsch zu machen. Nicht für Tim, um Himmels willen. Aber ich trage dieses schwarze Shirt mit dem V-Ausschnitt und den Rock jetzt schon den ganzen Tag und Harry hat zu fest auf seine Capri-Sonne gedrückt …

Was soll's.

Ich stelle mich im Badezimmer von Dads neuem Zimmer unter die Dusche, benutze die vom Krankenhaus gestellte Duschlotion und das Shampoo, weil ich vergessen habe, meine eigenen Sachen mitzubringen, und brauche zwei von den winzigen, rauen Handtüchern, um mich abzutrocknen. Trotzdem gibt es danach immer noch ein paar feuchte Stellen auf meiner Haut, an denen der Stoff meines dunkelblauen Kleids festklebt. Die Haare muss ich an der Luft trocknen lassen, weil ich nirgends einen Fön gefunden habe, sie werden sich also ziemlich locken. Macht nichts. Als ich in den Spiegel schaue, habe ich das Gefühl, mich selbst wiederzuerkennen.

Vom Zimmer dringt ein scharfer Laut zu mir. Es klingt wie Luft, die durch zusammengebissene Zähne gesogen wird.

»Dad?« Ihm steht der Schweiß auf der Stirn und sein Gesicht ist aschfahl.

»Al«, sagt er sanft, »komm ein bisschen später wieder, okay?«

»Vergiss es. Was brauchst du?«

Meine Hand schwebt über dem Notrufknopf. Er legt seine darüber. »Die pumpen mich nur wieder mit Medikamenten voll. Das will ich nicht.«

Die Plastikauflage der Matratze knistert, als Dad versucht, sich ein Stück aufzurichten, und sich danach mit schmerzverzerrtem Gesicht ins Kissen zurücksinken lässt.

»Wie schlimm ist der Schmerz, auf einer Skala von eins bis zehn?«, frage ich und zwinge mich, die angehende Krankenschwester und nicht die Tochter zu sein, obwohl ich vor Panik selbst kaum Luft bekomme.

»Ich bin nicht dein Patient, Al«, sagt Dad. »Zum Glück für uns beide.«

Ohne Vorwarnung treten mir die Tränen in die Augen, obwohl ich sonst nicht weine. *Nie* weine.

Was Dad weiß. Er legt mir eine Hand auf die Schulter, drückt sie sanft. »So hab ich es nicht gemeint, Liebes, das weißt du.« Er versucht nach der Kleenexbox auf seinem Nachttisch zu greifen, die ein Stück zu weit weg steht. Ihn so zu sehen… meinen Dad, der immer *alles* konnte, der immer alles wieder in Ordnung brachte…

»Du siehst wunderschön aus, Alice«, sagt er. »Heißes Date?«

Ich werde rot. »Keine große Sache.«

Er betrachtet mich schweigend, wartet darauf, dass ich

ihm mehr erzähle. Eine Taktik, die Mom und Dad bis zur Perfektion beherrschen.

»Was macht eigentlich Tim?«

Die beiden Fragen haben nichts miteinander zu tun. Er versucht nur, sich mit mir zu unterhalten. Mich davon abzulenken, die Schwester zu rufen und ihn dazu zu bewegen, etwas gegen die Schmerzen zu nehmen. Die Geschichte, wie Mom und Dad sich kennengelernt haben, ist in unserer Familie so etwas wie ein altes Märchen, das jeder von uns auswendig kennt. Mom hat es uns so oft erzählt, dass wir es Wort für Wort fortsetzen können, wenn sie zwischendurch innehält. Aber es gibt ein Kapitel darin, das sie auslässt, wenn wir noch zu klein sind. Es handelt davon, dass dieser charmante, einfühlsame Jack Garrett früher eine dunkle Seite hatte. Er war damals, wie er selbst sagt, *auf die ganze Welt wütend*. Ein Jahr zuvor war seine Mutter gestorben, und während seine beiden jüngeren Geschwister – meine Tante Caroline und mein Onkel Jason – bei den Großeltern in Virginia blieben, musste er, da er schon sechzehn und damit alt genug zum Geldverdienen war, mit seinem Vater nach Connecticut. Dad bekam ein Alkoholproblem, das mit der Zeit immer schlimmer wurde, bis ihm mit Anfang zwanzig schließlich klar wurde, dass er sich entscheiden musste: Entweder machte er so weiter oder baute sich mit Mom ein komplett neues Leben auf.

Ich habe meinen Vater noch nie einen Schluck Alkohol trinken sehen. Noch nicht einmal Cola oder andere Limonaden rührt er an. Dafür schüttet er Unmengen von Kaffee in sich hinein und macht gern Scherze darüber, wie er mit seiner Koffeinsucht ganze Kaffeeplantagen unterstützt.

Tim könnte den gleichen Weg gehen. Oder in die andere Richtung.

»Ach … das Übliche.«

Dad lacht. »Bei diesem Jungen gibt es so etwas wie *das Übliche* nicht.«

Einen Moment bleibe ich im Flur stehen, schließe die Augen und reibe mir über den Nacken. Ich freue mich auf Tim – *auf Tim!* – wie auf ein heißes Bad nach einem langen, kalten Tag.

Bevor ich gehe, nehme ich Dads Krankenblatt aus der Halterung an der Tür und blättere darin. Standardmaßnahmen, weitere Vorgehensweisen, das übliche Blabla.

Moment mal, was …

Heilige …

Mutter Gottes.

Vierzehntes Kapitel

Ich mache gerade Liegestütze – sozusagen als gesunde Alternative zu einer Packung Marlboros – und frage mich, wann zur Hölle die magischen Kräfte des Nikotinpflasters endlich Wirkung zeigen, als ich höre, wie es an der Tür klopft. Eigentlich ist es gar kein richtiges Klopfen, sondern eher ein leises Kratzen oder Trommeln. Ich stemme mich ein letztes Mal mit zitternden Armen nach oben, atme aus und …

… breche zusammen.

Ich richte mich auf, wische mir mit dem Arm über die Stirn und schaue an mir herunter. Trainingshose, verschwitztes schwarzes Poloshirt. Nicht unbedingt das richtige Outfit, um Besuch zu empfangen. Aber mir bleibt immer noch genügend Zeit, mich vor meinem Date mit Alice zu duschen und umzuziehen.

Was auch immer wir bei diesem Date *ausprobieren* … allein der Gedanke daran bringt mich zum Lächeln, als ich zur Tür gehe und sie aufmache.

Das Gesicht, das mir entgegenblickt, ist so aus dem Kontext gerissen, dass ich einen Moment lang zu nichts anderem in der Lage bin, als es verdutzt anzustarren.

Große blaue Augen, spitzes Kinn, straff gebundener Pferdeschwanz. Hat auf dem Platz links von mir im Literaturkurs gesessen und mir immer einen ihrer perfekt gespitzten Bleistifte geliehen, wenn ich meinen mal wieder vergessen hatte. Und sie nie zurückbekommen.

»Tim?«, fragt sie, als könnte ich auch Tims böser Zwilling sein.

»Hi. Ähm ... Heather.« Ich habe keine Ahnung, wie ich es geschafft habe, diesen Namen aus meinem Unterbewusstsein zu kramen.

»Hester«, korrigiert sie mich. »Darf ich reinkommen?«

Was zum ...?, denke ich, während ich: »Klar«, sage und die Tür weiter aufziehe. Sie geht an mir vorbei, nimmt auf der Couch Platz und schaut auf ihre Schuhe. Hester, die brave Streberin mit den Bestnoten. Das komplette Gegenteil von mir. Was macht sie hier? Sie streicht ihren kakifarbenen Rock glatt, zupft ihre weiße, bis zum letzten Knopf geschlossene Bluse zurecht. Klosterschülerinnenlook. *Wer sich so anzieht, kann sich die Antibabypille sparen*, pflegten meine idiotischen Freunde und ich immer zu sagen. Kleine goldene Kreolen in den Ohren, die braunen Haare ordentlich in der Mitte ge-scheitelt. Scheiße, ist sie eine Zeugin Jehovas auf Missionstrip oder so was? Dafür habe ich gerade wirklich keine Zeit. Jetzt verschränkt sie die Finger ineinander und räuspert sich. »Es ist schon eine Weile her, seit wir uns das letzte Mal gesehen haben, Tim. Du bist vorzeitig von der Ellery abgegangen.«

»Ich würde es eher *von der Schule geflogen* nennen.«

Ich werfe einen verstohlenen Blick auf die Uhr am Herd, die genau in dem Moment von 5:58 auf 5:59 springt. Weniger als eine halbe Stunde bis zu meiner Verabredung mit Alice, ab-züglich fünfzehn Minuten für die Fahrt, wenn man sich an rote Ampeln und Geschwindigkeitsbegrenzungen hält.

Zum ersten Mal, seit Hester durch die Tür getreten ist, sieht sie mich an. »Kurz davor bist du noch auf Ward Atkins Pool-party gewesen.«

Ach ja? Ich war zu der Zeit so neben der Spur, dass ich mich kaum an diese letzten Monate an der Schule erinnern kann.

Ward Atkins? Ein dämlicher Volltrottel aus meinem Tennis-team. Poolparty? Tja, da wird es schon schwieriger. Wäre ich wirklich auf eine blöde Poolparty gegangen? Okay, seien wir ehrlich – ich wäre auf *jede* Party gegangen.

Aber wen zum Teufel interessiert es, auf welche Partys ich gegangen bin oder nicht?

»Ähm. Hör mal, könnten wir das vielleicht auf ein ander-mal verschieben? Sorry ... ich meine ... ich will wirklich nicht unhöflich sein oder so, aber ... warum bist du hier?«

»Ward ist der Stiefsohn meiner Patentante«, sagt Hester, als würden irgendwelche familiären Zusammenhänge meine Frage beantworten. »Er ist ein erbärmlicher Versager, aber ich bin trotzdem auf diese Party gegangen, weil ... spielt keine Rolle.« Ihre heisere, kehlige Stimme stockt einen Moment und sie verschränkt die Finger noch fester ineinander. »Großes, modernes Haus, viel Glas, überdachter, beheizter Pool mit einer Hawai-Bar ... Kannst du dich an irgendetwas davon er-innern?«

Noch nicht mal an die Hawai-Bar. »Nein. Tut mir leid. Bei mir ist von dem Abend wirklich nichts hängen geblieben.«

Auf ihrem Gesicht spiegelt sich innerhalb nur einer einzi-gen Sekunde eine ganze Palette unterschiedlicher Gefühle wieder. Dann entspannen sich ihre Gesichtszüge plötzlich wieder und sie sieht mich ruhig an. »Es ist doch etwas *hängen geblieben*. Du hast einen Sohn.«

Fünfzehntes Kapitel

Ich reagiere auf die unangemessenste Weise, die man sich vorstellen kann.

Ich lache.

Ohne den Blick von Hester zu nehmen, lasse ich mich neben sie auf die Couch fallen.

Und lache.

Ich kann gar nicht mehr damit aufhören. Sie starrt mich an, als wäre ich ein Haufen Hundescheiße, in den sie getreten ist, während ich mich vor Lachen krümme und mir den Bauch halte. Als ich sehe, dass sie Tränen in den Augen hat, versuche ich mich zusammenzureißen und etwas zu sagen.

Wieder fällt mir nichts Besseres ein als: »Du verarschst mich, oder?«

Sie steht so langsam und zittrig auf, als wäre sie meinetwegen gerade um fünfzig Jahre gealtert.

»Tut mir leid, aber das ist kein Scherz.«

Sie ist schon fast an der Tür, als ich aufspringe und ihr eine Hand auf die Schulter lege. »Hester. Das kann nicht sein ... *So* dämlich bin noch nicht einmal ich.«

Großer Gott. Am besten, ich hacke mir einen Fuß ab und stopfe mir selbst das Maul damit.

Ihre Augen blitzen auf. »An dem Abend anscheinend schon. Nichts für ungut. Du warst betrunken. Wie meistens zu der Zeit. Was soll's.«

»*Was soll's?*«, wiederhole ich ungläubig.

Hester greift in ihre Tasche und kramt hektisch darin herum. Dann schlägt sie sich an die Stirn, schiebt die Hand in die Tasche ihres Rocks, zieht etwas hervor und reicht es mir. »Das Foto ist grauenhaft. Es wurde kurz nach der Geburt von einem Fotografen aufgenommen, der auf die Geburtsstation kam. Mir war nicht klar, dass diese Krankenhausfotos der totale Betrug sind. Man ist so erschöpft, dass man gar nicht die Kraft hat, dagegen zu protestieren, und am Ende bekommt man ein paar Abzüge in Brieftaschenformat, ein mit dem Foto bedrucktes Mousepad und eine Rechnung über achtzig Dollar zugeschickt … Er sieht mittlerweile hübscher aus.«

Das Foto zeigt ein Baby, das so fest die Augen zusammenpresst, als wäre es wütend. Sein Kopf ist von einem Schopf flaumiger roter Haare bedeckt. Meinen Haaren. Als ich klein war, standen sie bei mir auch immer so vom Kopf ab.

»Er heißt Calvin.«

Gott, was ist das denn für ein beschissener Name?

Ich starre auf das Foto, die geschlossenen Augen, das trotzige Gesicht. Suche angestrengt nach Worten …

Fuck.

»Wo ist er jetzt?«

»Draußen im Wagen.« Hester nimmt mir das Bild aus der Hand, steckt es in ihren Geldbeutel und zieht sorgfältig den Reißverschluss ihrer Tasche wieder zu. »Er hat geschlafen, und ich dachte, es wäre vielleicht besser, wenn ich –«

»Wie bitte? Es hat mindestens dreißig Grad draußen!« Ich reiße die Tür auf und renne die Treppe hinunter.

»Die Fenster sind alle unten!«, ruft Hester mir hinterher.

Die Fenster sind vielleicht offen, aber das Baby auf dem Rücksitz ist schweißgebadet, die roten Haare kleben ihm an der Stirn, sein schlaff wirkender Körper hängt schief in einem

Kindersitz. Er trägt ein hellblaues Unterhemdchen, eine Windel und eine scheußliche Matrosenmütze. Die von kleinen stachelförmigen dunklen Wimpern gesäumten Augen sind fest geschlossen, die Lippen zu einem Schmollmund verzogen, als würde er vom Küssen träumen.

Ich beuge mich zu ihm in den Wagen, versuche den Kindersitz zu lösen und komme selbst total ins Schwitzen, als ich an den dicken roten Knöpfen zu beiden Seiten herumdrücke und an den Gurten zerre. Nichts passiert. Hester tritt neben mich, aber statt mir zu helfen oder die Sache am besten gleich selbst in die Hand zu nehmen, zieht sie ihm die Mütze vom Kopf.

»Das ist er«, sagt sie. Es klingt wie *Tada!* »Das ist Calvin.«

»Können wir uns die Vorstellung vielleicht für später sparen?«, knurre ich, während ich weiter an dem Sitz zerre. »Dieses Kind braucht dringend Luft.«

Was nur eine Vermutung ist. Aber wenn er ein Hund wäre, würde er Luft brauchen. Ich brauche jedenfalls definitiv welche. Mein Atem geht so schnell, dass ich beinahe keuche, als ich es endlich geschafft habe, den Kindersitz zu lösen und aus dem Wagen zu holen. Ich schaue das Kind an.

Mein Kind.

Warte, warte, warte. Nein. Das kann nicht sein. Gleich werde ich aufwachen und feststellen, dass das alles nur ein verrückter Traum gewesen ist. Wenigstens bin ich nicht nackt. Auch wenn ich mich so fühle, nackter, als wenn ich tatsächlich nackt wäre, weil ...

Er starrt mich mit seinen blauen Augen verwirrt an, und es ist, als würde ich eines der Babyfotos an unserer Wohnzimmerwand anschauen. Alle Geräusche um mich herum verstummen, die Welt ist bloß noch ein entferntes Rauschen. Mir wird übel.

Während nämlich ein Teil von mir vehement Einspruch erhebt, ist ein anderer alles andere als überrascht. War doch eigentlich klar, dass mir eines Tages so etwas passieren würde. Kein Wunder.

»Ich will nächstes Frühjahr aufs College«, höre ich Hester durch das statische Geräusch in meinen Ohren hindurch sagen. »Gerade nehme ich eine Auszeit. Wegen Calvin natürlich. Um alles irgendwie ... geregelt zu bekommen. Ich habe schon die Zusage vom Bryn Mawr College. Da wollte ich schon immer hin und mein Lieblingslehrer hat jetzt eine Dozentenstelle dort.«

Ich starre immer noch das Kind an. Seine feinen dunklen Wimpern flattern, dann schließen sich seine Augen wieder.

»Mein Großvater, bei dem ich lebe, hat gesagt, dass du ein Recht darauf hast, es zu wissen«, fügt sie so leise hinzu, dass es fast nur ein Flüstern ist. »Dass du die Möglichkeit haben sollst, dich wie ein Mann zu verhalten.«

Ein Mann. Nicht schon wieder dieser Scheiß. Ich will kein Mann sein. Ich bin noch nicht einmal gut darin, ein Junge zu sein.

Seine Augen öffnen sich wieder – blau wie ... blau eben.

Er blinzelt ein paarmal und hebt eine winzige Faust in meine Richtung.

»Halte ihm einen Finger hin«, sagt Hester, was ich tue. Calvin tippt seine Faust dagegen, bevor er seine kleine Seesternhand öffnet und sich an meinen Zeigefinger klammert. Sein Griff ist heiß und klebrig und er starrt mich mit großen, unruhig hin und her wandernden Augen an.

»Willst du ihn ...«, Hester räuspert sich, »vielleicht mal halten?«

Zur Hölle, nein. Er sieht total zerbrechlich aus. Aber ich *sollte* es wollen, oder? »Ähm, klar will ich. Unbedingt.«

Hester wirft mir einen prüfenden Blick zu, als kämen ihr

plötzlich doch Zweifel, ob ich tatsächlich dazu in der Lage bin. Die Zweifel sind berechtigt. Ich bin zu absolut gar nichts in der Lage.

Sie löst den Gurt des Kindersitzes, legt eine Hand um Calvins Hinterkopf, schiebt die andere unter seinen Hintern, hebt ihn heraus und gibt ihn mir.

Meine Hand bedeckt seinen kompletten Rücken. Er fühlt sich klamm an – ich hoffe, es ist bloß vom Schwitzen – und hat diesen eigenartig milchigen Geruch an sich.

Ich warte darauf, dass er zu brüllen anfängt – etwas, was *ich* in Wirklichkeit gern tun würde –, aber er schaut mich nur mit seinen großen unergründlichen dunkelblauen Augen an.

»Ziemlich ernster kleiner Kerl.« *Irgendetwas* muss ich schließlich sagen.

Ich halte zum ersten Mal mein Kind in den Armen, und der einzige Instinkt, der sich dabei meldet, ist der Fluchtinstinkt.

»Neugeborene können noch nicht lächeln«, sagt Hester, während ich das Söckchen hochziehe, das kurz davor ist, von Calvins Minifuß zu rutschen, der gerade mal so groß ist wie mein gottverdammter Daumen. »Das lernen sie erst nach acht, neun Wochen.«

Hoffentlich. Andererseits wird dieses Kind vielleicht sowieso nicht sonderlich viel zu lachen haben.

Wir stehen einen Moment lang schweigend neben dem Wagen – ich balanciere unbehaglich das Baby auf dem Arm, während Hester den Blick zwischen uns hin und her wandern lässt. Alles, was ich denken kann, ist: *Und was jetzt? Was will sie wirklich?*

»Was ... ähm ... Wie kann ich dir helfen, Hes?« Es erschreckt mich, wie selbstverständlich mir die Abkürzung ihres Namens über die Lippen kommt. Als würden sie dieses Mädchen besser kennen als der Rest von mir. Sie mustert den

Boden der geteerten Einfahrt. Die Stille wird von einem leisen Rumoren unterbrochen.

Hester wird rot und legt sich eine Hand auf den Bauch, als könnte sie das Geräusch damit zum Verstummen bringen. Oder als würde sich dort immer noch etwas – jemand – befinden.

»Kann ich dir für den Anfang vielleicht ein Sandwich anbieten?« Ich erinnere mich vage daran, dass man ordentlich essen soll, nachdem man ein Kind auf die Welt gebracht hat. Oder davor? Stillt sie Calvin?

Oh Gott. Ich werfe einen verstohlenen Blick auf ihre Brüste. Sie sehen eigentlich noch genauso aus, wie ich sie in Erinnerung habe. Klein.

»Das wäre toll«, sagt sie, anscheinend ohne zu merken, wohin mein Blick gewandert ist. »Er hat wahrscheinlich auch Hunger.«

Ich schaue auf das Baby in meinem Arm hinunter und warte immer noch darauf, dass es zu schreien anfängt, aber es betrachtet mich bloß und klammert sich weiter an meinem Finger fest.

Hester holt eine kleine Reisetasche vom Rücksitz und geht vor mir die Treppe zum Apartment hoch. Ich folge ihr mit Calvin und einem tonnenschweren Gewicht auf der Brust, das womöglich einen Herzinfarkt auslösen wird.

Hat sie etwa vor, bei mir einzuziehen? *Bitte, lieber Gott, mach, dass ich dieses Mädchen nicht heiraten muss.* Die Tasche sieht nicht groß genug aus, als würde ihr *und* sein ganzer Kram hineinpassen. Aber seine Sachen sind wahrscheinlich winzig klein. Und Hester gehört vielleicht zu den Menschen, die extrem effizient packen können. Sie macht jedenfalls den *Eindruck*.

Sie hält mir die Tür auf, als würde sie *mich* in *ihr* Zuhause bitten. Aber da ich mit beiden Händen das Kind halte, will sie vermutlich einfach nur behilflich sein.

Kaum sind wir drin, schäle ich vorsichtig seine verschwitzte kleine Faust von meinem Finger und reiche ihn ihr zurück.

Und genau da fängt das Gebrüll an, auf das ich die ganze Zeit gewartet habe.

Hester legt sich das Baby an die Schulter und drückt es fest an sich, bevor sie sich zu der Reisetasche hinunterbeugt und etwas herausholt.

Ein Fläschchen.

Das beantwortet die Frage, ob sie ihn stillt. Dem Himmel sei Dank. Ich weiß nicht, ob ich in diesem Moment mit dem Anblick ihrer Brüste klargekommen wäre.

Anschließend holt sie noch eine Flasche Muttermilchersatz heraus, die beim Öffnen ein leises Zischen von sich gibt. Es klingt auf geradezu unheimliche Weise wie die Flasche Bier, die ich mir jetzt gern aufmachen würde. »Stell das einfach da rein und mach es dreißig Sekunden warm.« Sie zeigt auf die Mikrowelle.

»Oh, ähm, klar.« Ich gieße die Babymilch in das Fläschchen, stelle es in die Mikrowelle und schaue benommen zu, wie es sich auf dem Teller dreht.

Noch bis vor einer Stunde war meine einzige Sorge, wie ich es schaffen soll, mein Date nicht zu versauen.

Jetzt mache ich ein Fläschchen für mein Baby warm. Und Alice ist ... *fuck* ...

Ich schaue zu Hester mit ihrem rosa Lipgloss und der hochgeschlossenen weißen Bluse rüber. *Sie ist noch nicht einmal mein Typ, verdammt.* Zart. Zerbrechlich. Große unschuldige Augen. Ein Mädchen, dem ich ernsthaft schaden könnte.

Tja, was *das* angeht, habe ich schon ganze Arbeit geleistet.

Der Timer der Mikrowelle piepst. Ich öffne mit zitternder

Hand die Tür. Das Babygebrüll wird von Sekunde zu Sekunde lauter.

Als ich Hester das Fläschchen reiche, wirft sie mir einen kurzen dankbaren Blick zu, bevor sie Calvin den Sauger in den wütend aufgerissenen Mund schiebt. Er hält einen Moment die Luft an, als würde er überlegen, ob er weiter leiden oder sich für den flüssigen Trost entscheiden soll. Er wählt den Trost.

Natürlich tut er das. Er ist schließlich mein Kind.

Mein Kind.

Ich schließe die Augen. Weil es gut möglich ist, dass ich hier und jetzt in Ohnmacht kippe, lasse ich mich neben Hester auf die Couch fallen und lege eine Hand auf ihr Knie.

Als sie stirnrunzelnd darauf hinunterschaut, wird mir schlagartig bewusst, wie bizarr und falsch diese Geste ist. Auch wenn ich dieses Mädchen definitiv schon auf ganz andere Art als nur beiläufig berührt habe. Wie ist das überhaupt möglich? Wir haben in der Schule kaum je ein Wort miteinander gewechselt. Sie war bloß irgendein Mädchen aus meinem Kurs, das mir ab und zu einen Stift geliehen hat. Als ich sie mir jetzt so anschaue, fällt mir auf, dass sie dunkle Ringe unter den Augen hat und sich ein paar Strähnen aus ihrem Pferdeschwanz gelöst haben. Die Hester, an die ich mich – vage – erinnere, gehörte zu den Mädchen, die immer perfekt aussahen. Jetzt spannt ihre weiße Bluse am Bauch, der etwas aus der Form wirkt, und auf der Schulter ist ein gelblicher Fleck.

Dafür bin ich verantwortlich. Ich habe dieses Mädchen … keine Ahnung … *gezeichnet*, sie verändert. Dabei kann ich mich noch nicht einmal daran erinnern, ihre Hand gehalten zu haben.

Das Gefühl, in einem tiefen Loch zu sitzen, das ich mir selbst geschaufelt habe, lässt mich nach Luft ringen.

Okay.

Sie ist hier.

Mit diesem Baby.

Warum gerade *jetzt*, verdammte Scheiße, und was kommt als Nächstes?

»Hester...« Ich klinge, als ob ich noch im Stimmbruch wäre, und räuspere mich. »Hör zu, ich hab noch einen Rest Pizza da, Orangensaft, Milch, ein paar Scheiben Käse und Müsli. Du kannst alles haben, aber sag mir bitte, warum du hier bist und was du von mir erwartest.«

Sie sieht mich mit einem Ausdruck in den Augen an, den ich nicht lesen kann.

»Abgesehen von den schwierigen, lebensverändernden Umständen, die du mir bereits zu verdanken hast«, seufze ich.

Zu meiner Überraschung lacht sie schnaubend auf. »Armer Tim. Du wirkst total erschüttert.«

Jetzt schäme ich mich, aber dieses Gefühl ist mir wenigstens vertraut.

»Tut mir leid«, sage ich – ungefähr neun Monate zu spät. Calvin saugt gierig seine Milch und wedelt dabei mit seinen kleinen Fäusten durch die Luft, als würde er einen unsichtbaren, aber eindrucksvollen Gegner bekämpfen.

»Ein Stück Pizza wäre toll«, sagt Hester mit einem kleinen Lächeln.

Ganz plötzlich empfinde ich tatsächlich so etwas wie Zuneigung für sie. Es ist ihr bestimmt nicht leichtgefallen, hierherzukommen, aber sie scheint viel besser mit dieser unangenehmen Situation fertigzuwerden als ich, ohne in unkontrolliertes Schluchzen auszubrechen oder anklagend mit dem Finger auf mich zu zeigen. Jesus Christus. Was muss sie für eine harte Zeit durchgemacht haben. Für ein schwangeres Mädchen ist die Ellery mit Sicherheit ein Albtraum. Magersüchtig – kein Problem. Kokainabhängig – na und? Aber *schwanger*? Großer Gott, nein – das ist etwas für Flittchen, die auf staatliche Schulen gehen.

Ich stehe auf und blicke auf Calvins Gesicht hinunter. Durch die hauchdünne Haut seiner Lider schimmern feine blaue Adern hindurch. Genau wie an seinen Schläfen und seinen Ohren.

»Dann also Pizza. Kommt sofort.«

Die Pizza ist von vorgestern und sieht nicht mehr besonders appetitlich aus. Ich muss sie praktisch vom Kartonboden kratzen. Nachdem ich die beiden zu einer gummiartigen Masse erstarrten Stücke auf einen Teller geklatscht und in die Mikrowelle gestellt habe, gieße ich Orangensaft in einen von Joels Fitness-Bechern.

Keine Servietten. Noch nicht einmal eine Küchenrolle. Ihr Toilettenpapier anzubieten wäre wahrscheinlich nicht angebracht, oder?

»Ich habe Baby-Feuchttücher«, ruft Hester von der Couch. Offensichtlich hat sie mein hektisches Herumgesuche richtig interpretiert.

Ich hole die Pizza aus der Mikrowelle und bringe sie ihr. Calvin hat die Flasche mittlerweile zur Hälfte geleert und zieht mit jedem gierigen Schluck seine kleinen O-Beine an. Wenn ich ihn anschaue, wird mir heiß und kalt, als hätte ich die Grippe. Ich habe keinen Schimmer von Babys. Patsy ist cool, aber sie ist schon eine richtige kleine Person, nicht wie Calvin, der mich eher an, keine Ahnung, eine Amöbe erinnert.

»Hey, mir ist klar, wie heftig das für dich sein muss«, sagt Hester, nachdem sie einen winzigen Bissen von der fiesen Pizza genommen hat. »Ich hatte Monate Zeit, mich an den Gedanken zu gewöhnen. Du nur zwanzig Minuten. Ich weiß es wirklich zu schätzen, dass...«, sie hält kurz inne, bevor sie weiterspricht, »…dass du nicht ausflippst oder abstreitest, dass das Kind von dir ist oder so.«

Ich schaue auf seine zerzausten Haare, die mittlerweile vom Schweiß getrocknet und genauso kastanienrot wie meine sind. »So ein Typ bin ich nicht.«

Ich glaube, das ist das erste Mal seit Jahren, wenn nicht sogar in meinem ganzen Leben, dass ich etwas Nettes über mich selbst gesagt habe. Hester nickt. »Ich weiß. Ich meine – ich habe es gehofft. Das ist der Grund … warum ich hier bin.« Sie hält die Flasche, deren Inhalt langsam zur Neige geht, in einem steilen Winkel.

Ich stütze mich mit den Händen an der Küchentheke ab und versuche die Visionen einer Zukunft zurückzudrängen, in der ich plötzlich mit diesem Mädchen, das ich gar nicht kenne, verheiratet bin und mit ihr und einem Kind, von dem ich mich nicht erinnern kann, es gezeugt zu haben, in dem Garagenapartment der Garretts lebe. Für immer. Bis ich eines Tages ein alter Mann bin, der zu seinem Job bei … keine Ahnung … *Hot Dog Haven* oder *Gas and Go* humpelt und sich einredet, sein Leben wäre nicht komplett vergeudet gewesen.

Hester schaut sich in dem Apartment um, als hätte sie meine Gedanken gelesen. »Wohnst du hier … mit jemandem zusammen? Hast du eine … Freundin?«

»Warum?« Meine Stimme klingt laut und schroff. Hester zuckt zusammen, und Calvin hält kurz inne, bevor er mit genüsslich geschlossenen Augen weitersaugt.

»Ich habe mich nur gefragt, warum du jetzt hier wohnst«, sagt Hester. »Weil … na ja, letztes Jahr bist du noch auf eine Privatschule gegangen, und plötzlich wohnst du … so?«

»Das Apartment gehört Freunden von mir. Ich, ähm, musste von zu Hause weg und … tja …«

Ich kann noch nicht einmal einen Satz vernünftig zu Ende bringen.

Hester nickt. »Es ist ...«, sie lässt den Blick über die nackten weißen, mit kleinen Reißnagellöchern gespickten Wände schweifen, über das aus Obstkisten gebaute Bücherregal, die verwelkte Pflanze neben der Badezimmertür, den Basketball-korb über dem Abfalleimer in der Küche, »... geräumig.« Hester scheint eines dieser netten Mädchen zu sein, die es ge-wöhnt sind, Nettes über Dinge zu sagen, die nicht nett sind.

»Hör zu ... *bitte*. Ich muss wissen, was du von mir *willst*.«

Sie verlagert nervös das Gewicht auf der Couch, pult ein hart gewordenes Stück Salami von der Pizza. »Nach Calvins Geburt ... als ich das erste Mal sein Gesicht gesehen habe, seine Haare, da wusste ich, dass ich mit dir reden muss. So-bald ich also wieder, du weißt schon ...«

»Auf den Beinen warst?«

»Es wird einem nicht viel Zeit gegeben, um wieder auf die Beine zu kommen, Tim«, sagt sie. »Im Grunde gerade mal so lange, bis die Nabelschnur durchtrennt ist.«

Ich zucke zusammen. Ja, ich weiß, ich bin ein Arschloch. Sie hat ein Baby zur Welt gebracht, was mit Sicherheit eine ziemlich schmerzhafte und anstrengende Angelegenheit ge-wesen ist, und mir wird schon anders, wenn ich bloß so ein winziges Randdetail höre.

»Jedenfalls ... als ich wieder zu Hause war, habe ich ange-fangen, mich nach dir zu erkundigen, und ... gehört, dass es dir, ähm, besser geht ...«

»Dass ich trocken bin«, präzisiere ich.

Hester wird erneut rot. »Ja. Wie schon gesagt, mein Groß-vater meinte, dass du ein Recht darauf hast, es zu wissen und deinen Teil der Verantwortung zu übernehmen. Tja ... und hier bin ich.«

Meine Schläfen pochen.

Ich brauche eine Zigarette. Oder einen Drink. Oder ein Exekutionskommando, das mir den Gnadenschuss gibt.

»Verstehe. Und, äh ... was genau verstehst du unter *meinem Teil der Verantwortung?*«

Sie zupft Calvins verschwitztes kleines Unterhemd zurecht. »Ich möchte ab nächster Woche wieder arbeiten gehen. In meinem alten Job im Kinder- und Jugendzentrum. Die Leitung hat mir schon vor der Geburt signalisiert, dass ich jederzeit zurückkommen kann. Allerdings gibt es in der Tagesbetreuung derzeit noch keinen Platz für ihn. Ich habe, wie schon gesagt, das College hinten angestellt, aber ich muss langsam anfangen ... wieder nach vorn zu schauen. Das Baby ... hat mich ziemlich aus der Bahn geworfen. Großvater hat angeboten, ihn regelmäßig zu nehmen, aber ...« Ihre großen blauen Augen sind flehend.

Verfluchte Scheiße.

»Er kann sich nicht die ganze Zeit um ihn kümmern. Meine Großmutter hat Alzheimer und braucht viel Pflege und ... ich *muss* einfach wieder in so etwas wie einen normalen Alltag zurückfinden. Jedenfalls habe ich gehofft, dass du ihn vielleicht einen Nachmittag in der Woche nehmen würdest, möglicherweise sogar öfter. Damit ihr Gelegenheit habt, euch kennenzulernen und ein bisschen Zeit miteinander zu verbringen, weil ... Es liegt auf der Hand, dass ich ihn auf lange Sicht nicht behalten kann.«

»Das heißt, du willst ihn zur Adoption freigeben?« Bitte, allmächtiger Gott, mach, dass es das heißt. *Ich* kann dieses Kind nicht nehmen.

»Selbstverständlich«, sagt Hester mit dieser ruhigen, sicheren Stimme, an die ich mich vage aus dem Unterricht erinnere, als gäbe es nur eine richtige Antwort, und die wüsste sie.

Hester zieht konzentriert die nächste vertrocknete Salami-scheibe von dem Pizzastück ab und legt sie ordentlich neben die andere an den Rand ihres Tellers. Irgendetwas an dieser pingeligen Geste geht mir unfassbar auf die Nerven.

»Welche Rolle spiele ich dann in dem Ganzen, wenn du dich bereits entschieden hast?« Calvin hat den Kopf zur Seite gedreht, und obwohl ihm immer wieder die Augen zufallen, scheint er mich nach wie vor im Blick zu behalten. Ich senke die Stimme, als wäre er schon in der Lage, Dinge zu verstehen, die er besser nie hören sollte. »Hast du vielleicht eine sadisti-sche Ader oder so was? Ich meine, wenn die Entscheidung schon gefallen ist, warum hast du es mir dann überhaupt er-zählt?«

»Mein Großvater hat gesagt, dass du es wissen solltest«, wiederholt sie. »Dass es das Richtige ist.«

Ach ja, natürlich. *Verhalte dich wie ein Mann.* »Okay«, seufze ich. »Kein Problem. Ich mach's.« Akzeptiere, was du nicht ändern kannst, oder? Zur Hölle damit.

Sie lächelt, und plötzlich sehe ich etwas, das mir erst jetzt auffällt. Von der zerknitterten, fleckigen Bluse, den fünf Kilo mehr und dem blassen Teint abgesehen – wenn sie lächelt, ist sie wirklich hübsch.

»Im Ernst? Das ist toll, Tim.« Sie streckt mir über Calvins Kopf hinweg die Hand hin, als wolle sie einen Deal besiegeln, und ich schüttle sie. »Sollen wir uns vielleicht morgen zum Mittagessen treffen? Dann hättest du ein bisschen Zeit, das alles ... sacken zu lassen.«

Klar, bis dahin kann ich bestimmt wieder klar denken.

»Sicher, warum nicht. Gute ... Idee.«

Sie sieht wieder genauso dankbar aus wie vorhin für die miese Pizza oder die Tatsache, dass ich nicht ausgeflippt bin.

»Fällt dir irgendetwas ein, wo du gern hingehen würdest?«, fragt sie, als wäre es ein Date.

So spontan fällt mir nichts ein. Ich habe mir nie die Mühe gemacht, mir zu überlegen, wohin man Mädchen ausführen könnte, sondern sie auf irgendwelchen Partys in das nächstbeste freie Zimmer abgeschleppt. Mir bricht der Schweiß aus.

»Es gibt da ein nettes, kleines Restaurant in Riverton, es heißt *Chez Nouz*«, fährt Hester fort. »Sie machen dort total leckere Tarte Tatin. Wenn du einverstanden bist, treffen wir uns dort und besprechen in Ruhe die ganzen Details.«

Details? Mir fällt es ja schon schwer, das große Ganze zu begreifen.

Ich schlucke und nicke.

Ein paar Minuten später öffne ich wie auf Autopilot die Tür, bedeute ihr mit einer Geste, vorzugehen, begleite sie zum Wagen, schaue zu, wie sie Calvin im Kindersitz festschnallt, stelle die Tasche auf den Beifahrersitz, lächle, nicke noch einmal und klopfe auf das Wagendach, um mich zu verabschieden, weil mich meine Stimme im Stich gelassen hat.

Nachdem sie weggefahren ist, steige ich die Treppe wieder hoch, lasse mich auf die oberste Stufe fallen und presse gegen das dröhnende Hämmern in meinem Schädel die Handballen in die Augen.

Durch den Nebel aus Panik und Übelkeit hindurch sehe ich zwei Dinge kristallklar vor mir. Ich stecke in einem real gewordenen Albtraum fest.

Und habe gerade das Mädchen meiner Träume versetzt.

Sechzehntes Kapitel

Das Erste, was ich sehe, als ich in unsere Straße biege, ist Tim, der sich auf der Fahrerseite in das heruntergelassene Fenster eines kleinen silbernen Autos beugt. So viel zu meiner Theorie, dass er nicht zu unserer Verabredung gekommen ist, weil er von einem Laster überfahren worden ist oder Opfer einer Zombie-Apokalypse wurde oder weil ihn irgendein anderes schreckliches Unglück davon abgehalten hat.

Am liebsten würde ich den Teil von mir ohrfeigen, der erleichtert aufatmet, als ich ihn dort stehen sehe, mit seiner ausgebeulten Jogginghose und seinen in die Stirn fallenden Haaren, die dringend mal wieder geschnitten werden müssten. Es scheint ihm bestens zu gehen. Verdammtes Arschloch.

Einen Augenblick später richtet er sich auf, klopft auf das Autodach und hebt zum Abschied lässig die Hand, als der Wagen aus der Einfahrt setzt.

Dasselbe Auto. Dasselbe Mädchen.

Anschließend steigt er die Treppe hoch, lässt sich schwer auf die oberste Stufe fallen und klopft seine Brust ab, wo eine Packung Zigaretten stecken würde, wenn sein T-Shirt eine Tasche hätte. Dann reibt er sich die Schulter an der Stelle, wo ich das Nikotinpflaster hingeklebt habe, senkt den Kopf und legt sich eine Hand an die Stirn, als wollte er seine Temperatur fühlen.

Ich knalle die Tür des altersschwachen Käfers zu, die sofort wieder aufspringt, weil sie sich nur schließen lässt, wenn man fest dagegendrückt. Trotzdem knalle ich sie erneut zu, diesmal noch heftiger.

Aber Tim reagiert nicht, sondern reibt nur weiter über die Stelle, an der das Pflaster sitzt.

»Wieso reißt du es nicht einfach ab?«, sage ich, während ich auf ihn zugehe und mit den Wagenschlüsseln klimpere. »Nützt doch sowieso nichts.«

Er schaut auf, aber sein Blick wirkt verschwommen und verwirrt, und er scheint mich gar nicht richtig wahrzunehmen. Schließlich seufzt er und murmelt ein zerstreutes: »Was?«

»Tim, wo warst du?«

Er zittert, als hätte er Schüttelfrost, und starrt an mir vorbei. Auf seinen Wangen haben sich rote Flecken gebildet, ansonsten ist sein Gesicht aschfahl.

»Tim.«

Keine Reaktion.

Als hätte er noch nicht einmal mitbekommen, dass ich hier bin.

»Hast du getrunken?« Ich sehe ihn scharf an. »Na klar, hast du. Toll. Wirklich ganz toll, Tim. Bravo.«

Er schüttelt den Kopf, zieht die Schultern hoch, schaut mich immer noch nicht an. Einfach unglaublich.

Da ich über ihm stehe, bin ich ausnahmsweise mal größer als er. »Oder hast du gekifft? Dir irgendwelche Pillen eingeworfen? Herrgott noch mal, Tim. Rede mit mir! Wer war dieses Mädchen? Deine Dealerin? Jedenfalls scheint sie dir so wichtig zu sein, dass du mich ihretwegen versetzt hast. Okay, von mir aus.«

Als ich mich umdrehe und gehen will, fasst er nach meinem Bein. »Es ist nicht so, wie du denkst. Das schwöre ich.«

Ich verschränke die Arme. »Wie oft in deinem Leben hast du diesen Satz schon benutzt?«

»Ich will damit sagen, dass ich ... dich nicht absichtlich versetzt hab. Es ist etwas ... dazwischengekommen.«

Ich starre auf seine Hand hinunter, bis er sie unterdrückt fluchend wegnimmt und stattdessen an einem Riss in seiner Jogginghose herumzupft.

»Okay, dann erklär's mir. Was ist *so* schlimm gewesen, dass du nicht kommen konntest? Dir ging es doch besser!«

»Ja, schon, nur jetzt geht es mir wieder schlechter.« Seine Stimme klingt heiser und gepresst, wie es bei Typen gern der Fall ist, wenn sie versuchen, sich nicht von ihren Gefühlen überwältigen zu lassen. Sein Blick ist starr auf das Ende der Einfahrt geheftet, als fürchtete er, in Tränen auszubrechen, wenn er einen näher gelegenen Punkt fixieren würde. Er sieht auf einmal unglaublich jung und verletzlich aus und fummelt immer noch an dem Riss herum. Aus einem Reflex heraus umfasse ich sein Handgelenk und rüttle daran.

»Ist nicht anders zu erwarten gewesen, hab ich recht, Alice? Ich wollte es diesmal wirklich besser machen.« Er sieht mich einen Moment an. »Gott, du siehst umwerfend aus.«

Okay, irgendetwas Ernstes muss passiert sein, aber ich verstehe nicht, was, und er sagt es mir nicht.

Eigentlich sollte ich ihn einfach hier sitzen lassen und gehen. Nur – im Gegensatz zu mir hat er noch nicht einmal mehr eine richtige Familie.

Oh Mann, wie oft habe ich meinen kleinen Brüdern schon gesagt, sie sollen die Kreide nicht in der Einfahrt herumliegen lassen. Ich pflücke sie aus dem Gras neben der Treppe und schiebe sie in die Packung zurück, die daneben am Boden liegt. »Hör zu. Rückfälle passieren. Aber das ist nicht das Ende der Welt. Du kriegst das wieder hin.«

Er lacht, aber es klingt alles andere als froh. »Denkst du.«

»Ich meine es ernst. Frag meinen Dad. Er selbst hatte zwar nie einen Rückfall, aber er kennt etliche Leute, bei denen es so war. Das kommt vor.«

»Alice. Ich bin nicht betrunken. Ich bin stocknüchtern, obwohl ich mir verdammt noch mal nichts mehr wünsche, als …« Er greift in seine Tasche, zieht seine Autoschlüssel heraus und wirft sie mir zu. »Hier. Behalte sie und gib sie mir nicht vor morgen zurück. Selbst wenn ich dich darum anflehe.«

Ich fange die Schlüssel auf und beuge mich über ihn. Er riecht leicht verschwitzt, aber das ist noch kein Verbrechen. Ich nehme sein Kinn in die Hand und drehe sein Gesicht zu mir. Das Weiß in seinen Augen ist klar, seine Pupillen wirken normal, sein Blick hat nichts Glasiges. Er ist immer noch blass, aber die roten Flecken sind schwächer geworden.

Während ich ihn mustere, zieht er die Brauen zusammen. »Willst du mich vielleicht auch noch blasen lassen, Alice? Oder mit der Kreide eine weiße Linie in die Einfahrt malen, um zu sehen, ob ich noch geradeaus laufen kann? Oder mich einer Leibesvisitation unterziehen?«

Ich nehme die Hand weg. »Spar dir die Sprüche. Das Recht auf Sarkasmus hast du verloren, als ich umsonst auf dich gewartet hab.«

»Dann hab ich noch mehr verloren, als ich dachte«, murmelt Tim.

Ich öffne den Mund, um nachzuhaken, aber er legt mir die Hände auf die Schultern und sieht mir fest in die Augen.

»Bitte, Alice.«

»Okay, in Ordnung. Ich glaube dir. Deine Schlüssel behalte ich trotzdem.«

»Umso besser.« Tim steht in einer einzigen fließenden Bewegung auf – ohne zu schwanken.

»Dann steckst du also irgendwie in Schwierigkeiten?«

»Das kann man verdammt noch mal so sagen. Oder vielleicht sollte man besser sagen, dass ich ein unfassbares Talent habe, andere Leute in Schwierigkeiten zu bringen.«

»Erzähl mir, was passiert ist.«

»Ich kann nicht, Alice. Nicht jetzt. Ich …« Er winkt ab. »Es tut mir leid. Ich wäre dir dankbar, wenn wir es fürs Erste so stehen lassen könnten. Und behalte die gottverdammten Autoschlüssel. Auch wenn ich dir versprechen kann, dass ich nirgendwohin gehen werde.«

Siebzehntes Kapitel

Er hat die ganze Zeit wie ein schmutziges kleines Geheimnis in meinem Portemonnaie gesteckt.

Man ist nur so krank wie die Geheimnisse, die man hat, lautet einer der Slogans bei den AA, und an diesem habe ich festgehalten.

Ich spreche von meinem gefälschten Ausweis, den mir der große Bruder meines Dealers zum fünfzehnten Geburtstag geschenkt hat. Er hat fantastische Arbeit geleistet. Ich bekam nie auch nur einen einzigen skeptischen Blick zugeworfen, wenn ich ihn vorzeigte. Dass ich so groß bin, hat wahrscheinlich geholfen.

Gut, dass meine Autoschlüssel weg sind. Sehr gut.

Ich mache mich zu Fuß auf den Weg zu einem Meeting, habe aber plötzlich Zweifel, ob mich meine Füßen tragen werden. Dominic geht nicht an sein verdammtes Handy, also beschließe ich, zum Yachthafen hinunterzulaufen – vielleicht schraubt er ja gerade an seinem Motorboot herum. Der alte Kahn ist tatsächlich an einem der verwitterten Docks festemacht, von Dom allerding fehlt jede Spur. Dafür entdecke ich sein Handy auf dem gelben Regenmantel, der an Deck liegt. Er kann also nicht weit sein. Ich klettere an Bord, strecke mich auf den Holzbohlen aus und stopfe mir die Regenjacke als Kissen unter den Kopf.

Irgendwann wird er schon kommen.

Ich werde einfach warten.

Als ich die Augen aufmache, die von dem vom Fluss aufsteigenden Nebel leicht verklebt sind, habe ich das Gefühl, aus einer tiefen Ohnmacht zu erwachen. Es ist kurz nach zehn. Die Spirituosenläden haben geschlossen. Ich bin in Sicherheit.

Aber die Anspannung ist unvermindert und das Bedürfnis, mir schnelle Linderung zu verschaffen, beinahe übermächtig. Von wegen ich bin in Sicherheit.

Ich habe Alice hängen gelassen, habe ihr meine Autoschlüssel gegeben und bin stinksauer auf sie, dass sie dachte, ich hätte mich volllaufen lassen, aber gleichzeitig würde ich sonst was dafür geben, wenn ich jetzt genau das tun könnte.

Dieses blaue Kleid, das sie anhatte. Sie hat wunderschön darin ausgesehen.

Ich sollte mich in ein Online-Meeting einloggen, weil um diese Uhrzeit keine richtigen mehr stattfinden. Ich sollte zu jemandem gehen, bei dem ich sicher aufgehoben bin. Zum Beispiel zu Mr Garrett ins Krankenhaus. Die Besuchszeit ist zwar schon vorbei, aber ich könnte mich bestimmt trotzdem irgendwie zu ihm reinschmuggeln. Vielleicht mit einem geklauten Arztkittel oder so was.

Stattdessen krame ich in meinem Portemonnaie nach meinem gefälschten Ausweis, ziehe mir am Geldautomaten von Dads Bank vierzig Dollar und mache mich auf den Weg ins *Dark and Stormy*. Vor der Kneipe angekommen, bleibe ich einen Moment stehen und starre auf die Holzfigur, die über dem Eingang angebracht ist und eine sexy Freibeuterin darstellt.

Im Inneren des Lokals ist die Hölle los. Das *D&S* ist extrem beliebt bei Touristen, von denen um diese Jahreszeit wegen der zum Saisonende gesenkten Preise täglich mehrere Bootsladungen in Stony Bay einfallen. Hinter der Bar stehen ausschließlich Frauen, die wie Seeräuberinnen angezogen sind und jede Menge Ausschnitt zeigen. Die armen Hunde, die hier als Kellner arbeiten, müssen gestreifte Shirts und Baskenmützen tragen und sehen wie schwule französische Matrosen aus. Dreimal darf man raten, wer mehr Trinkgeld kriegt.

Ich gehe hinein.

Zwei Minuten später habe ich mich durch eine Horde von Typen aus dem Yachtklub gekämpft, die immer noch ihre verdammten Kapitänsmützen aufhaben, stehe vor der aus massiven dunklen Kieferplanken gebauten Bar und starre die Farben auf den beleuchteten Glasregalen an – das warme Bernstein des Whiskeys, das sonnige Gelb des Weißweins, das hawaiianische Surferblau des Curacao. Wie kann etwas, das so wunderschön aussieht, so viel kaputt machen? Ich inhaliere den Duft der Sägespäne, mit denen der Boden bedeckt ist, das Moschusaroma dicht an dicht stehender Körper, den scharfen, leicht chemischen Geruch nach Hochprozentigem. Ich sage mir, dass es alles ist, was ich tun werde. Nur das, und dann gehe ich wieder. Das wird reichen. Oder vielleicht sollte ich mich an die Bar setzen und etwas bestellen … Ich werde nichts davon trinken … nur einen Hauch davon einatmen. Und dann gehe ich. Heil und unversehrt.

Ganz einfach.

Die Tatsache, dass ich verdammt noch mal von jetzt auf gleich *Vater* geworden bin, bedeutet nämlich nicht, dass ich so dämlich bin, die zwei Monate, die ich mittlerweile nicht mehr trinke, in den Wind zu schießen – das einzig Vernünftige, was ich dieses Jahr auf die Reihe gekriegt habe.

Ich stoße mich von der Wand ab und setze mich auf einen der Barhocker.

»Ahoi, Süßer.« Eine der Barfrauen legt die wie eine Schatzkarte gestaltete Getränkekarte vor mich hin und lächelt mich fröhlich an.

Großer Gott. Die Kellnerin ist Ms Sobieski, meine Mathelehrerin aus der sechsten Klasse. Und in der Sonntagsschule hat sie auch unterrichtet. Das prall gefüllte Dekolleté ihrer gerüschten weißen Bluse ist einer der Hauptgründe dafür, warum ich mich so gut an sie erinnere.

Ich öffne den Mund, um ihr zu sagen, dass ich noch auf jemanden warte – *vielleicht auf den guten alten Jack Daniels, har, har?* –, aber da spricht sie schon weiter.

»Willst du etwas Ausgefallenes oder lieber was Bodenständiges?« Sie schiebt mir ein Schälchen mit Erdnüssen hin und zwinkert mir vergnügt zu, und in dem Moment wird mir klar, dass sie keine Ahnung hat, wer ich bin. Oder mal war.

Trotzdem müsste sie mir eigentlich ansehen, dass ich noch nicht einundzwanzig bin. Aber es kommt keine Frage nach dem Ausweis. Vielleicht denkt sie auch, dass ich mir nur eine Coke oder so was in der Art bestellen will.

Vielleicht mache ich das ja auch.

Das, was vernünftig ist.

Doch der Teil in mir, der unbedingt das Richtige tun will, ist verschüttet, und ich schaffe es nicht, tief genug zu graben, um ihn zu erreichen.

Ich fahre mir mit der Zunge über die Lippen. »Ich …« Aber bevor ich weitersprechen kann, beugt sie sich vor, gestattet mir einen großzügigen Blick in ihren Ausschnitt und sagt: »Du studierst inzwischen, was? Deine Mom und deinen Dad sehe ich regelmäßig in der Kirche, aber mit *dir* hätte ich hier nun wirklich nicht gerechnet.«

Ich auch nicht.

Pa dagegen mit Sicherheit schon.

Er würde noch nicht einmal eine Braue hochziehen, wenn er jetzt hereinkommen und mich hier sehen würde.

Ich rutsche vom Hocker. »Bin gleich wieder da.«

Ich habe das Gefühl, tonnenschwere Gewichte an den Beinen zu haben, während ich versuche, so schnell wie möglich den Ausgang zu erreichen. Als ich an dem alten Zigarettenautomaten vorbeikomme, schaffe ich es nicht daran vorüberzugehen. Nach kurzem Zögern werfe ich eine Handvoll Kleingeld hinein und ziehe das entsprechende Fach. Aber es sind keine Marlboros mehr da; nur noch Kool Menthol, und Menthol hasse ich mehr, als ich nach Nikotin lechze. Ich mache, dass ich rauskomme, stolpere dabei über meine eigenen Füße, als hätte ich tatsächlich ein paar Drinks intus, und stütze mich, als ich endlich draußen bin, keuchend, beinahe würgend, an der Backsteinfassade ab. Vor meinen Augen tanzen schwarze Punkte.

Schnapp ein bisschen frische Luft und geh da um Gottes willen auf gar keinen Fall wieder rein.

»Mase?«, höre ich plötzlich eine Stimme rufen. Es klingt, als würde derjenige schon eine Weile versuchen, meine Aufmerksamkeit zu wecken. Ich habe keine Ahnung, wie lange ich schon so hier stehe. Als ich mich umdrehe, sehe ich, wie Jase von Joels Motorrad steigt. »Alles okay?« Sein Blick wandert von mir zum Eingang des *D&S* und wieder zu mir zurück.

»Glaub schon«, sage ich und bin immer noch so außer Atem, als hätte ich versucht, vor etwas davonzulaufen.

Er lehnt sich neben mich an die Mauer und sagt erst einmal nichts. Abgesehen von dem feucht-fröhlichen Stimmengewirr, das aus dem Lokal dringt, ist mein rasselnder Atem das einzige Geräusch in der lauen Nachtluft.

»Wirklich alles okay?«, fragt er noch einmal.

Ich nicke. »Aber was zur Hölle machst *du* noch so spät hier draußen?«

Er schaut auf seine Uhr. »Es ist gerade mal zweiundzwanzig Uhr siebenunddreißig.« Jase hat eine Digitaluhr und gibt die

Zeit immer exakt auf die Minute an. »Ich war am Strand laufen.«

»Im Dunkeln? Bist du völlig verrückt geworden? Hast du nicht gesehen, was in der Anfangsszene von *Der weiße Hai* mit dem Mädchen passiert?«

»Sie ist im Meer geschwommen. Ich war am Strand laufen. Glaube nicht, dass der weiße Hai es schaffen würde, so weit an Land zu springen«, sagt Jase. »Komm schon, Tim.« Er greift nach dem zweiten Helm, der hinten am Sitz hängt, schnallt ihn ab und wirft ihn mir zu.

Ich fange ihn reflexartig auf. »Willst du mich verarschen? Ich kann auf dem Ding da nicht fahren.«

»Ich fahre. Du sitzt bloß hinten drauf«, sagt er so geduldig, als würde er mit George reden.

»Auf keinen Fall, Mann. Ich gehe zu Fuß.«

»Bist du sicher?« Jase' Tonfall klingt neutral, aber sein Blick wandert noch einmal zu den erleuchteten Fenstern des *D&S* zurück.

»Ich hab nichts Dämliches gemacht oder so. Wirklich nicht.« Ich schiebe die Hände in die Haare und ziehe daran, als könnte ich so meine Gedanken herausreißen.

»Nein? Umso besser. Dann lass uns verschwinden.«

»Auf dem Ding da? Mit dir?«

»Herrgott noch mal, Tim. Ja. Du musst von hier weg und ich hab das perfekte Fluchtfahrzeug dafür. Also setz dir endlich den Helm auf und steig auf die verdammte Maschine. Du kannst dich hinten an dem Griff festhalten.«

»Worauf du wetten kannst. Bild dir bloß nicht ein, ich würde mich wie Samantha an dir festklammern.«

»Leck mich«, sagt Jase und tritt den Kickstarter durch.

Achtzehntes Kapitel

Jase kommt in die Küche und bringt einen Hauch der Nachtluft aus der Stadt und den schlickigen Geruch vom Fluss und nassem Gras mit. Er tritt ein paarmal mit seinen Sneakers fest auf der Stelle und hinterlässt rautenförmige Dreckklümpchen auf dem gefliesten Boden, dann schaut er auf. »Al – wow.«

»Das hat Samantha gemacht. Wie findest du's?«

Er betrachtet meine frisch gefärbten Haare, die zum ersten Mal seit Jahren einfach nur braun sind, meine natürliche Farbe. »Steht ein Vorstellungsgespräch an?«, fragt er schließlich. »Oder hat deine Ausbilderin im Krankenhaus dir Stress gemacht?«

Ich wuschle mir durch die immer noch feuchten Wellen. »Kam mir nur plötzlich sinnlos vor, an etwas festzuhalten, das ich mit fünfzehn angefangen habe, um Mom zu ärgern. Sieht es blöd aus?«

Er schüttelt den Kopf. »Wo ist Sam?«

»Zapfenstreich. Sie musste nach Hause.« Ich zeige auf die Uhr. »Alles in Ordnung bei ihr?«

Samantha hat heute irgendwie still und angespannt auf mich gewirkt. Nur wenn sie mit meinen jüngeren Geschwistern beschäftigt war, ist sie wie immer in ihrem Element gewesen. Bei allem, worüber ich mich so aufrege, dass ich am liebsten schreiend davonlaufen würde, bleibt sie immer vollkommen gelassen. Sei es Harry, der darauf besteht, in seinem Fußballtrikot zu schlafen, oder Patsy, die zum x-ten Mal nach ihr verlangt, indem sie wie eine Gefangene, die nach dem Wärter ruft, ihre Schnabeltasse an den Gitterstäben ihres Bettchens entlangschrammt. Aber dann bekam sie einen Anruf von ihrer Mutter, warf sich mit einem kurzen verlegenen Blick in meine Richtung ihren Kapuzenpulli über und ging, beinahe ohne ein weiteres Wort zu verlieren.

»Mmm«, macht Jase nur. Er öffnet den Kühlschrank und starrt auf diese Art hinein, die typisch für Jungs ist. Als würden die Antworten auf die Fragen, die ich ihm gestellt habe, im Gemüsefach liegen oder auf dem Etikett des Orangensafts stehen.

»Sprich mit mir, J.« Ich schaue auf das Haushaltsbuch, das vor mir liegt, den Taschenrechner auf meinem Handy, den roten Stift für die Ausgaben, den ich viel öfter benutze als den schwarzen. »Ist zwischen dir und Sam alles in Ordnung?«

»Mmm. Was? Ja. Klar. Glaube ich zumindest. Hast du Tim heute gesehen?«

»Warum müsst ihr Typen euch eigentlich immer so unklar ausdrücken? Was heißt das: Du glaubst es? Ihr seid zusammen, da wirst du doch hoffentlich wissen, was bei ihr so los ist.«

Jase wirft die Kühlschranktür zu, betrachtet sie stirnrunzelnd, öffnet sie noch einmal, schließt sie wieder, öffnet sie noch mal. »Ich glaub, der Dichtungsgummi ist kaputt. Aber das kann ich wahrscheinlich ersetzen.«

»Vergiss den Kühlschrank. Habt ihr euch gestritten?«

Er nimmt den Orangensaft heraus und gießt sich etwas in ein Glas. »Nein. Es ist nur ...«

»Hat Tim etwas damit zu tun?«

»Was? Nein. Wie kommst du drauf?« Jase nimmt einen tiefen Schluck Orangensaft und verzieht dann den Mund, als wäre er vergoren.

»Du hast gerade nach ihm gefragt«, entgegne ich.

»Hab ich?« Er zieht sein Handy aus der Hosentasche und starrt darauf.

Ich lehne mich an die Küchentheke und stupse ihn gegen die Brust. »Du bist total neben dir und benimmst dich seltsam. Tim war heute Abend nicht zu Hause. Was ist los?«

»Nichts«, sagt mein Bruder zerstreut. Er hat sein Handy sinken lassen und starrt auf die Zahlenkolonnen im Haushaltsbuch. Er stößt einen leisen Fluch aus. »Wissen Mom und Dad Bescheid?«

Ich schlucke. »Sie wissen, dass ich die Buchführung übernommen habe, aber sie haben keine Ahnung, wie schlimm es steht. Es wird praktisch von Woche zu Woche schlimmer... und ich... aber Dad bekommt jedes Mal Kopfschmerzen, wenn er versucht, sich auf Zahlen zu konzentrieren.«

»Seit wann?«

»Seit dem Unfall, wie es scheint. Er sieht zeitweise Doppelbilder.«

»Wie bitte? Davon hat mir niemand was gesagt.«

»Mir auch nicht. Ich hab es heute Nachmittag in seinem Krankenblatt gelesen. Mom weiß es. Sie wollten nicht, dass wir uns Sorgen machen.«

Jase flucht wieder, diesmal laut und ausgiebig. Er flucht sonst so gut wie nie. Dieser Tag heute ist wirklich von vorne bis hinten komplett daneben.

»Aber das ist nur vorübergehend, oder?«, fragt er.

»Die Ärzte hoffen es. Ursache dafür ist die Kopfverletzung. Irgendeine Schwäche in einem Augenmuskel, die sich wahrscheinlich wieder legt. Es könnte allerdings auch eine Operation nötig sein. Sie haben diese Woche einen Spezialisten hinzugezogen.«

Jase geht zur Spüle, stützt sich rechts und links mit den Händen ab und starrt aus dem Fenster in die Dunkelheit hinaus. Dann flucht er erneut und tritt gegen den Unterschrank. »Wie soll Dad jemals wieder im Laden arbeiten, wenn er nicht richtig sehen kann? Nicht Auto fahren kann? Wie soll er es so überhaupt durch die Reha schaffen?«

»Für die Physiotherapie braucht er kein perfektes Sehvermögen. Und was den Laden angeht – wenn sich unsere finanzielle Lage weiter so verschlechtert, hat sich das womöglich sowieso bald erledigt.«

Jase trinkt den restlichen Orangensaft direkt aus dem Karton, wirft ihn anschließend auf den Boden und tritt härter darauf als notwendig. »Wir können den Laden nicht einfach so den Bach runtergehen lassen, Alice. Ich meine, was dann, verfluchte Scheiße?«

Meine Kehle wird eng. Ich kenne die Antwort darauf, weiß, was ich zu tun habe. Der einzige Schluss, den die roten Zahlenkolonnen zulassen. »Ich muss mit der Schule aussetzen. Eine andere Möglichkeit gibt es nicht. Zumindest so lange, bis es Dad wieder besser geht. Ich hab schon mit Mom darüber gesprochen, die natürlich zuerst nichts davon wissen wollte. Aber dann hat sie selbst eingesehen, dass niemand anderes außer ihr die ganzen praktischen Dinge, die Dad betreffen, erledigen kann.«

Natürlich ist Jase nicht damit einverstanden. »Ich werde mich um den Laden kümmern.«

»Und dein Stipendium sausen lassen? Auf keinen Fall. Du

hast so hart dafür trainiert und bist so gut in Form wie noch nie in deinem Leben.«

»Joel …«, beginnt er, und dann sehen wir uns beide bloß stumm an. Nicht Joel. Er hat seine ganzen Sommerferien und etliche Abende und Wochenenden für Garrets Baumarkt geopfert. Und jetzt hat er endlich einen Platz an der Polizeiakademie bekommen. Wir können – dürfen – nicht zulassen, dass Grace Reed uns *alle* ins Unglück stürzt. Und ich bin diejenige in der Familie, die entbehrlich ist. Es ist nicht so, als würde ich an einem entscheidenden Wendepunkt in meinem Leben stehen. Ich habe den Wechsel an die Nightingale Nursing School schon einmal verschoben. Da spielen ein paar Monate mehr oder weniger keine Rolle.

»Ich bin die Einzige, die dafür infrage kommt, J.«

»Das werde ich nicht zulassen. Warum du? Nur weil du ein Mädchen bist? Als wäre es für dich nicht wichtig, eine Ausbildung zu machen. Das ist doch bescheuert«, sagt er. »Es muss jemand anderen geben, der einspringen kann. Jemanden, der dafür nicht alle seine Zukunftspläne über den Haufen werfen muss.«

Die Fliegengittertür schwingt auf und Tim steht vor uns. Ein vom Fluss hinüberwehender Windstoß zerzaust ihm die Haare. »Ich brauche meine Autoschlüssel.«

»Komm morgen wieder«, sagt Jase bestimmt.

»Noch nicht einmal, wenn du mich darum anflehst, hast du gesagt«, erinnere ich ihn.

»An dem Ring hängen die Schlüssel zum Apartment. Willst du, dass ich vor dir auf die Knie gehe, Alice?«

»Halt einfach die Klappe, Mase, okay?«, fährt Jase ihn an.

Tim tritt einen Schritt zurück. »Hey, wieso bist du auf ein-

mal so sauer auf mich? Wie konnte sich unser Beziehungs-
status innerhalb von fünf Minuten verändern, wenn ich
noch nicht einmal hier war, um irgendwas zu vermasseln?«

»Ti!«, ruft eine glücklich glucksende Stimme hinter mir. Tim
schaut zum Wohnzimmer rüber und reißt die Augen auf.

»Ti! Meins!«, sagt Patsy gebieterisch, als sie auf wackligen
Beinen, aber entschlossen in die Küche getapst kommt,
sichtlich stolz darauf, der Houdini der Babywelt zu sein, das
Mädchen, das jedes Gitter am Bettchen überwinden kann.
Mit ausgestreckten Armen bleibt sie vor Tim stehen. »Arm.
Arm!«

Dieses Kind ist nicht nur aus seinem Gitterbett entkommen, es hat sich außerdem komplett ausgezogen und sich
von seiner Windel befreit. Sie muss in meinem Zimmer nach
mir gesucht, den Schrank aufgemacht und die Schachtel
mit Unterwäsche gefunden haben, die dort auf dem Boden steht. Von ihrem Hals baumelt einer meiner schwarzen
Tangas, über ihrer blassen kleinen Brust hängt ein geblüm-
ter Push-up-BH, der wie eine Miss-America-Schärpe drapiert
ist, und um den Kopf hat sie sich ein Stirnband geschlungen, das sich als mein korallenrotes Strumpfband herausstellt.

Jase und Tim brechen gleichzeitig in prustendes Lachen
aus, das klingt, als wäre ein Überdruckventil geöffnet worden.

»Du, Patricia Garrett«, Tim bückt sich und nimmt sie auf
den Arm, »bist ein Mädchen genau nach meinem Geschmack.«

* * *

»Ich schließe Tim die Tür auf. Du kümmerst dich um Patsy«,
sagt Alice.

Jase zögert.

»Von dir lässt sie sich leichter ins Bett bringen, J«, fügt Alice hinzu. »Bei mir macht sie immer Theater.«

Er wirft mir einen kurzen Blick zu, dann nimmt er mir immer noch seltsam zögernd Patsy ab und setzt sie sich auf die Hüfte. Sie presst ihre Hände auf seine Wangen und reibt ihre Nase an seiner.

Alice lächelt mich angespannt an, macht die Fliegengittertür auf und geht voraus.

Das macht sie ständig, immer geht sie voraus, als wäre es selbstverständlich, dass die anderen ihr wie Entenküken folgen. Sie hat eine Yogahose an, die in der Kniekehle und am Bund weiße Flecken hat. Wahrscheinlich ist aus Versehen mal Chlorreiniger draufgetropft. Ein Outfit, das sie eindeutig aus Bequemlichkeitsgründen angezogen hat und nicht, um heiß auszusehen. Trotzdem verbringe ich den gesamten und viel zu kurzen Weg zum Apartment damit, zu versuchen, die Umrisse ihres Höschens darunter ausfindig zu machen.

Sie schiebt den Schlüssel ins Schloss und drückt mit der Hüfte die Tür auf. Dann sieht sie mich an, und alles wird still, bis auf die Geräusche eines vorbeifahrenden Autos.

Verrückt, wie lang ihre Wimpern sind. Auf den Lidern kann ich an manchen Stellen noch die glitzernden Reste eines Lidschattens erkennen – neben ihrem Augenwinkel funkelt ein winziges Pünktchen. Sie trägt silberne Kreolen mit kleinen Glöckchen daran, was das leise Klingeln erklärt, das ich höre, als sie die Haare zurückwirft, gefolgt vom Klimpern der Schlüssel, als sie die Finger darum schließt.

»Gibst du sie mir jetzt oder muss ich dich wirklich darum anflehen?«, frage ich.

Sie nimmt meine Hand und dreht die Handfläche nach oben. »Und ich kann dir wirklich vertrauen?«

Ihre grünbraunen Augen bohren sich in meine, als könnten sie jede Lüge entlarven, die ich erzähle.

»Kannst du.«

Selbst nachdem die Schlüssel – ganz warm von ihrer Hand – in meine Handfläche gefallen sind, hört sie nicht auf, mich anzusehen. Falls ich immer noch von derselben Dunkelheit wie vorhin umzingelt bin, wird sie ihr bestimmt nicht verborgen bleiben.

»Pfadfinderehrenwort«, sage ich schließlich.

»Vergiss es«, sagt Alice. »Mein Vater ist der Leiter deiner Pfadfindergruppe gewesen. Ich weiß über jede deiner Eskapaden Bescheid.«

»Sind die etwa so was wie deine Lieblingsgutenachtgeschichten gewesen, Alice?«

»Wir haben ein Foto. Darauf stehst du in der letzten Reihe, ziehst am Halstuch des Jungen neben dir und hältst ein brennendes Feuerzeug darunter. Wie alt warst du da? Neun? Zehn? Ein Bild sagt mehr als tausend Worte.«

Tja. Dem habe ich leider nichts entgegenzusetzen.

Vom Fluss her fegt eine kräftige Böe durch die Ahornbäume, die nach Schlamm und Seegras riecht. Alice weht es die Haare ins Gesicht und in den Mund.

»Das ist deine richtige Haarfarbe, oder?« Dadurch dass der Gesamteindruck nicht mehr von verschiedenfarbigen Strähnen dominiert wird, wirkt sie jünger, ihre Augen scheinen dunkler, ihre Lippen röter.

»Dunkelbraun, ja. Eher so wie die von Joel als die von Jase und Andy. Mein dunkles Geheimnis.«

»Eines von vielen, da bin ich mir sicher.« Aber nicht so dunkel wie meines.

Alice schaut auf ihre nackten Füße hinunter. Als sie mich wieder ansieht, stelle ich überrascht fest, dass sie lächelt. »Was meine Unterwäsche angeht, gibt es jetzt allerdings kein Geheimnis mehr.«

»Es ist bei mir in besten Händen.« Einen Moment lang scheint zwischen uns alles wieder normal zu sein ... was auch immer normal in unserem Fall jemals bedeutet hat.

»Ich möchte dir gern glauben, Tim.« Sie hat weiter ihren prüfenden Blick auf mich gerichtet, und obwohl es dunkel ist, habe ich das Gefühl, dass sie viel zu viel von mir sieht. »Dir vertrauen. Aber du musst selbst zugeben, dass der Tag heute nicht besonders viel Anlass dazu gegeben hat.«

Jep.

»Willst du die Schlüssel behalten, Alice?« Ich klinge sauer, dabei habe ich eigentlich kein Recht dazu.

»Darum geht es nicht, Tim. Gibt es irgendetwas, das du mir erzählen willst?«

Ich zögere das Unvermeidliche hinaus, eine alte Angewohnheit, von der ich dachte, ich hätte sie abgelegt.

»Nichts«, antworte ich und setze mein Klugscheißer-Lächeln auf, »außer dass du jederzeit liebend gern deine Unterwäsche-Kollektion bei mir aufbewahren kannst. Wie groß ist sie eigentlich?«

Sie zuckt resigniert mit den Achseln und wendet sich zum Gehen. »Das wirst du wohl nie erfahren.«

Ich schaue ihr nach, bis ihre dunkle Gestalt in der Nacht verschwindet und selbst die beiden Bleichflecken an ihrer Hose nicht mehr zu sehen sind.

Neunzehntes Kapitel

Als Hester am nächsten Tag das Restaurant betritt und mich am Tisch sitzen sieht, werde ich wieder Zeuge, wie sich die unterschiedlichsten Gefühlsregungen auf einmal auf ihrem Gesicht widerspiegeln. Wut. Traurigkeit. Erleichterung, dass ich tatsächlich gekommen bin. Möglicherweise ist das ja irgendetwas Hormonelles, was weiß ich denn schon, verdammt. Ich beeile mich, aufzustehen, um ihr einen Stuhl herauszuziehen. Der vollendete Gentleman. Vielleicht hätte ich auch noch eine Verbeugung andeuten sollen.

»Warte kurz«, sagt sie. »Ich muss noch etwas aus dem Wagen holen. Ich wollte mich zuerst vergewissern, dass du da bist.«

Etwas stellt sich als Calvin heraus, der mit einem Häkelmützchen auf dem Kopf friedlich in seinem Kindersitz schlummert. Er wirkt so verflucht klein und hilflos.

»Hester – du musst damit aufhören, ihn ständig allein im Wagen zu lassen«, sage ich, während sie den Kindersitz auf einen der Stühle stellt, wo er in eine leichte Schräglage kippt. »Und, äh … Wäre es nicht besser, ihn auf den Boden zu stellen?«

Ich erkenne mich selbst nicht wieder. Seit wann bin ich der Vernünftige, der andere auf ihr riskantes Verhalten aufmerksam macht?

Hester hat offensichtlich denselben Gedanken. »So können

wir ihn besser im Auge behalten. Keine Sorge, ihm geht es gut.«

So wie neulich, als sie ihn auf dem Rücksitz gelassen hat? Großer Gott.

Ich ziehe ein zweites Mal ihren Stuhl hervor und sie setzt sich und breitet die Serviette auf ihrem Schoß aus. »Hast du schon in die Speisekarte geschaut?«

Ich schlucke ein *Das ist kein verdammtes Date* hinunter und sage stattdessen: »Ich muss noch mehr darüber wissen, wie …«, Calvins Wimpern flattern und ich senke die Stimme, »ähm, wie das alles passiert ist.«

Sie nickt und wirkt auf einmal beklommen. Was hat sie sich vorgestellt, worüber wir uns unterhalten würden? Über die Tagesgerichte auf der Karte?

Wir werden vom Kellner unterbrochen, der ein Körbchen mit Brot auf den Tisch stellt, Wasser einschenkt, die Kerze anzündet und dann abwartend stehen bleibt, bis Hester schließlich ein Ginger Ale bestellt.

»Ich brauche …« Was ich im Moment am meisten brauche, ist etwas, mit dem ich meine Hände beschäftigen kann. Ich nehme eines der Streichholzheftchen mit dem Restaurantlogo aus der kleinen Kristallschale auf dem Tisch und fange an, eines nach dem anderen herauszureißen. »Ich muss wissen, wie wir zusammen im Bett gelandet sind.« Und *warum* – aber mit der Frage würde ich sie wohl verletzen.

Hester blinzelt. »Ist das dein Ernst? Du kannst dich nicht daran erinnern, wie wir miteinander geschlafen haben?«

»Nein.« Wow, einmal ein Arschloch, immer ein Arschloch.

Ihr steigen Tränen in die Augen. Oh Gott, bitte nicht.

»Tut mir leid, ich … verstehe einfach nicht, warum du etwas mit einem besoffenen Vollidioten wie mir zu tun haben wolltest.«

Der Kellner, der genau in dem Moment mit dem Ginger Ale zurückkommt, in dem ich »besoffenen Vollidioten« sage, macht, ohne das Glas abzustellen, auf dem Absatz kehrt und geht wieder.

Hester legt eine Hand auf meine, als ich damit fortfahre, das Streichholzbriefchen zu malträtieren. Jedes Mal, wenn sie mich berührt, oder ich sie, fühlt es sich fremd an, einfach nur ... falsch. Alles an ihr wirkt so verflucht *rein*. Mir kommt ein grauenhafter Gedanke. »Das war aber nicht dein ... ähm ... du warst keine ... ähm ...«

Irgendwie versteht Hester mein Gestammel.

»Oh! Nein.« Sie tätschelt beruhigend meine Hand. »Ich hatte vorher längere Zeit einen Freund. Alex Robinson. Erinnerst du dich an ihn?«

Auch hier: nichts als Leere.

»Chefredakteur der Schülerzeitung? Groß? Schülermitverwaltung? Klassensprecher?«

Ich krame in meiner löchrigen Erinnerung. Alex Robinson ... So ein dunkelhaariger Strebertyp? Ach ja ... er war in meinem Tennisteam, ein totales Weichei. Er war in der Zwölften, ich in der Zehnten und Hester in der Elften.

»Stimmt«, sage ich.

»An dem Abend vor der Party, hat Alex ...« Hester räuspert sich. Nicht dass das bei ihrer heiseren, rauen Stimme – die eigentlich sexy sein *müsste* – etwas nützt. »Er macht gerade ein Studienvorbereitungsjahr an der Choate Rosemary Hall, und an dem Abend rief er an, um mir zu sagen, dass wir uns nichts vormachen sollten und dass Fernbeziehungen grundsätzlich zum Scheitern verurteilt wären.« Der Kellner kommt zurückgeschlichen, stellt eilig das Ginger Ale ab und macht sich dann wieder aus dem Staub. »Ich meine, jetzt mal im Ernst! Wir haben immer noch im selben Bundesstaat gewohnt! Noch nicht einmal eine Stunde voneinander entfernt! Wir sind seit der neunten Klasse zusammen gewesen! Er war mein erster –« Sie verstummt abrupt. »Egal. Deswegen bin ich auf diese Party gegangen. Ich hatte keine Lust, grübelnd zu Hause rumzusitzen.«

Nachdem ich sämtliche Streichhölzer aus zwei verschiedenen Briefchen herausgerissen habe, nehme ich mir das Brot in dem Körbchen vor. Ich zerfetze es in immer kleinere Stücke, die ich mir anschließend in den Mund schiebe. Calvin – Gott, ich kann diesen Namen nicht ausstehen – runzelt im Schlaf kurz die Stirn.

»Jedenfalls ... irgendwann sind wir uns dort über den Weg gelaufen und, keine Ahnung, irgendwie hast du genauso traurig gewirkt wie ich.«

Ich drücke ein Stück Brot in die Butter, statt das Messer zu benutzen, nehme einen Bissen – und erstarre. »Bitte sag jetzt nicht, dass das ein Mitleidsfi... Ich meine, dass du aus so etwas wie Mitleid mit mir geschlafen hast, Hester. Dass wir deswegen in diesem Albtraum gelandet sind, weil ich dir *leidgetan* habe.«

Sie dreht den schmalen Ring an ihrem kleinen Finger hin und her. »Nein. So war es nicht. Wir haben uns in Wards Zimmer gesetzt und uns stundenlang unterhalten. Du bist charmant und witzig gewesen und, ja, traurig, aber das war nicht der Grund, warum ich ... warum wir ...«

Der Kellner kehrt an unseren Tisch zurück und schnurrt die Liste der Vorspeisen herunter. Ich verstehe kein Wort davon. Deshalb warte ich, bis Hester bestellt hat, und murmle dann, dass ich dasselbe nehme.

»Ich hatte nicht wirklich mitbekommen, wie viel du schon getrunken hattest«, fährt sie fort. »Auf mich hast du noch ziemlich nüchtern gewirkt. Und du warst total nett und ich war wütend und traurig und wollte ... nicht ich sein. Und da habe ich dich irgendwann einfach geküsst und … eines führte zum andern. Es war dumm. Ich war dumm.«

Eine Träne läuft ihre Wange hinunter. Sie wischt sie mit einer so heftigen Bewegung weg, dass es fast aussieht, als würde sie sich selbst ohrfeigen.

»Und ich habe kein Kondom benutzt? Gott, dann muss ich wirklich komplett jenseits von Gut und Böse gewesen sein.« Egal, wie viel Scheiße ich schon gebaut habe, damit ist ein neuer Tiefpunkt erreicht. Ich dachte, mir würde das Label *Gedankenloser Dreckskerl* anhängen, und nicht *Komplett verantwortungsloses Arschloch*. Ich meine – schließlich habe ich eine Schwester.

»Doch, hast du«, versichert sie mir. »Das war dir sogar total wichtig, aber danach«, sie errötet, »bist du ziemlich schnell eingeschlafen, ohne das …« Sie macht eine hilflose Geste mit der Hand.

Ich kann sie trotzdem deuten. Ich bin in einen komatösen Tiefschlaf gefallen, ohne zu checken, ob mit dem Kondom alles in Ordnung war. Und offensichtlich war es das nicht, weil es entweder nicht dicht war oder gerissen.

»Ich bin eine wandelnde Katastrophe«, sage ich düster. »Aber du, Hester? Du hättest es besser wissen müssen.«

»Hab ich aber nicht.« Sie trinkt einen Schluck von ihrem Ginger Ale, als würde sie einen Tequila kippen, und das Glitzern in ihren Augen sind keine Tränen, sondern Wut. »Ich war dumm und du warst betrunken. Wir haben Liebe gemacht und …« Sie verstummt, als ich zusammenzucke.

Wir haben ein Kind gemacht, keine Liebe. Und überhaupt, wer redet denn heutzutage noch so, verdammt?

»Dann bist du von der Schule geworfen worden.« Sie zieht die Schultern hoch. »Und wie es danach weitergegangen ist, weißt du ja.«

»Eigentlich nicht. Warum bist du nicht zu mir gekommen, als du gemerkt hast, was los ist? Warum hast du nicht mit mir darüber geredet, als es vielleicht noch eine andere Lösung gegeben hätte, verfluchte Scheiße?« Der Kellner, der gerade im Begriff war, uns Wasser nachzuschenken, flüchtet an einen Tisch mit emotional stabileren Gästen.

»Ich wusste nicht, wie ich dich finden soll.«

»Jetzt hast du mich doch auch gefunden. Dann hättest du es auch damals geschafft. Stattdessen hast du es einfach laufen lassen, beschlossen, dieses Baby allein zu bekommen und es so lange zu behalten, dass du es mir präsentieren kannst, damit ich jetzt für den Rest meines Lebens ein schlechtes Gewissen habe. Du hast mir keine Wahl gelassen!« Hesters Gesicht verschwimmt vor meinen Augen. Es ist, als hätte sich die ganze Welt in einen roten Strudel verwandelt, so beklemmend und brodelnd wie das Gefühl in meinen Eingeweiden.

»Ich hatte selbst keine große Wahl, Tim.« Jetzt ist sie definitiv wütend. »Du bist eine wandelnde Katastrophe gewesen, wie du eben selbst gesagt hast. Hätte ich dich aufspüren und sagen sollen, hey, könntest du vielleicht kurz die Whiskyflasche absetzen und den Joint ausdrücken, damit wir uns vernünftig über *unser Baby* unterhalten können?«

Ich versuche mir vorzustellen, was ich getan hätte, wenn es so abgelaufen wäre. Ich habe keine Ahnung. Der Tim Mason, der ich zu dieser Zeit war, erscheint mir jetzt wie ein Loser, mit dem ich vor Jahren mal zusammengewohnt habe. Nur dass dieser Typ gestern Abend noch mal vorbeigekommen ist und fast wieder eingezogen wäre. Der Kellner lädt unsere Vorspeisen ab und sucht dann, ohne einen Blick zurückzuwerfen, wieder das Weite.

»Außerdem«, spricht Hester weiter, »habe ich …« Sie fährt

mit dem Zeigefinger über den Rand ihres Glases. »Also, meine …«

Ich starre auf meine Vorspeise. Was soll das sein? Egal.

»Ich höre zu«, sage ich und spieße mit der Gabel ein undefinierbares Etwas von meinem Teller auf.

»Ich weiß nicht … das ist mir jetzt vielleicht doch irgendwie zu persönlich.«

Ich sehe sie ungläubig an. Wir kennen uns zwar kaum, aber über diesen Punkt sind wir meiner Ansicht nach längst hinaus.

»Schon gut«, seufzt sie. »Meine Periode kommt immer ziemlich unregelmäßig, und ich hatte keine Morgenübelkeit, es hat also ziemlich lange gedauert, bis ich es gemerkt habe.«

»Wie lange?« Sie kann unmöglich eines dieser völlig ahnungslosen Mädchen sein, die glauben, sie hätten bloß ein paar Kilos zugelegt, bis sie neun Monate später plötzlich Bauchschmerzen kriegen und völlig verwundert ein Baby auf die Welt bringen.

»Ungefähr drei Monate. Dann bin ich zum Arzt gegangen und es wurde ein Ultraschall gemacht. Er … er hat an seinem Daumen gelutscht und war so … Ich konnte mich einfach nicht anders entscheiden, als ihn zu bekommen.«

»Oh, Hester.« Mir ist der Appetit vergangen, trotzdem schiebe ich mir das seltsame Ding auf meiner Gabel in den Mund, nur um irgendetwas anderes zu tun, als mich zu übergeben oder immer und immer wieder *Es tut mir leid, es tut mir leid, es tut mir leid* zu sagen.

»Hier. Damit schmeckt es besser.« Sie schiebt mir einen Teller mit Zitronenscheiben hin. Als hätten wir keine anderen Sorgen auf der Welt als den korrekten Verzehr unserer Vorspeisen. »So schlimm war es nicht. Wirklich nicht.«

»Du kannst mir nicht erzählen, dass es für einen schwangeren Teenager auf einer Schule wie der Ellery nicht der blanke Horror war.«

»Tja, was das angeht, hatte ich Glück.« Sie hebt ihr Glas, als wollte sie mir zuprosten. »Es hat ziemlich lange gedauert, bis man etwas gesehen hat. Klar, danach musste ich mir jede Menge abfällige Sprüche anhören, aber ... meine echten Freunde haben zu mir gehalten. Und Grandpa natürlich.«

»Sicher, und ein Kind auf die Welt zu bringen ist natürlich auch nichts als die reine Freude«, murmle ich.

»Ich habe mich für eine Periduralanästhesie entschieden.« Hester hat tatsächlich den Nerv zu lächeln. »Besser als jede Droge, auch wenn ich damit so gut wie keine Erfahrungen habe. Zu schade, dass man nicht auch so an das Zeug dran-kommt.«

»Wie kannst du nur hier sitzen und Witze darüber machen?«

»Wieso nicht, Tim? Wir sind hier, wir reden ... Es könnte sehr viel schlimmer sein.«

Noch schlimmer, als es sowieso schon ist?

Der Kellner kommt praktisch auf Zehenspitzen an unseren Tisch geschlichen, und nachdem wir unser Hauptgericht be-stellt haben, beschließe ich, für eine Weile das Thema zu wechseln.

»Also, ähm, wie alt ist der Kleine denn jetzt?« Ich klinge wie jemand in der Schlange vor einer Supermarktkasse, der sich nach irgendeinem niedlichen, schlafenden Baby erkun-digt, das zufällig vor ihm in einem Kinderwagen liegt. »Ich meine ... Calvin ... wie alt ist er?«

»Fast fünfeinhalb Wochen. Er ist drei Wochen zu früh ge-kommen, wiegt aber mittlerweile schon ein ganzes Kilo mehr als bei seiner Geburt.«

»Oh. Das ist schön. Ähm ...« Ich schiebe mir noch mehr von den seltsam schmeckenden, leicht zähen runden Dingern in den Mund. Der Kellner nähert sich mit der Weinkarte. Verflucht, sieht der Kerl denn nicht, dass wir noch nicht einundzwanzig sind? Ich werfe ihm einen finsteren Blick zu, der ihn auf dem Absatz kehrtmachen lässt.

»Nachdem er dann da war«, fährt sie leise fort und spielt mit ihrer Gabel, »habe ich versucht dich ausfindig zu machen und schließlich deine Adresse im Jahrbuch gefunden.«

»Warte ... bist du etwa als Erstes zu meinen Eltern gegangen? Ich meine, mit dem Baby?«

»Nein! Ich habe ein paarmal angerufen, und da war immer so ein Mädchen am Telefon und sagte, du wärst nicht da. Bis sie mir irgendwann deine neue Adresse gegeben hat.« Der Kellner räumt unsere Vorspeisenteller ab und kommt mit einem Salat für mich und irgendetwas Neuem, Undefinierbarem für Hester wieder.

Ich schnuppere misstrauisch an dem Teller. *So ein Mädchen.* Das kann nur Nan gewesen sein. Sie hätte mich wenigstens vorwarnen können. Andererseits, woher hätte meine Zwillingsschwester, auch wenn sie sonst immer sofort das Schlimmste annimmt, wissen sollen, dass irgend so ein Mädchen am anderen Ende der Leitung einfach so mein Leben in eine Häckselmaschine werfen würde?

»Okay«, sagt Hester, und ihr Ton klingt plötzlich sachlich. »Dann lass uns jetzt über die Details sprechen.« Sie nimmt das, was auf ihrem Teller liegt – von dem ich erneut keine verdammte Ahnung habe, was es ist –, tunkt es in eine klumpige weiße Soße und beißt ein winziges Stück davon ab.

»Sicher ... ähm ... wie genau wollen wir denn das alles regeln?« *Und wie lange wird das Ganze dauern?* Ich stürze in einem Zug mein Glas Wasser hinunter und schaue mich anschließend nach dem Kellner um, der jedoch mit verschränkten Armen in einer Ecke steht und jeglichen Blickkontakt vermeidet. »Ich ...

na ja … ich hab im Moment ziemlich viel um die Ohren. Mein Job, die ganze Lernerei, um meinen Highschool-Abschluss nachzuholen, und ich …«

Habe keine Zeit für ein Kind. Als hätte er den Gedanken gehört, runzelt Calvin im Schlaf die Stirn und zuckt mit dem Fuß. Gott, wie winzig er ist. Seine Hände sind gerade mal so groß wie die Cherrytomaten in meinem Salat.

»Wir finden eine Lösung.« Hester schaut auf ihren Teller. »Was die Adoption angeht, können wir sofort alles Nötige in die Wege leiten, und bis es so weit ist, helfe ich dir natürlich. Und mein Großvater wird ebenfalls mit anpacken. Er will dich übrigens kennenlernen.«

Das glaube ich sofort.

Moment mal, hat sie gerade gesagt, sie würde mir *helfen*? Soll das etwa heißen, dass ein Großteil der Aufgaben an mir hängen bleibt? Das kann sie verflucht noch mal vergessen.

»Ich hoffe, du denkst jetzt nicht schlecht von mir«, sagt Hester. »Aber ich kann nicht einfach mein ganzes Leben auf Eis legen, bis alles geregelt ist.«

»Der Einzige, von dem ich hier schlecht denke, Hester, bin ich. Ich werde das schon irgendwie alles unter einen Hut kriegen. Klar werde ich mich um ihn kümmern, ich meine, er …«, ich schlucke. »Er ist schließlich mein Sohn.«

Sie blinzelt ein paarmal hektisch. »Das ist er.«

Unbestreitbar. Auch wenn ich vielleicht keine Vatergefühle entwickeln werde, aber Fakt ist: Ich war betrunken. Ich habe das Kondom nicht richtig benutzt. Ein Baby ist da. Aufklärungsunterricht, neunte Klasse.

Plötzlich fangen ihre Schultern an zu zucken und sie bricht in Tränen aus, wird von immer lauter werdendem Schluchzen geschüttelt und zeigt bebend mit dem Finger auf mich. »Ich weiß, dass du das alles nicht willst. Aber du hast absolut keine

Ahnung, wie es für mich ist ... Er ist noch so winzig und hat die ganze Zeit Hunger, weil er zu früh auf die Welt gekommen ist und aufholen muss, und ... und ... er schläft nie und hat ständig die Windeln voll, und er schreit so viel, und ich frag mich jedes Mal, was er denn jetzt schon wieder hat. Warum kann er nicht einfach still sein? Es ist doch auch so schon schwierig genug. Meine Brüste waren nach der Geburt *tage-lang* geschwollen, und ständig tropfte Milch raus, und ich musste genäht werden, weil ich einen Dammriss hatte. Ich bin achtzehn Jahre alt ... und mein Leben fühlt sich wie ein einziger verdammter *Fehler* an.«

Lieber Gott, lass mich bitte auf der Stelle tot umfallen. Die anderen Gäste um uns herum haben bereits angefangen, flüsternd zu uns rüberzustarren.

»*Du* hast bloß deinen Spaß gehabt und kannst dich noch nicht einmal mehr daran erinnern. *Ich* bin einfach nur fett geworden – na los, du kannst es ruhig sagen!«

Das scheint mir noch das Kleinste ihrer Probleme zu sein, aber wenigstens kenne ich die richtige Antwort darauf. »Nein! Überhaupt nicht! Du siehst aus wie immer, wirklich.«

Wie das Mädchen, von dem ich nicht mehr weiß, dass ich mit ihm geschlafen habe.

Mir bricht der kalte Schweiß aus. »Nein, besser! Du siehst sogar besser aus!«

Sie schluckt und schaut sich suchend nach ihrer Serviette um, die ihr anscheinend vom Schoß gerutscht ist. Ich will ihr gerade meine anbieten, als mir einfällt, dass ich irgendwann vorhin eines der zähen weißen Dinger hineingespuckt habe, nachdem Hester mich aufgeklärt hat, dass es Jakobsmuscheln sind.

»Besser ... wirklich?«

»Absolut.« Der Kellner steht immer noch in seiner Ecke

und mustert angestrengt die Decke. Eine Gruppe Frauen, die am Tisch nebenan Cosmopolitans trinken, sehen aus, als würden sie mir am liebsten in die Eier schießen, mich mit einem stumpfen Messer aufschlitzen und meine Leiche in einen Gulli werfen. Nur zu, Ladys, tut euch keinen Zwang an.

Ich schiebe meinen Stuhl zurück, stehe auf, gehe um den Tisch herum und tätschle unbeholfen ihre Schulter. »*Schsch, Hes. Ich kriege das hin. Kein Problem. Dass er so schlecht schläft, ist bestimmt auch meine Schuld, ich schlafe selbst nicht sonderlich gut. Ich werde damit klarkommen. Wenn du willst, kann ich ihn auch schon gleich heute über Nacht nehmen.*«

Was rede ich denn da? Ich kann doch kein Baby in das Apartment der Garretts bringen. Und dann auch noch über Nacht? Praktisch direkt neben Alice? Oh Gott, das alles ist wie ein sich endlos fortsetzender Auffahrunfall, bei dem ein Wagen auf den nächsten kracht. Wie eine grauenhafte Realityshow, die der Teufel in Dauerschleife auf einem riesigen Flachbildschirm zeigt, wenn man in die Hölle kommt.

»Ich sorge dafür, dass er alles hat, was er braucht«, versichert mir Hester. Ihre Stimme klingt noch rauer als sonst.

Dieses Kind ist ein ganzes Universum davon entfernt, alles zu haben, was es braucht.

Trotz des kleinen Dramas, das sich an unserem Tisch abgespielt hat, ist Calvin kein einziges Mal aufgewacht. Als wir zum Wagen gehen, schläft er immer noch. Ich trage ihn in seinem Kindersitz, während Hester vor mir hergeht und sich von ihrem Nervenzusammenbruch anscheinend wieder erholt hat. Ist das was Hormonelles? Wenn ja, kann es einem echt den letzten Nerv rauben.

Der Rücksitz und der Kofferraum von Hesters Wagen sind komplett mit Babysachen vollgestopft. Wie kann ein Wesen, das gerade mal so groß ist wie ein Tennisschläger, bloß so viel Kram brauchen?

Als Erstes reicht sie mir ein riesiges Ungetüm, das sie Wickeltasche nennt, dann etwas, das wie ein überdimensionierter, aus Weide geflochtener Picknickkorb aussieht.

»Das Schaffell habe ich gerade erst gewaschen«, sagt sie.

»Ähm, was?«

Hester verschwindet auf der Rückbank und taucht mit einem echten Schaffell, mehreren Decken und einem von diesen Sockenaffen wieder auf. Und zwar die Variante mit dem roten Hintern. Ich stehe immer noch mit dem Picknickkorb und der Wickeltasche da, die mit jeder Sekunde schwerer werden. Mein Herz krampft sich genauso fest zusammen wie meine Hand, die den Korbhenkel umklammert.

»Die legst du da rein und achtest bitte immer darauf, dass Calvin auf dem Rücken liegt.« Sie breitet das Schaffell auf dem Korbboden aus und setzt zum Schluss den Affen drauf, der mich mit seinen fiesen kleinen Augen böse anzufunkeln scheint. Diese Dinger haben mir schon immer eine Scheißangst eingejagt. »Wir haben es gleich geschafft, und dann hast du alles, was ihr braucht, und könnt zusammen loslegen.«

Kann es kaum erwarten.

Sie zaubert noch mehr Decken aus dem Auto plus einen kleinen Spiegel und ein seltsames Teil, das wie ein Fallschirmrucksack aussieht.

Scheint, als wäre der Korb ein Bettchen, aber das mit dem Fallschirm leuchtet mir noch nicht so ganz ein.

»Tut mir leid, dass es so chaotisch ist. Man muss immer an so viele Sachen gleichzeitig denken, dass ich ständig den Überblick verliere.«

Ich habe den Überblick schon lange verloren, also laufe ich zu meinem eigenen Wagen, öffne den Kofferraum, schiebe meinen Schlafsack, eine Dose Tennisbälle, einen Sechserpack Dr Pepper und einen Kopfkissenbezug voller Schmutzwäsche zur Seite, stopfe Calvins Sachen hinein und frage mich, was noch alles kommt. Ein Zweimannzelt und ein Kricketspiel vielleicht?

Allmählich habe ich den Verdacht, dass Hester vorhat, mir dieses Kind für immer mitzugeben. Einen Augenblick später steht sie mit Calvin auf dem Arm vor mir und zupft sein Mützchen zurecht.

»Brauchst du Hilfe mit dem Kindersitz?«, fragt sie.

»Das krieg ich schon hin«, antworte ich. »Kein Problem.«

Es dauert eine halbe Ewigkeit, bis ich es geschafft habe, das verdammte Ding festzumachen, und als es endlich geklappt hat und ich loslasse, schnellen die Gurte zurück, und die Metallschnalle knallt gegen meine Fingerknöchel.

Ich schiebe sie mir in den Mund, um den Schmerz wegzusaugen, und stoße mir beim Zurückweichen den Kopf am Türrahmen.

»Hier, diesen Spiegel legst du zu seinen Füßen hin, dann kannst du ihn beim Fahren im Auge behalten.« Calvin ist mittlerweile wach und starrt mich an. Ich starre zurück und frage mich, wie um Himmels willen ich ihn *während* der Fahrt im Auge behalten soll.

»Ähm. Hi, Calvin.« Meine Stimme klingt erst leicht schrill, dann so übertrieben herzlich wie die eines Spieleshowmoderators. Er bekommt wieder dieses besorgte Zucken zwischen den Augen, kräuselt die Lippen und seine Unterlippe fängt an zu zittern.

Hastig drückt Hester ihn mir in den Arm. Ohne irgendeine Vorwarnung. Einfach so halte ich plötzlich dieses warme, sich windende Bündel. Das ein Mützchen trägt. Sein Strampelanzug ist am Rücken feucht. *Er* schwitzt auch.

Ich tätschle seine winzige Schulter. »Uns geht's gut«, sage ich ihm. Ernster Blick, ängstlicher Gesichtsausdruck. Es ist Nans Gesichtsausdruck, Version 2.0.

Nachdem ich ihn in den Sitz gepackt und angeschnallt habe, reicht Hester mir mehrere zusammengeheftete und eng von Hand beschriebene Seiten. Sieht aus wie eine erste Fassung für eine Englischarbeit aus dem Jahr 1986. »Ich weiß, ich bin schrecklich pingelig, aber ich dachte, ich schreibe dir die wichtigsten Dinge vielleicht besser auf.« Sie redet immer weiter und weiter: *Achte darauf, das zu machen, und niemals das, und ich weiß, dass du wahrscheinlich auch von allein darauf kommen würdest, aber nur für den Fall …*

Nein, zur Hölle, ich würde nicht von allein darauf kommen. Wie denn auch? Klar, ich hätte vielleicht noch richtig geraten, welche Seite der Windel vorne ist und welche hinten und wie ich ihn in dieses Fallschirmding stecke, das sich als kleiner Kängurubeutel herausstellt, mit dem man sich Babys vor die Brust schnallen kann, und dass man die ganze Zeit seinen Kopf festhalten muss, weil er sonst abbricht oder so was, aber das weiß man ja auch so ganz instinktiv, oder?

Kinderspiel.

Zehntausend verdammte Jahre später bin ich endlich mit ihm unterwegs. An der ersten roten Ampel baue ich fast einen Unfall, weil ich aus Angst, zu hart gebremst zu haben, eine Hand nach hinten strecke, um zu prüfen, ob bei ihm alles in Ordnung ist, als so ein rücksichtsloses Arschloch mit Bierwampe auf einem Motorrad angerast kommt, uns beinahe rammt, mir den Vogel zeigt und: »Fahr zur Hölle, du Idiot«, ruft.

Schon erledigt, Kumpel.

Nach einer Weile fängt Calvin an, leise wimmernde Geräusche von sich zu geben, und mir wird klar, dass ich das Fenster offen gelassen habe und er wahrscheinlich jede Menge Abgase einatmen muss. Ich nehme die nächste Ausfahrt, die zur Brinkley Bay führt, einem Privatstrand, der von großen *Unbefugtes Betreten verboten!*-Schildern gesäumt ist, die einem das Gefühl vermitteln, man könnte von einem Killerkommando erschossen werden, wenn man auch nur einen Fuß darauf setzt. Ich biege trotzdem auf den Parkplatz.

Nachdem ich ausgestiegen bin und die hintere Wagentür geöffnet habe, beuge ich mich zu Calvin auf die Rückbank und mache mich daran, ihm das grauenhafte Häkelmützchen auszuziehen. Die Hautfalte unter seinem Kinn ist so weich, dass sie sich gar nicht wie Haut anfühlt, sondern eher wie ... Seide. Okay, vollgesabberte Seide. Seine Lippen zucken kurz, als ich die Bändchen aufgeknotet und die Mütze auf den Wagenboden geworfen habe, es ist kein richtiges Lächeln, aber besser als das besorgte, leise Wimmern.

»Wir halten nichts von Häkelmützchen und dem ganzen anderen niedlichen Scheiß ... sorry, ich meine *Zeug*, hab ich recht? Mein Sohn soll so was jedenfalls nicht tragen müssen.« Calvin zieht die Brauen zusammen, und ich lege reflexartig die Fingerkuppe auf die kleine Falte und streiche sie weg, so wie Ma es früher immer bei mir gemacht hat, wenn sie mich dabei ertappte.

Ma. Sie wird mich umbringen.

Aber vorher wird sie in Tränen ausbrechen.

Pa ...

Scheiße.

Calvins Blick wirkt noch unfokussiert, so als würde er leicht schielen. Ist das okay? Ist *er* okay? Darüber habe ich bis jetzt noch gar nicht nachgedacht. Wer weiß, was ich in meinem Körper angerichtet habe, nach dem ganzen üblen Mist, den ich in den letzten Jahren konsumiert habe. Vielleicht habe ich meinen Sohn schon geschädigt, bevor ich auch nur wusste, dass ich ihn gezeugt habe.

Ich stupse mit dem Finger an seine kleine weiche Faust, die fest zusammengeballt ist. Na ja, für die Gettofaust ist er vermutlich noch ein bisschen zu klein. Stattdessen öffne ich behutsam seine Finger und schiebe den Zeigefinger in seine verschwitzte Seesternhand.

»Alles wird gut, Cal«, sage ich und lege ihm beruhigend eine Hand auf den Bauch. Weil es das ist, was Eltern tun, oder? Seinem Kind das Gefühl geben, dass alles gut ist. Auch wenn das erstunken und erlogen ist.

Zwanzigstes Kapitel

Aus dem Briefkasten schaut die Ecke irgendeines bunten Flyers. Anscheinend hat Harry gestern vergessen, ihn zu leeren. Ich hole die Post selbst heraus und gehe sie durch: ein Brief mit einem Lippenstiftkussmund für Joel – im Ernst? –, die neueste Ausgabe von *Justine* für Andy, ein schmales Päckchen vom »*Senf des Monats*«-*Klub* für Mom (die Mitgliedschaft war ein Geschenk von unserem Nachbarn Mr Methuan, den Mom manchmal zu seinen Arztterminen fährt), die Stromrechnung, ein Flyer für den SBH-Schulball, ein Umschlag mit dem Logo unserer Bank. Ich klemme mir die anderen Sachen unter die Achsel und mache ihn als Erstes auf.

Lese das Schreiben.

Lese es ein zweites Mal.

Meine Lungen verweigern ihren Dienst, als wäre ich plötzlich in einem hermetisch verschlossenen Raum eingesperrt.

Wer hat der lauen Septemberluft den ganzen Sauerstoff entzogen?

»Ich mag's hier nicht«, sagt George. »Mir wird schon ganz komisch im Bauch.«

»Wir bleiben nicht lange, G. Und danach gehen wir in die Buchhandlung und du darfst dir ein Buch und eine Zeitschrift aussuchen.« In diesem Fall hilft nur Bestechung.

Patsy fummelt schmollend an dem Pu-der-Bär-Pflaster von ihrer Polio-Impfung herum und wirft mir einen nachtragenden Blick zu. Ich hebe den Zeigefinger hoch, in den sie mich gebissen hat, als sie die Spritze bekam, und schaue nachtragend zurück.

Selbst mir mit meinen neunzehn Jahren verursacht es ein komisches Gefühl im Bauch, hier auf einem der harten Besucherstühle in der Stony Bay Bank zu sitzen. Dass der Bund meiner Strumpfhose, die ich unter meinem für Vorstellungsgespräche angeschafften dunkelblauen Rock trage, an der Taille kneift und der Kragen meiner weißen Bluse sich zu eng anfühlt, macht es nicht besser.

»Wie lange noch?«, fragt George.

»Ein paar Minuten, Georgie.« Ich versuche ihn mit *Ich sehe was, was du nicht siehst* abzulenken, nur leider gibt es in der Schalterhalle der Bank nicht besonders viel zu sehen. Beiger Teppichboden. Beige Wände. Das Surren der Klimaanlage. Gedämpfte Stimmen. Alles ist auf die reine Funktion reduziert.

»Wie viele Minuten noch?«

»Wir sind bestimmt gleich dran.«

»Krieg ich danach ein Eis?«

»Es ist noch nicht mal Mittag, G.«

Nach sechs weiteren *Wie viele Minuten noch?* geht endlich die Bürotür des Filialleiters auf.

Es gibt nur einen Stuhl, den George sofort für sich beansprucht. Er rutscht ganz nach hinten bis an die Lehne und schlägt schwungvoll mit den Füßen an die Metallbeine. Trotz des Lärms, den er dabei veranstaltet, schaut der Mann hinter dem Schreibtisch nicht auf.

»Hey!«, ruft George.

Der Filialleiter hebt kurz den Blick und mahnend einen Finger, bevor er etwas zu Ende schreibt und dann mit einem schweren Seufzen den Stift niederlegt. Ich erwarte, dass er mir in die Augen schaut, aber sein Blick ist auf irgendetwas jenseits meiner Schulter fixiert.

»Sie sprachen von einer dringlichen Angelegenheit?«

»Richtig.« Ich lege das Schreiben der Bank vor ihn hin. »Wir haben Geld von einem Fonds hier bekommen, und da steht, dass diese Zahlungen nicht fortgesetzt werden. Das kann nicht sein, Mr…« Ich werfe einen Blick auf sein Namensschildchen. »Mason.«

Heilige…

Tims Dad?

Die Ähnlichkeit ist sogar ziemlich verblüffend, obwohl der Mann genauso funktional wirkt, wie der Ort an dem er arbeitet. Dieselben dichten, leicht gewellten Haare wie Tim – nur dass seine aschgrau sind statt kastanienrot. Dieselben hohen Wangenknochen – aber damit sie voll zur Geltung kommen könnten, müsste er lächeln. Derselbe lange, schlanke Körper – der bei ihm jedoch ausgemergelt wirkt statt sehnig.

Er nimmt das Schreiben und liest es. »Stimmt, jetzt erinnere ich mich wieder. Der Geldgeber des Fondskontos hat uns angewiesen, alle weiteren Transaktionen zu stoppen und Sie darüber in Kenntnis zu setzen.«

»Hast du das Reh getötet?«, fragt George und starrt mit entsetzter Faszination auf einen mottenzerfressenen Rehkopf, der an der Wand hängt.

Mr Mason erwidert Georges Blick mit einem ganz ähnlichen Gesichtsausdruck. »Es hing schon hier, als ich in dieses Büro eingezogen bin.«

»Aber das geht nicht«, entgegne ich ungehalten. »Es

gibt eine Vereinbarung, dass die Zahlungen so lange fortgesetzt werden, bis alle Kosten gedeckt sind.«

George kaut beunruhigt auf seiner Unterlippe, und Patsy
drückt sich so fest an mein Bein, dass ich kurz das Gleichgewicht verliere.

»Was die Details betrifft, so liegen mir keine Informatio-
nen vor«, sagt Mr Mason. »Aber soweit ich weiß, hat es sich
bei diesen Zuwendungen um eine Art Stipendiumszuzah-
lung gehandelt. Vielleicht wurde der finanzielle Spielraum
für eine solche Unterstützung mittlerweile ausgeschöpft
und …«

Er hat mich bis jetzt noch kein einziges Mal wirklich angeschaut. Das ist irgendwie verwirrend, zumal seine Augen
dieselbe Farbe haben wie die von Tim. Nur dass in denen
von Tim immer ein Lächeln versteckt zu sein scheint, das
jeden Moment aufblitzen kann. Bei seinem Vater ist das
Gegenteil der Fall. Mr Mason sieht nicht böse oder traurig
aus. Einfach nur … abwesend.

»Von einem Limit ist nie die Rede gewesen. Die Rechnungen sollten einfach …«

Meine Stimme wird immer lauter und zum ersten Mal
zeigt sich auf seinem Gesicht so etwas wie eine Regung.
Besorgnis, Verärgerung? Ich kann es nicht deuten. Er wirft
Hilfe suchend einen Blick auf das Display seines Handys, als
gäbe es dort eine App, mit der er einen Trupp Securityleute
verständigen kann, die das verrückte Mädchen aus dem
Raum schaffen.

»Lassen Sie mir doch einfach die entsprechenden Unterlagen zukommen, ich bin mir sicher, dann wird sich alles
klären. Die Vereinbarung ist selbstverständlich notariell
beurkundet worden, nicht wahr?«

Selbstverständlich nicht. Meine Eltern wären nie auf die

Idee gekommen, die Vereinbarung mit Grace Reed schriftlich festzuhalten. Die Hälfte der Verträge, die Dad mit den Zulieferern unseres Baumarkts eingeht, wird per Handschlag besiegelt. Davon abgesehen bin ich mir sicher, dass Senatorin Grace Reed eine schriftliche Vereinbarung sowieso abgelehnt hätte. Was, wenn etwas an die Presse durchgesickert wäre? Nein. Es wurde nichts notariell beurkundet. Aber wir hätten wenigstens einen verdammten Anwalt hinzuziehen sollen.

Ich vergrabe kurz den Kopf in den Händen, schaue wieder auf. »Es war so etwas wie eine Ehrenschuld. Aber leider gibt es wohl keine …«

Ehrgefühle aufseiten der Senatorin.

»Nachweise«, beendet Mr Mason den Satz für mich. In seiner Stimme schwingt leises – sehr leises – Mitgefühl mit. »Ich fürchte, in dem Fall sind mir die Hände gebunden.«

»Aber … ohne diese Zahlungen sind wir völlig aufgeschmissen. Wir bezahlen damit die Krankenhausrechnungen meines Vaters und …«

Er schüttelt den Kopf. »So leid es mir tut, Ms«, er wirft einen Blick auf das Schreiben, »… Garrett. Ich kann wirklich nicht mehr für Sie tun.«

Ich öffne den Mund, um erneut zu protestieren, aber es ist sinnlos. Zum ersten Mal kann ich den Ausdruck in seinen Augen lesen: Der Fall Garrett ist geschlossen.

Einundzwanzigstes Kapitel

Als ich den Kindersitz beinahe trotzig auf dem Boden des kleinen Gemeindesaals der Kirche abstelle, verstummen um mich herum abrupt sämtliche Gespräche. Dominic, den ich gestern Abend endlich ans Telefon gekriegt habe – er war mit dem Kutter irgendeines Freunds zum Nachtangeln rausgefahren und hatte sein Handy vergessen –, dreht sich kurz mit einer Geste um, die wohl so was wie *Immer schön langsam mit den jungen Pferden* bedeuten soll, bevor er sich mit meinem ehemaligen Sportlehrer Jake weiterunterhält. Im nächsten Moment drängeln sich alle um mich, stoßen sich gegenseitig die Ellbogen in die Seiten und machen einen totalen Aufstand um Cal.

Und alles, was ich denken kann, ist: *Hier, nimm du ihn doch. Oder du. Oder du. Bitte.*

Ich kümmere mich seit gerade mal einer halben Stunde um ihn und bin jetzt schon völlig mit den Nerven fertig. Dass dieses Kind noch wer weiß wie lange bei mir bleiben wird und es jetzt erst drei Uhr nachmittags ist, trägt nicht unbedingt zur Verbesserung meines Zustands bei. Was um Himmels willen *macht* man mit einem Baby? Auf den Spielplatz gehen? Calvin auf eine Rutsche oder Schaukel zu setzen fällt allerdings schon mal flach. Er kann noch nicht einmal seinen Kopf allein halten. Vorhin, als ich ihn aus dem Wagen geholt habe, hat er mich angestarrt, als wollte er sagen: *Hey, Dad, pass bitte bloß*

gut auf mich auf, ja? Ich bin nämlich komplett abhängig von dir,
also vermassle es nicht. Okay, dann schlafe ich jetzt mal wieder
weiter.

Ungefähr nach der Hälfte des Meetings wacht er auf, zappelt unruhig hin und her und gibt kleine schmatzende Geräusche von sich. Ich trage ihn nach draußen, krame das Fläschchen heraus, das Hester bereits fertig zubereitet eingepackt hat, und gebe es ihm. Er trinkt wie ein Verdurstender in der Wüste, dreht jedoch immer mal wieder den Kopf zu mir, was ich als Geste seines guten Willens deute. *Siehst du, obwohl ich eigentlich nur trinken will, erkenne ich die Notwendigkeit deiner Existenz an. Hast du das verstanden? Gut. Ich habe nämlich wirklich wahnsinnigen Hunger.*

Während ich so über ihn gebeugt dasitze und aufmerksam sein Gesicht betrachte, legt mir jemand kurz die Hand auf den Rücken und setzt sich neben mich.

Es ist Jake mit seinen immer total zerzaust aussehenden dunkelblonden Haaren und einem Fußballtrikot, von dem er die Ärmel abgeschnitten hat. Er zupft das zerknitterte Oberteil von Cals Strampler glatt und streicht ihm die Haare aus der Stirn.

»Niemand hat auch nur eine Sekunde lang geglaubt, dass ich bloß den Babysitter spiele, oder?«

»Na ja«, sagt er. »Er sieht aus wie eine Miniausgabe von dir, nur viel süßer.«

»Ich hab aber bloß ein Kinn«, betone ich.

»Stimmt, aber ihr habt genau das gleiche Grübchen, schau …« Jake tippt mit dem Zeigefinger sanft auf die winzige Kerbe.

»Ich will die Vaterschaft ja auch gar nicht leugnen«, sage ich, worauf Jake sich grinsend auf die Ellbogen zurücklehnt. Mir weht ein entfernter Hauch von Zigarettenrauch in die

Nase und am liebsten würde ich ihn um eine Kippe anschnorren. Aber soll ich dem Kleinen vielleicht Rauch ins Gesicht blasen, während er an seinem Fläschchen nuckelt? Auf keinen Fall. Ich bin zwar kein Vater wie aus dem Bilderbuch, aber so was bringe noch nicht einmal ich fertig. Ich balanciere ihn vorsichtig auf meinen Knien und reibe mir kurz über das Nikotinpflaster, das Alice mir gegeben hat.

Hinter uns fällt mit einem leisen Knarzen die massive Holztür ins Schloss und einen Moment später steht Dominic vor uns. Er blickt auf Cal hinunter und hat die dichten Augenbrauen zusammengezogen. Ich habe keine Ahnung, was er denkt. Wenn er in den Meetings von seiner Tochter erzählt, weint er manchmal. Ist ziemlich seltsam, diesen zähen, harten Typen Rotz und Wasser heulen zu sehen.

Jake ist in letzter Zeit selbst etwas dünnhäutig, was das Thema angeht, weil er und sein Freund schon seit einer Weile versuchen, über eine Leihmutter ein Baby zu bekommen, was ständig an irgendwelchen Problemen scheitert. Er versucht für dieses Kind mit dem Rauchen aufzuhören, schafft es aber nicht, weil es kein Kind gibt. Ich bin also von Männern umgeben, die gern an meiner Stelle wären.

Von mir aus können wir sofort tauschen.

Mit einer Hand Calvins Hinterkopf stützend, halte ich das Fläschchen etwas schräger. Aus seinen Mundwinkeln entwischen immer wieder kleine Milchtröpfchen, die an seinem Kinn hinunterlaufen. Plötzlich hört er auf zu saugen, niest und verzieht unwillig das Gesicht. Wieder scheint er mir etwas damit sagen zu wollen, aber was? *Hilf mir, Dad?*

»Lass ihn ein Bäuerchen machen«, schlägt Dom vor.

»Wie?«

Die Babygebrauchsanweisung, die Hester mir mitgegeben hat, liegt zerknittert in meinem Handschuhfach, aber ich kann mich nicht erinnern, dass sie dort irgendetwas zum Thema *Bäuerchen machen* geschrieben hat. Okay, ich habe die Zettel auch bloß kurz überflogen.

»Klopf ihm auf den Rücken, aber ganz sanft«, sagt Dominic. »Das mögen sie.« Ein Wunder, dass er mir den Kleinen nicht aus den Armen reißt und es selbst macht.

Ich neige Cal ein bisschen in meine Richtung und tippe zuerst vorsichtig mit drei Fingern zwischen seine spitzen kleinen Schulterblätter, bevor ich es mit der ganzen Handfläche versuche.

Nichts. Stattdessen fängt er an zu wimmern und windet sich. Ich werfe Dom einen Hilfe suchenden Blick zu.

»Manchmal dauert es ein paar Minuten«, sagt er lächelnd.

Ich klopfe weiter. Mehr Wimmern und Sich-Winden.

»Versuch mal, ihn über deine Schulter zu legen«, sagt Jake.

Ich halte ihn so, dass sein Kopf leicht über meine Schulter hinausragt, und klopfe noch einmal vorsichtig auf seinen Rücken. Einen Augenblick später gibt er einen mächtigen Rülpser von sich, und ich spüre, wie es auf meinem Rücken warm und feucht wird.

»Heilige Scheiße«, sage ich. »Das ist …«

Eklig. Unwirklich. Mir fällt einfach nicht das richtige Wort ein.

»Das wahre Leben. Oder?« Jake zieht ein zerknittertes Taschentuch aus seiner Hosentasche und gibt es mir, nachdem ich Cal wieder auf meinen Schenkeln abgelegt habe. Er sieht mich eindringlich an, macht saugende und schmatzende Lippenbewegungen und streckt mit gespreizten Fingern rudernd die Arme nach der Flasche aus.

»Ich glaube, er hat immer noch Durst«, sage ich und lasse ihn weitertrinken.

»Wer hat das nicht?«, sagt Dominic mit einem trockenen Lachen.

»Fang deswegen bloß nicht wieder an zu trinken, Tim«, fügt Jake hinzu.

Ich weiß, ich weiß, ich weiß.

Als kurz der Sauger aus seinem Mund rutscht, stößt Cal ein hohes, verzweifeltes Wimmern aus – und dieser hilflose an mich gerichtete Laut, der mich dazu auffordert, das Problem zu lösen, fühlt sich an, als würde mir jemand eine glühende Klinge in die Eingeweide bohren. Ich presse mir sogar unwillkürlich eine Hand auf meinen brennenden Magen. Zur Hölle mit Jake und seinen Leihmüttern, mit Dominic, der sein Kind wie ein amputiertes Bein vermisst, mit Hester und ihrer ellenlangen Auflistung und dem Typen, der gerade mit einem vergnügt lachenden Kind auf den Schultern an uns vorbeiläuft. Zur Hölle mit allen auf der Welt, die Kinder haben oder welche wollen und wissen, was sie mit ihnen anstellen sollen. Ich versuche diese unfassbare Wut, die plötzlich in mir aufgestiegen ist, zu unterdrücken, bis ich sie irgendwo sicher und kontrolliert ausleben kann, und begnüge mich damit, mit dem Fuß gegen den schmiedeeisernen Zaun zu treten. Prompt reißt Cal, der gerade dabei war, beim Trinken einzuschlafen, erschrocken die Augen auf und sieht mich an, als wollte er fragen: *Warum bist du denn so wütend, Dad?*

Nach dem Meeting fahre ich an den Strand, schnalle mir diesen Baby-Beutel um, packe den Kleinen hinein und marschiere einfach drauflos. Ich laufe immer weiter und weiter, bis ich irgendwann merke, dass er eine frische Windel braucht und ich keine mitgenommen habe. Ich werfe einen Blick auf die Uhr – mittlerweile ist es schon fast sechs –, drehe um, laufe den ganzen langen Weg zum Wagen zurück und wechsle ihm die Windeln. Vier Stunden mit mir und bis jetzt hat er sie heil überstanden. Aber allmählich wird es Zeit, nach Hause zu fahren.

Zu den Garretts.

Zu Alice.

In der Einfahrt steht kein einziger Wagen, als ich dort ankomme, was jedoch nicht heißt, dass ich mich in Sicherheit wiegen kann.

Um alles, einschließlich Baby und Kindersitz, auf einmal ins Apartment zu tragen, würde ich mehrere Sherpas brauchen. Ich fange mit Cal an, schließlich habe ich Hester selbst vorhin noch gesagt, dass sie ihn nicht ständig im Wagen lassen soll, doch kaum sind wir durch die Tür getreten, beginnt er wie am Spieß zu schreien. Sein Gesicht verfärbt sich dunkelrot, er ballt die Hände zu Fäusten und zieht die Knie an den Bauch. Als ich hektisch nach dem Fläschchen krame und versuche, es ihm in den Mund zu stecken, stößt er es weg. Vielleicht muss er wieder ein Bäuerchen machen, das Problem ist nur, dass ich Angst habe, ihn aus dem Kindersitz zu nehmen, weil er sonst vielleicht noch lauter schreit. Dieses Kind ist verdammt noch mal besessen. Kein Wunder, dass Hester nach fünfeinhalb Wochen völlig mit den Nerven am Ende ist. Zur Hölle mit der Adoption. Können wir ihn stattdessen nicht einfach jemandem vor die Tür legen?

Der Kofferraum mit den ganzen verräterischen Babysachen steht gut sichtbar für alle Garretts offen. Aber Cal hier zu lassen und schnell rauszugehen und die Klappe zuzumachen, fällt als Option leider aus. Ich kann ihn jetzt nicht allein lassen. Wenn er so weitermacht, platzt ihm womöglich noch ein Blutgefäß im Kopf. Wie kommt es, dass er im Restaurant so ruhig wie ein Zen-Mönch war?

Mir bleibt nichts anderes übrig, als das ganze Zeug Stück

für Stück mit ihm zusammen reinzutragen, immer mit der Angst im Nacken, dass jeden Moment der Van, der Käfer oder der Mustang um die Ecke biegen könnte.

Die Pausen zwischen den ohrenbetäubenden Kreischanfällen werden langsam länger. Wahrscheinlich geht ihm allmählich die Puste aus. Genau wie mir, nur dass es sich diesmal noch schlimmer anfühlt als neulich bei meinem Spurt zum Pier, nach dem ich mich eine halbe Stunde in den Sand legen musste, bevor ich mich zum Wagen zurückschleppen konnte. Einen Moment später hängt Calvin erschöpft über meiner Schulter und ist eingeschlafen. Ich schleiche die Treppe hoch, lege ihn vorsichtig in den Kindersitz, schnalle ihn fest und jogge zum Wagen zurück.

Als ich es endlich geschafft habe, sehr viel mehr Zeug nach oben zu tragen, als ich für meinen eigenen Umzug gepackt hatte, und mir gerade als Letztes die schwere Reisetasche, alias Wickeltasche, über die Schulter schwinge, tippt mir jemand auf die Schulter.

»Tim?«

Es ist Andy. Sie streift ihren Fahrradhelm ab, wirft ihn neben ihr im Gras liegendes Rad, schüttelt ihre welligen hellbraunen Haare und mustert mich mit angespannter Miene.

Oh-oh.

Ihr Blick wandert kurz über die Wickeltasche, die zum Glück nicht mit gelben Enten oder so was Babymäßigem bedruckt ist. Sie ist einfach dunkelblau. Wirkt maskulin genug. Okay, bis auf das Ersatzfläschchen, das an der Seite herausschaut und das ich hastig etwas tiefer schiebe.

»Alles klar, Ands?«

»Weißt du noch, dass ich dich neulich etwas fragen wollte, das ich wirklich nur *dich* fragen kann?«

»Falls es hier darum geht, dir Drogen oder so was zu besorgen, dann …«

Sie kichert und zeigt ihren zahnspanngenbewehrten Mund und da muss ich plötzlich auch lachen.

»Nein, ich mein's ernst, Tim. Darf ich?«

»Hier meine Antwort, egal worum es geht. Sag einfach Nein.«

Sie schüttelt erneut ihre Haare und legt den Kopf schräg, als würde sie auf etwas lauschen.

Ist das etwa Cal, der schon wieder zu schreien anfängt? »Okay, Andy, raus damit. Ich hab's gerade ein bisschen eilig.«

»Okay.« Sie hält kurz inne, und dann sprudelt es praktisch in einem Wort aus ihr heraus: »WennmanjemandenküsstalsosorichtigküsstwolegtmandannseineHändehin?«

Großer Gott.

»Tja also … na ja …« Sie sieht mich mit großen haselnussbraunen Augen an und nickt erwartungsvoll. »Schultern sind ein guter Anfang.« Ich glaube, das ist unverfänglich. Nichts, wofür Jase mich verprügeln würde.

»Und danach?«

»Bleib mindestens ein Jahr lang bei den Schultern.«

»Komm schon, Tim.«

Es ist definitiv Cal.

»Hüfte vielleicht. Oder Rücken. Ich weiß nicht. Frag lieber nicht mich, Andy. Am besten tust du genau das Gegenteil von dem, was ich dir rate. Alles, was ich dir mit gutem Gewissen dazu sagen kann, ist: Lass es langsam angehen.«

Sie sieht mich kopfschüttelnd an. »Warum machst du dich selbst so runter? Das macht mich irgendwie echt traurig. Hey, was ist das für ein Geräusch?«

»Ähm … der Teekessel.« Ich bin schon halb die Treppe rauf, als ich noch einmal stehen bleibe und mich zu Andy umdrehe, die sich bereits auf den Weg nach drüben gemacht hat und irgendwie geknickt wirkt.

»Andrea, warte. Wer ist der Kerl?«

»Kyle Comstock.«

»Du meinst, der Vollidiot, der auf einem Post-it mit dir Schluss gemacht hat?«

Das Schreien wird lauter.

»Er hat gesagt, dass er lieber mit Jade Whelan gehen wollte, weil ich nicht gut küssen kann. Aber ich dachte …«

»Halt dich meilenweit … nein, einen ganzen Ozean weit von diesem Schwachkopf fern. Im Ernst, Andy. Sonst erzähl ich es Jase, Joel *und* Alice.«

»Nicht Alice!«, ruft sie panisch und fügt dann mit einem kleinen wehmütigen Lächeln hinzu: »Ich hab mir sowieso schon so was in der Art gedacht. Ich wollte nur jemanden fragen, der …« Ihre Stimme wird so leise, dass ich mich vorbeugen muss, um sie zu hören. Vielleicht liegt es auch daran, dass der kleine Schreihals noch ein paar Dezibel draufgelegt hat.

»Der weiß, wie so ein Scheißkerl tickt, weil er selbst einer ist?«

Kurzes verlegenes Lächeln.

»Schon gut, Andy. Ich bin froh, dass meine dunkle Vergangenheit als manipulatives Arschloch wenigstens für einen Menschen nützlich ist.«

»Hey, Tim? Tim!«

Ich lehne mich mit Cal an der Schulter in die Couch zurück. Er ist endlich eingeschlafen, und ich liege bloß da, starre vor mich hin, würde sonst was für eine Kippe geben und stelle mir das feine Knistern der Packung vor, das federleichte Gewicht der Zigarette zwischen meinen Fingern, den würzigen Duft des Tabaks, die Erlösung, wenn nach dem ersten tiefen Zug das Gehirn frei wird. Warum bin ich so unfassbar müde? Es ist schließlich nicht so, als wäre es körperlich total anstrengend, mit Cal zusammen zu sein. Er kann ja noch so gut wie nichts anstellen. Und wenn er erst einmal in Patsys Alter ist und anfängt Steine zu essen oder aus Schlammpfützen trinken zu wollen, ist es zum Glück nicht mehr meine Aufgabe, mir Sorgen um ihn zu machen.

»Mase!«, ruft es erneut. Unten herrscht schon seit einer Weile ein ziemlicher Lärm, aber das ist nichts Neues, deswegen habe ich ihn bis jetzt einfach ignoriert und stattdessen versucht, Cal dazu zu bringen, einzuschlafen. Nachdem ich ihn vorsichtig hingelegt und mit einem Kissen gesichert habe, gehe ich zum Fenster, öffne es und schaue zu Jase und Samantha hinunter, die neben der Garagentreppe stehen. Hinter ihnen in der Einfahrt albern ein paar Jungs aus Jase' Footballmannschaft, unter ihnen Mac Johnson und Ben Rylance, mit ein paar Mädchen herum, die ihrem hippen Privatschülerinnenlook nach zu urteilen wahrscheinlich Freundinnen von Samantha aus dem Schwimmteam sind.

»Wir wollen zum Sandy Claw Beach ein Lagerfeuer machen«, ruft Samantha. Sie trägt ein blaues Strandkleid und hat ein Handtuch über der rechten Schulter und den Arm um Jase' Taille liegen. »Kommst du mit?«

Jase nickt in Richtung Mustang. »Na los, schwing deinen Hintern zu uns runter.«

Die anderen sind schon dabei, sich lachend und schubsend in verschiedene Autos zu quetschen, aus denen gedämpftes Kreischen und Prusten zu mir hochdringt, während die Mädchen den Jungs auf den Schoß klettern.

Das alles sieht nach jeder Menge Spaß aus. Nach der Art von Spaß, die ich mir schon seit einer Weile nicht mehr gegönnt habe.

»Ich kann nicht.« Schließlich kann ich den Kleinen schlecht auf eine Beachparty mitschleppen. *Hey, wirf mir mal eine Coke rüber, aber bitte ohne das Baby am Kopf zu treffen?* Außerdem schläft er so schön …

»Komm schon, Tim, sei kein Spielverderber und zieh dir deine Badehose an«, ruft Samantha. »Wir wollen ein Wettschwimmen zu den Wellenbrechern veranstalten und brauchen dich dringend in unserem Team.«

Ich werfe einen kurzen Blick über die Schulter. Cal bewegt sich unruhig hin und her und verzieht das Gesicht, dann ertönt ein leises rumorendes Geräusch.

Scheiße. Und zwar im wahrsten Sinne des Wortes.

»Ich kann nicht, okay? Ist gerade wirklich schlecht.«

Als Sam protestieren will, legt Jase ihr eine Hand auf den Arm und sieht mich an. »Hey, wir können die Sache hier auch abblasen, uns eine Pizza besorgen und einfach ein bisschen zusammen abhängen.«

Wahrscheinlich denkt er, ich hätte Sorge, am Strand mit Alkohol konfrontiert zu werden. Ich lasse ihn in dem Glauben. »Danke, aber ich lese lieber noch ein bisschen« – zum Beispiel in Hesters selbst verfasstem Babyhandbuch – »und geh dann bald schlafen.«

Samantha schirmt die Augen ab. »Dann bleiben wir auch hier«, sagt sie bestimmt und legt eine Hand auf das Treppengeländer, bereit die Stufen hochzugehen und mitten in meinen augenblicklichen Albtraum hineinzuplatzen.

Hinter mir fängt Cal leise zu wimmern an.

»Nein!«, rufe ich. »Ich will alleine sein, okay?«

»Oh!« Sie tritt verlegen einen Schritt zurück. »Verstehe. Sorry.«

Wirklich ganz toll. Jase denkt, es ginge ums Trinken, Sam glaubt anscheinend, ich hätte Frauenbesuch, und mir bleibt nichts anderes übrig, als sie beide anzulügen.

Dabei dachte ich eigentlich, ich hätte diesen Mist hinter mir gelassen.

Fühlt sich genauso beschissen an wie Cals Windel.

Okay, fast.

Zweiundzwanzigstes Kapitel

Wieso fährst du nicht mit dem Mustang? Willst du im Schulbus vielleicht deine verlorene Jugend wieder aufleben lassen, J?«

»Ha, ha. Ich hab bloß keine Lust, mir am ersten Tag beim Kampf um die Parkplätze gleich eine Delle reinfahren zu lassen.«

»Natürlich nicht. Wäre auch zu schade, wenn diese vollkommene Schönheit auch nur einen winzigen Kratzer abbekommen würde.« Ich betrachte mit hochgezogenen Brauen seine Schrottkiste, an der er in den Sommerferien in jeder freien Minute herumgeschraubt hat. Um sich den Wagen leisten zu können, musste er eine ziemlich große Summe von seinen College-Ersparnissen abzweigen.

Er lässt grinsend die Händefläche an der Seite der Karosserie entlanggleiten. Bis jetzt hat er nur die Motorhaube neu lackiert – in einem satten, glänzenden Dunkelgrün. Der Rest ist eine Mischung aus orangerotem Grundierlack und dem Siebzigerjahre-Limettengrün der Originalfarbe. »Etwas mehr Respekt, wenn ich bitten darf. Sie ist ein noch nicht vollendetes Kunstwerk.«

Er ist schon seit Stunden auf den Beinen, um noch vor Tagesanbruch den *Stony Bay Sentinel* auszufahren, sein Zweitjob, den er nicht aufgeben will, obwohl er für einen Zeitungsausträger eigentlich schon zu alt beziehungsweise noch viel zu jung ist, und anschließend sein morgendliches Lauftraining am Strand zu absolvieren. Es ist kurz vor halb sieben und er hat bereits geduscht und einen riesigen Berg Rührei vertilgt. Jetzt steht er startklar in der Einfahrt, wartet auf den Schulbus und macht auch noch einen ziemlich gut gelaunten Eindruck.

Ich habe ihm nichts von den unbezahlten Krankenhausrechnungen und dem Termin bei der Bank erzählt. Diesmal würde er sich mit Sicherheit nicht davon abbringen lassen, zur Erhaltung unseres Baumarkts seine Aussichten auf ein Footballstipendium in den Wind zu schießen. Mom und Dad will ich erst recht nicht damit belasten. Für einen Moment sehe ich wieder Mr Mason an seinem Schreibtisch vor mir und spüre, wie mein Puls zu rasen anfängt und meine Kehle sich zuschnürt. Ich schließe die Augen. Öffne sie wieder. Atme tief durch. Mir wird schon irgendetwas einfallen. Ich brauche nur ein bisschen Zeit.

»Andyyy!«, rufe ich über die Schulter. Der erste Tag an der Highschool und sie ist natürlich mal wieder viel zu spät dran.

»Vielleicht schickst du ihr besser eine Nachricht per Handy«, sagt Jase. »Sie ist schon seit fast einer Stunde im Bad.«

Im nächsten Augenblick kommt sie aber auch schon die Verandatreppe heruntergerast, hochhackige Sandalen in der Hand, die Haare geglättet, in einem eng anliegenden Tanktop und einem leuchtend roten Minirock.

»Umziehen«, sage ich knapp. »Nur weil du ab heute in die neunte Klasse gehst, musst du nicht gleich wie *Frischfleisch für ausgehungerte Oberstufenschüler* aussehen.«

»Keine Zeit«, sagt Andy atemlos. »Und falls du es vergessen hast – das ist derselbe Rock, den *du* auf dem Foto von deinem ersten Highschool-Tag anhast. Nur dass es von mir leider kein Foto geben wird, weil Mom immer noch schläft, statt diesen historischen Moment für mich festzuhalten.«

Sie hat recht. Das ist tatsächlich mein Rock. Und ich weiß auch noch genau, wie viele Diskussionen Mom und ich uns wegen meiner Outfits geliefert haben, trotzdem hat sie sich damals nie so angehört wie ich jetzt – wie eine zickige Sittenwächterin. An manchen Tagen erkenne ich mich selbst nicht wieder.

»Sie ist total erledigt, Ands. Und glaub mir, du willst nicht, dass Mom hier ein Foto nach dem anderen von dir schießt, wenn an der Straße schon der Schulbus wartet und alle sich an die Fenster drängen und hämisch mit dem Finger auf dich zeigen«, sagt Jase. »Aber was deinen Aufzug angeht, muss ich Alice leider recht geben.«

»Nur für den Fall, dass ihr es noch nicht mitbekommen habt: Ihr seid *nicht* Mom und Dad«, gibt Andy schnippisch zurück. »Außerdem hab ich noch ein Kapuzenshirt dabei.« Sie schwingt mit einer Hand ihren Rucksack in unsere Richtung und zieht sich mit der anderen einen Schuh an.

»Ich will es sehen«, sage ich und schnappe mir den Rucksack.

»Oh Mann, Alice. Man könnte fast meinen, ihr beiden wärt durch Außerirdische ersetzt worden.«

Selbstverständlich ist kein Kapuzenshirt im Rucksack (»Ich schwöre, dass ich es eingepackt hab!«), aber als ich nach drinnen laufen will, um irgendeine züchtige Verhüllung zu holen, kramt Jase ein T-Shirt aus seinem Rucksack.

»Hier, zieh das an.« Er wirft ihr eines von unseren Baumarkt-T-Shirts mit der Aufschrift AUF UNS KÖNNEN SIE BAUEN zu, die wir extra für den verkaufsoffenen Feiertag am Vierten Juli haben drucken lassen. Gott, ich darf gar nicht daran denken, was für ein Loch die Dinger in unser Budget gerissen haben. »Werbeplakat und Schutzanzug in einem«, fügt Jase grinsend hinzu.

Andy sieht ihn unschlüssig an. Ich kann ihre Gedanken förmlich hören. *Ein T-Shirt? In XL? Von unserem Baumarkt? An meinem ersten Tag in der Highschool? Das nennt man sozialen Selbstmord. Da kann ich mich während der Begrüßung in der Aula auch gleich selbst aufhängen.*

»Von mir aus«, seufzt sie schließlich gedehnt und macht sich daran, es über ihr Tanktop zu ziehen. Andy ist ein netterer Mensch als ich. Oder gerissener. Als sie sich streckt, um es sich über den Kopf zu stülpen, wird mir plötzlich bewusst, dass meine kleine Schwester mittlerweile größer ist als ich. Kein Wunder dass der Rock an ihr so kurz aussieht.

»Zwanzig Mäuse darauf, dass es den ganzen Tag in ihrem Schließfach hängen wird. Vielleicht sogar das ganze Jahr.«

Jase zuckt mit den Achseln. »Du warst auch mal jung, Al.«

»Außerdem hab ich ausgerechnet heute auch noch meine Periode gekriegt und sehe wie ein Streuselkuchen aus«, stöhnt Andy. »Aber das war ja klar, oder? Stimmt es eigentlich, dass die Pille auch gegen Hautunreinheiten hilft, oder sagen das bloß alle, um leichter an sie ranzukommen?«

»Was schaust du *mich* an«, fragt Jase.

»Sam nimmt sie doch, oder? Und sie hat nie Pickel – *nie*.«

»Andy. Das geht dich nichts an.«

»Dann sag du's mir, Alice. Bitte, *du* weißt das doch bestimmt, oder?«

»Frag Mom«, murmle ich. Moment mal – habe ich meine überhaupt genommen? Ich kann mich nicht daran erinnern, die kleine rosafarbene Tablette aus dem Blister gedrückt und mit Wasser heruntergeschluckt zu haben. Aber

188

ich habe ganz sicher nicht vergessen, sie zu nehmen. Das habe ich noch nie. Außerdem – Brad und ich sind Geschichte.

Prompt meldet sich mein Handy. Eine Bildnachricht von Brad, wahrscheinlich aus dem Fitnessstudio geschickt, wo er schon frühmorgens Gewichte stemmt. Es ist ein Foto von einer treuherzig schauenden Bulldogge, darunter steht: »Ich bin vielleicht kein Schoßhündchen, aber darf ich trotzdem vorbeikommen?«

Ich vergrabe den Kopf in den Händen.

»Alice!«, ruft Duff von der Treppe. »Ich kann meine Brille nirgends finden! Und weißt du, wo das Buch ist, das ich in den Ferien für Englisch lesen sollte?«

»Alice!«, schreit Harry durch die Fliegengittertür. »Was hast du mit meiner Eule gemacht? Sie ist weg!«

»Alice!«, ruft George aus dem Fenster von Jase' Zimmer. »Die Frau aus dem Kinderreim, die in dem Schuh gewohnt hat – was war das für ein Schuh? Ich soll ein Bild von ihm malen.«

»Hey, Al«, raunt Jase und hebt seinen Rucksack auf, »fahr zum Strand runter und geh ausgiebig laufen, sobald wir in den Bus gestiegen sind. Ich hab dir heute Morgen eine Dreierpackung Mentos Spearmint von der Tankstelle mitgebracht und sie hinter der Haferflockenpackung versteckt. Da liegt auch noch ein Vollkornbagel für dich.«

Der Schulbus biegt in unsere Straße und gibt ein lang gezogenes, stöhnendes Ächzen von sich, als er vor unserer Einfahrt zum Stehen kommt. Es klingt ungefähr wie der Laut, den ich mit aller Kraft zu unterdrücken versuche.

Ich bin hundertzehn Jahre alt.

Ich bin die alte Frau aus dem Reim, die in einem Schuh wohnt.

»Halte durch«, ruft Jase über die Schulter, während er in den Bus einsteigt. »Der Job als Mom ist bloß vorübergehend.«

»Gott sei Dank«, rufe ich zurück. »Sonst würde ich diese Kinder bei *eBay* versteigern und mich weigern, jemals selbst welche zu bekommen.«

Nachdem sich hinter Andy die Tür geschlossen hat, setzt sich der Bus wieder quietschend und ächzend in Bewegung und stößt eine graue Abgaswolke in den strahlend blauen Himmel.

Aus dem hinteren Teil des Busses ruft jemand »Aliiice!« und pfeift anerkennend. Jimmy Pieretti. Ich war mal vor drei Jahren mit seinem Bruder Tom zusammen. Normalerweise würde ich bloß die Augen verdrehen und mich achselzuckend abwenden. Jim ist vielleicht gerade mal so alt wie Jase.

Oh.

Stimmt.

Genau wie Tim.

Aber ich hatte eine lustige Zeit mit Tom, aus Jim ist ein ziemlich süßer Typ geworden, und ich bin dankbar für jeden Beweis, noch nicht so alt zu sein, wie ich mich fühle, also werfe ich ihm ein Lächeln zu.

Und ernte noch mehr anerkennende Pfiffe, die mit dem davonfahrenden Bus immer leiser werden.

Mein Schritt ist beinahe federnd, als ich mich umdrehe und die Verandatreppe hochgehe.

✻ ✻ ✻

Die Gesetze von Zeit und Raum scheinen ihre Gültigkeit verloren zu haben. Alles verschwimmt.

Cal schläft, weint, trinkt, schläft auf meinem Bauch, während ich im Apartment auf dem Boden liege oder bei Dominic im

Garten und darauf warte, dass ich aus einem unruhigen Fiebertraum aufwache und alles wieder seinen normalen Gang geht.

Aber dazu kommt es nicht – der Fiebertraum ist die Wirklichkeit. *Cal* ist real. Wenn er lange schläft, schrecke ich schweißgebadet hoch, weil ich Angst habe, dass er tot ist. Wenn er nur kurz schläft, laufe ich schweißgebadet mit ihm hin und her, weil ich so fertig bin und keine Ahnung habe, was verdammt noch mal eigentlich mit diesem Kind los ist. Er hat überhaupt keinen Rhythmus, jedenfalls keinen, der sich mir erschließen würde. Das eine Mal trinkt er ein ganzes Fläschchen leer und brüllt danach eine Stunde lang, als wäre er am Verhungern. Das andere Mal trinkt er gar nichts und schläft sofort ein. Ich weiß nicht, ob es daran liegt, dass er ein Baby ist und Babys nun mal so sind, oder daran, dass er *mein* Baby ist und deswegen so unberechenbar. Aber egal, warum, es macht mich fertig. Wenn ich darüber nachdenke, wie oft ich mir in meinem Leben schon selbst leidgetan habe, wird mir klar, wie lächerlich die Gründe dafür waren und dass ich mir mein ganzes Selbstmitleid für das hier hätte aufsparen sollen. Dass toppt alles, was Pa sich je hätte ausdenken können. Selbst wenn er mich auf unbestimmte Zeit in eine Entzugsklinik hätte zwangseinweisen lassen, wäre ich nicht so verzweifelt gewesen, wie ich es jetzt bin. Im Ernst – die letzten drei Tage sind länger und härter gewesen als die gesamten siebzehn Jahre meines bisherigen Lebens.

Zumal meine Eltern mir all die fadenscheinigen Ausreden und Erklärungen für den ganzen Mist, den ich abgezogen habe, nur allzu gern geglaubt haben. Schlicht, weil es ihnen egal war.

Bei den Garretts habe ich diesen Heimvorteil nicht. Hier wird niemand so tun, als wäre er blind oder könnte nicht eins und eins zusammenzählen. Ganz zu schweigen von der Tatsache, dass es nicht darum geht, zu versuchen, ein Fläschchen Hand-Desinfektionsmittel, das mit Bacardi gefüllt ist, ins Kino zu schmuggeln, sondern einen echten kleinen Menschen aus Fleisch und Blut mitsamt Wickeltasche und anderem Kram ungesehen in das Garagenapartment zu bringen und wieder rauszutragen. Das Ganze geht sogar so weit, dass ich mich immer erst vergewissere, dass keine Autos in der Einfahrt stehen und im Haus nirgendwo Licht brennt, bevor ich das Apartment verlasse oder mich hineinschleiche, als wäre der Teufel persönlich hinter mir her. Tja. Deswegen verbringen Cal und ich gerade ziemlich viel Zeit bei Dominic. Ich sitze auf seiner Verandatreppe, werfe seinem riesigen Schäferhund *Sarge* Stöckchen zu und trage Cal auf dem Arm, während er schläft oder trinkt oder vor sich hin starrt und Dom wie besessen den Rumpf seines Boots schrubbt oder Brennholz hackt oder die Einfahrt neu pflastert.

»Könntest du dir auch vorstellen, keine Ahnung, Cupcakes zu backen oder eine Schürze zu nähen oder so was?«, frage ich, nachdem ich ihm dabei zugeschaut habe, wie er den Gully in seiner Einfahrt reinigt.

»Du hast echt schräge Vorstellungen von Männlichkeit. Ich backe übrigens total abgefahrene Kuchen. Was dich zu einem Weichei macht, ist die Tatsache, dass du dich hier verkriechst.«

Ich weiß, ich weiß, ich weiß.

Es ist der Morgen des vierten Tages und verdammt noch mal viel zu früh, als ich am Telefon zu Hester sage: »Hör zu, ich hab in den nächsten Tagen einiges zu erledigen. Ich muss mich für einen Online-Kurs in Wirtschaft vorbereiten, in dem ich hinterherhinke, und bis zum Ende der Woche einen Test in Bürgerkunde und in Physik einreichen. Von meinen Arbeitstagen im Baumarkt gar nicht zu reden.« Mindestens an einem davon wird Alice auch im Laden sein. Gott. »Wann kann ich Cal bei dir absetzen?«

Hester (lange Pause): »Heute Vormittag. Wir müssen sowieso reden.« Müssen wir? Der Gedanke erfüllt mich nicht gerade mit Vorfreude.

Kaum ist der Schulbus abgefahren und die Fliegengittertür hinter Alice zugeschlagen, schmuggle ich Cal ins Auto. Hester und ich haben uns für die Übergabe im Willoughby Park verabredet, wo ich früher immer Gras gekauft habe. Sie wollte nicht, dass ich zu ihr nach Hause komme, als ich gefragt habe, warum, sagte sie nur: »Ist gerade kein guter Zeitpunkt.«

Im Park angekommen, will ich ihr als Erstes die ganzen Babysachen zurückgeben, aber Hester nimmt mir bloß Cal ab und wühlt in der riesigen Wickeltasche, als wollte sie überprüfen, ob auch wirklich noch alles da ist oder ob ich vielleicht was von dem Milchpulver geklaut und irgendwo vertickt habe. Ich beiße so fest die Zähne aufeinander, dass meine Nackenmuskeln wehtun. Früher bin ich fast nie wütend geworden, und jetzt komme ich mir wie ein verdammter Vulkan vor, der einen Ausbruch nach dem anderen hat.

Ich wende den Blick ab und kicke mit der Spitze meines Flipflops in den staubigen Boden. Willoughby ist keiner von den hübschen Parks mit saftigen grünen Wiesen und vielen Bäumen, sondern eher einer von der trostlosen, deprimierenden Sorte, die sich besser dafür eignen, Drogengeschäfte abzuwickeln. Während ich mich mit Hester unterhalte, sehe ich sogar, wie gerade eines getätigt wird. Vor dem Gebüsch an der Mauer, die den Park eingrenzt, steht Troy Rhodes – jede Schule hat mindestens einen Typen wie ihn, der dir alles besorgen kann, was du brauchst, zu jeder Tages- und Nachtzeit, solange du das nötige Kleingeld dafür hast.

Anders ausgedrückt: mein Dealer.

Der Mensch, mit dem ich bis vor ein paar Monaten hier in der Stadt wohl am meisten zu tun hatte.

Er steht mit einem jungen Typen zusammen, und ich sehe, wie er mit ihm die alte Händeschütteln-Übergabe-Nummer abzieht. Der Kleine geht vielleicht höchstens in die achte Klasse, ein magerer Kerl mit tief sitzender Hose und einem Pokémon-Shirt, von dem er noch nicht weiß, wie uncool es ist.

Als ich meinen Blick von den beiden losreiße, wedelt Hester gerade mit der Hand vor meinem Gesicht hin und her. Ich greife nach ihrem Handgelenk, und sie zuckt sofort zurück, als hätte sie Angst, ich wollte es ihr brechen.

Großer Gott, ich bin sauer, aber ich bin kein Schläger.

»Ich weiß, Tim.«

Ups. Ich war mir sicher, das nur gedacht zu haben.

»Dein Blick war so glasig. Aber das liegt nicht daran, dass du … Ich meine, du bist bloß müde, oder? Und trotzdem kannst du mir glauben, dass du viel besser aussiehst als ich, wenn ich so lange am Stück mit ihm zusammen war. Es ist schlimmer als der schrecklichste Albtraum, den du je hattest, hab ich recht? Die reinste Hölle.«

Genau das habe ich in den letzten Tagen ungefähr 345.678.900 Mal gedacht, aber als ich es jetzt aus ihrem Mund höre, klingt es wie etwas, das man auf keinen Fall laut aussprechen sollte, wenn man nicht für einen Psychopathen gehalten werden will.

Als ich nichts darauf erwidere, sondern sie nur anschaue, fängt sie geschäftig an, Cals Sachen in die Tasche zurückzupacken. »Ich hab keine Geschwister und im Kinder- und Jugendzentrum kümmere ich mich hauptsächlich um die älteren Kids.« Sie zuckt mit den Achseln. »Ich dachte wohl einfach, dass sie wie die Babys in Werbespots sind.«

»Geben Sie Ihrem Kind Grimm's Stiefmuttermilch«, sage ich mit tiefer Märchenonkelstimme, »und Ihr kleiner Schatz wird schlafen wie Dornröschen.«

Sie lacht. Es ist das erste Lachen seit dem Tag, an dem sie vor meiner Tür stand. Im nächsten Moment presst sie sich eine Hand auf den Mund, als hätte sie irgendetwas Unanständiges getan, aber als sie sie wieder runternimmt, spielt immer noch ein kleines Lächeln um ihre Lippen.

»Genau das ist der Grund, warum Calvin auf der Welt ist«, sagt sie mit einem leicht vorwurfsvollen Unterton. »Du hast mich zum Lachen gebracht.«

»Ähm –«

»Und jetzt hast du es wieder getan.«

»Zum Glück brauche ich dafür kein Kondom. Wann muss ich ihn wieder übernehmen?« Oh Mann, das klingt fast noch schlimmer als das, was sie gesagt hat. »Ich meine ...«

»Gar nicht. Nein, schon gut, Tim. Ich hab über deinen Satz von neulich nachgedacht – dass ich eine sadistische Ader oder so was haben muss, dass ich dich überhaupt in die ganze Sache mit hineinziehe.«

Ich kann mich zwar nicht an die genauen Worte erinnern, aber ich zweifle keine Sekunde daran, dass sie tatsächlich von mir stammen. Ich bin so ein Arschloch. »Vergiss es, ich hätte nicht –«

»Nein, das kann ich nicht. Außerdem hattest du recht. Ich bin diejenige, die in Schwierigkeiten geraten ist.«

»Scheiß drauf, Hester. Wir leben nicht mehr zu Zeiten von *Der Scharlachrote Buchstabe*. Ich hab kein Problem damit, den Babysitter zu spielen.«

Sie schaut auf Cal, dann hebt sie den Blick und starrt auf den in der Ferne glitzernden Fluss, kneift dabei die Augen vor dem hellen Sonnenlicht zusammen.

»Man ist kein Babysitter, wenn man sich um sein eigenes Kind kümmert. Ich will damit sagen, dass du dich jetzt einfach umdrehen und gehen kannst und nie wieder etwas mit der ganzen Sache zu tun haben musst.«

Cal hat sich ein Söckchen vom Fuß gestrampelt. Das macht er ständig, als wäre es so eine Art Sport für ihn. Ich bücke mich, um es aufzuheben, und streife es ihm wieder über seinen winzigen rosa Fuß. Er schaut mir mit finsterem Blick dabei zu. Wobei er mich laut dem, was ich über Babys gegoogelt habe, auf diese Entfernung wahrscheinlich noch gar nicht richtig sehen kann. Ich könnte auf und davon sein, bevor er in der Lage ist, mich richtig zu erkennen. Dass ich ihm jetzt sein Söckchen anziehe, könnte das Letzte sein, was ich jemals für ihn tun werde, außer vielleicht meine Unterschrift auf die Adoptionsformulare zu setzen. *Ein Baby? Ach so, stimmt, ich hatte mal eins für zwei, drei Tage. Hat nicht funktioniert.* Er würde sich noch nicht einmal daran erinnern, dass es mich gegeben hat, und ich könnte versuchen zu vergessen, dass er existiert. In meinem Kopfkino sehe ich, wie ich mich vor ein paar Tagen nach den Liegestützen erschöpft zu Boden fallen lasse und nur einen einzigen Gedanken im Kopf habe – mein Date mit Alice in fünfundvierzig Minuten.

Ich könnte wieder an diesen Punkt zurückkehren, wenn nicht …

Ich fasse Hester, die immer noch auf den Fluss schaut, am Kinn und drehe ihr blasses Gesicht zu mir. Sie erstarrt unter der Berührung und errötet leicht. »Hes. Was passiert ist, ist passiert. Cal ist da, und du hast dich entschieden, es mir zu sagen. Wir können nicht in der Zeit zurückkreisen und ungeschehen machen, dass ich mit dir gevögelt habe.«

Das hast du wirklich wunderschön gesagt, höre ich Dominics ironische Stimme in meinem Kopf.

Sie sieht mich an, als hätte ich sie geschlagen. »Du …
ich …« Ihr treten Tränen in die Augen.

Meine Worte lassen sich leider genau so wenig zurücknehmen, also rede ich einfach weiter: »Ich meinte, dass ich genauso in dieser Sache drinhänge wie du. Cal ist kein Film, von dem ich mir die Preview anschauen und danach beschließen kann, ihn mir lieber nicht anzugucken. Er ist mein Kind. Also lass uns einfach versuchen, irgendwie damit klarzukommen. Wie geht es als Nächstes weiter?«

Sie blinzelt die Tränen weg, und als sie schließlich antwortet, klingt ihre Stimme wieder ruhig und gefasst: »Ich habe gleich einen Termin bei der Adoptionsagentur, danach wissen wir bestimmt mehr.«

Sie sieht heute noch mitgenommener aus als beim letzten Mal. Ihre Haare sind zu einem unordentlichen Knoten hochgesteckt, die Kakihose, die sie anhat, sitzt ziemlich eng, aber nicht auf eine gute Art, und ihre Bluse ist schief zugeknöpft.

»Wann genau ist der Termin?«

Sie streicht sich ein paar aus dem Knoten entwischte Strähnen aus dem Gesicht. »Keine Sorge, du brauchst nicht mitzukommen. Dein Name steht sowieso nicht auf der Geburtsurkunde.«

Bis jetzt habe ich zwar noch kein einziges Mal an die Geburtsurkunde gedacht, sage aber: »Ähm, sollte er das nicht?«

Hester erklärt mir in ihrem übertrieben geduldigen Tonfall, dass sie nicht sicher gewesen wäre, ob ich die Vaterschaft anerkennen würde.

»Tja, tu ich aber, wie wir gerade festgestellt haben«, antworte ich und ahme ihren Tonfall nach. Sie zieht ihr Handy heraus und fängt demonstrativ an, darauf herumzuscrollen. Normalerweise muss ich jemanden besser kennen, damit er mich so auf die Palme bringen kann.

Der junge Typ, der sich vorhin seine illegalen Substanzen

besorgt hat, kommt auf seinem Fahrrad in unsere Richtung gefahren. Er hat seine Baseballkappe verkehrt herum aufgesetzt und wirkt irgendwie panisch – entweder aus Schiss, dass wir ihn gesehen haben könnten, oder weil er so etwas noch nie gemacht hat, oder weil ihm klar ist, dass er an der Kreuzung des Lebens gerade in die falsche Richtung abgebogen ist.

Er kann nicht älter als zwölf sein.

Fast noch genauso ein kleiner Hosenscheißer wie Cal.

Als er, den Blick starr nach vorn gerichtet, das Kinn angespannt, hektisch in die Pedale tretend an uns vorbeifährt, kostet es mich meine ganze Selbstbeherrschung, mich ihm nicht in den Weg zu stellen.

✳ ✳ ✳

Nachdem der Schulbus weg ist, komme ich in die Küche und erwische Duff und Harry dabei, wie sie sich mit Wassereis duellieren. Es ist sieben Uhr morgens.

»Ich bin mit links genauso gut wie mit rechts«, ruft Duff gerade triumphierend, wirft das Eis in die andere Hand und schlägt es gegen das von Harry, worauf dunkelrote Wassereissplitter durch die ganze Küche spritzen.

»Das kriegst du zurück!«, knurrt Harry wütend, macht einen Hechtsprung auf Duffy zu und krallt sich an seinem Rücken fest.

Ich packe die beiden Streithähne am Kragen ihres Pyjamas und ziehe sie auseinander. »Schluss damit oder ihr wandert in den Feuersumpf.«

Ich mache Frühstück, was diesmal kein Problem ist, weil endlich wieder genügend Lebensmittel im Haus sind.

Ich finde sogar Duffs Brille und sein Lektürebuch – die Brille in, das Buch unter Harrys Legoschloss –, was vermutlich Teil irgendeines komplizierten Racheakts ist, über dessen Hintergründe ich lieber nichts wissen möchte. »Du musst noch eine Menge lernen«, sage ich über Harrys entrüstetes »Das gilt nicht« hinweg. »Zum Beispiel, dass man nicht die offensichtlichsten Verstecke wählen sollte, wenn man sich an jemandem rächen will.«

»Oh Mann, Alice, gib ihm nicht auch noch *Tipps*!«, stöhnt Duff. »Auf welcher Seite stehst du eigentlich?«

»Auf der, die besser bezahlt. Zieht euch an.«

Okay, das wäre geschafft. Ich höre, wie im oberen Bad Wasser prasselt, Mom ist also aufgestanden, aber ich sollte ihr wenigstens noch die Zeit geben, in Ruhe zu duschen. Vorausgesetzt, Andy hat ihr genügend heißes Wasser übrig gelassen.

Patsy ist mal wieder aus ihrem Gitterbettchen ausgebüxt, hat aber keine Chance gegen mich. Auch wenn ich lange nicht mit Dads Kunstfertigkeit mithalten kann, sie zu wickeln, während sie gleichzeitig versucht wegzukrabbeln.

Danach kümmere ich mich um George und das Bild, das er malen soll, schlage ihm vor, zu der Frau, die im Schuh lebt, acht Kinder dazuzumalen, und schlichte einen hitzigen Streit darüber, um was für einen Schuh es sich handelt.

»Doch kein Stöckelschuh, du Blödi«, sagt Duff. »Der ist ja offen. Dann könnten die Kinder alle weglaufen.«

Oder die alte Frau, denke ich, spreche es aber nicht laut aus. Ich bin wirklich ein Engel.

Außer was die Sache mit der Eule angeht.

»Wo ist sie?«, fragt Harry mit tränenüberströmten, sommersprossigen Wangen, während er verzweifelt Küchenschränke durchwühlt. »Was soll ich denn jetzt in der Schule zeigen?«

»Hast du vielleicht zufällig was damit zu tun?«, frage ich Duff.

Er wirft mir einen echten unschuldigen Blick zu, statt den mit den riesigen Augen, der immer verdächtig ist. »Ich hab sie doch überhaupt erst für ihn gefunden!«

Ich schreibe Jase eine Nachricht. **Wo ist die verdammte Eule?**

Aber er antwortet nicht, weil Handys in der Schule verboten sind, ich Blödi.

Harry kriecht mittlerweile schluchzend auf Händen und Knien durch die Küche und schaut in jeder Ecke nach. Seine schmalen Schultern beben und er klingt so schrecklich verloren. Das Gefühl kenne ich. Ich könnte mich auf der Stelle neben ihn auf den Boden werfen und heulend um mich treten. Als ich ihm einen Arm um die Schulter lege und versuche, ihn auf meinen Schoß zu ziehen, wie ich es mit George machen würde (der, den Geräuschen nach zu urteilen, in der Besenkammer nach der Eule fahndet), schubst er mich weg und sieht mich an, als wäre ich ein Dämon aus der Hölle. »Du hast sie weggeschmissen. Ich weiß, dass du's warst, Alice. Du warst von Anfang an dagegen, dass ich sie aufhebe. Ich hasse dich.«

»Verdammt, jetzt reicht's mir aber«, sage ich laut und klinge wie Tim. »Halt die Klappe.«

Kurzes Schweigen.

»Wir sollen so was nicht sagen«, murmelt Duff neunmalklug.

Patsy kaut auf etwas herum, das aussieht, als hätte sie es aus dem Katzennapf.

Ich kann das nicht. Ich will das nicht. Das hab ich mir nie ausgesucht.

Mir wird eng in der Brust und ich kriege keine Luft mehr und …

Mom kommt in die Küche, sieht ein bisschen blass um

die Nase aus, hat das Chaos aber in null Komma nichts im Griff. Hätte sie einen Zauberstab geschwungen, hätte es mich nicht gewundert. Die Eule bleibt zwar mysteriöserweise verschwunden, die gute Nachricht ist jedoch, dass Harry zuvor aus jedem nur erdenklichen – widerlichen – Winkel Fotos von ihr gemacht hat. »Das ist sowieso die bessere Lösung, Schatz«, sagt sie zu Harry. »Ich bin mir ziemlich sicher, dass Mrs Costa eine Federnallergie hat. Außerdem wäre es schwierig gewesen, sie in deinem Rucksack zu transportieren.«

»Ich hätte sie in meiner Brotdose mitnehmen können«, sagt Harry beleidigt, klingt aber schon wieder getröstet.

Als Nächstes bewundert Mom Georges Bild, während sie – ja, ich hatte richtig vermutet – Katzentrockenfutter aus Patsys Mund pult und: »Jase muss das Zeug in seinem eigenen Zimmer aufbewahren«, murmelt. Dann gibt sie Duff den Auftrag, die Besenkammer aufzuräumen, weil sie weiß, dass er solche Aufgaben liebt. Ich bin erleichtert, dass ich es nicht machen muss.

Schließlich schirmt sie die Augen vor dem gleißenden Sonnenlicht ab, das vom Fenster über der Spüle hereinströmt, und sieht mich an. »Geh eine Runde laufen, Alice. Ich mache hier weiter.«

Ich überbiete praktisch meine Bestzeit, als ich in den Flur hinaushechte, drehe mich dann aber doch noch einmal um. »Mom …« *Warum tust du dir das alles überhaupt an?* »Wie schaffst du das nur?«

»Ich habe Zugang zu den dunklen Künsten. Jetzt geh schon laufen, Alice.«

Und das tue ich.

Dreiundzwanzigstes Kapitel

Kaum bin ich wieder bei den Garretts, werde ich von der Hölle in den Himmel hinaufkatapultiert.

Alice steht in der Einfahrt und wäscht ihren Käfer. Weißes Bikinioberteil, abgeschnittene Jeans. Mann, wird das ätzend, wenn die kalte Jahreszeit kommt. Ihr Anblick entschädigt für so ziemlich alles – das Büffeln für den Highschool-Abschluss, die Klimaerwärmung, sogar für die letzten drei Tage.

Alice wischt sich mit dem Handrücken über die Stirn und schwenkt dabei den Schlauch in meine Richtung.

»Hey!«

Sie wirbelt erschrocken herum, sieht, wie ich tropfend vor ihr stehe, und lächelt so breit, dass ich auf der Stelle sterben könnte. Glücklich. Dann klemmt sie den Daumen über die Schlauchdüse und spritzt mich in aller Seelenruhe von oben bis unten nass. Ich schaue mich nach etwas um, mit dem ich zum Gegenschlag ausholen kann – ihr gleich den kompletten Putzeimer über den Kopf zu leeren, kommt mir zu brutal vor –, aber bevor ich mich nach der riesigen Wasser-Pumpgun auf dem Rasen bücken kann, hebt sie die Hände, um sich zu ergeben, und macht sich dabei selbst total nass, weil sie immer noch den Schlauch festhält.

»Immer auf der Suche nach Ärger, Tim.«

»Du hast angefangen. Und der Ärger findet mich meistens auch, ohne dass er nach dem Weg fragen muss.«

Wir stehen triefend voreinander. In ihren langen Wimpern haben sich ein paar Tropfen verfangen und ihre Haare sind von einem feinen Sprühnebel bedeckt.

Bis auf das leise zischelnde Wasser, das immer noch aus dem Schlauch läuft, ist es ungewöhnlich still.

»Wo zur Hölle stecken alle?«

»Erster Schultag«, sagt Alice.

Der Bus vorhin. Stimmt. *Erster Schultag.*

Ich schlucke. Nicht für mich. Das ist das erste Mal, seit ich fünf war, dass ich nach den Sommerferien nicht durch die Tore irgendeiner Schule gehe.

»Das heißt also, dass ich ab heute den offiziellen Status eines Highschool-Abbrechers habe.«

Alice wischt ihre nassen Hände an einem Handtuch ab, schlingt es sich um den Nacken und mustert mich einen Moment lang schweigend. Dann kneift sie kaum merklich die Augen zusammen und nickt, als wäre sie zu einer Entscheidung gekommen. »Zieh dir was Trockenes an. Wir treffen uns hier wieder in fünf Minuten, okay?«

Als ich zurückkomme, steht sie schon da und hat ein enges Top an, unter dem ein gelbes Bikinioberteil herausschaut, und einen orangefarbenen Rock, der zwar ihren Po bedeckt, durch den ich aber die Umrisse ihres Bikinihöschens sehen kann. Sie scheint ähnliche Gedankengänge zu haben, weil sie eine Hand hebt, als wollte sie das mittlerweile an meiner Seite klebende Nikotinpflaster berühren, das sich als kleines Quadrat unter meinem T-Shirt abzeichnet. »Und, wie läuft es so?«, fragt sie.

Tja, also, wenn du es genau wissen willst … Es gibt Neuigkeiten. Ich öffne den Mund, aber es kommt nur ein Bruchteil der Wahrheit heraus. »Na ja, grundsätzlich beschissen.«

Sie mustert mich kurz, dann dreht sie sich um und geht auf den Käfer zu. »Los, komm. Wir fahren ein bisschen rum.«

Wohin immer du willst.

Ich klettere auf den Beifahrersitz und versuche irgendwie meine Beine in dem winzigen Fußraum zu verstauen. Es ist so eng in dieser Kiste, dass ich mit meinen Fingerknöcheln aus Versehen Alice' weichen, gebräunten Oberschenkel streife, als ich den Gurt einrasten lasse. Ich schließe die Augen, trommle mit den Fingern auf meinem Knie und atme tief ein. Salz, Meer, Sonne, Sand.

Alice.

✳ ✳ ✳

Der Käfer ist geschrumpft. Tim scheint mehr Platz – und Luft – für sich zu beanspruchen, als ihm zusteht. Er sucht sich eine bequeme Position für seine langen Beine, stößt mit den Knien ans Armaturenbrett, berührt mit dem Handrücken mein Bein. Ich bringe das Getriebe zum Knirschen, als ich den Rückwärtsgang einlege, und werfe ihm einen kurzen Blick von der Seite zu. Aber statt mir ein gönnerhaftes Lächeln zuzuwerfen, wie es Typen sonst gern machen, sitzt er einfach mit geschlossenen Augen da, den Ellbogen auf den Türrahmen gestützt, Hand unterm Kinn, während seine Haare wie ein dunkelroter Hurrikan ihm Fahrtwind umherwirbeln.

Das einzige andere Mal, als wir zusammen in diesem Wagen saßen, lag er nach einer selbstmörderischen Spritztour mit Samantha und seiner Schwester sturzbetrunken auf der Rückbank. Er war so hinüber, dass wir ihn ins Haus tragen mussten. Das Ganze ist jetzt gerade mal knapp drei Monate her.

So gut wie keine Zeit.

Als ich gerade sagen will, dass das vielleicht doch keine so gute Idee ist und wir lieber wieder umkehren sollten, dreht der Wind, und ich rieche den heißen Teerbelag der Straße und die funkelnde saubere Luft und Tims Shampoo.

Das alte Haus der Reeds haben wir schon hinter uns gelassen, nun sind wir auch am Bankgebäude in der Innenstadt vorbei.

Einfach allem davonfahren. Nur für einen kurzen Augenblick. Nur dieses eine Mal.

Als wir an der Kreuzung Old Town Road/Route 17 ankommen, reibe ich mit dem Daumen über das abgewetzte Plastik des Lenkrads und zögere, in welche Richtung ich den Blinker setzen soll.

Tim hebt die Hüfte an und zieht etwas aus seiner Hosentasche. »Lass uns eine Münze werfen«, sagt er und reicht mir einen Vierteldollar. »Jedes Mal, wenn wir an einer Kreuzung ankommen, lassen wir die Münze entscheiden. Bei Kopf fahren wir nach rechts, bei Zahl nach links.«

Ich werfe ihm die Münze zu. Er fängt sie geschickt auf und legt sie auf seinen Handrücken, dann zeigt er nach links, greift an mir vorbei und setzt den Blinker.

»Lass uns warten, bis wir aus Stony Bay raus sind, bevor wir die nächste Münze werfen. Hier kann man sowieso keine Abenteuer erleben.«

»Du bist also heute auf der Suche nach einem Abenteuer, Alice?«

Ich zucke mit den Achseln. Tim sucht sich eine neue Position für seine Beine, reibt sich seitlich über den Schenkel und verzieht das Gesicht.

»Krampf im Bein? Zu viel Navy-Seal-Work-out?«

»Nur durch Schmerz wird man stark«, sagt Tim ernst. »Trifft übrigens auch auf den Nikotinentzug zu. Die Münze sagt, hier rechts.«

Dann wieder rechts, dann links, bis wir schließlich am

McNair Beach gelandet sind, der drei Orte weiter liegt, den Weg aber lohnt, weil er sehr viel weniger felsig ist als die Strände, die näher liegen.

»Nur damit du's weißt«, sagt Tim, als ich den Wagen auf dem leeren Parkplatz abstelle. »Ich hab mit der Münze geschummelt, weil ich unbedingt an den Strand wollte. Wäre doch eine Schande, diesen Bikini nicht nass zu machen.«

Er grinst mich von der Seite an und lässt ungeniert den Blick über meinen Körper wandern. Ich lege den Kopf schräg, biege leicht den Rücken durch und grinse zurück. Dann erstarre ich. Ich habe diese kleinen Gesten schon tausendmal gemacht und weiß, was sie sagen, selbst wenn Tim es nicht weiß. *Mach ruhig weiter. Siehst du. Ich will es.* Was verdammt noch mal denke ich mir eigentlich dabei, diese Nummer ausgerechnet mit ihm abzuziehen? Ich sollte es definitiv besser wissen. Und das tue ich. Und trotzdem.

∗ ∗ ∗

Alice schlüpft schweigend aus ihren Flipflops und wirft sie auf die Rückbank. Dann marschiert sie einfach los, und ich laufe hinter ihr her, die Hände tief in den Hosentaschen vergraben.

Wir gehen über einen von Seegras gesäumten Trampelpfad auf den breiten Strand mit seinem zerklüfteten Wellenbrecher zu. Sie läuft immer noch ein gutes Stück vor mir, und plötzlich habe ich die Nase voll davon, mich von ihr genauso behandeln zu lassen, wie sie es mit ihren Typen macht.

Mit zwei schnellen Schritten habe ich sie eingeholt. »Hey. Ich bin nicht so ein Schoßhündchen wie das Riesenbaby, mit dem du zusammen bist. Ich hab keine Lust, immer nur nach deiner Pfeife zu tanzen«, sage ich.

Sie bleibt stehen und schirmt mit der Hand die Augen ab,

um mich anschauen zu können. »Nein, du bist kein Schoßhund, Tim. Das weiß ich.«

»Dann ist ja alles klar.« Mein Blick verirrt sich zu ihrem Bauchnabelring, der unter dem Saum ihres hochgerutschten Tops in der späten Morgensonne glitzert.

»Für einen Schoßhund bist du viel zu groß. Ein Irish Setter vielleicht.« Sie dreht sich um und sprintet los.

Ich schüttle lachend den Kopf. Dann bin ich in diesem Szenario also so was wie ihr Probe-Trainingspartner? Diesmal brauche ich länger, um sie einzuholen, aber wenigstens schnappe ich nicht wie eine gestrandete Forelle nach Luft, als ich ihr von hinten auf die Schulter tippe.

Sie wirbelt herum, ohne sich bewusst zu sein, wie nah ich schon bin, sodass sie mehr oder weniger gegen mich prallt. Ihr Lächeln verschwindet, sie tritt einen Schritt zurück, verschränkt die Arme und presst sie an die nackte braune Haut ihres Bauchs, genau dort, wo ich gern meine Hand hinlegen und mit dem Daumen über den kleinen Silberring streichen würde.

»Lass uns … lass uns …«

»Ja?« Ich trete näher. Weil Alice, die unerschütterliche Alice, die sonst nie meinem Blick ausweicht, nicht zu wissen scheint, wo sie hinschauen soll.

»Lass uns einfach …«

Ich schließe die Augen. Das Blut rauscht in meinen Ohren.

Lass uns einfach zusammen im Sand liegen.

Bitte.

Lass mich einfach nur …

Deine Haut spüren.

Sie sieht zwischen ihren Wimpern zu mir auf, die Lippen leicht geöffnet.

Und dann … »Gott.« Sie schirmt erneut die Augen ab,

starrt auf die hohen Wellen hinaus und dann den Strand hinunter. »Es ist wirklich vorbei. Der Sommer. So schnell.«

»Quatsch.« Ich deute in die entgegensetzte Richtung. »Der Eiswagen steht immer noch da. Im Land der gefrorenen Milchprodukte, mit deren bunter Farbenpracht noch nicht einmal die Natur mithalten kann, ist immer Sommer. Los, komm. Ich spendiere dir ein Eis.« Ich schiebe meine Hand in die Hosentasche und zähle das Kleingeld und die zerknitterten Scheinen, die ich vorhin auf dem Weg nach draußen eingesteckt habe. »Solange es nicht mehr kostet als vier Dollar und zweiundsiebzig Cents.«

»Dir sitzt das Geld aber locker heute.«

»Hey, ewige Jugend gibt es nicht umsonst.« Ich hebe eine Hand, um sie ihr auf den Rücken zu legen und in Richtung des Eismanns zu lenken, lasse sie dann aber wieder sinken. Es gibt so vieles, was ich an Alice berühren will, dass ich gar nicht weiß, wo ich anfangen sollte. Ich bin schon fast genauso wie Andy und ihr *Wolegtmanseinehändehin*.

Wir streiten uns scherzhaft darüber, welches Eis man früher am liebsten gegessen hat. »Sandwich-Eis. Vanille, Schoko, Erdbeere«, sagt Alice beharrlich. »Der Klassiker. Alle kleinen Kinder fangen damit an.«

Cal.

Aber ich will jetzt nicht an ihn denken. Es ist eine Ewigkeit her, seit ich das letzte Mal einen so unbeschwerten Moment hatte, und am liebsten würde ich ihn aus der Zeit herausnehmen und bewahren, wie ein Zauberer, der einen Vierteldollar aus dem Nichts auftauchen und in seiner Tasche verschwinden lässt.

»Dieses verdammte Erdbeereis packen die Hersteller da doch bloß rein, weil sie nicht wissen, wie sie die künstlich schmeckende Pampe sonst loswerden sollen«, entgegne ich.

»Ich meine, mal ehrlich, gibt es irgendeinen Menschen, dem dieses Erdbeereis wirklich schmeckt?«

»Worüber du dir alles den Kopf zerbrichst.«

»Darauf bin ich spezialisiert.«

»Leb im Hier und Jetzt, Tim.« Ihr Tonfall ist fröhlich, fast ein bisschen albern, und ja, zum Teufel, sie hat recht.

Am Ende entscheidet sie sich für Sahnecookies und ich nehme ein türkisfarbenes Bubblegum-Eis im Hörnchen. Alice dabei zuzuschauen, wie sie ihr Eis leckt, löst eine Menge andere Gefühle als bloß kindliche Freude in mir aus. Ich beiße die Spitze meiner Waffel ab.

»Ha. Ich *wusste*, dass du einer von denen bist«, sagt sie grinsend.

»Was meinst du?« Ich sauge von unten den letzten Rest Eis aus dem Hörnchen und werfe eine von den steinharten Kaugummikugeln in den verrosteten Abfalleimer. Ein perfekt platzierter Korbwurf.

»Dass du zu denen gehörst, die einfach nicht anders können, als es in der falschen Reihenfolge zu machen.«

Wieder erwischt mich der Gedanke an Calvin, den ich ganze zwei Minuten erfolgreich verdrängt hatte, wie ein eiskalter Schwall Wasser.

Ich atme tief durch.

Leb im Hier und Jetzt.

Cals ist *hier* und *jetzt* nicht da. Aber ich, und Alice.

✳ ✳ ✳

Niemand sieht erwachsen aus, wenn er Eis isst, Tim mit seinem kleinen türkisfarbenen Fleck auf der Wange macht da keine Ausnahme.

Wenn er auf seinem Lebensweg nicht falsch abgebogen wäre, würde er jetzt im Unterricht sitzen.

Es ist zwar erst ein Jahr her, seit ich mit der Highschool fertig bin, aber es fühlt sich sehr viel länger an. Feldhockey-training, Orchesterproben, Sommerfeste, Schulpartys – das Leben eines anderen Mädchens.

Tim wirft den Rest seiner Waffel in den Abfalleimer, zieht sich das Shirt über den Kopf und wischt sich damit das Gesicht ab.

Plötzlich schaue ich auf jede Menge nackte Haut.

Ich zeige in den Sand. »Leg dich hin.«

Er starrt mich mit offenem Mund an. »Ähm … was?«

»Leg dich hin«, wiederhole ich.

»Bekomme ich dann eine Belohnung?«, fragt er, als er sich auf dem Rücken ausstreckt.

Ich knie mich neben ihn und fange an, Sand auf seine Brust zu schaufeln. »Nur wenn du brav bist. Nicht bewegen, Tim. Das funktioniert nur, wenn du nicht die ganze Zeit rum-zappelst.«

Er greift nach meinem Handgelenk. »Aber so, dass ich noch Luft bekomme, ja?«

»Ich …« Sein Daumen drückt ein bisschen fester zu, genau an der Stelle, wo mein Puls ist. Ich mache mich los und häufe weiter Sand auf ihn. »Wenn ich das früher mit Andy gemacht hab, hab ich aus dem Sand über ihren Beinen immer einen Meerjungfrauenschwanz geformt.«

»Das wirst du dieses Mal schön bleiben lassen.«

Ich bin gerade dabei, meine Hände über seine Schenkel gleiten zu lassen, als er plötzlich hektisch aufspringt und mich über und über mit Sand bespritzt.

Er schüttelt den Kopf und schleudert noch mehr Sand auf mich. Dann beugt er sich vornüber und stemmt schwer atmend die Hände auf die Knie, als wäre er gerannt – barfuß –, statt regungslos unter meinen über ihn hinweggleitenden Händen zu liegen.

✳ ✳ ✳

Kaltes Wasser.

Sofort.

»Okay, du hast gewonnen. Jetzt *müssen* wir schwimmen gehen«, sagt Alice, als könnte sie meine Gedanken lesen. Oder, na ja, meinen Körper. »Wer als Erster an der Boje ist?«

»*Pfff.*« Ich winke ab. »Kinderkram. Wenn du mich wirklich herausfordern willst, dann bis zum Wellenbrecher.«

»Machen wir das nicht schon die ganze Zeit? Kinderkram, meine ich. Außerdem ist es verboten, so weit rauszuschwimmen.«

Ich zeige auf die verwaisten Rettungsschwimmersitze. »Komm schon. Trau dich, Alice.«

»Dehne zuerst dein rechtes Bein, damit du nicht sofort wieder einen Krampf bekommst«, ermahnt sie mich.

»Du hast vergessen zu sagen: *Simon sagt.*«

Sie wird rot, senkt den Blick und fummelt an ihrem Bikiniträger herum. »Was soll das heißen?«

»Kennst du nicht das Kinderspiel, wo einer die Befehle gibt? Das heißt, dass du schon wieder das Kommando an dich reißen willst.«

Sie schüttelt kurz den Kopf, als versuche sie, sich von unserem seltsamen kleinen Schlagabtausch loszumachen.

»Wollte ich gar nicht.«

»Nein?«

»Nein, aber du belastest das eine Bein immer noch viel stärker als das andere, wenn du läufst. Deswegen bekommst du dort wahrscheinlich auch ständig einen Krampf. Bei mir passiert dasselbe, wenn ich nicht aufpasse, wegen des Knöchels, den ich mir vor ein paar Jahren mal gebrochen hab. Hast du dir schon mal was gebrochen?«

»Mir selbst nicht. Aber Ausgangssperren und Geschwindigkeitsbegrenzungen. Und hier und da ein paar Herzen.«

Das Letzte ist totaler Bullshit. Aber statt mich darauf anzusprechen und zu erfahren, dass ich noch niemanden so nah an mich rangelassen habe, stemmt sie die Hände in die Hüften und sieht mich herausfordernd an.

»Keine Sorge. Ich bin ziemlich herzlos.«

Das ist ebenfalls Bullshit, aber ich behalte es für mich. »Also, wie stell ich das an? Dass ich beide Beine gleich belaste?«

»Versuch es mal mit ein paar Ausfallschritten.« Sie macht es mir vor – straffer gebräunter Schenkel, gebeugtes Knie, das Kinn angehoben, den Blick aufs Meer gerichtet, die vollen Lippen leicht geöffnet, zwei süße kleine Grübchen rechts und links ihres Steißbeins.

Oh, Alice.

* * *

Tim scheint sich plötzlich in Luft aufgelöst zu haben. Ich dümple im kühlen Wasser auf der anderen Seite der glitschigen Schwimmleine, die die Bojen miteinander verbindet, und bis gerade eben war er noch *genau hier*, nur ein paar Meter von mir entfernt, und jetzt ist er auf einmal verschwunden. Kein Plätschern, keine durch die Wellen pflügenden Arme, nichts als eine über mir kreischende Möwe.

Panik flackert an den Rändern meines Sichtfelds auf, ich kann sie beinahe näher kriechen sehen, als würde jemand in einem dunklen Zimmer das Licht an- und ausknipsen. Eine kalte Welle schlägt mir ins Gesicht. Ich habe das Gefühl, nicht mehr atmen zu können.

Nicht schon wieder.

Nicht hier.

Nicht jetzt.

Und bitte nicht er. *Wo kann er bloß sein?*

Ich lasse nervös den Blick über die Wasseroberfläche wandern. Ein Schopf kastanienroter Haare, beinahe von derselben Farbe wie die Bojen, taucht vor mir auf.

Und der verfluchte Kerl lacht auch noch.

»Wo zur Hölle warst du?«

»Bin unter Wasser bis zum Wellenbrecher und wieder zurück geschwommen. Ich hab gewonnen.«

»Ich dachte, du wärst ertrunken.«

Er legt den Kopf schräg. »Im Ernst? Ich war jahrelang im Schwimmteam.«

»Woher soll ich das wissen? Ich dachte wirklich, dir wäre was passiert.« Meine Stimme zittert. »Das hätte mir gerade noch gefehlt … ich meine, uns … ich meine, was wenn du ertrunken wärst? Wenn du dich verletzt hättest oder *gestorben* wärst, während ich auf dich aufpasse?«

»*Auf mich aufpasst?* Du bist nicht meine Babysitterin«, sagt er und wird rot.

»So hab ich das nicht gemeint. Aber … du hättest dir den Kopf an einem Fels stoßen oder in die Brandungsrückströmung geraten können oder …«

»Die ist nur am Stony Bay Beach wirklich schlimm, nicht hier«, unterbricht er mich. »Außerdem weiß ich, wie man wieder rauskommt. Ich bin schon ein großer Junge, Alice. Und nicht dein Problem.«

»Das wollte ich damit auch nicht sagen. Aber du …« Ich verstumme und habe keine Ahnung, warum ich eigentlich so wütend bin.

Er betrachtet mich nachdenklich, während er in den Wellen sanft hin und her treibt. Seine nassen Haare glitzern dunkelrot in der Sonne, und er ist so nah, dass ich spüre, wie seine Füße das Wasser um mich herum aufwirbeln. »Ich baue nicht *nur* Scheiße, Alice.«

Die Bucht schimmert in einem klaren Meerglasgrün, wie so oft im Herbst, aber es ist noch sommerlich warm. Das Graublau seiner Augen ist genauso klar, sein Blick offen und ungeschützt.

»Das weiß ich.« Manchmal sagt man etwas automatisch, aber dann spürt man in seinem Inneren, dass man es auch so gemeint hat. Während die Wellen gegen unsere Körper schwappen und ich seinen Blick erwidere, löst sich der Knoten in meiner Brust, wird fortgespült, und ich kann wieder atmen.

✳ ✳ ✳

»Scheiße, ist das heiß! Verdammtes Kunstleder!«, flucht Alice, als sie in den VW-Käfer steigt. »Ich hab vergessen ein Handtuch auf den Sitz zu legen. Das passiert mir sonst nie.«

»Du bist wahrscheinlich von meinem stählernen, männlichen Körper abgelenkt gewesen.« Ich schnappe mir ein Handtuch von der Rückbank und werfe es ihr zu. Nachdem sie es unter sich auf dem Sitz ausgebreitet hat, dreht sie sich zu mir und sieht mich an. Ihr Gesichtsausdruck wirkt beinahe abweisend. Ich warte darauf, dass sie mir wegen irgendetwas eine Standpauke hält – weil ich ihr im Wasser vorhin Angst eingejagt habe, sie vielleicht irgendwie das mit Cal herausgefunden hat, sie bis in den hintersten Winkel meines kranken Hirns schauen kann und weiß, was sich darin in den letzten beiden Stunden abgespielt hat.

»Was?«

Sie runzelt leicht die Stirn. Ihr Blick tastet sich über mein Gesicht.

»Was?«, sage ich noch einmal und reibe mir verunsichert übers Kinn. Ich hab mich heute Morgen nicht rasiert.

Immer noch stirnrunzelnd legt sie den Zeigefinger zwischen meine Augenbrauen und streicht die Sorgenfalte glatt.

Dann legt sie eine Hand in meinen Nacken und zieht meinen Kopf zu sich, berührt mit der Zunge meine Oberlippe und lässt sie anschließend in meinen Mund gleiten. Sie schmeckt nach salzigem Meer und süßem Geburtstagskuchen, nach allem, was ich mir beim Kerzenausblasen je gewünscht habe.

Ich erwidere den Kuss, streiche langsam mit den Fingerkuppen ihren Rücken hinunter, meine andere Hand schwebt zögernd in der Luft, aber nur einen Atemzug lang, dann schlinge ich den Arm um ihre Taille, ziehe sie auf meinen Schoß und schmiege ihren Körper fest an meinen.

Wir befinden uns in einem VW-Käfer, ein Musterbeispiel für deutsche Ingenieurskunst, nur leider nicht für meine eins zweiundneunzig geschaffen. Trotzdem würde es mir nicht im Traum einfallen, damit aufzuhoren oder zu fragen, ob wir uns nicht ein bequemeres Plätzchen suchen können. Auch auf die Gefahr hin, dass meine Beine unter dem Handschuhfach zerquetscht werden und mir der Schaltknüppel die Rippen bricht.

»Was mache ich hier nur?«, flüstert Alice und lässt die Hände meinen Rücken hinaufgleiten. »Das ist total verrückt.« Sie schiebt ihre Hüften näher an meine. »Du bist praktisch noch ein Kind.«

»Bin ich nicht. Und das weißt du auch.« Ich streiche mit den Lippen über ihr Ohrläppchen, ihren Hals, wandere tiefer. Dann lasse ich ganz langsam, sie nur mit den Fingerspitzen berührend, eine Hand unter das Dreieck ihres Bikinis gleiten.

Oh. Gott.

Was wir hier tun, ist wirklich verrückt – mitten auf einem öffentlichen Parkplatz bei heruntergelassenen Fenstern –, und trotzdem hält uns der gesunde Menschenverstand nicht davon ab, weiterzumachen.

Ich schiebe ihren Bikiniträger zur Seite, küsse die Stelle, wo er einen kleinen roten Abdruck in ihrer Haut hinterlassen hat, folge mit den Lippen der Linie ihres Schlüsselbeins. Sie biegt sich mir entgegen, vergräbt die Hände in meinen Haaren, ihr schneller heißer Atem streicht über meine Haut, vermischt sich mit meinem.

Ich taste nach dem Hebel, mit dem man den Sitz nach hinten klappen kann, bekomme stattdessen einen kleinen Plastikring zu fassen, an dem ein weiches, gummiartiges Ding hängt – ein Babyschnuller, wie mir nach einem kurzen verwirrten Moment klar wird.

Shit.

Dieser hier gehört zwar Patsy, aber ...

Alice wird sich selbst hassen, und mich. Warum musste das ausgerechnet jetzt passieren?

»Vielleicht ... ist das doch keine so gute Idee.«

»Hmmm?« Sie küsst die kleine Kuhle an meinem Hals, eine Hand auf meiner Brust, genau über meinem Herzen.

»Alice.«

Sie schaut auf.

»Wir sollten ein bisschen Tempo rausnehmen«, sage ich. Muss ich meine innere Reife ausgerechnet *jetzt* entdecken?

Ihr Blick ist verschleiert. »Sollten wir?«

Nein. »Ja.«

»Klar, natürlich. Du hast recht.« Sie gleitet von meinem Schoß und rutscht auf den Fahrersitz zurück. Mir ist plötzlich kalt ohne ihre Wärme. Ihr Kopf ist gesenkt, und ich beuge mich zu ihr, um sie auf die Stirn zu küssen.

»Für den Fall, dass es nicht offensichtlich war – ich wollte nicht aufhören.«

»Aha.«

»Alice. Sieh mich an.«

Sie dreht mir langsam den Kopf zu und schluckt. Scheint ganz aus schimmernden Augen und zerwühlten Haaren zu bestehen und ist einfach nur wunderschön. Dann hebt sie eine Hand, schneidet mir das Wort ab, bevor ich überhaupt etwas gesagt habe.

»Gib mir eine Sekunde.«

Sie greift auf der Rückbank nach einem Sweatshirt, zieht es wie eine Rüstung über und legt einen Moment die Hand über die Augen.

Schließlich steckt sie den Schlüssel in die Zündung, schaut über die Schulter und setzt so schnell aus der Parklücke, dass die Reifen quietschen würden, wenn der Untergrund nicht aus Muschelsand bestehen würde, der in alle Richtungen spritzt.

∗ ∗ ∗

Wir fahren schweigend zurück. Tim kurbelt das Fenster auf seiner Seite runter, streckt den Kopf nach draußen und trommelt mit den Fingern auf dem Armaturenbrett.

Meine Beine fühlen sich so wacklig an, als wäre ich meilenweit gerannt, das Atmen fällt mir schwer, meine Zehen kribbeln, wie wenn sie eingeschlafen wären. Was gut möglich ist, so fest wie ich sie vorher eingezogen habe. Als ich einen anderen Gang einlege, zittert meine Hand leicht. Ich halte an, um zu tanken, und er zieht die Handbremse und streicht dabei mit dem Daumen über meine Wade.

Tim schaut einen Moment auf mein Bein hinunter und schluckt so hart, dass ich sehen kann, wie sein Adamsapfel sich auf- und abbewegt.

»Es gibt da etwas, von dem ich denke ... von dem ich *weiß*, dass ich es dir erzählen sollte. Aber vorher muss ich noch etwas wissen. Was *war* das?«, fragt er leise.

»Was war was?« Ich unterschreibe die Quittung, reiche dem Tankstellenwart die Karte zurück und fahre weiter.

Tim zeigt mit dem Daumen hinter sich zum Strand, von dem wir kommen. »Du weißt, was ich meine. Ist da wirklich etwas zwischen uns oder spielst du nur mit mir, Alice? Du kannst ruhig ehrlich sein.«

Ich hasse es, dass er so viel größer ist als ich. Er stößt mit dem Kopf leicht an den Wagenhimmel.

»Ich spiele nicht mit dir«, antworte ich und bremse vor einer roten Ampel. »Gott. Als ob ich so was tun würde.«

Tim sieht mich nur an.

»Na schön. Ich tue so was. Aber nicht jetzt. Genauer gesagt«, ich lege den Kopf in die Hände, »weiß ich nicht, was ich tue. Aber es ist kein Spiel für mich. Ich bin nicht die Katze und du die Maus. Oder was auch immer.«

»Dann ist das also so was wie ... ein *Probe-Date*? Obwohl ich unser erstes vermasselt hab? *Vorübergehender Wahnsinn*? Ich weiß einfach nicht, was es *ist*.«

»Ich auch nicht«, sage ich und sehe ihn an. »Außerdem ... du warst derjenige, der den Verstand eingeschaltet und die Bremse gezogen hat.« Ich hasse den verletzten Unterton in meiner Stimme.

»Nur unter Aufbietung meiner ganzen Willenskraft, Alice. Was du gespürt haben musst. Aber ...«

Ich winke ab. »Schon gut. Ist sowieso egal.«

»Alice.«

Ich winke erneut ab, versuche mich wieder in den Griff zu kriegen, mich wieder in den Blechmann ohne Herz zu verwandeln.

»Hör auf damit. Es ist *nicht* egal. Herrgott noch mal, Alice, könntest du mich vielleicht anschauen?«

»Ich muss mich auf die Straße konzentrieren.«

Er seufzt.

Ich blicke weiter stur geradeaus, als wir auf der Hauptstraße von Stony Bay den Kreisverkehr mit dem kleinen Leuchtturm in der Mitte nehmen, aber kurz bevor wir in unserer Straße angekommen sind, halte ich ihm, ohne ihn anzusehen, meine Hand hin, und einen Moment später nimmt er sie, verschränkt seine warmen kräftigen Finger mit meinen und lässt nicht wieder los.

Nachdem ich in die Einfahrt gebogen bin und den Wagen abgestellt habe, wage ich es endlich, ihn anzuschauen.

»Hör zu, Tim. Was, wenn wir einfach versuchen …«

»Alice. Es gibt da etwas, über das ich dringend mit dir reden muss …«

Er verstummt abrupt und starrt fassungslos zur Garage rüber.

»Oh Shit.«

»Was ist los?« Ich folge seinem Blick. Auf der Treppe sitzt ein Mädchen. Das Mädchen aus dem silbernen Wagen. Sie hat eine riesige Tasche über der Schulter hängen. Und einen Kindersitz neben sich stehen, in dem ein Baby liegt.

Vierundzwanzigstes Kapitel

Hester winkt mir fröhlich zu, als wäre ich mit einem Strauß Blumen und einem Hackbraten vorbeigekommen, um *sie* zu besuchen.

»Mein Wagen hat total verrücktgespielt und die ganze Zeit so ein seltsames kreischendes Geräusch gemacht«, ruft sie. Dann steht sie auf, lässt Cal, wo er ist, und kommt auf uns zu. »Also hab ich ihn bei dieser Werkstatt auf der North Street abgegeben und jemand von dort hat mich anschließend hierhergefahren. Ein Glück, dass wir nicht so lange auf dich warten mussten. Calvin sollte dringend aus der Sonne raus.

Alice ist zu einer reglosen Salzsäule neben mir erstarrt. Hester lächelt. Cal schläft. Ich hätte in diesem Moment für so ziemlich alles meine Seele verkauft, aber vor allem dafür, dass Cal eines seiner bescheuerten Mützchen getragen hätte. Weil da nämlich nichts ist, das seine leuchtenden verräterischen roten Haare bedeckt.

Genau in der Sekunde, in der Hester klar wird, dass ich mit einem umwerfenden Mädchen im Bikini im Wagen sitze, nimmt Alice die gesamte Situation in sich auf. Hesters Lächeln wird schmaler. Alice strafft die Schultern. »Klingt, als wäre der Keilriemen hinüber«, sagt sie tonlos. »Und ja, das Baby sollte dringend aus der Sonne raus.«

»Alice …«, sage ich. »Es ist nicht …« *Was? Nicht das, wo-*

nach es aussieht? Es ist leider genau das. »Ich kann es ...« *Erklä-ren? Nicht wirklich.* »Ich ...«

»Du sagst jetzt am besten gar nichts.« Sie stößt mit dem Fuß die Tür auf und steigt aus.

»Aber ...« Ich klettere ebenfalls aus dem Wagen und gehe um den Käfer herum.

»Kein. Wort.« Sie wirft die Tür zu, und als die wieder auf-springt, knallt sie sie noch heftiger zu und drückt dann die Hüfte dagegen. Cal fängt an zu schreien. Alice sieht mich einen Moment lang fassungslos an, dann dreht sie sich um und geht.

»Hast du nicht gesagt, du hättest keine Freundin?«, sagt Hester über Cals lautes Schreien hinweg. Sie hat ihn aus dem Kindersitz genommen und wiegt ihn hin und her.

»Hab ich auch nicht.«

Sie starrt Alice' sich entfernendem Prachthintern nach. Ich schlage mit der Hand auf das Dach des Käfers und schiebe noch einen kräftigen Tritt gegen den Reifen hinterher.

»Und wer war das dann?«

»Hester.« Ich beiße so fest die Zähne aufeinander, dass ich fast Angst habe, sie könnten zersplittern. »Das geht dich nichts an.«

»Falls du darüber reden willst ...« Ihre Stimme klingt total verständnisvoll, und ich weiß nicht, was das jetzt schon wie-der soll. Cal, der sich einen kurzen Moment beruhigt hatte, legt von Neuem los.

»Nimm es mir nicht übel, aber du hast nicht die leiseste Ahnung von mir.«

Cals Schreien wird lauter.

»Verdammt, Hes. Gib ihn mir.«

Sie beißt sich auf die Unterlippe und reicht ihn mir. »Mein

Wagen müsste bald fertig sein. Vielleicht könntest du mich in der Stadt absetzen oder … Ach, vergiss es, ich kann auch zu Fuß gehen. Was meinst du, wie weit es ungefähr ist?«

Na los, nagle dich schon selbst an das verdammte Kreuz. Ich lege Cal an meine Schulter und vergrabe die Nase an seinem Hals. Er kuschelt sich an mich, als würde er sich bei mir sicher fühlen. Ich fühle mich alles andere als sicher. Mein Magen ist wie zugeschnürt, und gleichzeitig brodelt es in mir, als müsste ich jeden Moment explodieren. Ich versuche das Gelassenheitsmantra aus den Meetings im Kopf aufzusagen oder an irgendetwas zu denken, an dem ich mich festhalten kann. Das Einzige, was halbwegs funktioniert, ist, mich an den Strand zurückzuversetzen – Wasser, das über Alice' gebräunte Schulter perlt, das Aufblitzen ihres kleinen Bauchnabelrings in der Sonne, ihr Lächeln.

»Sicher, dass sie nicht deine Freundin ist?«, fragt Hester. »Sie beobachtet uns nämlich aus dem Fenster.«

»Spielt keine Rolle. Lass uns Cal reinbringen.«

»Sein Name ist Calvin.«

»Ich nenne ihn aber Cal. Calvin ist ein totaler Pussy-Name.« Ja, ich bin auf Streit aus und führe mich wie ein Arschloch auf, aber das ist mir gerade egal.

Hester zuckt zusammen, große blaue Augen in einem blassen Gesicht. Genauso gut hätte ich einem kleinen Kätzchen einen Tritt geben können. Ich murmle eine Entschuldigung und gehe vor Hester die Treppe hoch, werfe einen kurzen Blick über die Schulter, um zu sehen, ob Alice uns tatsächlich beobachtet.

Sie tut es nicht.

Sobald wir durch die Tür sind, drücke ich Hester den Kleinen in den Arm, lasse Leitungswasser in ein Glas laufen, stürze es herunter und halte anschließend das Gesicht unter den Strahl.

Hester fängt an irgendetwas zu erzählen. Von ihrem Termin bei der Adoptionsagentur und meiner Krankengeschichte und ethnischen Herkunft und keine Ahnung was sonst noch.

Meine Schläfen pochen und mir ist abwechselnd heiß und kalt. »Wann ist dein Wagen fertig? Ich kann das jetzt nicht«, sage ich. »Ruf in der Werkstatt an und sag, dass es der Keilriemen ist. Oder lass uns am besten direkt hinfahren.«

»Vielleicht ist es gar nicht der Keilriemen. Es sei denn, dieses Mädchen ist Kfz-Mechanikerin. Sie hat aber nicht so ausgesehen. Ist sie …«

»Lass es, okay?« Ich nehme mein Handy von der Küchentheke. »Welche Werkstatt?«

»Oh nein. Die Windel ist undicht. Hier.« Sie schiebt mir Cal zu, als wäre er ein schmutziger Stapel Handtücher. Dann geht sie zum Spülbecken, wäscht sich die Hände und fragt über die Schulter: »Kannst du dich darum kümmern? Um die Dokumente, die die Adoptionsagentur von dir braucht, meine ich. Hast du irgendwelche chronischen Krankheiten?«

»Nein«, zische ich und wühle in der Tasche nach einer neuen Windel, während ich Cal mit der anderen Hand an meine Brust drücke. »Es sei denn, du zählst mein kleines Alkoholproblem dazu.« *Und Geilheit. Und Geistesschwäche.*

Cals kratzige kleine Fingernägel graben sich in meine Brust wie die Krallen von Jase' Katze, als würde dort Milch herauskommen. »Darum kümmern wir uns gleich«, murmle ich ihm zu. »Zuerst sauber machen.«

Irgendetwas läuft warm und klebrig an der Hand hinunter, mit der ich ihn halte, und ich weiß, noch bevor ich hinschaue, was es ist.

»Um Gottes willen, Hes. Warum hat es diese Farbe? Was ist los mit ihm?«

»Nichts! Es geht ihm gut. Alles in Ordnung. Warum fragst du überhaupt?«

Ich wechsle Cal auf die andere Seite und strecke meine Hand aus; die Hand, die noch vor knapp einer Stunde Alice' Rücken berührt hat, ihren Hals, ihre Taille. »Es ist grün. Das kann nicht normal sein.«

»Es ist alles in Ordnung mit ihm«, wiederholt sie, reicht mir eine Box Feuchttücher, eine zusammengefaltete Plastikunterlage und aus irgendeinem seltsamen Grund eine kleine Wollmütze mit einem Bommel. »Das tut mir leid. Leg ihn da drauf, dann geht nichts auf die Couch.«

»Was interessiert mich die verdammte Couch! Weiß der Teufel, was in seinen Genen oder Chromosomen für ein Dreck von mir drinsteckt. Wenn du's genau wissen willst, frage ich mich, wie mein Sperma es überhaupt geschafft hat, geradeaus zu schwimmen.«

»Er ist vollkommen gesund. Beruhig dich. Du machst ihm Angst.« Sie hält kurz inne, und als sie weiterspricht, klingt ihre Stimme sanfter. »Hör zu, Tim. Ich weiß, wie hart das alles ist. Für uns beide. Aber dem Baby zuliebe müssen wir versuchen, irgendwie miteinander klarzukommen.«

Ich ziehe zu fest an dem Klebestreifen der Windel, sodass das Plastik reißt und noch mehr von dem grünen Brei auf meine Hand läuft. »Wir müssen nicht dem Baby zuliebe miteinander klarkommen. Wir sind nicht verheiratet. Und er ist noch, keine Ahnung, so winzig wie eine Amöbe.« Und wird so schnell weg sein, wie ich es möglich machen kann.

Ich fahre sie zu Reynold's Werkstatt und hab es so eilig, wegzukommen, dass ich den Keilriemen beinahe selbst wechsle (ja, es war der Keilriemen). Aus schlechtem Gewissen, meinen Sohn mit einem Einzeller verglichen zu haben, und weil ich ein verdammter Feigling bin, willige ich ein, Cal eine weitere Nacht bei mir zu behalten. Als ich endlich loskann, ist es, als würde ich sie mir von der Schuhsole kratzen.

∗ ∗ ∗

Im Haus herrscht Totenstille, als ich sandig und mit immer noch leicht feuchten Badesachen in die Küche gestürmt komme. Ich schleudere wie einer meiner weniger ordnungsliebenden Brüder das Handtuch in die Ecke und trete gegen einen der Hocker an der Küchentheke. Er schlittert scheppernd über den Boden, und durch meinen Fußknöchel, der, den ich mir vor ein paar Jahren mal gebrochen habe, zuckt ein scharfer Schmerz. Genau wie vorhin, als ich bei meinem so unglaublich erwachsenen Abgang die Tür des Käfers attackiert habe.

Ich bin froh, dass Mom nicht hier ist.

Ich wünschte, Mom wäre hier.

Nur Mom. Niemand sonst, um den sie sich kümmern muss.

Meine Kehle fühlt sich an, als hätte ich Muschelsand von dem Strandparkplatz geschluckt. Meine Augen brennen, als wären sie voller heißer Sandkörner.

Ich nehme mein Handy, um sie anzurufen, dann werfe ich es auf die Küchentheke. Was soll ich schon sagen? *Hey, weißt du, was? Wir müssen Tim Mason nächstes Jahr eine Karte zum Vatertag schicken. Außerdem habe ich ihn geküsst und wollte nicht mehr damit aufhören, und jetzt muss ich es, weil, na ja, das liegt wohl auf der Hand. Aber ich hab noch mehr tolle Neuigkeiten! Grace Reed hat aufgehört, Dads Krankenhausrechnungen zu bezahlen, es gibt also jede Menge zu feiern.* Der Gedanke löst heftige Schuldgefühle in mir aus, die sich als tonnenschweres Gewicht auf meine Brust legen. Meine Familie ist ruiniert, wenn ich keine Lösung dafür finde – und was mache ich? Denke an *Tim Mason.*

Ich trete noch einmal so fest gegen den Hocker, dass er gegen den Mülleimer kracht, den jemand unter der Spüle hervorgezogen hat, um ihn zu leeren, es dann aber vergessen hat. Der Eimer kippt um, und mit ihm ergießen sich Orangenschalen, Kaffeesatz und ein paar von Patsys Windeln über den Boden, der sowieso schon längst mal wieder gewischt werden müsste.

Ich werde mich einfach ein bisschen ausheulen. Laut Musik hören. Den Kummer abduschen. Ihn abschütteln.

Dieses Mädchen hat ein Kind von ihm.

Ist das sein Typ?

Gott, ich kann es eigentlich nicht ausstehen, wenn jemand sagt, dass er einen bestimmten *Typ* bevorzugt, als würden Menschen in verschiedenen Geschmacksrichtungen daherkommen.

Ist *das* der Grund, warum seine Eltern ihn rausgeworfen haben? Er ist seit drei Wochen hier. Das Baby scheint älter zu sein. Ist er deswegen von der Schule geflogen? Wer *ist* dieses Mädchen? Wird sie zu ihm in *mein* Apartment ziehen? Mit ihm in einem Bett schlafen, Müsli essen, an den Strand fahren und …

Sie ist ziemlich hellhäutig. Bestimmt bekommt sie total schnell Sonnenbrand.

Ich bin der schlechteste Mensch auf der Welt.

Auf dem Weg hoch in mein Zimmer will ich nur noch eins – mich aufs Bett werfen, mich in den Schlaf weinen. Das Zimmer verwüsten. Irgendwas kaputt machen.

Nur leider teile ich mein Zimmer mit Andy, die schon zu Hause ist, weil sie seit heute auf die Highschool geht. Sie hat es sich auf meinem Bett gemütlich gemacht (weil auf ihrem ein Stapel frische Wäsche liegt, den sie noch nicht weggeräumt hat), lackiert sich die Fingernägel und hält zwischendurch inne, um in die Jumbo-Packung Kekse zu greifen, die an meinem *Doctor Who*-Kissen lehnt.

Als ich reinkomme, setzt sie sich schuldbewusst auf. »Ich schwöre, dass ich nicht gekrümelt hab ... Was ist los? Ist was mit Dad? Oder mit Mom? Oh Gott, Alice, du siehst schrecklich aus.« Sie springt vom Bett und schlingt die Arme um mich, schmiert mir rosa Nagellack in die Haare, als sie sie zurückstreicht. »Oh, Süße«, sagt sie und klingt dabei fast wie unsere Mom.

»Es geht allen gut«, sage ich heiser. Meine Augen brennen so heftig, dass es eine echte Erleichterung wäre, wenn ich den Tränen freien Lauf lassen könnte.

»Aber dir nicht.« Andy zieht mich zu meinem Bett und klopft auf die Decke (die ebenfalls Nagellack abbekommt, aber das spielt jetzt auch keine Rolle mehr). »Rede mit mir, Alice, bitte.«

»Und dann? Flichtst du mir die Haare und machst mir die Nägel?«

Sie sieht mich betroffen an. Ich habe mich wieder in den Blechmann verwandelt. Das Gegenteil von meiner kleinen Schwester mit ihrem großen Herzen und ihren offenen Armen.

»Wenn du willst«, sagt sie nach einer Weile. »Ich dachte eigentlich eher daran, einfach nur zuzuhören.«

Ich schlucke, was mit einem dicken Kloß im Hals ziemlich schwierig ist. »Es ist ...«

Ich kann nicht. Ich kann die Worte nicht aussprechen,

weil sie dann … wahr werden. Dass er Vater ist und ich völlig am Ende bin. Er mich angelogen hat. Nicht unbedingt mit Worten, schließlich habe ich ihn nicht gefragt, ob er möglicherweise in letzter Zeit Vater geworden ist, aber er hat sich mir gegenüber nicht ehrlich verhalten.

Für einen Moment dachte ich, wir könnten … ohne es sofort ernst werden zu lassen … aber dass wir vielleicht …

Tja. Nein, können wir nicht.

»Es geht um einen Typen, oder?«, sagt Andy. »Um Brad? Quatsch, Brad scheidet definitiv aus.«

»Warum?«, frage ich überrascht. Es würde doch naheliegen. Ich habe gerade erst mit Brad Schluss gemacht. Andy war einen Monat lang ein Wrack, nachdem dieser treulose Schwachkopf Kyle Comstock ihr den Laufpass gegeben hat.

»Flip?«, rät sie weiter. »Ich hab Flip gemocht. Er hat mich immer zum Wakeboarden mitgenommen.«

»Das war vor zwei Jahren. Nein, es geht nicht um Flip. Aber wieso denkst du, dass es nicht wegen Brad sein kann?«

»Weil Brad es nicht schaffen würde, dich so zu treffen. Also nicht dein wahres Ich. Dafür hatte er einfach nicht die …«

»Eier?«

»Alice!« Andy verzieht das Gesicht. »Nein. Die … Keine Ahnung, die Stärke oder was auch immer … den Tiefgang. Du hast Brad nicht *gebraucht*.«

Ich wische mir über die Augen, obwohl sie so trocken wie Treibholz sind. »Was ich nicht brauche, ist *das*.«

»Nein. Brauchst du nicht«, stimmt Andy mir leidenschaftlich zu. »Zur Hölle damit. Was immer es ist. Du bist viel zu toll und zu stark, als dass dich irgendwas oder irgendjemand wirklich fertigmachen könnte.«

Ja klar, bis auf unbezahlte Rechnungen, die Sorge um Dad, meine Ausbildung, rothaarige trockene Alkoholiker mit einem Baby und mein ganzes verdammtes Leben.

Jetzt bloß nicht wieder ausflippen. Mich nicht davon beherrschen lassen. Ich konzentriere mich darauf, langsam einen unsichtbaren Kreis auf meinen Schenkel zu zeichnen. Die düsteren Gedanken zu verscheuchen. Es würde Andy eine Heidenangst einjagen, wenn ich vor ihren Augen eine Panikattacke bekäme.

»Ich bin gar nicht so stark, Andy«, sage ich und atme tief aus. »Nur damit du es weißt. Ich meine, tu dir das nicht an. Zu denken, dass ich die Starke bin, du also automatisch die Schwächere sein musst. Es ist nur ... ich ...«

»Komm schon, Alice. Du darfst auch mal einen schlechten Tag haben. Ohne dass du deine Periode hast oder einem Typen die Eier abreißt – siehst du, ich hab das schlimme Wort gesagt – oder deswegen gleich ein Schwächling bist oder dich selbst beschimpfen musst. Aber vielleicht würde es helfen, wenn wir *diesen Typen* beschimpfen. Ich hab jede Menge Wörter dafür gesammelt. *Warmduscher. Schmalhirn. Heckenpenner. Spacko. Pimmelgesicht. Schwachmat. Flachpfeife. Hundesohn. Affenarsch. Schweinehund.* Und das sind nur die netten.«

Sie hat immer noch ihre dünnen Arme um mich geschlungen und mein Kopf lehnt an ihrer Schulter. Sie riecht nach Vanille und Nagellackentferner und meinem Jasmin-Parfüm.

Ich lache leise und sie stupst mich prustend mit der Schulter an. »Die meisten davon hat Tim mir beigebracht. Und wie man einem Typen das Knie in den Unterleib rammt. Er hat mir auch noch andere Wörter beigebracht, aber die würden dich vielleicht schockieren.«

»Im Moment gibt es nicht viel, was mich noch schockieren könnte«, sage ich traurig. Aber das stimmt nicht. Ich bin schockiert. Sogar mehr als das. Ich bin fassungslos. Erschüttert. Aber warum? Ist das nicht genau das, von dem alle dachten, es *müsste* früher oder später passieren? Der Kerl, der höchstwahrscheinlich mit siebzehn Vater wird?

Oh, Tim.

Ist nicht anders zu erwarten gewesen, hab ich recht, Alice? Ich wollte es diesmal wirklich besser machen.

Ich lasse mich auf den Rücken fallen und verschränke die Arme hinter dem Kopf.

»Tim hat mir auch beigebracht, wie man jemandem die Nase bricht.« Andy zupft an einer meiner Locken, damit ich ihr das Gesicht zuwende. »Man muss den Handballen so von unten dagegenhauen.«

»Und, hast du vor, diese Nummer bei irgendeinem armseligen vierzehnjährigen Idioten abzuziehen?«

»Nur wenn es absolut nötig ist. Tim hat mir einen ziemlich langen Vortrag darüber gehalten. Zum Beispiel, dass ich mir nicht die Finger schmutzig machen soll an einem erbärmlichen Volltrottel, der bloß versucht hat, mir an die – egal. Er war echt toll. Wie ein Bruder.«

»Als ob du davon nicht schon mehr als genug hast, Ands.«

»Joel und Jase würden den Typen nicht für mich verprügeln. Sie bringen mir keine Schimpfwörter bei, oder wie man jemandem die Nase bricht. Ich würde Tim wahnsinnig gern als Bruder haben.«

»Ich nicht«, sage ich lauter als beabsichtigt.

»Du kennst ihn wahrscheinlich einfach nicht so gut wie ich«, entgegnet Andy. »Apropos schockieren … würde es dich schockieren, wenn ich dir sage, dass ich jemand brauche, der mich zu Megan fährt? Oder dass du schon ganz schön spät dran bist, um Jase vom Training abzuholen? Und dass es super wäre, wenn du mir ein bisschen Geld geben könntest, damit ich zu *Starbucks* kann?«

»Nein. Das würde mich nicht im Mindesten schockieren.«

»Alice. Wir alle lieben dich. Wenn dieser Typ es nicht tut, dann ist er ein rhinozeroshäutiger, pferdegesichtiger Pavianarsch.«

»Ist der auch von Tim?«

»Duff und Harry.« Andy lächelt ihr breites Zahnspangenlächeln. »Ich hab verschiedene Quellen.«

✳ ✳ ✳

Heilige Scheiße. Scheiße ist in diesem Fall wörtlich zu verstehen. Obwohl man eigentlich denken würde, dass in diesem winzigen Körper nichts mehr drinstecken kann, hat Cal es während der kurzen Fahrt von der Autowerkstatt nach Hause geschafft, schon wieder seine Windel vollzumachen – plus die komplette Rückseite seines Oberteils und den Rand seines Mützchens! Wie ist so was überhaupt möglich?

Ich knie vor ihm auf einer Decke, die ich auf dem Wohnzimmerboden ausgebreitet habe. Mir war klar, dass mit dem Schlimmsten zu rechnen war, als ich ihn aus dem Kindersitz genommen habe, aber … Er erwidert besorgt und mit tränenfeuchten Wimpern meinen Blick.

»Keine Sorge. Ich kümmere mich darum. Wir kriegen das hin«, sage ich beruhigend und lasse meine Stimme absichtlich tiefer klingen, obwohl ich mir in Wirklichkeit nicht sicher bin, ob die Feuchttücher, die ich habe, reichen werden, um mit diesem Problem fertigzuwerden. Die Feuchttücher sämtlicher Drogeriemärkte der Stadt. Der ganzen Welt.

Er sieht mich weiter unverwandt an. *Tut mir echt leid, Dad. Hab hier irgendwie die Kontrolle verloren.*

»Halb so wild, Cal. So was kann passieren«, erkläre ich ihm, weiß aber selbst nicht so genau, ob ich das glauben soll. Ich meine, mal im Ernst – sein Mützchen?! Vielleicht sind es ja wirklich meine Gene, die in ihm verrücktspielen. Das alles kann doch nicht von allein aus so einem kleinen Kerlchen gekommen sein. Es sind nur noch zwei Feuchttücher übrig. Und keine Küchenrolle oder irgendetwas anderes in der Art im Haus.

Es gibt nur eine Lösung: die Dusche. Seine Sachen sind schon ausgezogen und bilden einen teuflisch müffelnden kleinen Haufen auf dem Boden. Darum werde ich mich später kümmern müssen. Nachdem ich mich schnell selbst ausgezogen habe, kicke ich meine Flipflops durchs Zimmer und trage ihn in die Dusche. Er erstarrt vor Schreck, als das Wasser kommt.

Fang bitte nicht wieder an zu schreien, Cal.

»Alles ist gut. Das nennt man *Dusche*. Wir Typen stehen drauf. Na los, gib ihr eine Chance.«

Er krallt sich wie ein Klammeraffe an meiner Brust fest. Ein vollgeschissener, rothaariger Klammeraffe. Ich reibe seinen Rücken unter dem Wasser ab. Einen Moment später verzieht er das Gesicht – verdammt, vielleicht ist das Wasser doch etwas zu heiß. Als ich es kälter stelle, wirkt er sogar noch entsetzter.

Ich seife weiter seinen Rücken ein und hebe ihn anschließend hoch, sodass unsere Gesichter auf gleicher Höhe sind. »Dir geht es gut, Cal. Es ist alles in Ordnung«, sage ich mit fester Stimme. Er starrt mich mit seinen großen blauen Augen an. Dann beugt er den Kopf vor, nimmt meine Nase in den Mund …

… und fängt an zu saugen.

Ich muss lachen. Er saugt einfach weiter.

»Ich fürchte, dass meine Nase dir nicht geben kann, was du brauchst, Kleiner«, sage ich.

Der Rest von mir wahrscheinlich auch nicht. Aber während ich mit Cal, der so glitschig ist wie ein Stück Seife, unter der höllisch kalten Dusche stehe, ohne dass wir uns schon wirklich von der Windel des Grauens erholt hätten, bin ich glücklich. Wenigstens für diesen einen Moment kann ich für dieses Kind das sein, was es braucht.

Oder zumindest meine Nase.

Zehn Minuten später klopfe ich mit meinem großen Geheimnis auf dem Arm an die Fliegengittertür der Garretts.

»MOMMMMY. Tim hat uns ein Baby mitgebracht. Können wir es behalten?«

Mrs Garrett, die gerade Geschirr spült, dreht sich um, sieht erst mich an, dann Cal, dann wieder mich. »Oh … wow.«

»George, das ist Cal.« Ich gehe vor George in die Hocke. »Er, ähm, gehört mir. Du kannst ihn also nicht behalten.«

Genauso wenig wie ich.

»Seine Haare sehen aus wie der Kamm von einem Huhn«, sagt George.

Ich lache. Er hat recht. Selbst wenn sie feucht sind, stehen Cals Haare in alle Richtungen ab.«

Mrs Garrett kommt zu uns rüber und beugt sich über Cal. »Du meine Güte«, sagt sie leise.

»Sorry, Mrs G. Sie haben zwar selbst gesagt, dass ich einen guten Vater abgeben würde, aber ich fürchte, mein Timing ist ziemlich mies. Ist Alice da?«

Sie richtet sich wieder auf. »Sie holt gerade Jase ab. Ich bin mir sicher, die Geschichte dazu ist etwas komplizierter, Tim.

Warum gibst du mir nicht dein Baby, nimmst dir was zu essen und erzählst sie mir.«

Während ich über ihren Kühlschrank herfalle – der wesentlich mehr zu bieten hat als alte, vertrocknete Pizza –, drei Truthahnsandwiches, zwei Becher griechischen Zitronenjoghurt und eine Tüte Salzbrezeln verschlinge und das Ganze mit ungefähr drei Liter kaltem Kakao hinunterspüle, berichte ich ihr, wie alles passiert ist.

Was die ganze Sache mit Hester angeht, halte ich mich bedeckt. Zu unangenehm. Vor allem vor George, der mit großen Augen zuhört, von Patsy und Harry ganz zu schweigen.

»Ich bin also letzten Winter auf so eine Party gegangen und hab da dieses Mädchen getroffen, das ich kaum kannte, und, ähm, danach hat sie in ihrer Geschenktüte einen Sonderpreis mit nach Hause genommen, von dem ich aber nichts wusste, bis mir dieser Preis vor ein paar Tagen, ähm, ausgehändigt wurde.«

Mrs Garrett nickt verständnisvoll.

»Das muss ja eine Party gewesen sein«, seufzt George. »Ich krieg immer nur Kaugummis und Flummis und Wasserpistolen und so was mit nach Hause.«

»Ich glaube, Tim wäre damit völlig zufrieden gewesen, George«, sagt Mrs Garrett.

Sie wiegt Cal mit geübtem Griff über ihrem eigenen kleinen Babybauch und zaust mir durch die Haare. »Du weißt, du hättest gleich damit zu uns kommen können. Das ist eine Menge zu stemmen, so ganz allein.«

»Er ist winzig«, sagt George. »*Ich* könnte ihn stemmen. Er könnte bei mir im Bett schlafen. Ich wette, er pinkelt auch noch ins Bett. Dann hätte ich schon mal sicher einen kleinen Bruder, falls das neue Baby schon wieder ein doofes Mädchen wird.«

»Ti!« Patsy streckt die Arme zu mir hoch und stößt mit Nachdruck die Ellbogen gegen mein Knie, um kundzutun, dass *sie* mein Baby ist. Und kein doofes Mädchen.

Ich nehme sie auf den Arm und vergrabe das Gesicht in ihren Haaren, und plötzlich fangen meine Augen an zu brennen, als hätte mir jemand Tabasco reingespritzt. *Shit, bitte nicht.*

»Er ist ein wunderbarer kleiner Kerl, was du natürlich weißt«, sagt Mrs Garrett sanft. »Und er sieht kerngesund aus.«

Ich nicke, ohne aufzuschauen.

»Aber du hast doch schon genug Last auf den Schultern.« Sie seufzt. »Es tut mir so leid, Tim.«

»Schon okay«, sage ich hastig, weil Mitgefühl es noch schwerer macht, meine feuchten Augen in den Griff zu bekommen. »Meine Schultern sind ziemlich breit. Ein Päckchen mehr oder weniger, was macht das schon.«

Ich werfe ihr einen kurzen Blick zu. Okay, sie glaubt kein Wort von dem Bullshit, den ich von mir gebe.

»Dieses Mädchen …«, sagt sie vorsichtig. »Wie ist sie so?«

»Ist sie heiß?«, fragt Harry.

»Harry!«

»Was?! Joel fragt das immer. Und Duff auch.«

Mrs Garrett verdreht die Augen. »Duff jetzt auch schon?«

Joel kenne ich nicht anders als hormongesteuert, aber Duff ist gerade mal elf.

Patsy streichelt meinen Arm und seufzt dabei immer wieder »Ti«.

»Ich weiß eigentlich noch nicht mal, wie sie ist. Hält viel von, ähm, Sauberkeit. Gehörte in jedem Kurs, den wir zusammen hatten, zu den Besten. Hat immer die Zusatzaufgaben für die Extrapunkte gemacht und die Liste mit den Anweisungen für Cal wie eine Magisterarbeit geschrieben.«

»Klingt nicht heiß«, murmelt Harry.

»Sei still, Harry. Iss etwas.« Mrs Garrett nimmt einen Apfel aus der Obstschale und reicht ihn ihm. »Dann lernst du sie also auch gerade erst kennen, genau wie deinen Sohn.«

»Jep. Wie schon gesagt, ist mein Timing echt besch…«, ich werfe George und Patsy einen Blick zu, »bescheiden gewesen.«

Ein trauriger Ausdruck huscht über Mrs Garretts Gesicht, aber ihre Stimme klingt fest und sachlich. »Du kannst bestimmt noch ein paar Dinge gebrauchen – Kleider und all so was. Babysachen wird man bei Joel drüben vergeblich suchen, aber lass uns hier im Keller nachschauen, da gibt es jede Menge davon.«

Als wir unten sind, fängt Mrs Garrett geschäftig an, einen Haufen Zeug aus großen Plastikbehältern mit »Jungs«- und »Mädchen«-Aufklebern zu holen und kleine Stapel daraus zu machen. Weil die Kleinen oben geblieben sind und lieber mit Cal Grimassen schneiden wollten, kann ich ihr erzählen, was vorher nicht ging.

»Eigentlich brauche ich gar nicht so viel. Hester schleppt jedes Mal eine Riesentasche mit Sachen für ihn an. Außerdem ist das alles sowieso nur vorübergehend. Sie will ihn so schnell wie möglich zur Adoption freigeben lassen.« *Am liebsten schon gestern.*

Mrs Garrett, die gerade dabei ist, eine flauschige blaue Decke zusammenzufalten, hält kurz inne, bevor sie damit fortfährt. »Wie siehst du das?«, fragt sie, ohne mich anzusehen.

»Ich habe keine große Wahl, Mrs G.«

Sie legt mir kurz eine Hand an die Wange. Sagt kein einziges Wort. Dann reicht sie mir einen Stapel Decken, auf dem zusammengefaltete Babybodys liegen. Auf einer der Decken ist mit rotem Faden in zittriger Schrift DUFFY eingestickt.

»Werden Sie den ganzen Scheiß nicht selbst brauchen? Die *Sachen*, meine ich.«

»Keine Sorge, Tim. Ich werde dir den Mund nicht mit Seife auswaschen. Ich hab das Wort schon mal gehört. Es sogar erst vor Kurzem noch selbst benutzt. Und, nein, nicht in den nächsten sechs Monaten. Bis dahin ist dein Cal aus den Sachen rausgewachsen, oder nicht mehr da. Solange kannst du sie gern behalten.

»Haben Sie vielleicht auch noch ein paar Überlebenstipps für frischgebackene Väter?«, frage ich seufzend. »Ich weiß manchmal nicht mehr, wo oben und unten ist.« Ich erzähle ihr von der Windel des Grauens und dem Mützchen.

Sie lacht. »Hauptsache, du weißt, wo bei *Cal* oben und unten ist. Wir haben am Anfang alle keine Ahnung, wie wir das schaffen sollen, Tim. Das werden du und das Baby gemeinsam rausfinden.«

Ich schleppe tonnenweise Zeug die Treppe hoch, darunter auch ein Ding, das sich Baby Gym nennt, was immer das verdammt noch mal sein soll (*Oh, cool, Dad! Kann ich endlich meine Bauchmuskeln trainieren*), und ein Teddy, der *Morgen kommt der Weihnachtsmann* spielt, wenn man ihn aufzieht.

Als ich oben ankomme, steht Alice in der Küche. Die Haare zerzaust, das Gesicht gerötet, immer noch in ihrem gelben Bikini mit dem Top drüber und dem orangefarbenen kurzen Rock. Ihr Blick bohrt sich in meinen. Jase und Sam stehen neben ihr. Und auf ihrem Arm hält sie mein Kind.

Die Kacke? Ist am Dampfen.

Fünfundzwanzigstes Kapitel

Tim sieht mich an einem riesigen Stapel Babysachen vorbei an, dann lässt er einfach alles fallen und breitet grinsend die Hände aus. »Wie ich sehe, habt ihr Calvin schon kennengelernt. Tja, damit ist die Katze wohl aus dem Sack, dass ich keine Jungfrau mehr bin.«

»Tim …«, sagt Samantha.

»Was ist eine Jungfrau?«, fragt Harry laut.

»Hat was mit einem Wald zu tun«, flüstert George laut zurück.

»Das hier«, ich halte das Baby hoch, und Mom, die genau in dem Moment hinter Tim die Treppe hochkommt, bleibt betroffen stehen, »ist kein Scherz. Das konnte nur dir passieren!«

»Streng genommen«, sagt er gedehnt und lehnt sich an den Türrahmen, »kann das jedem Typen passieren, der ein funktionierendes …«

»Was zur Hölle ist los mit dir? Du bist siebzehn!«

Tim klopft sich gegen die Brust und schaut dann auf seine Füße hinunter. »Achtzehn im Dezember. Und du neunzehn, falls du es vergessen haben solltest. Also nicht mal annähernd alt genug, um meine verdammte Mutter zu sein, also hör endlich auf mit dem Scheiß. Außerdem hat mein Alter dich nicht davon abgehalten, mit mir …«

In der Küche herrscht Totenstille.

Jase, der sich hinuntergebeugt hat, um seine Chucks zuzubinden, hält mitten in der Bewegung inne.

Sam presst sich eine Hand auf den Mund.

Sogar das Baby wirkt bestürzt.

Einen Augenblick später ruft Harry fröhlich: »Tim hat geflucht. Zweimal. Die ganz schlimmen Wörter.«

Tims Blick fliegt zu George rüber, der uns erschrocken anschaut und kurz davor ist, in Tränen auszubrechen. Er streicht ihm kurz übers Gesicht und stößt ein zitterndes Lachen aus. »Ähm, tut mir leid, Jungs.«

Ich schiebe die Hand unter den Kopf des Babys und schaue von ihm zu Tim und wieder zurück. »Als ich ihn gesehen hab … ich meine, mir war sofort klar, dass … Aber es ist einfach so unglaublich.«

»Und trotzdem wahr. Warum bist du eigentlich so sauer? Es hat nichts mit *deinem* Leben zu tun. Du musst nicht die Babysitterin spielen. Das ist mein Job, *Babe*.«

»Spar dir dein *Babe* für dein tatsächliches Baby! Und nur zu deiner Information, du bist kein Babysitter, wenn es dein eigenes Kind ist.«

Jase und Samantha tauschen hektisch Blicke aus. Jase räuspert sich. »Okay, Leute …«

»George, Harry«, unterbricht Mom ihn und hebt Patsy hoch, die wild mit den Füßen strampelt und sich nach Tim ausstreckt. »Lasst uns mal schauen, ob wir nicht ein paar von euren alten Kuscheltieren finden, die wir dem Baby leihen können.«

Die Jungs trotten Richtung Treppe. »*Happy* kann er nicht haben«, sagt George trotzig.

»Wer ist dieses Mädchen? Drogen scheint sie dir jedenfalls *nicht* verkauft zu haben. Das ist ein echt krasses Geheimnis, das du da neun Monate für dich behalten hast. Ganz zu schweigen von …«

»Ich hatte keine Ahnung davon! Ich hab es selbst erst vor ein paar Tagen erfahren. Ich kann mich noch nicht mal daran erinnern, mit ihr geschlafen zu haben. Totaler Blackout.«

»Großer Gott«, murmelt Jase.

»Denkst du vielleicht, das macht es besser? Du hast ihr Leben ruiniert, aber hey, so was kann bei einem Blackout schon mal vorkommen? Ist *das* deine *Du kommst aus dem Gefängnis frei*-Karte?« Das Baby fängt an sich unruhig zu winden. Ich lege es mir über die Schulter, streichle seinen Rücken und wiege es sanft hin und her. Der Garrett-Instinkt, der bei Babys automatisch anspringt.

»Gib ihn mir«, sagt Samantha, als er anfängt zu wimmern.«

»Er hat wahrscheinlich nur wieder Hunger«, murmelt Tim. »Mein Job.« Er nimmt ihn mir ab und schmiegt die flache Hand an die weichen Falten in seinem Nacken. »Ich hole die Sachen später ab.« Er geht zur Fliegengittertür, kickt sie mit seinem nackten Fuß auf und lässt sie hinter sich zuschlagen.

Jase stößt einen langen, leisen Pfiff aus.

Samantha hebt die Sachen vom Boden auf. »Wow«, sagt sie. »Seine Eltern müssen … Ich will es mir noch nicht einmal vorstellen.«

Ich muss an die Liste an Tims Kühlschrank denken. *Der Kerl, der höchstwahrscheinlich …* Dieses Mal hat er sich wirklich selbst übertroffen. Wenn die Masons ihn schon wegen dieser Sache mit dem Job rausgeworfen haben, was werden sie erst machen, wenn sie davon erfahren? Ihn des Landes verweisen?

»Man könnte fast meinen, dass er es sich zum Beruf ge-macht hat, ständig alles zu vermasseln. Als würde er mor-gens aufwachen und sich, noch bevor er duschen geht – *wenn* er überhaupt duscht –, überlegen, auf welche einfallsreiche und schwachsinnige Weise er sich noch weiter in die Scheiße reiten kann.«

»Al, das ist nicht deine Baustelle«, sagt Jase und legt mir eine Hand auf die Schulter, als ich die Fliegengittertür auf-reiße.

»Lass mich mit ihm reden«, sagt Samantha. »Er …«

Ich schüttle Jase' Hand ab. »Auf keinen Fall. Ihr beiden wärt viel zu nett.«

»Was wird das?«, sagt Tim, als ich ihn an der Tür zum Apart-ment einhole. »Wie du siehst, hab ich gerade alle Hände voll zu tun, Alice.«

Ich schiebe ihn durch die Tür und folge ihm. Zu dem üblichen Chaos aus schmutzigen Wäschehaufen und verkrusteten Müsli-Schälchen sind eine aufgerissene Pa-ckung Windeln, eine Babywippe, im Spülbecken einge-weichte Fläschchen und ein Korbbettchen hinzugekom-men.

Tim wirft mir einen Blick über die Schulter zu und richtet sich zu seiner vollen Größe auf, wartet darauf, dass ich los-lege, als würden die ganzen hässlichen Dinge, die ich sagen will, schon wie eine Giftwolke in der Luft schweben. Ich presse die Lippen aufeinander, um die Worte, die mir auf der Zunge liegen, zurückzuhalten.

Er schiebt sich an mir vorbei, braucht dabei mehr Platz als nötig, bereitet leise pfeifend ein Fläschchen zu und stellt es in die Mikrowelle. Cal starrt mich über Tims Schulter hin-weg mit großen blauen Augen an.

»Wie kommt es, dass du ständig von einer Katastrophe in die nächste tappst?«

Er schraubt das Fläschchen zu, schüttelt es, lässt sich auf die Couch sinken, legt die Füße auf den zerschrammten Couchtisch und bettet den Kopf des Babys auf seinen Schenkeln. »Tja, anscheinend bin ich wie eine Naturgewalt, gegen die es keinen Versicherungsschutz gibt.«

»Komm mir nicht so.« Das Baby niest und verteilt einen feinen Sprühregen Milch über sein kleines Gesicht, das Tim mit dem Zipfel seines Hemds abwischt. »Erzähl mir nicht wieder diesen Mist von wegen, dass so ziemlich alles witzig ist, wenn man es nur aus der richtigen Perspektive betrachtet.«

»Was soll ich denn sonst machen?«, gibt er plötzlich aufgebracht zurück.

»Keine Ahnung, Tim. Irgendwas wirst du dir doch wohl überlegt haben?«

»Es ist noch nicht einmal eine Woche her, seit ich von Cal weiß. Ich hatte also nicht sonderlich viel Zeit, mir irgendwas zu überlegen, Alice.«

»Dann streng dich gefälligst an. Ich kann das nämlich nicht für dich erledigen.«

»Sorry, aber ich kann mich nicht erinnern, dich um Hilfe gebeten zu haben.«

Ich laufe angespannt hin und her. Cal muss erneut niesen, diesmal mitten in Tims Gesicht.

»Wäre nicht das erste Mal, dass du dich nicht mehr an einen entscheidenden Moment erinn…«

»Wieso niest er die ganze Zeit?«, unterbricht er mich und reibt sich übers Gesicht. »Meinst du, er ist krank?«

»Nein, ich glaube, er liegt bloß zu flach. Du musst seinen Kopf etwas höher halten.«

Tim hebt seine Knie ein Stück an.

»Nein, so.« Ich lege seinen Arm so hin, dass das Baby sich in seine Armbeuge schmiegen kann. »Und halte das Fläschchen ein bisschen schräger, sonst saugt er zu viel Luft mit ein.«

»Du bist ziemlich gut darin.« Seine Stimme klingt resigniert.

»Ich hab sechs jüngere Geschwister«, erwidere ich. Das Baby windet sich unruhig hin und her und schlägt Tim eine winzige Faust ins Auge. Tim hebt reflexartig eine Hand ans Gesicht, worauf Calvin – Calvin war doch richtig, oder? –, der offenbar Angst hat, dass Tim ihn loslässt, am ganzen Körper erstarrt und panisch die Augen aufreißt.

»Gib ihn mir«, sage ich und reiße ihn Tim praktisch aus den Armen.

»Was zur Hölle war das?«, fragt er erschrocken. »Warum hat er das gemacht? War das so was wie ein epileptischer Anfall? Hab ich ihm wehgetan?«

Ich nehme eine rote Decke von der Couch, die mit gruseligen Sockenaffen gemustert ist, und packe das Baby wie einen Burrito darin ein. Eine Wickeltechnik, die ich mittlerweile im Schlaf beherrsche.

»Wenn er so gehalten wird, gibt es ihm ein Gefühl der Sicherheit«, sage ich müde. »Und wasch dir um Himmels willen die Hände.«

Ich schaue mich im Apartment um. »Wann hast du das letzte Mal gewaschen? Ich bringe dir zwei Wäschekörbe rüber – einen für ihn und einen für dich – und, hast du etwas zu schreiben? Ich mache dir eine Liste. Wahrscheinlich kriegst du das meiste bei Target, aber –«

»Ich will das alles nicht«, sagt Tim leise.

»Tja, Pech gehabt«, sage ich knapp. »Es gibt kein Zurück mehr. Du bist jetzt Vater. Herzlichen Glückwunsch.«

Er sieht wie Tim aus. Die roten Haare, die blaugrauen

Augen, die blauer als die von Tim sind, der schmale langgliedrige Körper. Von dem Mädchen kann ich nicht viel an ihm sehen, aber er ist noch ein Baby, praktisch eine leere Leinwand. Außerdem habe ich sie mir kaum angeschaut.

»Ich hab nicht ihn gemeint«, sagt Tim, »sondern das, was hier gerade passiert.«

»Das kommt nun mal dabei raus, wenn man ohne Kondom seinen Spaß haben will und nicht an morgen denkt.«

Er zuckt zusammen und holt Luft, als wollte er etwas Wütendes entgegnen, dann schüttelt er den Kopf und sagt: »Ich brauche keine Ratschläge für das Baby von dir, Alice.« Er schluckt und sieht mich an. »Das ist nicht das, was ich will. Für uns.«

»Uns?« Ich seufze. »Es gibt kein *uns*. Es gibt dich und es gibt mich.«

»Und mit dem Baby sind aller guten Dinge drei?«

»Ha, ha. Ich nehme ausnahmsweise deine Schmutzwäsche mit und werfe sie mit unseren Sachen in die Maschine, aber bilde dir bloß nicht ein, dass ich sie auch noch für dich zusammenfalte.«

»Hör auf damit. Ich bin nicht einer deiner Brüder. Du wäschst auf keinen Fall meine Boxershorts.«

Ich gehe nicht darauf ein. »Habt ihr schon so eine Art Zeitplan festgelegt? Ich meine du und diese …«

»Kannst du ihn bitte noch einen Moment halten? Muss kurz pinkeln. Oder mich übergeben. Irgendwas.«

Er steht langsam von der Couch auf, als würde ihn die Bewegung unglaublich anstrengen.

Calvin sieht mich an, die feinen rötlichen Brauen halb besorgt, halb wütend zusammengezogen. Ganz wie Tim. Ich ziehe seine kleine Hand aus der Decke und schiebe meinen Zeigefinger in seine Handfläche.

»Hey, du«, murmle ich. »Dich hat der Storch wirklich an der falschen Türschwelle abgegeben.«

In sechs Monaten werde ich noch eine Schwester haben. Oder einen Bruder. Dann sind wir zu neunt. Patsy ist noch nicht einmal zwei Jahre. Sie schläft immer noch bei Mom und Dad. Wo kommt das neue Baby hin? Zu Andy und mir ins Zimmer, während Tim und Calvin das Apartment blockieren, das mein Zufluchtsort hätte sein sollen?

Verdammt.

»Das Letzte, was wir hier gebrauchen können, ist noch ein Kind, um das man sich kümmern muss«, sage ich laut.

»Redest du von Cal oder mir?«, fragt Tim leise. Ich habe nicht bemerkt, dass er aus dem Badezimmer zurückgekommen ist.

Ich gebe ihm den Kleinen.

»Find es selber raus. *Babe.*«

Sechsundzwanzigstes Kapitel

Ich schaffe es nicht, mich Jase zu stellen, meinem besten Freund. Oder Samantha, meiner ältesten Freundin. Oder mir selbst.

Soll ich es Nan erzählen? Ma und Pa? Na klar. Ha.

Ich kann Cal kaum ansehen. Kümmere mich um ihn, ohne ihm in die Augen zu schauen. Dass sein eigener Blick noch so unscharf ist, kommt mir in diesem Fall entgegen.

Dom ist auf einem zehntägigen Angeltrip. Ich rufe Jake an, für den heute seine Arbeit als Sportlehrer und Trainer der Schul-Fußballmannschaft wieder begonnen hat. Er lässt mich durch die Hintertür der Turnhalle rein, durch die ich früher praktisch jeden Tag gegangen bin. Zumindest bis zu dem Tag, an dem ich im Musikproberaum heimlich einen Joint geraucht und nicht sofort gemerkt hatte, dass ein glimmender Tabakkrümel sich in eine der Chor-Roben aus billigem Polyester gefressen hatte, panisch abgehauen war und die Hodges beinahe bis auf die Grundmauern niedergebrannt hätte.

»Ich hab dich für eine Runde Racquetball eingetragen«, sagt er. »Du kannst meinen Schläger haben.«

Er stellt keine Fragen, sondern nimmt mir einfach den Kindersitz aus der Hand und zwinkert mir zu. »Schau, dass du den Kopf freikriegst. Ich kümmere mich solange um den kleinen Kerl hier. Komm in mein Büro, wenn du genügend Dampf abgelassen hast.«

***

Brad hat mir eine Nachricht geschrieben: **Ally-Baby. Hab mich neulich ziemlich dämlich benommen. Hoffe, du bist nicht sauer? Lust, vorbeizukommen und mit mir zu trainieren? Ich kann doch wenigstens dein Laufpartner bleiben. Ich werde auch reden! LOL.**

Er hat ein Bild von sich angehängt, auf dem er beim CrossFit Liegestützsprünge macht.

Dad sagt gerne: »Manchmal ist keine Lösung die beste Lösung.«

Soll heißen: Triff keine übereilten Entscheidungen.

Soll nicht heißen: Triff gar keine Entscheidungen.

Ich antworte: **Nettes Shirt.**

Darauf er: **Ausgezogen sieht es noch besser aus :)**

Brad. Keine großen Überraschungen. Keine dunklen Abgründe.

Dad hat noch so einen Spruch: Wer wenig streitet, hat mehr Geschirr.

Meine Finger fangen an zu tippen, bevor ich Zeit habe, genauer darüber nachzudenken. **Bist du zu k.o. für den Strand?**

Er antwortet mit einem Foto von einem bettelnden Scottish Terrier.

Ich bin nicht so ein Schoßhündchen wie das Riesenbaby, mit dem du zusammen bist.

Mein Daumen schwebt nur einen kurzen Augenblick über dem Tastenfeld. Dann schicke ich ihm ein Daumenhoch-Emoji.

Brad strahlt übers ganze Gesicht, als ich am Strand ankomme. »Hätte nicht gedacht, dass du wirklich kommst«, sagt er und scharrt mit einem Fuß im Sand. »Ich bin neulich ein ziemlicher Vollidiot gewesen, oder?«

»Bist du.« Ich lege mich auf den Rücken und beginne, meine Oberschenkelrückseite zu dehnen. Brad hilft mir dabei, in dem er mein Bein weiter nach oben drückt.

»Ich dachte …« Er hält inne und schüttelt kurz den Kopf. »Ich dachte, dass du mich wegen eines anderen Kerls abserviert hast. Wegen diesem Kumpel von deinem Bruder, der grade ständig bei euch abhängt. Ich war eifersüchtig, verstehst du? Aber dann hab ich nachgedacht und mit Wally darüber geredet, und mir ist klar geworden, dass es nicht daran liegen kann. Ich meine, du hast ja kaum Zeit für mich gehabt. Wie hättest du da noch mit irgendjemand anderem was anfangen sollen?«

Es ist ziemlich windig heute. Auf den Wellen tanzen Schaumkronen, die Bojen in der Ferne schaukeln wild auf und ab, in den Dünen biegen sich die Hagebuttenbüsche. Das Meer ist graugrün. Der Himmel bedeckt. Als mir ein plötzlicher Windstoß Sand ins Gesicht weht, muss ich husten.

Brad öffnet eine Flasche Wasser und reicht sie mir mit derselben routinierten Schnelligkeit, mit der eine Krankenschwester dem Chirurgen ein Skalpell gibt.

Nachdem ich ein paar tiefe Schlucke genommen habe, sehe ich ihn an. »Ich hab es ernst gemeint. Wir können nicht mehr zusammen sein. Das ist nicht bloß eine Pause oder so was. Es ist vorbei.«

»Ich hab dir zugehört«, sagt er, nachdem er einen Moment lang geschwiegen hat. »Aber ich glaub, dass du deine Meinung ändern wirst.«

»Bestimmt nicht.«

»Du bist ein Sturkopf, Alice.« Er nimmt selbst einen Schluck Wasser. »Aber diesmal liegst du falsch. Du wirst schon noch selbst draufkommen und bis dahin warte ich einfach.«

»Hör zu, ich will dir nichts vormachen …«

»Lass uns einfach schauen, was passiert. Ich geb dir bei dem Lauf einen kleinen Vorsprung, okay?«

Ich kneife die Augen zusammen. »Behandle mich nicht wie ein Baby.«

Babe. Baby.

Ich schüttle den Kopf, versuche mich von sämtlichen Gedanken an Jungs und Babys zu befreien und sie mit dem kühlen, sandgesättigten Wind aufs offene Meer hinauszuschicken.

»Ich brauche keinen Vorsprung«, knurre ich, beschließe, dass ich mich genügend gedehnt habe, lege meine ganze Wut in den Spurt, um mich anzutreiben, und bin schon ein gutes Stück vor ihm, als mir klar wird, dass er mir einfach trotzdem einen Vorsprung gelassen hat.

Weil er denkt, er würde besser als ich wissen, was ich brauche.

Siebenundzwanzigstes Kapitel

Klopf. Klopf. Klopfklopfklopfklopf.

Draußen hat es gerade mal angefangen zu dämmern. Noch bevor ich die Tür aufmache, weiß ich, dass es Jase ist. Wer sonst ist schon so früh auf den Beinen, außer emsigen Teenager-Vätern wie ich und Typen mit einem hammerharten Trainings-plan – und/oder einem Job als Zeitungsausträger. Als ich die Tür öffne, lehnt er den Unterarm an den Rahmen und reibt sich mit der anderen Hand die Hüfte.

Ich drücke ein Baby an meine Schulter.

Es kann nicht anders sein, als dass ich diesen Moment nur träume. Weil das hier *nicht* mein Leben ist, und ich will ver-dammt noch mal, dass es mir zurückerstattet wird. Cal fängt an sich zu winden und Jase legt ihm stützend eine Hand auf den Rücken und sieht mich an.

»Fährst du mit?«

In der Zeit nach dem Unfall seines Dads, als zwischen ihm und Samantha eine Weile Funkstille herrschte, hatte er es sich irgendwann angewöhnt, ein-, zweimal die Woche frühmor-gens bei mir zu Hause aufzutauchen und mich zu fragen, ob ich mitkomme. Er hat die Zeitungen für die Häuser auf der Fahrerseite rausgeworfen und ich für die auf der Beifahrerseite. Wenn wir überhaupt redeten, dann nur über solche Dinge wie Georges Angst vor Tsunamis oder die neue Farblieferung für den Baumarkt oder wie man Fußpilz bekämpft.

Er holt den Kindersitz aus meinem Wagen und hat ihn in null Komma nichts in seinem festgeschnallt. Bevor es richtig losgeht, hält er noch kurz an der Tankstelle und holt zwei große schwarze Kaffee, ohne mich fragen zu müssen, wie ich ihn trinke. Als er wieder einsteigt, wirft er mir eine Rolle Kekse und einen Apfel in den Schoß.

»Mom macht sich Sorgen, dass du nicht genügend isst.«

»Klar. Muss schließlich bei Kräften bleiben, jetzt wo ich stille.«

Er grinst und fährt aus der Tankstelle. »Jetzt im Ernst, Tim. Hattest du vor, es in nächster Zeit mal zu erwähnen, ich meine, bevor ich – oder das Baby – aufs College gehen?«

Wir biegen auf die Caldicott Street, und er deutet mit dem Kopf in Richtung meines Fensters – ich bin dran mit Werfen. Ich verfehle die Türschwelle, aber wenigstens fällt die Zeitung nicht seitlich wieder von der Veranda.

»Ich hab versucht, mich langsam ranzutasten. Nicht weil ich dachte, dass du mir Vorträge halten würdest, sondern weil ich es einfach –« *So leid war, immer der zu sein, der es verbockt.*

Er kneift leicht die Augen zusammen, nimmt das nächste Haus auf seiner Seite ins Visier und landet einen perfekten Wurf, *genau* in die Mitte der Fußmatte, obwohl seines weiter weg lag.

»Nur zu deiner Information: Wenn du mich einen Tennisschläger benutzen lassen würdest, könnte ich das auch hinkriegen.«

Ich habe gestern Abend in der Schule so lange auf den Ball eingedroschen, bis ich den Schläger nicht mehr heben konnte. Danach bin ich mit Jake zu einem Meeting gefahren und anschließend noch mit zu ihm mitgekommen, wo ich ungefähr zehn Teller Nudeln mit Hackfleischsoße verschlungen habe, während Jake und sein Freund sich Cal hin- und hergereicht haben, als wäre er die heiß begehrteste Baseballkarte der Welt.

»Sicher.« Jase fährt zum nächsten Haus weiter, Samantha, Nan und ich haben es als Kinder das Haus der weißen Hexe genannt, weil überall im Vorgarten Statuen von Löwen und sich aufbäumender Pferde samt Reiter stehen und sogar ein Springbrunnen mit einem kleinen, ins Wasser pinkelnden Jungen.

Die folgenden vier Häuser schweigen wir. Er steckt sich einen Zimtkaugummi in den Mund. Ich trinke in drei heißen Schlucken den ersten Becher Kaffee, esse einen der Kekse, fummle am Autoradio herum und suche nach einem Sender, bis Jase es ausschaltet. Unser kleines Ritual.

Jase hat nicht viele nervöse Angewohnheiten. Aber im Moment kaut er auf der Unterlippe und rutscht in seinem Sitz hin und her, als wäre er mit Stacheldraht und heißen Steinen gepolstert.

»Was ist los?«, frage ich, ohne den Blick von der Straße vor uns zu nehmen.

»Ich wünschte, das Leben wäre mehr wie Football.« Er wirft eine Zeitung.

»Aber dann würde ich *meines* noch weniger auf die Reihe kriegen.«

»Schon, aber ... die Regeln sind klar definiert.« Er lacht, aber es klingt nicht überzeugend. »Kontrolliertes Chaos sozusagen. Man hat eine gewisse Disziplin, benutzt seinen Kopf, stellt das Team an erste Stelle – funktioniert perfekt.« Er seufzt. »Seit Dad den Unfall hatte, geht alles immer mehr den Bach runter.«

Ich suche nach irgendeiner klugen Antwort.

»Scheiße, Mann.«

Scheitere kläglich.

»Aber es scheint doch trotzdem irgendwie zu funktionieren. Ich meine, du gehst weiter zum Training, bist super in Form, kriegst auch den ganzen übrigen Kram geregelt. Und die anderen aus deiner Familie machen auf mich ebenfalls den Eindruck, als würden sie klarkommen. Oder?«

Großer Gott, jetzt bin *ich* derjenige, der von *ihm* hören will, dass alles okay ist.

»Mom und Dad sagen, dass wir einfach mit allem so weitermachen sollen wie bisher. Jeden Morgen, wenn ich aufwache, versuche ich herauszufinden, was das Wichtigste ist.« Er tritt ein bisschen zu hart aufs Gas und fährt an dem Haus vorbei, das als Nächstes dran ist, legt den Rückwärtsgang ein, rollt wieder ein Stück zurück und wirft die Zeitung auf die Schwelle.

Noch ein genialer Wurf.

»Das Stipendium? Samantha? Der Laden? Mein Notendurchschnitt? Dass zu Hause alles halbwegs seinen normalen Gang geht? Und angenommen, ich schaffe es nächstes Jahr aufs College – wird in unserer Familie bis dahin wieder alles in Ordnung sein? Und wenn nicht, kann ich wirklich einfach so abhauen?«

»Hast du schon mal mit deinem Dad darüber gesprochen?«

Jase reicht mir zwei Zeitungen und zeigt auf das Haus auf meiner Seite. »Das Paar, das dort lebt, stand früher schon immer vor der Tür, wenn ich kam, und hat sich praktisch um die Zeitung geprügelt. Jetzt gebe ich ihnen einfach kostenlos eine zweite dazu. Dad sagt, dass ich mich auf die Schule und das Football konzentrieren soll. Aber der Laden ist ...«

Und mit einem Mal sprudelt alles aus ihm heraus – dass Garretts Baumarkt kurz vor der Pleite steht, sie Schwierigkeiten haben, die Bankraten zu zahlen, weil die Umsätze gesunken sind, sie sich deswegen auch keine Aushilfe leisten können, dass Joel nicht einspringen kann, weil er einen Platz an der Polizeiakademie bekommen hat, dass niemand wirklich sagen kann, wann sein Vater wieder richtig hergestellt sein wird, und Alice vorhat, ihre Ausbildung hintanzustellen.

Mitten in seine letzten, immer stockender werdenden Ausführungen hinein hebe ich eine Hand, was Jase aber gar nicht sieht, weil er rechts rangefahren ist, den Kopf an die Nackenstütze gelehnt hat und mit geschlossen Augen spricht, als wäre all das, was er sagt, eine bitter schmeckende Medizin, die er seine Kehle hinunterzwingen muss.

»Ich kann im Laden einspringen, Jase. Kein Problem. Das krieg ich hin. Ich meine – was zur Hölle hab ich sonst schon großartig zu erledigen?«

Er fängt an zu lachen. »Na klar. Weil das Leben ja nichts als eine einzige große Party für dich ist. Abgesehen von … ihm.« Er zeigt mit dem Daumen auf die Rückbank.

»Na ja, gibt es da nicht so einen Tag, an dem man sein Kind mit zur Arbeit bringen kann? Er lässt sich problemlos transportieren. Wiegt weniger als deine Sporttasche. Außerdem sind es nur noch ein paar Wochen mit ihm, vielleicht ein Monat. Dann ist er Geschichte.« Prompt ertönt von der Rückbank ein kleiner schnaufender Laut, mit dem Cal sich bemerkbar macht.

Jase sieht mich einen Moment aufmerksam an. »Ein Monat, hm? Warum so lange warten? Um uns herum sind überall Türschwellen.«

»Wenn du das Werfen übernimmst«, antworte ich lachend, bevor ich mich zu Cal umdrehe, der gerade dabei ist, die Decke von seinen Beinen zu strampeln. Als Nächstes kommen vermutlich die Socken dran.

Jase zählt die anderen Dinge auf, um die ich mich außerdem noch kümmern muss – die Meetings, den Highschool-Abschluss –, und ich schmettere jeden einzelnen Punkt ab, als würden wir dieses Videospiel spielen, nach dem Andy und Duff so verrückt sind. *Allied Aces* oder so ähnlich. »Ihr braucht mir dafür auch nichts zu bezahlen. Ich bekomme immer noch Taschengeld, und meine Ausgaben sind drastisch gesunken, wenn du verstehst, was ich meine.«

Zumindest bekomme ich mein Taschengeld noch bis Ende Dezember. Bis dahin wird Cal längst weg sein und ich kann dieses ganze Kapitel vergessen. Vielleicht wäre Pa sogar beeindruckt von meinem Engagement. *Hat im Alleingang Baumarkt vor der Pleite gerettet.* Ist für ihn bestimmt mehr wert als *nüchtern geblieben.* Oder *Sohn gezeugt.*

»Was ist mit neulich Abend?« Jase zieht ein Schweizer Taschenmesser heraus und beugt sich zum dem Stapel Zeitungen in meinem Fußraum hinunter, um die Paketschnur zu durchschneiden, mit der sie zusammengebunden sind.

Ach ja. Das.

»Ich hab's versaut«, sage ich. »Aber nicht komplett.«

Er presst die Lippen zusammen und hat für einen kurzen Moment seltsame Ähnlichkeit mit Alice, dann legt er den Gang ein und lässt den Wagen weiterrollen. Ich werfe ihm einen verstohlenen Blick von der Seite zu, aber er zieht dieses nichtssagende Footballspieler-Pokerface, das er manchmal aufsetzt. Er pfeffert noch eine Zeitung raus, wieder ein makelloser, zielsicherer Wurf, und wirkt auf einmal stinksauer.

Ich rutsche tiefer in meinen Sitz und murmle: »Schwer, diese Scheiße jemandem zu erklären, der nie Fehler macht. Dem Typen, der alles wieder in Ordnung bringt. *Gib Bescheid, wenn die Spülung nicht mehr funktioniert.*«

Jase ballt so fest die Hände um das Lenkrad, dass seine Fingerknöchel weiß werden, und schaut mit mahlendem Kiefer geradeaus. »Hör auf damit«, sagt er mit leiser wütender Stimme. »Ich kann dir nicht sagen, wie sehr es mich ankotzt, wenn du diese Scheißnummer abziehst. Dieser ganze Mist von wegen *Ich bin ein armseliger kleiner Wurm, den du unmöglich verstehen kannst*. Du kennst mich besser. Denkst du wirklich, alles, was ich anfasse, würde sich in Gold verwandeln? Gott, Tim, ich wünschte, es wäre so.«

Mein Gesicht fängt an zu brennen. »Tut mir leid, ich –«

»Und hör auf, dich zu entschuldigen. Sei einfach … hier. Statt in dem Sumpf in deinem Kopf.« Er reibt sich übers Gesicht. »Du suchst Fehler? Ich hab jede Menge.« Er dreht sich zu mir und stützt den Arm auf die Kopflehne. »Anscheinend hätte ich für das Footballstipendium schon vor Monaten ein Video mit den Highlights aus meinem Spiel drehen und auf YouTube hochladen sollen, damit die Trainer es sich anschauen können. Hab ich aber nicht. Weil mir niemand etwas davon gesagt hat und ich zu dämlich oder zu beschäftigt oder was auch immer war, von selbst draufzukommen. Ich meine, keines der Colleges, die für mich zur Auswahl stehen, wird einen Talentscout nach Stony Bay, Connecticut, schicken. Aber ich hab nicht weit genug im Voraus gedacht. Und wo wir gerade davon reden, Sam und ich haben fast … ähm …« Er wird knallrot. »Wir waren doch neulich bei diesem Lagerfeuer am Strand und … ich hatte keine …

»Oh«, sage ich. »Shit.«

»Das wäre ein gefundenes Fressen für Sams Mutter, stimmt's? Wenn ich es nicht aufs College schaffen würde und demnächst selbst ein Baby auf der Rückbank sitzen hätte? Genau das, was sie von mir erwartet. Dass ich so dumm bin, meine Zukunft in den Wind zu schießen, und die von Samantha gleich mit.« Seine Stimme klingt bitter.

Es ist wahrscheinlich tatsächlich genau das, was sie von ihm erwartet. Er ist für Samanthas Mom einer von *diesen Gar-*

retts, so wie ich für meine Eltern *dieser Junge, der nichts als Probleme macht* bin.

Es ist still im Wagen, während ich darüber nachgrüble, wie ich ihm sagen kann, dass es mir leidtut, ohne dass es wie eine Floskel klingt, und Jase Zeitungen zusammenrollt und Gummibänder darüberzieht.

»Ich hab recht, oder?«, sagt er schließlich. »Ich meine, du kennst sie besser als ich, aber ...«

»Ja, du hast recht«, gebe ich zu. »Es ist ziemlich sicher das, was sie erwartet. Wenn ich dir einen Tipp geben darf: Falls du es vergeigen solltest, dann wenigstens auf eine besonders kreative Weise. Auf eine Art, mit der die gute alte Gracie niemals rechnen würde. Gib ihr nicht die Genugtuung.«

Er grinst, und einfach so ist seine Wut verraucht, als wäre sie nie da gewesen. Wie zur Hölle *macht* er das?

»Es war echt Scheiße. Ich hab ein schlechtes Gewissen, Sam hat ein schlechtes Gewissen. War eine ziemlich miese Woche. Außerdem setzt ihre Mutter sie irgendwie unter Druck, und ich habe keine Ahnung, wie oder womit oder warum. Jedes Mal, wenn ich sie frage, wechselt sie einfach das Thema.«

»Ich bin mir sicher, dass du Mittel und Wege hast, sie zum Reden zu bringen«, sage ich.

Jase massiert sein Bein und zuckt kurz zusammen. »Ich hab noch nicht einmal über das mit ihr gesprochen, was ich dir gerade erzählt hab. Sie hat diese Woche ihre Aufnahmeprüfung für das Schwimmteam ...«

»Komm schon, Jase. Du willst sie verschonen, sie will dich verschonen – dieser Mist funktioniert bei euch beiden doch sowieso nicht.«

Er reicht mir eine Zeitung, aber mein Wurf geht so daneben, dass ich aussteigen und sie aus dem Gebüsch holen muss, in dem sie gelandet ist. Das Zuschlagen der Autotür lässt Cal hochschrecken, der zu schreien anfängt.

Jase fährt noch einmal rechts ran und ich nehme den Kleinen aus dem Kindersitz und klopfe ihm beruhigend auf den Rücken. Er hat besser keinen Hunger, weil ich nämlich weder daran gedacht habe, ein Fläschchen für ihn mitzunehmen, noch seine Wickeltasche oder sonst irgendetwas eingepackt habe. Ich schiebe meinen Fingerknöchel in seinen Mund und er fängt schmatzend an zu saugen.

»Es hatte wahrscheinlich mit ihren Sorgen um Dad zu tun, dass Alice dich neulich so niedergemacht hat«, sagt Jase und wirft mir einen Blick zu. Cal hat die Finger in mein Shirt gekrallt, und ich konzentriere mich darauf, seinem Klammergriff zu entgehen, während mir so schnell die Hitze ins Gesicht steigt, dass meine Ohren brennen.

»Ähm … was meinst du?« Alice hat doch bestimmt nicht mit Jase über das gesprochen, was am Strand passiert ist – oder?«

Shit. Sollte *ich* mit ihm darüber reden? Aber da gibt es nichts zu sagen. Alice und ich = Wunschdenken.

Ich setze Cal wieder in den Kindersitz und schnalle ihn an.

»Dass sie wegen Cal so auf dich losgegangen ist.« Jase wechselt den Gang, als wir auf die Shore Road biegen, die am Fluss entlangführt. »Es ist sonst nicht ihre Art, anderen so heftige Vorhaltungen zu machen. Ihr geht in letzter Zeit einfach alles ziemlich unter die Haut.«

Nicht der Moment, um an Alice' Haut zu denken. Oder sonst etwas von ihr.

Jase konzentriert sich angestrengt auf die Straße, obwohl es schnurgeradeaus geht und wir lediglich zwei Meilen pro Stunde fahren. Er räuspert sich. »Ist vielleicht nicht unbedingt die beste Zeit, um, ähm, was mit Alice anzufangen.«

»Was? Du findest meinen Plan, Sex mit deiner Schwester zu haben, noch ein Kind zu zeugen und gemeinsam in der Garagenwohnung zu leben, nicht perfekt?«

»Spar dir deinen verdammten Zynismus, Mase. Ich kenne Al gut genug, um zu wissen, dass sie niemanden an sich ranlässt, wenn sie es nicht will. Es ist nur … ach, vergiss es. Keine Ahnung, warum ich davon angefangen hab.«

»Schon okay. Aber, Jase, erzähl verdammt noch mal Samantha, was los ist. Bei uns zu Hause ist immer alles Unangenehme totgeschwiegen worden. Bloß kein Wort über das verlieren, was einen wirklich beschäftigt. Und glaub mir, das ist wie ein Ticket ohne Rückfahrkarte in eine spiegelverkehrte Welt, in der oben unten und falsch richtig ist.«

Plötzlich entdecke ich drei Häuser weiter am Straßenrand eine Gestalt, die der leibhaftige Beweis dessen ist, was ich gerade gesagt habe. Die Mütze ihrer Regenjacke über den Kopf gestülpt, die Schultern gegen den vom Fluss wehenden Wind hochgezogen, eine Strähne ihrer Haare um den Finger drehend, die nur einen Ton heller als die von Cal sind. Nano. Und direkt vor ihr, lässig an die Ladefläche eines zerbeulten alten Strandbuggys gelehnt, die länglichen braunen Haare nach hinten geweht, steht der gute alte Troy Rhodes.

Ich beobachte, wie er ihr auf die Schulter klopft, und bilde mir ein zu sehen, wie er ihr irgendetwas in die Tasche ihrer Regenjacke schiebt. Fuck.

Ich ducke mich.

Jase sieht mich verwirrt an. »Was wird das? Hast du mir nicht gerade noch erzählt, wie wichtig es ist, immer offen und ehrlich zu sein?«

»Halte dich an das, was ich gesagt hab, nicht an das, was ich tue. Und jetzt fahr.«

Achtundzwanzigstes Kapitel

In der darauffolgenden Woche schaffe ich es, Alice mehr oder weniger aus dem Weg zu gehen. Wenn wir uns doch mal begegnen, zum Beispiel, weil ich meinen Wagen versetzen muss, damit sie rausfahren kann, oder ich kurz rausspringe, um ihr zu helfen, die Einkäufe reinzutragen, wovon ich mich nicht abbringen lasse, obwohl sie darauf besteht, dass sie das auch alleine kann, sind wir wie zufällig aufeinandertreffende Fremde. Als ich an einem meiner Cal-freien Tage am Strand joggen gehe, sehe ich sie in der Ferne Übungen zum Abkühlen machen. Sofort spielt sich in meinem Kopf ein bescheuerter Film ab, in dem sie sich verletzt und ich sie zu ihrem Wagen tragen muss, aber in der Sekunde, in der ich in meiner Fantasie den Käfer erreiche, bricht die Szene ab und spult zu unserem Tag am Strand zurück, ich durchlebe noch einmal sämtliche unserer Berührungen und denke an all die Dinge, die ich vielleicht getan – oder sogar gesagt – hätte, wenn ich gewusst hätte, dass dies meine einzige Chance ist.

✳ ✳ ✳

In der darauffolgenden Woche gehe ich Tim, so gut es geht, aus dem Weg. Ausweichmanöver – mein neuer Lieblingszeitvertreib. Als gäbe es keine Unterrichtsvorbereitungen, keine Krankenhausschichten, keine Berge von zu erledigendem Papierkram, die mit Dads Verlegung in die Reha einhergehen, keine sich stapelnden unbezahlten Krankenhausrechnungen. Beim Training laufe ich, als würde ich von Geparden verfolgt werden, im Batting Cage schlage ich unter Brads verblüfften Blicken auf die Bälle ein, als ginge es um mein Leben, und meine Geschwister versorge ich wie Mary Poppins auf Amphetaminen. Ich warte darauf, dass Tim mit Cal auftaucht und um Hilfe bittet – vergeblich. Ich warte darauf, mich an den Anblick zu gewöhnen, wenn er mit dem Kindersitz die Treppe zum Apartment hochsteigt – vergeblich. Manchmal glaube ich, ihn auf den Stufen sitzen zu sehen, wenn ich beim Geschirrspülen aus dem Küchenfenster schaue, aber er macht nie das Außenlicht an, und ohne das verräterische Glühen einer Zigarette könnte es auch bloß ein Schatten sein. Der September ist regnerisch, wolkenverhangen, kühl für Connecticut, und es gibt Momente, in denen ich denke, dass das letzte Mal, als die Sonne schien, mit ihm am McNair Beach war.

»Al?« Andys Stimme schwebt durch die Dunkelheit in unserem Zimmer, das nur spärlich von dem blauen Licht der Lavalampe beleuchtet wird, die eines der wenigen Dinge ist, auf die wir uns geeinigt haben, als wir vor zwei Jahren das Zimmer renoviert haben.

»Mhmm.«

»Wenn ich Kyle in der Schule auf dem Flur sehe –«

»Gott, Ands, nicht schon wieder Kyle Comstock.«

»Wenn ich Kyle auf dem Flur sehe«, fährt sie unbeirrt fort, »soll ich ihn dann ignorieren? Ich meine, ganz offensichtlich? Wegschauen oder das Gesicht verziehen oder ihm einen finsteren Blick zuwerfen?«

Ich kann mich ehrlich gesagt nicht mehr erinnern, wo wir in der Kyle-Saga stehen geblieben sind – außer, dass er

Spielchen spielt oder gleichgültig ist. So oder so ist er nicht gut für Andy.

»Leb einfach dein Leben weiter. Keine finsteren Blicke, sonst denkt er, dass es dir zu viel ausmacht.«

»Es macht mir aber irgendwie etwas aus«, seufzt Andy.

»Gib ihm nicht diese Macht über dich. Im Ernst. Das ist es nicht wert.«

Und was genau tue ich mit Tim, während ich meiner Schwester diesen klugen Rat gebe?

Es macht mir irgendwie etwas aus.

»Bin zu Hause, Schatz.«

Ich habe es mir gewünscht, mich davor gefürchtet, gewusst, dass es unumgänglich ist, und jetzt ist es so weit: Tim und ich haben unsere erste gemeinsame Schicht in Garretts Baumarkt.

Er kommt mit einem großen Becher Kaffee, auf dessen Deckel ein Blaubeer-Muffin balanciert, einer riesigen Tasche, Cal im Kindersitz und einer fettig aussehenden Papiertüte in das kleine Büro geschlendert. Nachdem er mir Letzteres gereicht hat, lässt er alles andere auf die lange Arbeitsablage fallen (bis auf Cal und den Kaffee).

Und ich reagiere auf eine Art und Weise, die absolut keinen Sinn ergibt, weil mich in dem Moment, in dem ich ihn sehe, eine Welle puren Glücks durchflutet und mich komplett überschwemmt. Seine Haare sind frisch geschnitten. Er trägt ein olivgrünes Shirt, das seinen kastanienroten Schopf zum Leuchten bringt, und abgewetzte Jeans. Irgendwie wirkt er nicht so verloren wie sonst; die Art, mit der er Cals Kindersitz abstellt, ist souverän und sicher.

Ich taste nach Dads Lesebrille, die ich immer benutze, wenn ich an seinem Schreibtisch sitze, Zahlen eingebe und

Listen erstelle. Als ich sie aufsetze, wird Tim verschwommen, bis auf sein freches Grinsen.

»Hallo, Alice.«

Die Welle rollt weiter, raubt mir den Atem, sodass ich keinen Ton herausbringe. Ich schaue auf die To-do-Liste, die vor mir auf dem Schreibtisch liegt. Kritzle *Termin beim Optiker* darauf.

»Veganer Frühstücks-Burrito von *Doane*. Ich hatte keine Ahnung, dass die auch so was machen. Sie haben selbst irgendwie überrascht gewirkt.«

Ich schreibe das Datum oben auf die Liste. Schaue nicht auf, weil ich so unglaublich beschäftigt bin.

»Tja, hier bin ich. Der Retter in der Not, gekommen, um dich abzulösen.« Er mustert mich mit schräg gelegtem Kopf. Das Grinsen wird breiter, als er die Brille auf sich wirken lässt. »Ah, der Bibliothekarinnen-Look. Nicht umsonst ein Klassiker.«

Die Welle zieht sich abrupt zurück, hinterlässt ein Wirrwarr aus Wut und Traurigkeit, weil wieder einmal eine kleine Wende der Ereignisse – ein Autounfall, ein Baby – die komplette Landschaft verändert und ich weiter über Dinge stolpere, die einfach nicht dort sind, wo ich sie erwarte.

Ich schaue ihn über den Rand der Brille hinweg an. »Dann gehen wir es also so an, ja?«

Er stellt den Kaffee vor mich hin – ein extragroßer Zimt-mokka-Cappuccino, mein Lieblingskaffee. »Der Barista bei *Doane* hat aus irgendeinem Grund über dich Bescheid gewusst. Ich bin davon ausgegangen, dass du die XXL-Version willst.«

»Spar dir deine Ausweichmanöver. Die ziehen bei mir nicht.« Ich bin die größte Heuchlerin der Welt, scheine aber nicht damit aufhören zu können. Angespannt balle ich unter dem Schreibtisch die Hände zu Fäusten.

Tim setzt sich seufzend halb auf die Tischkante und fragt mit übertrieben geduldiger Stimme: »Wir gehen es auf *welche* Weise an, Alice?«

»Lassen einfach alles so weiterlaufen wie vorher. Als würde es Calvin nicht geben.«

»Ich bin zwar so was wie ein Großmeister im Nichtwahrhabenwollen, aber die Tatsache zu leugnen, dass Cal direkt hier ist, würde sogar mir schwerfallen. Hast du eine bessere Idee? Dann schieß los.«

»Das würde ich liebend gern«, sage ich. »Nämlich auf dich.«

»Das hast du schon bei unserem letzten Gespräch mehr als deutlich gemacht, aber stell dich dafür gefälligst hinten in der Schlange an.« Äußerlich wirkt er immer noch entspannt, aber sein Tonfall ist schärfer geworden.

Ich setze die Brille ab, reibe mir über die Augen, starre auf die Liste hinunter, als wäre sie das Einzige auf der Welt, was zählt.

»Ich löse mich nicht in eine Rauchwolke auf, wenn du die Augen zumachst, Alice, falls es das ist, was du hoffst. Ich bin hier. Er ist hier. Aber du brauchst nicht hier zu sein. Du kannst gehen. Für die Schule lernen. Wiederbelebungsmaßnahmen trainieren. Nadeln in eine Voodoopuppe von mir stechen. Was immer du tun musst. Du hast frei. Ich bin hier heute zuständig.«

»Genau wie ich.«

»Alice. Wir müssen nicht beide hier sein.«

»Sind wir aber. Also lass uns zivilisiert damit umgehen, okay?« Ich setze die Brille wieder auf und hebe das Kinn, damit sie nicht sofort wieder herunterrutscht.

Er fängt an zu lachen und salutiert vor mir. »Zu Befehl, Frau Professor.«

Ich gehe nicht darauf ein, auch wenn meine Wangen heiß werden und meine Hand plötzlich zu kribbeln anfängt, weil ich das dringende Bedürfnis habe, ihn zu schlagen. Dabei habe ich noch nie jemanden geschlagen. Nicht einmal Joel.

»Womit du allerdings recht hast«, bringe ich schließlich hervor, »ist, dass wir zurzeit keine zwei Leute im Laden brauchen. Deswegen wäre es vielleicht gut, wenn wir einen Plan machen und ein paar Regeln aufstellen.«

»Schon wieder Regeln. Du bist echt besessen davon. Ist das so ein Krankenschwesterding oder kann man als große Schwester einfach nicht anders?«

»Sie erleichtern den Alltag, das ist alles«, sage ich. »Du und Hester habt doch bestimmt auch vereinbart, in welchem Rhythmus ihr euch mit Cal abwechselt?«

»Zählt *Du kriegst das Baby, wenn ich kurz davor bin, den Verstand zu verlieren* als Vereinbarung?«

»Wenn das alles ist, was du hast.«

Er breitet die Arme aus.

Ich fange an, um meine Kurse und Krankenhausschichten herum einen Wochenplan zu entwerfen. Vielleicht sollte ich in der Schule jemanden fragen, ob er im Unterricht ab und zu für mich mitschreibt, damit ich irgendwie alles am Laufen halten kann. Dann legen wir seine Arbeitstage fest. »Das wären dann also grundsätzlich vier Tage die Woche, vormittags und nachmittags im Wechsel«, sage ich. »Die Warenlieferungen sind immer montags und freitags, deswegen wäre es gut, wenn du es so einrichten kannst, dass Cal dann nicht dabei ist …«

»Kein einziger Tag, an dem wir zusammen im Laden sind, Alice?«

»Dafür besteht eigentlich kein Bedarf, oder?«

»Das würde davon abhängen, über was für eine Art von Bedarf wir reden.« Er grinst schon wieder so bescheuert.

»Darüber, alles so professionell wie möglich über die Bühne zu bringen. Arschloch.«

»Alice hat ein böses Wort gesagt«, sagt er mit singender Stimme.

Ich werfe meinen Stift hin, beuge mich vor und stütze die Hände auf dem Tisch ab, damit ich ihn nicht erwürge. »Erklär mir mal was, Junge, der höchstwahrscheinlich sein Leben lang irgendwelchen Mist bauen wird. Warum musst du jedes Mal, wenn du im Unrecht bist, den verdammten Zyniker raushängen lassen?«

Noch in der Sekunde, in der die Worte draußen sind, weiß ich, dass ich zu weit gegangen bin.

Tim öffnet den Mund, schließt ihn wieder, schaut an die Decke, wendet sich zum Gehen, kommt zurück, beugt sich über den Tisch, stützt wie ich die Hände auf den Tisch. »Ich hab etwas getan, auf das ich nicht stolz bin. Jep. Aber du bist weder meine Richterin noch meine AA-Mentorin oder mein Pa. Du willst, dass wir professionell bleiben? Gut. Ich hab ehrlich gesagt keine Ahnung, was du darunter verstehst, aber für mich schließt es definitiv aus, einen anderen Menschen zu verurteilen und persönlich zu beleidigen. Du bist nicht diejenige, der ich das angetan habe. Ich hab es noch nicht einmal mir selbst angetan. Sondern Hester und diesem Kind. Ihm ganz besonders. Meine Buße oder Strafe – falls es das ist, worum es dir geht – ist also, mich um ihn zu kümmern. Und genau das werde ich jetzt tun. Du findest mich draußen, wenn du unsere *professionelle* Unterhaltung darüber fortsetzen willst, wann die neue Ware geliefert wird. Worüber ich bereits Bescheid weiß, weil ich schon den ganzen Sommer hier arbeite und nur dann

Blackouts habe, wenn ich betrunken bin. Was zurzeit nicht der Fall ist. Aber wenn du meine Wagenschlüssel haben willst – bitte, tu dir keinen Zwang an.«

Er nimmt den Kindersitz und marschiert aus der Tür.

»*Du* wolltest, dass ich dir deine Autoschlüssel abnehme!«, rufe ich ihm hinterher.

Drei Stunden später ist der Laden immer noch wie ausgestorben. Und zwischen uns herrscht nach wie vor dicke Luft. Man sollte eigentlich denken, dass man sich auf einer Fläche von achthundert Quadratmetern nicht völlig aus dem Weg gehen kann, aber wir kriegen es hin. Als ich draußen eine Palette mit neuer Ware aufreiße und er dazukommt, um mir zu helfen, wedle ich ihn mit dem Teppichmesser davon.

Er kehrt mit versteinertem Gesicht in den Laden zurück.

Als ich Regale auffülle, sitzt er hinter dem Tresen, füttert Cal, trommelt mit den Fingern auf dem Schenkel, wechselt Cals Windel, kaut am Daumennagel und schaukelt mit dem Fuß – er trägt die Sneakers, die ich ihm geschenkt habe – Cals Kindersitz, während er stirnrunzelnd über einem Trigonometrie-Buch sitzt und ab und zu aufspringt, um sich Kaffee nachzuschenken.

Ich ordne immer wieder eine geringe Anzahl relativ einfacher Wörter in meinem Kopf neu an, die jedoch nie den ganzen Weg bis zu meinen Lippen schaffen. Acht Worte. »Ich hab mich geirrt. Es tut mir leid.« Jedes Mal, wenn ich mich zu ihm umdrehe, ist er mit irgendetwas anderem beschäftigt. Dabei gibt es hier im Moment beileibe nicht sonderlich viel zu tun.

Als ich von einem komplett überflüssigen Gang zum Briefkasten zurückkomme, versucht er gerade mit einem

Schraubenzieher den Boden unserer klemmenden alten Kasse aufzustemmen. »Die Mühe kannst du dir sparen.«

»Wenigstens das hier kann ich wieder in Ordnung bringen«, stößt er zwischen zusammengebissenen Zähnen hervor.

Cal quengelt leise vor sich hin, und Tim schaukelt abwesend wieder seinen Kindersitz mit dem Fuß, während er weiter mit der Registrierkasse kämpft.

»Hör zu«, sage ich. »Ich war …«

Er schaut kurz auf, mahlt mit dem Kiefer, wie wütende Jungs es so gern machen, dann dreht er mir den Rücken zu und rammt wieder den Schraubenzieher in die Ladenkasse. Wenigstens ist es nicht mein Kopf.

»Tim«, versuche ich es noch einmal.

Das Herumstochern wird lauter. Sein Rücken noch abweisender.

»Nicht so wichtig.«

Brad kommt vorbei, um sich auf dem Weg zu einem Vorstellungsgespräch für einen Halbtagsjob als Trainer im Fitnessstudio noch ein paar Last-Minute-Tipps von mir zu holen. Tim wirft ihm über den Rand seines Geschichtsbuchs einen finsteren Blick zu, streicht weiter in verschiedenen Farben Textstellen mit dem Marker an, während ich Brad einen Kamm in die Hand drücke und einen Fleck aus seinem Ärmel reibe. Tim hat die Füße an der Theke abgestützt und ist so tief in seinen Sitz gerutscht, dass Brad ihn noch nicht einmal bemerkt. »Wie wäre es mit einem Kuss, um mir Glück zu wünschen, Liss?« Er stellt den Kragen seines Hemds auf.

Ich klappe ihn wieder runter. »Vergiss nicht, deinen Boss mit Namen anzureden und nicht aus Versehen *Big Mac* zu ihm zu sagen.«

»Du hast vergessen, ihm einen Zettel mit einem Smiley in seine Brotdose zu legen«, sagt Tim, ohne von seinem Buch aufzuschauen, als hinter Brad die Tür zufällt.

* * *

»Nans, ich brauche dich«, raune ich ins Handy, als ich während der Pause vor dem Hintereingang des Ladens auf der Rampe hocke.

Die Stimme meiner Zwillingsschwester wird sofort eine Oktave höher. »Warum? Brauchst du Geld für eine Kaution?«

»Großer Gott, Nan. Wann hab ich jemals Geld für eine *Kaution* gebraucht?«

»Ich weiß nicht. Du bist seit Wochen weg und ich hab kaum etwas von dir gehört. Ich dachte nur … Keine Ahnung.« Sie seufzt.

»Ich hab dich auch vermisst. Jesus, Nan, echt. Jedenfalls wollte ich fragen, ob wir uns vielleicht treffen können …« Tja, nur wo? So weit, meinen Eltern den neuen Mason-Thronerben vorzustellen, bin ich definitiv noch nicht. »Was treiben Ma und Pa denn?«

»Wer weiß das schon? Ich glaube, sie ist mit den Herbstvorbereitungen im Gartenklub beschäftigt. Und er ist … wie immer nicht ansprechbar, weil er so viel zu tun hat. Bis er sich dann um sechs in sein *Homeoffice* zurückzieht und in seinem Lehnsessel ins Koma fällt. Du kannst also herkommen, die Luft ist rein, es sei denn, du willst dich lieber in einer Tiefgarage oder so was treffen.«

Ich lache. »Ich brauche weder eine Kaution, Schwesterherz, noch bin ich Undercoveragent geworden. Dann komme ich nachher später kurz vorbei, okay?«

»Ähm. Später ist schlecht. Ich bin heute Nachmittag im *Key Club* und wollte vorher noch in die Bibliothek und –« Dass

Zwillinge so eine besonders enge innere Bindung haben sollen, ist kompletter Bullshit, aber ihre Stimme klingt schon wieder leicht schrill und nervös. So ein schlechtes Gewissen?

»Lass den *Key Club* sausen. Es ist wichtig.«

»Ich bin zu Hause«, sagt sie nach einer kurzen Pause, in der ich ihre schnellen Atemzüge hören kann. »Komm, wann du willst.«

***

Ich höre noch nicht einmal die Türglocke, als Hester hereinkommt, sie steht plötzlich einfach neben dem Gang mit den Gartengeräten, als hätte sie sich im Laden materialisiert.

Ich schaue auf und ertappe sie dabei, wie sie mich mit zusammengezogenen dunklen Augenbrauen betrachtet.

»Oh. Du bist es. Ich hab dich ohne deinen Bikini nicht gleich erkannt.«

Wir studieren uns gegenseitig, als würde eine Zwischenprüfung anstehen. Sie ist groß, hat halblange glatte braune Haare, trägt einen blauen Rock und einen hellblauen Pulli über einem langärmeligen weißen Shirt. Ein ziemlich unauffälliger Look, fast wie eine Schuluniform. Ihr süßes herzförmiges Gesicht hat etwas Altmodisches und könnte einem auch von einem Porträt in einem aufklappbaren Medaillon entgegenblicken. Ich versuche sie mir mit Tim vorzustellen, es gelingt mir noch nicht einmal annähernd, und ich verstehe auch nicht, warum ich es überhaupt versuche.

Noch merkwürdiger ist allerdings, dass sie wahrscheinlich ziemlich genau dasselbe macht, während sie auf ihrer Unterlippe kaut und mich von oben bis unten mustert.

»Wo ist Tim? Wo ist das Baby?«, fragt sie schließlich und

schaut sich leicht panisch um, als hätte ich die beiden womöglich beseitigt.

»Cal ist da hinten und schläft.« Ich deute hinter den Verkaufstresen.

»Sein Name ist Calvin«, korrigiert sie mich. »Nach Calvin O'Keefe.«

»*Die Zeitfalte*«, sage ich. »Er war der Erste, in den ich mich beim Lesen verliebt habe.«

»Ich habe ihn auch geliebt«, sagt Hester. »Klar, sonst hätte ich Calvin auch nicht nach ihm benannt. Er war so klug. Und er mochte das Außenseitermädchen. Und ...«

»Er hatte rote Haare«, beende ich den Satz.

Oh Gott. Ist sie etwa in Tim verliebt?

Ihre Hand wandert an ihren Ausschnitt, wo sie mit dem Perlenanhänger ihrer schlichten goldenen Halskette spielt. »Seid ihr ... sind du und Tim ...«

»Wir sind nur befreundet.« Wobei ich mir im Moment nicht sicher bin, ob das wirklich zutrifft. »Mehr nicht.«

»Ich bin ...« Sie zögert, was irgendwie verständlich ist. »Ich bin Calvins Mutter. Natürlich. Ich meine, natürlich weißt du das. Ich dachte, Tim würde hier auf mich warten. Ich bin nur eine halbe Stunde zu spät.«

Wir schauen beide auf die Uhr, was zumindest unserem Blickduell ein Ende setzt.

»Er ist selbst ein bisschen spät dran.« Ich spüre ein besorgtes Kribbeln im Bauch. Es sieht Tim, der es sich anscheinend zur Mission gemacht hat, nicht um Hilfe zu bitten, eigentlich nicht ähnlich, Cal so lange allein zu lassen. Dass er es überhaupt getan hat, ist schon ein Wunder. Ich musste praktisch darauf bestehen, dass er ohne das schlafende Baby Mittagessen holen geht.

Und selbst dann ist er nicht einfach losgezogen, sondern

hat angefangen, mir zu erklären, was ich tun soll, wenn Cal aufwacht, und war plötzlich so gesprächig wie den ganzen Tag nicht. »Ich nehme den Pick-up, dann geht es schneller. Auf dem Rückweg muss ich noch kurz was besorgen, aber das dauert nicht lange. Und Hester müsste jeden Moment hier sein. Er bekommt immer leicht Panik, wenn er die Augen aufmacht und niemand da ist, deswegen nimmst du ihn am besten sofort auf den Arm, sonst fängt er an zu schreien und …« Er unterbrach sich und schüttelte den Kopf. »Aber das weißt du ja bestimmt sowieso alles selbst.«

Soll ich Hester sagen, dass sie sich Cal schnappen und einfach gehen soll? Ihr einen Kaffee anbieten und mich mit ihr über Bücher unterhalten?

»Und … kennst du Tim schon lange?« Sie spielt wieder mit ihrer Halskette.

Genau in der Pause, die Hester einlegt, dringt hinter dem Tresen ein keuchendes Geräusch hervor, gefolgt von einem durchdringenden Schrei. Sie springt vor Schreck praktisch bis unter die Decke.

Ich laufe schnell zu Cal, der schon mit panischem Blick und starrem Körper daliegt, und nehme ihn aus dem Kindersitz. »*Schsch*. Ich hab dich«, flüstere ich ihm ins Ohr. Er stößt schniefend den Kopf an meine Wange, dann schmiegt er sich an mich und ballt eine Hand in meinen Haaren zur Faust, während ich ihn sanft hin- und herwiege. Hester starrt uns einen Moment lang an. »So ist es ständig. Er schreit *die ganze Zeit*.

Auf mich wirkt er eigentlich ganz friedlich, aber ich bin nicht vierundzwanzig Stunden am Stück mit ihm zusammen.

Sie nimmt ihn mir seufzend ab und kramt gerade mit

einer Hand in der Wickeltasche, als Tim zurückkommt und pfeifend eine mit Fettflecken übersäte Papiertüte von Esquidero schwingt, die den würzig-scharfen Duft ihrer berühmten Fritten verströmt.

Hester hält mir Cal hin.

Ich nehme ihn reflexartig entgegen und bin ehrlich gesagt etwas fassungslos. Sie hat ihn einfach so an mich weitergegeben, als würden wir mit einem Ball *Heiße Kartoffel* spielen, und sie wäre mit Werfen dran.

Dann fängt sie an, auf Tim einzureden.

»Tausend Dank, dass er so lange bei dir bleiben konnte. Du hast mir echt das Leben gerettet. Oder mich zumindest davor bewahrt, durchzudrehen.«

Tim nickt und schenkt mir einen nicht zu deutenden Blick.

»Was ich neulich vergessen hab, dich zu fragen«, plappert Hester weiter, »hattest du schon mal eine sexuell übertragbare Krankheit?«

Meine Augenbrauen schnellen in die Höhe. Tim, der gerade eine Pommes aus der Tüte gezogen hat, fängt an zu husten.

»Ähm. Nein?« Er räuspert sich. »Nein, hatte ich nicht.«

»Hast du schon das Formular zu deiner medizinischen Vorgeschichte ausgefüllt? Das müssen wir so bald wie möglich einreichen.«

»Ich hab es dir gestern Abend gemailt. Das müsste von meiner Seite dann alles gewesen sein, wir können die ganze Sache also endlich vorantreiben, oder?«

»Oh, gut. Das ist gut. Ja.«

Sie klingen wie zwei Fremde, die in einem Fahrstuhl höfliche Floskeln austauschen. Wäre da nicht Cal, mit seinen Tim-Haaren und seinen großen, unschuldigen Hester-Augen.

»Leg ihn in das Babykörbchen. Danke, Alice.« Ihre Stimme klingt so rau, als wäre sie mal Kettenraucherin gewesen, was in ihrem Fall eine ziemlich absurde Vorstellung ist.

Es folgt eine extrem schräge Übergabe, bei der Tim gestresst von Hester zu mir blickt, Cal übernimmt, an Hester gibt, die ihn in den Tragekorb legt, sich wieder aufrichtet, zwischen Tim und mir hin- und herschaut, bevor sie sich schließlich wieder auf Tim konzentriert.

»Mein Großvater würde dich gern kennenlernen. Hast du Lust, morgen Abend zum Abendessen vorbeizukommen? Oder übermorgen? Oder bist du schon… mit jemand anderem verabredet?« Ihre Stimme wird zum Ende hin höher und die Worte fließen ineinander.

»Nein, ich hab nichts vor. Gar nichts.«

»Oh, gut. Grandpa ist ein begnadeter Koch. Also …« Sie zögert, als warte sie darauf, dass Tim einspringt und das Ganze weniger peinlich macht.

Aber er sieht sie gar nicht an, sondern zupft Cals Decke zurecht und wischt ihm mit einem liebevollen Lächeln eine Träne von der Wange.

Hester winkt kurz in meine Richtung, dann nimmt sie den Kindersitz, eilt auf die Tür zu, versucht sie mit dem Fuß aufzumachen und stößt dabei sowohl mit dem Kindersitz als auch dem Tragekörbchen gegen das Glas. Cal erschrickt und fängt zu weinen an.

»Großer Gott«, murmelt Tim, geht zu ihr rüber, nimmt ihr den Tragekorb ab, drückt mit der Hüfte die Tür auf und begleitet sie nach draußen.

* * *

Von außen sieht das Haus meiner Eltern *fröhlich* aus. Ein Wort, das ich normalerweise nicht benutze, aber in dem Fall gibt es

kein anderes. Ma hat entlang der Auffahrt gelbe Blumen ge-
pflanzt. Die Haustür wird von zwei kleinen Statuen flankiert –
ein Mädchen in einem Pünktchenkleid, das sich mit einer
Gießkanne vorbeugt, und ein Junge in einem Overall, der aus
irgendeinem merkwürdigen Grund in ein Horn bläst. Sie
stehen schon dort, seit ich denken kann, trotzdem glänzt ihre
Farbe immer noch wie neu. Ob Ma sie regelmäßig neu lackiert?
Der Gedanke ist deprimierend.

Ich drücke die Eingangstür auf. »Nano?«

Meine Schwester kommt aus dem Wohnzimmer gestürmt.

Im Gegensatz zum Haus hat Nan sich in den letzten Tagen
komplett verändert. Sie hat die Augen mit einem schwarzen
Lidstrich betont und die Lippen dunkelrot nachgezogen, dabei schminkt sie sich sonst so gut wie nie, trägt ein schwarzes
T-Shirt und eine weiße Jeans und hat sich die Haare auf Kinn-
länge schneiden lassen.

»Nans. Du siehst anders aus.«

»Du meinst besser, oder? Cool und kosmopolitisch statt wie
ein Mauerblümchen aus einem winzigen Kaff in Connecticut?«

»Genau so. Du siehst …« Schuldbewusst aus, um ehrlich
zu sein. Aber es ist Nans Fluch, so auszusehen. Selbst wenn
sie die reine Wahrheit und nichts als die Wahrheit sagt, wirkt
sie, als hätte sie ein schweres Verbrechen begangen. Das Haus
riecht noch wie immer, staubiger Muff überdeckt von dem
Raumduft *Tropical Breeze*. An den Wänden hängen immer
noch dieselben alten Scheißbilder von Thomas Kinkade. Sie
führt mich ins Wohnzimmer, als wäre ich ein Gast.

Der Raum ist voller Fotos mit Nan und mir im Zwillings-
look, eines schlimmer als das andere.

»Genau darum geht es nämlich – neue Nan, neues Kapitel,
neues Leben«, plappert sie weiter, während sie geschäftig Kissen aufschüttelt und Häkeldeckchen glatt streicht.

Ich höre kaum zu, weil mich vor allem ein Gedanke beschäftigt – dass ich ein Fremder in meinem eigenen Zuhause bin. Als wäre dieser Teil meines Lebens längst abgeschlossen, als würde ich ein Museum besuchen und darauf achten, den Absperrseilen nicht zu nahe zu kommen und ja nichts anzufassen. Die ganzen Hummel-Figürchen, das Miniaturdorf auf der Fensterbank mit einem kleinen Spiegel als See und einer Häusergruppe mit beleuchtbaren Fenstern, die Ma abends anmacht. Im Winter verteilt sie Watte auf den Dächern. Jetzt liegen zwischen den Häuschen winzige Kürbisse und Heuballen. Möglicherweise braucht sie immer etwas, womit sie ihre Hände beschäftigen kann, genau wie ich und Nano.

»Was ist los?«, fragt Nan.

Ich lasse mich aufs Sofa fallen, lege die Füße auf den Couchtisch und werfe dabei einen Stapel Bücher zu Boden mit Titeln wie *Suppen und Eintöpfe für jede Jahreszeit* und *Die Mäusestrategie für Manager*.

»Tja, eine ganze Menge.« Während ich sie schnell und schonungslos über die Einzelheiten informiere, kaut sie sich praktisch alle Fingernägel herunter. Dann stößt sie einen langen und erschöpften Seufzer aus, als hätte nicht ich, sondern sie die ganze Zeit geredet.

»Sag was. Wäre es dir lieber gewesen, eine Kaution zu stellen, statt zu erfahren, dass du Tante geworden bist?«

Sie legt die Fingerspitzen aneinander, presst die Stirn dagegen.

Ein Hauch von Pa liegt in der Geste.

Als sie endlich den Mund aufmacht, sagt sie etwas, womit ich als Letztes gerechnet hätte.

»Woher weißt du, dass es dein Kind ist?«

Neunundzwanzigstes Kapitel

Wie bitte?«

»Tim«, sagt Nan genervt. »Du kannst unmöglich der einzige rothaarige Kerl an der Ellery Prep gewesen sein. Was ist mit Mike McClasky, mit dem du dir letztes Jahr nach den Sommerferien ein Zimmer geteilt hast? Der mit dem Piercing in der Braue? Warum nicht er? Woher willst du wissen, dass diese Hester dich nicht reinlegt?«

»Weil es in der ganzen Stadt keinen tolleren Typen gibt, den man sich als Vater für sein Kind wünschen kann, als mich? Ha.«

»Ach, keine Ahnung.« Nan lässt sich aufs Sofa fallen, greift in die Kristallschale, die Ma regelmäßig mit Süßkram auffüllt, nimmt sich eine Handvoll Lakritzstäbchen und hält eines nach dem anderen hoch, als sie ihre Argumente aufzählt. »Du kannst dich nicht an die Party erinnern. Du kennst sie lediglich aus den Kursen, die ihr zusammen hattet. Dir ist absolut nichts über diese Schwangerschaft zu Ohren gekommen, obwohl sich eigentlich alle das Maul darüber hätten zerreißen müssen.«

»Ich bin von der Schule geflogen. Wie hätte ich da irgendwas davon mitbekommen sollen?«

»Du hast mit *niemandem* mehr Kontakt? Kein einziger, der die neuesten Ellery-Dramen an dich weitergibt?«

»Nein. Ich kann mich kaum noch an die Leute erinnern,

mit denen ich damals rumgehangen habe, und bin mir sicher, umgekehrt ist es genauso. Wir haben uns auch nie auf Facebook oder so geschrieben.«

Die Sorge auf Nans Gesicht wird von tiefem Misstrauen abgelöst.

»Ich versuche bloß, dich vor noch mehr Problemen zu bewahren, Tim. Dieses Mädchen … Ich weiß nicht, worauf sie es abgesehen hat, aber mein Gefühl sagt mir, dass da irgendwas nicht stimmt.«

Sie steckt sich wieder ein paar von den Lakritzstangen in den Mund und hält mir dann die Schale hin.

Ich schüttle schaudernd den Kopf. Verdammtes Gummizeugs – außer vielleicht Jelly Beans, die gehen wirklich immer.

Nan lässt nicht locker. »Woher willst du wissen, dass sie nicht etwas mit einem anderen Typen hatte, der keine Verantwortung übernehmen wollte, und dich nur benutzt?«

»Weil sie nicht so ein Mädchen ist? Weil das total krank ist? Weil ich wohl kaum dafür bekannt bin, für irgendetwas Verantwortung zu übernehmen?« Ich schaue mich im Raum um, als würde mir eines der Hummel-Figürchen sagen können, wie ich meine überraschend zynische Schwester davon überzeugen kann, dass ich Cals Vater bin. Obwohl ich eigentlich bei dem Gedanken, dass ich es vielleicht doch nicht bin, einen Luftsprung machen sollte.

Mein Blick bleibt am Bücherregal neben dem Kaminsims hängen, auf dem ein Foto von Nan und mir als Babys steht – aufgenommen bei unserem ersten Weihnachtsfest, aneinandergeschmiegt in einem rosa Sessel mit *Rudolph dem Rentier* als Plüschtier zu unseren Füßen. Ich bin als Santa Claus angezogen, Nan als Mrs Santa (toll, Ma – inzestuöse Baby-Outfits). Meine Haare sind unter der roten Zipfelmütze zwar nicht zu sehen, aber das kleine Kinngrübchen, das Dominic sofort bei Cal entdeckt hat, ist deutlich zu erkennen.

»Er sieht aus wie ich«, sage ich.

Ich spüre immer noch nichts von diesen viel beschworenen *Blutsbanden*, die man zu seinem Kind haben soll, aber wenn man neben jemandem geschlafen hat (ich auf der Couch, Cal im Körbchen, meine Hand die halbe Nacht auf seinem Bauch) und ihn sauber gemacht und gefüttert und stundenlang im Arm gehalten hat, dann ist man irgendwie mit ihm verbunden.

»Babys sehen mehr oder weniger alle gleich aus, Timmy«, entgegnet sie geduldig.

Von diesem geduldigen Tonfall bekomme ich Ausschlag. Die unterschwellige Botschaft lautet: *Ich weiß, was hier wirklich los ist, während du komplett im Dunkeln tapst.*

»Scheiße, Nan. Seit wann kennst du dich bitte schön mit Säuglingen aus? *Babys sehen mehr oder weniger alle gleich aus, Timmy*«, äffe ich ihre hohe Stimme nach. »Das letzte Baby, mit dem du mal für einen längeren Zeitraum zusammen gewesen bist, war *ich*.

Ich rechne damit, dass sie sauer wird und zurückschießt. Ich *will*, dass sie so sauer wird wie ich und mir ihre Wut ins Gesicht schreit. Stattdessen schlingt sie einen Arm um meine Taille und legt den Kopf an meine Schulter. Ihr spitzes Kinn gräbt sich in mein Schlüsselbein. Nan isst nie genug. Wegen dieses Ich-bin-zu-fett-Mists, mit dem Mädchen sich gern fertigmachen.

Oder geht es jetzt sogar um Drogen?

Ich entspanne seufzend die Finger, die ich zur Faust geballt hatte. »Er ist mein Sohn. Ich meine, nicht dass ich es wollen würde, aber … Sag mal, seit wann bist du eigentlich so zynisch, Nano? Das ist doch normalerweise mein Spezialgebiet.«

»Du spielst das doch immer nur«, sagt Nan.

Ich lache überrascht auf. »*Bullshit!*«

Sie nimmt ein gerahmtes Foto von uns vom Beistelltischchen, auf dem wir an Ostern neben einem Küken stehen, das im Vergleich zu uns so groß wie Godzilla ist. Sie schreit darauf und ich wirke abwesend. Nan zieht ihre sommersprossige Nase kraus, während sie mit dem Finger über die Ohren unserer Hasenmützen streicht, zuerst über meine, dann über ihre. »Wie alt waren wir, als Mommy aufgehört hat, uns zu verkleiden?«

»Fünfzehn oder so. Hey, du bist keine vier mehr, also hör mit diesem *Mommy*-Scheiß auf. Das passt nicht zu deinem coolen Großstadtmädchenlook, sondern lässt dich total lächerlich klingen.«

Sie lacht und schlingt den Arm noch ein bisschen fester um mich. »Du hast keine Ahnung, wie es zu Hause ist, seit du nicht mehr da bist.« Sie hebt den Kopf und sieht mich an, und, verdammt, ich hätte es ihrer Stimme anhören müssen. Sie weint.

»Hey.« Ich tätschle unbeholfen ihren Rücken. »Ich weiß, ich bin ein echter Sonnenschein und so weiter, aber so schlimm wird es schon nicht sein, oder?«

»Es gibt niemanden mehr, der mich zum Lachen bringt. Keine Münzen mehr, die man aus der Strafkasse für Schimpfwörter kramen kann, weil du nichts mehr reinwirfst. Niemand mehr, der die Hummels in kompromittierenden Stellungen anordnet.« Sie wischt sich schniefend mit dem Handrücken übers Gesicht.

»Okay, ich gebe zu, dass ich damit wertvolle Dienste geleistet habe.«

Sie schaut zu mir auf, mit Tränen in den grauen Augen, nassen Wangen, zitternder Unterlippe. Das Bring-alles-wieder-in-Ordnung-Gesicht. Es funktioniert nur nicht mehr so gut wie früher. Nicht, seit es Cal gibt. Der völlig schutzlos ist und sonst niemanden hat, der für ihn alles wieder in Ordnung bringen kann.

»Apropos Dienste. Möchtest du mir vielleicht erzählen, wie genau diejenigen aussehen, die dir der gute alte Troy Rhodes erbringt?«

Nan weicht zurück, als wäre ich ein nasses Stromkabel.

»Von wem hast du das? Samantha?«

»Woher sollte Sam davon wissen? Wenn ich das richtig mitbekommen habe, redet ihr beide nicht mehr miteinander.«

Nan greift sich eine Handvoll Lakritze und schiebt sich hektisch eins nach dem anderen in den Mund. »Wer war es dann?«

»Ich hab dich mit meinen eigenen kleinen Äuglein gesehen. Was läuft da, Nan?«

Sie deutet kauend auf ihren Mund, und nachdem sie das Zeug runtergeschluckt hat, verschränkt sie die Arme und sieht mich trotzig an. »Und, wann darf ich Cal kennenlernen?«

»Versuch jetzt bloß nicht das Thema zu wechseln, Nan.«

Meine Stimme klingt so hart, dass es glatt die von Pa sein könnte.

»Warum geht es auf einmal um mich? Du bist doch derjenige, der plötzlich ein *Kind* hat!«

»Was ist hier los?«, fragt eine ruhige Stimme von der Tür her.

Ich habe keine Zeit, mein Pokerface aufzusetzen, also sehe ich wahrscheinlich genauso schuldbewusst aus wie Nan, als wir uns zu Pa umdrehen.

Verdammt, ich habe völlig die Zeit vergessen. Es ist kurz vor sechs. Seine Krawatte ist gelockert, das Jackett hat er noch an. Sein Whisky scheint zum Glück noch auszustehen. Schließlich ist Ma nicht zu Hause, um ihm seinen Eiskübel zu bringen. Ich glaube, ich habe nie erlebt, dass er ihn sich selbst holt.

»Hi, Daddy … Dad.« Nan schaut mich kurz nervös von der Seite an.

»Wie geht's, Pa?«

Er lässt den Blick zwischen uns hin- und herwandern, so wie früher, wenn wir irgendwas angestellt hatten.

»Es ist schon eine Weile her, seit wir dich das letzte Mal gesehen haben, Timothy. Bist du in Schwierigkeiten?«

»Nein. Alles bestens. Und dass ihr mich schon eine Weile nicht mehr gesehen habt, liegt einfach daran, dass ich hier nicht mehr wohne. Wollte nur mal nach Nano schauen.«

»Und sie um Geld bitten?«

»Nein, Dad«, sagt Nan im selben Moment, in dem ich: »Nein, Pa«, sage. »Weißt du«, füge ich hinzu, »die Drogengeschäfte laufen wirklich gut. Dazu noch die Zuhälterei. Ich schwimme förmlich in Geld.«

»Soll das ein Scherz sein? Will er mich auf den Arm nehmen?« Pa richtet die Frage an Nan, die nervös herumzappelt und rot geworden ist, als das Wort *Drogen* fiel. »Ich verstehe nicht, was daran lustig sein soll«, sagt er nun wieder an mich gerichtet.

»So lustig war es auch nicht«, erwidere ich. »Okay, ich muss dann mal wieder. Hab noch was … zu erledigen.« Ich nicke meiner Schwester zu. »Wir unterhalten uns später über dein neues kleines Projekt. Verlass dich drauf.«

Nan wickelt sich eine Haarsträhne um den Finger. Wenn sie so weitermacht, hat sie irgendwann Rastazöpfe. Nicht unbedingt die passende Frisur zu ihrem neuen Look. Sie gibt mir keine Antwort.

Pa klopft mir auf den Rücken und schiebt mich Richtung

Tür. Ich rechne schon fast damit, dass er mich gleich am Kragen packt und unsanft in den Garten befördert. Stattdessen sagt er: »Ich begleite dich noch zu deinem Wagen.«

»Warum? Um sicherzustellen, dass ich auch wirklich verschwinde?«

Als er mich die Einfahrt hinunterdirigiert, komme ich mir vor, als würde er mich abführen. Gleichzeitig könnte es aber auch eine Szene aus einem dieser alten Streifen sein, in der ein Mann seinem Sohn einen väterlichen Rat erteilt. Allerdings wette ich zwei zu eins, dass er mir keine Scheine zustecken wird, damit ich meine Mary Lou auf einen Milchshake einladen kann.

Als wir vor dem Jetta stehen, schaut er sich einen Moment auf der Straße um. Ich erwarte beinahe, dass gleich ein paar Cops aus dem Gebüsch der Crosbys springen, mir Handschellen anlegen und mich auf die Rückbank meines eigenen Wagens schubsen.

Nichts als Stille.

Pa, der den Blick umherwandern lässt, nur nicht zu mir.

Ich, der darauf wartet, dass er sagt, was er zu sagen hat.

Aber das hier ist nicht sein Arbeitszimmer und ich lebe nicht mehr unter seinem Dach. Ich lehne mich an den Wagen und verschränke die Arme. Wenn er warten kann, kann ich es auch.

Also warten wir.

Pa holt sein Handy heraus, wirft einen kurzen Blick darauf und steckt es wieder weg. Es wirkt wie ein Tick, nicht so, als hätte er wirklich einen Grund auf sein Handy zu schauen. Ich kratze mit dem Daumennagel über die Hornhaut in meiner Handfläche. Trockenes Laub weht die Straße entlang. Das Gras wächst. Irgendwo wird ein Stern geboren.

Wieder der Tick mit dem Handy. Wie viele wichtige Anrufe kann der Leiter der Stony Bay Bank erhalten?

»Pa. Ich muss wieder zur Arbeit. Ich hab mir eine Stunde freigenommen, um Nan zu besuchen, und die Stunde ist jetzt um. Sind wir hier fertig?«

Er presst die Lippen zusammen und sieht mich einen Moment schweigend an. »Ich habe dich nie verstanden, Tim«, sagt er schließlich. »Nicht ein einziges Mal in deinem Leben.«

Was gibt es darauf zu erwidern? *Hast du's jemals versucht?*

»Also sind wir fertig.« Ich steige in den Wagen, lege den Gang ein und fahre los.

✳ ✳ ✳

»Okay, wenn jemand sagt, *lass uns Freunde sein*, ja?« Andy lehnt sich mit den Ellbogen auf die Theke neben die dort verstreut herumliegenden Teile der Registrierkasse. »Hat das *irgendetwas* zu bedeuten? Oder ist das so eine Art Code? Bedeutet es überhaupt etwas? Oder sagt man das einfach nur so?«

»Ich brauche mehr Kontext«, sage ich und schaue von den Farbkarten auf, die ich gerade neu sortiere.

»Es bedeutet: *Verzieh dich.*« Tim blättert, ohne den Blick zu heben, eine Seite in seinem Chemiebuch um.

»Echt? Das ist noch nicht einmal so was wie ein Schleifchen für den zweiten Platz? Einfach nur *Verschwinde*?« Andy klingt am Boden zerstört. Worauf Tim schließlich doch aufschaut, ihr trauriges Gesicht sieht und sagt: »Warte, warte. Nicht immer… ähm… genau, es kommt auf den Kontext an. Den brauche ich. Vielleicht hab ich da was völlig falsch verstanden.

»Okay, pass auf. Da gibt es also diesen Typen…«, sagt Andy.

»Kyle Comstock. Vergiss den Kerl«, unterbreche ich sie.

»Wer auch immer. Darum geht es nicht. Wenn er mit seinen Freunden zusammen ist, redet er noch nicht einmal mit mir. Aber jedes Mal, wenn ich ihn allein treffe, ist er total nett und gesprächig und witzig und sagt, dass er gern mit mir befreundet sein will.«

»Loser. Vergiss ihn«, wiederhole ich. »Er will dir nur an die Wäsche.«

»So weit waren wir noch nicht«, sagt Andy. »Nicht einmal annähernd. Es war kaum mehr als ab und zu miteinander abhängen. Mit der potenziellen Aussicht auf mehr. Und ein bisschen küssen. Was definitiv Potenzial hatte.«

Tim macht sich schon wieder an der Registrierkasse zu schaffen und versucht mit zusammengezogenen Brauen die Spule für die Kassenrolle in die Halterung zurückzustecken. Er wirft mir zwischen Andys Erklärung einen kurzen Blick zu, dann wischt er sich an der Jeans das Schmierfett von den Händen und beugt sich wieder über die verstreut herumliegenden Einzelteile.

»Wenn er sich dir gegenüber vor seinen Freunden anders verhält, dann vergiss ihn. Er ist ein verdammter Heuchler, der nur mit dir spielt. Gib ihm den Laufpass.«

»Dafür müsste ich zuerst mal mit ihm zusammen sein«, sagt Andy. »Und das bin ich nicht. Wir sind noch nicht mal befreundet gewesen, bevor wir das erste Date hatten. Bis dahin haben wir vielleicht gerade mal drei Sätze miteinander gewechselt. Das heißt, eigentlich hat immer nur er geredet, weil ich keinen Ton rausgebracht hab. Wenn er lächelt, würde man ihm am liebsten über seine Wange lecken, weil es so umwerfend aussieht. Und auf dem Segelcamp vor drei Jahren hat er mich gebeten, die Fockschot zu lösen, und letztes Jahr, dass ich beim Fieren der Flaggleine die Geitaue einholen soll und –«

»Ihr wart also nicht befreundet, bevor die Sache mit dem Potenzial dazukam«, fasse ich zusammen.

»Genau. Wir waren praktisch Fremde. Und da war so was wie eine Anziehungskraft. Oder auch nicht. Ich meine, ich dachte, sie wäre da. Und er offensichtlich auch, zumindest kurz – weil er mich gefragt hat, ob ich mit ihm ausgehen will. Und mich, ihr wisst schon, geküsst hat. Ein bisschen. Aber dann hat es nicht funktioniert. Obwohl ich dachte, dass es funktioniert, aber da hab ich mich anscheinend geirrt, und deswegen weiß ich nicht, ob ich meinem eigenen Bauchgefühl überhaupt noch trauen kann.«

»Fazit ist also, ihr habt euch nicht gekannt«, versuche ich es erneut auf den Punkt zu bringen.

»Ja. Es gibt also eigentlich keinen Kontext … um das, was er sagt, zu interpretieren. Darum brauche ich euch. Zusammengerechnet habt ihr beiden doch bestimmt schon, keine Ahnung, um die fünfzig Dates gehabt, oder?«

»Ich hatte nie Dates«, sagt Tim.

»Viel weniger als fünfzig«, sage ich.

Andy verdreht die Augen. »Ihr kapiert nicht, worum es geht. Ich brauche eine *erfahrene* Meinung. Weil. Ich. Selbst. Komplett. Ahnungslos. Bin. Will er, dass aus uns etwas wird, was wir vorher nicht waren – zum Beispiel, dass er mich jetzt, wo wir … möglicherweise … wo kein Potenzial mehr da ist, kennenlernen will?«

»Wahrscheinlich eher nicht«, sage ich.

Andys Unterlippe zittert ein bisschen. »Dann ist das alles bloß Bullshit?«

»Nicht unbedingt«, sagt Tim.

»Oh, komm schon, Tim. Verschon mich.«

»Verschon *du* mich, Alice. Vielleicht tut es ihm tatsächlich leid. Vielleicht denkt er wirklich, dass er es vermasselt hat. Vielleicht ist er einer von diesen armen Mistkerlen, die erst wissen, was sie verloren haben, wenn es weg ist. Vielleicht hat er kapiert, was für ein umwerfendes Mädchen Andy ist, und will sie unbedingt besser kennenlernen. Nicht jeder, der einen Fehler macht, ist dazu verdammt, für immer ein Arschloch zu sein.« Er wedelt mit der Hand, um seine Aussage zu unterstreichen, dabei fliegt die Kurbel, die er wieder anzubringen versucht hat, in hohem Bogen durch die Luft, landet klirrend auf dem gefliesten Boden und schlittert hinter einen Eimer Betonversiegler.

»Dieser Typ«, sage ich, »spielt bloß Spielchen.«

»*Lass uns Freunde sein* ist also im besten Fall eine Beleidigung und im schlimmsten völlig bedeutungslos«, sagt Andy. »Toll. Das ist echt toll. Danke, ihr beiden seid mir eine wirklich große Hilfe gewesen. Das war genau das, was ich gebraucht hab, um mein mickriges Selbstwertgefühl aufzubauen.«

»Es liegt nicht an dir«, sage ich. »Ein Typ, der ein Loser ist, kann dir nichts anhaben.«

»Es nimmt das Potenzial.« Andy zieht die Augenbrauen hoch und breitet die Arme aus, als wäre die Antwort so was von offensichtlich. »Was ein anderes Wort für *Hoffnung* ist.«

»Ands …«, sagen Tim und ich gleichzeitig und gehen auf sie zu. Er ist als Erster bei ihr und legt ihr einen Arm um die Schulter.

»Vielleicht liegen wir falsch, vielleicht …«

Statt der Kasse sollte Tim versuchen, die Türglocke zu reparieren, weil sie wieder keinen Ton von sich gibt, als jemand den Laden betritt. Die Schritte von Tims Vater sind jedoch laut genug, um Tim mitten im Satz innehalten zu lassen.

»Ich komme gleich zur Sache«, sagt er mühsam beherrscht. »Deine Schwester hat mit mir gesprochen. Wir müssen uns dringend über ein paar Dinge unterhalten.«

»Wir wollten sowieso gerade nach hinten gehen.« Ich gebe Andy ein Zeichen, die stumm *Warum?* fragt, dann zu Mr Mason schaut und mir folgt.

✳ ✳ ✳

Pa nimmt kaum wahr, dass zwei Menschen fluchtartig den Raum verlassen haben. Sein Blick ist ausnahmsweise mal auf mich geheftet, nicht auf den Schreibtisch oder das Handy.«

»Ich habe wie gesagt mit Nan gesprochen und weiß Bescheid über deine neusten …«

Oh, Nano. Was meine Sünden betrifft, war sie schon immer sehr mitteilsam.

»Eskapaden?«

Pa stößt einen langen Seufzer aus. »Schwierigkeiten. Ich weiß von dem Mädchen und dem Kind. Ich bin alles andere als erfreut, aber das ist irrelevant.«

Ich bin mittlerweile so daran gewöhnt, alle Hände voll mit dem Kleinen zu tun zu haben, dass sie jetzt noch ruheloser sind als sonst. Ich zupfe an meinem Ohr, fahre mir durch die Haare, schiebe die Hände in die Taschen. Schaue den langen Flur zur offenen Bürotür hinunter. Alice hat ihre Beine auf den Schreibtisch gelegt. Langsam lasse ich den Blick von ihren übereinandergeschlagenen Fußknöcheln über ihre Knie zum Saum ihres Rocks gleiten, folge der kurvigen Linie ihres Körpers bis zu ihrem Gesicht mit der zu großen Brille auf der Nase. Mit ein bisschen Glück bekommt sie nichts von dieser Scheiße hier mit. Vor ein, zwei Minuten ist die Hintertür ins Schloss gefallen, wenigstens Andy ist also weg.

»Das ist wirklich das Letzte, worin du verwickelt sein solltest«, fährt Pa fort und richtet sein Handy wie einen Taser auf mich.

»Für den Ratschlag ist es offensichtlich zu spät, Pa.«

»Ich wäre dir dankbar, wenn du versuchen könntest, deine neunmalklugen Antworten für dich zu behalten, damit wir eine vernünftige Unterhaltung führen können.«

»Ich erwarte nicht von dir, dass du das für mich in Ordnung bringst.« Alice schlägt die Knöchel andersherum übereinander, rutscht auf dem Stuhl hin und her. Hört sie zu?

»Das habe ich nicht vor. Aber das ist ebenfalls irrelevant.« Er schiebt das Handy in seine Tasche zurück. »Du hast auch schon ohne diese zusätzliche... Komplikation genügend Probleme am Hals.«

»Und trotzdem ist es passiert. Ups.«

»Verdammt noch mal, Timothy.« Mein Kopf ruckt nach oben. Pa flucht sonst nie. Jedenfalls nicht in meiner Gegenwart.

»Was ich damit sagen will, ist, dass du deine Zeit nicht damit verschwenden solltest.«

»Er ist mein Sohn. Hast du nicht selbst gesagt, dass ich mei nen Mann stehen soll?«

Wieder spielt er mit seinem Handy herum. Er sollte sich ein Holster besorgen.

»Du musst dich darauf konzentrieren, dich und dein eigenes Leben in den Griff zu bekommen. Außer du hast vor, dieses Mädchen zu heiraten, was...«

Großer Gott. Er erwartet doch hoffentlich nicht von mir, dass ich das tue, oder? Sozusagen als ultimatives Ultimatum?

»Nein. Wir... wir werden ihn zur Adoption freigeben, sobald Hester und ich alles Notwendige dafür in die Wege geleitet haben.«

»Das ist der erste vernünftige Plan, den du seit Jahren hattest. Unterstützt das Mädchen dieses Projekt?«

Gott, ich hasse diesen Geschäftsjargon. »Klar, das Mädchen

und ich versuchen das große Ganze zu sehen, unkonventionell zu denken. Wir werden ein bisschen Team-Building betreiben, unsere geballte Manpower nutzen ...« Aber er redet einfach weiter.

»... allein deinen Kopf aus der Schlinge ziehen«, schließt er seinen Vortrag gereizt.

»Ich muss mich selbst darum kümmern, eine Lösung für das Problem zu finden. Verstanden. Gibt es sonst noch etwas, das du mir sagen willst?«

Meine Hand in der Tasche klimpert mit den Schlüsseln.

Pa greift in die Innentasche seines Jacketts, holt seine Brieftasche heraus, in der die knisternden Scheine zweifellos feinsäuberlich einsortiert sind, und zieht einen Fünfziger heraus. »Sorg dafür, dass du dich aus diesem Schlamassel befreist. Hier.«

»Nein danke. Kauf Ma einen Milchshake.«

»Tim.«

Was denn noch, verdammt? Es reicht.

»Das ändert nichts an dem Dezember-Ultimatum.«

✳ ✳ ✳

»Hey«, sage ich leise, als ich hinter Tim trete.

Er schenkt sich Kaffee nach, dreht sich nicht um. Dass er mich gehört hat, erkenne ich nur daran, dass seine Schultern sich etwas anspannen. Er hat den Kopf gesenkt, und als ich ihn so dastehen sehe mit seinem gebeugten Nacken, der irgendwie schutzlos und besiegt wirkt, bin ich fast versucht, die Arme um ihn zu schlingen. Nur reden wir im Moment ja noch nicht mal wirklich miteinander. Stattdessen schlinge ich die Arme fest um mich selbst.

Sein *Vater*. Das ist der Mann, mit dem er aufgewachsen ist. In der Bank wirkte er hölzern und pedantisch. Aber sein

Verhalten von gerade eben wirft noch mal ein anderes Bild auf ihn.

»Tim.«

»Falls du mir unter die Nase reiben willst, dass du recht hattest, was meine Chancen angehen, die Registrierkasse zu reparieren ...«

»*Das ändert nichts an dem Dezember-Ultimatum*? Was soll das heißen? Tim?«

»Ich weiß.« Er dreht sich mit einem Lächeln zu mir um, das nicht bis zu seinen Augen reicht. »Ich bin auch geschockt. Dabei war ich mir so *sicher*, dass mich die Babyaktion ein für alle Mal von Pas schwarzer Liste streichen würde.«

»Es tut mir lei–«

»Nicht«, unterbricht er mich. »Ich will das nicht. Mitleid, meine ich. Früher ...« Er fährt sich mit der Hand über den Nacken, und als er weiterspricht, klingt seine Stimme beschämt. »Früher war ich dafür bekannt, mich gern bemitleiden zu lassen. Glaube ich. Meine Schwester spielt auch gern die Mitleidskarte aus. Genau wie Hester. Es ist ... Keine Ahnung. Ich will es einfach nicht. Okay? Falls das also alles ist, was du anzubieten hast, dann spar dir die Mühe.« Er dreht sich wieder um, sammelt die Eingeweide der Kasse ein und wirft sie in den Abfalleimer.

Bestimmt gibt es irgendetwas, das genau richtig wäre, um es in dieser Situation zu sagen oder zu tun, aber ich komme nicht darauf.

»Mom? Wo ist noch mal der Ersatzschlüssel für das Garagenapartment?« Ich trete mir die Füße ab und ziehe den Regenmantel aus.

Mom, die mit Duff und Harry und jeder Menge unterschiedlich großer Bälle am Küchentisch sitzt, hebt kaum den Blick. »Müsste eigentlich am Haken hängen.«

»Da ist er nicht. Gibt es noch einen anderen?«

»Duff, mein Schatz, ich glaube das funktioniert nicht, wenn du die Angelschnur auf den Schaum nähst. Das hat Andy damals schon versucht und die Schnur ist total schnell gerissen.«

»Gott, Mom, nicht schon wieder das Sonnensystem-projekt. Duffy, du musst Frischhaltefolie um den Ball wickeln, dann hält beim Vernähen der Faden besser. Wo könnten die Schlüssel sein? Meinst du, Jase hat sie?«

»Schau mal in Patsys Tasche nach.«

»Das alte Kinderbettchen ist immer noch im Keller, oder?«

»Ja, an der hinteren Wand. Duff, ich würde die Angel-schnur erst an den Bügel binden, *nachdem* du den Plane-ten draufgesteckt hast. Harry, du musst noch drei Sätze in die Alphabet-Tabelle schreiben. Dann kannst du uns bei den Ringen für den Saturn helfen.«

»Ich hasse dieses blöde Projekt«, sagt Duff finster. »War-um können *wir* nicht entscheiden, was für ein Modell wir bauen wollen? Und warum müssen wir genau dasselbe Projekt wie alle anderen in der Klasse machen?«

»Und in der Klasse ein Jahr davor und in der Klasse zwei Jahre davor und so weiter und so weiter bis in den grauen Nebel der Vergangenheit hinein. Wir hätten einfach das von Joel aufheben sollen«, seufzt Mom müde.

Die Schlüssel sind tatsächlich in Patsys Elmo-Tasche. Sie aufzumachen ist, als würde man den Bauch eines großen weißen Hais aufschlitzen, außer dass sich in Patsys Tasche Matchbox-Autos, Legosteine, Kreditkarten, Löffel und zer-bröselte Kekse befinden, statt Robbenknochen und halb verdaute Rettungsflöße.

Mom schaut verwirrt zu, wie ich die einzelnen Teile des Kinderbettchens aus dem Keller nach oben schleppe, die Tasche voller klirrender Schrauben und Muttern, mehrere Betttücher unterm Arm.

»Ich vermute mal, das ist für Calvin. Hilft Tim dir beim Aufbauen?«

»Darum kümmere ich mich allein«, ächze ich, während ich eines der zerlegten Seitenteile aus der Tür zerre. Auf dem Weg zum Apartment werfe ich einen Blick zurück und sehe durch die Fliegengittertür, wie Duff den größten Planeten hochhält. Alles wirkt beinahe normal, das übliche Chaos. Das sich am Ende doch immer irgendwie auflöst. Vielleicht haben wir zum ersten Mal seit einer ganzen Weile wieder Land in Sicht.

Außer dass ich komplett den vor mir aufragenden Eisberg ignoriere.

Die Rechnungen.

Es dauert fünfundvierzig Minuten, um das Bettchen zusammenzubauen … aber mich tröstet, dass Dad trotz seiner ganzen Erfahrung früher auch immer so lange dafür gebraucht hat. Nachdem ich es mit einem Spannbetttuch bezogen habe, gehe ich in die Küche, um mir die Hände zu waschen. Dabei fällt mein Blick auf die Kühlschranktür. Die Liste, die daran hängt …

Der Kerl, der höchstwahrscheinlich … einen Weg finden wird, sich auf verschiedene Arten selbst zu zerstören.

Ich habe diese Worte gegen ihn benutzt. Alice, der Blechmann.

Ich nehme einen Stift von der Küchentheke und starre einen Moment lang auf den Zettel. Alles durchzustreichen traue ich mich nicht, stattdessen setze ich die Liste fort:

... mehr Babymilch in seinem Kühlschrank hat als Essen

... weiter versucht, Dinge in Ordnung zu bringen

Ich kaue auf meiner Unterlippe und füge dann als Letztes hinzu:

... eine zweite Chance verdient hat ...

Ich zögere. So viele Chancen wie nötig? Einen anderen Vater? Eine Entschuldigung?

✳ ✳ ✳

Ich habe gerade die Tür aufgeschlossen, als der wolkenverhangene Himmel seine Schleusen öffnet und es anfängt, in Strömen zu regnen.

Das Apartment hat ein Blechdach und das Prasseln klingt wie Musik. Aber ich bin zu erschöpft, um es zu genießen. Ich ziehe meine Hose aus und werfe sie zusammen mit meinem T-Shirt in eine Ecke.

Im Moment will ich nur noch eins: vergessen. Ich bin viel zu erledigt, um noch zu duschen, schlüpfe mit Beinen, die sich knochenlos anfühlen, aus meinen Boxershorts und werfe mich aufs Bett.

Mitten auf einen warmen, weichen und sehr weiblichen Körper.

»Hey, was zur Hölle ...?« Sie schreckt so schnell hoch, dass sie mit ihrer Stirn an meine schlägt und ich in der Dunkelheit Sternchen sehe, genau in dem Moment, in dem sie ihr Knie dahin rammt, wo es am meisten wehtut.

Ich spüre ... nichts.

Keinen Schmerz.

Aber ich kenne diese verfluchte kleine Gnadenfrist, bis ...

»*Fuck.*« Tränen schießen mir in die Augen und ich krümme mich auf die andere Seite des Betts.

»Was machst du denn hier?«, fragt Alice verwirrt, aber mit einem angriffslustigen Unterton.

»Nichts, und das wird jetzt auch noch sehr, sehr lange so bleiben. Wo ist ein Kissen? Ich brauche ein Kissen.«

»Oh Gott. Tut mir leid. Warte, ich mache das Licht an.« Alice streckt offensichtlich den Arm nach der Nachttischlampe aus, weil ich höre, wie ein Stapel Bücher auf den Boden fällt.

»Nein! Gib mir einfach ein Kissen. Und einen Eisbeutel. Und … die Sterbesakramente oder so was.«

Sie schiebt mehrere Kissen in meine Richtung und fängt an zu kichern.

»Ja, ja. Wirklich wahnsinnig witzig«, ächze ich und versuche nicht zu wimmern. Oder mich zu übergeben. »Warum operierst du mir nicht auch gleich noch den Blinddarm mit einer Gabel oder so was raus?«

»Ein Eisbeutel?«, fragt sie. »Hilft das wirklich?«

Ich stöhne. »Lass mich in Frieden sterben. Nachdem du mir erzählt hast, was du in meinem Bett zu suchen hast. Und ob du was anhast, weil mir das vielleicht einen Grund geben würde, weiterleben zu wollen.«

Sie scheint sich auf den Bauch zu drehen, weil ihr Gesicht plötzlich direkt vor meinem ist. »Komplett angezogen. Sorry. Ich hab nur eine Sekunde die Augen zugemacht. Ich wollte gar nicht einschlafen.«

Ich versuche zu antworten, aber es kommt nur ein Ächzen heraus. Das Bett bebt, als sie versucht, ihr Lachen zu unterdrücken. Ich schlage kraftlos nach ihr, presse das Kissen fester an mich.

Scheiße, tut das weh.

»Es tut mir so leid«, sagt Alice. »Das war ein Reflex. Okay, und der Selbstverteidigungskurs.«

»Kannst du mir bitte …« Ich bin splitterfasernackt, aber allein der Gedanken, dass mich irgendwelcher Stoff berührt, ist unerträglich. Nicht dass ich einen Bademantel oder so was hätte. Ich schiebe das andere Kissen an meinen bloßen Hintern. Es ist nur eine winzige Bewegung, trotzdem beiße ich knirschend die Zähne aufeinander.

»Bin gleich wieder da.«

Ich höre, wie die Tür aufgeht und das Rauschen von Regen und Wind kurz lauter wird, bevor sie wieder zufällt. Dann robbe ich in Zeitlupe zum oberen Ende des Bettes, lege mich auf den Bauch und fluche. Versuche es auf dem Rücken, was keine Besserung bringt. Rolle wieder herum, drücke den Kopf ins Kissen und verlagere das Gewicht auf meine Knie und Ellbogen. Immer noch keine Linderung. Sacke zusammen und ziehe das Laken über mich, das sich wie mit Blei beschwerte Dachschindeln anfühlt. Im Ernst, mein ganzer Körper pocht.

Da ich allein bin, kann ich so laut fluchen, wie ich will, was ich ausgiebig tue, aber irgendwann habe ich das Gefühl, dass schon ziemlich viel Zeit vergangen ist, und das Tosen des Winds, das von draußen in das viel zu stille Apartment dringt, beginnt an meinen Nerven zu zerren.

Würde sie mich einfach so hier liegen lassen?

Einen Moment später geht die Tür wieder auf und zu. Alice bringt den Geruch nach Sturm und Regen mit. »Ich hab Eis«, flüstert sie. »Und Ibuprofen. Lebst du noch? Kann ich jetzt das Licht anmachen?«

Die Dunkelheit, ihre kurvige Silhouette, die sich gegen das gedämpfte Licht aus dem Wohnzimmer abhebt, die Eindrücke der Außenwelt, der Duft nach nassem Laub, der heulende

Wind und das Rauschen des Flusses, die mit Alice in das stille, stickige Schlafzimmer kommen.

»Nein. Lieber alles … so lassen.«

Die Matratze gibt nach, als sie sich neben mich setzt. Ich schnappe mir ein Kissen und beiße hinein, um vor Schmerz nicht laut aufzustöhnen.

»Hier.« Sie greift nach meiner Hand, dreht sie um, schüttet ein paar Tabletten hinein und stellt eine kalte Flasche Wasser neben mich. Ich trinke sie in einem Zug aus und lasse den Kopf wieder zurückfallen.

»Kann ich …« Ich grabe die Zähne in die Unterlippe. Der Schmerz scheint sich allmählich zu verziehen. Mehr oder weniger.

Sie beugt sich näher heran. Nein, tut immer noch scheißweh.

»Darf ich fragen, was du in meinem Apartment, noch dazu in meinem Bett, zu suchen hattest, Schneewittchen?«

Stille. Ein Seufzen. Dann: »Ich hab mich … geirrt. Du hattest recht mit dem, was du zu mir gesagt hast, Tim. Ich … entschuldige mich nicht oft. Und bin auch nicht besonders gut darin. Also … also dachte ich … dass ich vielleicht lieber Taten als Worte sprechen lassen sollte.« Besagte Worte klingen gehetzt, und sie ist so nah, dass ich ihren Atem auf meiner Wange spüre. »Ich hab ein Kinderbettchen zusammengebaut. Für Cal. Es hat ewig gedauert. Man sollte eigentlich denken, dass ich das mittlerweile im Dunkeln und mit verbundenen Augen kann. Jedenfalls … ich hatte heute Abend Schule und … es war ein langer, emotionaler Tag im Laden … da dachte ich, ich lege mich kurz hin, nur ein paar Minuten, um wieder ein bisschen Kraft zu tanken und …«

»Kraft hast du definitiv getankt.«

»Nein, hör zu. Zieh nicht wieder alles ins Lächerliche. Hör mir einfach zu. Bitte. Es tut mir leid.«

»Ich verzeihe dir. Mach das nicht noch mal. Weder das eine noch das andere.«

»Versprochen.« Ihre Stimme klingt in der Dunkelheit feierlich und ernst und so nah, dass unsere Körper sich berühren würden, wenn ich mich umdrehe.

Außer dass es mich womöglich umbringen würde, wenn ich mich auf die Seite drehe.

»Wenn ich davon geträumt habe, dich in mein Bett zu locken, hab ich mir das immer so was von anders vorgestellt.«

»Und wenn ich davon geträumt habe, in deinem Bett zu landen, hab ich mir das auch so was von anders vorgestellt.«

»Du hast …«« Ich versuche mich aufzusetzen. *Shit.*

»Schsch.« Alice legt sich neben mich auf das Laken, das ich über mich gezogen habe, verschränkt ihre Finger mit meinen und schiebt meine Hand zu dem Eisbeutel.

»Schsch«, macht sie noch einmal, aber es kommt mir irgendwie nicht so vor, als wollte sie ein Kind beruhigen, das sich im Dunklen fürchtet. Es ist vielmehr so, als würde die Dunkelheit die Dinge klarer machen. Reiner. Schärfer. Ohne verschwommene Konturen.

Sie dreht sich vom Rücken auf die Seite, gräbt die Nase in meine Schulter und atmet ein. Ihre Haare sind nass. Sie zittert ein bisschen. Der Regen trommelt hell auf das Dach und wird von einer plötzlichen Windböe gegen das Fenster gedrückt, sodass es klingt, als würde jemand von unten Steinchen dagegen werfen. Ich versuche den Arm um Alice zu legen, aber die einfache Bewegung jagt sofort einen höllisch stechenden Schmerz durch meinen Unterleib. Also bleibe ich genauso regungslos liegen wie Alice, die sich nur etwas enger an mich schmiegt, als ihr Zittern nachlässt.

Ihre Finger sind immer noch mit meinen verschränkt und ruhen auf dem schmelzenden Eisbeutel. Die Anspannung in meinen Muskeln lässt ebenfalls langsam nach, so wie auch der Rest von mir sich, durch ihr kleines, festes Gewicht an meiner Seite, löst.

»Tim?«

»Hmmm.«

Sie stützt sich auf einen Ellbogen, ist kaum mehr als ein Schatten, bis auf das Leuchten ihrer großen Augen und dem leichten Schimmern ihrer Haare in dem von draußen hereinfallenden Licht der Straßenlaterne.

»Als ich zwölf war ...« Sie hält inne.

»Erzähl weiter«, flüstere ich.

»... kam ich nach den Sommerferien in die Schule zurück und hatte ...«, sie schaut auf ihre Brüste hinunter und streicht hastig darüber, »das hier.« Dann presst sie die Hand, die meine hält, auf ihre Brust, die ... *oh Gott* ... meine Handfläche ausfüllt. Meine Finger, die von dem Eisbeutel mit Sicherheit eiskalt sind, spannen sich an. Dann ziehe ich unter Aufbringung meiner ganzen Willenskraft die Hand wieder weg.

»Ich bin sozusagen das erste Mädchen in meiner Klasse gewesen, das Brüste hatte. Es ist praktisch über Nacht passiert, und plötzlich musste ich mir von den ganzen Leuten ... den Kindern, die ich schon seit einer Ewigkeit kannte ... die übelsten Sachen anhören. Ein paar von den Mädchen fingen auf einmal an, mich regelrecht zu hassen. Ständig kamen irgendwelche Jungs an und fragten, ob ich sie mir mit Silikon vergrößern lassen habe und ob mein Vater dafür einen Kredit aufnehmen musste.« Sie schaut wieder zu mir auf. »Joel hat damals gerade auf die Highschool gewechselt und davon nichts mitbekommen. Jase ging noch zur Grundschule. Und meinen Eltern wollte ich nichts sagen, weil Mom zu der Zeit mit Harry schwanger war und Dads Vater schwer krank. Ich hab keine Ahnung, warum ich dir das erzähle«, sagt sie.

Ihr Blick begegnet meinem, sucht dort nach irgendetwas. Was auch immer es ist, sie scheint es trotz des gedämpften Lichts zu finden, weil sie weiterspricht. »Also hab ich irgendwann beschlossen, den Spieß einfach umzudrehen. Wenn die Leute mich nur nach meinem Äußeren beurteilen wollten, konnte ich auch genauso gut … keine Ahnung … die Kontrolle darüber selbst in die Hand nehmen. Ich fing an, Sachen anzuziehen, die meinen Körper zur Schau stellten, und suchte mir Typen, denen ich überlegen war. Das war … mein Weg, damit umzugehen.«

Ich hätte nie gedacht, dass Alice es nötig hatte, so etwas wie Imagepflege zu betreiben, wie man es in der Politik nennen würde, sondern bin immer davon ausgegangen, dass sie sich in ihrem fantastischen Körper wohlfühlt und ihn gern zeigt. Ich ziehe sie noch enger an mich und presse die Lippen in ihre schimmernden Haare.

Ihr Körper versteift sich kurz, bevor er sich wieder entspannt und an mich schmiegt. Sie murmelt etwas, so leise, dass ich es nicht verstehe.

»Du machst dasselbe«, sagt sie nach einer Weile. »Bei deinem Vater. Du drehst den Spieß um. Machst dir das zu eigen, was er in dir sieht, was auch immer das ist. Nicht bloß bei ihm. Auch bei anderen. *Alles ist witzig, man muss es nur aus der richtigen Perspektive betrachten.*«

»Hm.« Ich blinzle gegen das Brennen in meinen Augen an. »Ist es nicht so?«

Statt etwas zu erwidern, schmiegt sie sich noch fester an mich. »Du weißt hoffentlich, dass du auch unter die Decke kommen kannst«, flüstere ich.

»Besser nicht«, flüstert sie zurück.

Ich lächle. »Du bist noch nie so sicher vor mir gewesen wie in diesem Augenblick.«

Ihr leises Lachen lässt das Bett erzittern, aber es tut nicht mehr weh. Alice verlagert das Gewicht und kitzelt mich mit ihren welligen Haaren an der Wange. Warme Haut, zarter Seifenduft, feuchte Haare, die nach Regen und Blättern riechen.

Die sich im Wind wiegenden Zweige des Baums vor dem Fenster kratzen über das Glas. Der herabströmende Regen spinnt uns in einen Kokon ein, in dem wir einschlafen.

✳ ✳ ✳

»Mmmmm«, murmelt Tim, gähnt ins Kissen, streckt die Arme über den Kopf, gähnt wieder.

»Ich muss los. Meinst du, du kannst noch ein bisschen weiterschlafen?«

»Ziemlich unwahrscheinlich.«

Ich ziehe die Decke über ihn, streiche kurz über seinen Rücken, und bevor ich auch nur darüber nachdenken kann, beuge ich mich über ihn, um die Lippen auf die Stelle zu legen, wo sich seine Haare im Nacken wellen, richte mich dann aber wieder auf, ohne ihn berührt zu haben.

»Ich schließ die Tür hinter mir ab.«

Als ich an der Liste am Kühlschrank vorbeikomme, schreibe ich noch einen Satz dazu.

Der Kerl, der höchstwahrscheinlich ... noch ein bisschen Zeit braucht, um sich zu erholen.

Dann rufe ich: »Träum was Schönes«, bekomme aber keine Antwort.

Er ist schon wieder eingeschlafen.

Ich hätte ihn also doch küssen können.

✳ ✳ ✳

Es gab mal eine Zeit, in der ich gesagt hätte, dass ich auf gar keinen Fall schlafen könnte, während Alice neben mir sitzt, mir eine Hand auf den Rücken legt und mir mit der anderen die Haare aus der Stirn streicht. Aber als ich aufwache, ist es Morgen, der Regen hat längst aufgehört, und die Sonne fällt durchs Fenster. Also habe ich es doch gekonnt.

∗ ∗ ∗

Kurze Zeit später bin ich in der Küche, trinke Kaffee, entknote Georges Schnürsenkel, befestige mit Sekundenkleber die Nasenstütze wieder an Duffs Brille, frage Harry seine Vokabeln ab und stehe auf, um mich zu strecken. Mein ganzer Körper schmerzt von Tims harter Matratze, was mir in Erinnerung ruft, was dort passiert ist.

Mein Körper neben seinem. Unsere im selben Rhythmus gehenden Atemzüge. Sein verwundbares Gesicht, über das Träume jagen. Sein Arm, der mich enger an ihn zieht, mein Kopf unter seinem Kinn, fest verankert an seinem Herzen und in seiner Wärme …

Als ich aus dem Küchenfenster schaue, sehe ich Tim die Stufen vom Apartment herunterkommen, lange Beine, die Hände in den Hosentaschen. Auf dem Weg zu seinem Wagen, den der Regen letzte Nacht blitzblank gewaschen hat, bis auf die feuchten Blätter, die auf der Windschutzscheibe kleben, schirmt er die Augen ab und sieht zu unserem Haus rüber. Sein ganzes Gesicht strahlt, verströmt eine Freude, die purer und ungefilterter ist, als ich es bei ihm je gesehen habe.

Als hätte die Zukunft ganz viel Potenzial.

Ein anderes Wort für *Hoffnung*.

Dreißigstes Kapitel

Der Typ, der drei Tage später bei Hester die Tür aufmacht, sieht wie eine dünnere Version von Jerry Garcia aus. Er trägt ein verwaschenes Batikshirt und eine ausgebeulte Cordhose, ist barfuß, hat eine beginnende Glatze und einen Vollbart.

»Du musst Tim sein«, sagt er.

Und *du* kannst unmöglich *Hesters Großvater* sein, denke ich. Was für ein lausiges Casting. Die beiden können doch niemals im selben Film mitspielen.

»Jep«, sage ich. »Der bin ich.«

»Waldo Connolly. Komm rein. Magst du Thailändisch?«

Ich trage Cal und seinen ganzen Kram rein und schaue mich um. Es entspricht noch nicht einmal ansatzweise dem, wie ich mir Hesters Zuhause vorgestellt habe. Massenhaft große, abstrakte Ölgemälde, ein gewächshausartiger Raum mit einer riesigen Fensterfront, überall Pflanzen, dicke geflochtene Taue, Möbel, die aussehen, als wären sie aus Bäumen geschnitzt worden, und an denen zum Teil noch die Rinde dran ist. Ein Hobbit würde sich hier wie zu Hause fühlen.

Ich definitiv nicht.

Waldo Connolly steht einfach da, die Daumen in seine Gürtelschlaufen gehakt, und lächelt mich an. Mir fällt wieder ein, dass er mir eine Frage gestellt hat. »Oh, ähm, ja, Sir. Thailändisch. Liebe ich. Wahrscheinlich. Um ehrlich zu sein, hab ich es noch nie probiert.«

»Hester, Tim ist da«, ruft er die Treppe hoch.

Das scheint also kein Kriegsgericht zu werden.

Ich lasse den Blick über die Bücherregale wandern. Jede Menge Fotos von Hester mit Freunden, von Hester allein, von Hester mit Waldo, von Hester mit Waldo und einer älteren Frau, vielleicht ihre Großmutter. Keine Bilder von Cal.

Apropos – er nuckelt gerade verzweifelt an meinem Fingerknöchel herum. Ich krame sein Fläschchen heraus.

»Komm, wir gehen in die Küche. Dort kannst du es warm machen«, sagt Waldo und führt mich durch eine Art Backstein-Gewölbegang.

Auch die Küche ist mittelerdisch eingerichtet. Kupferkessel, riesiger gusseiserner Herd, gewebte Teppiche an den Wänden und vor den Fenstern hängende Glaskugeln, dick gepolsterter roter Armsessel, großer langer Tisch, der aussieht, als wäre er von John Henry aus einem hundert Jahre alten Mammutbaum gehauen worden.

»Die Mikrowelle ist da drüben.« Waldo zeigt zur Arbeitstheke.

Ehrlich gesagt bin ich überrascht, dass es überhaupt eine Mikrowelle gibt und keinen riesigen Kessel über einer Feuerstelle.

Die Luft hier riecht schwer und würzig. Waldo nimmt so eine Art gigantisches Buschmesser von der Arbeitsfläche und mustert mich, während Cals Fläschchen sich dreht. Ich widerstehe dem Impuls, meine Weichteile zu beschirmen. Aber dann dreht er sich einfach um und fängt an, irgendein großes grünes Ding klein zu hacken.

»Magst du grünen Papaya-Salat?«, fragt er mich über die Schulter.

»Klar.« Ich schiebe Cal den Sauger zwischen die Lippen und sofort lässt er den Kopf in meine Armbeuge sinken und schließt vor Wonne die Augen. Man kann nur hoffen, dass er von fester Nahrung genauso begeistert sein wird.

»Gut. Das gibt es nämlich heute zum Abendessen. Und Tom Yam Gung.«

»Toll.« Was immer das ist.

»Mach's dir bequem und erzähl mir was von dir.« Waldo zeigt mit seiner Machete auf den roten Sessel.

Mit *Ich bin Tim. Ich bin Alkoholiker* anzufangen, wäre wahrscheinlich nicht so passend. *Mein Sternzeichen ist Schütze, und normalerweise bin ich, was Verhütung betrifft, sehr viel zuverlässiger, als Sie jetzt vielleicht denken. Nicht dass ich in letzter Zeit Sex gehabt hätte. Das letzte Mal ist eine Ewigkeit her. Es war mit Ihrer Enkelin. Nicht, dass ich mich daran erinnern könnte.*

»Hi, Tim. Hi, Grandpa.« Hester kommt in die Küche. Sie trägt ein überraschend eng anliegendes blaues Kleid, das sogar einen ziemlich tiefen Ausschnitt hat. Ihre Haare sind nass, sie trägt sie offen und nicht wie sonst zu einem Pferdeschwanz gebunden. Lippenstift, Eyeliner, das volle Programm.

Ich stehe auf. »Du siehst gut aus.«

»Danke. Ähm, danke, Tim. Grandpa, hast du ihm schon was zu trinken angeboten?«

Ich schaue zu Waldo rüber, der jetzt sehr viel weniger freundlich aussieht als noch vor einer Sekunde. Ach ja, richtig, wie dumm von mir. Er denkt bestimmt, dass ich das nur gesagt habe, weil ich ihr wieder an die Wäsche will.

Scheiß auf charmant sein. Nüchtern bin ich darin sowieso nicht gut.

»Sir, ich weiß, was Sie von mir denken müssen ... das heißt, eigentlich weiß ich es nicht, aber ich möchte mich entschuldigen. Das Jahr muss auch für Sie ziemlich beschissen gewesen sein. Entschuldigung, ich meine, für Sie ist es bestimmt auch nicht einfach gewesen. Also ...« Ich gehe mit Cal auf dem Arm durch die Küche und strecke ihm die Hand hin, wofür ich jedoch das Fläschchen loslassen muss. Cal stößt einen gereizten Laut aus. Ich werfe Hester einen Blick zu und rechne eigentlich damit, dass sie ihn mir abnehmen wird, aber sie macht keinerlei Anstalten.

Sie scheint sich noch nicht einmal zurückhalten zu müssen, sondern sieht mich einfach nur ruhig an.

»Das ist anständig von dir, Tim«, sagt Waldo, ignoriert aber demonstrativ meine Hand. »Ich denke allerdings, dass Hester diejenige ist, die diese Entschuldigung verdient. *Ich* musste sie nur leiden sehen.«

Ach, komm schon. Benutz doch einfach die verdammte Machete.

»Er hat sich schon bei mir entschuldigt, Grandpa. Das habe ich dir erzählt«, sagt sie schnell.

Cal zappelt auf meinem Arm hin und her und versucht wieder an sein Fläschchen zu kommen.

Dad? Dad! Worauf wartest du?

Ich lasse die Hand sinken und stecke ihm den Sauger zurück in den Mund. Wenigstens *ihn* kann ich glücklich machen.

»Kann ich dir vielleicht einen Nam Dang-Mu Pan anbieten?«, fragt Waldo freundlich, als hätte er mir nicht gerade das Gefühl gegeben, ein Stück Scheiße zu sein. Was, wie ich weiß, unter den gegebenen Umständen gerechtfertigt ist.

Trotzdem.

»Das ist so eine Art eisgekühlter Wassermelonenshake«, erklärt Hester mir. »Du wirst ihn lieben. Er ist wahnsinnig lecker. Grandpa war während des Kriegs als Seelsorger in Vietnam und danach haben er und Gran ein paar Jahre in Thailand gelebt.«

Ein Seelsorger. So etwas wie ein Pfarrer. Das erklärt den fehlenden militärischen Schliff.

»Dann nehme ich so einen, Sir.« Ich stehe aufrecht und steif vor ihm, fehlt nur noch, dass ich salutiere. Oder das Knie beuge.

»Entspann dich, Tim!« Hester zieht einen Schaukelstuhl aus einer Ecke in der Küche, tippt ihn an, sodass er leicht vor- und zurückschaukelt, und klopft auf die Sitzfläche. Ihr Großvater wirft ihr einen scharfen Blick über seine Nickelbrille zu und fährt dann damit fort, irgendetwas in einer großen Holzschüssel mit einer Art Stößel zu zerkleinern.

Cal ist fast eingeschlafen, nur seine Lippen zucken noch.

Waldo stellt ein großes bauchiges Glas mit einer orangeroten Flüssigkeit neben mich. »Hier, dein Drink.«

»Da ist aber kein Alkohol drin, oder?« Ich betrachte das Glas und bete, dass er Nein sagt, weil ich gerade nicht garantieren kann, dass ich es nicht in einem Zug leeren würde, selbst falls welcher drin ist.

»Nur Wassermelone und Eis. Ich weiß, dass du mittlerweile abstinent bist. Davor habe ich Respekt.«

Hester, die aus der Küche gegangen ist, ohne dass ich es bemerkt habe, kehrt mit einem Foto zurück. »Das hier ist meine Großmutter«, sagt sie und zeigt auf das Gesicht einer wunderschönen braunhaarigen Frau, die mit zurückgeworfenem Kopf lacht. »Da ist Waldo. Und hier meine Mom.«

Hesters nicht präsente Mutter. Ich habe mich schon öfter gefragt, was ihre Geschichte ist, wie sie gestorben ist und all das. Ich betrachte das Bild mit zusammengekniffenen Augen. Sie hat verdammte Ähnlichkeit mit Madonna in ihrer *Like a Virgin*-Phase. Bunte Perlenketten, wilde Haare, glänzendes Bustier mit jeder Menge Busen. *Das* ist Hesters Mutter?«

»Wann hat deine Mom ...«, sag jetzt auf keinen Fall *ins Gras gebissen*, »... wann ist sie gestorben?«

Hester und Waldo brechen in Lachen aus.

»Sie ist gesund und munter«, versichert mir Hester.

»Sie lebt in Vegas. Hat es als Showgirl immer noch drauf«, sagt Waldo stolz. »Sie hat die Beine und das Rhythmusgefühl ihrer Mutter geerbt. Das Mädchen kann verdammt noch mal von Glück sagen, dass sie nicht nach mir kommt.«

Ich weiß nicht, ob ich mir überhaupt irgendwelche Gedanken darüber gemacht habe, aus was für einer Familie Hester stammt, aber *damit* hätte ich garantiert nicht gerechnet. Eher mit zweireihigen Perlenketten und marineblauen Jacketts. Keine Showgirls. Kein Las Vegas. Ich schaue kurz zu Hester rüber. Sie sieht so ordentlich und diszipliniert aus. Tja, wahrscheinlich auch kein Wunder. Ihr Großvater ist der Gitarrist der Grateful Dead und ihre Mutter Madonna. Welche andere Form der Rebellion blieb ihr übrig, als Hermine Granger zu werden?

Ich nippe vorsichtig an dem Wassermelonenshake und versuche Cal dabei nicht aufzuwecken. »Ich sollte ihn vielleicht ins Bett bringen.«

»Komm mit.« Hester steht auf und führt mich nach oben … in ihr Zimmer.

Dessen Anblick mir irgendwie das Herz bricht.

Es ist ein Mädchenzimmer, das ist alles, was ich sagen kann. Fließende rosa Vorhänge, geblümte Tagesdecke, Abrisse von Konzertkarten, Fotoautomatenbilder mit ihren Freundinnen, die im Rahmen eines Spiegels stecken, ein abgegriffener, heiß geliebt aussehender Teddy, der auf einem gelben Kissen auf dem Bett sitzt, jede Menge Chick-Lit à la *Jane Eyre* und *Twilight*.

»Calvins Bettchen steht hier.«

Nicht in ihrem Zimmer. Sondern dahinter in einem kleinen Flur. Und sein Bettchen sieht auch nicht aus, als wäre es aus altem Eichenholz geschnitzt und von Generation zu Generation weitervererbt worden, sondern ist eines von diesen tragbaren Dingern. Schlichtes weißes Laken, schlichte blaue Decke, keine Stofftiere – noch nicht einmal ein Sockenaffe. Ich meine, es ist nicht so, als würde Cal im Apartment über der Garage ein Luxusleben führen. Aber, na ja, er hat seine kleinen bunten Plastikschlüssel und die Plüschente, die ich für ihn gekauft habe, und die Decke mit den Bärchen drauf, die Mrs G mir geliehen hat und in die er so vernarrt ist, dass er immer an einer der Ecken nuckelt. Das hier entspricht der Baby-Version eines Motelzimmers. Es schreit förmlich: *Nur auf der Durchreise.* Ich lege Cal in das Bettchen. Er wedelt mit den Armen und verzieht das Gesicht, als würde er gleich zu schreien anfangen, lässt sich dann aber schneller wieder in den Schlaf fallen, als ich mit den Fingern schnipsen kann.

Wir kehren auf Zehenspitzen in Hesters Zimmer zurück. Ich lege ihr kurz eine Hand auf die Schulter.

»Ich weiß, dass ich mich schon mal entschuldigt habe. Aber es tut mir wirklich leid. Es tut mir so verflucht leid, dass ich dein Leben verpfuscht habe.«

Hester lässt sich auf ihr Bett fallen. »Tim.« Sie atmet seufzend aus. »Ich gebe nicht dir die Schuld an dem, was passiert ist. Ich bin genauso verantwortlich dafür.«

»Ich war derjenige, der betrunken war, Hes.«

Ihr steigen Tränen in die Augen.

»Oh Shit. Tu das nicht.« Ich schaue mich hektisch nach einem Taschentuch oder Ähnlichem um. »Nicht weinen, Hes… Bitte … Hör auf.«

»Es ist einfach seltsam. So hast du mich an dem Abend genannt. Du hast die ganze Zeit *Hes* zu mir gesagt.« Ihr Kinn zittert. »Es gefiel mir. *Hester* ist so förmlich. Es kommt mir merkwürdig vor, dass du dich angeblich an nichts anderes erinnern kannst, dir aber immer wieder dieser Kosename herausrutscht. Ich frage mich dann jedes Mal, ob du vielleicht nicht ganz ehrlich bist und dich sehr wohl erinnerst.«

Manchmal habe ich von verlorenen Tagen oder Nächten kleine Flashbacks, aber dieser Abend – die Hawaibar, sie – bleibt völlig im Dunkeln.

»Da ist nichts, woran ich mich erinnere«, sage ich so sanft wie möglich.

Sie schnieft und wischt sich mit dem Handrücken über die Augen, schnieft noch mal. »Gar nichts? Noch nicht einmal an die Farbe meines BHs? Du hattest keinerlei Probleme, ihn mir auszuziehen. Kannst du dich wenigstens daran erinnern?«

»Ähm … rosa?«

»Er. War. Dunkelblau.« Sie schlägt sich mit dem Handballen an die Stirn.

Ich fahre mir durch die Haare, reibe mir den Nacken, schaue aus dem Fenster zu meinem Wagen.

»Ich weiß nicht, warum es so eine große Rolle für mich spielt. Es ist nur … kurz bevor wir, du weißt schon …«

Ich komme mir wie ein elender Bastard vor und gleichzeitig steigt eine unglaubliche Wut in mir auf. *Du weißt schon?* Kannst du das Wort *Sex* noch nicht einmal in den Mund nehmen, Hester? Du hast ein Baby. Wir alle wissen, wie es entstanden ist.

»Mir war schon irgendwie klar, dass du ziemlich betrunken warst, deswegen habe ich gesagt, dass wir vielleicht lieber nicht … weil du dich nicht daran erinnern würdest. Und du hast gesagt … du hast gesagt …« Sie zupft ein Kleenex aus der Box neben ihrem Bett und schnäuzt sich. »*Natürlich werde ich mich daran erinnern. Wie könnte ich mich je nicht daran erinnern?* Als wäre ich etwas so Besonderes, dass man mich nicht vergessen könnte. Und … ich hab dir geglaubt. Und … und … und dann hast du mich doch vergessen.«

Sie fängt so laut an zu schluchzen, dass ich Angst habe, sie könnte entweder Cal aufwecken oder Waldo mit seiner verdammten Machete auf den Plan rufen. Weil ich nicht weiß, was ich sonst machen soll, setze ich mich neben sie auf die geblümte Tagesdecke, achte aber darauf, genügend Abstand zu halten.

»Das hatte nicht das Geringste mit dir zu tun, Hester. Es liegt einfach ... in der Natur der Sache. Ich bin Alkoholiker, und zu der Zeit hab ich noch aktiv getrunken, und dass ich diesen verdammten Filmriss habe, liegt nicht an dir, sondern ganz allein an mir. Daran, wie ich bin ... war. Du hättest ... Marilyn Monroe sein können, und es hätte nicht den Hauch eines Unterschieds gemacht.«

Ihr Schluchzen wird leiser. Sie sieht durch ihre feuchten Wimpern zu mir auf und senkt den Blick wieder. Rutscht ein bisschen näher, streicht die Haare zurück, die ihr ins Gesicht gefallen sind.

Ihre Augen wandern zu meinem Mund.

Ich habe Unmengen von Mädchen geküsst. Sie haben mir nichts bedeutet. Ich habe ihnen nichts bedeutet. Ich habe mir noch nicht einmal selbst etwas bedeutet.

Ich weiß, was Hester damit zu beweisen versucht ... dass das, was zwischen uns passiert ist, nicht bloß zufällig war. Dass echte Gefühle im Spiel waren, nicht bloß Biologie. Und Barcardi. Aber ... ich kann nicht. Ich bin ein Arschloch, aber nicht so ein Arschloch. Jedenfalls nicht mehr.

Ich nehme hastig die Hand von ihrem Rücken, fahre mir damit durch die Haare und springe auf. »Mann, ich bin echt am Verhungern. Kocht dein Großvater so gut, wie es riecht?«

Hester senkt den Kopf. Ihre Haare fallen wieder nach vorn und entblößen ihren Nacken. Auf einmal fällt mir ein, wie George mir mal erzählt hat, dass ein Tier nichts *verletzenderstes* tun kann, als seinen Nacken oder seinen Bauch zu zeigen, seine weichsten und am einfachsten zu verwundenden Körperteile. Ich hasse mich noch mehr als sonst.

»Hester!«, ruft Waldo die Treppe hoch. »Runter mich euch, das Essen ist fertig!«

»Sehr gut. Er kocht sehr gut.«

Waldo schaut uns unter seinen buschigen Augenbrauen an, als wir in die Küche kommen. »Hat es gedauert, bis das Baby eingeschlafen ist?«

»Nein, überhaupt nicht«, sagt Hester, während ich sage: »Ähm, ja, ein bisschen.«

»Hmmm.« Er zieht ein großes Holzbrett, auf dem ein flacher runder Brotlaib liegt, zu sich heran und fängt an, dicke Scheiben abzuschneiden. Wobei *zersägen* es eher treffen würde. »Wegen Calvin.« *Ratsch.* »Habt ihr beiden, was ihn angeht, schon mal richtig Klartext miteinander gesprochen?« Er zeigt zuerst mit dem Messer auf mich, dann auf Hester.

»Wir haben schon geredet …«, sagt sie langsam.

»Mehr darüber, wie er entstanden ist, als darüber, was jetzt, wo er da ist, mit ihm passieren soll«, platzt es aus mir heraus. Waldos Gesicht verfinstert sich. Hester wird rot.

Er beginnt eine Art Suppe, in der Garnelen schwimmen, deren Schwänze noch dran sind und vorwitzig aus der Brühe herauslugen, in Holzschalen zu schöpfen. »Ihr beiden steht auf der Schwelle. Sie ist der Raum zwischen den Fragen. Wie werdet ihr sie überschreiten, um erleuchtet auf der anderen Seite herauszukommen?« Er durchbohrt Hester und mich förmlich mit seinem Blick, als könnte er die Erleuchtung aus uns herauszerren und sie neben dem Suppentopf auf den Tisch klatschen.

Ähm … Ich versuche Zeit zu schinden, indem ich einen Löffel dampfenden Reis in die Brühe tauche und mir in den Mund schiebe. Hester lässt seufzend die Schultern hängen.

Wir starren alle einen Moment lang auf unsere Holzschalen hinunter. Bis Waldo schließlich zu essen anfängt und uns durch seinen Augenbrauenurwald hindurch anschaut. »Und?«

»Ich will einfach wieder zur Normalität zurückkehren«, sagt Hester.

»Und ich will einfach nüchtern aus der ganzen Sache herauskommen«, sage ich.

»Normalität. Nüchtern.« Waldo isst einen Löffel Suppe. »Das sind Ziele, keine Frage. Aber im Moment gibt es Dinge, die man weiß, und Dinge, die man nicht weiß.«

Hester lässt klirrend ihren Löffel fallen. »Gott steh mir bei, Grandpa, aber wenn du in meiner Gegenwart noch ein einziges Mal Jim Morrison zitierst, dann… Ich will das nicht hören. Er hat sein Leben genauso wenig auf die Reihe gekriegt wie Tim.«

Sie sagt es leise und mit zitternder Stimme. Waldo schaut sie einen Moment mit großen Augen an und hört auf zu kauen.

»Er hat sein Leben sogar noch weniger auf die Reihe gekriegt«, sage ich. »Mich würde man nicht tot in einer Lederhose auffinden.«

Waldo prustet leise. Hester greift wieder nach ihrem Löffel.

»So«, sage ich gedehnt. »Wie weit sind wir eigentlich mit der Adoptionsagentur?«

Sie verwandelt sich wieder in die Einserschülerin, als hätte es ihren Ausbruch nie gegeben. »Was unsere Seite betrifft, scheinen wir mit keinerlei Problemen zu rechnen zu haben. Die zukünftigen Adoptiveltern werden sehr viel mehr Nachweise erbringen müssen als wir – familiärer Hintergrund, ärztliche Atteste, Einkommensnachweise und so weiter. Die Agentur wird praktisch ihr komplettes Leben durchleuchten.« Sie taucht ein Stück Brot in die höllisch scharfe Suppe. Als ich vorhin einen Löffel davon genommen habe, sind mir sofort Tränen in die Augen geschossen, und ich musste mein ganzes Glas mit dem Wassermelonenzeug hinterherkippen. Sie blinzelt noch nicht einmal. Waldo hat seine Schale mittlerweile in die Hand genommen und trinkt sogar daraus.

»Die Frage ist also, wie der nächste Schritt aussehen soll«, sagt Waldo. »Der Pfad durch den Wald.«

»Wir haben nicht vor, irgendwas zu überstürzen«, versichert ihm Hester.

Haben wir nicht? Meine Schläfen fangen an zu pochen.

»Also, ich bin dafür, das alles so schnell wie möglich über die Bühne zu bringen. Sozusagen, den Stier bei den Hörnern zu packen … in den sauren Apfel zu beißen.«

Ich kann mich nicht erinnern, jemals eine dieser Redewendungen benutzt zu haben.

»Aus dem Grund ist es gut, dass Tim mit involviert ist«, sagt Hester an Waldo gerichtet. »Wir sind uns hier einig, als Paar.«

Waldos Blick wandert zu mir, dann wieder zu ihr. »Das hier ist eine ernste Angelegenheit, und ihr seid beide noch sehr jung, Hester. Außerdem kann man nicht wirklich davon sprechen, dass ihr ein Paar seid.« Er lächelt mich an, aber es sieht eher aus, als würde er die Zähne fletschen.

»Stimmt«, sage ich. »Das sind wir nicht.«

»Du bist sein Vater«, Hester blickt in ihre Schale, als könnte sie darin die Zukunft lesen, »ich bin seine Mutter.«

»Ja, aber …«

»Unser Baby. Unsere Entscheidung. Verstehst du, Grandpa? Das ist eine Sache, die ganz allein Tim und mich betrifft.«

Er nickt, verschränkt die Finger im Nacken und bewegt knackend den Kopf von rechts nach links. »Deswegen bin ich auch von Anfang an der Meinung gewesen, dass du ihn mit einbeziehen solltest.«

»Und jetzt ist er hier«, entgegnet Hester.

Manchmal hege ich die ernsthafte Befürchtung, dass ich meinem Gehirn mit meinem beschissenen Lebenswandel einen irreparablen Schaden zugefügt habe. Ich höre, was sie sagen, kann aber absolut keinen Sinnen darin erkennen. Wovon genau reden die beiden? Ich mag vielleicht hier sein, aber bin ich das wirklich? Im Moment fühle ich mich nämlich eher, als wäre ich nichts weiter als der Samenspender. Was der Wahrheit vermutlich ziemlich nahe kommt.

»Wir finden einen Weg. Gemeinsam. Oder, Tim?«

»Natürlich«, sage ich und werfe einen verstohlenen Blick auf die Uhr. Von oben dringt leises Weinen zu uns herunter, das immer lauter wird.

Oh, ich danke dir, Cal. Ich bin schon halb aufgestanden, als Hester einen tiefen Seufzer ausstößt und sagt: »Ich geh schon. Schließlich bin ich an der Reihe.« Sie strafft die Schultern, als müsste sie einem schwer bewaffneten Feind gegenübertreten und nicht einem sieben Wochen alten Baby, nimmt einen Schluck von dem Wassermelonengetränk und macht sich mit Leichenbittermine auf den Weg.

Großer Gott. »Lass nur, ich mach das«, sage ich, als ich sie kurz vor der Treppe eingeholt habe. Was nicht schwer war, weil sie so langsam geht, als hätte sie Bleigewichte an den Schuhen. »Weißt du was? Ich nehme ihn einfach noch mal eine Nacht«, füge ich hinzu. »Kein Problem. Ich meine, was ist schon eine Nacht mehr?« *Ohne Schlaf.* Und wahrscheinlich ohne einen spätabendlichen Besuch von Alice. Mann, da habe ich endlich meine eigene Bude, keine Eltern, die mich kontrollieren, keine Hausmutter, keine Fluraufsicht, aber dafür jetzt ein Babyfon.

Cal braucht dringend eine neue Windel, selbst sein Strampelanzug ist nass.

»Ich hab hier einen frischen Schlafanzug für ihn«, sagt Hester, die plötzlich hinter mir steht. Ich erschrecke mich fast zu Tode. Sie geht immer so superleise, als würden ihre Füße über der Erde schweben. Sie würde bestimmt eine fantastische Auftragsmörderin abgeben.

»Danke«, sage ich, während ich ihn sauber mache und ihm eine neue Windel anlege, und weil Hester zuschaut, stelle ich mich noch ungeschickter an als sonst, und dann pinkelt er mir auch noch mitten ins Auge.

Gott, ist das ekelig. Ich weiß, dass er mein Kind ist und so weiter, und mittlerweile finde ich ihn sogar irgendwie … ganz süß, aber er hat mir verdammt noch mal gerade ins *Auge gepinkelt.*

Hester fängt an zu lachen.

»Das ist nicht witzig«, zische ich und wische mir mit einem Feuchttuch das Gesicht ab. Wovon mein Auge zu tränen und zu brennen anfängt. Das bringt sie noch mehr zum Lachen, genauer gesagt, brüllt sie praktisch vor Lachen und hält sich den Bauch.

»Tut mir leid. Entschuldige, ich hör jetzt auf.« Sie beißt sich mühsam beherrscht auf die Lippen und reicht mir ein seltsames flauschiges Ding, das wie ein Kissenbezug mit Ärmeln aussieht.

»Was ist das?«

»Ein Babyschlafsack. Du musst ihn nur reinlegen und den Reißverschluss zumachen.«

Cal hat mittlerweile aufgehört zu schreien und schaut mich nervös an, während ich ihn in das Teil packe. Dann lege ich ihn mir an die Schulter und greife nach der Wickeltasche. Bis vor ein paar Wochen musste ich nie irgendetwas mit mir herumtragen, ich brauchte bloß meinen Führerschein und meine EC-Karte einzustecken. Jetzt bin ich ein verdammter Packesel.

Nachdem ich ungefähr tausendmal »Das Essen war wirklich toll. Vielen herzlichen Dank für alles« gesagt habe, strecke ich Waldo die Hand hin, um mich zu verabschieden. Er nimmt sie zwischen seine behaarten Hände und schüttelt sie bedächtig rauf und runter, während er mir so fest in die Augen schaut, als wollte er meine Aura lesen oder bis in meine Seele schauen oder sich vergewissern, dass meine Pupillen nicht geweitet sind.

Ich murmle ein letztes »War wirklich toll« und verstumme.

»Du bist mit Calvin verbunden«, sagt er, als wäre es eine in Stein gemeißelte Wahrheit.

»Ähm ... eigentlich nicht.« Ich nehme Cal ein Stück höher, der sich unruhig windet. Er riecht nach Wundcreme und Weichspüler. »Ich weiß nicht, was das bedeutet«, ergänze ich. »Sir.«

»Das ist die Frage, um die es geht, nicht wahr?« Waldo senkt das Kinn und sieht mich mit zusammengezogenen, buschigen grauen Augenbrauen über seine Nickelbrille hinweg an. Dann gibt er mir endlich meine Hand zurück und sagt: »Dann also bis bald, Timothy.«

»Ganz recht.« Ich balle ein paarmal meine Hand zur Faust und spreize die Finger. Er hat einen ziemlich festen Griff.

Ganz recht? Großer Gott.

Ich will gerade den Gang einlegen, als Hester ans Fenster klopft. Ich lasse es herunter und sie stützt sich mit den Ellbogen auf den Rahmen. »Hast du das schon mal mit einer anderen gemacht?«, flüstert sie.

»Ähm, du meinst Sex?« *War ich so mies?*

»Nein – dass du so viel getrunken hast, dass du dich danach nicht mehr daran erinnern konntest. An gar nichts mehr.«

»Was willst du jetzt von mir hören, Hester?«

Jep, du bist die Einzige, an die ich mich null erinnern kann. Nein, du bist eine von vielen. Wahr ist, soweit ich weiß, Ersteres. Dann fängt der Gedanke an zu sacken. Meine Finger rutschen den Schaltknüppel herunter, als vor meinem inneren Auge eine Prozession namenloser Mädchen auf mich zumarschiert, Mädchen, die ich in Gästezimmern, auf Rücksitzen und in leeren Klassenzimmern zurückgelassen habe, mit zerzausten Haaren, schief zugeknöpften Blusen, anklagenden Gesichter und schreienden rothaarigen Babys in den ausgestreckten Armen.

Ich brauche drei Versuche, um meine zitternden Hände dazu zu bringen, den Gang einzulegen.

»Schon gut«, sagt Hester.

Waldo steht reglos wie eine Statue in der Eingangstür und beobachtet, wie ich eilig aus seiner Einfahrt setze.

»Siehst du«, sage ich, als ich mich mit Cal auf der Brust auf die Couch sinken lasse, »deswegen darf man nie einfach so mit irgendwem völlig willkürlich irgendwo Sex haben. Man könnte sich eine Geschlechtskrankheit einfangen oder das Mädchen schwängern. Das allein ist schon kein Zuckerschlecken. Aber das Schlimmste ist, dass man sich im Leben vor jemandem wiederfindet, den man nicht kennt und nicht versteht, und dieser jemand auch in deinem Leben ist und es keinen verdammten Ausweg gibt.«

Cal stößt ein paarmal mit dem Kopf gegen mein Schlüsselbein.

Mein Handy vibriert. Eine Textnachricht von Hester. Wenn sie mich jetzt auch noch fragt, in welcher Farbe ihre Zehennägel lackiert waren, drehe ich durch.

Noch mal, ich weiß wirklich nicht, wie ich dir danken soll.

Indem so schnell wie möglich die Adoption ins Rollen kommt, das ist mein absoluter Ernst, schreibe ich, das Handy über Cals Rücken haltend, zurück. Seine fluffigen Haare kitzeln mich am Kinn und ich spüre einen Anflug von schlechtem Gewissen. Aber bis Pa zum Jahresende meine Gesamtleistung bewertet, darf er nur noch ein winziger leuchtender Punkt im Rückspiegel sein.

Schlaf gut, antwortet sie.

Was sie nur ironisch meinen kann.

Ich höre, wie ein Wagen in die Einfahrt der Garretts rollt, und als ich kurz darauf aus dem Fenster schaue, sehe ich Sam und Jase neben dem Mustang stehen, in dem er ihr, wie ich weiß, Fahrstunden gegeben hat. Er hat die Hände in ihren Haaren, und sie hat die Arme um seine Taille geschlungen und lehnt den Kopf an seine Brust, und ich will plötzlich einfach nur genau das Gleiche.

Mir ist klar, dass ich mich wie ein verdammter Spanner verhalte, aber ... es hat etwas so Ruhiges und Friedliches. Keine großen lauten Gesten, kein Getue, sondern ganz ungezwungen und selbstverständlich. Schlimm genug, dass ich sie heimlich beobachte, keinen Mucks von mir gebe, damit sie mich nicht bemerken, aber noch viel schlimmer ist, dass ich auch so etwas will. Diese Sehnsucht ist größer als jedes Verlangen nach Alkohol und dem Vergessen, das damit einhergeht. Es fühlt sich nicht wie eine quälende Stechmücke an, die ich einfach nicht erwische, es tut tatsächlich ... weh. Jase sagt etwas, und Samantha lacht und vergräbt den Kopf in seine Halsbeuge, passt genau hinein, obwohl sie fast genauso klein ist wie Alice und er fast genauso groß wie ich.

Ich bin ein Idiot, dasselbe zu wollen wie mein bester Freund. Er liebt sie, sie liebt ihn ... der Rest kann warten. Es gibt keine verrückten Verwicklungen, keine Mitschülerin, mit der man Sex hatte, ohne sich noch an irgendetwas davon zu erinnern, kein Kind, dessen Entstehungsgeschichte ein blinder Fleck in der Erinnerung ist.

Ich wünsche Jase, der all das verdient hat, nur das Beste. Genau wie Sam. Aber gleichzeitig wünschte ich, dass meine Fehltritte durch die Dinge ausgeglichen werden könnten, die ich richtig gemacht habe. Was ich praktisch an einer Hand abzählen kann.

An einem Finger?

Es ist noch keine ganze Woche her, seit Alice in meinem Bett lag, und jetzt liegt dort das Baby aus der Hölle.

Seine blauen Augen sind so gerötet, dass er aussieht, als bräuchte er einen Exorzismus, er holt immer wieder tief und schmerzerfüllt Luft und zieht wie unter Krämpfen die Knie an die Brust. Draußen hat es noch nicht einmal richtig angefangen zu dämmern, Cal geht es hundeelend, und ich habe keine Ahnung, wie ich ihm helfen kann. Er will absolut nichts von mir wissen, aber jedes Mal, wenn ich versuche, ihn kurz hinzulegen, um ihm ein Fläschchen oder sonst irgendwas zu holen, schreit er sogar noch lauter. Mir tun so die Ohren weh und ich würde ihn verdammt noch mal am liebsten im Kindersitz festschnallen, in ein anderes Zimmer gehen und die Tür hinter mir zumachen. Rausgehen, die Einfahrt hoch, die Straße runter, zum Strand. Ich meine – es ist noch nie jemand an zu viel Weinen gestorben, oder? Vielleicht schläft er vor Erschöpfung einfach irgendwann ein?

Ich gehe nicht. Das ist das Mindeste, was ich tun kann. Ich trage ihn weiter durchs Apartment, während er wie ein Hammerhai am Angelhaken herumtobt.

Und schreit. Unaufhörlich. Und unfassbar laut.

»Cal. Ich hab wirklich keine besch… – ich verstehe nicht, was du willst. Ich möchte dir ja helfen, Kleiner. Also hilf du mir, es zu kapieren.« Er hält kurz inne, als würde er über meine Worte nachdenken, bevor er verzweifelt weiterschreit.

Ich bitte jemanden um Hilfe, der weniger lange auf diesem Planten ist, als ich trocken bin. Ich lege ihn mir auf den Bauch und halte seinen angespannten, sich windenden Körper fest. Er sackt nass geschwitzt in sich zusammen, seine roten Haare kleben ihm feucht am Kopf, statt wie sonst in alle Richtungen abzustehen. Eine ganze Weile später, als hätte er Zeit gebraucht, um Kraft zu sammeln, hebt er seinen Kopf, schaut mir direkt in die Augen und …

Lächelt.

Dieses schiefe, zahnlose Lächeln, sein wackelnder Kopf, als würde er schwerer wiegen, wenn ein Gefühl zum Ausdruck gebracht wird. Es verändert sein ganzes Gesicht – vom besorgten Schwarzseher zum fröhlichen Buddha. *Hi, Cal. Hey, Kleiner.* Ich grinse zurück.

Dad. Hi, Dad.

Die Sache mit diesen Blutsbanden oder was auch immer, dieses »Luke, ich bin dein Vater«-Ding … Ich weiß nicht, aber vielleicht bin ich gerade dabei, es ein ganz kleines bisschen zu verstehen.

Dann lässt er den Kopf zur Seite plumpsen, als hätte ihn das Lächeln seine ganze Energie gekostet, greift sich eine Handvoll meiner Brusthaare, holt noch einmal tief Luft und schläft ein.

Meine eine Hand stützt seinen Hintern, so winzig, dass sie ihn immer noch komplett bedeckt, die andere seinen Kopf, der gerade mal meine Handfläche ausfüllt. Ich kann kaum atmen, aber ich werde den Teufel tun, mich zu bewegen und ihn womöglich aufzuwecken. Also bleibe ich einfach so liegen, lausche seinen schniefenden Atemzügen und atme im gleichen langsamen Rhythmus. Er ist ein Teil von mir. Meinetwegen gibt es ihn. Ich habe ihn gemacht.

Zum ersten Mal löst dieser Gedanke keine Übelkeit aus oder Schuld oder das Gefühl, dass es komplett falsch ist. Zum ersten Mal weiß ich, dass er zu mir gehört.

Einunddreißigstes Kapitel

Bei Mom darf ich immer vorne sitzen«, sagt Harry und schiebt seinen mickrigen kleinen, sieben Jahre alten Hintern auf den Beifahrersitz, während ich mich damit abrackere, Cals Kindersitz auf der mittleren Rückbank des garrettschen Familien-Vans festzumachen. Cal zappelt herum und schlägt mit seiner Stoffente nach mir. George lacht sich darüber kaputt.

Ich rieche Alice' salzigen Meerduft, noch bevor ich sie wie eine Fata Morgana neben mir stehen sehe. Der ganze Wahnsinn in mir und um mich herum verstummt. Ich atme einen Hauch Pfefferminze ein – vielleicht eine Seife oder ein Bonbon, das sie gerade gelutscht hat.

»Besser?«, fragt sie. »Keine dauerhaften Schäden zurückgeblieben?«

»Bei Mom darfst du *nie* vorne sitzen«, ruft Duff von hinten. »Du hast Scheiße erzählt, Harry.«

»Das ist ein böses Wort«, meint George. »Sag ihm, dass er das nicht sagen darf, Tim.«

»Achte auf deine Ausdrucksweise«, rufe ich über die Schulter. *Was bin ich bloß für ein Heuchler.* Ich rechne eigentlich damit, dass Duff mich darauf aufmerksam macht, aber stattdessen tritt er bloß einmal kurz mit den Schuhen gegen Georges Sitz.

»Wieder völlig hergestellt«, antworte ich Alice. »Sämtliche Systeme funktionieren.« Ich konzentriere mich darauf, meine Flasche Wasser auszutrinken. Alice braucht nicht zu wissen, dass ich mir heute Morgen unter der Dusche vorgestellt habe, sie würde mir dabei Gesellschaft leisten.

Aber sie lässt ihr umwerfendes Lächeln aufblitzen und sagt nichts.

»Hast du heute Abend Schule?«, frage ich, als Andy aus dem Haus gelaufen kommt.

»Puh! Danke, dass du gewartet hast, Tim! Können wir uns beeilen? Ich bin zu spät für die Chorprobe, und ich hab Alyssa geschworen, dass ich ihr zum Spiel Munchkins mitbringe – es macht dir doch nichts aus, noch kurz bei Dunkin' Donuts anzuhalten, oder? Kannst du mir zufällig ein bisschen Geld leihen? Sehen meine Haare okay aus? Hab ich zu viel Wimperntusche benutzt?«

»Alles bestens«, sagt Alice bestimmt. »Und Tim ist nicht dein persönlicher Geldautomat.« Sie wendet sich wieder mir zu. »Nein – ich hatte Nachtschicht, aber damit ist jetzt erst mal Schluss. Kommst du nach dem Spiel noch vorbei?«

Ich huste und spucke beinahe das Wasser wieder aus. »Ähm. Haben wir was geplant?« Warum frage ich Idiot überhaupt?

Sie streckt sich. Es ist kühl. Die Sonne ist hinter den Wolken verschwunden. Sie streicht sich die Haare aus dem Nacken. »Wir können uns ja was einfallen lassen.«

»Können wir *bitte* los?«, stöhnt Andy vom Beifahrersitz. Harry sitzt mittlerweile hinten.

»Harry hat mir absichtlich ins Gesicht gerülpst!«, ruft Duff. »Das ist voll eklig.«

»Nach dem Spiel? Bist du dann da? Ich … werde auch hier sein.«

Du lieber Himmel.

»Klingt gut.« Alice senkt den Blick, gräbt den Zeh in den weichen Teer der Einfahrt.

»Tim! Nun mach *schon*! Ich weiß, ihr zwei seid wahnsinnig beschäftigt, aber bitte habt Erbarmen.«

Cal, der bis eben geschlafen hat, schaut sich mit großen Augen um. Als sein Blick an Alice hängen bleibt, hält er inne und schenkt ihr sein strahlendstes und schiefstes Lächeln.

»Wow«, sagt sie. »Schau dir das an.« Sie erwidert sein Lächeln und sein Strahlen wird noch breiter.

»Er hat gerade erst damit angefangen.«

Sie beugt sich zu ihm und streicht ihm die Haare zurück. »Da haben wir's, Tim.«

»Hm?«

»Dein fehlendes Grübchen. Cal hat es.« Sie streicht mit dem Finger über die kleine Falte an seiner Wange.

Gott, das ist mir noch gar nicht aufgefallen, aber sie hat recht.

Alice richtet sich wieder auf und schiebt ihre schwere Tasche auf der Schulter höher, bevor sie sich zum Gehen wendet und mir ein Lächeln über die Schulter zuwirft.

»End-lich«, sagt Andy, als ich einsteige.

»*Seiße*«, lispelt Patsy. Ich schaue sie streng an und schüttle den Kopf. Sie lässt sich in ihren Sitz zurückfallen und macht ein Gesicht, als hätte ich sie zutiefst beleidigt.

»Warum benutzen Typen nie Emojis in ihren Nachrichten? Wie sollen wir da je wissen, was sie fühlen?«

»Die meiste Zeit haben wir selbst keine Ahnung, was wir fühlen, Andy«, murmle ich.

Ich liebe die kleinen Garretts, aber ich bin mit meinen Gedanken gerade definitiv woanders. Außerdem streiten sie sich während der gesamten Fahrt wie die Rohrspatzen. Als wir auf dem überfüllten Parkplatz der Schue ankommen, pocht es hinter meiner Stirn, als würde sich jemand mit einem verdammten Eispickel daran zu schaffen machen.

HESTER. DU MUSST IHN HEUTE ABEND BITTE NEHMEN. HOL IHN VON DER STONY BAY HIGH AB. SCHREIB, WENN DU EINE WEGBESCHREIBUNG BRAUCHST. DEIN SOGENANNTER CO-PARENTING-PARTNER.

Das Letzte war unnötig, ich weiß, aber hey. Ich bin so müde, dass ich auf der Stelle einschlafen könnte (davon, Alice später noch zu treffen, mal abgesehen). Der vierfache Espresso hat nichts genützt.

»Was geht?«, fragt eine vertraute Stimme, als ich mich mit den Kindern in die zweite Reihe der Tribüne quetsche. »Wo hast du gesteckt, Mason?«

Ich halte mich nicht lange mit Begrüßungsfloskeln auf. »Was willst du von meiner Schwester?«

Troy hält eine Hand hinter sein Ohr und zuckt hilflos mit den Achseln. Es heißt, dass er auf einem Ohr taub ist, weil sein Dad ihn ein paarmal zu oft und zu heftig verprügelt hat.

Dann beugt er sich mit ausgebreiteten Armen zu mir und will mich tatsächlich umarmen, ohne zu bemerken, dass ich vor meiner Brust ein Baby mit mir herumtrage. Als er mit Cals flaumigem Hinterkopf in Berührung kommt, weicht er zurück und schlingt dann einfach einen Arm um meinen Nacken. »Hab dich vermisst, Mann! Was zum Teufel ist bei dir los? Bist du jetzt so was wie ein Kindermädchen?«

»Was? Nein«, sage ich, bevor mir klar wird, dass ich im Grunde genau das bin, oder zumindest so etwas Ähnliches.

»Hi!«, sagt George fröhlich. »Bist du Tims Freund?« Er streckt die Hand aus. »Ich heiße George.«

Troy stößt seine Faust gegen Georges ausgestreckte Handfläche, was ich ziemlich unangebracht finde, und mustert anschließend Harry und Patsy, die den Wortwechsel neugierig verfolgen. Cal hat sich eine Hand in den Mund gesteckt und saugt schmatzend daran.

»Wir sollen doch nicht mit Fremden reden«, raunt Harry George zu und spielt plötzlich den Musterknaben, als hätte er vorhin nicht selbst gegen die Regeln verstoßen, als er unbedingt vorne sitzen wollte.

»Keine Sorge, ich bin kein Fremder. Tim und ich kennen uns schon seit einer Ewigkeit.« Troy wirft sich die zu langen Haare aus den Augen. Wie immer sieht er wie die Hollywood-Version eines jungen Drogendealers aus. Ich habe nie herausfinden können, ob er dieses Image aus Selbstironie pflegt oder aus purer Dämlichkeit. Ich vermute Letzteres.

»Brauchst du was, um Druck abzulassen, Mason? Siehst ganz schön angespannt aus«, sagt Troy. »Kein Wunder. Hab gehört, dass deine Sommerferien sich auf unbestimmte Zeit verlängert haben.«

»Mir geht's gut«, antworte ich scharf.

Troy tritt einen Schritt zurück und hebt die Hände. »Hey, alles cool, Mann. Prioritäten ändern sich und so weiter, kein Problem.«

»Das ist Tims Baby«, plappert George dazwischen. »Er heißt Cal. Tim hat ihn auf einer Party geschenkt bekommen.«

»Krass, Alter.« Troy lässt den Blick zwischen meinen und Cals roten Haaren hin- und herwandern. »Ich hab ein paar Gerüchte gehört, aber … wow. Scheint, als hätte deine vergeudete Jugend dich eingeholt.«

»Meine vergeudete Jugend hat deine finanziert, Rhodes.«

»Stimmt.« Troy wirkt seltsam verletzt. »Aber im Gegensatz zu dir kann ich ohne Altlasten aufs College. Scheiße, Mann. In deiner Haut will ich echt nicht stecken.«

»Ihr wartet kurz hier«, sage ich zu den Garrett-Kindern,

bevor ich Troy am Unterarm packe und an den Rand der Tribüne schiebe.

»Ha, wusste ich's doch.« Er grinst spöttisch. »War alles bloß Show wegen den Kids, hab ich recht? Was kann ich dir Gutes tun?«

»Die Wahrheit. Was verkaufst du meiner Schwester? Sie hat auch ohne dich schon genügend Probleme am Hals.«

»Deine Schwester?« Er schaut mich mit großen, unschuldigen Augen an. Den Blick hat ihm seit der Mittelstufe niemand mehr abgekauft. »Du meinst, Nan?«

»Schluss mit der Scheiße, Troy. Was läuft da?«

»Ich mische mich nicht in Familiendramen ein«, antwortet er kalt. Keine Spur mehr von dem aufgesetzten Surferboy-slang. »Du willst wissen, was mit ihr los ist? Dann frag sie gefälligst selbst.«

George kommt angelaufen, streckt mir Cals Flasche hin und zerrt an meinem Ärmel. »Beeil dich! Gleich geht's los! Schnell!« Er zupft am Saum von Troys Armeejacke. »Du kannst auch mit. Bist du Soldat?«

»So was Ähnliches«, sagt Troy lächelnd.

»Ein Friedenskämpfer im Krieg gegen die Drogen?«, frage ich, und er zielt lachend mit dem Finger auf mich, als wäre es eine Waffe.

»Du hast es erfasst. Nach dir, Kleiner.«

»Es werden immer mehr Zivilisten als Soldaten getötet. Das ist bei jedem Krieg so«, erzählt George ihm. »Schau – da sind sie!«

Die beiden Mannschaften – *Stony Bay High* vs. *Maplecrest High* – kommen aufs Spielfeld getrabt und stellen sich im Kreis auf.

»*Raah!*« Cal windet sich in seiner Trage. »*Raah. Raah. Raa-haaah.*«

»Baby weint, Ti. Nicht machen«, sagt Patsy streng, was in ziemlichem Widerspruch zu ihren lustigen kleinen Zöpfchen steht.

»Da ist mein Bruder!«, sagt George stolz zu Troy. »Die Nummer zweiundzwanzig. Gleich da drüben. Der, der gerade den großen Kerl in dem orangen Shirt aufgehalten hat.«

George, Harry und Duff starren alle gebannt auf das Feld.

»Netter Versuch«, kommentiert Duff lauthals einen vereitelten Angriff der Maplecrest High. »Aber leider umsonst, ihr verdammten Loser.«

»Duff hat geflu-hucht«, singt George.

Mir gehen gerade selbst ein paar Flüche durch den Kopf, die nicht so harmlos sind.

Patsy beobachtet, wie ich versuche, Cal zu füttern, dann schaut sie mich mit Tränen in den Augen an, als hätte ich einen schlimmen Verrat an ihr begangen, und stößt ein zutiefst enttäuschtes »Ti...« aus.

»Wenn du willst, laufe ich ein bisschen mit ihr rum«, schlägt Troy vor. »Ich hab eine Halbschwester, die ungefähr im selben Alter ist. Sie stehen drauf, wenn man mit ihnen rumläuft, ich weiß, wovon ich rede, Mann.«

»Bist du jetzt völlig übergeschnappt?«, frage ich.

»Ich deale bloß damit«, antwortet er beleidigt. »Ich nehme das Zeug nicht.«

Stimmt, Troy, du bist ja ein Mann mit Prinzipien. Tatsächlich hat er einen klaren Blick und eine gesunde Gesichtsfarbe. Verrückt, dass ich mir vorher nie Gedanken darüber gemacht habe. Doch eins nach dem anderen. »Meinetwegen«, gebe ich nach. »Aber bleib gefälligst in der Nähe, damit ich dich im Auge behalten kann.«

Hier in dieser surrealen Parallelwelt kümmert sich also mein freundlicher Drogendealer um ein Kind, das meiner

Obhut anvertraut ist, während ich versuche, meinem eigenen auf dem Schoß die Windel zu wechseln, was keine besonders clevere Idee ist. Harry, Duff und George feuern derweil Jase an, als wäre alles völlig normal und in bester Ordnung.

»Junge, Junge«, stöhnt Duff, »bei dem Pass musste Jase aber ganz schön was einstecken.«

Cal reißt den Kopf herum und verzieht das Gesicht, als könnte er Jase' Schmerzen nachempfinden. Ich schiebe den Sauger in seinen Mund zurück. »Einfach runter damit, Kleiner.«

Troy hat sich Patsy auf die Schultern gesetzt und läuft ein paar Meter neben uns auf und ab. »Schaut euch das an«, ruft er. »Habt ihr gesehen, wie er beim Punt Return auf seiner Seite geblieben ist, sodass der Returner nicht an ihm vorbeikonnte?«

»Nein«, sagt George ernst und rückt näher an Troy heran. »Aber ist das was Gutes?«

»Das ist der Hammer, Kumpel. Der absolute Hammer.«

Kurz vor Ende des Spiels tippt Hester mir auf die Schulter. Ich hebe Cal aus der Trage und drücke ihn ihr so schnell in den Arm, dass sie ihn beinahe fallen lässt. Er schaut mit bebender Unterlippe zu mir und versucht ein kleines Lächeln. *Dad?*

Ich nehme ihn noch einmal auf den Arm und schmiege ihn an mich. »Tut mir leid, Kleiner«, flüstere ich leise in sein Ohr.

Hester mustert mich mit zusammengekniffenen Augen und kaut auf ihrem Daumennagel. »Bist du dann so weit?«

Ich bleibe noch einen Moment so stehen, die Hand an seinem Hinterkopf, genau dort, wo im Nacken die kleinen Falten sind. Wie zu viel Haut, in die er erst noch hineinwachsen muss. Irgendwas daran macht mich total fertig.

»Pass gut auf ihn auf, okay?«

Zweiunddreißigstes Kapitel

In drei Schritten bin ich die Stufen hochgelaufen, stehe in den Sneakers, die Alice mir geschenkt hat, mit erhobener Hand vor der Fliegengittertür und will sie gerade aufreißen, als sie selbst öffnet.

Mein Gehirn fällt bei ihrem Anblick in eine Art Schockstarre. Kurzes dunkelgrünes Handtuch um den Körper, Wasser, das aus ihren Haaren über die braun gebrannten Schultern perlt, frisch geduschte Haut, die nach Babyshampoo duftet.

Während die Stille sich ausdehnt, erwidert sie meinen Blick und zieht langsam die Augenbrauen hoch.

Ein Tropfen rinnt von ihrem Schlüsselbein ihren Ausschnitt hinunter, der nur spärlich von dem grünen Frotteestoff bedeckt wird. Sie zieht das Handtuch vorne etwas höher, wodurch es an der Seite ein Stück tiefer rutscht.

Es fällt mir schwer, Worte zu formen.

»Ich bin nur ...«

»Zufällig in der Nähe gewesen?«

»Genau.«

»Komm rein.«

* * *

Wir stehen in unserer Küche, in der es bis auf das Leuchten der kleinen Kontrolllampe am Herd und das durch das Fenster fallende Licht von der Straße dunkel ist. Aus dem

Wohnzimmer weht leise Musik, die ich vorhin aufgelegt habe, und Jase' Katze Mazda streicht mit anklagendem Maunzen um ihr leeres Futterschälchen. Ansonsten ist es still.

Tim geht in die Hocke, um sie zu streicheln, und sie reibt sich schnurrend an seinen Beinen, stellt sich auf die Hinterläufe und fängt an, seinen Oberschenkel mit den Pfoten zu kneten. Seine Hand sieht riesig aus auf ihrem Fell, dabei ist Mazda nicht gerade eine kleine Katze.

Sie versucht, auf seinen Schoß zu springen, ist aber zu fett dafür, sodass sie es schließlich aufgibt und mit einem abschätzigen Schwanzpeitschen à la *Du bist sowieso unter meiner Würde* davonstolziert.

Tim schaut auf und lächelt mich an.

Dasselbe strahlende Lächeln wie neulich.

Das Licht der Straßenlaterne am anderen Ende unserer Einfahrt lässt die Umrisse im Raum reliefartig hervortreten und bringt noch tiefere, wärmere Töne in Tims roten Haaren zum Vorschein.

Er reibt sich übers Gesicht. Gähnt, entschuldigt sich, blinzelt, lächelt wieder.

»Hast du vielleicht Lust ... ein bisschen spazieren zu gehen? Muss mir nur schnell was überziehen.«

Ich werde nicht in diesem Handtuch vor die Tür gehen, falls du das gedacht hast.

»Mist«, sagt Tim prompt, aber es klingt eher wie ein Automatismus, so als hätte er das bloß gesagt, weil er glaubt, es sei genau das, was ich erwartet habe.

»Okay, dann ... geh ich mich mal anziehen.«

Er nickt, steht auf, läuft ziellos zum Tisch rüber, nimmt meine Teetasse in die Hand, an deren Rand ein roter Lippenstiftabdruck klebt, dreht sie zwischen den Händen, stellt sie wieder hin. Nimmt einen von Joels Drumsticks, die er hier vergessen hat, trommelt damit auf der Tischkante herum, legt ihn wieder hin. Macht den Kühlschrank auf, wirft einen kurzen Blick hinein, schließt ihn wieder.

»Ich zieh mir nur schnell was … über meinen Körper«, wiederhole ich. »Bin gleich wieder da.«

»Klingt nach einem guten Plan«, antwortet Tim abwesend.

Als ich in meiner Lieblingsjeans und einem von Jase' Footballtrikots zurückkomme, sitzt er am Küchentisch und hat den Kopf auf die verschränkten Unterarme gelegt.

Ich berühre ihn am Rücken, worauf er hochschreckt und blinzelnd zu mir aufschaut.

»So lange war ich doch gar nicht weg«, sage ich amüsiert. »Sicher, dass du was unternehmen willst?«

»Klar. Warte.« Er geht ans Spülbecken, dreht den Hahn auf und spritzt sich Wasser ins Gesicht. Als sein Blick auf die Kaffeemaschine fällt, in der noch ungefähr zwei Fingerbreit kalter Kaffee von heute Morgen stehen, nimmt er die Kanne heraus, hebt sie sich an Mund und trinkt sie fast zur Hälfte aus.

»Keine Tasse?«

»Wir wollen, was wir wollen, und das sofort – schon vergessen, Alice?« Er wischt sich mit dem Handrücken über den Mund und zeigt sein Grübchen, als er kurz lächelt. »Also, wo soll's hingehen?«

Wir nehmen seinen Wagen, weil meiner von seinem eingeparkt ist, und fahren in Maplewood eine unbefestigte und mit Schlaglöchern übersäte Straße entlang bis zum Festgelände, wo schon alles für die dieses Wochenende stattfindende jährliche Herbstkirmes aufgebaut ist, jetzt aber bis auf die Parkplatzbeleuchtung noch alles im Dunkeln liegt.

Das Riesenrad ragt wie ein geisterhaft aussehender Hula-Hoop-Reifen in den Himmel auf, genauso reglos und ruhig wie die Geisterbahn, die *Fliegenden Teetassen* und alle anderen Fahrgeschäfte.

»Ich bin schon seit Jahren nicht mehr hier gewesen.« Tim steigt aus dem Wagen und schaut das Riesenrad hinauf. »Ma nimmt immer an diesem Marmeladenwettbewerb teil und jedes Mal gewinnt Gracie Reed und bringt Ma damit zur Weißglut.«

»Grace besticht wahrscheinlich die Preisrichter.«

Aber die Rechnungen bezahlt sie nicht. Morgen, verspreche ich mir selbst, *morgen werde ich eine Lösung dafür finden.* Heute waren schon wieder zwei dicke Rechnungen mit *SOFORT ÖFFNEN*-Stempeln in der Post.

Tim wirft mir einen prüfenden Blick zu, murmelt aber nur ein unverbindliches »Mhm.« Ich weiß, dass er Samanthas Mom schon sein ganzes Leben kennt, aber nach allem, was passiert ist, kann er ihr gegenüber doch eigentlich nichts Gutes mehr empfinden, oder?

Wir sind mittlerweile bis zum Riesenrad geschlendert. Eine der Kabinen schwebt direkt vor uns hinter der Absperrung. »Komm«, sage ich und klettere hinein.

Tim greift nach meiner Hand, als er neben mich auf die Sitzbank rutscht. Dann schaut er, ohne sie loszulassen, nach unten und streicht mit dem Daumen über meine Knöchel.

Die nach Laub und Holzfeuer duftende Nachtluft hüllt uns wie eine Decke ein.

»Andy muss sich hier drin jedes Mal übergeben«, unterbreche ich auf poetische Weise die Stille. »Ist so was wie eine Tradition.«

»Nan auch«, sagt er. »Sie hat Höhenangst. Ich hab früher manchmal den Betreiber bestochen, damit er das Rad genau in dem Moment anhielt, wenn sie ganz oben war. Was nicht heißt, dass ich nicht selbst oft genug gespuckt hätte, aber das lag eher daran, dass ich zu viel Bier oder was auch immer intus hatte.«

Ich tippe mit dem Schuh gegen die Fußstütze, worauf die Kabine mit einem metallischen Knarzen hin und her schaukelt.

»Wie alt warst du, als du damit angefangen hast?«

Er zuckt mit den Achseln. »Zwölf?«

Ein Jahr älter als Duff – der nichts weiter braucht, als den höchsten Punkt des Riesenrads zu erreichen, um high zu werden.

»Hey, Tim?«

»Hm?« Er hat den Kopf an die Rückenlehne aus zerschlissenem Kunstleder gelehnt und sieht zum Mond auf, der als kaum sichtbares silbernes Hufeisen am Nachthimmel steht. Als er sich streckt, rutscht sein T-Shirt ein Stück hoch und entblößt eine dunkelblaue Boxershorts mit kleinen weißen Ankern, die oben aus seiner Jeans hervorlugt.

Einen Moment später richtet er sich wieder auf und ertappt mich dabei, wie ich den Gummibund anstarre.

»Hübsche Shorts«, sage ich.

»Heiß, oder?« Er zieht am Bund und lässt ihn zurückschnappen. »Inklusive des Ellery-Prep-Wahlspruchs: *Führe ein reines Leben und strebe nach Gerechtigkeit.*«

Ich pruste, und er grinst mich an, reibt sich wie schon vorhin in der Küche gähnend übers Gesicht und legt dann einen Arm um meine Schultern, sodass seine warmen Finger meinen Ellbogen berühren.

»Das ist ja mal ein besonders einfallsreicher Annäherungsversuch«, sage ich.

»Tja, ist nicht umsonst ein Klassiker. Außerdem befinden wir uns in einem Riesenrad. Da ist das sozusagen ein natürlicher Reflex – wie beim pawlowschen Hund.«

»Du kannst einfach nicht anders«, sage ich. »Jedenfalls hat das Motto auf deiner Shorts keine Wirkung auf dich.«

»Dann kannst du sie mir eigentlich auch ausziehen«, gibt Tim zurück.

Ich stoße ihm mit den Ellbogen in die Seite.

Die Kabine schwingt quietschend vor und zurück und kommt schließlich nach hinten geneigt zum Stehen, sodass wir praktisch auf dem Rücken liegen.

»Ich wünschte, es würde sich drehen«, sagt Tim. »Oder wir wären in einem Autokino. Dort wäre die Atmosphäre besser.«

»Besser als hier, wo man sich wie auf einem Zahnarztstuhl fühlt?« Ich lehne mich in seinen Arm zurück und schließe die Augen. Er umkreist langsam meinen Ellbogen mit den Fingerspitzen, eine Berührung, die eigentlich etwas Beruhigendes und Einlullendes haben sollte. Aber meine Haut steht wie unter Strom. Die kühle Luft duftet herb-süß nach Äpfeln. Die Sterne über uns sehen aus, als hätte jemand eine Handvoll Goldglitter über den schwarzen Himmel gestreut. Ich schwebe weit weg durch den unendlichen Raum, fern von allem und jedem mit Ausnahme von Tim.

Er legt seine andere Hand auf meine, verschränkt unserer Finger ineinander. Drückt sie leicht. Dann nichts mehr.

Nur noch wir.

Seine Hand, meine Hand.

Berührungen wie in der Mittelstufe. Unschuldig und harmlos.

Nur dass es sich ganz anders anfühlt.

Doch hier im Dunkeln, wo ich klarer sehen kann, weiß ich, dass es vielleicht nicht unschuldig ist, dafür aber einfach.

»Ich glaube, der nächste Schritt«, sage ich ein paar Minuten später, »ist dieser hier.« Ich tue so, als wäre mir kalt, und schmiege mich enger an ihn. Er stößt einen überraschten Laut aus, der tief aus seiner Kehle kommt, und zieht mich dann fest an sich.

Ich lasse spielerisch einen Finger über seine Jeans gleiten, umkreise sein Knie und spüre, wie er erschauert. Er schließt die Augen, zuckt ganz leicht zusammen, so als hätte er versucht, es zu unterdrücken.

»Kalt?«

»Im Gegenteil. Dir?«

Ich schüttle den Kopf, während er die Hand an meiner Seite entlangwandern lässt und sehr, sehr langsam über meine Rippen streicht.

Plötzlich streift uns der Lichtkegel einer Taschenlampe, hält inne, kehrt zu uns zurück, und eine Stimme ruft schroff: »Wer ist da?«

Tim flucht unterdrückt und zieht mich mit sich aus der Kabine, bevor ich überhaupt Luft holen kann. Hand in Hand stolpern wir einen kleinen Grashügel hinunter und kauern uns hinter eine riesige Plakatwand, die für die Hyman-Obstplantagen Werbung macht, dem Augapfel Connecticuts. Als ich vorsichtig daran vorbeispähe, sehe ich vor dem Eingang einen Streifenwagen stehen, dessen kreisende Warnleuchte den Rummelplatz in grelles rubinrotes Licht taucht.

»Die Polizei?«, flüstere ich ungläubig. »Das gibt's doch nicht.«

»*Schsch.*« Tim legt zwei Finger auf meine Lippen.

»Es sind nirgendwo Verbotsschilder gewesen. Wir haben noch nicht mal irgendwas gemacht!«

»Hätten wir aber vielleicht, wenn wir fünf Minuten länger gehabt hätten.«

»Wer verdammt noch mal ist da?«, bellt die Stimme, jetzt aus einer kürzeren Distanz.

»Wir können dafür festgenommen werden? Im Ernst?«

»*Sch.*« Er hebt eine Hand. »Lass es uns lieber nicht rausfinden. In einem Kaff wie Stony Bay langweilt man sich als Cop zu Tode. Glaub mir, da ist so was, wie das hier, ein gefundenes Fressen.«

Immer noch Hand in Hand huschen wir geduckt zu einer Reihe von Büschen. Der Lichtkegel der Taschenlampe zuckt hektisch hin und her. Kurz darauf ertönt das statische Rauschen eines Walkie-Talkies. »Verfolge ein oder mehrere Verdächtige wegen unerlaubten Betretens. Bitte bestätigen.«

Die Antwort geht in lautem Knacken unter.

Ich streiche mein Shirt glatt und will mich gerade aufrichten, um diesen Idioten die Meinung zu sagen, als Tim mich auf seinen Schoß hinunterzieht.

»Komm schon. Das ist doch lächerlich.« Ich versuche mich aus seinem Griff zu befreien. »Was glauben die Typen, wer sie sind?«

»Verdammt, Alice«, zischt er. »Für die passiert hier heute Nacht nichts anderes mehr, außer dass sie vielleicht eine Katze von einem Baum retten müssen. Wenn sie uns kriegen, werden sie uns definitiv mitnehmen. Und das wäre für Joel ziemlich unangenehm.«

Ich halte betroffen inne. Mein Bruder, der auf die Polizeiakademie geht.

Noch mehr Knacken aus dem Walkie-Talkie. »Kann Verdächtige nicht lokalisieren. Wiederhole, kann Verdächtige nicht lokalisieren. Ende.«

Der Lichtkegel der Taschenlampe tastet ziellos umher. Ich presse den Kopf an Tims Brust, rutsche etwas höher, damit meine Schuhe nicht wie die der toten Hexe des Ostens aus *Der Zauberer von Oz* unter dem Busch hervorschauen, dann rühre ich mich nicht mehr von der Stelle und halte lauschend den Atem an.

Der Lichtstrahl fährt langsam die Umrisse der Plakatwand ab. Was erwartet der Kerl – dass wir auf die Hyman-Obstplantagen-Werbetafel hochklettern, um uns kopfüber daran herunterhängen zu lassen und sie mit Graffitis zu besprühen?

Knack-knack. »Keine Spur von den Tätern. Wiederhole, Suche negativ. Ende.«

»Tätern? Wir haben absolut nichts verbrochen!«, flüstere ich. »Da war kein Absperrband, kein Betreten-verboten-Schild.«

»Alice. Sei. Still.«

Dann endlich das Knirschen sich entfernender Schritte. Als ich mich von Tim hinuntergleiten lassen will, hält er mich an den Hüften fest.

»Nicht bewegen.«

»Was ist? Meinst du, er ist immer noch hier und versucht uns nur auszutricksen? *Kennst* du diesen Cop etwa?«

»Ich kenne fast alle von ihnen. Und nein, er ist weg. Aber das, was du vorhin gemacht hast, als du höher gerutscht bist, das war gut.« Er streift mit den Lippen über mein Ohr und senkt die Stimme zu einem rauen Flüstern. »Alice. Küss mich.«

»Tim ...«

»Ich bin hier.«

Genau wie ich, daran gibt es nichts zu leugnen.

Ich schiebe mich von ihm herunter und ziehe ihn mit mir ins Gras, bis sein Gesicht über meinem schwebt und dahinter die Mondsichel.

Ich hebe langsam eine Hand und streiche mit der Spitze meines Zeigefingers über seine dunklen Augenbrauen, folge dem Schwung seiner hohen Wangenknochen hinunter zu seinem Mund und zeichne die Umrisse seiner Lippen nach.

Seine Augen, die im dämmrigen Licht leuchten und mich unverwandt ansehen. Seine warme Haut in der kühlen Nachtluft.

Ich verlagere das Gewicht unter seinem Körper und schaue zur Seite, versuche zu lachen, aber es klingt eher wie ein Keuchen, weil er so fest auf mir liegt, dass kaum Platz zum Atmen ist. Er richtet sich ein Stück auf und stützt die Ellbogen neben meinem Kopf ab, dabei drückt er den linken sanft gegen meine Wange, sodass ich den Kopf drehen und ihn anschauen muss.

»Alice.«

Ich schließe die Augen. »Dir ist schon klar, dass du die Situation gerade schamlos ausnutzt.«

»Und ob. Du kannst dich gern jederzeit revanchieren.« Sein Tonfall ist locker, aber der Ausdruck in seinen Augen ist ernst.

Er lässt die Hand über meinen Hals gleiten, streicht sanft eine Haarsträhne hinter mein Ohr, zeichnet die kleine Kuhle zwischen meinen Schlüsselbeinen nach, in der mein Puls hämmert. Ich rechne damit, jeden Moment seine Lippen dort zu spüren, stattdessen schmiegt er so federleicht seine Wange hinein, dass er mich kaum berührt.

Seine Brust hebt und senkt sich auf mir, ein Bein schiebt sich zwischen meine Beine. Dann stilles Innehalten.

Einen Atemzug lang.

Einen zweiten.

Als unsere Lippen sich treffen, verharrt Tim für einen Augenblick zögernd über mir, und sein ganzer Körper spannt sich an, dann fällt er hungrig über meinen Mund her.

Ich höre mich selbst einen kehligen Laut ausstoßen, ziehe ihn enger an mich, biege mich ihm gleichzeitig entgegen. Heißkalte Schauer durchrieseln mich, ich zittere und gebe Geräusche von mir, die … ich weiß nicht … die mir peinlich wären, wenn ich damit aufhören könnte. Aber das kann ich nicht.

Wir lösen uns schwer atmend voneinander.

»Was, wenn wir gerade dabei sind, einen großen Fehler zu machen?« Ich lasse die Hände zu seinen Hüften hinuntergleiten und ziehe sie hart an meine.

»Ich hab in meinem Leben schon einige Fehler gemacht. Das hier fühlt sich definitiv nicht wie einer an.«

»Hier rüber!«, ruft eine Stimme. »Ich hab sie!« Wir reißen vom grellen Licht einer Taschenlampe geblendet die Köpfe hoch. Tim flucht unterdrückt. Ich hebe eine Hand vor die Augen. Tim schiebt sich vor mich, um mich gegen das Licht abzuschirmen.

»Stehen Sie auf«, ruft eine Stimme. »Die Hände so, dass ich sie sehen kann. Langsam. Keine plötzlichen Bewegungen. Halten Sie Abstand zueinander.«

»Schsch.« Tim tritt einen Schritt von mir weg. »Alles okay. Überlass das Reden am besten mir.«

»Das ist doch lächerlich«, schimpfe ich. Die beiden Polizisten unterhalten sich in einem leisen, offiziellen Tonfall, aus den Walkie-Talkies dringt immer noch lautes Knacken, ich glaube also nicht, dass sie mich gehört haben, aber plötzlich erstarrt einer der beiden und richtet die Taschenlampe auf mich.

»Oh, Shit. Das ist meine Schwester.«

✳ ✳ ✳

Letztendlich haben sie nichts gegen uns in der Hand, was es rechtfertigen würde, uns mitzunehmen, obwohl Alice es beinahe schafft, es trotzdem so weit kommen zu lassen.

»Seit wann schleichst du wie der perverse Wachmann von der Stony Bay High durchs Gebüsch, Joel?«

»Das ist Teil meiner Ausbildung, Al. Aber seit wann wälzt *du* dich mit irgendwelchen Typen im Gras?« Joel lenkt den Strahl seiner Taschenlampe auf mich. »Oh. Hi, Tim.«

Ich hebe eine Hand. »Ähm … Hey, Mann.«

»Was ich mache, geht dich gar nichts an«, zischt Alice. »Außerdem ist er nicht irgendein Typ, also –«

»Okey-dokey«, unterbricht Joels Ausbilder das Wortgefecht. »Hebt euch das für den Spielplatz auf, Kids. Apropos …«, er lässt den Strahl der Taschenlampe von Alice zu mir wandern, wahrscheinlich für den Fall, dass er uns später bei einer Gegenüberstellung identifizieren muss, »ist keine besonders gute Idee, zwischen den ganzen schweren Fahrgeschäften hier herumzuturnen, wenn der Rummelplatz geschlossen ist. Da kann man sich leicht verletzen. Aber wir können euch nicht wegen Fehleinschätzung einer Situation festnehmen.«

»Glück gehabt, Alice. Solltest in Zukunft vielleicht besser aufpassen, mit wem du dich so rumtreibst.«

»Halt die Klappe, Joel«, gibt Alice zurück. »Du kennst ihn kaum.«

»Im Vergleich zu dir wahrscheinlich nicht. Großer Gott, Al. Wie alt ist der Kerl? So alt wie Jase? Als ich sagte, dass du dich entspannen sollst, meinte ich nicht, dass du mit Holden Caulfield rummachen sollst.«

Ich zucke mit den Achseln. Gibt schlimmere Typen, mit denen man in einen Topf geworfen werden könnte.

Aber Alice, von der ich eigentlich dachte, dass sie rot werden und von mir abrücken würde, greift nach meiner Hand und stellt sich wie ein menschliches Schutzschild vor mich.

»Maß dir kein Urteil über jemanden an, den du kaum kennst«, sagt sie.

Sie weicht mir auch auf der Fahrt nach Hause nicht von der Seite und ist in ihrem Sitz so nah wie möglich an mich herangerutscht. Als müsste sie immer noch so eine Art Bekenntnis für mich ablegen, obwohl außer uns niemand da ist. Nachdem ich in die Einfahrt gebogen bin und den Wagen abgestellt habe, weiß ich nicht, was ich mit meinen Händen anstellen soll.

Was wir auf dem Rummelplatz gemacht haben, hat sich irgendwie ganz natürlich ergeben. Das hier – der parkende Wagen, die kühle Dunkelheit um uns herum, das Straßenlicht, das in ihren Haaren schimmert – fühlt sich wie eine Filmszene an, die ich schon etliche Male im Kino gesehen habe. Es ist, als würde ich uns aus einiger Entfernung anschauen und auf eine Art Stichwort warten: *Jetzt streichst du ihr die Haare aus dem Gesicht, dann beugst du dich zu ihr, und sie seufzt leise auf, und dann küsst du sie und …*

Jep, ich denke tatsächlich in der zweiten Person von mir.

Alice hat den Kopf zur Seite geneigt und schaut mich an. Ich warte darauf, dass sie ungeduldig oder verwirrt aussieht, dass sie mir die Entscheidung aus der Hand nimmt und auf meinen Schoß klettert. Aber sie tut nichts davon. Stattdessen sieht sie mich noch einen Moment lang an, lehnt dann den

Kopf an meine Schulter und atmet im gleichen Rhythmus wie ich. Nicht so, als würde sie es bewusst machen, sondern als würde es von ganz allein passieren. Als wäre alles so, wie es sein soll.

Ich muss daran denken, wie ich neulich unter der Dusche stand und das Wasser an mir herabströmte – nicht der Moment, in dem ich mir vorgestellt habe, Alice wäre bei mir. Der, in dem ich mit Cal dort stand und er an meiner Nase saugte. Wie ich in diesem Augenblick gedacht habe, dass ich ihm gerade genau das geben kann, was er braucht, und er mir genau das zurückgibt, was ich brauche, einfach nur, indem er da ist.

✳ ✳ ✳

Ich lehne den Kopf an seine Schulter. Etwas, das ich bei meinen Brüdern schon oft, ohne darüber nachzudenken, gemacht habe. Aber nie bei einem Typen. Tim kann das nicht wissen. Aber ich weiß es. Als er mich fester an sich zieht, mit meinen Haaren spielt und sich immer wieder eine Strähne meiner Haare um den Finger wickelt, als könnte er einfach nicht damit aufhören, mich immer wieder zu berühren, sobald er einmal damit angefangen hat, gebe ich es endlich vor mir selbst zu.

Ich bin in Tim Mason verliebt.

✳ ✳ ✳

»Das ist das erste Mal, dass ich so etwas tue«, sage ich ein paar Minuten später.

Alice lehnt sich mit dem Rücken an die Fliegengittertür.

»*So etwas?*«

Sie weiß, was ich meine, aber ich antworte trotzdem. »Ein Mädchen bis zur Tür zu bringen.«

Alice hat das Verandalicht angelassen, ansonsten ist das Haus dunkel. Und so still, wie es bei den Garretts sonst nie ist.

Die Äste des großen Ahornbaums, der am Zaun zum ehemaligen Grundstück der Reeds steht, wiegen sich im Wind, und das leise Rascheln seiner Blätter klingt wie Pergamentpapier. Wolken schieben sich vor den Mond, vom Fluss fegt eine Böe herüber, die nach Schilfgras, Schlamm und trockenem Laub riecht. Die letzten Vorboten des Herbsts.

So ruhig ist es bis jetzt noch nie gewesen in meiner Welt.

So friedlich.

So fremd, dass ich beinahe nicht weiß, was ich damit anfangen soll.

Alice senkt den Kopf und schaut durch ihre unfassbar langen Wimpern zu mir auf. Ich stütze eine Hand über ihrem Kopf an der Tür ab.

»Ich hätte einen riesigen Plüschteddy und einen von diesen großen Lollis für dich gewinnen sollen.«

»Beim Dosenwerfen? Ich komm darauf zurück.«

»Was ist mit Joel?«

»Eher der *Hau-den-Lukas*-Typ – er hat es schon immer geliebt, den Hammer zu schwingen.«

»Du weißt, was ich meine, Alice.«

»Ob er dir eine Abreibung verpassen wird, weil du die Hand unter meinem Shirt hattest? Ich bin keine dreizehn mehr. *Mir* gegenüber wird er allerdings keine Gnade zeigen.«

Sie lächelt und zieht fröstelnd die Schultern hoch.

»Du solltest besser reingehen.« Meine Stimme klingt belegt. Ich sage genau das Gegenteil von dem, was ich eigentlich will, aber wahrscheinlich ist es trotzdem das Richtige.

Ich beuge mich zu ihr hinunter, genau in dem Moment, in dem sie eine Hand auf meine Brust legt und sich auf die Zehenspitzen stellt.

Ihre Lippen streichen über meine, wandern kurz zu dem Grübchen an meinem Kinn und kehren zu meinem Mund zurück.

»Gute Nacht, Tim.«

Ich küsse sie auf die Stirn.

»Gute Nacht, Alice.«

Ich glaube, das ist das erste Mal in meinem Leben, dass ich nicht versuche, mehr zu bekommen, als ich schon habe.

Ich schiebe die Hände in die Taschen und trete einen Schritt zurück.

Es ist genug.

✳ ✳ ✳

»Bist du jetzt mit *ihm* zusammen?« Es ist dunkel in der Küche, aber Brads Stimme ist noch dunkler. Ich habe ihn nie vorher so gehört. »Ist er der Grund, warum du Schluss gemacht hast?«

»Wo bist du gerade?« Ich knipse sämtliche Lichter an, während ich auf die Antwort warte. Verfluchte Handys. Andy ruft mit ihrem gerne mal vom Wohnzimmer aus in der Küche an. Aber dass Brad mich von mir zu Hause aus anruft, ist viel zu Babysitter-Slasher-Horrorfilm-mäßig.

»Ich bin vorbeigefahren, um dir einen Ausdruck von diesem neuen Aufwärmtraining zu bringen. Das mit den Rumpfdrehungen. Cyn vom *CrossFit* schwört, dass sie ihre Zeit damit um ganze fünf Minuten verbessert hat. Und da sehe ich dich mit diesem kleinen Rotschopf.«

»Wo bist du?«, frage ich noch mal, gehe durchs Wohnzimmer, mache die Badezimmertür auf, kehre in die Küche zurück und prüfe die Kellertür.

»Du kannst nicht mit diesem Typen zusammen sein.« Brads Stimme wird lauter, und im ersten Moment glaube ich, ihn gefunden zu haben – dass er im Keller lauert, genau wie in den Filmen, aber er hat einfach die Stimme gehoben. »Du bist mit mir zusammen.«

»Wir haben Schluss gemacht.« Ich lasse mich an der Wand neben der Kellertür zu Boden sinken. »Darüber haben wir geredet.«

»Alice. Du. Kannst. Nicht. Mit. Diesem. Typen. Zusammen. Sein«, wiederholt Brad. »Er säuft und nimmt Drogen und hat ein Kind. Komm schon.«

»Er hat einen Entzug gemacht und das Kind ist nur vorüberg…« Ich halte inne. Ich muss Tim nicht vor Brad verteidigen. »Das geht dich nichts an.«

»Du warst diejenige, die unsere Pause beendet hat, Alice.«

»Das war keine Pause, sondern …« Ich weigere mich, diese Diskussion über ein Handy zu führen. »Wo bist du?«

»Ganz in der Nähe.«

Allmählich bekomme ich es wirklich mit der Angst zu tun. »Hör auf! Wir sind nicht mehr zusammen. Und zusammen trainieren werden wir nach dieser Nummer auch nicht mehr. Wir sind fertig miteinander, Brad. Was hier gerade läuft, ist absolut nicht okay.«

»Meine Rede«, gibt Brad zurück.

Und legt auf.

Dreiunddreißigstes Kapitel

Es geht los, während ich mit dem Wagen unterwegs bin.

Genau wie ich es immer befürchtet habe.

Ein Auto überholt mich auf der rechten Spur, kommt leicht ins Schlingern, schert zu dicht vor mir wieder ein. Ich trete hart auf die Bremse, aber ich bin am höchsten Punkt auf der Brücke über den Fluss, und der Wind weht so stark von der Bucht herüber, dass die Brückenseile über mir erzittern. Der Käfer kommt leicht ins Schleudern – nicht zum ersten Mal, und eigentlich weiß ich, dass ich nur ein bisschen gegensteuern muss. Kein Problem.

Bis jetzt. Die schwarze Limousine fädelt sich mittlerweile weit vor mir zwischen den Autos hindurch und stellt keine Gefahr mehr dar, der Käfer fährt wieder schnurgeradeaus, und die Ausfahrt ist bereits in Sichtweite, aber ich jage etwas hinterher, das ich nicht einholen kann.

Meinem Atem.

Ich atme nur aus, bekomme aber keine neue Luft. Meine Hände fangen an zu kribbeln und verkrampfen sich, weil es das ist, was passiert, wenn der Körper dringend Sauerstoff braucht – er fährt alle Funktionen herunter, die nicht überlebensnotwendig sind.

Außer, dass meine Hände überlebensnotwendig *sind*, weil sie ein Lenkrad halten und ich den Blinker setzen muss, um die Ausfahrt nehmen zu können, ohne dass mir jemand hinten drauffährt oder ich in die Leitplanke geschleudert werde oder –

Mir wird zuerst heiß, dann eiskalt, und aus jeder Pore bricht mir der Schweiß aus.

Ich habe keine Ahnung, wie ich es die Ausfahrt nach Stony Bay hinunter schaffe. Später werde ich mich noch nicht einmal daran erinnern können, wie ich nach Hause gelangt bin.

Ausfahrt.

Den Hügel runter.

Links abbiegen.

So vertraut, dass sich eine Art Autopilot einschaltet, aber es wird von Minute zu Minute schwieriger, überhaupt Luft zu bekommen. Als wäre in meiner Kehle eine Falltür zugeschnappt und so fest verschlossen, dass ich noch nicht einmal mehr schlucken kann.

Ich sollte rechts ranfahren.

Auf den Seitenstreifen.

Das Problem ist nur, dass es hier auf der Hauptstraße kurz vor dem Kreisverkehr keinen Seitenstreifen *gibt*, wo ich anhalten könnte. Ich schüttle abwechselnd meine Hände aus, hoffe, dass sie danach besser funktionieren. Dass sie überhaupt funktionieren. Lege meine kribbelnde linke Hand einen Moment flach auf den Schenkel, dann die rechte. Fahre so dicht an der Mittelinsel vorbei, dass ich mit dem Hinterrad den Bordstein ramme. Eine ältere Frau, die vor dem *Dark and Stormy* die Kreuzung überqueren will, funkelt mich wütend an, weil ich nicht für sie anhalte.

Ich kann für nichts und niemanden anhalten, ich muss einfach nur so schnell wie möglich nach Hause.

Ich spüre, dass meine Zehen taub sind, als ich kurz vor unserer Einfahrt die Kupplung durchdrücke und vom dritten in den zweiten Gang schalte. Dann habe ich es endlich geschafft und komme genau hinter Tims Wagen zum Stehen. Ich kurble das Fenster herunter, aber die Luft, die hereinströmt, ist nicht genug. Es fühlt sich an, als würde ich versuchen, brennendes Schmirgelpapier in meine Lungen zu saugen.

Ich rüttle am Türgriff, aber er hakt, und das ist der Moment, in dem plötzlich alles zusammenbricht und ich nur noch zitternd den Kopf in den Armen vergraben kann.

Einen Augenblick später packen mich kräftige Hände an den Schultern, und Tim sagt: »Alice? Alice!«

∗ ∗ ∗

Wenn auch das irgendein verdammter Film wäre, würde ich sie einfach hochheben, die Garagentreppe hinauftragen, mit dem Fuß die Tür auftreten und sie behutsam auf der Couch ablegen, ohne auch nur ansatzweise außer Atem zu kommen.

Alice ist zwar klein, aber so steif wie ein Surfbrett. Ich kann sie noch nicht einmal anwinkeln, geschweige denn sie hochheben, weshalb mir nichts anderes übrig bleibt, als sie mehr oder weniger aus dem Käfer heraus und auf den Rasen zu ziehen, wo ich über meine eigenen Füße stolpere und hart mit ihr auf den Hintern knalle. Sie zittert am ganzen Körper und ich habe eine Scheißangst.

Wir schnappen beide nach Luft. »Sag mir, was los ist!« Ich versuche, ruhig und sachlich zu klingen, trotzdem bricht meine Stimme zweimal in dem kurzen Satz.

»P-Panikattacke.« Ihre Hand zuckt zu ihrem Gesicht, die Abstände zwischen den mühsamen Atemzügen werden etwas länger.

»Hast du ...«

Was? Ein Asthmaspray? Es ist aber kein Asthmaanfall. Eine

braune Papiertüte zum Hineinatmen? Nein, hab ich gerade nicht bei mir.

»Alles ist gut«, sage ich schließlich. »Du musst nur atmen. Gleich geht's dir besser.«

Ich streiche ihr in langsamen kreisenden Bewegungen über den Rücken, wie ich es immer bei Cal mache.

»Du bist in Sicherheit. Alles ist gut.« Ihre Augen sind riesig und voller Angst. Meine Brust zieht sich zusammen, als würde ich ebenfalls nicht genügend Luft bekommen.

»Alles ist gut«, wiederhole ich leise. Sie packt mein Handgelenk und hält es fest umklammert. Ich reibe mit meiner anderen Hand über ihre. Sie ist schweißnass und trotzdem eiskalt. »Alles ist gut.«

✳ ✳ ✳

Es dauert ungefähr zehn Minuten, so lange wie noch nie. Als die Attacke vorüber ist, liege ich mit dem Kopf in Tims Schoß und starre an seinem Kinn vorbei in den blassen blauen Himmel und die scharlachroten Blätter unseres Ahornbaums, die das Licht filtern.

Allesistgutallesistgutallesistgut. Er sagt es immer und immer wieder, bis die Luft endlich den ganzen Weg bis zu meinen Lungen findet und lange genug bleibt, um sie zu füllen. Ich liege völlig regungslos da, während er mir weiter in kreisenden Bewegungen über Rücken, Nacken und Oberarme reibt.

Ein.

Aus.

Ein.

Aus.

Ich habe keine Ahnung, wie lange wir in dieser Position verharren.

»Bist du wieder da?« Tims Stimme klingt gedämpft.

Ich nicke. »Glaub schon.« Meine Stimme klingt piepsig und atemlos, aber wenigstens kann ich sprechen.

Ein Fortschritt.

»Kannst du gehen?«

Ich schüttle den Kopf.

»Möchtest du ein Glas Wasser?«

Schüttle wieder den Kopf.

»Würde es helfen, wenn ich dich festhalte? Aber wehe du kommst auf dumme Gedanken.«

»Dumme Gedanken?«, sage ich.

»Streich das bitte wieder. Keine Ahnung, wo das herkam. Was ist da gerade passiert? Kannst du darüber sprechen?«

Schüttle den Kopf. Mein Atem fängt erneut an zu stocken.

Fünf Minuten später liege ich auf Tims Couch, während er in der Küche auf und ab läuft, darauf wartet, dass das Wasser kocht, und ungefähr alle drei Sekunden nach mir schaut.

»Immer noch okay?«

»Hör auf, mich ständig danach zu fragen. Das macht mich nervös.«

Er fährt sich mit beiden Händen durch die Haare und nickt. »Natürlich. Tut mir leid.«

Ein. Aus. Ich male langsam Kreise auf meinen Schenkel und versuche, meine ganze Konzentration darauf zu lenken. Das hat mir Mrs Garafaldo, die Vertrauenslehrerin an der Mittelstufe, beigebracht, als ich damals das erste Mal so eine Attacke bekam. Sie hat mir auch eine CD gegeben, irgendetwas Langsames, Rhythmisches mit Lauten oder Sitars oder Gongschlägen ohne Gesang.

»Hast du Musik? Vielleicht was Instrumentales?«

Er schaut sich im Zimmer um und kratzt sich am Kopf, dann nimmt er etwas aus Cals Korbbettchen, dreht daran und stellt es neben mich. Es ist ein kleiner mit Lavendel gefüllter aufziehbarer Elefant, der ein Lied spielt, das ich erst einen Moment später erkenne.

»*I Am the Walrus*?«

»Ich weiß. Dabei ist er noch nicht einmal ein Walross, sondern ein Elefant. Frag nicht. Offensichtlich ein Flüchtling von der Insel der Außenseiterspielzeuge. Schließ einfach die Augen und hör zu, Alice. Mach dein Atemdingsbums.«

Ich lehne den Kopf ins Polster zurück und höre zu, wie er geschäftig in der Küche herumhantiert. Bis ich irgendwann spüre, dass er neben mir steht.

»Das ist schon mal passiert«, sagt Tim. Er hängt kein fragendes *Oder* daran.

Ich nicke.

»Oft?«

Meine verdammte Kehle wird wieder eng. »Vor Jahren. Als ich zwölf war.«

»Verstehe. Bevor du *den Spieß umgedreht hast*.«

»Da sind auch noch ein paar andere Sachen gewesen. Aber ja. Seit dem nicht mehr. Bis vor ein paar Wochen.«

Er greift in die Brusttasche seines zerknitterten Hemds, lässt die Hand leise seufzend wieder sinken, schaut sich einen Moment hilflos um, dann nimmt er sich eine Zimtkaugummikugel aus der Schale auf dem Tisch und drückt sie sich aus der Verpackung direkt in den Mund.

»Was ist vor ein paar Wochen passiert?« Die Kugel sitzt in seiner Wangentasche, sodass er ein bisschen nuschelt.

Ich fange zögernd an, es ihm zu erzählen, und schon nach den ersten paar Sätzen springt Tim auf und beginnt wie ein Tiger im Käfig hin und her zu laufen. Dabei bombardiert er mich immer wieder mit Fragen:

»Bist du bei der Bank gewesen?«

»Hast du mit einem Anwalt gesprochen?«

»Hast du Samantha davon erzählt?«

»Ich hab daran gedacht«, sage ich. »Aber zuerst wollte ich …«

»Du musst mit ihrer Mutter reden.« Er stellt den mittlerweile fertigen Tee auf das Couchtischchen neben mir. Meine Hand wandert an meine Kehle und er nimmt sie und hält sie fest. »Ich kenne Grace Reed, Alice. Sie wird nachgeben. Ihr muss klar sein, dass sie komplett im Unrecht ist.«

»Meinst du, das interessiert sie? Wir reden hier von der Frau, die so tun wollte, als wäre nichts passiert, nachdem sie mit ihrem Wagen in das Leben meiner Familie gebrettert ist.«

»Bis Samantha ihr ins Gewissen geredet hat. Und dein Bruder. Sie ist feige. Wie die meisten Tyrannen.«

»Die Rechnungen werden an ein Inkassounternehmen gehen. Bei der Bank hab ich nichts erreicht«, wiederhole ich, ohne ihm zu sagen, mit wem ich dort gesprochen habe. Kein Grund, es noch schwerer zu machen.

»Also hast du nichts mehr zu verlieren«, sagt Tim. »Trink deinen Tee und dann lass uns zu ihr fahren. Ich muss Cal abholen, aber erst um vier – wir haben genügend Zeit.«

»Du brauchst nicht mitzukommen.«

»Ich fahre dich, für den Fall, dass du noch mal so eine Attacke bekommst. Und ich werde draußen im Wagen warten und mein Handy griffbereit haben, für den Fall, dass die Kacke zu dampfen anfängt und du mich als deinen persönlichen Ninja brauchst, der durchs Fenster springt und dich da rausholt. Oder so.«

»Aber …«

»*Schscht.*«

»Unterbrich mich gefälligst nicht!«

»Wütend? Sehr gut. Dann lass uns deinen süßen Hintern zu Gracie schaffen.«

Grace Reed trägt einen Overall – allerdings definitiv nicht von *Oshkosh*, sondern irgendeinem teuren Designer – und hat eine Farbrolle in der manikürten Hand. »Ja?«

Sie und Samantha sehen sich wirklich unglaublich ähnlich, außer dass ihre Haare silberblond und glatt sind statt wie bei Sam weizenfarben und wellig. Aber mit der emotionslosen Mimik ihrer Mutter hat Samantha absolut nichts gemeinsam. Alles, was Sam denkt und fühlt, kann man ihr unmittelbar vom Gesicht ablesen. Wäre es bei Grace genauso, hätte sie vielleicht Falten. Lachfältchen wie Mom, die mit Sicherheit jünger ist.

Ich greife in meinen Rucksack und hole den mit einem Gummiband umwickelten Packen Briefe heraus. »Die gehören Ihnen.«

Sie tritt einen Schritt zurück. Ihr Blick wandert zu den Briefen und wieder zu mir zurück, bevor sie die Tür weiter aufzieht. »Vielleicht sollten Sie besser reinkommen. Ihre Schuhe können sie vor der Tür stehen lassen.«

Ich schlüpfe widerstrebend aus meinen Sneakers. Sie legt die Farbrolle in eine Farbwanne, wischt sich die Hände an ihrem Overall ab und führt mich ins Wohnzimmer.

Weiß in Weiß mit ein paar schwarzen Details – die Kissen und die Fotorahmen mit Bildern von Sam und ihrer Schwester Tracy. Der einzige Farbtupfer ist ein riesiges Gemälde über dem Sims des weißen Backsteinkamins. Grace, die an einem Klavier sitzt, zu ihren Füßen Tracy und Sam, die da-

mals vielleicht ungefähr vier und drei waren, alle in dunkel-
grünem Kleid mit rosa Satinschärpe. Sam besteht ganz aus
Locken und großen Augen. Tracy sieht leicht spöttisch
aus – typisch für sie, nach allem, was ich von ihr weiß.

Grace Reed deutet auf die schneeweiße Couch, die
wie ein Eisberg aus dem cremefarbenen Teppich ragt.
»Kann ich Ihnen vielleicht ein Glas selbst gemachte Limo-
nade anbieten?«

*Oh bitte. Wir werden aus dieser Begegnung bestimmt
keinen gesellschaftlichen Anlass machen.* Ich schüttle den
Kopf und halte ihr erneut den Packen Briefe hin. »Die gehören Ihnen«, wiederhole ich.

»Ich denke, ich werde mir ein Gläschen *Pinot* gönnen.«
Sie lächelt mich verschwörerisch an. »Bisher habe ich solche handwerklichen Arbeiten immer in Auftrag gegeben.
Jetzt weiß ich endlich, wie rechtschaffen müde es macht,
wenn man selbst Hand anlegt!« Sie verlässt den Raum, vermutlich, um in die Küche zu gehen, und das Klackern ihrer
Absätze auf dem Parkett scheint gar kein Ende mehr zu
nehmen. Die Wohnung mit ihren meterhohen Decken
kommt mir riesig vor. Ich fühle mich winzig klein auf der
gigantischen Couch, deren Polster so dick sind, dass meine
Füße kaum den Boden erreichen.

Meine Brust verkrampft sich.

Tiefe, ruhige Atemzüge.

Ich ziehe das Gummiband ab und fächere die Briefe auf
dem Couchtisch auseinander. Sie kehrt mit einem großen
Glas Weißwein zurück, das sie leise klirrend auf dem Tisch
abstellt, dann nimmt sie ebenfalls Platz, schlägt die Beine
übereinander und schaut mir das erste Mal, seit ich hier
bin, in die Augen.

»Die wievielte von Ihren Geschwistern sind Sie?«

Ich bin hin- und hergerissen zwischen dem Bedürfnis, die Augen zu verdrehen – ja, ja, *diese Garretts* sind wirklich ein nicht auseinanderzuhaltender großer Haufen –, und dem Drang, ihr den Inhalt ihres Glases ins Gesicht zu schütten. Kennt sie *Jase* überhaupt mit Namen?

»Alice. Jase' ältere Schwester. Ich kümmere mich um die Krankenhausrechnungen.« Ich tippe mit dem Finger auf die Briefe, lehne mich kurz ins Sofa zurück, dann beuge ich mich wieder vor und tippe erneut darauf. Grace' Augenbrauen ziehen sich zusammen. »Die sind für Sie. Aber weil unser Name darauf steht, wurden die Rechnungen an ein Inkassounternehmen weitergeleitet. Sie können sich wahrscheinlich vorstellen, was das für die Kreditwürdigkeit meiner Eltern bedeutet. Ihre Bank hat uns schriftlich mitgeteilt, dass die Zahlungen gestoppt wurden. Als ich nachgehakt habe, hieß es, Sie hätten die Anweisung dazu gegeben.«

Grace Reed ist bis vor Kurzem noch aktive Politikerin gewesen, was sich – wenn auch sonst nichts – in der routinierten Gelassenheit ihres Gesichtsausdrucks widerspiegelt. Sie schenkt mir ein freundliches kleines Lächeln, das nicht bis zu ihren Augen reicht. Dann nimmt sie einen Schluck von ihrem Weißwein und wartet mit mäßig interessierter Miene, dass ich fortfahre.

»Die Abmachung war, dass Sie die Krankenhauskosten übernehmen«, fahre ich fort. »Eine Abmachung, die Sie mit meiner Mutter und meinem Vater getroffen haben.« Ich hole eine der Rechnungen aus dem Umschlag und halte sie ihr hin. »Dad musste in letzter Zeit eine Reihe von Tests durchführen lassen, außerdem wurde ein Spezialist hinzugezogen, weil … weil die Ärzte es für erforderlich hielten. Der Gesamtbetrag beläuft sich zurzeit auf siebzehntausend Dollar. Ich nehme auch einen Scheck.«

»Mir war nicht klar, dass die Kosten so in die Höhe schießen würden.« Sie beugt sich vor, um ihr Glas abzustellen, überlegt es sich dann doch anders und nimmt einen hastigen Schluck. »Zum Glück ist Ihr Vater ja noch relativ jung. Er wird sich mit Sicherheit wieder vollständig erholen. Die Ärzte haben Ihnen das bestimmt bestätigt.« Ihr Tonfall ist immer noch leicht. Sie klingt wie jemand, den ich zufällig bei der Post getroffen habe, so als hätte das alles nichts mit ihr zu tun. Nach dem Motto *Alles Gute für Sie und Ihre Familie. Auf Wiedersehen.*

»Wenn er die Versorgung bekommt, die er braucht, dann ja. Aber was ist, wenn er aus der Reha geworfen wird, weil er die Rechnungen nicht bezahlen kann?«

»Ich glaube nicht, dass so etwas zulässig ist.« Sie nimmt noch einen Schluck Wein und hinterlässt einen korallenfarbenen Lippenstiftabdruck auf dem Glas. »Tatsächlich habe ich sogar einen Gesetzentwurf unterstützt, der ...«

»Sie sitzen hier nicht als Senatorin, sondern als die Frau, die für das alles verantwortlich ist.«

Die Hand, mit der sie das Weinglas anhebt, zittert leicht; es schwappt etwas Wein auf den Couchtisch. Nachdem sie bedächtig einen Schluck genommen hat, stellt sie das Glas wieder ab und legt vertraulich eine Hand auf mein Knie. »Hören Sie, mir ist absolut bewusst, was Ihre Familie durchgemacht haben muss. Aber lassen Sie mich Ihnen versichern, dass es auch für uns alles andere als einfach gewesen ist. Das Ganze hat schwerwiegende Auswirkungen gehabt. Auf das Verhältnis zu meinen Töchtern. Auf meine Beziehung, die deswegen in die Brüche ging. Es wird mich für den Rest meines Lebens verfolgen. Vielleicht werde ich nie wieder den Bürgern von Connecticut in irgendeiner offiziellen Funktion dienen können. Was im schlimmsten Fall sogar Folgen für Tracy und Samantha haben wird. Meinen Sie nicht auch, dass wir genug bestraft wurden für einen Fehler, der jedem hätte unterlaufen können?«

»Meinen Eltern wäre dieser *Fehler* niemals passiert. Genauso wenig wie meinen Brüdern und mir. Und keiner von uns hat je auf die Bibel geschworen, das Gesetz zu achten. Sogar mein vierjähriger Bruder würde es besser wissen.«

»Alison, verstehen Sie bitte meine Situation. Der Großteil meiner finanziellen Mittel stammt aus einem Familienfonds. Und ja, die Dividenden, die mir jedes Quartal ausgezahlt werden, sind großzügig. Großzügig für meinen eigenen Bedarf. Aber nicht, wenn astronomisch hohe Krankenhausrechnungen hinzukommen. Im Moment weiß ich noch nicht einmal, ob ich überhaupt in der Lage sein werde, die College-Gebühren für Tracys Herbstsemester zu bezahlen.«

»Ganz ehrlich? Das interessiert mich einen Dreck, Senatorin Reed. Verkaufen Sie Aktien. Verkaufen Sie Bilder. Verkaufen Sie Ihre Manolos. Kratzen Sie alles zusammen, was Sie in Ihrer Wäscheschublade zur Seite gelegt oder sich in ihren BH gesteckt haben. Bezahlen Sie die Rechnungen, damit mein Vater die Behandlung bekommt, die er braucht, und uns keine Gläubiger im Nacken sitzen.«

Ich bin mittlerweile aufgestanden und auf dem Weg zur Tür, als ihre Stimme mich zurückhält. »Ich schaffe es noch nicht einmal, Samanthas Gebühren für die Hodges aufzubringen.« Sie steht ebenfalls auf. »Von hier aus kann man das Hauptgebäude der Schule sehen. Was glauben Sie, wie Samantha sich fühlen wird, wenn sie zu ihm rüberschauen, aber nicht mehr am Unterricht teilnehmen kann? Das ist ihr Abschlussjahr. Sie hat gute Aussichten, an einer der Eliteuniversitäten, für die sie sich entschieden hat, angenommen zu werden. Das ist ihre Zukunft. Hat Ihr Bruder vor, aufs College zu gehen? Oder zieht er es vor, direkt ins Berufsleben einzutreten?«

Absichtlich unhöflich zu dieser Frau zu sein, würde sie nur darin bestätigen, dass sie im Recht ist und ich im Unrecht. Aber …

»Jase ist schon mit vierzehn *ins Berufsleben eingetreten* und packt in jeder freien Minute im Baumarkt unserer Familie mit an. Genau wie mein Bruder Joel und ich. Und ja, er wird aufs College gehen. Wenn er ein Stipendium bekommt. Oder ein Studiendarlehen. Wenn wir die Sache durchstehen, ohne bankrottzugehen. Meine Eltern waren auf dem College. Mein Bruder Joel ebenfalls. Ich bin am Middlesex College in White Bay für das Fach Krankenpflege eingeschrieben.«

»Ich hatte dort mal eine Wohltätigkeitsveranstaltung. Herrlicher Campus. So ländlich. Ist das so etwas wie eine Fachoberschule? Ich kann mich nicht mehr erinnern.«

Als wären staatliche Schulen irgendeine minderwertige Unterart des Bildungssystems – es sei denn natürlich man ist auf Stimmenfang.

»Ganz genau. Ich wollte eigentlich diesen Herbst auf die *Nightingale Nursing School* in Manhattan wechseln. Vor ein paar Wochen habe ich die Zusage bekommen. Aber wegen dem, was mit Dad passiert ist, habe ich mich entschlossen, den Wechsel zu verschieben. Ob ich es jetzt überhaupt noch mal dorthin schaffe, weiß ich nicht.«

Ich habe mit niemandem außer Joel über diese beiden Dinge gesprochen. Noch nicht einmal mit meinen Eltern. Sie wären dagegen gewesen. Noch ein Strich auf Grace Reeds Liste. Wir sind zu einer Familie geworden, in der man

Dinge voreinander verschweigt. Das ist etwas, dass es früher bei uns nicht gab. Und was mich regelrecht krank macht.

»Das ist wirklich bedauerlich.« Ihre Stimme klingt aufrichtig. »Die *Nightingale* ist eine wunderbare Schule. Ich bin fest vom Wert einer guten Ausbildung überzeugt.«

Natürlich, und bestimmt haben Sie auch schon mal eine flammende Rede darüber gehalten.

Jetzt sieht sie mich eindringlich an und senkt leicht die Stimme. »Sie wollen Ihre Familie beschützen. Das verstehe ich. Mir geht es genauso. Ich bin alleinerziehende Mutter, Alison. Seit Samanthas Vater uns kurz vor ihrer Geburt verlassen hat, muss ich die Rollen beider Elternteile erfüllen. Samantha ist nie auf einer anderen Schule als der Hodges gewesen – sie ist eine feste Konstante in ihrem Leben, eine Art zweites Zuhause.«

»Nicht mein Problem, Senatorin Reed.«

»Das ist ziemlich kaltschnäuzig, Alison. Wie würde Ihr Bruder –«

Der melodiöse Glockenton ihrer Türklingel hallt durch die Wohnung. Sie fährt erschrocken zusammen und lässt beinahe panisch den Blick durch den Raum wandern, als wollte sie sich vergewissern, dass sich nirgends irgendwelche Beweise befinden – ihre Fingerabdrücke auf den Rechnungen oder gar ein Splitter des bei dem Unfall zerbrochenen Scheinwerferlichts ihres Wagens. Aber der einzige Beweis bin ich, mein gerötetes Gesicht und die wütenden Tränen in meiner Kehle.

»Samantha muss mal wieder ihre Schlüssel vergessen haben. Warum kommen Sie nicht einfach mit, dann kann ich Sie schon mal zur Tür bringen?«

Ich folge ihren klackernden Absätzen den langen Flur

entlang, ohne irgendetwas erreicht zu haben. Außer dass ich sie noch mehr hasse.

»Samantha, wie oft soll ich dir noch sagen, dass ich –«

»Yo, Gracie«, sagt Tim lächelnd. »Sie sehen wie immer fantastisch aus. Und schon fleißig dabei, das neue Zuhause auf Vordermann zu bringen.«

Grace macht ein Gesicht, als hätte sie gerade jemand in den Hintern gezwickt. »Oh … ähm …«

»Tim«, hilft er nach.

Sie lacht. »Ich habe nur einfach nicht mit dir gerechnet, Timothy.«

»Sie wissen ja, wie ich bin. Immer für eine Überraschung gut.«

Ich werfe ihm hinter Sams Mom einen finsteren Blick zu. Er trägt eine Sonnenbrille, die ich noch nie an ihm gesehen habe. Immer noch lächelnd nimmt er sie ab und reibt sie mit einem Zipfel seines Hemds sauber. »Ich bin doch hoffentlich immer noch willkommen, Gracie?«

»Ja … natürlich. Samantha ist allerdings noch nicht zu Hause. Als es klingelte, dachte ich, sie wäre es, aber … mein Gast wollte gerade –«

»Genau deswegen bin ich hier. Um Alice abzuholen. Ich bin heute ihr Chauffeur. Einer meiner vielen Jobs. Ich arbeite jetzt für die Garretts. Und zwar in jeder Beziehung.«

Grace scheint wie die meisten anderen Frauen in Tims Leben keine Ahnung zu haben, was sie von ihm halten soll. »Das ist sehr … geschäftstüchtig«, erwidert sie matt.

»Nicht wahr? Ich versuche, keine Gelegenheit ungenutzt zu lassen. Apropos – Brendan, Ihr Kampagnenmanager? Vielleicht sollte ich eher *ehemaliger Kampagnenmanager* sagen – er hat mich diese Woche angerufen. Um mich wieder ins Boot zu holen für Ihr nächstes kleines

Projekt. Noch eine Gelegenheit, mich ehrenamtlich zu betätigen.«

Sie nickt und setzt wieder dieses mäßig interessierte Gesicht auf.

Tim zieht lächelnd die Brauen hoch. »Sie wollen als Schatzmeisterin kandidieren?«

»Ist nur so ein Gedanke«, antwortet Grace ausweichend. »Die Konkurrenz für diesen Posten ist nicht besonders groß und ... na ja, das Rad hat bereits angefangen sich zu drehen, deswegen stehen die Chancen wahrscheinlich sowieso nicht besonders gut, aber ...«

»Sie würden Ihr Glück trotzdem gern versuchen. Es sind ja auch schon ein paar Monate vergangen, seit Sie sich aus dem Geschäft zurückgezogen haben. Das entspricht in der Politik praktisch einem ganzen Leben.«

Politik ist nicht mein Ding. Aber ich bekomme das untrügliche Gefühl, dass hier mehr gesagt als laut ausgesprochen wird.

»Tja, also ...« Grace Reeds Blick wandert von Tim zu mir. Und endlich sehe ich den Ausdruck auf ihrem Gesicht, den ich mir die ganze Zeit gewünscht habe: Unbehagen.

»Bist du so weit, Alice?« Er hält mir seine Hand hin. »Tut mir wirklich leid, dass wir schon losmüssen. Ich bin mir sicher, Alice wird die Unterhaltung mit Ihnen bald fortsetzen. Ach so, und vielen Dank, dass Sie Brendan gebeten haben, mich anzurufen. Freut mich, dass der ganze Mist, der während Ihres letzten Wahlkampfs abgelaufen ist, hinter Ihnen liegt. Aber das ist ja jetzt Schnee von gestern, hab ich recht, Gracie?«

Sie steht immer noch in der Tür, als Tim, der Chauffeur, mich über den gepflegten Rasen zu seinem Wagen führt.

Vierunddreißigstes Kapitel

Gracie, wie sie leibt und lebt«, sagt Tim, als wir im Wagen sitzen und ich ihm erzähle, wie beschissen es gelaufen ist. »War mir klar, dass sie so reagieren würde.«

»Und warum wolltest du dann unbedingt, dass ich mit ihr rede, wenn du schon vorher wusstest, es bringt nichts? Dass sie sich selbst als armes Opfer hinstellt, das kurz vor der Pleite steht, und mich wie ein herzloses Miststück dastehen lässt? Und überhaupt, was sollte dieses ganze schleimige *Yo, Gracie*-Wahlkampf-Gequatsche?«

»Vertrau mir, Alice. Es hat gewirkt. Sie ist gerade ordentlich am Schwitzen, verlass dich drauf. Oder transpirieren, *schwitzen* klingt so proletarisch. Wenn niemand sie auf die Leichen anspricht, die sie im Keller hat, denkt sie, sie kommt damit durch. Jetzt weiß sie es besser. Ich hab bloß mein Wissen benutzt und ihr ein bisschen die Hölle heißgemacht.«

Die ganze Wut, die unter Grace Reeds keimfreiem cremefarbenen Teppich erstickt wurde, schießt in mir hoch.

»Das ist kein verdammtes Spiel, Tim!«

Sein Gesicht ist plötzlich hart, als er mir den Kopf zudreht. Einen Moment lang kann ich sehen, wie er einmal aussehen wird, wenn er älter ist und die weichen, noch jungenhaften Züge sich zum markanten Gesicht eines Mannes geformt haben. »Ich dachte, das hätten wir schon durch. Ich weiß, es ist kein Spiel, Alice. Aber danke für die

Erinnerung, dass ich im Grunde ein Versager bin. Hätte ich beinahe vergessen.«

»Hey.« Ich halte ihn am Ärmel fest, als er nach dem Schalthebel greifen will. »So hab ich das nicht gemeint. Du bist kein Versager für mich. Im Gegenteil. Ich ... ich ...«

Er legt eine Hand auf mein Bein. »Schon okay. Atme. Alles ist gut. Aber wirf mir bitte nicht noch mal so eine Schei-ße an den Kopf. Pas schwarze Liste ist mir egal, aber ich hab verdammt noch mal keine Lust, auf deiner zu stehen. Wenn das hier mit uns funktionieren soll, musst du mich endlich aus der Schublade rausholen, auf der *Ewiger Loser* draufsteht.«

Seine Augen weiten sich, als würden ihn seine Worte genauso überraschen wie mich. Aber dann fügt er hinzu: »Ich mein's ernst.«

Das hier.

Es gibt ein *Das hier* und ein *Uns*. Und er hat die Karten gerade auf den Tisch gelegt.

»Es sei denn, es ist nur eine Affäre. Oder noch nicht mal das.« Sein Blick sucht meinen. Als ich nicht antworte, stockt seine Stimme und wird leiser. »Kannst du bitte irgendwas sagen, Alice?«

»Nein, ist es nicht. Und du bist –«

Ich schlinge die Arme um seinen Nacken und küsse ihn. Küsse und küsse ihn immer wieder, bis er zu lachen anfängt, weil ich praktisch auf seinen Schoß geklettert bin.

»Immer schön langsam. Wir sind hier in der Hodges-Zone. Wenn wir wegen unsittlichen Verhaltens in der Öffentlichkeit erwischt werden, wird Joel diesmal kein Auge zudrücken.«

Er schiebt mich sanft auf meinen Sitz zurück, bis ans äußere Ende, als wäre ich magnetisch oder entzündlich, dann zwinkert er mir zu und legt den Ellbogen auf die Armlehne, um rückwärts aus der engen Parklücke zu setzen. Ich betrachte ihn von der Seite, hochgekrempelte Ärmel, erstaunlich breite Schultern unter dem zerknitterten gestreiften Hemd.

»Wo kommt eigentlich diese unglaubliche Selbstbeherrschung her, die du neuerdings an den Tag legst?«

»Soll das ein Witz sein? Ich und Selbstbeherrschung?« Er klingt, als hätte ich ihm ein schlimmes Laster unterstellt. »Absolut nicht.«

»Jedes Mal wenn wir uns küssen, ziehst du plötzlich die Notbremse.«

»Der Abend im Apartment, als du gesagt hast, dass ich bleiben kann…«, beginnt er aufzuzählen.

»Da haben wir uns nicht geküsst.«

»Ich hätte nichts lieber getan – du warst diejenige, die einen Rückzieher gemacht hat. Außerdem warst du da noch mit Brad zusammen. Der Strand – zu öffentlich. Davon abgesehen, liefen zu dem Zeitpunkt noch ein paar andere krasse Sachen ab. Das Riesenrad – der lange Arm des Gesetzes, auch bekannt als dein großer Bruder.«

»Bei mir zu Hause wären wir allein gewesen.«

»Klar. Wir hätten in Jase' Zimmer rummachen können. Super Idee.« Er drückt den Zigarettenanzünder rein, schaltet die Klimaanlage an, stellt den Rückspiegel neu ein und richtet seine ganze Konzentration darauf, sich in den Verkehr einzufädeln.

»Bei dir wären wir auch allein gewesen.«

»Mann, warum ist denn plötzlich so ein Betrieb hier? Ich hab Nano versprochen, sie mitzunehmen, wenn ich Cal abhole, und Hester flippt jedes Mal aus, wenn ich zu spät bin. Gott, dieser Typ ist einfach über Rot gefahren, hast du das gesehen?«

»Tim? Wirst du gerade rot?«

»Ich werde nicht rot. Typen werden nicht rot.«

»Ich glaube, du bist rot geworden.«

»Verflucht, ist das heiß hier drin. Kannst du bitte dein Fenster ein Stück aufmachen?«

Es ist überhaupt nicht heiß. Tatsächlich ist es ein ziemlich kühler und bewölkter Nachmittag. Außerdem hat er die Klimaanlage voll aufgedreht. Ich lasse mein Fenster trotzdem herunter.

Er fährt seines ebenfalls runter, und als wir an einer Ampel anhalten, streckt er den Kopf raus, um sein Gesicht abzukühlen. Das nicht rot ist. Weil Typen nicht rot werden.

Fünfunddreißigstes Kapitel

Ganz egal, wo Cals Übergabe stattfindet – im Laden, bei Waldo zu Hause, im Apartment oder sonstwo –, jedes Mal herrscht diese seltsame unbehagliche Stimmung. Hester und ich gehen so höflich miteinander um, als wären wir in einer Vorstellungsrunde bei einem Sprachkurs. Außer dass wir nicht: »Wo ist der Stift meiner Tante?«, sagen, sondern: »Sie hatten keine Huggies mehr, also hab ich die hier genommen blablabla«, oder: »Er hat heute Morgen nur vier Stunden geschlafen, aber vorhin im Wagen hat er ein kleines Nickerchen gemacht.« Zudem könnte man fast meinen, dass Hester so eine Art Doppelleben als Agentin führt, weil mich jedes Mal ein anderes Mädchen erwartet – ausgeleierte Jogginghose, Jeans und T-Shirt, Kleid. Ausschnitt, kein Ausschnitt, Rollkragen. Manchmal ist sie total angespannt und nervös, manchmal ganz entspannt und ruhig. Manchmal schreibt sie mir minutiös auf, was Cal wann und wie gemacht hat, manchmal wirkt sie völlig überrascht, wenn ich frage, und antwortet bloß: »Er war wie immer.«

Dieses Mal ist es acht Millionen Mal seltsamer, weil Nan mitkommt. Sie wird also sowohl auf meinen One-Night-Stand treffen als auch auf seine Folgen.

Wir sind wieder in dem verdammten Park verabredet, was Nan ziemlich daneben findet. »Das ist doch total absurd. Ich meine, wer macht so was?«

»Keine Ahnung, Schwesterherz. Die ganzen *anderen* Mütter meiner unehelichen Kinder treffen sich mit mir vor Gericht.«

Einen Moment später steht Hester (heute in Jeans und Sweatshirt, beides ohne sichtbare Flecken) vor uns und streckt Nan die Hand hin. Nan nimmt sie und schaut Hester einen Moment lang schweigend an. Hester erwidert den Blick, als hätte sie mit so einer eingehenden Prüfung gerechnet. Nachdem Nan sie noch einmal vom Scheitel bis zur Sohle gemustert hat, beugt sie sich zu Cal hinunter.

»Er ist wunderschön«, sagt sie zu Hester, die nichts darauf erwidert. »Wann sagst du, ist er geboren worden?«

»29. Juli. Tim, ich hab kaum noch Ersatzmilch. Du musst welche besorgen, sonst reicht sie nicht mehr für heute. Tut mir leid.« Sie hält mir einen nagelneuen Fünfzig-Dollar-Schein hin.

Ich schiebe ihn weg. Was soll das? Das hat sie noch nie gemacht. Und natürlich wirft Nan mir einen Blick zu, in dem dick und fett *Du Versager kannst noch nicht mal selbst für dein Kind aufkommen* steht.

Ich schnalle Cal los, ziehe ihm seine neueste dämliche Mütze (mit Mäuseohren) ab, zause ihm durch die fedrigen Haare und nehme ihn auf den Arm.

»Hey, Kleiner.«

Hester sagt irgendetwas von wegen, dass sie sich beeilen muss, weil sie heute mit was auch immer in ihrem Job dran ist, und wieder einmal erwischt es mich völlig kalt, wie wenig ich über dieses Mädchen weiß. Bin ich es ihr schuldig, sie genau wie Cal kennenzulernen, bevor die beiden für immer aus meinem Leben verschwinden? Es fällt mir schwerer als sonst, ihr zuzuhören, weil ich so auf Nans Reaktion konzentriert bin. Außerdem hat Cal sich in meinen Haaren festgekrallt und versucht, sich ein Büschel davon in den Mund zu stecken. Und ein anderer Teil von mir ist bei Alice und fragt sich, ob sie okay ist oder ob sie sich wegen Grace Sorgen macht und wieder anfängt, panisch zu werden …

Cal zieht kreischend an meinen Haaren und holt mich aus meinen Grübeleien.

»Yo, Cal.« Ich löse seine Hand und er greift sofort nach meinem Ohr und versucht dort dasselbe.

»Vergiss nicht den Termin bei der Adoptionsagentur. Nächsten Donnerstag um drei. Du musst noch die Geburtsurkunde unterschreiben«, ruft Hester mir im Gehen über die Schulter zu. »Zieh dir eine Krawatte an.«

Großer Gott. »Klar«, rufe ich an Cal vorbei zurück, der mein Ohr vollsabbert.

Nan schaut schweigend zu, wie ich ihn im Kindersitz festschnalle und am Knöchel meines Zeigefingers saugen lasse, während ich in der Tasche nach dem Autoschlüssel krame. Als ich ihn endlich gefunden habe, schaut sie immer noch.

»Und … was denkst du?« Ich wische mir Cals Spucke an der Jeans ab.

»Hmmmmm«, antwortet Nan wenig hilfreich.

»*Hmmmmm*, was? Findest du nicht auch, dass er wie ich aussieht?«

Nan lässt wenig überzeugt den Blick zwischen Cal und mir hin- und herwandern. »Ein bisschen … vielleicht.«

»Nan. *Schau* ihn dir an.« Ich fasse ihm unters Kinn, um ihr das Grübchen zu zeigen, und deute auf seinen langen, dünnen kleinen Körper. »Komm *schon*.«

»Wahrscheinlich dachte ich, dass die Ähnlichkeit vielleicht so offensichtlich sein würde, dass es keinen Zweifel mehr gibt. So was wie ein komplett identisches Muttermal oder so. Aber mein größtes Problem ist, dass ich einfach nicht aus ihr schlau werde, Tim. Warum hat sie so lange geschwiegen, nur um dann plötzlich – *tada!* – mit einem Baby bei dir aufzutauchen. Warum hat sie ihn nicht gleich nach der Geburt zur Adoption freigegeben?«

Es ist nicht so, als würde ich nicht verstehen, worauf Nan hinauswill. Ich habe mir diese Fragen selbst schon gestellt. Wenn Hester mir einfach, keine Ahnung, einen Brief geschrieben hätte mit den Fakten und ein paar Formularen zum Unterschreiben, wenn Cal ein Name auf einem Stück Papier geblieben wäre, hätte ich es dabei belassen? Es wäre jedenfalls sehr viel einfacher gewesen als diese unbehaglichen Übergaben und die schrägen Gespräche mit Waldo, während ich darauf warte, dass Hester Cal fertig macht. Als ich ihn das letzte Mal gefragt habe, wo das Bad ist, antwortete er: »Der Körper versucht, die Wahrheit zu sagen.« Nicht unbedingt eine Wegbeschreibung, mit der man das Klo findet.

»*Raaaaaaah. Rah. Rrraaaaaaaaaah!*«, kräht Cal, um sich bemerkbar zu machen.

Ich drücke ihm den Plastikring in die Hand, den Mrs Garrett mir gegeben hat.

»Denkst du vielleicht, dass sie eine von diesen Irren ist, die Babys klauen, und mich als Vater auserkoren hat, um an meine Millionen zu kommen?«

»Hör auf, mich anzuschreien«, sagt Nan ruhig, und erst da wird mir klar, dass ich immer lauter geworden bin. »Vielleicht will sie dich … zurück?«

»Dafür müsste sie mich erst mal *gehabt haben*, aber bis auf diesen … Ausrutscher ist nie was zwischen uns gelaufen. Und selbst wenn du recht hättest, denkst du wirklich, sie ist so dämlich zu glauben, sie könnte einen siebzehnjährigen Typen dazu bringen, auf sie zu stehen, indem sie ihm ein *Baby* unterjubelt?«

Cal schlägt sich einen der kleinen Plastikschlüssel, die an dem Ring hängen, ins Auge, lässt ihn fallen und fängt wütend an zu schreien. Ich schnalle ihn grinsend wieder los und nehme ihn auf den Arm. Er drückt das Gesicht in meinen Bizeps, beruhigt sich wieder und stößt ein langes, zitterndes Seufzen aus.

Nan lehnt sich an den Wagen und schließt die Augen. »Ich hab es satt, mir Sorgen um dich zu machen, Tim.«

»Wir können jederzeit bei Troy Rhodes vorbeifahren und dir was besorgen, das deine Nerven beruhigt.«

Nan sagt, was sie immer sagt, wenn ich das Thema anschneide. »Es ist nicht so, wie du denkst.«

»Wenn du mich wirklich überzeugen willst, dann lass dir gefälligst was anderes einfallen. Die Scheißfloskel hat selbst bei *mir* nie funktioniert. Was ist los, Nan?«

»Als ob es so einfach wäre«, sagt sie. »Ich hab endlich keine Angst mehr, dass du an einer Alkoholvergiftung oder bei einem Autounfall sterben wirst, und ...«

»Herrgott noch mal, Nan. Du lenkst schon wieder ab. Außerdem hast du doch gerade selbst gesagt, dass es keinen Grund mehr gibt, sich Sorgen um mich zu machen, also hör auf damit und erzähl mir, was ...«

»Du hast endlich angefangen, dein Leben in den Griff zu kriegen, und jetzt stehst du plötzlich mit einem ... Ach, verdammt, Tim. Warum musstest du dich ausgerechnet in so eine Situation bringen?«

»Weißt du was? Du klingst schon genau wie Pa. *Situation. Umstände. Probleme.* Versuch's mal mit *Baby.* Er ist dein ... Neffe.« Das Wort fühlt sich komisch an in meinem Mund. Meine Schwester ist Tante geworden. Pa und Ma Großeltern. Warum das so viel schwerer zu realisieren ist als die Tatsache, dass ich Vater bin, weiß ich nicht.

Sie wirft mir einen ihrer *Oh bitte, verschon mich, Tim*-Blicke zu, und der Vulkan, der neuerdings in mir brodelt, spuckt kochend heiße rote Lava aus. Ich hasse es, Cal auch nur zu berühren, wenn ich so voller Wut bin. Aber er saugt seelenruhig weiter an meiner Schulter.

Nan dagegen scheint es zu spüren. Sie schiebt sich am Wagen entlang von mir weg, als müsste sie sich vor mir in Sicherheit bringen.

»Weißt du, was ich nicht kapiere, Nan? Da versuche ich nach den ganzen Fehlern, die ich gemacht hab, endlich mal das Richtige zu tun, und du und Pa können immer noch nicht aufhören, mich wie den letzten Loser zu behandeln. Ich meine, es ist zwar nur vorübergehend, aber ich geb verdammt noch mal mein Bestes.«

»Genau darum geht es doch, Tim«, entgegnet sie und zeigt auf Cal. »Es ist nur vorübergehend und trotzdem schlüpfst du voll und ganz in die Vaterrolle.«

»Bullshit. Ich bin bloß so was Ähnliches wie sein Babysitter und versuche, den Job halbwegs okay zu machen. Was willst du überhaupt von mir, Nan? Möchtest du vielleicht hören, dass ich keine verdammte Ahnung habe, was ich hier mache? Schön, von mir aus. Ich hab nicht den leisesten Schimmer. Zufrieden?«

»Das genaue Gegenteil ist der Fall, Tim. Ich mache mir Sorgen, dass du sehr wohl weißt, was du da tust. Schau dich nur an.« Sie deutet mit dem Kinn auf mich und Cal. »*Das* ist es, was mir Angst macht.«

Als ich kurz darauf Nan zu Hause absetze, fangen unsere Handys gleichzeitig an zu vibrieren. Sie greift nach ihrem, das zwischen uns in der Mittelkonsole liegt, aber ich bin schneller. BLEIBT ES BEI DEM, WAS WIR BESPROCHEN HABEN? HAB ALLES NÖTIGE BESORGT, DU BIST ALSO VERSORGT! T.

»Weißt du, was mich echt ankotzt, Nano? Deine scheiß Doppelmoral. Mich fertigmachen, aber sich selbst vom Candy Man versorgen lassen.«

»Du weißt nicht, wovon du redest«, fährt Nan mich an.

»Oh, das weiß ich sogar ganz genau. Ich meine, wer, wenn nicht ich! Du brauchst also gar nichts erst ...«

Ich bin so damit beschäftigt, mich mit meiner Zwillingsschwester zu streiten, dass ich nichts von dem Auto mitbekomme, das hinter uns geparkt hat. Bis Nan plötzlich: »Oh-oh«, sagt. Und als ich mich umdrehe, sehe ich, wie Ma sich gerade über den Kofferraum ihres Wagens beugt und Einkaufstaschen herausholt.

»Schlimmer als Pa kann sie nicht reagieren.«

»Du bist nicht dabei gewesen, als er es erfahren hat«, gibt Nan bitter zurück.

Ma richtet sich auf, als ich aussteige, wischt sich über die Stirn und schaut blinzelnd zum Wagen. »Timothy?«

»Ähm, yo, Ma.« Nan ist im Sitz tiefer gerutscht und hat den Kopf in den Händen vergraben.

»Das ist ja mal eine Überraschung, du meine Güte!«, ruft Ma. »Ich habe mich schon gefragt, ob wir dich jemals wieder zu Gesicht kriegen!«

Ich nehme ihr zwei der Tüten ab, die alle vom *Christmas Tree Shop* sind, nach dem Ma süchtig ist.

»Nanette! Was versteckst du dich da im Wagen? Komm raus und hilf mir beim Tragen. Du glaubst nicht, was für einen niedlichen kleinen Teppich ich für dein Zimmer gefunden habe!«

Nan macht ein Gesicht, als würde sie mit dem Schlimmsten rechnen, als sie aus dem Wagen aussteigt. Weiß der Teufel, was das für ein niedlicher kleiner Teppich sein soll, aber er wird garantiert nicht zu ihrem neuen Look passen. Ich tippe auf Kätzchen, die aus einem Korb herausschauen. Und Mütz-chen aufhaben.

»Und schau mal hier!« Ma holt etwas aus einer der Tüten heraus. »Sag selbst, dem kann man doch einfach nicht wider-stehen, oder?«

Die Rede ist von einem etwa ein Meter großen Kobold, der eine Schürze mit der Aufschrift GREIF ZU trägt und eine Schüssel festhält, auf der SÜSSE LECKERBISSEN steht. Viel hässlicher geht es eigentlich nicht, aber plötzlich durchflutet mich so etwas wie … keine Ahnung … Mitgefühl oder Mitleid oder Liebe oder was auch immer, und ich will Ma gerade umarmen, als aus dem Wagen ein kreischendes *»Raaaaaaaaa!«* ertönt.

»Oh-oh«, wiederholt Nan.

»Was ist das?« Ma blickt suchend an mir vorbei. »Was ist das für ein Geräusch?«

»Ich trag schon mal was rein.« Nan greift sich ungefähr sie-ben Tüten auf einmal und flitzt die Stufen zum Haus hoch.

»Timothy?«

»Oh, das … ähm … ist …«

»RAAAAAAAAA!« Cal klingt eindeutig beunruhigt.

Ich laufe zum Wagen und hole ihn raus.

Mann, Dad. Ich hatte keine Ahnung, wo du steckst! Mach das nicht noch mal! Das jagt mir Angst ein. Und ich bekomme Hunger davon! Raaaaaaaaaa!

Ma presst sich eine Hand auf den Mund und wird kreide-weiß.

»Timothy Joseph. Wie ist das denn passiert?«

Okay, mögliche Antworten:

✳ *Ich hatte Sex mit einer Fremden, Ma. Aber keine Sorge, ich kann mich an nichts mehr erinnern.*

✳ *Gott, ich hab keine Ahnung. Ich wusste, ich hätte im Auf-*
klärungsunterricht besser aufpassen sollen.
✳ *Tja, wie es aussieht, kann man vom Küssen doch Babys*
kriegen.

Ich entscheide mich für die Wahrheit. »Ähm, ein Unfall, Ma.«

Sie kommt auf mich zumarschiert. »Genau wie alles andere in deinem Leben, Timothy! Oh, Heilige Mutter Gottes, ich fasse es nicht! Was wird bloß dein Vater dazu sagen!«

Ich wiege Cal ein bisschen hin und her, worauf er sich wieder etwas beruhigt, den Kopf dreht – wie immer mit diesem Ausdruck, als würde es ihn unfassbar viel Energie und Konzentration kosten – und Ma mit seinen großen blauen Augen ansieht.

Sie erwidert seinen Blick, und mir fällt auf, dass ihre Augen vom gleichen intensiven Blau sind. Ihre roten Haare werden allmählich grau, aber sie sind genauso wellig wie meine. Und die von Cal.

»Wie konntest du nur?«, fragt sie leise. »So haben wir dich nicht erzogen.«

Nein, habt ihr nicht, Ma. Dafür bin ganz allein ich verantwortlich.

Der Jaguar biegt in die Einfahrt, die wie immer ausschließlich für Pa reserviert ist. Ma schnalzt mit der Zunge. »Ich mag mir gar nicht vorstellen, wie er darauf reagieren wird. Ich fürchte, jetzt kannst du dich auf was gefasst machen, mein Junge.«

Aber als Pa aussteigt, schaut er kaum in unsere Richtung, lässt nur kurz das Handy sinken und sagt: »In fünf Minuten in meinem Arbeitszimmer, Timothy. Ich habe ein paar Anrufe getätigt, was deine Situation mit dem Kind betrifft.«

Der Schock, die Ungläubigkeit und die Erschütterung in

Mas Gesicht durchdringen selbst die dicke Make-up-Schicht, hinter der sie versucht, ihre Falten zu verstecken.

»Dann bin ich wohl die Einzige, die nicht darüber Bescheid wusste.« Sie dreht sich abrupt um und geht wie ferngesteuert auf das Haus zu, stolpert kurz, als sie die Treppe hochsteigt. Die *Christmas-Tree-Shop*-Tüten stehen vergessen neben ihrem Wagen.

Ich laufe los, um mich zu entschuldigen, um sie in den Arm zu nehmen, um verdammt noch mal *irgendwas* zu tun, aber da fällt auch schon die Tür hinter ihr ins Schloss. Ich bleibe stehen und schaue Hilfe suchend auf Cal hinunter.

Er schaut unbekümmert zurück und verzieht dann den Mund zu diesem leicht debilen Grinsen, als wollte er mich beruhigen und sei fest davon überzeugt, dass ich es schon wieder in Ordnung bringe.

Schon das zweite Mal, dass ich versuche, mir Hilfe von einem Baby zu holen.

Ich presse mit einer Hand Cal an mich, sammle mit der anderen die Tüten ein und trage sie ins Haus.

Ma ist wie vom Erdboden verschluckt. Genau wie Nan. Ich will gerade an Pas Tür klopfen, als ich vertraute Schritte auf der Treppe höre. Mas Gesicht ist verquollen, ihre Augen heben sich noch blauer als sonst von der geröteten Haut ab. Ihr Anblick macht mich fix und fertig. Klar, wir Masons brechen gern wegen jeder Kleinigkeit in Tränen aus, aber das hier sind keine Krokodilstränen.

»Nun denn«, sagt Ma mit bemühtem Lächeln und kerzengeradem Rücken. »Dann erzähl mir mal, was in den Folgen passiert ist, die alle anderen außer mir schon gesehen haben.«

Ich muss an Alice' Satz *Dann gehen wir es also so an, ja?* denken. Die altbewährte Methode der Familie Mason: Gehen Sie bitte weiter, hier gibt es nichts zu sehen.

Das anschließende Gespräch verläuft somit mehr oder weniger erwartungsgemäß:

Ich: Und dann blablabla.

Ma: Heilige Mutter Gottes!

Ich: Und sie blablabla.

Ma: Gütiger Himmel! Das wird dem Blutdruck deines Vaters gar nicht guttun!

Ich: Dann hab ich blablabla.

Ma: Ach Herrjemine!

Cal: *Raaaaaaaa!* (Wahrscheinlich weil er die Windel voll hat – oder ihm die ganzen Ausrufezeichen auf die Nerven gehen.)

Aber dann sagt Ma etwas, womit ich nicht gerechnet habe:

»Er sieht genauso aus wie du als Baby. Nicht einmal deine Zwillingsschwester hat dir je so ähnlich gesehen. Du lieber Gott!«

»Gott hatte nichts damit zu tun, Ma.« Ha, ha. Ich ziehe den Reißverschluss von diesem Schlafsackding auf, um Cal die Windel zu wechseln.

Zu meiner Überraschung legt Ma mir lächelnd eine Hand auf die Schulter. »Lass mich das machen. Ihr Männer habt doch keine Ahnung von so was.«

Prompt kommt der Herr des Hauses aus seiner grauen Höhle, sieht uns an und sagt: »Ich habe mich mit Gretchen Crawley in Verbindung gesetzt. Sie leitet die Adoptionsagentur in West Haven.«

Cal, der seine neue Freiheit sichtlich genießt, tritt glucksend mit dem Fuß nach mir. Ich streiche ihm die roten Löckchen aus der Stirn.

»Wie bitte? Was ist aus deiner Ansage geworden, dass ich meinen Kopf diesmal allein aus der Schlinge ziehen muss, Pa?«

»Hier geht es um das große Ganze. Nicht gerade deine Stärke.«

»Möglich. Aber wenn ich mich richtig erinnere, sind wir so verblieben, dass du dich aus diesem besonderen großen Ganzen raushältst. Ma hast du ja offensichtlich rausgehalten.«

»Tim«, unterbricht Ma, »das ist kein Grund …«

Pa hebt, ohne sie anzusehen, die Hand.

»Und was ist mit dem Ultimatum, das du mir für Dezember gesetzt hast?«

»Was für ein Ultimatum?«, fragt Ma.

Davon hat sie also auch nichts gewusst.

»Sie würde sich gern mit diesem Mädchen treffen und die Unterbringung besprechen.«

Ich konzentriere mich stärker als nötig darauf, die Windel zu wechseln, tue so, als müsste jeder Handgriff präzise sitzen, dabei ist es mir mittlerweile in Fleisch und Blut übergegangen. Cal greift nach meinen Fingern, als ich den Klebestreifen löse, zieht sie an seinen Mund und schaut mich dabei aufmerksam an.

»Und bestimmt auch mit mir, oder?«

Er sagt: »Das ist nicht erforderlich.«

Ich höre: »Du bist nicht erforderlich.«

Warum macht es mich so wütend, aus einem Bild herausgedrängt zu werden, in dem ich gar nicht sein will?

In dem Meeting, zu dem ich mich anschließend flüchte, geht es um das Thema *Akzeptanz*. Worauf die Leute hier in der Regel entweder wortgewaltig oder stinksauer reagieren. Vince, der in Afghanistan ein Bein und einen Arm verloren hat, wirft seine Krücke durch den Raum und schreit: »Das soll ich akzeptieren? Nein, verfickte Scheiße.« Ein anderer erzählt, dass seine Frau ihn immer akzeptiert hat, wie er war, obwohl er jahrelang getrunken und sie betrogen hat, und als er es dann endlich geschafft hatte, trocken zu werden, bekam sie Lungenkrebs und starb, bevor er *die ganzen schlechten Erinnerungen durch gute ersetzen konnte.*

Ich erzähle von Ma und wie sehr es mich überrascht hat, dass Cal so schnell von ihr akzeptiert wurde, und von den Garretts und wie selbstverständlich dort mit Akzeptanz umgegangen wird ... dann ein oder zwei Sätze zu Pa.

Nach dem Meeting setzt sich Jake neben mich auf die Stufen der St. Jude, macht eine Tüte Rootbeer-Barrels mit den Zähnen auf und hält sie mir schweigend hin.

Ich nehme eins von den Bonbons, schiebe es mir in die Wange, klemme mir wieder die Hände zwischen meine ausgestreckten Beine.

»Hab mal wieder mit dem Rauchen aufgehört«, sagt Jake. »Dieses Mal klappt es hoffentlich. Du bist ein Hammervorbild, Kleiner. Und glaub mir, ich hätte nie gedacht, dass ich so was mal eines Tages zu dir sagen würde.«

Ich schaue kurz zu ihm rüber, ringe mir ein Lächeln ab, schaue wieder auf meine Hände.

»Weißt du, Tim«, fährt er fort, »als mein Freund seinen Eltern gesagt hat, dass er schwul ist, haben sie ihren alten Kinderarzt angerufen und gehofft, dass es irgendein Medikament gegen diese *Krankheit* gibt. Meine Leute haben ihn angerufen und zum Abendessen eingeladen.«

Jake sieht mich einen Moment lang schweigend an. Dann seufzt er und sagt lächelnd: »Manchmal ... wenn wir Glück haben ... finden wir dort eine Familie, wo wir es am wenigsten erwartet hätten.«

* * *

»Das machen also normale Leute, wenn sie sich vergnügen wollen?«, sagt Tim und steckt den Kopf aus dem Beifahrerfenster, während der Mustang die unbefestigte Straße entlangrumpelt.

»Keine Ahnung.« Samantha bindet ihre Haare zu einem unordentlichen Knoten hoch. »Es hat einfach nach einer guten Idee geklungen. Wir haben in letzter Zeit alle so viel um die Ohren, dass wir dringend mal eine kleine Auszeit brauchen.«

»Ooooo«, kräht Cal. Es ist elf Uhr abends und er sitzt hellwach und mit leuchtenden Augen zwischen Sam und mir in seinem Kindersitz und wedelt unternehmungslustig mit den Armen herum. Ich schaue ihn an, dann Tim. Seinen Dad.

Seinen Dad.

So ganz ist die Tatsache immer noch nicht bei mir angekommen.

Das wird schon noch.

»Fährt Joel in der Ecke hier Streife?«, fragt Tim und fängt meinen Blick im Rückspiegel auf.

Ich grinse. Er lässt sein Grübchen aufblitzen.

»Glaub nicht, dass die Polizei von Stony Bay sich mit dem Maislabyrinth auf der Richardson Farm aufhält«, antwortet Jase und fährt rechts ran. »Lasst uns den Wagen hier abstellen, bevor der Unterboden noch was abkriegt.«

Das riesige Gelände der Richardson Farm erstreckt sich entlang der Salzwiesen vor der Küste von Seashell Island. Es ist wunderschön hier, aber auch ein bisschen unheimlich. Um diese späte Uhrzeit sind wir die einzigen Besucher.

»Wenn wir den großen Kürbis nicht sehen, will ich mein Geld zurück!« Sam klettert von der Rückbank und schlingt die Arme um Jase, der sich streckt und aufs Wasser hinausschaut.

Ich nehme Cal aus dem Kindersitz, der sich auf meinem

Arm windet, während ich nach einer Decke greife. Tim schnallt sich den BabyBjörn vor die Brust und murmelt: »Ich will nichts hören«, als Jase' ein Lachen unterdrückt.

Nachdem ich Cal in die Trage gesetzt habe, löst Tim seine Finger von meinem Ohr, meiner Oberlippe, dem Kragen meines Kapuzenpullis und allem, was er sonst noch fest entschlossen zu packen versucht. Unsere Handgriffe sind auf eine surreale Art aufeinander abgestimmt, so wie ich es von meinen Eltern kenne. Als hätten wir das schon tausendmal geübt und wüssten genau, was der andere vorhat, ohne dass man noch viele Worte darüber verlieren müsste.

Das ist total verrückt.

Ich meine, ich bin mit einem Typ zusammen, der ein Baby hat, und benehme mich, als wäre ich die Mutter.

Mir entfährt ein keuchender Laut, als ich im hohen Gras über einen Stein stolpere.

Vorübergehend. Es ist alles nur vorübergehend.

Nächstes Jahr um diese Zeit – Gott, genauer gesagt schon nächstes Frühjahr – wird Cal längst bei einer anderen Familie leben und Tims Ultimatum abgelaufen sein, und ich werde vielleicht in Manhattan wohnen.

Seltsamerweise hat der Gedanke nichts Tröstliches. Stattdessen fühlen meine Lungen sich an, als wären sie geschrumpft, und mir fällt das Atmen schwer. Mein Handy sucht sich ausgerechnet diesen Moment aus, um den Eingang einer Nachricht zu verkünden.

Ally, bitte. Ich kann nicht aufgeben. Und ich werde es auch nicht. Wo bist du? Wieder mit diesem Typ unterwegs? Alice, wir sind nicht-

»Alles in Ordnung?« Tim fasst mich am Ellbogen, sieht zuerst mich an, dann auf mein Handy.

Ich nicke und stecke es in meine Hosentasche zurück. Alles in Ordnung, wenn ich die wenige Luft nicht zum Reden benutzen muss.

Er bleibt stehen. »Alice.«

Sam und Jase, die Arm in Arm vorneweglaufen, sind schon fast beim Labyrinth angekommen.

»Was ist los?«

Es ist wie damals in der Mittelstufe. Erst ist da bloß eine Sache, die einem zusetzt, dann kommen plötzlich die ganzen anderen Dinge dazu, so wie wenn sich beim Football alle auf einen werfen. Das Gute – Tim. Das Schlechte – das mit Brad. Das Hässliche – Grace Reed. Gerade rauben sie mir alle den Atem.

Bleib im Hier und Jetzt, bleib im Hier und Jetzt, halte dich an das, was in diesem Moment passiert.

Tief einatmen.

»Hat sie wirklich vor, wieder politisch aktiv zu werden?«, frage ich. »Grace, meine ich. Und sie will tatsächlich, dass du wieder für sie arbeitest?«

»Die romantische Stimmung hier scheint dich wirklich komplett mitzureißen. Ja, Brendan, dieser Speichellecker, hat mich deswegen angerufen. Ihnen bleibt nicht viel Zeit, um ein Team zusammenzustellen. Wir haben schon Oktober und die Wahlen finden in weniger als sechs Wochen statt. Aber keine Sorge, ich werde den Job nicht annehmen. Auch wenn Pa garantiert jubeln würde, wenn ich es täte. Oder zumindest ein Lächeln andeuten.«

»Im Ernst?« Blöde Frage. Ich habe Tims Vater selbst erlebt.

»*Baaa*«, kommt es von Cal. Wir haben mittlerweile das Labyrinth betreten, dessen hoch aufragende Strohballen den Blick auf das zum Meer hin abfallende Feld versperren.

»Shit. Ich hab den Schnuller vergessen.« Tim hält Cal seinen Daumen hin, lässt die Hand aber wieder sinken, als er meinen Blick sieht. »Und ob. Pa weiß nicht, warum Grace sich zurückgezogen hat. Kaum jemand kennt die wahren Gründe dafür. Nur du und deine Familie, ich, Samantha natürlich und Grace' Lustknabe Clay Tucker, der seine ganz eigenen Motive hat, darüber zu schweigen. Es gibt im Prinzip nur eine Person, die es bezeugen kann.«

Und keine notariell beglaubigte Vereinbarung. Grace Reed ist also wieder mal fein raus.

Ich fluche leise.

»Wir finden eine Lösung. Grace hat jede Menge Schwachstellen.«

»Wir?«

»Wir. Ich stelle dir mein politisches Know-how, meinen verkommenen, manipulationsbegabten Verstand und alle meine anderen unwiderstehlichen Vorzüge zur Verfügung.«

Cal hat angefangen, leise quengelnd den Kopf gegen Tims Brust zu stoßen, wahrscheinlich ist es langsam Zeit für sein Fläschchen. Wir biegen zweimal hintereinander links ab. Der Herbstwind hat aufgefrischt und es ist empfindlich kalt geworden. Nachdem wir ein drittes Mal links abgebogen sind, stolpern wir praktisch über Jase und Sam, die eng umschlugen an einer Wand aus Strohballen lehnen.

»Es heißt *ein Bett im Kornfeld* und nicht ein Bett im Maislabyrinth«, sagt Tim und rempelt die beiden absichtlich mit der Schulter an.

»Verzieh dich«, knurrt Jase, ohne die Lippen von Sam zu lösen.

Tim nimmt meine Hand. Sein Griff ist warm und fest. Wir kommen an ein paar mottenzerfressenen Vogelscheuchen und einem zerlumpten Jack Sparrow vorbei, der an einem Holzpfahl festgebunden ist. Nachdem wir wieder zweimal abgebogen sind, schiebt er mich in eine Ecke und umfasst mit beiden Händen mein Gesicht. »Du hattest mich doch darum gebeten, dich zu küssen, oder?«

»Hab ich nicht!«

»Stimmt. Es war eher so was wie eine Aufforderung, meine Selbstbeherrschung zu verlieren.«

Ich höre Samantha leise lachen.

»Das ist nicht gerade der passende Moment dafür, Tim.«

»Manchmal muss man einfach den Moment nutzen, der sich einem bietet.«

Wir küssen uns in einem Maislabyrinth, nur ungefähr sechs Meter von meinem jüngeren Bruder entfernt, mit einem zappelnden Baby zwischen uns.

Dabei wollte ich doch eigentlich, dass die Dinge einfach sind.

✳ ✳ ✳

»Ich denke zu oft an Sex«, erzähle ich Dominic, während wir den Strand entlangspazieren – Dominic mit seinem Schäferhund Sarge, der genau wie sein Herrchen vor Männlichkeit nur so strotzt, ich gänzlich unmännlich mit Cal vor der Brust.

»Definiere *zu oft*.« Dom hebt ein armdickes Stück Treibholz auf und wirft es lässig aus dem Handgelenk. Sarge schnappt es sich noch im Flug, schüttelt es wild hin und her, lässt es zu Dominics Füßen fallen und schaut ihn hechelnd an, als wollte er sagen: »Auftrag erledigt! Wo ist die nächste Beute? Wo ist die nächste Beute?«

»Jede Sekunde. Manchmal auch zweimal in der Sekunde.« Ich bin ein Scheißkerl, weil ich nicht an Sex denke, sondern an Alice. An jeden einzelnen Zentimeter von ihr.

»Hm.« Dom holt einen Tennisball aus seiner Jackentasche und wirft ihn. »Klingt völlig normal für mich, Tim.«

»Ist aber verdammt unpassend. Um nicht zu sagen scheiß-beängstigend.«

»Sex haben zu wollen – oder Sex mit Cals Mom haben zu wollen.«

»Großer Gott, *nein*. Mehr so generell. Also eher ganz konkret. Einfach immer.« Ich hebe einen flachen Stein auf und schleudere ihn ins Wasser. Wie immer hüpft der Stein nicht, sondern versinkt wie ein … ähm … Stein. »Es heißt doch, dass man alles, was man in betrunkenem Zustand macht, auch nüchtern tun würde?«

»Heißt es. Aber wenn du mich fragst, ist das Bullshit.«

»Echt?«, sage ich erleichtert. »Meine Schwester versucht mir nämlich einzureden, dass Hester ein berechnendes Miststück ist, das mich reinlegen will. Und so langsam werde ich paranoid und frage mich, ob Nan nicht vielleicht recht hat, weil es mir jedes Mal, wenn ich Hester sehe, völlig absurd vorkommt, dass ich tatsächlich Sex mit ihr haben wollte. Oder jemals haben wollen würde.«

Meine Stimme ist lauter geworden, und Cal dreht zappelnd den Kopf hin und her, als wollte er mich anschauen, um sich zu vergewissern, dass alles okay ist.

»Krass«, sagt Dom. »Ich meine, wo du doch eigentlich jede Sekunde an Sex denkst.« Er bleibt stehen. »Kann ich ihn vielleicht mal kurz auf den Arm nehmen? Ist eine Weile her, seit ich … das letzte Mal ein kleines Kind gehalten hab.«

»Manchmal auch zweimal in der Sekunde. Klar.«

Ich mache den Sicherheitsgurt los, und Dom fuchtelt einen Moment unbeholfen mit den Händen herum, als hätte er einen heißen Topf oder so was vor sich und wüsste nicht, wie er ihn anfassen soll, ohne sich zu verbrennen. Schließlich fasst er Cal unter den Achseln, nimmt ihn aus der Trage, hebt ihn hoch, und während er ihn so ansieht, schießen im plötzlich Tränen in die Augen.

Ich bücke mich nach einem Stein, der noch nicht einmal annähernd flach genug ist, reibe mit dem Daumen über die glatte Oberfläche und konzentriere mich auf die in der Sonne glitzernden Sprenkel, statt auf Doms feuchte Wangen.

»Sie sind so verdammt klein. Man vergisst es einfach.« Er wischt sich das Gesicht an der Schulter ab, räuspert sich, schaut aufs Wasser, zupft Cals Kragen zurecht und fährt sich noch einmal mit dem Handrücken über die Augen. »Warum beängstigend?« Er holt aus den anscheinend endlosen Tiefen seiner Jackentasche einen flachen Stein und drückt ihn mir in die Hand. »Du musst ihn aus dem Handgelenk werfen.«

»Keine Ahnung«, antworte ich. »Vielleicht weil ich nicht will, dass irgendjemand verletzt wird.«

»Dann musst du im Zölibat leben.«

»Klar, und einfach weiter selbst Hand anlegen, bis mein Schwanz mich wegen Körperverletzung anzeigt.«

»Echt wunderschön ausgedrückt, Mann.« Dom schüttelt den Kopf. »Also – Sex, aber mehr so generell, beziehungsweise eher ganz konkret, und einfach immer, ja? Geht das überhaupt?«

»Und wenn wir von jemandem sprechen würden, den ich schon eine Weile kenne?«, frage ich betont beiläufig.

»Zum Beispiel ...?«, fragt Dom zurück.

»Niemand Bestimmtes«, murmle ich.

Er wirft mir einen *Erzähl das meiner Großmutter*-Blick zu und seufzt tief. »Lass es ruhig angehen, Tim. Arbeite an deiner Selbstbeherrschung. Du fängst gerade erst an, klar zu denken.«

Die Sache ist nur die ...

Ich denke sehr wohl klar – was Alice angeht. Und alle anderen. Zum ersten Mal in meinem Leben. Aber ich ...

»Wirf den verdammten Stein, Mann«, sagt Dom. »Zumindest darüber hast du die Kontrolle.«

»Bin nicht gut darin.«

»Mach's trotzdem.«

»Was ist das hier? Karate Kid? Und du bist mein Meister, der versucht, mir eine Lektion in Sachen Loslassen zu erteilen?«

»Ich bin Portugiese – wir halten uns gern auf Trab. Würde dir auch nicht schaden. Deswegen versuche ich dir beizubringen, wie man Steine hüpfen lässt. Was übrigens eine aussterbende Kunst ist, genau wie das Schnitzen.«

»Ich werde auf keinen Fall Schnitzen lernen.«

»Du sagst doch selbst immer, dass du irgendwas brauchst, womit du deine Hände beschäftigen kannst – vom *Selbst-Hand-Anlegen* mal abgesehen. Im Gegensatz dazu ist das nämlich was, das du deinen Kindern beibringen kannst.«

»Bis dahin ist er längst das Kind von jemand anderem.«

»Ich rede nicht nur von Cal, Tim.« Er wirft mir einen Blick zu. »Aber wo wir's schon davon haben – wie geht es dir damit?«

Ich kicke in den Sand, schließe so fest die Finger um den flachen Granitstein, dass sich die scharfen Ränder in meine Handfläche graben.

»Gut. Bestens. Egal. Keine Ahnung.«

»Das sind vier verschiedene Antworten. Was denn jetzt?«

Ich werfe den Stein, der sofort absäuft.

»Hast du das Gefühl, dass er dein Sohn ist? Dass er – zu dir gehört?«

Ja.

Gott, das hab ich.

Scheiße.

Die Erkenntnis trifft mich so unvorbereitet, dass ich stehen bleiben und die Hände auf den Knien abstützen muss. Verflucht. Dieses Kind bedeutet mir tatsächlich etwas. Ich bin nicht bloß sein Babysitter, der darauf wartet, dass seine gottverdammten Eltern nach Hause kommen. Er ist bei mir zu Hause. Oder – und das ist noch viel beängstigender – ich bin zu Hause, wenn er bei mir ist. Oder wenn Alice bei mir ist. Und genau da liegt das Problem ... du lässt dich auf jemanden ein, und plötzlich ist er ein Teil von dir. Nur dass die beiden jederzeit – in Cals Fall schon bald, im Fall von Alice jeden Moment – weg sein können.

»Tim?« Doms Stimme dringt wie aus weiter Ferne zu mir. »Tim. Rede mit mir.«

Okay, okay. Es ist okay, dass es so ist. Dass mir Cal etwas bedeutet. Es ist gut so. Es verringert die Chance, dass ich es versaue und ihn versehentlich irgendwo liegen lasse. Es ist etwas Gutes.

Oder?

Aber wozu das Ganze? Ich habe einen Vater, der nie da war, jetzt habe ich ein Kind, das bald nicht mehr da ist, wodurch ich selbst ein Vater sein werde, der nie da ist.

Dominic drückt mir einen Stein in die Hand, nimmt mich kurz in den Schwitzkasten und klopft mir hart auf den Rücken.

»Ist das der Teil, in dem der Meister seinen Schüler umarmt?«, frage ich.

»Männliches Rückenklopfen reicht völlig. Spar dir die Umarmungen für den Kleinen und Miss Niemand-Bestimmtes.«

Sechsunddreißigstes Kapitel

Selbstbeherrschung. Alice hat mich damit aufgezogen, aber ich bin mir ziemlich sicher, wir wissen beide, dass es im Grunde um etwas ganz anderes geht.

Was es auch ist, ich habe es verdammt noch mal satt, mich bei ihr zu beherrschen.

Ich stürme so schnell durch die Küche auf sie zu, dass ich noch nicht einmal wahrnehme, was sie anhat oder wie sie schaut.

Als ich vor ihr stehe, streiche ich langsam mit dem Daumen über ihre weiche rosige Unterlippe. Kein Lippenstift, kein fieser klebriger Lipgloss. Nur sie, nur Alice. Ihre dunklen Wimpern senken sich und sie atmet tief ein. Ich lasse den Daumen zu ihrem Kinn hinunterwandern, hebe es leicht an und beuge mich zu ihrem Mund hinunter.

Es ist ein ruhiger und bedächtiger Kuss. Ganz anders als die Küsse zuvor, bei denen wir wie zwei Wilde übereinander hergefallen sind. Diesmal geschieht es sozusagen absichtlich, wie etwas, für das wir uns bewusst entschieden haben. Als ihre Lippen sich öffnen, ist es eine Einladung und gleichzeitig eine Art Erklärung.

Als ich einatme, nehme ich Alice in mich auf. Warmer Sonnenschein, herb-süße Pfefferminze. Es hat nichts damit zu tun, mich zu verlieren. Sondern damit, sie zu finden.

Oh, Alice.

Tief aus ihrem Inneren kommt dieser sexy kehlige Laut. Ich ziehe ihre Hüften enger an mich und sie schiebt die Hände unter mein Shirt und lässt sie zu meinen Schultern hinaufgleiten. Sie hat vor dem Fenster im Licht gestanden, sodass sich ihre Haut unter meinen Fingerspitzen sonnenwarm anfühlt.

Unsere Küsse sind immer noch ruhig, obwohl wir uns aneinanderdrängen, als wollten wir in den anderen hineinkriechen. Ich stoße gegen die Wand hinter mir und ziehe sie noch fester an mich, während meine Hände über ihren Rücken bis zu ihren Schenkeln hinunterwandern.

Ich sollte aufhören. Ich werde aufhören. Ich werde mir nur noch diese eine Minute nehmen. Und diese. Und die nächste und ...

»*Mommy!* Alice und Tim sind in der Küche und knutschen.«

Alice zuckt vor mir zurück, und wir wirbeln beide zu George herum, der ein T-Shirt mit der Aufschrift *I MET SANTA ON THE ESSEX STEAM TRAIN* anhat und aus irgendeinem Grund eine rosafarbene Jogginghose trägt. »Ihr habt geknutscht«, wiederholt er, für den Fall, dass wir es beim ersten Mal nicht mitbekommen haben.

»George ...« Alice wedelt mit der Hand durch die Luft und scheint verzweifelt nach einer Erklärung zu suchen.

»Geknu-huuuutscht«, singt George, als Mrs Garrett mit Einkaufstüten beladen durch die Tür tritt, gefolgt von Jase, Andy, Duff, Harry und Patsy. Was, kein Kamerateam?

»Hallo, Tim.« Mrs Garrett stellt die Tüten auf dem Küchentisch ab. »Hast du Hunger? Außer Cheerios hatten wir absolut nichts mehr im Haus, aber gleich ist der Kühlschrank wieder prall gefüllt.«

Ich schaue auf und begegne Jase' Blick. Er wirft mir ein verlegenes Lächeln zu und macht sich dann geschäftig daran, die Einkäufe zu versorgen. Die Chance, dass er George nicht gehört hat, ist gleich null.

* * *

Es ist keine große Überraschung, dass Tim nicht bleibt. Er sagt: »Vielen Dank, Mrs G, aber ich muss noch ... was erledigen. Okay, Jase, wir sehen uns später ... ähm, wir auch, Alice.« Und flüchtet.

»Wieso hast du Tim geküsst, Alice?« Um den heißen Brei herumzureden, ist nicht Georges Ding. Er zupft am Saum meines Shirts. »Hast du gewusst, dass der längste Kuss der Welt achtundfünfzig Stunden gedauert hat? Meinst du, die haben sich geküsst, ohne zwischendurch Wasser zu trinken? Aber würde man dann nicht sterben, Alice? Und wie haben sie das gemacht, wenn sie mal pinkeln gehen mussten?«

»Ich bin mir sicher, dass sie ... ich hab nicht ... Ich wollte nur ... ähm ... warte, Mom, ich helfe dir.«

Mom gibt keinen Ton von sich, während wir die Einkäufe wegräumen. Entweder weil sie ein taktvoller Mensch ist oder mich auf die Folter spannen will. Jase, der sonst immer bis zum Schluss mit anpackt, hat sich in Luft aufgelöst. Die anderen machen sich sowieso immer aus dem Staub, wenn Hausarbeiten anstehen, sodass nur noch Mom, George, Patsy und ich in der Küche sind.

Patsy klammert sich wie eine Klette an meinem Bein fest. »Ti weg?«, ruft sie traurig. »Warum? Ti lieb haben.«

Ich werfe meiner Mutter einen verstohlenen Blick zu, besorgt, dass sie mich genau das fragen wird – wie viel lieb haben ich mit Ti gemacht habe –, aber sie scheint ganz damit beschäftigt zu sein, die Tiefkühlsachen zu verstauen, und versucht gerade, mehrere Vorratspackungen in unsere proppenvolle Gefriertruhe zu stopfen.

Einen Moment später legt sie mir eine Hand auf den Arm und deutet mit dem Kopf auf den Schrank unter der Spüle, wo ich soeben leise vor mich hin summend einen Ein-Liter-Becher Eiscreme, eine Jumbopackung Schweinekoteletts, zwei Schachteln Eier und eine Sprühdose Rasierschaum neben dem Spülmittel und dem Glasreiniger deponiert habe.

»Ähm ...«

Schließlich hat sie wohl Erbarmen mit mir und schickt mich nach oben. Und weil ich ein Feigling bin, ergreife ich sofort die Flucht und lasse sie die restlichen fünfundvierzig Einkaufstüten allein auspacken beziehungsweise mit der fragwürdigen Hilfe von George, der gerade etwas aus einer der Tüten zieht, »Oh, toll, Oreos«, ruft und die Packung aufreißt, während Patsy immer noch das Verschwinden von Tim beklagt. »Will mein Ti ...«

Oh, Pats. Ich auch.

Ein paar Minuten später sitze ich auf meinem Bett und kämpfe gegen das Bedürfnis an, zu Tim rüberzulaufen, als die Tür aufgeht und Jase hereinkommt, um dessen Arm sich seine Kornnatter windet.

»Hast du Voldemort als Verstärkung für die Abreibung mitgebracht, die du mir gleich verpassen wirst?«, frage ich. Jase hat Tiere schon immer geliebt. In seinem Zimmer sieht es aus wie in einer Zoohandlung.

»Quatsch. Er ist ausgebüxt und hat sich mal wieder in Moms Schuhregal verschanzt.« Jase setzt sich auf Andys Bett und wirkt mit seiner maskulinen Ausstrahlung seltsam deplatziert auf ihrer lavendel- und lilafarben gebatikten Tagesdecke. Ich hatte jahrelang Zeit, um mich an die Tatsache zu gewöhnen, dass mein kleiner Bruder ein heißer

Typ ist, aber manchmal verblüfft es mich immer noch, wie gut er aussieht. Jase atmet geräuschvoll aus, lehnt sich auf die Ellbogen zurück, schaut zu, wie Voldemort sich über seine Brust schlängelt, tritt mit der Hacke seines Sneakers gegen den Teppich.

»Sag es einfach.«

Er streicht mit dem Finger über Voldemorts rötlich-braune Schuppen. »Das ist deine Sache, Alice. Nur …«

Wir Garrett-Kinder liegen alle nur ungefähr zwei oder drei Jahre auseinander, man würde also denken, dass wir uns gleich nahestehen – doch so funktioniert das im richtigen Leben unter Geschwistern nicht. Jedenfalls nicht immer. Die Beziehungen verändern sich. Aber Jase und ich hatten schon immer eine besonders enge Verbindung zueinander, und zwar seit dem Tag, an dem Dad mit Joel und mir zum Krankenhaus gefahren ist und Mom mir – um erst gar keine Eifersucht aufkommen zu lassen – den neugeborenen Jase in die Arme legte und sagte: »Hier, das ist dein Baby.«

Ich glaubte ihr.

In den ersten drei Jahren seines Lebens war er *mein Baby Jase*. Nachts bin ich in sein Bettchen gekrochen und habe seine Hand gehalten, weil ich davon überzeugt war, dass er besser schlafen und sich sicherer fühlen würde, wenn ich bei ihm bin.

Vielleicht war es tatsächlich so. Weil diese Verbundenheit bis heute anhält. Seine grünen Augen begegnen meinen, dann senkt er den Blick und sagt: »Zieh nicht deine übliche Masche mit ihm ab, Alice.«

»Meine *was*?«

Jase hat mich nie vor einem Typen gewarnt. Ich ihn schon (also vor Mädchen natürlich) – das erste Mal, als ich

Gerüchte über seine Exfreundin Lindy gehört habe, das zweite Mal, als er und Samantha letzten Sommer kurz Schluss gemacht hatten. Ich hielt ihn am Ärmel fest, als er rauswollte, um mit ihr zu reden und sie zurückzugewinnen, und sagte, dass er sie aufgeben und ein bisschen Stolz zeigen soll. Wie sich herausstellte, habe ich mich geirrt, und die beiden sind wieder zusammengekommen.

Er hat also alles Recht der Welt, mir einen Rat zu geben …

Ich habe Jase vor Samantha gewarnt, weil ich das Gefühl hatte, ihn beschützen zu müssen. Er war schon hin und weg von ihr, bevor die beiden überhaupt ein Wort miteinander gewechselt hatten. Wenn er sie zufällig die Einfahrt hochgehen oder an ihrem Fenster stehen sah, verstummte er plötzlich und wusste anschließend nicht mehr, was er sagen wollte. Für mich hatte das immer etwas Bedrohliches.

Aber das hier … ist anders. Vollkommen anders.

Ich verschränke die Arme vor dem Bauch und beuge mich der unausweichlichen Realität entgegen.

Es ist, wie es ist. Ich habe mich einfach verändert.

»Deine übliche Masche«, wiederholt er. »Daten – dominieren – abservieren. Tim hat …« Voldemort gleitet von seinem Schoß auf Andys Tagesdecke hinunter und macht sich auf die Suche nach unseren Schuhen. Jase fängt ihn wieder ein, legt ihn sich um sein Handgelenk und kaut seufzend auf seiner Unterlippe herum.

»Tim hat was?«

»Er hat schon genug am Hals. Er braucht nicht noch mehr Probleme.«

»Solltest du ihn nicht eher verprügeln wollen, weil er sich an deine Schwester rangemacht hat?«

»Als ob du für so was jemals Hilfe gebraucht hättest. Im Ernst, Al. Bei jedem anderen Typen würde ich mich nicht einmischen –« Ein Schatten huscht über Jase' Gesicht, dann hebt er den Blick und sieht mich an. »Was ist eigentlich mit Brad? Ich hab euch letzte Woche zusammen laufen sehen.«

»Brad ist Geschichte. Und zwar endgültig.«

»Bist du dir sicher, dass ihm das auch klar ist?«, fragt Jase vorsichtig, während er sich Voldemort um den Hals legt und wieder einfängt, als er vorne an seinem Shirt hinuntergleiten will.

»Ich halte niemanden hin, Jase, oder spiele Spielchen. Ich bin offen und ehrlich zu ihm gewesen. Er ist nicht gerade glücklich darüber, aber er hat es geschluckt.«

»Gib Bescheid, falls sich daran irgendwas ändern sollte.« Er steht auf und wickelt sich die Schlange um den Oberarm. »Oder du Unterstützung brauchst.«

»J?«

Er hält an der Tür inne.

»Ich ziehe nicht meine *übliche Masche* ab. Mit Tim. Ehrlich gesagt hab ich diesmal nicht die leiseste Ahnung, was ich tue. Aber ich hab definitiv nicht vor, ihm wehzutun.«

Er hebt die Ecke des Läufers mit dem Sneaker an und lässt sie wieder fallen. »Alice …«

»Was?«

»Das reicht nicht.« Er geht aus dem Zimmer, bevor ich antworten oder widersprechen oder mich rechtfertigen kann. Oder die Wahrheit sagen kann.

Siebenunddreißigstes Kapitel

Ich war gerade zufällig …«

»In der Nähe?« Tim zieht die Tür weiter auf, stützt einen Arm am Rahmen ab und streicht sich die Haare aus der Stirn. Als sein Blick an mir hinuntergleitet, wird aus seinem süßen Lächeln ein freches Grinsen. »Oder hattest du gehofft, dass ich gerade nicht da bin, damit du dich wieder in mein Bett schleichen und Schneewittchen spielen kannst?«

»Zu gefährlich, wie sich beim letzten Mal gezeigt hat. Ich bin geläutert.«

»Mist. Dann kehren wir also zu einer professionellen Einstellung zurück und halten uns wieder an die Regeln. Ich dachte, das hätten wir hinter uns gelassen.«

»An dem Abend, als wir beinahe festgenommen worden sind? Jase hat gesagt, ich soll mich von dir fernhalten und nicht meine übliche Masche mit dir abziehen – daten, dominieren, observieren.«

»Hey, willkommen im Klub. Mir hat er einen ganz ähnlichen Vortrag gehalten. Und trotzdem bist du hier.«

»Hier bin ich«, bestätige ich. »Komm mit.«

Er folgt mir die Treppe hinunter über den taunassen Rasen in das purpurne Dunkel des Gartens hinterm Haus, ohne irgendwelche Fragen zu stellen, obwohl ich förmlich spüren kann, dass sie ihm auf der Zunge liegen. Ich·führe ihn am Pool vorbei zu dem Spielhaus, mit dessen Bau Dad diesen Sommer angefangen hatte und das immer noch den Duft nach frisch geschlagenem Kiefernholz verströmt.

»Wir zelten?« Tim beäugt skeptisch das kakigrüne Zelt mit seinen leicht durchhängenden Planen. Die Klappe ist nach oben geschlagen, im Inneren brennt eine heruntergedimmte Campinglampe, der Boden ist mit Decken, Kissen und Schlafsäcken bedeckt.

Ich zucke mit den Achseln. »Wir müssen nicht ... Duff wollte mit ein paar Freunden hier übernachten, aber dann ist es ihnen zu unheimlich geworden, und sie sind ins Haus umgezogen. Jetzt schlafen sie. Alle schlafen. Ich dachte ...«

»Wir erzählen uns Gruselgeschichten? Oder spielen Wahrheit oder Pflicht?«

»So ungefähr sah der Plan aus. Weiter bin ich noch nicht gekommen.«

»Bin dabei.« Er duckt sich unter der Klappe durch und hält dann kurz inne. Vielleicht ist sein Blick auf die Kondompackung gefallen, die auf dem Stapel von LEGO-Mindstorm-Büchern liegt, den Duff hier zurückgelassen hat. Schließlich krabbelt er weiter, schiebt zwei Kissen nebeneinander, streicht die dunkelgrünen Schlafsäcke glatt, streckt sich darauf aus und verschränkt die Arme hinter dem Kopf.

Zerzauste dunkelrote Haare, aufmerksamer Blick und endlich auch ein Lächeln, das in dem dämmrigen Licht aufblitzt.

Ohne mich aus den Augen zu lassen, zieht er eine Hand hinter seinem Kopf hervor und legt sie mit der Innenfläche nach oben auf den Schlafsack neben sich. Eine stumme Bitte.

»Wahrheit oder Pflicht?«, fragt er leise.

Ich starre auf seine Hand und mein Magen schlägt einen Salto. Schwielen. Ein kleiner Schnitt in der Daumenkuppe. Wie immer kein Pflaster.

Irgendetwas an dieser Hand ist so sehr Tim.

»Ich glaube, beides«, sage ich, klettere ins Zelt und lege mich neben ihn.

Als ich meine Hand in seine gleiten lasse, spüre ich am Handgelenk, wie sich sein Pulsschlag beschleunigt, aber sein Gesicht bleibt unverändert – nachdenklich und konzentriert. Lediglich seine Augen weiten sich ein bisschen. Mein ganzer Körper entspannt sich und zieht sich gleichzeitig erwartungsvoll zusammen.

»Kann ich dich was fragen?« Ich spreche weiter, bevor er etwas sagen kann. »Du hast immer ziemlich heftig mit mir geflirtet, aber jetzt, wo … wo ich darauf eingehe, ist es anders geworden. Als würdest du einen Rückzieher machen. Woran liegt das? Geht es darum, dass du … keine Ahnung … mehr Spaß an der Jagd hast als an der Beute selbst?«

Sein Daumen streicht langsam über meine Fingerknöchel. Dann zieht er meine Hand an seinen Mund, küsst sie und presst ein, zwei Atemzüge lang die Lippen auf meinen Handrücken.

Endlich sieht er mich an und schüttelt den Kopf. »Im Gegenteil. Ich glaube … ich wollte … dass du zu mir kommst. Dass du dir sicher bist, dass du mich auch willst.« Er räuspert sich und wird rot. »Es ist nur so, dass, ähm …«

***

Sag es.

»Ich hatte noch nie …« Meine Stimme klingt erneut belegt.

Alice sieht mich unverwandt an, ihre Augen schimmern im schummrigen Licht der Campinglampe, ein grüner Ring mit goldenen Sprenkeln um leicht geweitete Pupillen.

Sag es.

»Ich hatte noch nie nüchtern Sex. Also, wirklich noch nie, noch nie. Kann sein, dass ich mich als ... als die totale Niete entpuppe.«

Sie sieht mich mit schiefem Lächeln auf den Lippen an, dann schaut sie wieder weg, und ihr Gesicht, das bis gerade eben noch weich und offen war, verschließt sich.

»Nicht, dass es zwangsläufig dazu kommen muss«, füge ich hastig hinzu. »Nur damit du ... du weißt schon ... vorgewarnt bist ...«

Sie schaut auf unsere ineinander verschränkten Finger. »Und ich musste immer über alles so die Kontrolle haben«, sagt sie schließlich, »dass ich mich noch nie richtig fallen lassen konnte. Ich meine, ich hatte noch nie einen ...«

Sie stößt die Worte so schnell aus, dass es wie eine trotzige Rechtfertigung klingt. Aber ich bin mittlerweile ganz gut darin, ihr Gesicht zu lesen.

Kein Trotz. Keine Rechtfertigung. Sie hat Angst.

Oh Mann. Ich auch.

✳ ✳ ✳

»Noch nie ...«, wiederhole ich. Ich habe das bisher keinem erzählt. Weder meinen besten Freundinnen noch meiner Mutter. Ich hätte es noch nicht einmal einem Tagebuch anvertraut, wenn ich eines führen würde.

»Auch nicht, ähm, mit dir selbst?«

»Nicht mal das.«

Er wirkt etwas fassungslos. Ich hätte es für mich behalten sollen. Das setzt ihn nur noch mehr unter Druck. Aber Tim sieht nicht aus, als hätte er Panik. Er wirkt nur überrascht und vielleicht ein bisschen traurig.

»Aber mit dir«, fahre ich hastig fort, um ihn zu beruhigen, obwohl es mir alles andere als leichtfällt, darüber zu sprechen, »habe ich schon Dinge gefühlt, von denen ich gar nicht wusste, dass ich sie fühlen kann. Falls wir also ... Ich meine, wenn wir ...«

»Wir müssen nicht ...«, unterbricht er mich sofort.

»Ich weiß. Ich wollte damit auch nicht sagen, dass es jetzt und hier passieren muss. Nur dass es, ähm, Dinge gibt, die ich noch nicht erlebt hab und vielleicht nie erleben werde. Es ist aber auch gar kein Problem für mich, also musst du dich deswegen nicht ...«

»Sei einfach ehrlich zu mir, Alice.«

»Was meinst du?« Noch ehrlicher, als ich es gerade bin, kann ich eigentlich nicht sein.

»Versprich mir, dass du mir nichts vorspielst.«

Oh, Tim.

Sein Blick ruht auf meinem Gesicht, um seine Mundwinkel spielt die Andeutung eines Lächelns. Er zieht die Brauen hoch, wartet. Und ich merke, dass er auch bereit dazu ist, egal wie lange es dauert. Ich spüre ein Stechen in der Brust, dann löst sich plötzlich etwas und fällt ab, als wäre es blitzschnell mit einem scharfen Messer durchtrennt worden.

»Versprochen«, flüstere ich.

Er hebt die Hand und legt sie behutsam auf mein Herz, als wüsste er Bescheid.

Ich schlucke.

»Und falls du, ähm, währenddessen irgendwelche Verbesserungsvorschläge hast, kannst du ruhig ...«

»Oh Gott, Tim. Gibt es irgendetwas, das du nicht laut aussprechen würdest?«

»Ein oder zwei Dinge vielleicht.«

Jetzt liegt auf seinen Lippen wieder das Lächeln, das bis zu seinen Augen reicht und sein ganzes Gesicht zum Strahlen bringt. Nachdem ich mir meinen Sweater ausgezogen habe, dreht er sich auf die Seite und zieht mich an sich.

Er streicht über meinen Arm, und obwohl seine Hand warm ist, hinterlässt sie eine Gänsehaut auf meiner Haut. Die andere Hand schiebt er in meine Kniekehle, und seine Berührungen werden plötzlich drängender, trotzdem klingt seine Stimme beinahe schläfrig, was im scharfen Gegensatz zu dem durchdringenden Blick steht, mit dem er mich ansieht. »Versprich mir noch was, Alice.«

»Bist du im Bett immer so geschwätzig?« Meine eigene Stimme klingt einige Oktaven höher als sonst und verrät meine Nervosität.

»*Geschwätzig?*« Er fängt an zu lachen.

Ich senke den Blick, aber er hebt mein Kinn an und zwingt mich, ihn wieder anzusehen. »Ich will dich nur noch mal vorwarnen«, sagt er. »Ich werde nämlich gleich dein Bein nehmen und über meine Hüfte legen. Versprich mir bitte, mich nicht zu treten.«

»Hast du vor, jede Bewegung zu kommentieren?«

»*Schsch.*« Er küsst mich auf die Mundwinkel und das nächste Wort ist nicht mehr als ein Hauch. »Nein.«

Mein Bein ist jetzt um seine Hüfte geschlungen, mein Knie an seiner Taille. Er berührt mich kaum, als seine Fingerspitzen meinen Schenkel entlanggleiten, hinunter zu meiner Wade und Ferse, wo er fester zugreift und den Umriss meines Fußes nachzeichnet, bevor er die Finger wieder federleicht mein Bein hinaufwandern lässt. Als er sich über meine Schulter beugt, spüre ich seinen hämmernden Herzschlag und seinen unregelmäßigen Atem auf meiner Haut.

»Ich werde nachher irgendwie an die Packung Kondome, die da hinten liegen, rankommen müssen. Aber vorher möchte ich …«

»Du kommentierst ja doch alles.«

»Ich kommentiere nicht. Ich genieße. Du musst mir Zeit geben, das alles – *dich* – in mich aufzunehmen.« Er schiebt mein Tanktop langsam höher und streift die Träger herunter. Als seine rauen Fingerknöchel über meine Haut streichen, atmen wir beide scharf ein. Er legt eine Hand auf meinen Bauch, sein Blick ist ernst, der Ausdruck in seinem Gesicht konzentriert und entschlossen, während er nichts weiter tut, als mich anzusehen.

Irgendwann halte ich es nicht mehr aus und bewege mich unruhig unter ihm. »Lass mich dich anschauen, Alice. Du bist einfach unglaublich«, sagt er und streicht mit dem Daumen über mein Bauchnabelpiercing.

Nach einer Weile heben sich seine Wimpern und er betrachtet wieder mein Gesicht. »Was hast du?«

»Ich … ich … ich muss wissen, was du denkst.« Meine eigenen Gedanken rasen so schnell durch meinen Kopf, dass ich sie nicht greifen kann. Die Art, wie er mich ansieht, das Gewicht seines Körpers auf mir, seine raue, heisere Stimme …

»Ich denke, ich hätte nicht gedacht, dass dies hier jemals passieren würde. Dass ich das … dich … jemals haben würde. Dass ich es auch jetzt noch nicht fassen kann. Und vor allem … dass du wunderschön bist.«

Jetzt halte ich es endgültig nicht mehr aus. Ich stütze mich auf einen Ellbogen und will mir das Tanktop über den Kopf zerren, als es in meinem Ohrring hängen bleibt und mich ein scharfer Schmerz durchfährt.

»Shit!«, fluche ich und presse mir eine Hand ans Ohr.

Tim richtet sich blitzschnell auf, löst geschickt den Stoff, zieht mir das Top über den Kopf, wirft es hinter sich und küsst mein Ohr, was kitzelt. Jetzt bin ich nackt und entblößt der kühlen Luft ausgesetzt, während er immer noch angezogen ist. Ich fange an zu kichern. Teils aus Nervosität, teils aus Aufregung und wegen einer ganzen Reihe von Dingen, die ich nicht benennen kann, weil das alles – trotz meiner Erfahrung – so unglaublich neu für mich ist.

Ich hake die Finger in den Bund seiner Jeans und streiche dabei mit dem Handrücken über die Haut darüber. Die andere Hand liegt auf seiner Schulter.

Wir zittern beide.

»Licht aus? Ich bin ja dafür, es anzulassen.« Wieder gleitet sein Daumen über meinen Bauchnabel, gefolgt von einem neckenden Stupsen.

»Lieber aus. Bitte.«

»Okay. Du rührst dich nicht von der Stelle.«

Tim stößt ein leises »Verdammt« aus, als er die Lampe ausdreht und sich dabei anscheinend an dem heißen Metall verbrennt. Dann höre ich, wie er die Zeltklappe zuzieht und nach der Kondompackung sucht. Ich taste danach, finde sie und drücke sie ihm in die Hand. »Und los geht's.«

»Wie bitte?«, fragt er lachend. »Ist das hier so was wie eine Profisport-Veranstaltung?«

Mittlerweile ist mein Verlangen nach ihm so groß, dass mir meine Ungeduld noch nicht einmal peinlich ist. Ich lache auch.

»Streich das wieder – beeil dich einfach, okay?«

»Gott, bist du herrschsüchtig. Moment.«

Das Geräusch eines Reißverschlusses. Tim, der sich aus seiner Jeans windet und sie hinter sich wirft. Rascheln.

»Okay, ich komme jetzt wieder zur dir. Keine Ninja-Moves bitte.«

»Nun mach schon«, dränge ich mit gespielter Strenge, als er sich neben mich fallen lässt und so laut lacht, dass ich auch wieder zu lachen anfange. Einen Moment später spüre ich seine Lippen erst auf meiner nackten Schulter und dann auf meiner Brust, die er mit einer Hand umfasst.

Als er sie wieder loslässt, höre ich mich selbst einen frustrierten Laut ausstoßen.

»Warum hast du es denn so eilig?«

»Wir wollen, was wir wollen, und das sofort«, flüstere ich.

»Und was genau willst du, Alice? Vielleicht ein Glas Wasser?«

Er lässt den Zeigefinger von meinem Kinn an abwärtsgleiten.

»Müsli?« Sein Atem bringt die Haare an meinem Ohr zum Zittern. Sein Mund wandert tiefer.

Ich biege mich ihm entgegen. Oh Gott, es fühlt sich schon jetzt viel zu gut an.

»Was brauchst du? Sag es mir.«

»Ich möchte ... atmen ... können.«

»Überbewertet.« Sein Mund wandert zu meinem zurück. »Schließ die Augen und hör auf zu denken, okay?«

Zwanzig Minuten, Stunden, Wochen später lasse ich den Kopf aufs Kissen zurückfallen. »Wow.«

»Absolut.« Tim stupst seine Nase an meine. »Und es war nicht gespielt? Ist das eben alles echt gewesen, Alice? Sag die Wahrheit. Ich merke sowieso, wenn du lügst.« Er klingt ein bisschen triumphierend, aber damit kann ich gut leben.

»Das war ...« Ich hole tief Luft, kann dann aber nicht wei-

tersprechen, sondern nur völlig überwältigt ausatmen.
»Ich…«

Alles echt.

Wow.

✳ ✳ ✳

Alice wird still, genau wie ich. Ihre Haare kleben feucht an
ihren Schläfen, ihre Wangen sind gerötet. Sie wirkt wie benommen, obwohl sie diejenige war, die… Ich traue mich
kaum, auszuatmen und womöglich den Bann zu zerstören,
habe selbst jetzt noch Angst, dass sie einfach aufstehen und
gehen könnte und mich… ich weiß nicht, was ich dann tun
würde.

Plötzlich spüre ich, wie sie lacht, fast ohne einen Laut von
sich zu geben, weil sie so erschöpft ist. Ihr nackter Bauch bebt
an meinem – und eine schreckliche Sekunde lang habe ich
total Panik, dass sie womöglich weint. Aber nein, sie lacht
wirklich. Träge schlingt sie einen Arm um meine Taille und
schmiegt sich noch enger an mich.

Ich denke daran, ein Stück zur Seite zu rutschen, um ihr
ein bisschen mehr Platz zu geben, sie wieder etwas zu sich
kommen zu lassen, aber mein Körper macht sich keine sol-
chen bescheuerten Gedanken.

Genauso wenig wie der von Alice.

Zum Glück.

✳ ✳ ✳

Ich schiebe Tims Schultern nach hinten und presse ein Knie
gegen seinen Schenkel, damit er sich auf den Rücken
dreht, und als er zu mir heraufgrinst, spüre ich, dass meine
Wangen wehtun, weil ich selbst einfach nicht aufhören
kann zu lächeln.

»Tim?« Ich lasse meine Finger über seine Brust gleiten, seine sehnigen Beine, dann wieder über den flachen Bauch zurück, um sein Gesicht in beide Hände zu nehmen und ihn noch einmal sprachlos zu küssen.

»*Mhmm.*«

»Willst du noch was anderes von der Liste mit den Dingen streichen, die wir noch nie getan haben?«

Er hebt die Hände, die einen Moment lang seitlich neben meiner Taille in der Luft verharren. »Ja«, sagt er schließlich. Dann legt er sich einen Arm über die Augen, und ich spüre unter meinen Händen, wie seine Muskeln sich anspannen. »Ich lie…«

»…be dich.«

»Alice! Das ist mein erstes Mal gewesen und du hast es mich nicht zu Ende sagen lassen.«

»Tut mir leid. Für mich ist es auch das erste Mal gewesen, und ich wollte unbedingt, dass du es weißt. Oder musste es unbedingt aussprechen. Tim, ich «

»Liebe dich. Jetzt lass es mich doch endlich sagen, Herrgott noch mal.«

»Okay. Wenn du … darauf bestehst.«

»Und ob ich darauf bestehe.«

Er stützt sich auf seinen Ellbogen und beugt sich über mich.

»Ich liebe dich, Alice.«

»Beweise es.«

»Wenn du darauf bestehst.«

✳ ✳ ✳

Liebe machen. Als Hester diesen Ausdruck benutzt hat, bin ich innerlich zusammengezuckt. Er wirkte so fehl am Platz und ohne Bezug zu dem, was beim Sex tatsächlich zwischen zwei Körpern passiert. Man macht Frühstück, man macht Termine, man macht Sport. Liebe? Eher weniger. Aber jetzt verstehe ich es. Es ist wie Feuer machen. Damit meine ich nicht die Fähigkeit, zwei Stöcke aneinanderzureiben und aus dem Nichts heraus Glut entstehen zu lassen. Sondern zu wissen, was man tun muss, um aus eigener Kraft etwas zu schaffen, an dem man endlich zur Ruhe kommen und sich wärmen kann.

Achtunddreißigstes Kapitel

Ich stehe pfeifend in der Küche und verteile Müsli in Schälchen für meine Brüder und Duffs kleine Nerd-Kumpels Ricky McArthur, Jacob Cohen und Max Oliviera – dem Rest seiner Übernachtungsgäste.

Harry ist übellaunig, weil sie ihn die halbe Nacht wach gehalten haben. Ich war auch die halbe Nacht wach, bin aber alles andere als übellaunig. Joel, der mit einer riesigen Schachtel Donuts – dieses Polizisten-Klischee stimmt tatsächlich – vorbeigekommen ist, mustert mich grinsend.

»Was'?«

»Keine Ahnung, Al. Ich genieße nur den Anblick der zwitschernden Rotkehlchen und flauschigen Küken, die um deinen Kopf fliegen.«

»Küken können nicht fliegen. Nicht mal Hühner können fliegen«, sagt George den Mund voller Müsli. »Das weiß jedes Kind, Joel.«

»Im Ernst, Al. Es. ist schön, dich so fröhlich zu sehen. Du wirkst gleich viel weniger wie eine Wildkatze.«

»Sei einfach still, Joel.« Aber ich sage es mit einem Lächeln, schenke mir Kaffee nach und schaffe es, einen Furz-Witz von Duff und seinen Kumpels zu ignorieren, Patsys wütendes Kreischen, weil Harry ihr die Schnabeltasse weggenommen hat und so vor ihrer Nase damit herumwedelt, dass sie nicht drankommt, und Georges ausschweifenden

Vortrag über den Unterschied zwischen Wildkatzen und Hauskatzen.

»Regenbögen, Einhörner, Welpen«, macht Joel prustend weiter. »Steht dir echt gut, Al.«

✳ ✳ ✳

Ich bin mit Hester bei *Breakfast Ahoy*. Am Tisch hinten links sitzt eine Horde Typen aus dem Hodges-Schwimmteam, an die ich mich nur vage erinnern kann. Sie schaufeln sich alle wie besessen Kohlenhydrate rein, rempeln sich an, schließen irgendwelche dämliche Wetten ab, streiten sich darüber, wer die Rechnung übernimmt, machen sich gegenseitig über ihre Form und Zeiten beim letzten Wettkampf lustig, baggern die Kellnerin an, der ganze dämliche Scheiß eben. Vor vier Jahren habe ich selbst noch zu diesem Team gehört und genau hier mit all diesen Jungs gesessen. Jetzt kommen sie mir wie die Mitglieder eines fremden Stammes vor, den ich aus sehr weiter Ferne beobachte.

Genauer gesagt, wie von einem anderen Planten aus. In meinen Gedanken bin ich ununterbrochen wieder im Zelt bei Alice, atme sie ein, betrachte ihr Gesicht. Wir haben kein einziges Mal den Blick voneinander gelöst, außer wenn wir für einen kurzen Moment die Augen schließen mussten.

»Entschuldige, was hast du gesagt?«

Keine Ahnung, wie lange Hester schon spricht.

»… warum ich Cal nicht mitgebracht hab. Damit wir nicht ständig abgelenkt werden. Großer Gott, Tim.« Sie schnipst mit den Fingern vor meinem Gesicht, was extrem nervig ist. »Du bist doch nicht etwa high, oder?«

»Nein. Wovon werden wir nicht ständig abgelenkt?«

Hester zieht einen Stapel Unterlagen aus ihrem Batikstoff-beutel und schiebt ihn mir über den Tisch zu. »Das ist die

Überlassungserklärung, mit der du den Verzicht auf deine elterlichen Rechte bestätigst. Du brauchst bloß hier zu unterschreiben.« Sie tippt auf die gestrichelte Linie mit einem X und legt mir einen Kugelschreiber hin.

Er ist dunkelbraun mit kupferfarbenen eingeprägten Buchstaben. Ich muss nicht genauer hinschauen, um zu wissen, was darauf steht: WINSLOW S. MASON, FILIALLEITER, STONY BAY BUILDING AND LOAN, STONY BAY, CT.

»Du hast dich mit meinem Vater getroffen.« Meine Stimme klingt sachlich, ist völlig emotionslos, genau wie der Rest von mir. Ich sollte wahrscheinlich überrascht sein, bin ich aber nicht. Es geht mal wieder um *das große Ganze*. »Wann?«

»Vor zwei Tagen«, antwortet sie, ohne zu zögern. »Er ist abends vorbeigekommen und hat mit Waldo und mir gesprochen. Ich dachte, du hättest ihn darum gebeten, die Sache in die Hand zu nehmen und voranzutreiben.«

Meine komatöse Ruhe beginnt zu schwinden. »Hat er versucht, das Zepter an sich zu reißen oder dich einzuschüchtern, Hes?«

»Nein! Er ist sehr nett gewesen und wusste genau, was zu tun ist.« Sie lacht kurz leise auf. »Im Gegensatz zu uns beiden oder Grandpa, aus dessen Mund alles so kryptisch wie ein japanisches Kōan klingt.« Sie sieht mich lächelnd an, und ich erwidere ihren Blick, ohne zu wissen, was ich mit meinem Gesicht anstellen soll. Zur Hölle mit Pa. Aber okay, von mir aus. Er macht sowieso, was er will. Die ganze Sache hier ist so gut wie ausgestanden. Das ist das Einzige, was zählt, oder?

»Mehr muss ich nicht machen?« Ich drücke die Kugelschreibermine heraus, drehe die Überlassungserklärung um, kritzle ein paar Kreise aufs Papier, um die Tinte zum Fließen zu bringen.

»Nein. Dein Vater hat alles Notwendige in die Wege geleitet. Sobald du unterschrieben hast, gibt er die Erklärung an einen Richter weiter. Alle anderen Formalitäten erledigen wir, wenn die Adoptiveltern gefunden sind. Aber deine Überlassungserklärung muss zuerst eingereicht werden, weil dein Name nicht auf der Geburtsurkunde steht und das Gericht einen eindeutigen Nachweis braucht, dass du dauerhaft deine elterlichen Rechte abtrittst.«

Ich drehe das Formular wieder um. Eine Kellnerin kommt aus der Küche und die Schwingtür macht ein knackendes Geräusch. Es klingt, als würde etwas in Flammen aufgehen.

Ich drücke die Mine wieder rein. Raus. Rein. Kratze mich im Nacken.

Überlassen.

Abtreten.

Dann ist all das vorbei.

Alles?

Plötzlich habe ich stechende Kopfschmerzen und bin völlig erschöpft.

Die schlaflosen Nächte. Die Windeln des Grauens. Die Momente, in denen ich kurz vor einem Herzinfarkt stehe, weil ich Angst habe, dass er aufgehört hat zu atmen oder dass ein Auto, das aus der Seitenstraße kommt, einfach weiterfährt, meinen Wagen seitlich erfasst und mitten in mein Baby hineinbrettert. Das Gefühl, ständig eine sich windende, sechs Kilo schwere Sträflingskugel mit mir herumzuschleppen.

Die klebrig-feuchten Finger, die sich in mein Hemd krallen. Das Schreien, das ich nicht deuten kann.

Selbst das Schreien, das ich deuten kann und womit er dann plötzlich mittendrin aufhört und mich bloß ansieht – als wollte er sagen *Genau das hab ich gewollt.* Die Art, wie ein einziges Lächeln ihn in ein komplett anderes Kind verwandelt. Nicht mehr nur ein Baby. Mein Baby.

Wieder bekomme ich kaum mit, was Hester sagt.

»… holt dein Vater die Unterlagen bei mir ab, damit er sie gleich am nächsten Morgen weiterleiten kann. Danach ist das Ganze offiziell und dein Job so gut wie erledigt.«

»Dann ist es also so was wie meine Austrittserklärung? Oder bin ich gefeuert?«

Sie lacht. »Ich hätte nie gedacht, dass du die Stelle überhaupt antreten würdest. Du warst … wirklich großartig. Jetzt müssen wir demnächst nur noch einige Gespräche mit infrage kommenden, zukünftigen Eltern führen, jemanden aussuchen und dann können wir das Kapitel beenden und endlich in unser normales Leben zurückkehren.« Sie wirft sich die dunklen Haare aus dem Gesicht.

Hier geht es nicht darum, sich bei einem chinesischen Lieferservice für ein Essen zu entscheiden. »Wir sind ständig unterschiedlicher Meinung, Hester. Wie sollen wir es da schaffen, gemeinsam seine neuen Eltern auszusuchen?«

Hester seufzt. »In diesem Fall haben wir beide dasselbe Ziel. Und Waldo und dein Vater werden uns dabei unterstützen, zusammen mit der Adoptionsagentur, nehme ich an. Außerdem hat dein Dad gesagt, dass deine Unterschrift nur eine reine Formsache ist. Wenn der leibliche Vater nichts unternimmt, verliert er automatisch alle Rechte, sobald die Adoption abgeschlossen ist. Du musst also noch nicht einmal mit einbezogen werden, wenn du nicht willst.«

Die Nummer schon wieder. »Ich wünschte, ihr würdet endlich alle aufhören, so zu tun, als könnte ich frei wählen, ob ich etwas mit dieser Sache zu tun haben will oder nicht. Ich meine, ich … er ist …« Ich schiebe meinen Stuhl zurück. »Ich brauche frische Luft.« Auf dem Weg nach draußen remple ich mit der Schulter gegen den Türpfosten, als wäre ich betrunken. Die Luft auf der Terrasse ist so mit dem Geruch nach Bratfett und

Ahornsirup geschwängert, dass man sie auf einem Teller servieren könnte. Über dem Müllcontainer kreisen Möwen und die vom Fluss herüberwehende leichte Brise riecht abgestanden. Ich stütze mich mit beiden Händen am Geländer ab, habe aber trotzdem das Gefühl zu fallen.

Bring es einfach hinter dich.

Die ganze Sache.

Als ich an unseren Tisch zurückkehre, tippt Hester gerade eine Nachricht in ihr Handy.

»Hast du da Fotos von Cal drauf?«, frage ich unvermittelt.

Sie zieht die Brauen hoch. »Nein«, sagt sie vorsichtig. »Hast du welche auf deinem Handy?«

Tatsächlich habe ich selbst auch keine. Allerdings bin ich noch nie jemand gewesen, der gern Fotos macht. Worum es mir hier geht, ist etwas anderes, aber ich bin zu durcheinander, um es klar benennen zu können. Es hat etwas damit zu tun, wie lieblos Cal bei Hester untergebracht ist, und mit dem fiesen Sockenaffen, den er von ihr hat, und damit, wie sie ihre Hände mit Desinfektionsgel einreibt, nachdem sie ihn mir gebracht hat beziehungsweise bei mir abholt. Als hätte sie eine Operation vor sich. Als hätte ich Läuse. Oder Cal. Es hat etwas damit zu tun, wie er seit Neuestem die Hände auf und zu macht, wenn ich auf ihn zukomme, als könnte er es nicht erwarten, sich an mir festzuklammern. Wie er »Bah!« kräht, wenn ihm eine Weile lang niemand seine Aufmerksamkeit geschenkt hat. Es hat etwas mit den Worten *Kapitel beendet* zu tun, als wäre er ein Schulbuch aus der neunten Klasse, in das ich nie wieder einen Blick werfen muss.

Aber ich finde einfach nicht heraus, in was für ein Muster die kleinen Kaleidoskop-Partikel fallen sollen.

Hester schaut auf meine Hände hinunter. »Was machst du da?«

Ich habe, ohne es zu merken, den Kugelschreiber auseinandergenommen, und jetzt liegen seine Einzelteile vor mir auf dem Tisch, als hätte ich ihn im Biologieunterricht seziert – der Druckknopf, der Clip, die Feder, die Mine, das Gehäuse.

»Wie willst du denn jetzt noch unterschreiben?« Sie lacht, während sie wieder in ihrer Tasche kramt, aber es klingt gereizt.

»Gar nicht.«

»Hier.« Sie wedelt triumphierend mit einem anderen *Stony-Bay-Bank*-Stift und hält dann mitten in der Bewegung inne. »Was?«

»Hör zu, wir … wir könnten uns doch auch für eine offene Adoption entscheiden. Wo die Eltern einen auf dem Laufenden halten und regelmäßig Fotos schicken. Ich meine, warum nicht? Auf die Weise könnten wir weiter ein Auge auf ihn haben und uns vergewissern, dass er in guten Händen ist.«

»Das will ich nicht. Wir lassen ihn gehen, für immer, und schließen damit ab.«

»Nein«, antworte ich.

Wie bitte?

»Was?«

»Nein.« Eine fassungslose kleine Stimme in meinem Kopf schreit, dass ich verdammt noch mal die Klappe halten soll, und winkt mich hektisch von meinen nächsten Worten weg, als wären sie ein Auffahrunfall auf der Route 95. »Ich kann das nicht. Ich …«

Wenn mir bislang Worte herausgerutscht sind, die ich lieber nicht hätte sagen sollen, weil sie Konsequenzen für mein Leben hatten, dann deswegen, weil ich ein unreifes, nicht zu ertragendes Arschloch war. Aber dieses Mal ist es anders. »Er gehört zu mir, Hester. Ich werde ihn nicht einfach so gehen lassen.«

»Das kann nicht dein Ernst sein.«

»Doch.« Ich schlucke. »Mein voller Ernst.«

Ist das wirklich so?

Ja.

Ich klammere mich an der Tischkante fest und atme, als hätte ich einen Hieb in den Magen bekommen. Genau wie Alice.

Großer Gott, Alice. Was wird sie davon halten, wenn ich …

»Tim?« Hesters Stimme klingt wie aus weiter Ferne. »Was ist los?«

Okay. Tief durchatmen. Ein. Aus.

Wenn ich Cal zu mir nehme, wenn Cal bei mir bleibt, dann ist endgültig Schluss damit, siebzehn zu sein. Dann werde ich meinen Mann stehen müssen, da sein müssen, mich an zweite Stelle setzen und mich um alles kümmern, Tagesmutter, Schule und keine Ahnung, was sonst noch alles … über viele, viele, viele Jahre hinweg. Bis ich … alt bin. Sechsunddreißig oder noch älter. Oh Gott.

»Tim. *Denk nach.* Das ist total verrückt. Du bist doch überhaupt nicht in der Lage, dich um ein Baby zu kümmern. Du lebst über einer *Garage.*«

Klar, von allen Gründen, warum ich nicht in der Lage bin, mich um ein Baby zu kümmern, ist dieser natürlich der ausschlaggebendste.

»Das sagt ja die Richtige«, gebe ich aufgebracht zurück. Meine Lungen funktionieren plötzlich wieder. »Wer ruft denn ständig an und will, dass ich ihn abhole oder noch eine Nacht länger nehme? Du schaffst es ja selbst kaum, dich um ihn zu kümmern!«

»Das hab ich auch nie geleugnet«, zischt Hester. »Ich will das nicht. Ihn. Außerdem hast du dich doch gerade selbst darüber beklagt, dass ich ihn dir ständig aufhalse, ich verstehe also nicht, warum du plötzlich so erpicht darauf bist, noch mehr Verantwortung zu übernehmen.«

Sie wedelt mit der Hand, was unsere Kellnerin als Aufforderung versteht, Kaffee nachzuschenken. Hester wartet, bis ihre Tasse voll und die Kellnerin wieder weg ist.

»Das kann unmöglich dein Ernst sein. Calvin ist noch keine vier Monate! Wie willst ausgerechnet *du* dich um ein kleines Kind kümmern? Du hast die Highschool abgebrochen.«

»Hab ich *nicht*. Ich bin von der Schule geflogen.« Als wäre das so viel besser. »Ich weiß nicht, *wie* ich mich um ihn kümmern werde. Wahrscheinlich genauso, wie ich es versuche, seit du bei mir vor der Tür gestanden hast.«

Die Kellnerin kommt zurück und bringt Hesters Toast und meine Rühreier mit Bratkartoffeln. Hester starrt mich weiter fassungslos an, bevor sie fortfährt. »Du spinnst, Tim. Das ist total selbstsüchtig. Cal hat die Möglichkeit, in eine Familie zu kommen … eine richtige Familie mit … Eltern, die sich lieben und ihm etwas bieten können … Dinge wie Geborgenheit und eine gute Ausbildung und … alles, was im Leben wichtig ist. Und du glaubst, er wäre besser dran mit einem siebzehnjährigen Vater, der über einer Garage lebt?«

»Könntest du bitte aufhören, ständig auf der verdammten Garage herumzureiten? Du tust gerade so, als wäre ich irgendein Typ aus einem Trailerpark, der dich geschwängert hat. Falls du es vergessen hast – wir sind *beide* auf eine Privatschule gegangen, als das Ganze passiert ist.«

Sie funkelt mich wütend an. »*Ich* hab kein einziges Detail davon vergessen. Ich sage nur, dass Cal nicht darunter leiden sollte, dass er ein dummer Fehler war. Für den ich nicht mein ganzes Leben lang bezahlen will. Ich hab verdammt noch mal meine eigenen Pläne, Tim.«

»So wie du auch diese Sache hier bis ins Kleinste durchgeplant hast. *Ich* hab gar nichts geplant.«

»Eben«, sagt sie und zeigt mit ihrem Messer auf mich. »Und

deswegen traue ich es dir auch nicht wirklich zu, Vater zu sein. Ganz zu schweigen davon, dass du Alkoholiker bist.«

»Trockener Alkoholiker. Und ich *bin bereits Vater*.«

Mir ist der Appetit vergangen, was selten genug vorkommt, und es kotzt mich regelrecht an, zu sehen, wie Hester Butter auf ihren Toast schmiert. Sie beißt eine Ecke davon ab, buttert eine andere Ecke, beißt wieder ab. Was soll das? Ist sie noch nicht einmal in der Lage, sich auf eine ganze Scheibe Toast einzulassen? Die Kellnerin, die wütende, siebzehnjährige Väter außerehelich gezeugter Babys, die trockene Alkoholiker sind und über einer Garage wohnen, anscheinend sexy findet, drückt meine Schulter, als sie mir Kaffee nachschenkt.

Hester seufzt. »Ich will mich nicht mit dir streiten«, sagt sie übertrieben geduldig. »Wenn du einfach noch ein bisschen Zeit brauchst, um einzusehen, dass du falschliegst, dann nimm die Unterlagen mit nach Hause, geh sie in aller Ruhe durch, und wenn wir uns das nächste Mal sehen, reden wir noch einmal vernünftig darüber.«

»Ich werde meine Meinung nicht ändern«, sage ich.

Sie steht auf und schiebt mir den Stapel Unterlagen über den Tisch zu. »Dann hast du den Verstand verloren. Bis Dienstag. Ich rufe dich vorher an und sag dir, wo du Cal abholen kannst.« Sie greift in ihre Tasche und zieht einen druckfrischen Fünfziger heraus. »Hier, das sollte für das Essen reichen.«

»Behalte das Geld«, zische ich. Schon wieder dieser Fünfzig-Dollar-Schein. Was hat Pa gemacht? Sie bestochen?

»Nein. Du brauchst es dringender. Du kannst es ja schon mal für Cals Collegegebühren zurücklegen. Vielleicht will er später studieren, auch wenn sein Vater das nie schaffen wird.« Sie wirft den Schein auf den Tisch, dreht sich um und marschiert mit schwingendem Pferdeschwanz aus dem Café.

✳ ✳ ✳

»Auf Dauer? Ich meine … von jetzt an? Für immer?«

Tim hat die Hände in den Taschen vergraben und blickt aufs Meer hinaus.

Er hat mir noch so gut wie kein einziges Mal in die Augen geschaut, seit er mich vorhin zu Hause bei den Dehnübungen nach meiner morgendlichen Runde abgepasst und gesagt hat: »Wir müssen reden.«

Sofort sind sämtliche Alarmglocken angegangen. Das ist eigentlich mein Text. Die Einleitung für *Das hier funktioniert einfach nicht*. Aber unser *Das hier* hat gerade erst angefangen. Und für mich funktioniert es, sogar mehr als das. Bin ich jetzt Brad, der völlig überrumpelt in der Einfahrt steht?«

»Nicht hier«, hat er hinzugefügt, als Patsy die Nase gegen die Fliegengittertür drückte und gebieterisch »Ti« rief.

Tim bestand darauf, an den Strand zu gehen. Dort angekommen, wollte er unbedingt zum Leuchtturm laufen und ist so schnell vor mir hergerannt, dass ich Mühe hatte, ihm über die zerklüfteten Felsen hinweg zu folgen. Als er sich schließlich zu mir umdrehte, waren seine Schultern hochgezogen und sein Gesicht verschlossen, als würde er sich schon mal vorsorglich gegen Ärger oder Kritik wappnen. Dann erzählte er mir von seinem Treffen mit Hester und was er mit Cal vorhat.

Seine Stimme zitterte und stockte anfangs immer wieder, wurde aber mit jedem Satz ruhiger und entschlossener.

»Es ist das einzig Richtige. Er braucht mich. Ich muss das tun. Ich meine, ich bin dafür verantwortlich, dass es ihn überhaupt gibt. Und ich kann nicht einfach mein Leben weiterleben und so tun, als gäbe es ihn nicht. Ich hab die Chance, etwas in Ordnung zu bringen und endlich mal etwas richtig zu machen.«

»Für dich oder für Cal?«

Tims Augen sprühen förmlich vor Entschlossenheit. »Genau das ist der Punkt – diese Unterscheidung gibt es nicht. Ich bin alles, was er hat. Er ist alles, was ich hab.«

Der schartige Felsbrocken, auf dem wir stehen, ist noch mit glitschigen Algen von der letzten Flut bedeckt und nicht dafür geeignet, darauf auf und ab zu gehen. Ich tue es trotzdem und versuche dieses neue Puzzleteil in das Bild zu quetschen, das ich bis jetzt von meinem Leben hatte.

Mein ... Freund. Der Kerl, mit dem ich zusammen sein will – der Kerl, der Vater ist. Nicht bloß einen Herbst lang, als kleine Fußnote in Cals Leben. Sondern für immer. Für alle Zeiten, mit allem, was dazugehört. Keine Übergaben mehr an Hester. Das Gitterbettchen als festes Inventar im Schlafzimmer, bis er groß genug für sein eigenes Zimmer ist. Tim, der eine Tagesbetreuung suchen muss, wenn er den Schulabschluss nachgeholt hat und aufs College geht – kann er das dann überhaupt noch? – oder sich einen anderen Job sucht. Der einen Babysitter braucht, wenn wir abends zusammen ausgehen wollen. Der mit Cal zum Arzt muss, auf seine Ernährung achten, ihm beibringen, aufs Töpfchen zu gehen. All die Verpflichtungen und Aufgaben und Sorgen, die ich so gut kenne und von denen ich dachte, sie wären nur für eine gewisse Zeit Teil meines Lebens und auch nur deswegen, weil ich bloß eingesprungen bin.

Tim, der schon Vater ist, wenn er achtzehn wird.

Und ich.

Mit dem Baby sind dann aller guten Dinge drei. *Ha.*

Ich hocke mich auf den nassen Felsen, spüre kaum, wie meine Jeans sich mit Meerwasser vollsaugt.

»Ich weiß, was du denkst«, sagt er zu seinen Knien.

»Das glaube ich nicht.« Ich weiß ja selbst nicht, was ich denke.

»Ich wusste es noch im selben Moment, in dem ich es bei dem Treffen mit Hester ausgesprochen hab. Dass ich dir zu viel zumute. Dass es das Letzte ist, was du gebrauchen kannst. Ich meine, hey, was dich von mir überzeugt hat, war mit Sicherheit mein umwerfendes Aussehen und dass ich vor Testosteron nur so strotze, nicht das Nebenprodukt meiner Sexualhormone. Das ist mir schon klar. Nur – was soll ich sonst machen, Alice?«

Er bemüht sich um einen leichten Tonfall, aber es gelingt ihm nicht. Der Ausdruck in seinen Augen ist ernst und aufgewühlt.

Ich ziehe die Knie an die Brust, lege mein Kinn darauf und schaue ihn an.

Die gerade Nase mit den Sommersprossen, die Haare, die schon wieder ein kleines bisschen zu lang sind, die dunklen Wimpern, der langgliedrige Körper ... Er sieht älter aus als noch vor ein, zwei Monaten.

»Ich mache dir keinen Vorwurf, wenn du jetzt gehst. Ich hoffe, wir können trotzdem ...«

»Ich warne dich, Tim Mason. Wehe, du sagst jetzt *Lass uns Freunde bleiben.*«

»Dann sind wir noch nicht einmal das? Scheiße, Alice. In Ordnung. Verstehe. Ist schon okay.«

»Nichts verstehst du. Ich verstehe es ja selbst noch nicht. Lass es mich doch erst verdauen, Herrgott noch mal.«

Er hebt überrascht den Blick.

»Das ist auf einmal eine komplett andere Situation. Gib mir einfach ein bisschen Zeit, mich daran zu gewöhnen.« Schon wieder eine neue Landschaft, in der ich mich erst einmal zurechtfinden muss.

»Ich geb dir alles, was nötig ist«, sagt er. »Alles, was ich hab.«

»Ich weiß«, sage ich düster und boxe ihn in die Schulter. »Musstest du dein Verantwortungsbewusstsein ausgerechnet jetzt entdecken?«

»Niemand hat je behauptet, am allerwenigsten ich, dass mein Timing nicht komplett beschissen ist.«

Es ist kurz nach elf: Alle schlafen. Bis auf mich und George. Er hatte einen Albtraum, in dem Clowns vorkamen, und ich hab mir den Kopf über Rechnungen und Banken und Grace Reed zerbrochen – ohne Ergebnis. Jetzt liegen wir aneinandergekuschelt unter der großen Häkeldecke von Großtante Alice im Wohnzimmer und ich lese George mein Lieblingsmärchen vor. *Die Schneekönigin*. Gerda ist meine unübertroffene Märchenheldin. Sie sitzt nicht bloß untätig herum und probiert Schuhe an, sondern macht sich an den kältesten Ort der Erde auf, um ihren Liebsten zu retten.

Georgie mag Gerda auch. Besonders gut gefällt ihm, dass sie und Kai, der männliche Held der Geschichte, Nachbarskinder sind. »So wie Jase und Sam früher.« Er schmiegt sich noch ein bisschen enger an mich, als es plötzlich leise an der Tür klopft und jemand am Knauf rüttelt. Das kann nur Tim sein – wer sonst sollte um diese Uhrzeit hier auftauchen?

Aber es ist Samantha, in Jase' Baseball-Jacke gehüllt, die Haare vom Wind zerzaust.

George springt auf, schlingt die Arme um ihre Knie, sagt ihr, dass er sie lieb hat, und fragt sie, was sie von Clowns hält. Sie scheint ihn noch nicht einmal zu hören. Ihr Gesicht ist gerötet, ob vor Kälte oder wegen des Windes, kann ich nicht sagen, bis ich ihr in die Augen schaue.

Nein, keine Tränen.

Sondern Wut.

George zupft am Saum ihrer Jacke. »Jase schläft, Sailor Moon. Ich war bei ihm, weil ich schlecht geträumt hab, aber er ist nicht aufgewacht. Sein Mund war ein bisschen offen, aber keine Sorge, das stimmt nämlich gar nicht, dass man im Schlaf Spinnen verschluckt oder im Bauch ein Gummibaum wächst, wenn man Kaugummis runter- schluckt.«

»Das mit den Spinnen ist wirklich gut zu wissen, danke, George. Aber ich muss dringend mit Alice reden.« Sie sieht ihn lächelnd an und wirft mir einen flehenden Blick zu, an dem ich merke, dass es wirklich wichtig ist.

George willigt ein, wieder ins Bett zu gehen, wenn ich den Kleinen-Finger-Schwur leiste und er morgen zwei Fol- gen von *Animal Odd Couples* schauen darf. Und ihm verspreche, dass darin ganz bestimmt keine Clowns auf- tauchen. Während er langsam die Treppe hochtapst, kom- men noch ein paar weitere Forderungen dazu: »Eis nach dem Frühstück? Nein, *zum* Frühstück. Versprochen?«

»Meine Mutter«, sagt Sam atemlos, sobald seine Schritte verklungen sind. »Ich hab rausgefunden, dass sie *eigen- mächtig* meine Collegebewerbungen ausgefüllt und weg- geschickt hat. Natürlich nur an Colleges, die total weit weg sind.«

Ich wundere mich etwas. Obwohl die Geschichte defini- tiv auf die Liste *Zehn Dinge, für die ich Grace Reed hasse* gehört, klingt es für mich, als hätte Samantha auch bis morgen warten können, um sie mir zu erzählen.

»Aber das ist noch nicht mal das Schlimmste.« Sam holt tief Luft. »Sie hat mir gesagt, dass du wegen der Kranken- hausrechnungen bei ihr warst, Alice. Ich hab Tim danach gefragt, und er hat bestätigt, dass sie auf stur geschaltet hat, aber damit kommt sie ab jetzt nicht mehr durch. Ich weiß, was mit deinem Dad passiert ist. Ich hab es gesehen. Das heißt, ich hab geschlafen, aber ich wusste sofort, dass irgendwas nicht stimmt, und ich hab nicht … also … Ich bin hier, um dir zu sagen, dass ich … zur Polizei gehen werde und alles tun werde, was nötig ist.«

Ich höre mit offenem Mund zu, stehe auf, gehe in der Küche hin und her, während sie redet. Fahre mir durch die Haare, hebe eine heruntergefallene Serviette vom Boden auf und zerrupfe sie.

Sam beobachtet mich dabei. »Brauchst du vielleicht eine Zigarette?«, fragt sie grinsend. »Du siehst gerade genau wie Tim aus.«

»Ha«, sage ich.

»Das sagt er auch immer.«

»Sam, wärst du wirklich bereit, das zu tun? Ich meine, zur Polizei zu gehen und das alles?«

»Ja.« Sie sagt es, ohne zu zögern. »Das geht mir schon seit Wochen im Kopf herum. Seit dem Unfall. Es ist … ich kann einfach nicht aufhören, daran zu denken, Alice. Und jetzt auch noch das. Sie ist so … Es reicht.« Sie schließt die Augen, atmet einmal tief durch. »Aber Tim ist der Meinung, dass ihr zusammen zu ihr gehen und mit ihr reden solltet. Weil … weil, wenn ihr sie anzeigt und es zu einem Prozess kommt, müsstet ihr einen Anwalt beauftragen, was verdammt teuer wird.« Sam schüttelt verzweifelt den Kopf. »Und er sagt, dass es mit Sicherheit dauern würde, bis ein endgültiges Urteil gefällt wird, was bedeutet, dass deine Familie erst mal auf den Krankenhausrechnungen sitzen bleiben würde. Falls ihr gewinnt.«

»Verdammt, Tim ist wirklich clever«, sage ich.

Sam lacht und sieht wieder viel mehr wie sie selbst aus. »Er wäre der Erste, der dir Brief und Siegel darauf gibt.«

»Ja, aber der Letzte, der wirklich daran glaubt«, sage ich.

Sie legt den Kopf schräg und ist jetzt wieder ernst. »Du weißt, wie er tickt, Alice. Das ist schön.«

Mir geht es so wie Tim mit Cal – ich sehe keine andere Möglichkeit. Es *gibt* keine andere Möglichkeit. Nur dass ich es nicht deswegen tue, weil ich so ein großes Herz habe, sondern weil ich die Einzige bin, die kaltschnäuzig genug dafür ist. Und ich muss die Sache allein durchstehen – er hat mit Cal und Hester schon genug am Hals, womit er klarkommen muss.

Als sie die Tür öffnet, gehe ich einfach an ihr vorbei und laufe den weißen Flur entlang. Ohne die Schuhe auszuziehen.

Dieses Mal bietet sie mir nichts zu trinken an, macht keinen Small Talk.

Ihr Blick wandert von mir zu dem Stapel Rechnungen, den ich auf den Glastisch gelegt habe. »Das sind Kopien. Es sind mehr als beim letzten Mal.«

»Das sehe ich.«

»Und ich habe das hier gesehen.« Ich nehme den aus dem *Stony Bay Bugle* herausgeschnittenen Artikel vom Stapel und halte ihn ihr hin. »Ehemalige Senatorin schürt Spekulationen über eine Rückkehr auf die politische Bühne«.

»Ja. Man ist an mich herangetreten, das Amt der Schatzmeisterin zu übernehmen. Ich kann in der Politik etwas bewirken, Alison. Ich habe die Chance, Menschen zu helfen. Ich glaube, es wäre falsch, diese Möglichkeit nicht zu nutzen.« Sie geht zu dem großen Rundbogenfenster, das auf ihren gepflegten Rasen hinauszeigt, der immer noch smaragdgrün ist, obwohl wir mittlerweile tiefsten Herbst haben. Noch nicht einmal ein einziges Blatt ist darauf zu sehen.

»Ich erwarte nicht, dass Sie das verstehen. Sie sind noch sehr jung. Ihnen fehlt noch die Weitsicht, um zu erkennen, dass das übergeordnete Wohl...«

»Ich bin nicht hier, um zu diskutieren, Senatorin Reed. Hier sind die Rechnungen. Sie wollen Schatzmeisterin werden? Sie wollen Menschen helfen? Gut, Sie können sofort damit anfangen. Ich habe mit Samantha gesprochen. Es hat sich herausgestellt, dass Ihre Tochter sich sehr viel schlechter fühlen würde, wenn Jase' Vater nicht die Behandlung bekäme, die er braucht, als wenn sie auf eine andere Schule gehen müsste. Sie hat also kein Problem damit, auf die Stony Bay High überzuwechseln.«

Grace sieht mich scharf an. »Wo meine Tochter zur Schule geht, haben ja wohl kaum Sie zu entscheiden.«

»Ich weiß. Es ist Samanthas Entscheidung. So wie es auch ihre Entscheidung ist, notfalls zur Polizei zu gehen, um eine Zeugenaussage über die Nacht zu machen, in der sich der Unfall ereignet hat, in den Sie verwickelt waren und der meinen Vater ins Krankenhaus gebracht hat.«

Grace Reed ist bereits so weiß wie die Schneekönigin. Ich bin überrascht zu sehen, dass sie noch bleicher werden kann.

»Sie haben absolut kein Recht, sich in diese Angelegenheit einzumischen.«

»Ach nein?« Ich lache. »*Sie* haben aufgehört, die Rechnungen zu bezahlen. Wenn ich mich nicht einmische, macht es Jase. Diese *Angelegenheit* geht uns alle etwas an. Meine gesamte Familie. Und deshalb brauche ich Ihr Wort, genauer gesagt, Ihre Unterschrift auf einem Blatt Papier, mit der Sie zusichern, dass Sie diese Rechnungen und jede weitere bezahlen werden, die noch kommen wird. Andernfalls wird Samantha die Schule wechseln. Wodurch sie sehr viel mehr Zeit haben wird, die sie mit meinem Bruder verbringen kann.«

Der letzte Satz war eine spontane Eingebung. Ich bin tatsächlich ein kaltschnäuziges Miststück.

Als sie mich zur Tür bringt, habe ich einen Scheck und eine Erklärung mit ihrer Unterschrift in der Tasche. Ich will mich gerade zum Gehen wenden, da legt sie mir kurz die Hand auf die Schulter. Zu meinem Entsetzen liegt fast so etwas wie Bewunderung auf ihrem Gesicht.

»Sie würden eine ausgezeichnete Politikerin abgeben, Alison«, erklärt sie lächelnd. »Sie erinnern mich an mich selbst.«

Gott bewahre.

Neununddreißigstes Kapitel

Waldo Connolly öffnet mir die Tür in einem Kleid.

Bin mir nicht sicher, ob ich damit umgehen kann.

Bei näherer Betrachtung stellt es sich als sehr langes, locker fallendes Hemd heraus, das ihm bis über die Knie reicht und am Ausschnitt mit kleinen Spiegeln bestickt ist. Doch kein Kleid, aber trotzdem.

»Komm rein. Hester müsste jeden Moment zurück sein.« Er dreht sich um und marschiert in seinem Hemdkleid, dessen Saum um seine extrem behaarten Beine weht, durch den Flur voraus. Wenn er nicht relativ groß wäre, würde ich ihn wirklich für einen Hobbit halten. Ich schleppe Cal im Kindersitz hinter ihm her. Allmählich habe ich das Gefühl, dass mein linker Arm länger geworden ist als mein rechter, weil ich ständig dieses Ding mit mir herumtrage.

Gewöhn dich schon mal dran.

Alice ist nicht die Einzige, die noch ein bisschen Zeit braucht, um das alles zu verdauen.

Pa wird mich endgültig verstoßen.

Nano ist mein Collegegeld sicher.

Ich stelle den Kindersitz ab und lasse mich in den Sessel daneben fallen. Eine kleine Staubwolke steigt auf und die winzigen Partikel wirbeln genauso wild durch die Luft wie die Gedanken in meinem Kopf.

Waldo setzt Wasser auf, holt etwas, das wie ein kleiner

Palmwedel aussieht, aus dem Kühlschrank und greift nach seiner Machete. *Hack. Hack.* »Du willst diesem Kind also ein Vater sein.«

»So ist es, Sir. Ich meine, genau genommen bin ich das schon. Aber, ähm, ja. Von jetzt an würde ich mich gern richtig um ihn kümmern. Ich brauche nur noch etwas Zeit, um mir ganz sicher zu sein.«

Hack. »Das klingt mutig. Vielleicht ist es mutig. Aber wird dieses hehre Unterfangen auch gelingen? Wirst du deine Welt öffnen und sie ganz um dieses Kind herum gestalten? Wirst du Calvin zwischen dich und deinen Horizont stellen?« *Hack. Hack.* »Bist du bereit, dein Geld dort zu investieren, wo deine Liebe ist?«

Kann dieser Kerl nicht ein kleines bisschen weniger wie ein Glückskeks auf LSD klingen?

Meine Hals tut weh. Magenschmerzen habe ich auch. Sie fingen ungefähr zu dem Zeitpunkt an, als ich Hester gesagt habe, dass ich Cal behalten will. Und Alice erzählt habe, was los ist. Vielleicht bekomme ich ein Magengeschwür? Waldo gibt das klein gehackte Zeug, das wie gemähtes Gras aussieht, in den Kupferkessel und stellt mit einer schnellen Drehung aus dem Handgelenk die Flamme höher.

»Hören Sie«, beginne ich. »Ich bin nicht ganz sicher, ob ich verstanden habe, was Sie gerade gesagt haben. Möglicherweise denken Sie, dass ich bloß wieder irgendeine Scheiße baue, ohne darüber nachzudenken, aber so ist es nicht. Hester kann vielleicht einfach weitermachen, als wäre nie etwas gewesen. Ich kann es nicht. So ein Typ bin ich nicht. Ähm, jedenfalls nicht mehr. Eigentlich brauche ich auch nicht auf Hester zu warten. Ich bin nur hier, um Cals restliche Sachen zu holen.«

Waldo lehnt sich an die Arbeitstheke und sieht mich einen Moment lang mit ausdruckslosem Gesicht an. Dann greift er, ohne den Blick von mir abzuwenden, hinter sich. Etwa nach seiner Machete? Nein, bloß nach einem Teesieb.

»Du bist mit dem Kind eine Verbindung eingegangen?«

»Sie nicht? Sie sind doch derjenige gewesen, der Hester geraten hat, ihn eine Weile zu behalten.«

»Ich bin vierundsechzig, Tim. Ich habe gelernt, dass man sich für eine Entscheidung, die unwiderruflich ist, Zeit nehmen muss. Michelle, Hesters Mutter, war nicht verheiratet, als sie Hester bekam. Im Nachhinein hat sie sehr mit den Entscheidungen, die sie damals getroffen hat, gehadert. Hester soll nicht jetzt schon damit anfangen müssen, *Hätte ich doch nur…* zu sagen. Dafür ist sie einfach zu jung.« Er dreht sich um und gießt kochend heißes Wasser zusammen mit dem gemähten Gras in zwei graublaue Keramikbecher, bietet mir einen davon an und hält seinen in die Höhe, als wollte er mir zuprosten. »Auf die Wahrheit in unseren Herzen, die uns in Ketten legen kann.«

Er verschränkt die Arme und starrt mich unter seinen buschigen Augenbrauen hervor mit forschendem Blick an. Ich starre zurück. Mal sehen, wer zuerst blinzelt.

»Haben du und Hester schon mal über Alex Robinson gesprochen?«

Über wen? Ach ja, Hesters Exfreund, der die *Fernbeziehungen haben keine Zukunft*-Nummer abgezogen hat. Wo man hinschaut, nur Vollidioten und Weicheier.

»Kurz, ja.«

»Vielleicht solltest du diese Höhle mit einem stärkeren Licht erforschen.« Waldo greift nach einem Glas und gibt mit einem von diesen komischen gedrechselten Holzlöffeln etwas Honig in seinen Tee.

In seiner Stimme liegt dieser ernste Tonfall, den Leute bekommen, wenn sie kurz davor sind, schlechte Nachrichten zu überbringen. Ich weiß nicht, warum, aber mir wird plötzlich eiskalt, obwohl die Küche von dem heißen, nach Zitrone duftenden Dampf erfüllt ist, der von den Teetassen aufsteigt.

»Können wir vielleicht mit dem scheiß Rätselraten aufhören und Klartext reden?«, frage ich.

Waldo fährt sich mit der Hand durch seine grau melierte Mähne. »Alex und Hester sind sehr lange zusammen gewesen.« Er lässt die Hand wieder sinken und rührt unnötig bedächtig und konzentriert in seinem Tee. Stille, bis auf das dumpfe, gleichmäßig klopfende Geräusch.

Und ...?

»Von dir habe ich erst erfahren, als das Baby ein paar Wochen alt war.«

Wieder: *Und ...?*

»Bis dahin war Hester felsenfest davon überzeugt, dass Kind sei von Alex.« Er rührt weiter in seinem Tee. Es klirrt lauter, als der Löffel an die Innenwand der Tasse stößt. »Sie hat erst von dir erzählt, als Calvin Haare bekam.«

Das Geräusch ist mein Herzschlag.

»Na ja ... sie sind genauso rot wie meine und ...«

Waldo stößt sich mit Schwung von der Arbeitstheke ab, als hätte er plötzlich an Masse gewonnen, geht aus der Küche und kommt ein paar Minuten später mit einem Foto zurück.

»Ich muss zugeben, dass das Baby dir tausendmal ähnlicher sieht«, sagt er und reicht es mir. »Aber das hier ist Hesters Dad. Mike Pearson.«

Das Foto zeigt Hesters Mutter, die immer noch wie *Madonna: Die frühen Jahre* aussieht. Sie lacht, ein Grübchen in der Wange, eines am Kinn. Ihr Kopf mit den auftoupierten braun-blond gesträhnten Haaren liegt auf dem blassen Bauch eines Typen mit nacktem Oberkörper. Ein Typ mit dichten zerzausten Haaren, die fast so lang wie ihre sind. Und genauso rot wie meine.

»Du willst Klartext reden? Dann musst du dich mit Hester unterhalten.«

Vor Jahren bin ich mal in der Brandung in eine Strömung geraten – es ist, als würde das Wasser brennen und einen zäh und heiß wie geschmolzener Teer mit in die Tiefe reißen. Das Gefühl jetzt ist absolut identisch.

Er sieht genauso aus wie ich.

Seine Haare. Sein Grübchen. Sein Kinn.

Das hat bis jetzt jeder gesagt.

Jeder außer Nan. Aber was weiß sie schon – wahrscheinlich ist sie dauerhigh.

Waldo hat seinen Tee mitgenommen und ist summend nach oben verschwunden, als hätte er mir nicht gerade praktisch seine verdammte Machete ins Herz gerammt.

Ich schiebe die Hände in die Haare, ziehe daran, lasse mich in den Sessel zurückfallen, springe wieder auf und starre das Kind an. Beobachte, wie dieses winzige Lächeln über sein Gesicht huscht, als ich mit dem Finger über seine Wange streichle, wie er, ohne wach zu werden, die Finger um meinen Daumen schließt, obwohl er sonst immer ziemlich unruhig schläft und leicht aufwacht – *genau wie ich, genau wie ich –*, und so voller Urvertrauen, dass ich da bin, den Kopf an meinen Unterarm schmiegt. Jetzt begreife ich es, sehe die einzelnen Puzzleteile als Ganzes – dass er zu mir gehört, er ein Teil von mir ist, ich ihn liebe.

Shit. Ich lasse mich wieder in den Sessel fallen und lege die Beine auf so eine Art Schemel, ohne mich darum zu kümmern, dass ich dabei eine merkwürdige Statue von einer Frau mit zu vielen Armen umstoße.

Die Eingangstür fällt ins Schloss, und einen Augenblick später kommt Hester ins Zimmer, wie immer auf leisen Katzenpfoten, die ich nur deswegen höre, weil ich auf sie gewartet habe und alle meine Sinne hellwach sind.

Sie geht einen kleinen Stapel Post durch und schaut nicht auf, als ich auf sie zutrete.

»Wir müssen reden.«

Sie lässt vor Schreck die Briefe fallen und presst sich die Hand aufs Herz.

»Ü-Über die Adoption? Hast du deine Meinung geändert?«

»Lass uns woanders anfangen«, schlage ich vor und benutze die in die Ecke treibende, schneidende Stimme, die Pa mir so gut beigebracht hat. »Reden wir über letzten Herbst. Du wirst mir hier vom zeitlichen Ablauf her ein bisschen auf die Sprünge helfen müssen.«

Hester lässt sich auf den Schemel fallen und sieht mich mit großen Bambiaugen an. Cal hat sie noch nicht einmal einen kurzen Blick zugeworfen.

»Es geht um deinen Ex … Alex Robinson. Hat er dich zufällig, sagen wir mal, Anfang November besucht?«

Los, mach ein verblüfftes Gesicht. Sag, dass du nicht weißt, was die Frage soll.

Aber sie macht kein verblüfftes Gesicht. Und sie will auch nicht wissen, was die Frage soll.

»Calvin ist von dir. Glaube ich.«

»Glaubst du.«

Dann eine Flut von Worten, in der ich schier ertrinke – ja, es stimmt, Alex hätte das lange Veterans-Day-Wochenende zu Hause verbracht, aber er hätte eigentlich immer aufgepasst, trotzdem hätte sie zuerst gedacht, es wäre von ihm, *wollte*, dass es von ihm ist – natürlich –, aber dann hätte sie Cals Haare gesehen …

Mein Magen zieht sich zu einem harten Ball zusammen, als hätte jemand mit einer glühenden Eisenfaust hineingeschlagen.

»Hatten wir überhaupt jemals Sex?«

»Ja. Wir haben Liebe gemacht«, sagt sie leise. »Ich würde, was das angeht, niemals lügen. Du kannst meine Freunde fragen – Michaela und Jude und Buck. Ich habe es ihnen gleich nach der Party erzählt.«

»Das war nicht *Liebe machen*. Es war Sperma trifft Eizelle. Oder eben auch nicht. Sag. Mir. Die. Wahrheit.«

Zitternd vor unterdrücktem Schluchzen, hebt sie ein Sitzkissen vom Boden auf und presst es an ihren Bauch. »Die Wahrheit ist, dass ich hoffe, dass du der Vater bist. Ich dachte … Ich dachte die ganze Zeit, es wäre von Alex. Ich meine, er und ich, wir hatten eine Beziehung. Also wollte ich, dass es sein Kind ist. Aber als er davon erfahren hat, meinte er nur, dass ich sicherlich eine Lösung dafür finden würde. Eine Lösung! Als wäre es um eine knifflige mathematische Gleichung oder so was gegangen. Und dass er jede Entscheidung, die ich treffe, okay finden würde. Okay? Nichts war okay, Tim. Ich wäre beinahe von der Schule geflogen, wusstest du das? Waldo hat seinen Anwalt eingeschaltet und der Ellery mit einer Klage gedroht, worauf die Schulleitung einen Rückzieher gemacht hat, aber ich musste die ganze Prüfungszeit in dem Wissen durchstehen, dass mich alle weghaben wollten. Alex musste so was nicht durchmachen. Du auch nicht. Du musstest mich bloß ein einziges Mal ficken.«

Ich kann förmlich spüren, wie sich meine Hände um ihren Hals legen und fest zudrücken wollen. Großer Gott. Ich spanne meine Finger an, lockere sie wieder, stütze die Hände auf meinen Schenkeln ab und stehe auf. »Tja. Jetzt hast du mich zurückgefickt.«

»Wo willst du hin?«

»Irgendwohin. Ich nehme Cal mit.«

»Das musst du nicht.« Sie springt auf und greift nach meinem Arm.

»Er kommt mit mir mit. Ich traue dir nicht.«

Sie hebt das Kinn, nickt kurz. »In Ordnung. Das muss ich wohl so stehen lassen. Vielleicht hab ich es nicht anders verdient. Aber ich bin seine Mutter.«

»Muss schön sein, darüber Gewissheit zu haben. Und jetzt geh mir aus dem Weg, Hester.«

Vierzigstes Kapitel

Tim liegt auf dem Rasenstück vor der Garage, raucht und starrt in den Himmel.

Als ich mich hinter ihn auf die unterste Treppenstufe set-ze, dreht er noch nicht einmal den Kopf. Die Zigarette ist fast bis zum Filter heruntergeraucht. Während ich ihn an-schaue, holt er die nächste aus der Packung und zündet sie an der Kippe an, die er dann in einen Kaffeebecher fallen lässt, wo sie zischend ausgeht.

»Hat deine Mom dir erzählt, was los ist?« Seine Stimme klingt neutral, gleichgültig, als würde es eigentlich keine große Rolle spielen.

»Gerade eben. Cal geht es gut. George hat *Itsy-Bitsy-Spider* mit ihm gespielt. Wo warst du?«

Tim nimmt einen langen Zug. »In der Stadt. Brauchte neue Windeln. Und Kippen.«

»Ist zusammen mit dem Nikotinpflaster vielleicht keine so gute Idee.«

Er hält mir den Pappbecher hin. Auf seinem Grund schwimmen in einem letzten Rest Kaffee sechs oder sieben Zigarettenstummel und dazwischen das Pflaster.

Er bläst einen Rauchring in die Luft.

Dann rollt er sich abrupt auf den Bauch und drückt die Zigarette aus. In seinen grauen Augen liegt ein harter Aus-druck. »Diese vielen Übereinstimmungen, all die kleinen

Dinge, in denen er mir so unfassbar ähnlich ist. Ich höre nicht auf, mir das immer und immer wieder zu sagen, aber du kennst dich bestimmt besser aus als ich, wenn es um medizinische Fakten oder Vererbungslehre oder was auch immer geht.«

Was die Fakten betrifft, fließen sie mir so leicht über die Lippen, als würde ich sie von einer Schultafel ablesen. »Bei körperlichen Merkmalen gibt es leider keine absolute Klarheit. Sie werden nicht einfach nur dominant-rezessiv vererbt. Das Kinngrübchen?«

Er nickt, den Blick nach wie vor unverwandt auf mich gerichtet.

»Vielleicht ja, vielleicht nein. Die roten Haare? Dasselbe. Es gibt mehr als ein Gen, das dafür verantwortlich ist. Wer kann das schon sagen? Die Wangengrübchen dagegen, das ist selten.«

»Hesters Mom hat welche. Dann gibt es also keine Möglichkeit, sich absolute Gewissheit zu verschaffen, wenn ich das richtig verstanden hab. Was ist mit einem Bluttest?« Er schiebt den Ärmel seines Hemds bis zum Ellbogen hoch, als könnte ich ihm hier und jetzt Blut abnehmen.

»Ein sogenannter Blutgruppentest kann eine Vaterschaft ausschließen, aber nicht bestätigen.«

Er presst sich die Handballen gegen die Augen, schüttelt den Kopf, lässt die Fäuste wieder fallen. Dieser Ausdruck auf seinem Gesicht. Verloren, angstvoll, frustriert. Trotz der Bartstoppeln und der Ringe unter seinen Augen, erinnert er mich an den Ausdruck von George, wenn ich ihm nicht ganz genau und wissenschaftlich fundiert erklären kann, warum die Erde nicht von einem Asteroiden getroffen werden wird. Ich kann ihm nicht versichern, dass noch keiner direkten Kurs auf uns genommen hat.

Tim starrt mich an, als hätte er das, was ich ihm gerade gesagt habe, nicht verstanden oder wollte es nicht verstehen.

Mein Handy stimmt *Eye of the Tiger* an.

Ich will es gerade auf stumm schalten, als Tim es mir aus der Hand reißt und: »Verpiss dich«, hineinknurrt.

Wütende Stimmfetzen vom anderen Ende der Leitung.

»Ich *sagte*, dass du dich verpissen sollst. Lass sie in Ruhe … Ja, na klar. Das werden wir ja dann schon sehen.«

Er fletscht das Handy praktisch an und plötzlich verwandelt sich all meine Sorge um ihn in eine unglaubliche Wut. »Hör auf damit!«

»*Er* soll damit aufhören.«

Ich reiße ihm das Handy aus der Hand. »Lass den Scheiß, Brad. Das hast du nicht nötig. Wenn du nicht aufhörst, häng ich dir eine einstweilige Verfügung an. Es reicht.« Ich drücke ihn weg, scrolle mit fliegendem Daumen durch die Einstellungen, um seine Nummer zu blockieren, und werfe das Handy dann neben mich auf die Stufen.

»So. Erledigt. Ich hab das auch ganz gut allein im Griff, Tim. Ich brauche dich nicht …« *Um das in Ordnung zu bringen,* ist das, was ich sagen will, aber bevor ich es kann, hat Tim schon abwehrend beide Hände gehoben.

»Schon verstanden. Hier werde ich also auch nicht mehr gebraucht. Das ist toll, Alice. Danke. Muss fantastisch sein, alles im Griff zu haben. Genau zu wissen, wie man mit allem fertigwird.«

»Du weißt genau, dass es nicht so ist. Also hör auf, so zu tun, als wärst du der Einzige, der Gefühle hat. Wir können versuchen, das Problem zu lösen. Wir werden …«

»Nur dass es nicht deine Aufgabe ist, oder, Alice? Ich will niemand sein, mit dem man schon irgendwie fertigwird.

Bloß ein weiterer Punkt auf deiner Liste von Leuten, die gerettet werden müssen, mit Problemen, für die eine Lösung gefunden werden muss. Wie soll ich damit fertigwerden? Mein Sohn ist vielleicht nicht ... ist vielleicht ... Scheiße ... ist vielleicht gar nicht mein Sohn.«

Seine Hand zittert, als er nach dem Feuerzeug greift, und zittert noch mehr, als er es nicht ankriegt. Ich nehme es ihm aus der Hand, zünde die Flamme und halte sie an die Zigarette, die zwischen seinen Lippen steckt.

Ich helfe ihm dabei, sich selbst zu schaden.

Das kann ich besser.

»Rauchen nützt Cal nichts. Ob du nun der Vater bist oder nicht.«

»Oh, danke. Hätte fast vergessen, wie viel älter und klüger du bist. Wahrscheinlich bist du sogar *erwachsen* genug, um erleichtert darüber zu sein. Brauchst keine Zeit mehr dafür verschwenden, das Ganze *erst mal zu verdauen*«, er zeichnet Anführungszeichen in die Luft, »richtig? Bye-bye, Baby.«

»Du bist hier derjenige, der sich wie ein kleines Kind aufführt, Tim.«

Er lacht. »Sicher. Schon klar. Danke fürs Feuer.«

Immer noch lachend geht er die Einfahrt hinunter, setzt sich in den Jetta, startet den Motor ...

... und fährt einfach weg.

∗ ∗ ∗

Ich werde genau wie er sein.

Wenn Cal nicht von mir ist, wenn ich ihn nicht behalten kann, werde ich ein weiterer Mann aus der Familie Mason sein, der keine Fotos von seinem Sohn an der Wand hängen hat.

Mein Herz rast – vielleicht ist es die Anspannung, oder ich

habe einfach zu viel Nikotin intus, weil ich schon ein paar Kippen geraucht hatte, als mir einfiel, dass ich vielleicht lieber das Nikotinpflaster abmachen sollte. Ich zünde mir trotzdem noch eine an, auch wenn mir eher nach Kotzen zumute ist.

Ich habe schon so viele Regeln gebrochen, aber in all den Jahren ist es mir tatsächlich kein einziges Mal in den Sinn gekommen, Pas Heiligtum zu betreten, wenn er nicht da war, geschweige denn, mich dort breitzumachen. Jetzt werfe ich mich in seinen dick gepolsterten Chefsessel, drehe mich darin, strecke die Beine aus. Noch nicht einmal das hab ich als Kind gemacht.

Noch eine Umdrehung und ich lande wieder vor dem Schreibtisch, auf dem ein Stapel seiner blau linierten Blöcke liegt, ein silberner Stifthalter voll mit kupferfarbenen Bank-Kugelschreibern, ein Schreibtischkalender, in dem Nans Feldhockeyspiele eingetragen sind und am Monatsende eine Notiz: *Crawley Center for Adoption Services, 15.30 Uhr. Ärztliche Unterlagen, Geburtsurkunde mitbringen.*

Das einzige Geräusch im Raum ist das leise Gluckern des Aquariums, in dem jedoch kein einziger Fisch lebt. Pa steht auf Wasserschnecken. Ich schaue einen Moment zu, wie sie die Wände hochgleiten und um die Salatblätter herumschweben, mit denen er sie alle fünf Tage oder so füttert. Die kleinen Kerle brauchen keine intensive Pflege. Nicht viel Aufmerksamkeit. Noch nicht einmal *das große Ganze.*

Ich drehe mich wieder im Sessel, und dieses Mal streife ich mit den Füßen das Hochzeitsfoto – Ma mit Puffärmeln, Pa in einer glänzenden Weste –, den Stifthalter und Nans Foto von ihrem Middle-School-Abschluss mit dem Hodges-Absolventenhut. Alles landet mit Schwung in dem ledernen Abfalleimer – ein perfekter Korbleger, so treffsicher wie einer von Jase' Würfen beim Zeitungsaustragen.

Dabei hab ich mir noch nicht einmal Mühe gegeben.

Ich bilde mir ein zu hören, wie die Tür ins Schloss fällt, aber dann ist es wieder still im Haus.

Der kleine silberne Eiskübel steht bereit, gleich neben dem *Macallan* und dem Kristallglas, wie ein treuer kleiner Komplize. Wozu warten, bis er mit Eis gefüllt ist. Wir wollen, was wir wollen, und das sofort, nicht wahr? Rein ins Glas damit. Einen Fingerbreit, zwei, drei. Ich verschütte etwas Whisky auf meine Hand und den Tischkalender. Die Hand wische ich an meinem Hemd ab, der Kalender muss allein klarkommen.

Du könntest immer noch sein Vater sein.

Tu nichts, was du nicht rückgängig machen kannst.

Aber Cal ist gerade nicht hier. Er ist wohlbehütet bei den Garrets. Es gibt nichts, das meine Hand davon abhält, das Glas zu nehmen, es hin und her zu drehen und stirnrunzelnd hineinzuschauen.

Eine Pa-Angewohnheit.

Ich glaube nicht, dass wirklich genug Whisky in dem Glas ist, nachdem ich schon etwas davon verschüttet habe. Er riecht nach Desinfektionsmittel, nach dem roten Zeug, mit dem Ma Wunden säubert.

Ich hebe das Glas trotzdem an die Lippen – genau in dem Moment, als die Arbeitszimmertür aufschwingt.

Einundvierzigstes Kapitel

Ach, Tim.«

Nan schließt so leise die Tür hinter sich, dass es kaum ein Geräusch macht, noch nicht einmal das übliche Einrasten des Riegels ist zu hören. Dann lehnt sie sich dagegen und sieht mich auf diese leicht benommene, unfokussierte Art an, die typisch für sie ist, wenn sie gerade aufgewacht ist und darauf wartet, dass die Welt einen Sinn ergibt.

Was das angeht, kann ich ihr leider nicht helfen.

»Cheers!«

Jetzt steht sie neben mir und presst die Fingerspitzen an die Lippen.

Wieder: »Ach, Tim.«

Sie klingt noch nicht mal überrascht.

Das Glas nimmt erneut Kurs auf meinen Mund. Sie schüttelt den Kopf, Mundwinkel nach unten gezogen, große Cocker-spaniel-Augen. *Was machst du denn schon wieder.*

Ich antworte darauf, ohne dass sie die Worte laut ausspre-chen muss – sie sind in diesem Zimmer schon so oft gefallen, dass sie vermutlich als Sprechblasen über unseren Köpfen schweben. Aber dann erhasche ich einen Hauch von dem Duft nach verbranntem süßem Gras, der sie umgibt.

»Spiel dich nicht als Richterin auf, Nano. Du bist hier nicht gerade auf der moralischen Überholspur.« Ich schnüffle über-trieben.

Sie hebt den Arm und riecht an ihrem dunkelblauen Hodges-Blazer. Ihre roten Augenbrauen schnellen in die Höhe, als würde der Geruch sie zu Tode erschrecken. Sie sinkt in sich zusammen, die Cockerspaniel-Augen werden noch größer, das Gesicht ein noch blasseres Dreieck. »Es ist nicht so, wie du …«

Ich lache. Es klingt schroff in dem stillen Zimmer.

Sie wird rot. »Weißt du was? Vergiss es. Du versuchst nur davon abzulenken, was hier eigentlich los ist. Kannst du mir vielleicht erklären, was zur Hölle dieses Glas da in deiner Hand macht?«

»Es braucht eindeutig *viel* zu lange, um zu meinem Mund zu gelangen.«

Ich neige das Glas erneut, aber es ist immer noch zu weit von meinen Lippen entfernt, sodass etwas von der bernsteinfarbenen Flüssigkeit auf meine Jeans schwappt. Ups.

Sie streckt eine Hand aus, um mir das Glas wegzunehmen, wie ich zuerst denke, aber stattdessen landet sie unbeholfen auf meiner Schulter. »Der Typ, als der du dich in den letzten Wochen entpuppt hast? Ich mochte ihn. Ich bin stolz auf dich gewesen. Du bist in den zwei Monaten zehnmal mehr Vater gewesen als Dad in all den Jahren.«

»Mit dem Unterschied, dass ich mein Kind liebe. Ich meine – dieses Kind.«

Jetzt nimmt sie mir das Glas doch aus der Hand und ich halte sie nicht davon ab. Alle Kraft scheint aus meinen Fingern zu weichen. Sie stellt es auf den Schreibtischkalender, richtet es genau mittig aus, als würde sie dafür benotet werden, und wendet sich anschließend wieder mir zu.

»Wahrscheinlich liebt er uns. Er ist nur einfach nicht gut darin.«

»Das ist kein Hexenwerk, Nan. Man zeigt jemandem, dass

er einem etwas bedeutet – tut, was immer es braucht, um es zu zeigen.«

Sie nimmt ihre Hand von meiner Schulter, lässt sie in meine gleiten und zieht mich vom Sessel hoch. Einen Moment später sitzen wir auf dem grauen Sofa, Hand in Hand, wie verirrte Kinder in einem Märchen.

»Ist sich besaufen das, was es braucht, um Cal zu zeigen, dass du ihn liebst?«

Und plötzlich bricht alles aus mir heraus – Hester, Alex Robinson, Alice.

»Was hat es bloß mit diesen Garretts aufs sich?« Nans kurzes bitteres Lachen klingt, als wäre es durch einen Genickschlag aus ihr herausgepresst worden. »Erst Samantha. Jetzt auch noch du. Ich versteh nicht, wie sie das machen.«

»Sie wissen einfach, wie man für andere da ist. Was das angeht, sind du und ich keine großen Helden.«

»*Du* schon«, sagt Nan unverhofft.

»Ja klar.«

Sie sieht mich an. »Ich verdanke dir meinen guten Notendurchschnitt. Dass ich dafür ausgewählt wurde.« Sie zeigt auf den gerahmten Zeitungsartikel, der sie nach ihrer Rede bei der Parade am Vierten Juli zeigt.

Ich warte seit einer beschissenen Ewigkeit darauf, diese Worte aus ihrem Mund zu hören, darauf, dass sie es zugibt, und jetzt ist es bloß eine Nichtigkeit, wie etwas, das man sich verzweifelt zu Weihnachten wünscht und schon wieder vergessen hat, sobald das Geschenkpapier im Mülleimer liegt.

Aber sie schaut mich an und macht wieder dieses Cockerspaniel-Gesicht, als hätte sie ein Spielzeug zu meinen Füßen fallen gelassen, und ich müsste sie dafür loben und ihr sagen, wie besonders das ist, wie viel es mir bedeutet, dass sie es mir gebracht hat.

Ich seufze. »Klar, Nan. Du hast von meinen Aufsätzen abgeschrieben, und obwohl ich es wusste, hab ich kein Wort darüber verloren. Ich bin ein Held.«

»Du hast mir geholfen, Tim. Du hast es mich weiter machen lassen und mich nicht verraten.«

»So wie du mich nicht verraten hast, wenn ich mehr verschreibungspflichtige Medikamente intus hatte, als an einem Tag über die Ladentheke einer Apotheke gehen. Hurra, Nan. Dafür haben wir uns wirklich einen Extraapplaus verdient. Nächstes Jahr werde ich bei der Parade am Vierten Juli direkt neben dir stehen. Wir Masons sind echt die Größten.«

Ich strecke die Hand nach dem Glas aus, worauf sie mir wie eine alte Lehrerin einen Klaps auf die Finger gibt.

»Du hast mir geholfen«, wiederholt sie.

»Nan, wie habe ich dir denn *geholfen*? Indem ich dir das Gefühl gegeben hab, dass du Scheiße bist? Diese sogenannte Hilfe hat dich deine Freundschaft mit Samantha gekostet, wenn ich mich nicht irre. Der Sinn und Zweck davon, jemandem zu helfen, liegt nicht darin, dafür zu sorgen, dass sich jemand noch schwächer und verlorener fühlt. Genauso gut hätte ich dich wie Troy mit diesem Dreck versorgen können.«

»*Sag das nicht.*« Ihre Stimme wird ein paar Oktaven höher und lauter.

Ich bin mir nicht sicher, wen sie in Schutz zu nehmen versucht. Als ob es eine Rolle spielen würde. Ich schließe die Augen. Wenn er nicht so unglaublich weit weg stünde, würde ich noch mal nach dem Whisky greifen. Mein Kopf tut weh.

»Du hast mir geholfen.«

»Großer Gott, Nan, hör endlich auf damit. Na und? Ja, du wirst wahrscheinlich an der Columbia angenommen werden. Und, wirst du dort glücklich sein? Eine Wette würde ich darauf nicht abschließen.«

Tränen strömen über ihre Wangen, ihre Schultern werden von Schluchzern geschüttelt. Sie klingt wie Cal, verloren und traurig und davon überzeugt, dass es auf der ganzen Welt kein Heilmittel dagegen gibt. Ich nehme sie in den Arm, reibe in kreisenden Bewegungen über ihren Rücken. Versuche alles, was ich bei Cal so tue – außer sie ein Bäuerchen machen zu lassen –, aber die Tränen und das Schluchzen wollen einfach nicht aufhören, als würde sie auf das eine Zauberwort oder die eine Geste warten, die einfach nicht kommt.

»Du hättest *fragen* können, statt es hinter meinem Rücken zu machen«, sage ich schließlich, was so ziemlich das Gegenteil von trösten ist. »Ich hätte … keine Ahnung, mich mit dir hingesetzt und gelernt oder was auch immer.«

Nan seufzt. »Du hättest mir damals noch nicht einmal ein Glas Wasser in der Wüste Gobi gereicht. Du hättest mich nicht aus der Flugbahn eines Meteoriten geschubst. Du hast praktisch nicht mehr existiert, Tim. Erinnerst du dich nicht mehr?«

Ich drücke ihre Hand und ziehe sie ein bisschen enger an mich, sodass ihre Wange an meiner Schulter ruht. »Nicht so, wie du dich daran erinnerst. Das war ja irgendwie Sinn und Zweck der Übung.«

Ihre Schultern beben leicht, aber diesmal, weil sie leise lacht. »Scheint ja geklappt zu haben.«

Ich löse mich ein Stück von ihr und schaue sie an. Die zerwühlten Haare, die Strähnen, die ihr feucht im verheulten Gesicht kleben, die verlaufene Wimperntusche um ihre Augen, die ihr Gesicht in ein gruseliges Clown-Porträt verwandeln, dem bloß noch der schwarze Samthintergrund fehlt. Gott, was für ein Chaos. Meine dumme, verrückte Schwester. Ich liebe sie so sehr.

»Nano … ich … ich hab nicht alles dafür getan, mir mein Leben zu versauen, um dir deins mit zu versauen. Ich weiß, dass es trotzdem passiert ist. Es tut mir leid. Es tut mir so unendlich leid.«

Ich ziehe mein langärmliges Shirt aus, reiche ihr den einen Ärmel, behalte den anderen für mich.

»Eins, zwei, drei: Schnäuzen.« Nans Stimme klingt dumpf, weil sie die Nase in den Stoff drückt.

Das hat Ma früher immer gesagt.

Ein paar Minuten lang schniefen und atmen wir im selben Rhythmus, sind vielleicht zum ersten Mal wie richtige Zwillinge.

»Du warst nicht der Einzige, der mir das Leben schwergemacht hat, bilde dir also bloß nicht ein, dass du dir den Ruhm dafür alleine in die Tasche stecken kannst. Oder die Schuld. Das hab ich auch ganz gut allein hingekriegt, aber ... aber ... du und Sam, ihr wart meine besten Freunde, Tim. Ihr habt mich einfach zurückgelassen. Zuerst du, dann sie. Jeder auf seine Weise.«

»Nano. Du hättest mich vor nichts, was ich getan hab, bewahren können. Aber Samantha ... sie hat gerade mal ein paar Straßen weiter gewohnt. Bloß einen Anruf entfernt, wie es so schön heißt. Du hättest nichts weiter tun müssen, als zu sagen, dass es dir leidtut.«

»Du weißt ja noch nicht mal, was passiert ist«, sagt Nan, und in ihrer Stimme schwingt wieder ein Hauch ihrer alten Selbstgerechtigkeit mit.

Scheiß drauf.

»Doch.« Ich lehne mich zurück, sodass wir wieder Seite an Seite sitzen. Ihr Kopf an meiner Schulter, meine Hand in ihren Haaren. Wir könnten für eine wirklich grauenhafte Version von Mas Zwillingsfotos Modell sitzen. »Sie hat dich auf den Mist angesprochen, den du gebaut hast, und du hast ihr eine Abfuhr erteilt. Keine sonderlich originelle Geschichte. Ich hab darin schon eine Million Mal die Hauptrolle gespielt.«

»Samantha ist nicht perfekt …«, sagt Nan, dann gähnt sie, als hätte selbst sie keine Lust mehr, weiter darüber zu reden.

»Trotz der riesigen Reklametafel, die sie mit sich herumträgt und die das Gegenteil behauptet?«

Feuchtes Kichern. »Ich hasse dich.«

»Ich weiß.« Ich stütze mich auf ihrer mageren Schulter ab, um aufzustehen. Sie hält mich am Bein fest, lässt los, als ich nach dem Glas greife. »Ich hasse dich auch, Kleines.«

Ich schütte den Whisky in das Schneckenaquarium.

Nan stellt sich neben mich und wir starren beide in das klare Wasser mit den wippenden Salatblättern und ihren kleinen schwarzen Passagieren. Ich habe ein schlechtes Gewissen.

»Hast du gerade eine Schwadron Schnecken ausgelöscht?«

»Vielleicht. Das war kaltblütig von mir. Ha.«

Nan schaut zu Pas Schreibtisch rüber. »Na ja … es liegt dir eben im Blut.«

Ich proste ihr mit dem leeren Glas zu. »Touché. Wenn du so weitermachst, hängen von dir auch bald keine Fotos mehr in diesem Zimmer.«

Zweiundvierzigstes Kapitel

Nan wischt naserümpfend über die Whiskyflecken auf meinen Klamotten. »Bäh. Du stinkst.«

»Das musst du gerade sagen, Bob Marley. Wo wir schon mal dabei sind, die Hosen runterzulassen: Was ist das für eine Nummer, die du da mit Troy abziehst? Und in dieser Runde spielen wir Wahrheit, nicht Pflicht.«

Während in der Küche der Kaffee durchläuft, futtern wir uns in Nans Zimmer durch ihren Süßigkeitenvorrat. Ihre Schreibtischschubladen sind besser bestückt als die riesigen Bonbongläser bei *Doane*, dem schlimmsten Zahnarzt-Albtraum von Stony Bay.

»Ich treffe mich mit ihm. Aber es geht nicht um Drogen«, fügt sie hastig hinzu.

»Komm schon. Was ist es? Gras? Pillen?«

Sie schüttelt den Kopf. »Anfangs waren es Pillen. Der Dealer meines Vertrauens hat sich aus dem Staub gemacht und ist clean geworden.«

Ich lache pflichtschuldig, in der Annahme, dass es ein Witz sein soll. Trotz aller Sünden, die ich auf dem Kerbholz habe – meine Zwillingsschwester habe ich nie mit irgendwas versorgt. Aber als ich sie ansehe, wird mir klar, dass sie es todernst meint.

Nein.

Ich habe sie links liegen gelassen, an ihr herumgestichelt,

bin nicht für sie da gewesen, aber ich habe auf gar, gar, gar keinen Fall meine eigene Schwester dazu verleitet, Drogen zu nehmen. Das weiß ich ganz genau.

Oder auch nicht. Kann ich mich daran vielleicht einfach auch nicht mehr erinnern?

»Das nimmst du sofort zurück«, sage ich und klinge so drohend wie ein gottverdammter Schulhofschläger.

»Damit hab ich doch nicht dich gemeint, Tim! Du hast damit nichts zu tun. Das geht ganz allein auf meine Rechnung.« Sie macht die Augen zu, öffnet sie wieder.

»Scheiße, Nan. Warum? Oder, streich das wieder – was? Oxycodon? Hydrocodon? Oh Gott, bitte kein Ecstasy.«

»Nichts davon, Timmy. Ritalin. Weißt du noch, wie dieser Arzt damals sagte, du hättest ADHS, weil du dich nicht konzentrieren konntest?«

»Du meinst den, der mir außerdem eine bipolare Störung diagnostiziert hat, weil ich je nachdem, was ich eingeworfen hatte, bei jedem Termin anders drauf war? Jep. Der Typ war ein echtes Genie.«

»Du hast die Rezepte nie eingelöst, aber ich. Ich dachte, es wäre ein Wundermittel, das mir hilft, mich besser konzentrieren zu können. Und irgendwie hat es ja auch funktioniert. Ich hab es ziemlich gut geschafft, mich auf verschiedene Möglichkeiten zu konzentrieren, gute Noten zu kriegen, ohne wirklich selbst was dafür zu tun.«

»Ach, Nan.«

»Aber irgendwann sind mir die Rezepte ausgegangen. Also bin ich zu Troy.«

»Dieser Hundesohn ist …«

»Er wollte mir nichts verkaufen. Oder mir was umsonst geben. Oder meine Aufsätze für mich schreiben, obwohl einer seiner Brüder sich damit was dazuverdient. Seine Familie ist noch verkorkster als unsere. Aber er hat …«, sie senkt kurz den Blick und errötet, »… mich gefragt, ob ich mal Lust hab, mich mit ihm zu treffen. Sag jetzt bloß nichts. Diese Alice ist eine Million Mal krasser, als Troy es jemals sein wird.«

»Da hast du allerdings recht.«

»Mein Bruder ist verlie-hiebt.«

»Worauf du wetten kannst. Und wie immer hab ich einen besseren Geschmack als du-hu.«

Es klopft unten an der Haustür.

Nan schreckt wie ein überzüchteter Chihuahua zusammen. Ich muss dringend mit diesen Hundevergleichen aufhören.

»Wenn man vom Teufel spricht.« Nan stupst mich mit der Schulter an. »Das ist sie bestimmt.«

»Nan…« Ich schaue an mir herunter – meine mit Whisky-flecken übersäte Jeans, mein nach Kippen stinkendes schwarzes Shirt, meine heruntergekauten Nägel. »Das letzte Mal, als ich sie gesehen hab, hab ich mich wie ein Vollidiot benommen.«

Es klopft erneut.

»Na los, jetzt geh schon, bevor sie mit einem Rammbock zurückkommt.« Nan schiebt mich aus ihrem Zimmer.

Aber als ich unten die Tür aufreiße, an der ein mit lächelnden Kürbissen dekorierter Kranz hängt, steht gar nicht Alice davor.

Es ist Samantha, das Gesicht erhitzt, die Haare zerzaust, die weiße Bluse ihrer Schuluniform zerknittert und aus dem karierten Rock heraushängend.

»Alle meinten, dass du bestimmt nicht ausgerechnet hierhin gehen würdest, aber ich dachte … oh, Tim. Alice hat es mir erzählt. Wir kriegen das hin. Gott sei Dank, ist alles okay mit dir.«

Sie schlingt die Arme um meinen Hals, was vermutlich als

Umarmung gedacht ist, sich aber eher wie ein Würgegriff anfühlt.

Dann tritt sie einen Schritt zurück, hält meine Arme über den Ellbogen fest und mustert mich von oben bis unten. »Es ist doch alles okay mir dir, oder? Ich weiß nicht, was heute Abend los ist, aber es scheint, als hätten plötzlich alle den Verstand verloren. Meine Mutter dreht total durch …«

»Meinetwegen?«

»Nein, weil ich gemacht hab, was du zu mir gesagt hast, und Alice mehr oder weniger geraten hab, meiner Mutter die Pistole auf die Brust zu setzen. Und Alice ist total panisch deinetwegen und …«

»Ist sie okay?«

»Zuerst war sie ziemlich außer sich, aber dann hat sie sich wieder beruhigt. Jetzt ist sie unterwegs und sucht überall nach dir. So wie wir alle. Ich meine, Jase, Alice, ich und Andy, die alle ihre Freundinnen zusammengetrommelt hat, damit sie ihr bei der Suche helfen. Mrs Garrett ist mit Cal zu Hause geblieben und bewacht das Telefon. George malt Vermissten-Plakate. Er macht sich wahnsinnige Sorgen um dich. Aber du bist okay. Oh Mann, Tim.«

»*George* weiß auch, was los ist?«

»Du gehörst nicht zu den Menschen, die einfach so verschwinden können, ohne dass es jemand mitbekommt«

»Du auch nicht«, sagt eine leise Stimme hinter mir. Samantha lockert ihren Griff und schaut an mir vorbei zu meiner Schwester, die zögernd auf der Treppe steht.

»Nan.« Sam klingt besorgt, was mich nicht wundert. Meine Schwester sieht immer noch aus wie Pogo der Killer-Clown.

Nan hebt die Hand, als würde sie das Winken erwidern, mit dem Samantha sie vor Wochen nach dem Unterricht vor der Hodges gegrüßt hat.

Sams Handy stimmt die ersten Takte von *Life on Mars* an.

»Gott, das ist Mom. Ganz egal, was sonst auf der Welt passiert, ihr Drama muss immer das größte sein.«

Nan gibt ein leises Schnauben von sich. »Weißt du noch, was deine Schwester immer gesagt hat? *Grace Reed: die Braut auf jeder Hochzeit, der Leichnam auf jeder Totenwache.*«

»Das hatte ich total vergessen«, sagt Sam.

»Ich erinnere mich an ziemlich viel«, sagt Nan.

»Könnt ihr beiden euch, keine Ahnung, vielleicht in den Arm nehmen oder so was? Ich muss zu Alice.«

✳ ✳ ✳

Ich bin auf halbem Weg zum Strand, als ich ihn die Straße entlanglaufen sehe, die Hände tief in den Taschen vergraben, den Kopf gesenkt. »Tim!«, rufe ich aus dem heruntergelassenen Fenster und fahre rechts ran.

Tim lächelt, als er mich sieht, aber das Lächeln verschwindet genauso schnell, wie es gekommen ist. Er zupft am Kragen seines Shirts und verschränkt dann die Arme.

»Ist alles okay mit dir?« Ich steige aus dem Wagen. Er tritt einen Schritt zurück, aber ich packe ihn am Ärmel. »Tim, rede mit mir. Ich bin's. Ist alles okay?«

»Nicht wirklich. Es tut mir leid, dass ich so ein Arschloch war, Alice.«

»Nein, ich hätte dich nicht bloß mit irgendwelchen medizinischen Fakten und Erklärungen abspeisen dürfen. Sondern das hier tun sollen.« Ich sehe ihn an, dann schlinge ich die Arme um ihn und schmiege das Gesicht an seine Brust. Sein zitternder Atem streift meine Wange, als er sich zu mir herunterbeugt. Ich stelle mich auf die Zehenspitzen und lege sanft die Lippen auf seine, die sich warm und einladend öffnen und ein bisschen nach Rootbeer schmecken. Er umfasst mit einer Hand meinen Hinterkopf und zieht mich mit der anderen fest an sich.

Es fällt mir erst auf, als ich mich zurücklehne, um Atem zu holen – dieser rauchige, leicht medizinische Geruch, der von ihm ausgeht ...

Ich schlucke hart.

Tim lächelt mich reumütig an. »Jep. Es ist genau das, was du denkst.«

Ich lasse es so stehen und dränge alles zurück, was mir dazu auf der Zunge liegt.

»Ich hab ihn nur äußerlich angewendet. Aber weißt du was? Ich finde, der Geruch steht mir nicht. Mir schwebt da was Moschusartigeres vor, vielleicht mit einer feinen Ledernote und einem Hauch Sattelseife.«

»Du hast nicht getrunken.«

»Es hat nicht mehr viel gefehlt. Aber, nein, hab ich nicht.«

✳ ✳ ✳

Ich bleibe einen Moment zögernd vor der Tür zum Gemeinderaum der Kirche stehen. Ich rieche nicht nur nach Whisky, sondern gebe zweifellos auch in jeder anderen Hinsicht ein jämmerliches Bild ab. Ich muss daran denken, wie ich zum ersten Mal zu einem Meeting gekommen bin, damals noch mit Mr Garrett, und auf dem Parkplatz stehen geblieben bin, mein Hemd glatt gestrichen habe und mir ein letztes Mal durch die Haare gefahren bin, so wie meine Mutter es gemacht hätte, wenn ich tatsächlich auf dem Weg in die Kirche gewesen wäre. Als hätte ich äußerlich so beherrscht wie möglich wirken müssen, weil in mir drin alles so verkorkst war. Nachdem sich Mr Garrett das ein paarmal mit angeschaut hatte, lachte er und nahm mir den Kamm aus der Hand. »Der Fotograf ist heute nicht da, Tim. AA bedeutet: Komm, wie du bist.«

Tja, hier wird nicht über einen geurteilt. Es ist genau so, wie ich es zu Ma gesagt habe – deshalb bin ich auf fremde Leute angewiesen.

Dreiundvierzigstes Kapitel

Bei den Garretts brennt überall Licht, als ich nach Hause komme. Ich sehe, wie Mrs Garrett mit einem Baby auf dem Arm vor dem Küchenfenster auf und ab geht. *Cal.*

Joels Motorrad steht in der Einfahrt. Jase' hochgewachsene Gestalt bewegt sich am Fenster vorbei, er trägt eine Flasche mit einer Gallone Milch auf der Schulter. Duff, Harry und George hocken mit einer Runde Sandwicheis auf der Verandatreppe.

Und da ist Alice, die im Schneidersitz wartend vor meiner Tür sitzt und eine kleine rot-blaue Packung in die Luft wirft und wieder auffängt.

Als sie mich sieht, steht sie auf und kommt die Stufen herunter.

Ich breite die Arme aus – *hier bin ich –,* sie greift nach meiner Hand und legt die Packung hinein. *Easy Daddytest.* Ein DNS-Vaterschaftstest für zu Hause.

»Du musst den nicht machen«, sagt sie. »Aber es ist eine Möglichkeit, sich Sicherheit zu verschaffen. Wenn du ihn schnell zurückschickst und denen ein bisschen Druck machst, hast du das Ergebnis in zwei Tagen.«

»Falls du mir zu unserem Jahrestag was schenken möchtest, hätte eine Krawatte es auch getan.« Ich lasse mich schwer auf die Stufen fallen, drehe die Schachtel um und lese die Beschreibung.

Ich sende die Probe – Abstriche der Innenseite von Cals und meiner Wange – am nächsten Morgen per Express einschließlich Rückschein los. Fehlt nur noch, das Päckchen von einem bewaffneten Securitytrupp begleiten zu lassen. Als ich dem Postbeamten den Umschlag reiche, muss ich gegen den Impuls ankämpfen, ihn ihm sofort wieder aus der Hand zu reißen.

Easy Daddytest, dass ich nicht lache. Das ist der härteste Test, an dem ich je teilgenommen habe.

* * *

»Noch ist nicht alles verloren.« Tim prostet mir zur Begrüßung mit seinem Kaffeebecher zu, als er am nächsten Morgen in den Laden kommt. Ich bin gerade dabei, den letzten meiner veganen Burritos zu verschlingen. Er schnappt sich meine Hand, als ich einen Klecks Guacamole von meinem Zeigefinger schlecken will, leckt ihn selbst ab und schaut mich dabei unter seinen langen Wimpern an. »Du wolltest Zeit, um alles zu verdauen. Uns bleiben mindestens noch achtundvierzig Stunden.«

»Hör zu«, sage ich, »ich will, dass du weißt, dass ich wirklich zu keinem Zeitpunkt *Auf Nimmerwiedersehen* oder *Bye-bye, Baby* oder irgendwas in der Art gedacht habe.«

»Vergiss, dass ich das gesagt hab. Du hattest sowieso recht. Zur Hölle mit dem verdammten Selbstmitleid. Ich war einfach …«

»Egal, was passiert, Tim … Es kommt … wie es kommt. Ich werde damit fertig. Wir werden damit fertig. Solange du nicht losstürmst, um in Whisky zu baden.«

»Abgemacht. Solange du nicht wieder ohne Rückendeckung zu Grace rennst. Als ich Sam gefragt hab, ob sie dazu bereit wäre, dein Ass im Ärmel zu sein, bin ich nicht davon ausgegangen, dass du ohne mich zur ihr gehst.«

»Das war eine Sache, die zwischen mir und Grace Reed ausgetragen werden musste. Du hättest nur abgelenkt. Ich glaube, sie steht irgendwie auf dich.«

»Jesus Christus, nein. Sie weiß bloß, wenn sie es mit ihresgleichen zu tun hat, sprich – mit jemandem, der genauso skrupellos ist wie sie.«

Sie erinnern mich an mich selbst«. Gott. Ich schüttle mich bei der Erinnerung daran. Das schmutzige Gefühl, das sie auslöst, wird sich womöglich nie wieder abwaschen lassen.

»Wir müssen uns unterhalten, Alice«, sagt Dad.

Ich schaue scharf zu ihm auf, während ich auf dem Boden knie und wieder einmal am Packen bin – Dad wird aus der Reha entlassen.

Sein Tonfall ist ernst. Ich weiß, worüber er reden will. Mom ist in der Mittagspause in den Laden gekommen und hat Tim und mich erneut dabei erwischt, wie wir uns geküsst haben. Sie hat nichts gesagt, nur angeboten, Cal zu nehmen, weil sie mit Patsy und George auf dem Weg zum Spielplatz war. Aber es besteht kein Zweifel daran, dass sie Dad davon erzählt hat.

»Ich weiß, worauf ich mich einlasse, Dad. Das ist kein Blindflug. Er hat einen langen Weg vor sich und muss hart an sich arbeiten – er balanciert haarscharf an der Klippe entlang –, ich weiß das, und es besteht immer die Möglichkeit, dass er wieder zu trinken anfängt oder sonst irgendeinen Mist baut. Ich werde diesen Weg aber nicht mit ihm gehen. Jedenfalls nicht Hand in Hand. Natürlich werde ich für ihn da sein, weil er … weil er es wert ist, aber ich werde ganz bestimmt nicht mit einem minderjährigen rückfälligen Alkoholiker und einem Baby in das Apartment über der

Garage ziehen, wenn es das ist, wovor du Angst hast. Ich kann auf mich selbst aufpassen, Dad, das konnte ich schon immer, und ihr wisst …«

»Das ist zwar beruhigend, Alice, aber das ist es nicht, worüber wir uns unterhalten müssen. Dazu kommen wir später.«

»Oh.« *Was hab ich dann verbrochen?* »Also, wenn es um …«

Dad hebt eine Hand. »Wenn es um was geht, Alice? Den Laden? Die Ausbildung? Wie du dich um deine Geschwister kümmerst? Die Stellung hältst? Dich mit Grace Reed anlegst? Um all die Kämpfe, die du ausfichtst? An wie vielen verschiedenen Fronten? Von deinem eigenen Leben gar nicht zu reden oder dem, was zwischen dir und …«

»… dem siebzehnjährigen, von der Schule geflogenen und erst kürzlich Vater gewordenen trockenen Alkoholiker läuft, in den ich verliebt bin?«

Er lächelt. »Lass ihn uns einfach Tim nennen. Aber ja, genau darum geht es. Bis auf die Sache mit ihm und was auch immer daraus wird, trägst du für nichts die Verantwortung. Du darfst deine Kräfte nicht für Kämpfe vergeuden, die nicht deine sind.«

Ich öffne den Mund, um zu widersprechen, doch er bringt mich mit einem Blick zum Schweigen. »Es sind nicht deine Kämpfe«, wiederholt er sanft. »Keiner davon.«

»Aber das ist lächerlich, Dad. Meine Familie ist alles, was ich bin. Ich bin … ich bin eine Garrett …«

»Al – das bist du. Aber das ist nicht alles, was du bist. Es ist Zeit, dass du wieder Alice sein kannst und dich nicht für deine Familie aufreibst, indem du versuchst, rund um die Uhr für alle da zu sein. Du kannst diesen Job wieder an deine Mutter und mich abtreten.«

Ich habe das Gefühl, auf einem Drahtseil zu balancieren, schwanke zwischen einer Erleichterung, die so groß ist, dass ich keuchend den Atem ausstoße, und einem unglaublichen Gefühl der Verlorenheit. Das ist mein Kampf gewesen. Meine Aufgabe. Ich schaue in Dads grüne Augen, die so ruhig und besonnen blicken, wie ich sie immer gekannt habe, und schüttle den Kopf.

»Dad – ich muss das tun. Es wird von mir erwartet.«

»Nein, Alice. Wird es nicht. Du hast es dir nicht ausgesucht, in eine Großfamilie hineingeboren zu werden. Dafür haben deine Mutter und ich uns entschieden. Aber wir leben nicht im achtzehnten Jahrhundert. Wir haben dich nicht bekommen, damit du als Arbeitskraft auf unserer Farm schuften kannst … oder im Baumarkt.«

»Du hast dir nicht ausgesucht, von einem Auto angefahren zu werden …«

»Und du hast nicht hinter dem Steuer dieses Wagens gesessen. Das …«, er zeigt an sich hinunter, »ist ein Rückschlag, keine Frage, und verdammt ärgerlich. Aber das ist alles nur vorübergehend. Ich habe mein Leben lang Sport getrieben. Ich weiß, wann ich ausruhen muss und wann ich beginnen kann, mich wieder zu fordern. Du kannst jetzt loslassen.«

Heiße Tränen brennen in meinen Augen. Ich blinzle, schlucke. »Ich weiß doch. Ich meine, ich gebe mein Leben ja auch nicht für immer auf. Nur bis zu Hause wieder alles in Ordnung ist.«

»Wann wird das sein, Liebes? Wenn ich wieder völlig hergestellt bin? Wenn das neue Baby da ist? Wenn Jase aufs College geht? Wenn George und Patsy aus der Schule sind? Wenn das neue Baby das Sonnensystemprojekt bastelt? Es wird nie alles in Ordnung sein. Die Kunst ist, sich immer wieder aufs Neue den Umständen anzupassen und irgendwie das Gleichgewicht zu halten. Und das ist vollkommen okay. Ich würde es gar nicht anders wollen.«

»Aber, Dad …«

Er legt eine Hand auf meine Schulter und schüttelt den Kopf. »Apropos Gleichgewicht – reich mir mal bitte die Dinger da.« Er zeigt auf die Krücken, die am Rollstuhl lehnen, zusammen mit den ganzen anderen Reha-Gerätschaften – dem Rollator, der Greifzange, dem Gehgestell. Nachdem er sich eine unter die Achsel geklemmt hat, hievt er sich hoch, greift nach der zweiten, geht ein paar Schritte in den Raum hinein, dreht sich vorsichtig um, geht wieder zurück, lässt sich schwer aufs Bett fallen und sieht mich mit hochgezogener Braue triumphierend an. Er ist weißer im Gesicht als meine Arbeits-Crocs und schwitzt stärker als Jase beim Training. Und er kann wieder laufen.

»Dad«, hauche ich. Dieses eine Wort, das alles sagt.

»Ist kinderleicht«, sagt er völlig außer Atem. »Bis das neue Baby seine ersten Schritte macht, werde ich wieder Sprints laufen – wenn nicht schon viel früher. So, und jetzt gib mir mal den Greifer, falls Harry ihn nicht wieder kaputt gemacht hat.«

Ich reiche ihm die Zange und versuche mich nicht davon beunruhigen zu lassen, dass er so schwer atmet. Er hakt sie in den Griff der Nachttischschublade, aber als er zieht, rutscht die Zange ab und fällt klirrend zu Boden. Ich gebe sie ihm wieder. Diesmal zieht er die Schublade langsam heraus, hebt dann erschöpft die Hand und ringt einen Moment nach Atem. Kurz sehe ich Tim vor meinem inneren Auge, wie er gegen Sommerende den Strand entlanggerannt ist.

»Ganz oben liegt etwas, sei so lieb und nimm es für mich raus, ja?«

Es sind zwei Päckchen, die beide in buntes Tonpapier eingewickelt sind – die künstlerische Handschrift von George. Auf dem einen sind als Strichzeichnung sämtliche Mitglieder der Garrett-Familie und ihre Haustiere verewigt. Wobei ich mich nicht erinnern kann, dass auch ein Zentaur und ein Walhai bei uns leben. »Das kleinere zuerst«, sagt Dad.

Auf das kleinere Päckchen ist ebenfalls etwas gemalt – ein Putzeimer, ein Besen …

Ich schaue auf. »Dad, ich hab mich selbst nie als armes Aschenputtel gesehen. Ich hab das alles gern gemacht …«

»Und voller Pflichtbewusstsein, Wut, Ungeduld, Hingabe und auf jede nur vorstellbare Weise, mit der ein Mensch sich für diejenigen einsetzt, die er über alles liebt. Ich weiß, Alice. Mach es auf.«

Das Papier knistert beim Auspacken, und der in ein Taschentuch eingewickelte Inhalt fällt in meine Hand – ein lila Kartonherz mit einem goldenen Stern in der Mitte, das an einem aus gelben Pfeifenreinigern geflochtenen Band befestigt ist. Dad nimmt es und hält es hoch. »Georg ist ein tüchtiger kleiner Bastler. Beug dich zu mir.«

»Das ist ein …«

Er heftet es auf der linken Brustseite an mein Shirt und sticht mich dabei nur ein einziges Mal mit der Sicherheitsnadel. »Dein ganz persönliches Purple Heart, Alice. Gut gemacht. Du bist jetzt offiziell aus dem Dienst entlassen.«

Heiße Tränen strömen mir übers Gesicht und tropfen von meinem Kinn. Ich lege eine Hand auf das Herz, bevor ich die Arme um Dad schlinge und meine nasse Wange an sein verschwitztes, stoppeliges Gesicht presse. »Ich hab fast Angst, in das zweite Päckchen zu schauen.«

Er reibt mir mit seinen großen, schwieligen Händen über

den Rücken. »Ach, das sind nur Godiva-Pralinen. Mir hat mal jemand gesagt, dass Schokotrüffel aus Belgien die besten sind. Und jetzt geh nach Hause, lehn dich zurück, ruh dich aus und lass sie dir schmecken, während die anderen beim Spiel sind und im Haus alles still und friedlich ist. Stiller und friedlicher wird es für uns nie werden.

* * *

In den nächsten beiden Tagen – der Achtundvierzig-Stunden-Countdown läuft – bekommt Cal einen Eindruck davon, wie es ist, ein Garrett zu sein.

Mr Garrett ist von den Ärzten unter der Bedingung, die Behandlung ambulant fortzusetzen, aus der Reha entlassen worden. Er wird künftig im *Live Oaks Center for Living* betreut, das laut unserem Recherche-Ass Alice das beste Physiotherapiezentrum im ganzen Umkreis ist.

»Sag mal, kostet die Behandlung dort nicht ein Vermögen?«, fragt Joel, während er, Jase, Samantha, Alice und ich die letzten Nägel in die eilig zusammengezimmerte Rollstuhlrampe für den Eingang zum Haus hämmern, deren Bau sich als nervliche Zerreißprobe herausstellte. Trotz meiner Einwände haben alle stur darauf beharrt, dass es sich hier um ein DIY-Projekt handelt und nichts, wofür man einen Fachmann kommen lassen müsste. Selbst dann noch, als Joel mit dem Fuß durch eine der Holzlatten gebrochen ist.

»Doch. Aber es ist nicht unser Geld«, antwortet Alice mit breitem Grinsen.

»Und die Behandlung ist jeden einzelnen Penny wert«, fügt Sam hinzu und saugt an ihrem Daumen, der ein paarmal schmerzhafte Bekanntschaft mit dem Hammer gemacht hat, bis Jase ihn ihr schließlich weggenommen hat. »Blutzoll.«

Am späten Nachmittag holen wir Mr Garrett dann endlich nach Hause. Die Kleinen toben durch den Garten und springen begeistert in den Laubhaufen, den wir ein paar Stunden vorher im Schweiße unseres Angesichts zusammengerecht haben. Joel heizt in einer kupfernen Feuerschale Kohlen an, und Mr Garrett pfeift die Kinder zu sich und schickt sie mit dem Auftrag los, Holz für ein Feuer zu sammeln. Kurze Zeit später erstickt die Kohleglut unter einem eifrig herangeschleppten Berg kleiner Äste und Stöckchen und muss neu angefacht werden.

»Duff, du kleiner Feuerteufel«, ruft Mr Garrett, »komm her und walte deines Amtes. Aber benutz die extra langen Streichhölzer.«

»Immer darf er Feuer machen! Ich nie!«, mault Harry.

»Du bist sieben, Kumpel. Du wirst in deinem Leben noch oft genug herumzündeln können.« Jase klopft ihm auf den Rücken und zieht ihn ein Stück von den züngelnden Flammen weg.

Mrs Garrett breitet eine Decke auf dem Rasen aus, und Cal fuchtelt glucksend mit Armen und Beinen durch die Luft, während wir Hotdogs und Burger grillen und Patsy mir auf den Schoß klettert und sich mit grimmiger Entschlossenheit auf ihren kleinen Hintern plumpsen lässt, als hätte sie vor, dort Wurzeln zu schlagen. Jedes Mal, wenn ich zu Cal rüberschaue, patscht sie mir finster die Hände auf die Wangen und dreht mein Gesicht wieder weg. Nach dem Essen spielen alle eine Runde *Versteinern* – wer gefangen und berührt wird, muss zur Salzsäule erstarren. Keine Ahnung, warum ich früher immer dachte, dass diese ganzen Spiele total lahm sind. Ich schnalle mir die Babytrage um, in der Cal mittlerweile mit Blick nach vorn sitzen kann.

»Nein!«, schreit Patsy und zeigt vorwurfsvoll mit dem Finger auf Cal, den sie offensichtlich als ihren Erzfeind betrachtet. »Nein, nein, nein, Ti. Baby weg!«

Ich spüre einen stechenden Schmerz in der Brust. Nachdem ich einmal tief durchgeatmet habe, verschwindet er wieder. Noch sechsunddreißig Stunden. Ich muss mir nicht jetzt schon den Kopf darüber zerbrechen.

Wenn das Leben fair ist, wird Cal das hier bekommen. Dann wird er das Glück haben, inmitten einer Familie wie dieser aufzuwachsen. »Hey, du hast dir ja noch gar keinen Spieß gemacht.« Alice setzt sich dicht neben mich und zeigt auf die riesige Tüte Marshmallows, die neben einem Berg mit Keksen und Schokoriegeln liegt, die Sam zur Feier des Tages mitgebracht hat.

»Bye-bye, Ajiss.« Patsy baut sich drohend vor ihrer großen Schwester auf. Sie ist ganz offensichtlich nicht bereit, sich gegen noch mehr Konkurrenz durchsetzen zu müssen. »Mein Ti.«

»Nein«, knurrt Alice und setzt ihr finsterstes Gesicht auf. »*Mein* Ti.«

Patsy weicht verwirrt zurück und steckt sich die Fingerknöchel in den Mund.

»Keine Lust auf Marshmallows?« Alice nimmt sich einen und beißt hinein.

»Ist *das* endlich der Moment, in dem ich sagen darf, dass du süß genug bist?«

»Das ist der Moment, in dem ich dir leider mitteilen muss, dass dieser Moment nie kommen wird.«

Ich lehne mich ein Stück zurück und sehe mich um, kann aber niemanden entdecken, der missbilligend schaut. Genau genommen werden wir von so gut wie niemandem beachtet, wenn man von Patsy absieht, die mit düsterem Gesicht Alice und Cal im Auge behält.

Ich beuge mich zu Alice, küsse ihre Mundwinkel, ihre

Augenbrauen und kehre dann zu ihrem Mund zurück, mit dem ich mich eingehender beschäftige, bis Cal zwischen uns einen gereizten – und leicht erstickten – Laut ausstößt. Als ich mich von Alice löse und über ihre Schulter schaue, treffen sich Mr Garretts und mein Blick, und mir schießt sofort das Blut ins Gesicht. Mrs G ist eine Sache, aber ihr Vater … Doch er lächelt mir nur kurz zu und richtet seine Aufmerksamkeit dann wieder auf das Feuer.

»Schätze, er lässt die Schrotflinte erst mal stecken«, sage ich erleichtert.

Alice verdreht die Augen. »Dad wird nicht gleich extra für uns das Haus ausbauen, aber ja, die Schrotflinte bleibt dir erspart.«

»Hey, kein Problem. Wir haben das Luxusapartment. Und das Zelt ist unsere Sommerresidenz.«

Genau in der Sekunde, in der wir an diesem Abend das Apartment betreten, öffnet der Himmel seine Schleusen, und es fängt an wie aus Kübeln zu regnen. Der Blick aus den Fenstern wird wie von einer grauen Wasserwand versperrt, und ich laufe eilig durchs Zimmer, um sie zu schließen, während Cal, an Alices Schulter geschmiegt, kurz im Schlaf zusammenzuckt, als der erste Donner kracht.

»Tja, wie es aussieht, sitze ich hier erst mal fest.«

Es sind zwar nur zwanzig Meter bis zu ihr nach Hause, aber ich nicke zustimmend. »Wirklich übel, wie das da draußen schüttet.«

Sie setzt sich auf die Couch, streift ihre Schuhe ab, zieht die Knie unter ihr Kleid und legt sich Cal in den Schoß.

Der Regen ist wie weißes Hintergrundrauschen, ab und zu zuckt das grelle Licht eines Blitzes zu uns herein, gefolgt von leisem Donnergrollen.

»Hattest du wirklich noch nie eine richtige Freundin, Tim?«
Alice zieht die Zehen an und streckt sie wieder. An einem ist
ein kleiner Silberring mit einem Türkis. Ich schiebe meinen
Fuß gegen ihren.

»Nein. Ich war einfach zu sehr damit beschäftigt, Scheiße
zu bauen, als dass ich Zeit für eine ernsthafte Beziehung gehabt hätte.«

Alice schüttelt nachdenklich den Kopf, während sie mich
ansieht. Sie hat sich eine Zimtkaugummikugel in den Mund
gesteckt, und ihre eine Wange sieht aus wie die von einem
Streifenhörnchen, das eine Nuss stibitzt hat. »Mmmhhh.« Sie
nimmt die Kaugummikugel wieder raus und hält sie zwischen
Daumen und Zeigefinger. »Ich versteh nicht, wie du auf dieses
Zeug stehen kannst. Mein Mund brennt wie Feuer.«

Ich rutsche näher und stoße mit dem Knie an ihren Schenkel. »Ich spiele gern mit dem Feuer.«

Alice schaut in gespielter Verzweiflung an die Decke, legt
dann aber kurz ihre Stirn an meine. Sie duftet scharf nach
Zimt.

»Heute kommen alle drei Teile von *Tanz der Teufel* im Fern-
sehen. Hast du Lust, einfach nur abzuhängen und sie dir
anzugucken?«

Ihr Gesicht leuchtet auf. »Ich liebe *Tanz der Teufel*! Hast du
Popcorn?«

Leider nein. Einkaufen gehört immer noch nicht zu meinen
Stärken. Also läuft Alice doch schnell durch den strömenden
Regen zu sich rüber und kehrt mit ein paar Tüten Newman's
Best zurück, die sie sich unter einen gelben Regenmantel
gestopft hat.

Beim Reinkommen schlägt sie so laut die Tür hinter sich zu,
dass Cal prompt aufwacht und anfängt zu schreien. Alice
presst sich schuldbewusst die Hand auf den Mund, aber ich

versichere ihr, dass alles gut ist, und gebe ihm sein Fläschchen, während sie in der Mikrowelle das Popcorn macht.

Als er eine Weile später wieder eingeschlafen ist, lege ich ihn behutsam neben mich, und Alice bettet ihren Kopf in meinen Schoß und streckt die Beine in die andere Richtung aus. Vor gar nicht allzu langer Zeit hätte ich mir so eine Szene noch nicht einmal im Traum vorstellen können. Ich hätte niemals einfach so neben einem Mädchen gelegen – erst recht nicht neben einem Mädchen, das mir etwas bedeutet – und nichts weiter getan, als mit ihren Haaren zu spielen. Noch abwegiger wäre es gewesen, mit der anderen Hand ein Baby zu halten, damit es nicht von der Couch rollt. Ich hätte keine Zufriedenheit dabei empfunden, einfach nur dem Regen zu lauschen und am Leben zu sein. Ich habe ja noch nicht einmal gewusst, was Zufriedenheit überhaupt ist.

Vierundvierzigstes Kapitel

Als am nächsten Morgen die meisten Garrett-Kinder zur Schule aufbrechen, fahren Mr und Mrs Garrett zur ersten Physiobehandlung ins *Live-Oaks-Reha-Zentrum* und nehmen George und Patsy mit. Cal und ich sind schon mit Jase draußen gewesen und haben Zeitungen verteilt. Alice hat heute den ganzen Tag Unterricht, kommt aber noch kurz rüber, um sich zu verabschieden, was dann doch etwas länger dauert, sodass sie sich beeilen muss und in Hektik ausbricht, als sie versucht gleichzeitig einen letzten Schluck Kaffee zu trinken, ihren Pulli wieder anzuziehen und sich noch mal durch die Haare zu bürsten, die ich komplett zerwühlt habe. Cal liegt unter seinem Baby-Gym-Gestell und schaut vergnügt quietschend zu ihr auf, als sie mir seine Plüschente an den Kopf wirft, während ich mit Joels Gewichten herumhantiere.

Es ist alles in bester Ordnung, bis es ruhig wird. *Zu ruhig.*

In so einem Fall sollte man seinen Hintern schleunigst zu einem AA-Meeting bewegen, was ich auch mache. Anschließend gehe ich mit Jake einen Kaffee trinken und danach am Strand spazieren. Es ist kalt und windig, der Himmel stahlgrau, und in der Luft liegt dieser erste Hauch von Winter, obwohl wir erst Oktober haben. Wo Cal wohl sein erstes Weihnachten verbringen wird?

Bis dahin muss ich mein verdammtes Leben in den Griff bekommen haben, und zwar gemäß der Linie, die Pa in den

Sand gezogen hat und die mir anfangs wie ein unüberwind-
barer Abgrund erschienen ist, aber nichts ist im Vergleich zu
dem, was ich bald *mit ein paar wenigen Klicks* auf der *Easy
Daddytest*-Internetseite herausfinden werde.

Ich erstelle im Geiste eine Liste:

* Highschool-Abschluss. Ich habe letztes Wochenende
  die Prüfung geschrieben, ohne vorher online den
  Probetest zu machen, weil ich mir gesagt habe, dass
  reale Bedingungen das bessere Aufwärmtraining sind.
  Bin mir nicht sicher, wie es in Mathe gelaufen ist, aber
  Sprachwissenschaften, Chemie und Sozialkunde habe
  ich in der Tasche.

* Ich muss die Community Colleges hier in der Gegend
  checken, herausfinden, wie viel Leistungspunkte ich
  habe und nach einer Ganztagesbetreuung für Cal
  suchen. Vielleicht kann ich nach dem Bachelor auch
  noch den Master dranhängen und vier Jahre studieren, wenn er ein bisschen älter ist. Falls er bei mir
  bleibt.

* Mit Ben Christopher sprechen. Grace Reeds ehemaliger
  Gegenkandidat ist ein anständiger Kerl und ein sicherer
  Tipp für die Wahlen im November, seit sie ausgeschie-
  den ist. Ich habe mich wirklich für Politik interessiert,
  bevor mir klar wurde, dass ich meine Seele verkaufen
  muss, wenn ich bei Grace mit an Bord bleibe.

Ach, zur Hölle damit. Was soll die ganze Zukunftsplanerei,
ohne zu wissen, was wird? Es ist viel zu still um mich herum.
Da ist nur der Lärm in meinem Kopf.

Selbst wenn er nicht von mir ist... vielleicht könnte ich ihn adoptieren?

Na klar, die werden ihn mir garantiert mit Kusshand geben, weil ich als Schulabbrecher mit einem Alkoholproblem ja ein echter Vorzeigevater bin.

Aber vielleicht könnten meine Eltern...

Sicher doch. Cal zum *Nowhere Man* schicken und ihn in meine Fußstapfen treten lassen? Niemals.

Vielleicht könnten die Garretts...

Dann würde ich ihn jederzeit sehen können, hätte aber so was wie ein Sicherheitsnetz und müsste mir nicht ständig Sorgen machen, es zu vermasseln.

Als ob sie auch noch ein zehntes Kind gebrauchen können.

In der Hodges ist gerade Mittagspause. Vielleicht hat sie ihr Handy an.

»Nan. Kannst du vorbeikommen? Ich kann grade nicht allein sein.«

»Ich hab heute Nachmittag nur Sport. Das kann ich ausfallen lassen.«

»Gesprochen wie eine geborene Sünderin. Das ist die richtige Einstellung. Danke.«

»Ich gebe mein Bestes.« Die Stimme meiner Zwillingsschwester ist so laut, als stände sie bereits hier neben mir im Zimmer. »Außerdem hab ich etwas, das ich dir zeigen will.«

Dieses *Etwas* entpuppt sich als das Jahrbuch der Ellery Prep von letztem Jahr, das Nan irgendwie aus meinem Zimmer ausgegraben hat. Alex Robinson hat anscheinend jemanden vom Jahrbuch-Komitee gekannt und seine Beziehungen spielen lassen. Der Typ taucht wirklich so gut wie auf jeder Seite auf, was ihn inmitten all der anderen nichtssagenden Privatschülervisagen aber auch nicht weniger austauschbar macht. Das

Bild, auf dem er am besten getroffen ist, zeigt ihn im Büro der Schülerzeitung sitzend, und Hester steht neben ihm, als wäre sie seine Sekretärin.

»Ich weiß nicht«, sagt Nan zweifelnd und hält das Jahrbuch neben Cals Gesicht. »Er ist so klein, Timmy. Seine Züge sind noch so … weich. Er könnte jedermanns Baby sein. Deines, das von Alex, Leonardo DiCaprio …«

»Ich glaube, den König der Welt können wir definitiv ausschließen …«

Cal macht diese kleinen ruckartigen Bewegungen mit den Händen, bei denen er im Wechsel die Fäustchen öffnet und schließt, schläft aber weiter. »Darf ich ihn mal halten?«, flüstert Nan.

Sie legt das Jahrbuch zur Seite und nimmt ihn etwas unbeholfen auf den Arm. Aus Angst, sie könnte ihn womöglich fallen lassen, hebe ich unwillkürlich die Hand, ermahne mich dann aber, mich wieder zu entspannen. Kommt nicht infrage, dass ich einer von diesen Kontrollfreak-Vätern werde.

Falls ich überhaupt Vater bin.

»Dad wird dich in keiner Weise unterstützen, wenn du Cal behältst«, sagt Nan leise. »Für ihn ist die einzige vernünftige Lösung die Adoption. Mom … vielleicht. Sie meinte, dass sie vielleicht später vorbeischaut. Aber, Tim? Mir bricht jedes Mal das Herz, wenn ich daran denke, was du alles aufgeben musst, damit dieses Baby bei dir bleiben kann. Ich weiß, dass ich dazu nicht in der Lage wäre. Dass ich es gar nicht erst *wollen* würde.«

»Wenn er dein Sohn wäre, würdest du anders darüber denken.« Prompt versetzt es mir wieder diesen brennenden Stich. Weil … wer weiß.

»Halloooo. Hallo-hooo«, ruft eine Stimme.

Einfach an die Tür zu klopfen ist für Ma anscheinend immer noch keine Option. »Sind alle angezogen?«

Was für eine seltsame Frage, schließlich sitze ich hier mit meiner Zwillingsschwester, aber Ma verstehen zu wollen, ist genauso hoffnungslos, wie zu versuchen, die Zukunft aus dem Boden einer Bierdose zu lesen. »Die Tür ist offen«, rufe ich, worauf Ma mit einem Karton und mehreren *Christmas-Tree-Shop*-Tüten hereingerauscht kommt. *Hilfe.* »Warte ...« Ich springe auf und nehme ihr den Karton ab, der bis oben hin mit Babysachen vollgepackt ist – Bilderbücher und Stofftiere und so eine Art Schaukelsitz mit langen Gummiseilen zum Aufhängen in *Pink*.

»Ich konnte nur Nans Türhopser finden«, erklärt Ma. »Ich glaube, deinen hast du damals kaputt gemacht. Aber ich hab ein paar von deinen alten Sachen herausgesucht und alles frisch gewaschen. Bis auf die Bücher natürlich.«

Sie holt das Hopsding aus dem Karton und schaut sich suchend um. »Am besten dort drüben«, sagt sie und geht zum Schlafzimmer. Aber sie ist zu klein, um die Spannbügelhalterung oben am Türrahmen festzuklemmen, also gehe ich seufzend zu ihr und versuche es selbst.

»Du musst aber darauf achten, dass die Klammern auch wirklich bombenfest sitzen«, sagt sie, während sie mit Argusaugen jeden meiner Handgriffe überwacht. Als ich es endlich geschafft habe, schnappt Ma sich sofort Cal und setzt ihn hinein. Er zieht ein ziemlich verblüfftes Gesicht und knallt eine Sekunde später mit der Stirn auf das kleine Tablett, das vorne am Sitz angebracht ist.

»Ma, ich glaube, er ist noch ein bisschen zu klein dafür. Außerdem weißt du doch, dass er vielleicht nicht lange hierbleibt.«

Als wäre er ein Hotelgast mit unbestimmtem Abreisedatum.

»Ach, Papperlapapp. Er kann den Kopf schon sehr gut allein halten, nicht wahr, kleiner Mann?«, flötet sie mit hoher Stimme. Cal runzelt die Stirn, als versuchte er, aus ihr schlau zu werden. Viel Glück dabei, Kleiner. Plötzlich stößt er sich mit den Füßen vom Boden ab und wippt in dem Sitz auf und ab. Er macht es gleich noch mal und sieht uns dann strahlend an.

Ma lächelt zurück. Ob sie mit Nan und mir genauso gewesen ist, als wir noch klein waren? Sie wirkt so … entspannt. Beinahe unbeschwert. Vielleicht sogar glücklich?

Weil Pa sich darum kümmert, dass die Adoption vorangetrieben wird, und das Ganze zeitlich begrenzt ist?

»Ma, er ist vielleicht schon bald nicht mehr bei mir«, wiederhole ich.

Bis zum Ergebnis des Vaterschaftstests sind es keine vierundzwanzig Stunden mehr.

»Man kann nie wissen«, sagt sie. »Schau mal, was ich noch mitgebracht hab. Das war dein Lieblingsbuch, als du klein warst. *Busy Timmy.*« Sie reicht mir ein schmales gelbes Bilderbuch, auf dessen Cover ein kleiner drei- oder vierjähriger rothaariger Junge in einem karierten Spielanzug zu sehen ist. Aber abgesehen von der Namensähnlichkeit gibt es sonst keine Parallelen. Der kleine *Timmy* aus dem Buch ist viel braver, als ich es je gewesen bin. Er füttert Vögel und putzt sich immer die Zähne, statt zu rauchen und den Alkoholvorrat der Eltern zu plündern. Was natürlich auch an dem Altersunterschied zwischen uns liegen könnte.

Nan fängt an zu kichern, während sie zuschaut, wie Cal sich immer wieder begeistert vom Boden abstößt und höher und höher wippt.

»Ich habe ihm auch ein paar neue Sachen zum Anziehen gekauft«, sagt Ma. »Von deinen alten Kleidern konnte ich ja kaum etwas behalten, weil du immer alles so eingesaut hast, dass die Flecken nicht mehr rausgingen.«

Scheint, als würde es hier einen roten Faden in meiner

Lebensgeschichte geben. Ich habe meinen Türhopser kaputt gemacht und meine Klamotten eingesaut. Wahrscheinlich erzählt sie mir auch gleich noch, dass ich Hotelzimmer verwüstet und Spielzeuggitarren zertrümmert habe.

»Ihr könntet euch sogar im Partnerlook anziehen, dann würde er wie eine Miniaturausgabe von dir aussehen.«

Gott bewahre. »Danke, Ma. Danke, dass du vorbeigekommen bist und Cal die ganzen Sachen mitgebracht hast. Das ist … das ist wirklich unglaublich nett von dir.«

Sie sieht mich einen Moment lang blinzelnd an und sagt dann forsch: »Das ist doch selbstverständlich. Er ist schließlich nur ein Baby und kann nichts dafür, wie er entstanden ist. Hab ich recht, Calvin?« Sie hat wieder diesen Singsang-Ton angenommen, aber Cal scheint darauf zu stehen. Er hält kurz inne, lächelt sie an und wippt dann eifrig weiter.

»Er ist genauso entstanden wie jedes andere Baby, Mommy«, ruft Nan aus der Küche.

»Nanette Bridget! Es gibt keinen Grund, ins Detail zu gehen. Ihr beide wisst, was ich meine. Die Unschuldigen sollen nicht von den Sünden der Väter heimgesucht werden.«

Wie sich herausstellt, hat Ma auch etwas zu essen mitgebracht, große klebrige Zimtschnecken, von denen jeder einzelne Bissen ungefähr hundert Gramm Zucker enthält. Aber zusammen mit dem Kaffee, den Nan gemacht hat, schmecken sie ziemlich lecker. Und während wir Kaffeekränzchen spielen, wippt Cal unermüdlich weiter auf und ab und strahlt uns an. Es fühlt sich an, als wären wir eine Familie. Ziemlich surreal.

Fünfundvierzigstes Kapitel

Aber so wie Hester nun mal ist, lässt sie mich nicht lange mit Cal in meiner kleinen schönen Seifenblasenwelt bleiben. Kurz hintereinander erreichen mich auf dem Handy mehrere Nachrichten von ihr:

FÜHLE MICH NICHT WOHL DAMIT, WIE WIR BEIM LETZTEN MAL AUSEINANDERGEGANGEN SIND.

VERSTEHE, DASS DU WÜTEND BIST, ABER ES GIBT IMMER ZWEI SEITEN.

WÄRE SCHÖN, WENN WIR WIE ZWEI ERWACHSENE DARÜBER SPRECHEN KÖNNTEN.

Ich koche vor Wut, als ich auf diese letzte Nachricht antworte, sodass ich mich ständig vertippe. **Snd wir denn erwachsenen? Kann hier keinen große Entwickling erkennen.**

Kaum habe ich sie abgeschickt, klingelt mein Handy – genau in dem Moment, als Alice zur Tür reinkommt und Essen vom Chinesen mitbringt.

»Ich bin seine Mutter«, sagt Hester mit leiser, zitternder Stimme. »Du hast kein Recht, so zu tun, als wärst du der Einzige, der hier was zu sagen hat. Vielleicht hast du auch gar nichts zu sagen.«

Ich drücke sie weg.

Eine Minute später rufe ich sie zurück und entschuldige mich. Es ist nicht klug, sie gegen mich aufzubringen.

Wenn im Labor nicht irgendetwas schiefgegangen ist oder die Proben unterwegs verloren gegangen sind, bleiben mir noch ungefähr zwölf Stunden.

Gehe zu drei Meetings hintereinander, was insgesamt vier Stunden in Anspruch nimmt, wenn man die Hin- und Rückfahrt mit einberechnet (was ich tue).

Fahre Mr Garrett zur Physiotherapie und anschließend zum Arzt. Fünf Stunden.

Alice erwischt mich dabei, wie ich mal wieder nervös am Computer sitze, und zerrt mich unter die Dusche. Keine Ahnung, wie viel Zeit wir dort verbringen, mir kommt es jedenfalls viel zu kurz vor, obwohl das Wasser viel schneller abkühlt als wir. Trotzdem verbrauchen wir dabei zwei Stücke Seife.

»Du musst das nicht machen«, sagt Nan. »Niemand zwingt dich dazu.« Wir sitzen bei *Doane* und löffeln Eis. Nan hat ein fast unanständig großes Bananensplit vor sich stehen, ich eine doppelte Portion Schoko- und Mokkabällchen.

»Das ist doch was Gutes, oder? Ich meine, wenn mich jemand zwingen würde, würde ich es nicht machen.« Ich drehe mich auf meinem Stuhl ein Stück zur Seite, damit Cal, der auf meinem Schoß sitzt, nicht ständig das neurotisch nach Zuckermaiskörnern pickende Roboterhuhn im Blickfeld hat, mit dem das *Doane* jedes Jahr unzählige Touristen anlockt. Als ich klein war, habe ich Albträume davon bekommen, die später, als ich auf Drogen war, sogar noch schlimmer wurden. Cal späht immer wieder an meiner Schulter vorbei, stößt einen markerschütternden Schrei aus, versteckt sich und dann geht das Spiel wieder vorn los.

Nan zeigt mit dem Löffel auf mich. »Kein Gericht wird von

dir verlangen, einen Test zu machen. Die Adoptionsagentur hat dich ja auch nicht nach einem Nachweis für deine Vaterschaft gefragt. Was spielt es also für eine Rolle, wenn du dich dazu entschieden hast, ihn zu behalten?«

»*Raaah!*«

»*Schsch.* Schau einfach nicht hin, Cal. Du warst doch diejenige, die sich die ganze Zeit wie die verdammte Schlange im Paradies aufgeführt hat mit deinem ständigen *Er könnte jedermanns Baby sein* … Und jetzt wunderst du dich auf einmal, dass ich Gewissheit haben will? Außerdem ist es für einen Rückzieher sowieso schon zu spät. Heute Abend schicken sie die Mail mit dem Ergebnis. Oder morgen.«

Nan verrührt ihr Eis zu einer schlammfarbenen Suppe. »Du könntest sie einfach löschen. Ohne sie zu lesen.«

Könnte ich. Will ich aber nicht. Jedes Mal, wenn ich auf die Stimme gehört habe, die mir zugeflüstert hat, dass etwas leichter werden würde, indem ich es mir einfach mache und der Wahrheit aus dem Weg gehe, hat es sich als Lüge erwiesen.

Herzlichen Glückwunsch! Sie sind nur noch wenige Klicks von dem Ergebnis ihres Vaterschaftstests entfernt!!

Meinen die das ernst? Zwei Ausrufezeichen? Als ob es hier um ein verdammtes Preisausschreiben gehen würde.

Der Mauszeiger schwebt über dem Link der Mail von *Easy Daddytest.*

Im nächsten Moment schiebe ich ihn wieder weg und schalte den Computer aus.

Ich bin allein mit Cal, der gerade schläft.

Jase ist in der Schule. Nan ebenfalls. Ich könnte ihnen eine Nachricht schicken und fragen, ob nicht einer von ihnen blaumachen möchte – aber das wäre vielleicht schlecht fürs Karma.

Ich könnte mit dem Laptop zu Mr und Mrs G rübergehen.

Ich könnte sogar Hester anrufen, schließlich geht sie das hier genauso viel an wie mich. Wenn nicht noch sehr viel mehr.

Keine Ahnung. Vielleicht auch nicht.

Ich schalte den Laptop wieder an und bewege die Maus zu dem Link. Klicke. Klicke noch mal.

✳ ✳ ✳

Es ist dunkel und kalt im Apartment, als ich um kurz vor elf durch die Tür komme. »Tim?«

Keine Antwort.

Er schläft, liegt auf der Seite an Cal geschmiegt, der wach ist und mich mit großen Augen anschaut. Ich streiche ihm über seine roten Löckchen.

»Gute Neuigkeiten«, sagt Tim mit vom Schlaf benommener Stimme. »Er ist von dir.«

Ich lache leise. »Schön zu wissen. Ist er auch von dir?«

»Ich weiß es noch nicht.« Seine Hand greift nach meiner. »Ich dachte, dass ich vielleicht eine Schulter zum Anlehnen brauche, wenn ich die Mail lese, und seine wäre dieser Aufgabe noch nicht wirklich gewachsen.«

»Dann komme ich ja genau richtig.« Ich setze mich neben ihn aufs Bett. »Ich hab sogar ziemlich breite Schultern. Joel hat früher immer gesagt, dass ich einen super Linebacker abgeben würde.«

»Aber eine gute Neuigkeit gibt es tatsächlich – ich hab die Prüfungen bestanden und bin jetzt ein ordentlicher Schulabgänger mit Highschool-Abschluss ... eine Hürde wäre also immerhin geschafft.«

Ich küsse ihn und sage ihm, wie großartig ich das finde, aber er legt mir den Zeigefinger auf die Lippen. »Ich muss es einfach tun, Alice, oder?«

Ich nicke.

»Muss es einfach tun«, wiederholt er, richtet sich auf, nimmt Cal auf den Arm, steht auf und geht zum Computer. »Nur ein Klick. Ganz einfach. *Easy Daddytest.*«

Er setzt sich an den kleinen Schreibtisch und holt mit einer Bewegung der Maus den Bildschirm aus dem Ruhemodus. Dann hebt er Cal hoch, schmiegt einen Moment die Stirn an seine, atmet tief durch und gibt mir den Kleinen dann.

»Soll ich es machen, und du hältst ihn, während ich …«

Er schüttelt den Kopf, klickt den Link an und beginnt laut vorzulesen: »*Easy Daddytest*, der beste und preiswerteste Vaterschaftstest bietet Ihnen blablabla … Durch einen Vergleich der genetischen Fingerabdrücke des mutmaßlichen Vaters und des Kindes und so weiter und so weiter … Sie müssen in jedem untersuchten System nur ein gemeinsames Erbmerkmal mit dem Kind aufweisen, um als biologischer Vater infrage zu kommen … Ein Ausschluss der Vaterschaft liegt vor, wenn … Großer Gott, wo ist der verdammte Link für das Ergebnis?«

Er klickt, macht die Augen zu, öffnet sie wieder.

Ich schließe meine.

Stille.

»Und?«

Stille.

»Tim?«

Sechsundvierzigstes Kapitel

Du bist kein Babysitter, wenn es dein eigenes Kind ist.

»Tja ...« Ich schlucke trocken. Schlucke noch mal. »Ich bin wohl doch nur Babysitter gewesen.«

Als ich die Hände nach Cal ausstrecke, sieht Alice mich mit Tränen in den Augen an. Sie haben wirklich eine wunderschöne Farbe. Ich tupfe ihre Wange mit einem Zipfel von Cals Decke ab. Er greift nach einem anderen und versucht ihn sich in den Mund zu stecken.

»*Raaah?*« Jetzt packt er meine Nase.

Diese kleine Sorgenfalte zwischen seinen Augenbrauen, genau wie bei mir.

Aber offensichtlich nicht von mir.

Ich streiche trotzdem mit dem Daumen darüber, um sie zu glätten.

»*Schsch*, Cal. Alles gut. Ich bin hier.«

Alice strömen weiter lautlos Tränen übers Gesicht. Ich wische sie weiter mit dem Zipfel seiner dunkelblauen Decke weg, die zu den wenigen Dingen gehört, die ich für ihn gekauft habe – zusammen mit der Stoffente, die Hesters grauenhafte Sockenaffen ersetzt hat.

Wenn Hester Cal behält, wozu sie das Recht hat, weil sie seine Mutter ist, und ich ... ich ... nicht, werde ich ihn nicht mehr vor den dämlichen Affen retten können. Ich werde ihn vor gar nichts mehr beschützen können.

Alice gibt ihn mir zurück, dreht sich um und reibt sich übers Gesicht. Cal kuschelt sich an mich, und ich halte ihn fest im Arm – okay, seinem empörten kleinen Kreischen nach zu urteilen, vielleicht ein bisschen zu fest.

Einen Moment später liegen wir zu dritt auf dem Bett, ohne dass ich mich erinnern kann, wie wir dorthin gekommen sind. Wir haben Cal in unsere Mitte genommen, Alice hat die Arme um uns beide geschlungen, und irgendwie habe ich das Gefühl, dass ich mich gleich übergeben oder weinen oder sonst irgendwas tun muss, aber da kommt nichts.

Ich bin dankbar für Alice' Schweigen. Froh, dass sie nicht sagt, wie leid es ihr tut. Dass es reicht, ihre Arme um mich zu spüren. Fast jeder, den ich kenne, würde jetzt etwas sagen. Ich kann praktisch ihre Stimmen hören.

Nan: Oh, Timmy. Ich wusste gleich, dass da irgendetwas nicht stimmt. Aber du musst ja nicht allen erzählen, dass …

Jake: Manchmal finden wir da eine Familie, wo wir es am wenigsten erwartet hätten.

Ma: Der Kleine kann doch nichts dafür, wie er entstanden ist.

Pa: Gut, dass du aus dem Schneider bist. Du wärst dieser Verantwortung sowieso nicht gewachsen gewesen.

Jase, Samantha, Mr und Mrs Garrett: Wir sind da, wenn du uns brauchst.

Dominic: Komm rüber. Ich bring dir bei, wie man einen Harley-Motor auseinandernimmt und wieder zusammenbaut. Zumindest darüber hast du die Kontrolle.

Waldo: Eine lange seltsame Reise fortgetragen vom Wind.

Hester: Ich hatte keine andere Wahl. Jetzt können wir beide wieder nach vorn schauen.

»Tja«, sage ich.

Alice atmet tief ein, schweigt aber weiter, legt nur die Arme noch fester um uns.

»Ich kann sowohl *Der Kerl, der höchstwahrscheinlich nie seinen Highschool-Abschluss machen wird* als auch *Der Kerl, der höchstwahrscheinlich mit siebzehn Vater wird* von der Liste streichen. Nicht schlecht, oder?«

»Lass noch Platz für *Der Kerl, von dem zum Schluss höchstwahrscheinlich alle sagen werden, dass er seine Sache sehr gut gemacht hat.*«

Und das ist der Moment, in dem die verdammten Tränen anfangen zu fließen.

Siebenundvierzigstes Kapitel

Die Zeit, die ihren verfluchten Hintern nicht von der Stelle bewegt hat, während ich auf das Ergebnis des Vaterschaftstests gewartet habe, gibt jetzt plötzlich Vollgas.

Hester wird ihn nicht behalten. Cal. Der von jetzt an wohl Calvin sein wird. Oder welchen Namen auch immer seine neuen Eltern ihm geben werden. Das Treffen mit der Frau von der Adoptionsagentur findet in Waldos Wohnzimmer statt. Pa ist auch dabei, obwohl er juristisch gesehen nichts mehr mit der Angelegenheit zu tun hat, wovon er sich aber wie immer nicht abhalten lässt – das große Ganze und so weiter. Hester und ich sind im Grunde nichts weiter als Zaungäste, die man damit beauftragt hat, Tee und Kaffee zu kochen und sich ansonsten im Hintergrund zu halten. Kein Wort mehr von wegen *Steh deinen Mann*, sondern brav tun, was die Erwachsenen sagen.

Alex Robinson muss seine Vaterschaft zunächst mal anerkennen – nachdem er mittlerweile seinen eigenen *Easy Daddytest* gemacht und herausgefunden hat, dass sein genetischer Fingerabdruck genügend Übereinstimmungen mit denen von Cal hat –, damit er die Vaterschaft aufgeben kann, sobald der Adoptionsprozess am Laufen ist. Ist doch total krank, oder? Das ist wie heiraten, nur damit man sich scheiden lassen kann.

Aber Alex hat mit alldem kein Problem, außer dass er einige

Klausuren schreiben und sich einen Weisheitszahn ziehen lassen muss, weshalb er es zeitlich leider nicht einrichten kann, persönlich vorbeizukommen.

Ist auch besser so für seine Gesundheit.

Arschloch.

»Falls es irgendwas hilft …«, sagt Hester jetzt. »Ich wünschte, du wärst der Vater.«

Ich nicke und bedanke mich, obwohl es eigentlich egal ist, was sie denkt oder sich wünscht.

Ich verstehe dich einfach nicht wird bis zuletzt Hesters und mein Titelsong sein.

So ähnlich wie bei Pa und mir.

Als wir heute Morgen zu Hester gelaufen sind, hat er mich kurz zur Seite gezogen. »Was ich dir noch sagen wollte, Timothy …«

Darauf folgte natürlich erst mal der obligatorische Handy-Check mit anschließendem abwesenden Blick in die Ferne. Dann: »Es ist … gut, dass du alles unternommen hast, um zu beweisen, dass du für dieses Problem nicht verantwortlich bist, und dich einfach aus der Sache rausziehen kannst. Das zeugt von Reife.«

Danach hat er mich mit einem Ausdruck im Gesicht angeschaut, von dem ich mir sicher bin, dass ich ihn noch nie bei ihm gesehen habe. Als würde es ihn tatsächlich interessieren, was ich zu sagen habe.

Nur dass ich seltsamerweise nichts zu sagen hatte.

Ich dachte immer, es würde mir total viel bedeuten, wenn er mir sagen könnte, dass er stolz auf mich ist. Und der Versuch ist wahrscheinlich ziemlich nah dran gewesen. Aber es fühlt sich an, als hätte ich einen Preis in einem Wettbewerb gewonnen, an dem ich gar nicht teilgenommen habe. Weil, mal ehrlich, Pa, was wirklich von Reife zeugt, ist die Tatsache, dass ich mich *nicht* einfach aus der Sache rausgezogen habe.

»Wenn ich damals schon gewusst hätte, was ich heute weiß«, sagt Hester, »hätte ich dich im Kreissaal dabeihaben wollen.«

Tja, Chance verpasst.

»Es tut mir leid, dass es am Ende schmerzhaft für dich war«, fügt sie hinzu. »Das habe ich nie gewollt. Aber es war gut, dass du da warst. Dadurch habe ich mich viel weniger … allein gefühlt. Trotzdem … wenn ich mich noch mal entscheiden müsste, würde ich dich nicht mit hineinziehen.«

»Ich bin froh, dass du mich mit reingezogen hast«, antworte ich.

Sie ist auf ihre typisch penible Art darauf konzentriert, Kaffeepulver abzumessen, aber jetzt schaut sie auf und mustert mich einen Moment schweigend. »Das meinst du wirklich ernst, oder? Ich würde nichts von alldem wollen, wenn ich die Zeit noch mal zurückdrehen könnte.«

Automatisch steigt wieder die vertraute Wut in mir hoch, die sie so verdammt schnell in mir auslösen kann, bevor sie einen Augenblick später wieder abklingt. Und mir kommt zum ersten Mal der Gedanke, dass es besser für Cal ist, adoptiert zu werden. Weder seine Mutter noch sein richtiger Vater wollen ihn. Das soll er nie erfahren müssen.

»Schon seltsam«, fährt sie fort. »Während dieser ganzen Zeit gab es immer wieder Momente, in denen ich dachte … dass es vieles erleichtert hätte, wenn du und ich zusammen gewesen wären. Dass es dann nicht so eine peinliche *Teen-Mom*-Geschichte gewesen wäre. Aber du hast dich nicht in mich verliebt, du hast dich in Cal verliebt. Du warst … *bist* … sein Vater. Vielleicht nicht auf dem Papier, aber in jeder nur erdenklichen anderen Hinsicht, auf die es angekommen ist.«

Das ist vermutlich der Moment, in dem ich sie umarmen sollte oder so was. »Ähm, danke, Hester. Ich weiß, dass alles verdammt schwer für dich war. Es ...«

... *tut mir leid?* Die Worte bleiben mir im Hals stecken. Alex Robinson, der verdammte Scheißkerl, sollte sie ausspucken.

Sie schaut mit großen fragenden Augen zu mir auf, so wie Cal es immer gemacht hat, aber schließlich ist sie *seine* Mutter. Ich fahre mir mit der Zunge über die Lippen, schlucke und finde endlich die richtigen Worte. »Ich wünschte, die Dinge wären so gelaufen, wie du sie geplant hattest, und hoffe, dass sie es von jetzt an tun.«

Meine Hände schweben eine Sekunde lang unschlüssig über ihren Schultern – das alte Problem: Was fange ich mit meinen Händen an? Eine Frage, die sich nie gestellt hat, als sie voll und ganz mit Cal beschäftigt waren.

Als er das erste Mal bei mir war, war ich noch völlig überfordert. Ich hatte nicht die leiseste Ahnung, wie er funktioniert. Als ich ihn das letzte Mal bei mir hatte, wusste ich es. Ich konnte am Ton seines Weinens ablesen, ob er hungrig, wütend, müde oder allein war. Ich wusste, wann er etwas brauchte, das er in die Hand nehmen oder sich in den Mund stecken konnte. Ich wusste, wann ich ihn festhalten und wann loslassen musste. Vielleicht ist es nicht so, dass Pa es nie ernsthaft mit mir versucht hat – vielleicht war ich einfach immer auf irgendeiner Frequenz, auf die er sich nicht einstellen konnte. Weder sein Fehler noch meiner. Es macht mich glücklich, dass das bei Cal und mir nicht so war. Diese Erfahrung hätte ich nicht missen wollen. Und dafür, dass ich sie machen durfte, nehme ich den Schmerz in Kauf, den es mir bereiten wird, dass ich ihn noch sehr, sehr lange vermissen werde – vielleicht ja sogar mein Leben lang.

»Hester, wir brauchen Sie.« Mrs Crawley steckt den Kopf in

die Küche. »Oh, hallo, Timothy. Sie sind ja immer noch hier. Wir haben alles, was wir brauchen. Wenn Sie möchten, können Sie also ruhig gehen.«

Klar, dann geh ich mal. Zurück in mein fahrplanmäßig normales Leben.

Epilog

Was ist das für ein geheimnisvoller Ort, zu dem wir unterwegs sind?«, fragt Tim und reibt seine Hände aneinander, als wir an einer Ampel halten müssen. Er hat natürlich wie immer keine Handschuhe an. Die Heizung im Wagen läuft zwar auf Hochtouren, aber er wollte unbedingt mit offenem Fenster fahren.

»Wäre er noch geheimnisvoll, wenn ich es dir erzählen würde? Fahr einfach in die Richtung, die ich dir sage.«

»Dein Wunsch ist mir Befehl.«

Ich habe das hier genauso geplant und einstudiert wie früher immer meinen *Wir hatten eine tolle Zeit, aber es funktioniert nicht mehr*-Text, bevor ich mit einem Typen Schluss gemacht habe. Trotzdem starre ich auf dem Weg an den Strand die ganze Zeit nervös auf meine Handschuhe hinunter, ziehe sie aus, zupfe an meiner Nagelhaut, mache meinen Mantel auf und wieder zu, fummle an der Heizung herum. Als ich anfange, mit den Fingern auf meinem Schenkel zu trommeln, legt Tim seine Hand auf meine.

»Was ist los, Alice?«

Ich schlucke.

»Raus damit.«

Ich schaue kurz zu ihm rüber, bevor ich den Blick wieder auf seine rauen Fingerknöchel auf meiner Hand hefte. »Ich hab die *Nightingale Nursing School* noch mal nach hinten verschoben. Hier musst du rechts abbiegen.«

Tim sieht mich stirnrunzelnd an. »Aber ... aber du hattest doch schon zugesagt. Du warst drin, du warst bereit dafür ...«

Zum ersten Mal, seit ich in New York angerufen habe, fällt mir für einen Moment das Atmen schwer.

Trotzdem ... es war richtig. Weil ich jetzt eine Wahl habe und jetzt die Freiheit habe, mich zu entscheiden, statt einfach nur das zu tun, was ich tun *muss*. Auch wenn unterm Strich anscheinend dasselbe herauskommt.

»Ich bin immer noch drin. Ich hab ihnen nur gesagt, dass ich erst nächsten Herbst anfangen kann.«

»Hast du das wegen ... für wen hast du das gemacht, Alice?«

»Für mich. Es ist vernünftiger so. Die Nightingale konnte mir für dieses Semester keinen Platz mehr im Studentenwohnheim versprechen. Und selbst wenn ich das unglaubliche Glück hätte, in New York eine bezahlbare Unterkunft zu finden, wüsste ich nicht, ob ich mir das alles überhaupt leisten könnte, weil der Antrag für mein Studiendarlehen neu geprüft werden muss. So kann ich jetzt ein Semester länger an der Middlesex Community bleiben und noch mehr praktische Erfahrung sammeln und bin da, wenn das neue Baby kommt. Dad geht es so weit gut, aber, na ja, mit dem Laufen hapert es noch ein bisschen, und der Laden schmeißt sich nicht von allein, deswegen ist es einfach ...«

»Hast du bei dieser Entscheidung auch an mich gedacht?«

»Hab ich.«

»Wirklich? Hast du dir dabei vielleicht zufällig vorgestellt, wie wir zusammen unter der Dusche stehen?«

»Du bist echt unmöglich, Tim.«

Der Parkplatz am McNair Beach ist abgesperrt, weshalb wir den Wagen ein paar Meter weiter neben einer Schneewehe abstellen. Zwischen den hohen, schneebedeckten Dünen hindurch, die sich wie Pyramiden vor dem zinnfarbenen Himmel abheben, ist ein dünner Streifen Ozean zu sehen. Mittlerweile hat es aufgehört zu schneien und durch die stellenweise aufgerissene tief hängende Wolkendecke fällt in einem schrägen Winkel mattes Licht.

Tims Hand liegt immer noch auf meiner. Er streicht mit dem Daumen von meinen Fingern bis zu meinem Handgelenk, während wir schweigend auf den Strand hinausschauen. Sein Kopf ist gesenkt, die kastanienroten Haare fallen ihm in die Stirn, im Nacken wellen sie sich ein bisschen, seine Lippen sind leicht gespitzt, als würde er gleich anfangen zu pfeifen. Es herrscht diese Stille, wie man sie nur im Winter erlebt, wenn das Leben draußen zur Ruhe gekommen ist. Da ist nur das leise streichelnde Geräusch seines Daumens. Das Rascheln seines Parkas, als er ein Stück näher rutscht. Ich lehne mich zurück und lächle, und er zeigt mir sein Wangengrübchen, als er mein Lächeln mit einem schiefen Grinsen erwidert.

»Dir ist schon klar, dass wir an den Strand runtermüssen?«, sage ich.

»Ich hab es befürchtet. Diesmal brauchen wir aber kein Wettschwimmen zu den Wellenbrechern zu veranstalten. Ich gebe mich schon vorher geschlagen.«

Nachdem er ausgestiegen ist, geht er um den Wagen herum, um meine Tür aufzumachen, was wegen der Schneeverwehungen einen Moment dauert. Während wir den Pfad zum Steilufer hinaufstapfen, fällt immer wieder Schnee in meine Stiefel, der an manchen Stellen kniehoch ist. Der Wind hat angezogen und zerrt an unseren Haaren. Nach ein paar Metern bleibt Tim stehen, geht vor mir in die Hocke und tippt sich mit den Händen – die natürlich immer noch nicht in Handschuhen stecken – auf die Schultern. Ich lege die Arme um seinen Hals – »Wehe du versuchst, mich zu erdrosseln, Alice« – und schlinge die Beine um seine Taille, dann richtet er sich mit mir zusammen wieder auf und setzt unseren Weg zur Klippe hinauf fort.

Ein paar Minuten lang höre ich nichts anderes als das Rascheln seines Parkas und seinen leise keuchenden Atem, bis das Rauschen der Wellen schließlich immer weiter anschwillt und alle anderen Geräusche verschluckt. Es ist Flut, aber der Anblick hat nichts mit der türkisfarben glitzernden Weite des Ozeans im Sommer zu tun. Wir sind mittlerweile oben auf dem Steilufer angekommen. Unter uns donnern wild schäumende Wellen an den Strand, die noch grauer sind als der Himmel, ziehen sich laut zischend zurück, bevor sie wieder nach vorn preschen.

Ich lasse mich von seinem Rücken gleiten und laufe ein paar Schritte auf den Rand der Klippe zu, aber Tim zieht mich an der Kapuze meines Parkas zurück und dreht mich zu sich um. Ich rechne mit einem Kuss, stattdessen umfasst er mit seinen eiskalten Händen mein Gesicht und sagt: »Ich bin nicht mehr hier gewesen seit damals mit dir. Das war ein guter Tag.«

»Das war es.« Ich erwidere seinen Blick. Seine Augen leuchten in demselben intensiven Schiefergrau wie der Himmel. Ich lächle. »Und das ist jetzt über den Daumen gepeilt genau zweieinhalb Monate her.«

»Tatsächlich …?«, sagt er und schließt einen Moment die Augen. Dann: »Ähm, meinst du, du könntest das Geheimnis jetzt auflösen? Weil, na ja, das letzte Mal, als ein Mädchen mir vorgerechnet hat, wie viele Monate …«

»Was? Nein! Doch nicht das. Großer Gott, Tim. Wir hatten an dem Tag noch nicht mal Sex.«

»Nein, aber …«

»Ich hab das nur gesagt, weil heute unser Jahrestag ist. Oder so was in der Art.«

Er zieht die Brauen hoch und fängt an zu lachen. Dann wird er wieder ernst. »Was die Zeitspanne angeht, hast du, glaube ich, ein bisschen übertrieben, aber ich weiß ja, was für eine sentimentale Närrin mein kleines Schmusekätzchen ist.« Er lächelt wieder und bringt damit den ganzen verdammten Himmel zum Leuchten.

»Halt die Klappe und komm her.«

Ich schlinge die Arme um seinen Nacken und ziehe ihn zu mir herunter. Als ich in Erwartung eines Kusses das Kinn hebe, hält er kurz inne, bevor er scharf ausatmet und dann mit seinen Lippen meine verschlingt. Seine Zunge schmeckt nach Zitronenbonbons, seiner neuesten Zuckerdroge.

»Also …«, flüstere ich nach Luft ringend.

»Rück schon endlich raus damit. Du weißt, Geduld gehört nicht zu meinen Stärken.« Er packt mich fester und hebt mich ein Stück hoch, sodass unsere Münder auf derselben Höhe sind.

»Bisher hast du Nikotinpflaster, Sneakers und einen Vaterschaftstest von mir geschenkt bekommen. Für unseren Jahrestag hast du eine Krawatte vorgeschlagen, aber ich … ich fand, dass ich dir etwas Romantischeres schuldig bin.«

»Alice … Dass du dich entschlossen hast, erst nächsten Herbst nach New York zu gehen, ist schon wie Weihnachten, Ostern und Geburtstag zusammen. Ein größeres Geschenk hättest du mir gar nicht machen können.«

Ich löse mich von ihm, und es erzeugt ein knirschendes Geräusch, als ich mit dem Stiefel auf eine im Schnee vergrabene Muschel trete. »Ich bin seit unserem letzten Besuch noch einmal hier gewesen. Vor ein paar Wochen. Um nachzudenken. Ich bin den ganzen Weg von dort drüben entlanggelaufen.« Ich zeige den Strand hinunter zu der Stelle, wo die Landzunge einen Bogen macht.

»Ganz schön weit.«

»Jedenfalls …« Ich ziehe den Reißverschluss meines Parkas auf, ignoriere seine hochgezogenen Brauen und hole etwas aus der Innentasche heraus, das ganz warm ist, weil ich es so dicht am Körper getragen habe. »Jedenfalls habe ich unterwegs das hier gefunden.« Ich lasse einen rötlichen, vom Meer glatt geschliffenen Schieferstein in seine Hand fallen, dessen Form an ein Herz erinnert. »Siehst du die kleine Kuhle da? Die kannst du reiben, wenn du … etwas brauchst, womit du deine Hände beschäftigen kannst. Als Entspannungsübung oder so. Weil du gesagt hast, dass du manchmal immer noch nicht weißt, was du mit ihnen anstellen sollst. Und ich weiß, dass du definitiv *nicht* mit dem Schnitzen anfangen wirst.«

Endlich hebe ich den Blick und sehe ihn an. Seine etwas aufgesprungenen Lippen sind leicht geöffnet, und der Ausdruck in seinen Augen ist so ruhig und … zärtlich, wie ich es noch nie bei ihm gesehen habe.

»Danke«, sagt er leise, während er den Stein in seine Tasche gleiten lässt und sich gleichzeitig für einen Kuss zu mir herunterbeugt, der diesmal nur eine sanfte Berührung unserer Lippen ist, aber definitiv Potenzial hat, wie Andy sagen würde.

»Wobei ich bemängeln muss, dass du ihn nicht eingepackt hast.«

»Ich bin zu geizig für Geschenkpapier. Außerdem, warum hätte ich ihn unter Papier verstecken und dir auch noch die Arbeit zumuten sollen, ihn auszupacken? Viel zu umständlich.«

✳ ✳ ✳

Kaum zu glauben, aber wahr: Ich habe das Datum tatsächlich im Kalender angekreuzt. Was eigentlich eher etwas ist, das Alice tun würde. Aber der Tag im Dezember, an dem offiziell die Frist abläuft, die Pa mir gesetzt hat, ist mit einem X versehen.

X für *jetzt bist du fällig*.

Also heute.

Als ich es damals in den Kalender gemalt habe – mit einem Stift, aus dem kaum noch Tinte herauskam, was fast schon wie ein Omen anmutete –, bedeutete dieses Datum nur eines: Das ist der Tag, an dem das Ticken aufhört und die Bombe hochgeht.

Jetzt stehe ich hier, frisch geduscht und mit einem Handtuch um die Hüften, und mache diesen Body-Check, den Alice mir beigebracht hat – ihr neues Hilfsmittel, um drohende Panikattacken abzuwenden. Keine feuchten Augen, obwohl ich in letzter Zeit eine ziemliche Heulsuse gewesen bin. Kein Stacheldraht in der Kehle. Keine Bombensplitter, die mein Inneres zerfetzen. Klar fühle ich das alles immer noch, aber viel seltener und nicht mehr so intensiv wie früher. Es gibt eigentlich gar nichts mehr, wogegen Müsli und mit Alice unter der Dusche stehen nicht helfen würde. Und bis auf das X sieht diese Stelle im Kalender genauso aus wie alle anderen auch.

Bloß ein weiterer Tag.

Na ja, außer dass heute Heiligabend ist.

Und ich zum ersten Mal Cal in seinem neuen Zuhause besuche.

Gemessen daran, wie lange so eine Adoption sonst vermutlich dauert, ist seine wohl ziemlich schnell über die Bühne gegangen. Auch wenn es mir nicht so vorgekommen ist, wahrscheinlich niemandem, außer Alex Robinson. Ich wusste sofort, dass die zukünftigen Eltern eine gute Wahl waren, aber Hester war noch eine Weile ... unschlüssig, Waldos Ratschlag wie immer etwas kryptisch, und Pa, der zu Beginn noch überall seine Finger mit im Spiel haben musste, hat sich tatsächlich komplett herausgehalten, als *sein Job erledigt war.*

Tja, manche Dinge ändern sich nie.

Nachdem ich mich endgültig von Cal verabschiedet hatte – woran ich nicht denken will, danke –, habe ich versucht, mich völlig zurückzuziehen, damit die drei Zeit haben, sich in der neuen Situation zurechtzufinden und ... na ja ... eine Familie zu werden.

Dieser Vorsatz hat gerade mal drei Kästchen auf dem Kalender überlebt – oder zweieinhalb, wenn ich ganz ehrlich sein soll. Ich arbeite also immer noch an dieser Geduldsache. Aber, wie Dominic jetzt sagen würde, tun wir das nicht alle?

Wie es mir damit geht, Cal in seinem neuen Zuhause bei seinen neuen Eltern zu besuchen, statt ihn hier im Apartment über der Garage in meiner eigenen Obhut zu haben?

Ach, na ja.

Ich ziehe mich ganze drei Mal um. Im Ernst. Als würde ich zu einem verdammten Vorstellungsgespräch gehen. Dabei hatte ich von diesem Kind schon so gut wie jede Körperflüssigkeit an mir, die es gibt – sogar Blut, weil er sich am Tag der Übergabe so heftig die Nase an meinem Schlüsselbein gestoßen hat, dass er Nasenbluten bekam und wie ein Preisboxer nach einer verlorenen Runde aussah, als ich ihn aushändigte.

Nach der kleinen *Was soll ich bloß anziehen*-Krise setze ich mich hin und schreibe eine Liste, weil mein Gehirn manchmal immer noch diese Aussetzer hat. Möglicherweise hat es an dem Tag, als Pa mir die Deadline gesetzt hatte, einen kleinen Granatsplitter abbekommen.

* Ma, Pa und Nan Weihnachtsgeschenke vorbeibringen. Ich habe keine verdammte Ahnung, wann ich mich das letzte Mal um so was gekümmert habe, weshalb ich davon ausgehe, dass allein die Tatsache, dass ich ihnen etwas schenke, schon als Geschenk zählt und es gar nicht so sehr darauf ankommt, was es ist. Für Ma ein Foto von Cal im Weihnachtsmannkostüm. Für meine Schwester ein Foto von Cal, ihr und mir vor Vargas, dem zwanghaft Zuckermaiskörner pickenden Huhn – Cal schreiend und Nan nervös lachend. Für Pa ein Foto von Cal, Nan und Ma und eine Karte, auf der steht, dass er es gefälligst in seinem Arbeitszimmer aufhängen soll. Weil ich immer noch ein Arschloch bin.

* Zu einem Meeting gehen. Was ich nach dem Besuch bei meinen Eltern dringend nötig haben werde.

* Cal bei Jake und Nate besuchen. Und mich nicht so anstellen, Herrgott noch mal. Ist schließlich nicht das erste Mal, dass ich zu Jake gehe.

* Dann nach Hause. Heiligabend bei den Garretts. Ich weiß noch nicht einmal richtig, was das bedeutet. Vielleicht habe ich ja Glück und Alice übernachtet anschließend bei mir? Ja, okay, das ist an Heiligabend vielleicht ein bisschen viel erwartet, aber hey.

✳ Dann die letzten Kästchen im Kalender, dann der nächste Kalender, auf dem diesmal keine Bikini-Babes auf Motorrädern sein werden wie auf dem, den Joel zurückgelassen hat.

✳ ✳ ✳

So langsam finde ich beim Plätzchenbacken in einen ganz guten Rhythmus. Okay, uns sind ein paar Zutaten ausgegangen – zum Beispiel die halbbitteren Schokostreusel, die ich gestern gekauft habe, aber wie heißt es so schön – Improvisation ist das halbe Leben.

Jedenfalls arbeite ich daran.

Harry kommt hinter mir angeschlichen, schnappt sich den Löffel aus dem Plätzchenteig und schleckt ihn ab.

»Hör sofort auf damit!« Kaum haben die Worte meinen Mund verlassen, rast er zur Spüle, spuckt den Teig hinein, dreht den Hahn an und lässt Wasser über seine Zunge laufen.

»Das hat man davon, wenn man rohen Teig isst! Geschieht dir recht. Aber so schlecht schmeckt er gar nicht.«

»Pfui Teufel«, keucht Harry und reibt seine Zunge mit einem Geschirrhandtuch ab.

»Er schmeckt ganz bestimmt nicht so schlecht«, sagt Mom, die am Küchentisch sitzt und versucht, Wattebäusche an einen kleinen fleischfarbenen Gymnastikanzug zu nähen, weil Patsy beim diesjährigen Grippespiel in der Kirche als Schaf auftreten wird. Wir hatten die ganzen Wattebäusche bereits in mühevoller Kleinarbeit angeklebt, aber Pats hat das Kostüm gefunden und alle wieder abgezupft.

»Patsy, das geschorene Schaf«, lachte Dad, als Mom deswegen überraschenderweise kurz die Fassung verlor. »Wird schon klappen.«

Mom wischte sich über die Augen und sagte: »Wir können schon von Glück sagen, wenn sie nicht Patsy, der tollwütige Kojote ist.«

»Grrr«, knurrte Patsy.

Jetzt stößt sie mit dem Kopf gegen mein Bein und sagt: »Wo Ti?«, und mein Handy klingelt (Brad – gehe nicht dran), und Duff, der den Teig probiert hat, sagt: »Ist das Schokolade … oder sind das *Exkremente*?«, und Jase und Joel, die so eine Art Bruder-Bonding betrieben haben und zusammen trainieren waren, kommen in die Küche gestürmt und ziehen eine Duftwolke aus Jungensschweiß, Kaffee und gebratenem Speck hinter sich her.

Joel stibitzt eines von meinen ersten Plätzchen-Versuchen vom Blech, wirft es wie ein Frisbee zu Jase rüber und ruft: »Fang!«, aber Jase schaut gerade auf sein Handy, sodass es von seiner Brust abprallt.

»Strafpunkt! Jetzt musst du es essen«, singt Duff schadenfroh.

»Ihr seid doch alle total hysterisch«, sage ich. »Ich geh eine Runde laufen. Backt eure verdammten Plätzchen selbst.«

***

Ich stehe bei Ma und Pa vor der Tür, die wie jedes Jahr zur Weihnachtszeit mit ausgestopften Rentier-Köpfen dekoriert ist. Nur die Köpfe mit glänzenden schwarzen Augen und weißem Geweih wohlgemerkt. Tja, von denen lacht garantiert keiner mehr über Rudolphs rote Nase. Ich lasse meine Fingerknöchel knacken und habe gerade angeklopft, als ich auch schon von Hurrikan Ma ins Haus gewirbelt werde.

»Du meine Güte! Steh doch nicht da draußen bibbernd in der Kälte herum – aber tritt dir um Himmels willen den

Schnee von den Schuhen ab, bevor du mir noch den schönen Teppich ruinierst.«

Das Wort *unbehaglich* beschreibt noch nicht einmal annähernd die fünf Minuten, die ich in diesem Zimmer mit seinem glänzenden Spiegelsee und den Weihnachtschor-Figürchen verbringe, die aussehen, als würden sie schreien statt singen. Am Baum hängen noch mehr davon.

Ma ruft: »Nanette!«, und Nan kommt – mit Troy – aus der Küche gelaufen, wo sie anscheinend gerade Brownies backen, weil hey, warum auch nicht, verdammt noch mal.

»Nur für den nicht pharmazeutischen Gebrauch, Mann.«

Ich straffe die Schultern und spüre wieder dieses Brennen im Magen, als ich darauf warte, dass Ma oder Nan sich nach Cal oder seinen neuen Eltern erkundigen. Aber sie verlieren kein Wort darüber. Nans Umarmung hat etwas von einem Heimlich-Griff, und Ma bekommt wegen einem Riss in der Schulter meines Parkas beinahe ein Aneurysma, aber davon abgesehen spielen sich keine weiteren Dramen ab, und ich bin schon fast aus der verdammten Tür …

»Dein Vater ist in seinem Arbeitszimmer und will dich sprechen.«

Fuck.

Die Sache ist die, dass ich einfach … nicht hingehen könnte. *Du entscheidest, wohin deine Füße dich tragen, Mann.* Noch so eine von Dominics portugiesischen Fischer-Weisheiten.

Ich gehe trotzdem. Weil … was soll's.

Manche Dinge ändern sich nie.

Die Fotos stehen wieder in Reih und Glied auf dem Schreibtisch und Pa wirft einen Blick auf sein Handy. Als wäre der Augenblick, in dem er im August den Countdown für meinen persönlichen D-Day startete, zu Eis erstarrt. Bis auf die Tatsache, dass keine Schnecken mehr im Aquarium sind(!).

»Yo, Pa«, sage ich, nehme aber nicht auf der Couch Platz. »Fröhliche Weihnachten.«

Er legt das Handy weg und bedeutet mir mit der Hand, mich zu setzen. Dieselbe Geste, mit der man zu Hunden *Sitz!* sagt.

Krieg ich ein Leckerli, wenn ich brav bin? Sofort erwacht mein zynisches Alter Ego und droht die Kontrolle zu übernehmen.

Zum ersten Mal fällt mir auf, dass die Höhe seines Stuhls so eingestellt ist, dass er jeden, der auf der Couch sitzt, automatisch überragt. Ich setze mich trotzdem, breite die Arme auf der Rückenlehne aus, kreuze die Beine übereinander.

Wenn Pa diese kleine Machtdemonstration nötig hat – von mir aus.

Er räuspert sich.

Ich räuspere mich ebenfalls und fahre mit dem Finger unter meinem Hemdkragen hindurch.

Er nimmt einen Stift, macht sich eine Notiz und trommelt dann mit dem Stiftende auf seiner Armlehne.

Tip. Tiptiptip. Tip.

»Du hast getan, was du tun musstest«, sagt er, nachdem die obligatorische Schweigephase verstrichen ist.

Muss ausgerechnet *Pa* derjenige sein, der Cal zur Sprache bringt?

»Du behältst deinen Collegefonds. Taschengeld bekommst du keines mehr, aber ich werde weiter deine Krankenkasse und Kfz-Versicherung bezahlen. Fröhliche Weihnachten.«

Ich stehe, noch während er spricht, auf und trete dicht vor ihn. In seinen Augen blitzt etwas auf – Besorgnis vielleicht.

»Danke, aber ich komm schon klar. Nano kann meinen Fonds für die Columbia haben, wenn sie angenommen wird. Dir auch fröhliche Weihnachten.«

»Ich dachte, du hättest dazugelernt und würdest keine überstürzten Entscheidungen mehr treffen, Tim.«

Ich spaziere, ohne etwas zu erwidern, aus dem Arbeitszimmer, und er läuft mir tatsächlich hinterher und folgt mir selbst dann noch, als ich Ma und Nan – und Troy – »Bis dann« zurufe und die Vordertreppe hinuntergehe.

Es hat wieder angefangen zu schneien. Ein Windstoß weht nasse Flocken in den Kragen meines Parkas – solche von der fiesen Sorte, die an einem kleben bleiben und vereisen. Von den sich schüttelnden Bäumen plumpsen kleine weiße Häubchen auf die Straße. Die an den Bordstein geschippten Schneehaufen haben bereits die schmutzige Farbe von braunem Zucker angenommen.

Ich drehe mich genau in dem Moment zu Pa um, als er auf einer vereisten Stelle ausrutscht, und greife nach seiner Hand, um seinen Sturz aufzufangen. Statt sich festzuhalten, spreizt er die Finger, als würde er immer noch fallen. Nachdem er das Gleichgewicht wiedergefunden hat, wandert seine Hand in die Innentasche seines Jacketts. Um nach dem Handy zu greifen? Um fünfzig Dollar zu zücken? Aber sie ist leer, als er sie wieder herauszieht, und er schaut sie einen Moment lang an, während ich in den Wagen einsteige und mich anschnalle.

»Kauf Nan einen Collegeabschluss, Pa. Und Ma einen Milchshake.«

Als es dann schließlich so weit ist, bekommen wir sogar ein bisschen Privatsphäre, auch wenn niemand es so nennt. Jake muss irgendwas auf dem Herd umrühren und Nate hat Bereitschaftsdienst und musste noch mal weg. Bleiben also noch Cal und ich, ich und Cal, im Wohnzimmer mit dem gigantischen Weihnachtsbaum, der Menora und der Glasvitrine mit den Baseball-Devotionalien.

Bevor Jake aus dem Zimmer geht, wirft er mir einen Blick zu und setzt Cal dann in so einen Baby-Walker, statt ihn mir in den Arm zu drücken. Vielleicht fällt es ihm jetzt schon schwer, ihn jemand anderem zu geben, nachdem er ihn endlich bekommen hat.

Cals streckt die Arme nach mir aus und macht diese kleinen ruckartigen Bewegungen mit den Händen, bei denen er im Wechsel die Fäuste öffnet und schließt. »Bob!«

»Hast meinen Namen wohl schon vergessen, hm?«

Seine Nase sieht nicht mehr ganz so boxkampfmäßig aus. Er hat neue Sachen an, eine Jeans und ein Button-down-Hemd mit einem großen Lätzchen darüber. Die Socken scheint er sich mal wieder von den Füßen gestrampelt zu haben. Sie liegen wie ein Wildunfall neben der Couch. Dieses Kind liebt es immer noch, so wenig wie möglich anzuhaben.

Er steckt sich sein Lätzchen in den Mund, noch so ein Faible, den er beibehalten hat. Ich hole es wieder heraus und er schlägt stattdessen seine winzigen scharfen unteren Zähne in meinen Daumen. Als ich ihn wegziehe, macht er sich über meine Nase her. »*Hey*, das tut weh, Cal.«

»Bob.« Es klingt genuschelt, weil er den Mund voller Nase hat.

Vielleicht ist das ja sein neuer Name.

Geht mich nichts an.

Stimmt's?

Ich habe den Namen Calvin von Anfang an gehasst. Und jetzt würde ich ihn verdammt noch mal am liebsten auf seinen Arm tätowieren, damit er ihm für immer bleibt.

Zeit zu gehen.

Ich rufe nach Jake, der hektisch aus der Küche gelaufen kommt und irgendwie angefressen aussieht.

Aus irgendeinem alten Reflex heraus fange ich an, mich, für was auch immer ich angestellt habe, zu entschuldigen. Er schüttelt den Kopf, schaut erst lächelnd zu Boden, dann zu mir. »Denkst du, ich jage dich wie früher, als du noch ein großspuriger Achtklässler warst, zehnmal um die Aschebahn?«

Das wäre einfacher.

Wie sich herausstellt, ist er bloß deswegen genervt, weil er den Herd, den Nate kindersicher gemacht hat, nicht mehr ankriegt.

Ich drücke Cal einen Kuss auf seine roten Löckchen, wische ihm kurz mit einem Zipfel meines Hemds das Kinn ab, dann drücke ich ihn Jake in den Arm, so hastig wie Hester es immer gemacht hat, als würde ich mir die Hände an ihm verbrennen, und mache, dass ich wegkomme. Aber Jake folgt mir genau wie Pa vorhin.

Wünsch ihm fröhliche Weihnachten, bedanke dich, dass du ihn besuchen durftest, und frag nicht, wie sie ihn nennen werden.

Und dann stellt Jake plötzlich mir diese Frage.

»Also, ich ... ähm ... finde den Namen Calvin mittlerweile ganz okay.«

Jake wirft mir einen seltsamen Blick zu. »Ich wollte eigentlich wissen, wie Cal *dich* nennen soll«, sagt er. »Onkel Tim? Oder einfach nur Tim?«

»Mir ist beides recht, solange Tim nicht im selben Atemzug mit *Nimm dir bloß kein Beispiel an dem* fällt.«

»Solange Tim nicht im selben Atemzug mit *Wer war das noch gleich* fällt«, korrigiert mich Jake. Dann drückt er mich kurz an sich und ich lasse ihn.

»Wartest du auf jemanden?«, frage ich mit einem *Tootsie-Pop-Lolli* im Mund – meiner neuesten Sucht.

Alice errötet. Sie hat kleine Schweißperlen an den Schläfen und sieht in ihrer engen Skihose heiß wie die Hölle aus. »Schippe bloß Schnee«, antwortete sie außer Atem. Die Hälfte der Einfahrt hat sie bereits frei geschaufelt. Der Käfer ist unter der weißen Pracht mittlerweile nur noch zu erahnen und der Familien-Van sieht wie schockgefrostet aus.

Sie zieht sich mit den Zähnen einen ihrer Fäustlinge von der Hand, stapft durch den Schnee auf mich zu, fasst mich am Ellbogen und sieht mich prüfend an.

»Also? Cal? Du? Jake und Nate? Wie ist es gelaufen?«

Von wegen schippe bloß Schnee.

Ich frage mich, wie lange sie schon hier draußen ist. Ihre Wimpern sind vereist und ihre Lippen leicht aufgesprungen. Den Zugang zur Garagentreppe hat sie auch schon frei geschippt.

Oh, Alice.

Ich nehme den Lolli aus dem Mund. »Na ja, du kannst es dir wahrscheinlich vorstellen. Wir waren alle ganz gerührt und ergriffen und haben ein bisschen geweint. Und Cal hatte ein Weihnachtsgeschenk für mich gebastelt. Es war bloß eine benutzte Windel, aber der Wille zählt. Dann haben Jake, Nate und ich uns um die alkoholfreie Feuerzangenbowle gestellt und *What Child is This* gesungen, oder nein, warte, Whose Child ist This. Und danach …«

Alice legt mir zwei eiskalte Finger auf die Lippen. »Tim. Komm schon.«

Ich zucke mit den Achseln. Es schneit wieder ziemlich heftig und ihre weiße Strickmütze und die Schultern ihres hellroten Parkas sind in null Komma nichts wie mit einer dichten Puderzuckerschicht überzogen. Ihre Nase ist ein bisschen rot angelaufen. Alice im Winter-Wunderland. Wir sollten reingehen und uns aufwärmen – oder sonst irgendwas tun, auf das man sich freuen kann –, doch stattdessen schiebe ich die Hände in die Taschen, stampfe den Schnee von meinen Stiefeln und versuche dann, ihr die Schaufel abzunehmen …

»Tim!«

»Ja, schon gut. Cal hat ein riesiges, tolles Zimmer, und Jake und Nate sind total aufgeregt, und es liegen acht Millionen Geschenke unterm Baum, an denen der Kleine bestimmt mehr Freude haben wird als an dem Stofftier, das ich zuletzt für ihn gekauft hab und das sich als Hundespielzeug herausgestellt hat, und das komplette Haus ist bereits von oben bis unten in eine kindersichere Zone verwandelt worden – also Ende gut, alles gut oder wie der Scheiß heißt.« Ich ramme die Schaufel in den Schnee und schaffe es, ein paar Ladungen zur Seite zu werfen, bevor Alice einen Fuß darauf stellt und mir die Hand, über die sie wieder den Fäustling gezogen hat, auf die Schulter legt.

»Klingt alles großartig. Kann ich jetzt vielleicht auch noch die bullshitfreie Version hören? Oder muss ich die Familien-rat-Keule holen?«

»Dieselbe Moral der Geschichte. Er hat ein gutes Zuhause gefunden. Es ist richtig so, wie es ist.«

»Und?«

»Und es geht mir beschissen damit. Aber ich werde es über-leben. Ich hab eine Menge, wofür es sich zu leben lohnt, *Sexy Alice.*«

Irgendwann werde ich Alice auch von den anderen Dingen erzählen müssen. Von dem Collegefonds und dass ich jetzt so gut wie pleite bin. Aber ich glaube nicht, dass die Tatsache, dass ich definitiv nicht ihr Sugar Daddy sein kann, zu den ganzen *Herausforderungen* gehört, die uns noch bevorstehen.

Als ich ihr ins Haus folge, sehe ich Patsy an der Tür stehen. Ihr Atem malt kleine Kreise auf die Scheibe, gegen die sie ihre Hände – größere Seesterne als die von Cal – presst.

Heiligabend bei den Garretts. Wie schon gesagt, weiß ich noch nicht einmal richtig, was das bedeutet.

Jedenfalls nicht Mas mit Whisky verfeinerter Eierflip, nicht das Weihnachts-Dinner im Klub, nicht die komische A-cappella-Band, die dort immer auftritt, nicht Nans angespanntes blasses Gesicht, nicht irgendein Mädchen im festlichen grünen Samtkleid, in das ich auf dem Weg zur Bowle hineinlaufe und das ich versuche mit Charme flachzulegen oder um den Verstand zu bringen.

Nicht ein Abend, an den ich mich größtenteils nicht mehr erinnern werde.

Heute wird es anders sein.

Ein paar Ausblicke darauf hab ich diesen Winter schon bekommen: ein Kaminfeuer wie aus dem Bilderbuch, weil Jake sich wie ein verdammter Architekt aufführt, wenn es darum geht, die Holzscheite anzuordnen, das Knacken und Knistern, wenn die Funken sprühen, heiße Schokolade und Cider, Alice im blauen Pyjama und diesem flauschigen Bademantel, der es irgendwie schafft einfach … umwerfend an ihr auszusehen, Harry und Duff, die schon seit einer Woche wie Zuckerstangen-Junkies auf Zechtour mit rot-weiß verklebten Mündern herumlaufen, der Geruch nach nassem Hund, den die vor dem Kamin trocknenden Wollsachen verströmen, Mr Garrett, der Märchen vorliest und alle Stimmen nachahmt, die darin vorkommen, und die Stellen überspringt, die George vielleicht Angst einjagen könnten.

Wenn ich bisher bei den Garretts am Kaminfeuer saß, habe ich Cal bei mir gehabt und bin die meiste Zeit damit beschäftigt gewesen, den Platz auf meinem Schoß mit Patsy zu verhandeln und darauf aufzupassen, dass Cal kein Popkornkernchen verschluckt oder zu dicht ans Feuer kommt. Heute Abend wird es anders ein.

Die Leine für die Weihnachtssocken musste zweireihig gespannt werden, damit für alle genügend Platz ist. Für mich ist auch einer dabei. Und einer für Cal. Wir waren nicht sicher, ob die Adoption bis Weihnachten durch sein würde.

Aber ich habe das Gefühl, dass trotzdem einer für ihn aufgehängt worden wäre.

Tja. Nichts geht also einfach so verloren. Sogar Cal ist noch da. Nicht nur, weil er weiterhin ein bisschen zu meinem Leben dazugehören wird. Sondern weil er ein Teil von mir bleiben wird, genau wie alle Erfahrungen und Fehler, die man macht, immer ein Teil von einem sein werden. Er begann als Fehler, als eine Erfahrung, von der ich mir anfangs gewünscht habe, sie wäre mir erspart geblieben, und am Ende war er ... mein Kind.

Vielleicht ist die Vorstellung, dass ein einziger Mensch einem alles geben kann, was man braucht, genauso absurd, wie zu glauben, dass man Trost in einer Flasche Whisky finden kann. Vielleicht findet man das, was man braucht, nur in einzelnen kleinen Teilen, in Menschen, die in schwierigen Momenten für einen da sind, auch wenn sie nicht auf alles sofort eine Antwort haben. Vielleicht ist das das Geheimnis großer Familien wie den Garretts ... und den AA. In einer Gemeinschaft muss man nicht die ganze Zeit allein stark sein, sondern kann sich abwechseln. Und in so einer Gemeinschaft, kann es gar nicht so viele Probleme geben, wie es Menschen gibt, die sie lösen können.

Huntley Fitzpatrick
Mein Sommer nebenan

512 Seiten, ISBN 978-3-570-40263-4

Samantha Reed liebt die Garretts heiß und innig – doch nur aus der Ferne. Die 10-köpfige Nachbarsfamilie ist tabu, denn die Garretts sind alles, was Samanthas Mutter ablehnt: chaotisch, bunt und lebensfroh. Aber eines schönen Sommerabends erklimmt der 17-jährige Jase Garrett Samanthas Dachvorsprung und stellt ihr Leben auf den Kopf. Sie verliebt sich mit Haut und Haaren und wird von den Garretts mit offenen Armen aufgenommen. Eine Zeit lang gelingt es Samantha, ihr neues Leben vor der Mutter geheim zu halten. Doch als ein Autounfall die Garretts aus der Bahn wirft, muss Samantha eine schwere Entscheidung treffen …

www.cbj-verlag.de

40236

Huntley Fitzpatrick
Es duftet nach Sommer

ca. 480 Seiten, ISBN 978-3-570-40277-1

Die 17-jährige Gwen kann es nicht fassen: Ausgerechnet der größte
Fehler ihres Lebens, Cassidy Somers, lässt sich dazu herab, den Sommer
über auf ihrer Heimatinsel als Gärtner zu jobben. Anders als Gwen, die
befürchtet, sich wie ihre Eltern mit miesen Jobs durch Leben schlagen
zu müssen, ist er einer der reichen Kids vom Festland. Doch Gwen
träumt davon, dem allen zu entfliehen. Nur was würde das für ihr
Leben bedeuten? Gwen verbringt einen berauschenden Sommer auf
der Suche nach Antworten darauf, was ihr wirklich wichtig ist, an ihrem
Zuhause, den Menschen, die sie liebt und schließlich an sich selbst.
Und an Cassidy, der sie in einen verwirrenden Gefühlstaumel zwischen
magnetischer Anziehungskraft und köstlicher Unsicherheit stürzt.

www.cbj-verlag.de

Adriana Popescu
Mein Sommer auf dem Mond

ca. 350 Seiten, ISBN 978-3-570-31198-1

Cooler Sportler, niedliche Träumerin, lässiger Underdog und
freche Sprücheklopferin – alles nur Fassade ...

... und die müssen Fritzi, Bastian, Tim und Sarah aufgeben, als sie mit
ihren tiefsten Geheimnissen im Therapiezentrum auf Rügen landen.
Einen lebensverändernden Sommer lang werden die vier vom Schicksal
zusammengewürfelt und ordentlich durchgeschüttelt. Dabei wachsen
sie über sich hinaus, finden ihr wahres Selbst, großen Mut und
entdecken die erste wahre Liebe ...

www.cbj-verlag.de

30332